国家出版基金项目
NATIONAL PUBLICATION FOUNDATION

世界汉学诗经学

英语世界的诗经学

夏传才 王长华 主编

张万民 著

河北出版传媒集团
河北教育出版社

图书在版编目（CIP）数据

英语世界的诗经学 / 张万民著. -- 石家庄 : 河北教育出版社, 2021.3
（世界汉学诗经学 / 夏传才, 王长华主编）
ISBN 978-7-5545-6258-1

Ⅰ. ①英… Ⅱ. ①张… Ⅲ. ①《诗经》- 诗歌研究
Ⅳ. ① I207.222

中国版本图书馆 CIP 数据核字 (2020) 第 264576 号

书　　名　英语世界的诗经学
　　　　　YINGYU SHIJIE DE SHIJINGXUE
主　　编　夏传才　王长华
作　　者　张万民

出 版 人　董素山
策　　划　郝建国
责任编辑　刘书芳
装帧设计　牛亚勋
出　　版　河北出版传媒集团
　　　　　河北教育出版社　http://www.hbep.com
　　　　　（石家庄市联盟路705号，050061）
印　　制　河北荣恩印刷有限公司
开　　本　787毫米×1092毫米　1/16
印　　张　34.5
字　　数　492千字
版　　次　2021年3月第1版
印　　次　2021年3月第1次印刷
书　　号　ISBN 978-7-5545-6258-1
定　　价　120.00元

丛书编委会

编写说明

一、编纂《世界汉学诗经学》的缘起和宗旨

习近平总书记在2015年主持中央政治局学习会议上发表《提高国家文化软实力》的讲话，要求我们把弘扬中华民族跨越时空、超越国度、富有永恒魅力的优秀文化成果传播出去。

我国是世界上文明辉煌的民族，是文化传承从未中断的唯一的文明古国。中华文化成果早在公历纪元之初即已传播到东亚和中、西亚，最初外传的是经孔子编辑整理的儒家经书，其中当以《诗经》的影响较为普遍。《诗经》于5世纪外传入朝鲜半岛和日本，也较早传到印支半岛，在世界文化史上形成东亚汉学文化圈。而汉、唐时则通过丝绸之路西传，先至中东，再远到罗马，但译为拉丁文和欧洲各主要国家文字，则自17世纪开始。18世纪欧洲兴起汉学热，《诗经》是世界汉学研究的热点。我国的《诗经》与希腊史诗、莎士比亚戏剧，在国际文学界并称人类古代三大文学杰作，且早已在世界上传播，有世界各主要语种的译本，有历代的研究专家和论著，有世界各个国家的读者。

习总书记指出，提高国家文化软实力，要努力提高国际话语权。要加强国际传播能力建设，精心构建对外话语体系。提高国际话语权，我们首先要了解各国对我国已经传播出去的文化元典是如何传播的，有过哪些主要译本

和评论。在19世纪后期世界汉学中心转入美国后，西方各国一些学者采用新的方法研究，产生了一些可供我们借鉴的新成果。不了解世界各国学者过去和现在的话语，如何提高国际话语权？

《诗经》外传东亚各国一千多年了，译传西方四百年了，了解他们接受的历史、评论和研究成果，知彼知己，才可能发表我们自己的有效的话语，才可能有所借鉴，这是我们中国人应该做的工作。遗憾的是，四百年来没有人认真系统地来做这个工作，只有蜻蜓点水式的粗略概述，近百年中只有两三本并不高明的译本。

我不知道中国社科院是否建立了专门研究世界汉学的机构，但知道没有进行研究《诗经》西传的工程。部属北京外国语大学建立了外国汉学研究中心，他们的研究人员正集中于“四书”的研究工作。《诗经》的世界各国接受史及其具体的研究成果译介，目前还没有人做。我在2013年成功地完成了心脏搭桥手术，它的有效期是五年。我决定利用这有限的残年，主编《世界汉学诗经学》丛书，为国家填补这项空白，为提高国家的文化软实力和国际话语权，竭尽绵薄。

二、丛书主编的基本情况

丛书定名为《世界汉学诗经学》。

主编：夏传才（1924—2017），中共党员，中国作家协会会员。河北师范大学教授，中国诗经学会原会长，退休后专职写作。1984年获河北省社会科学优秀成果奖，1992年获国务院特殊津贴（终身）专家。1993年当选中国诗经学会会长，任职二十年，主持大型国际学术研讨会九届，建立了国际学术界联系网络，与海外老中青三代学者有一定的友好情谊。2013年任主编的《建安文学全书》出版，被列入2010—2020年国家古籍整理重点项目，获河北省社会科学研究特别荣誉奖。2014年任主编的《诗经学大辞典》出版，列入“十二五”国家重点图书出版规划、国家出版基金项目和《2013—2025 国家辞书编纂出版规划》。

三、丛书各卷设计体例

（一）世界各主要语种各成一卷。

（二）每卷内容叙述各语种国家的《诗经》接受传播史。

（三）主要译本或重要《诗经》学文献。

（四）重要论文的翻译。

（五）重要论著的评介。

四、分卷和撰写者介绍

世界汉学《诗经》学现存各国文字的译本和论著，因此以不同语种分卷。拟有下列各卷：

（一）《英语世界的诗经学》

撰写人：张万民，香港城市大学教授，博士生导师。主要研究方向：中西文化交流、海外汉学、《诗经》诠释史、中国文学批评史。

所谓的英语世界，主要以英国、美国为主，略及加拿大、澳大利亚等英语国家。有些英语国家以外的欧洲学者，也曾发表英文论著，本书也做出一定的介绍。此外，中国的香港地区曾是英国汉学发展的重要基地之一，对于回归之前香港学者有关《诗经》的英文著作，本书也做了一定的介绍。

（二）《法国诗经译介史》

撰写人：刘国敏，重庆旅游职业学院讲师，西南大学博士在读。主要研究方向：法国汉学、中法文化交流。

李慧，北京外国语大学欧洲语言文化学院讲师、拉丁语教研室主任，意大利罗马大学东方文学与文化博士。主要研究方向：明清传教士汉学、法国汉学及拉丁语、古希腊语言文学。

《诗经》是17世纪由法国传教士用拉丁文翻译传入欧洲的，18世纪才有法文译本，且现在能翻译拉丁文的人很少。本书则以时间为序，梳理了17世纪至20世纪中期这一历史阶段《诗经》在法国的译介轨迹，所涉及文本包括译介者国籍为法国及以法语书写的主要文献。

（三）《日本诗经学要文校录》

撰写人：王晓平，天津师范大学教授、博士生导师。主要研究方向：比较文学与比较文化、中日比较文学。

他在日本大阪帝冢山大学任教九年，专研日本《诗经》学史，曾著《日本诗经学史》一书。本书着力于日本藏《诗经》写本的释录与研究，整理了日本诗经学的主要文献资料，对于丰富《诗经》的世界性意义，推动《诗经》研究的国际交流具有重要意义。

（四）《韩国诗经学概要》

撰写人：付星星，贵州大学副教授、硕士生导师，南京大学文学博士，曾以公派人员身份留学韩国高丽大学。主要研究方向：汉文学研究、域外《诗经》学。

［韩国］金秀炅，韩国国立公州大学汉文教育系助教授，文学博士。主要研究方向：韩国《诗经》学。

韩国《诗经》学是东亚《诗经》学之林的独特品种，是作为主流的中国《诗经》学的对话者、比较者、补充者的“异域之眼”，具有丰富的诗学内涵与思想史意义。

夏传才

2016年8月

补记：

由于夏传才先生于2017年2月7日因病辞世，此前他亲自主持的这套《世界汉学诗经学》丛书中除王晓平先生负责撰写的一种外，其他各种当时各作者还都在撰写之中。这原本是中国诗经学会会员众所周知的一项学会学术工程，作为先生的学生，也作为中国诗经学会的继任会长，先生生前主持而未完的工作我责无旁贷必须接过来，必须完成好。正如夏先生所言，这是一项前人没有做过的创新性工程。书稿经过各位作者的辛勤努力终于完成了，结稿后我们又请相关语种专家学者认真审读，对提出的意见建议一一作了修改。尽管如此，我还是对这套丛书持战战兢兢的谨慎态度。现在，我们把她呈现在大家面前，希望能够获得夏先生在天之灵的首肯，也希望得到学界同仁朋友的首肯。敬请海内外方家同行批评指正！

王长华

2020年3月20日

目　录

第一章 绪 论

1887 年，英国的卢伯克爵士（Sir John Lubbock，1834—1913）编了一份“百本好书”书单，其中近九成是欧洲的书籍，只有两本来自中国，一本《论语》，一本《诗经》。[①]

卢伯克爵士（Sir John Lubbock）

卢伯克的“百本好书”书单，本是他 1886 年在伦敦工人学校的演讲稿，后题为《书籍的选择》，收进他的文集《人生的乐趣》。这本文集很快成为当时的畅销书，在三年之内就重版了二十次。尤其是书中所收的“百本好书”书单，不仅在英国引起热烈的争论，还在其他欧洲国家产生很大的反响。后来，“百本好书”书单就以《书籍的选择》为名，出版了单行本。卢伯克的书单在西方传播甚广、影响巨大，引发了后人喜欢开列好书书单或必读书单的风气。[②]

① John Lubbock，*The Choice of Books*，Philadelphia：Henry Altemus，1896，p. 18. 卢伯克生于伦敦，本是银行家，同时又对考古学、生物学、人类学等现代学科做出过重大贡献。1860 年牛津爆发关于进化论的论战，卢伯克支持进化论学者赫胥黎（Thomas Henry Huxley，1825—1895）用考古学的证据来证明达尔文的进化论。卢伯克还造了 Paleolithic 和 Neolithic 这两个词来指称他提出的旧石器时代和新石器时代分期。

② 关于卢伯克书单的产生背景及其在西方世界的影响，可以参阅 W. B. Carnochan，“Where Did the Great Books Come from Anyway?”*Stanford Humanities Review* 6. 1，1998，p. 8.

卢伯克谈到《诗经》时，没有任何评语，只称其为“古代中国颂歌的经典选集”。他对《论语》评价比较低，他说：“我相信，对于大多数的英语读者来说，孔子的《论语》是令人失望的。但是，它曾对世界上人数最多的种族产生过影响，这使它有了一种特别的趣味。”[①]到了《人生的乐趣》第20版(1890)的序言中，卢伯克对于《论语》和《诗经》两本书都表示出不满，他说：“譬如《诗经》和孔子的《论语》，我不得不坦言本人并不十分欣赏。之所以推荐这两本书，是因为它们深受四万万中国人的尊崇。多加一句，这两本著作篇幅都很短。”[②]

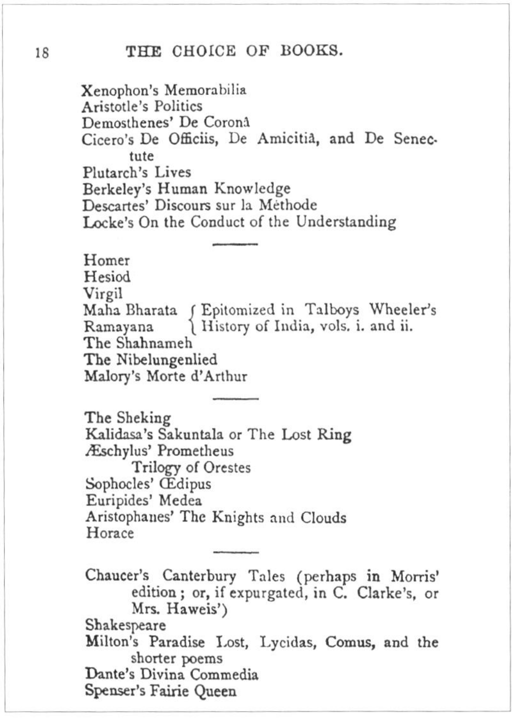
18 THE CHOICE OF BOOKS.

Xenophon's Memorabilia
Aristotle's Politics
Demosthenes' De Coronâ
Cicero's De Officiis, De Amicitiâ, and De Senectute
Plutarch's Lives
Berkeley's Human Knowledge
Descartes' Discours sur la Méthode
Locke's On the Conduct of the Understanding

Homer
Hesiod
Virgil
Maha Bharata / Ramayana — Epitomized in Talboys Wheeler's History of India, vols. i. and ii.
The Shahnameh
The Nibelungenlied
Malory's Morte d'Arthur

The Sheking
Kalidasa's Sakuntala or The Lost Ring
Æschylus' Prometheus
Trilogy of Orestes
Sophocles' Œdipus
Euripides' Medea
Aristophanes' The Knights and Clouds
Horace

Chaucer's Canterbury Tales (perhaps in Morris' edition; or, if expurgated, in C. Clarke's, or Mrs. Haweis')
Shakespeare
Milton's Paradise Lost, Lycidas, Comus, and the shorter poems
Dante's Divina Commedia
Spenser's Fairie Queen

“百本好书”书单提到《诗经》(The Sheking)

虽然卢伯克不是很欣赏《诗经》，但是，他的“百本好书”书单却反映出英国人对于《诗经》的熟知程度。可以说，《诗经》可与《论语》相媲美，是英语世界读者最熟悉的中国典籍之一。

那么，《诗经》是如何传入英美国家，如何逐步进入英语读者的阅读视野？它在整个英语世界有哪些译本、哪些研究成果？本书的目的，即追溯《诗经》在英语世界传播的历史，总结英语世界《诗经》翻译与研究的进展，并从中西文化交流与中西文化比较的角度，

① John Lubbock, *The Choice of Books*, Philadelphia: Henry Altemus, 1896, pp. 14, 10—11.
② ［英］约翰·卢伯克：《人生的乐趣》，薄景山译，上海：上海人民出版社，2008年，序言。

探讨其中的规律与得失。所谓的英语世界，主要以英国、美国为主，略及加拿大、澳大利亚等英语国家。有些英语国家以外的欧洲学者，也曾发表英文论著，如瑞典学者高本汉的《诗经》英译与注释，本书也将做出一定的介绍。此外，中国的香港地区曾是英国汉学发展的重要基地之一，对于回归之前香港学者有关《诗经》的英文著作，本书也会做一定的介绍。限于篇幅，本书不再讨论中国大陆地区出版的相关英文著作（如许渊冲、汪榕培等人的《诗经》译本）。此外，有个别英美汉学家的中文论著由本人用中文写成，在中文世界的传播，本书也不多做讨论。①

第一节　文献与问题

对于《诗经》在西方的传播，中国学界已多有研究。但是，由于原始资料的获取与解读等种种原因，现有研究也常存在着一些问题。

自 20 世纪 90 年代起，越来越多的国内学者开始关注海外汉学，于是《诗经》的海外传播逐渐成为研究目标之一。周发祥 1993 年发表的《〈诗经〉在西方的传播与研究》一文，资料搜集颇见功力，论述亦清晰准确，其筚路蓝缕之功，实不可没。但是，此文仅以一篇文章的长度，展示《诗经》在欧美各国四百多年间的传播与研究面貌，难免受篇幅所限，令很多材料都流于浮光掠影式的简介。后来国内学者关于海外诗经学的论著，大多取材于这篇文章，以至于该文许多评介未清之处在后来的论著中辗转沿袭。如文中讲到“美国学者麦克诺顿在其《诗经》一书里，设置了‘并合意象’一节”时，只简单介绍了麦克诺顿关于“并合意象”不同功能和类型的说法，并未介绍

① 如［美］夏含夷的《释溓——兼论〈毛诗〉的训诂方法一则》和《由铜器铭文重新阅读〈诗·大雅·下武〉》等文章，收入其《兴与象：中国古代文化史论集》，上海：上海古籍出版社，2012 年。不过，后者的主要观点，收入作者的英文文章“Unearthed Documents and the Question of the Oral versus Written Nature of the *Classic of Poetry*”之中，详见本书第十三章的讨论。

此书的详情[①]，这使得很多国内学者以为麦克诺顿的《诗经》是一个《诗经》英译本。其实，此书只是一本介绍《诗经》的入门读物，书中的《诗经》作品译文大多沿用了美国意象派诗人庞德的英译。

王丽娜的《〈诗经〉在海外》以及《西方〈诗经〉学的形成与发展》两篇文章，勤于资料搜集，亦有筚路蓝缕之功。[②] 但是，这两篇文章与周发祥的文章一样，并不限于英语世界的材料，且欲以单篇文章囊括《诗经》在海外传播的全貌，也难免粗疏之嫌。

张弘的专著《中国文学在英国》，将考察的视角集中于英国。此书第三章"论中国古典诗歌在英国的传播"第一小节专论《诗经》，但限于篇幅，很多重要材料也并未涉及。[③]

黄鸣奋的专著《英语世界中国古典文学之传播》，其第四章第二节也介绍了《诗经》在英语世界的传播，不过，这只是一节中的部分文字，论述亦较粗略，并且书中的介绍有些不准确之处。而这些错误，在后来的同类论著中常常以讹传讹。

上述几位都是研究海外汉学或中外文学关系的学者，而不是研究《诗经》的专家。不过，他们的评介也激发了一些《诗经》学者的兴趣。比如夏传才、张启成等人的文章[④]，对于推动国内学界研究《诗经》海外传播也功不可没。

进入 21 世纪之后，海外汉学研究在国内学界持续升温。对于英语世界的汉学以及诗经学，开始出现更多、更深入的研究。不过，原始资料的解读失误、以讹传讹等种种问题，在一些著作中依然存在。

吴结评的《英语世界里的〈诗经〉研究》一书，试图总结英语世界的

---

① 周发祥：《〈诗经〉在西方的传播与研究》，《文学评论》1993 年第 6 期。

② 王丽娜：《〈诗经〉在海外》，《河北师院学报》1993 年第 2 期；王丽娜：《西方〈诗经〉学的形成与发展》，《河北师院学报》1996 年第 4 期。

③ 张弘：《中国文学在英国》，广州：花城出版社，1992 年。

④ 夏传才：《略述国外〈诗经〉研究的发展》，《河北师院学报》1997 年第 2 期；夏传才：《国外〈诗经〉研究新方法论的得失》，《文学遗产》2000 年第 6 期；张启成：《海外与台湾的诗经研究》，《贵州大学学报》1995 年第 2 期。

《诗经》研究史，但是整本书所依据的文献资料非常有限，而且在人名、书名、基本文献方面的错漏比比皆是。例如，作者在介绍德庇时和理雅各对于《诗经》韵译、散译的不同看法之后，接着说："英国另一汉学家史淘思根据原文，推敲韵律，译得既信且雅，博得了一致的好评。"这里所说的"史淘思"，应该是德国汉学家 Victor von Strauss（1809—1899），因为作者又说道："顾维廉评介说，德国人特别喜爱《诗经》，就是因为史氏那种'不可超越的翻译，成了我们最完美的翻译文学中的宝藏'。"这位"史氏"，就是"史淘思"，他不是"英国另一汉学家"，而是德文韵译《诗经》的译者。我们本可将此处看成作者无意间的笔误，但是，作者在介绍《诗经》德文译本时又说："被英国学者詹宁斯誉为欧洲最佳韵译本的《〈诗经〉：中国经典式的诗集》，1844 年于海德堡出版，作者是维克多·斯特劳斯（Victor von Strauss）。"同一译者在两处的中文译名完全不同，可能有些读者真的以为英国有一位翻译《诗经》的汉学家"史淘思"了。①

汉学家姓名与国籍的舛误，虽然只会影响读者对于海外汉学信息的准确了解，毕竟是细节问题，但是，对于主要研究对象与基本文献的不熟悉，以及由此产生的问题，则会影响到全书的论述和价值。

《英语世界里的〈诗经〉研究》在介绍美国的《诗经》译本时说："目前美国流行的高水平的《诗经》译本有著名汉学家海陶玮的英译《诗经》（1952），麦克诺顿（William McNaughton，1933—）的译著《诗经》（1971 年由纽约特怀恩出版社出版）。"事实上，海陶玮只出版过《韩诗外传》英译，麦克诺顿的《诗经》一书只是入门读物，且书中的译文大多取自庞德的英译。不过，《英语世界里的〈诗经〉研究》的作者并非不知道海陶玮的《韩

① 吴结评：《英语世界里的〈诗经〉研究》，成都：四川大学出版社，2008 年，第 19、12 页（以下随文标注页码）。作者介绍德庇时、理雅各、史淘思的一段文字，基本上来自周发祥《〈诗经〉在西方的传播与研究》一文，该文在介绍德庇时和理雅各对于《诗经》韵译、散译的不同看法之后的原文是："但这时追求韵译者不少。吕克特已尝试在先，后来他的同胞史淘思，根据原文，推敲韵律，译得既信且雅，博得了一致的好评。顾维廉评介说，德国人特别喜爱《诗经》，就是因为史氏那种'不可超越的翻译，成了我们最完美的翻译文学中的宝藏。'"不知何故，介绍史淘思的文字在《英语世界里的〈诗经〉研究》中变成了"英国另一汉学家史淘思"。

诗外传》英译，她在第五章介绍美国学者对诗经学史的研究时，又专列一节为“海陶玮《〈韩诗外传〉与三家诗》”，并说“美国哈佛大学教授海陶玮于1948年发表了题为《〈韩诗外传〉与三家诗》一文，并于1952年由哈佛大学出版社出版了译本《〈韩诗外传〉，韩婴对〈诗经〉的应用性范说》”。这里说的译本《〈韩诗外传〉，韩婴对〈诗经〉的应用性范说》和前面说的“海陶玮的英译《诗经》(1952)”，明显是将同一本书误作两本书。如此前后矛盾，其原因可能是作者对基本文献不够熟悉，部分资料辗转采自他人的综述。

此外，《英语世界里的〈诗经〉研究》在介绍理雅各的《诗经》英译本时说：“1871年，英国著名汉学家理雅各翻译的第一个英文全译本《诗经》在伦敦由亨利弗劳德书局出版……1876年，此书在伦敦再版时，理氏对其中的译注做了一些修订，1895年香港曾再版，1931年、1937年上海中国图书公司又刊行。”事实上，理雅各1871年出版的是《诗经》散文体译本，1876年出版的是《诗经》韵体译本。两个译本几乎完全不同，理雅各是重译了一遍《诗经》，怎么可能是“对其中的译注做了一些修订”。作者在书中一时采用1871年的散体译本，如《小雅·采薇》(第41—42页)，一时采用1876年的韵译本，如《周南·关雎》(第64—65页)。采用同一译者在不同时期的不同译本，本身并没有问题，如果运用得当，可以揭示出译者翻译观念与方法的演变。但是，《英语世界里的〈诗经〉研究》在不同地方引用理雅各的不同译本时，却没有任何说明，让人颇为怀疑作者是否真正了解理雅各不同译本的区别。《周南·关雎》的“关关雎鸠”一句，作者引用理雅各1876年韵译本的译文“Of the fish hawks that o'er their nest rejoice”，同时还引用了韦利的英译，作者接着比较，“理雅各用了一个普通词fish来译‘雎鸠’……韦利用猛禽osprey”。此处提到的fish，可能只是fish hawks的笔误。但是，更严重的是，作者可能不知道，理雅各1871年散体译本的译文其实是“Kwan-kwan go the ospreys”，理雅各本来与韦利一样，也是用了“猛禽osprey”来译“雎鸠”！

李玉良的《〈诗经〉英译研究》，专门研究了《诗经》各种英文全译本

（只有高本汉的《诗经》英译本暂付阙如）。此书在原始文献的占有和分析上，远胜于《英语世界里的〈诗经〉研究》。不过，此书也有疏漏之处。在介绍理雅各的《诗经》英译时，作者说："理雅各似乎只对诗的韵律感兴趣，对《诗经》中赋比兴等具有诗学开创意义的艺术表现手法却并没有提及。这说明他对《诗经》的艺术审美价值的认识还是不彻底的。"① 可能作者没有充分关注理雅各所做的注释。其实，理雅各在 1871 年和 1876 年两个译本的注释中，都像朱熹一样，为每一首诗标出了赋、比、兴。李玉良近期出版的《〈诗经〉翻译探微》一书，弥补了前著的失误，此书注意到了理雅各对于《诗经》的比、兴修辞手法的翻译，并且还从名物翻译、韵律翻译、意象翻译等方面探究了《诗经》英译中的很多细节问题。②

理雅各的《诗经》英译，在西方汉学史上有非常重要的地位。考察《诗经》海外传播，理雅各值得重点研究。理雅各 1871 年出版的《中国经典》第四卷是《诗经》的散体译本，这是英语世界的第一个《诗经》全译本。他又在 1876 年出版《诗经》韵译本，到 1879 年又选译了《诗经》中宗教色彩浓厚的诗篇 104 首（沿用了 1871 年的散体译文），与《尚书》《孝经》等书的选译一起收入缪勒主编的《东方圣典》第三卷。

有著作在介绍理雅各的《诗经》英译时，说理雅各"首次将《诗经》全部译成散体英文出版（1871）……回到英国后再次将《诗经》译成韵体英文（1876），其《诗经》译本有长达 200 页的'绪论'……其译本后来收入缪勒所编大型丛书《东方圣典》，被视为西译《诗经》的范本之一"。③ 这混淆了理雅各的三个《诗经》译本之间的不同。其实，1871 年散体译本前有 182 页的绪论，1876 年韵译本的绪论被压缩至 57 页，《东方圣典》中的译文则是 1871 年散体译本的节选。

---

① 李玉良：《〈诗经〉英译研究》，济南：齐鲁书社，2007 年，第 93 页。

② 李玉良：《〈诗经〉翻译探微》，北京：商务印书馆，2017 年。

③ 朱徽：《中国诗歌在英语世界：英美译家汉诗翻译研究》，上海：上海外语教育出版社，2009 年，第 26 页。

姜燕的《理雅各〈诗经〉翻译与儒教阐释》，从原始文献入手，集中研究了理雅各的三个《诗经》译本，但书中也有资料上的舛误。比如，作者说："从1838年秋天开始，理雅各和另外两个学者赫博森（Benjamin Hobson）、小米怜（米怜的儿子 William C. Milne）一起参加由吉德（Samule Kidd）开设的基础汉语课程。"在同一页，作者接着说："1840年1月，理雅各和新婚妻子、小米怜、医生赫博森一行经历了五个月的艰难航行到达英殖民地马六甲。"相隔一行之后，紧接的一段开头又说："创建教会学校是传教的传统手段之一，就像1849年美魏茶给总部的信中所写。"实际上，美魏茶和小米怜是同一个人，全名 William Charles Milne。这种上下文的不一致，大多出于笔误，或一时疏忽，却极易引起读者的误解。作者又说："英国汉学家小翟理斯（Herbert Allen Giles，1845—1935）曾称赞理雅各说：五十余年来，使得英国读者皆能博览孔子经典者，吾人不能不感激理雅各氏不朽之作也。"[①] 所谓的"英国汉学家小翟理斯"，其英文名应该为 Lionel Giles，中文名为翟林奈（1875—1958）；而此处提及的 Herbert Allen Giles，则是所谓的小翟理斯的父亲翟理斯。

历史背景和人物的混淆，时常出现在各种论著中。比如，理雅各翻译及出版《中国经典》，曾得到香港的英国商人约瑟·渣甸（Joseph Jardine，1822—1861）、罗伯特·渣甸（Robert Jardine，1825—1905）兄弟以及约翰·颠地（John Dent，1821—1892）的资助。[②] 渣甸兄弟是英国大鸦片商老渣甸（William Jardine，1784—1843）的儿子，约翰·颠地则是英国大鸦片商老颠地（Lancelot Dent，1799—1853）的侄子。但是，忻平说是"在港的英鸦片商查顿、颠地"二人资助理雅各，并在脚注中注明查顿的英文名字和生卒年份是"William Jardine，1784—1843"，颠地的英文名字和生卒年份是"Lan-

① 姜燕：《理雅各〈诗经〉翻译与儒教阐释》，济南：山东大学出版社，2013年，第16—17、22页。

② Helen Edith Legge, *James Legge: Missionary and Scholar*, London: Religious Tract Society, 1905, pp. 39—40.

celot Dent，1799—1853”。[①] 张海林也说是“英国在港大商人查顿（William Jardine）和颠地（Lancelot Dent）”资助理雅各。[②] 他们提到的英文人名，其实是渣甸兄弟的父亲老渣甸以及约翰·颠地的叔叔老颠地，早在理雅各第一次向郭修礼（Josiah Cox，1829—1906）谈及翻译《中国经典》计划（1856）之前，老渣甸（William Jardine）和老颠地（Lancelot Dent）二人早已去世，如何资助《中国经典》的出版？不过，这两位鸦片商人，确实资助过马礼逊、理雅各等人早期的传教和教育事业。

根据理雅各1892年为《中国经典》第二版所写的序言，他在1856年向郭修礼介绍了自己翻译《中国经典》的计划，后来印刷费用出现问题时，郭修礼找到了约瑟·渣甸出资相助。但是，在《中国经典》第一卷正式出版之前，约瑟·渣甸就去世了，他的弟弟罗伯特·渣甸继续资助《中国经典》。[③] 岳峰说“在华鸦片商查顿（Joseph Jardine）”提供资助是对的，但接着说“他的兄弟颠地（Robert Jardine）继续资助理雅各”，则混淆了渣甸和颠地两个家族的中文名字。[④] 马祖毅说“1856年英国汉学家理雅各计划将四书五经译成英文……这一庞大计划，得到香港的鸦片商人查顿、颠地的赞助”，又说“1865年《书经》译竣，由在港英商查顿（Joseph Jardine）继续资助印行”，很明显是把罗伯特·渣甸误认为约瑟·渣甸。[⑤]

除了理雅各之外，还有由朱仁夫、魏维贤、王立礼三位学者合撰的《儒学国际传播》，在介绍英国18世纪学者琼斯（William Jones）时说：“其研究成果是：(1) 翻译《诗经》全部；(2) 直译《论语》；(3) 节译中国的民法和

---

① 忻平：《王韬评传》，上海：华东师范大学出版社，1990年，第73页。

② 张海林：《王韬评传》，南京：南京大学出版社，1993年，第100页。

③ James Legge tr., *The Chinese Classics*, Vol. I, Hong Kong: Hong Kong University Press, 1960, “Preface”.

④ 岳峰：《架设东西方的桥梁：英国汉学家理雅各研究》，福州：福建人民出版社，2004年，第155、156页。很多著作都有类似问题，如胡优静提到理雅各“最后却是凭借在华鸦片商查顿（Joseph Jardine）的赞助解决了经费难题，查顿死后则由他的弟弟颠地（Robert Jardine）继续为理雅各提供赞助”（胡优静：《英国19世纪的汉学研究》，北京：学苑出版社，2009年，第77页）。

⑤ 马祖毅、任荣珍：《汉籍外译史》，武汉：湖北教育出版社，1997年，第54页。

刑法。”[①] 殊不知，“翻译《诗经》全部”只是琼斯未曾实现的计划而已，琼斯从未译出整部《诗经》。

由上可见，研究海外汉学，原始文献资料及相关信息的准确性是一个亟须认真对待的问题。汉学家的中文名字出错，尚属细节问题，并不是每个汉学家的中文名字都那么广为人知。对于核查原始文献的轻视，对于二手材料的过度依赖，才是最大的问题。岳峰曾提到，国内学者对理雅各翻译中国典籍的译文多有指责，但是这些指责并非全部合理，很多指责其实源自文献资料的误读。[②]

英语论著的术语翻译，也是一个较易引起误解和混淆的问题。比如美国学者余宝琳（Pauline Yu，1949—）的论文《讽寓、讽寓解释与〈诗经〉》，讨论了《诗经》诠释传统以及相关的理论问题。曹虹曾将此文译为中文，题为《讽喻与〈诗经〉》，这是一篇出色的译文，但也有美中不足之处。译文中有一句：“再看看《关雎》，我们要问：假如这首诗不是寓言，那么，历来对这首诗的注解是讽喻化批评吗？”该文接着又引用加拿大学者的观点：“诺斯罗普·佛莱最终认为，‘所有的评注都是寓意阐释，是使思想附着于诗意形象化结构之上’。”[③] 译文中的“寓言”“讽喻化批评”“寓意阐释”，原文分别是 allegory、allegoresis、allegorical interpretation[④]，其实都是从同一个词派生出来的，最好统一译为讽寓（或讽喻）、讽寓（或讽喻）化批评、讽寓（或讽喻）阐释。术语翻译的不一致，会影响读者的理解。

曹建国的《海外〈诗经〉学研究概述》一文则依据新近资料，是对周发祥、王丽娜诸文的补充和超越。此文也提及余宝琳的论著：“余氏不大赞同

---

① 朱仁夫、魏维贤、王立礼：《儒学国际传播》，北京：中国社会科学出版社，2004 年，第 316—317、254 页。

② 岳峰：《架设东西方的桥梁：英国汉学家理雅各研究》，福州：福建人民出版社，2004 年，第 250 页。

③ ［美］余宝琳：《讽喻与〈诗经〉》，曹虹译，载莫砺锋：《神女之探寻——英美学者论中国古典诗歌》，上海：上海古籍出版社，1994 年，第 13 页。

④ Pauline Yu, “Allegory, Allegoresis, and *the Classic of Poetry*”, *Harvard Journal of Asiatic Studies* 43.2 (1983): 391.

西方学者视三百篇为讽喻作品的观点。她认为只有《国风》中极少数作品可以算是隐喻性的，此外的绝大部分诗篇意象仍然具有象征的意义。因为《诗经》中大部分的意象、隐喻、明喻取材于自然界，诗人虽常从描写自然景物开始，但他们对自然景物的介绍也仅止于召唤读者的想象力以便于说教。”这里接连用了讽喻、隐喻、象征等词，又将讽喻与象征对立，易引起读者理解上的混乱。文章补充道，“苏源熙的《中国美学问题》再次肯定了《诗经》作品的讽喻性”，另一处又说苏源熙的《中国美学问题》“重构了中国儒家对于《诗经》诗歌的注释方式及其意义，并将其视为一种‘讽寓性’的古典美学模式加以肯定”，“他具体分析了《诗经》从‘诗言志’到‘诗以言志’中得到‘讽寓性’意义的过程”。[①] 用“讽喻”还是用“讽寓”，本身不是问题，不过，译名的前后统一比较有利于读者的理解。

当然，国内学者研究海外汉学及《诗经》海外传播的著作，经过近数十年的发展，涌现了越来越多材料翔实、考证精确的论著，比如上文提及的岳峰等人的著作，虽然偶有失察之处，但对于推进研究的深入发展功不可没。再如，杨治宜的《〈诗经〉在 18 世纪的英国——文本考据与个案研究》一文，考察了《诗经》在 18 世纪英国的传播，从第一手资料出发，表现出严谨扎实的学风。[②]

一般说来，海外学者研究《诗经》海外传播的著作，因其接触原始资料的便利条件，大多没有辗转抄引二手资料之弊。比如张上冠在美国奥斯汀的德克萨斯大学完成的博士论文《消失的地平线——〈诗经〉英译研究》，分析了理雅各、韦利、高本汉的《诗经》译文，考证翔实、分析细致。再如柯马丁为《北美中国学：研究概述与文献资源》一书撰写的介绍北美中国早期

---

① 曹建国：《海外〈诗经〉学研究概述》，《文学遗产》2015 年第 3 期，第 163—164、167 页。

② 杨治宜：《〈诗经〉在 18 世纪的英国——文本考据与个案研究》，载《多边文化研究》第 3 卷，北京：北京大学出版社，2005 年，第 451—466 页。杨治宜后来在美国获得博士学位，并在欧洲任教。

文学（先秦两汉）研究的文章，亦翔实可信。[①]

第二节 方法与结构

顾炎武曾以“采铜于山”来比喻古人的学问之道：“尝谓今人纂辑之书，正如今人之铸钱。古人采铜于山，今人则买旧钱，名之曰废铜，以充铸而已。所铸之钱既已粗恶，而又将古人传世之宝，舂剉破散，不存于后，岂不两失之乎？”[②] 研究海外汉学及其历史发展，同样需要“采铜于山”的精神，而不是买“旧钱”“费铜”来充铸“新钱”。

本书希望以“采铜于山”为标准，因此书中所采用的第一个研究方法，是基本的文献学方法。

本书将考察《诗经》在英语世界流传、翻译、研究的历史，希望所有的论述建立在原始资料的梳理和挖掘之上。笔者在能力所及的范围内，尽力找到所有原始资料的原文。有时因前人的研究而注意到某条材料是研究中常见的现象，但是，在将这些材料放进本书时，笔者都尽量找到原始出处，务求每段引文都能复核原文。在这种按图索骥的过程中，有时能发现一些前辈学者的偶尔疏忽之处。比如钱锺书先生曾提到，英国《每月评论》1770 年 12 月号刊载了一篇评论《诗经》法语译本的书评，其中论及《诗经》说：“这部作品中反复灌输的道德是严苛的、令人沮丧的，如果它不是来自远古的作品，我们差不多要怀疑中国人都是禁欲主义者。”[③] 笔者复查原文，发现《每月评论》的这篇书评，其实是在评论法国耶稣会士宋君荣的《书经》译本

---

① ［美］柯马丁：《学术领域的界定——北美中国早期文学（先秦两汉）研究概况》，载张海惠：《北美中国学：研究概述与文献资源》，北京：中华书局，2010 年。

② （明）顾炎武：《亭林文集》卷四《与人书十》，华忱之点校，北京：中华书局，1983 年，第 93 页。

③ Qian Zhongshu, “China in the English Literature of the Eighteenth Century”, in ed. Adrian Hsia, *The Vision of China in the English Literature of the Seventeenth and Eighteenth Centuries*, Hong Kong: The Chinese University Press, 1998, p. 156.

(*Le Chou-king*)。

特别是《诗经》早期传播史，笔者希望披沙拣金，钩沉出被人忽视的重要材料。严格说来，17、18 世纪的汉学，只能算是“汉学的雏形”。[①] 那些早期汉学家对于中国文化以及《诗经》的研究，不仅在广度和深度上远远比不上 20 世纪以后的汉学家，甚至在基本知识上都会犯很多错误。但是，从中国典籍西传史的角度来看，这些早期文献有着特殊的历史意义，可以看出欧洲人的《诗经》知识从无到有的积累。因此，笔者广泛搜集各种早期资料，力求完备，即使是片鳞半爪也不放过。20 世纪英美国家的《诗经》研究进入了专业化阶段，本书则按文学研究、语言音韵研究、历史文化研究等专业分类，总结其成就，着重讨论那些较有学术意义的著作，对于一般的概论性文字只做简化处理。

本书的考察对象是《诗经》的海外传播史，对象的特殊性决定了文献的特殊性，因此本书对于《诗经》英译给予了较多的关注。方豪早已指出：“西士来我国，攻读经籍，虽亦可视为我国经籍西传之前奏，但影响不大，经籍之西渐，比有赖于翻译。”[②] 王尔敏也说：“中国文献之翻译，实为西方人认识中国之重要资源。至其实用效率，尤较直接阅读为广泛。盖直接阅读，能者实少，而翻译之后，阅者自众。”[③] 尤其在讨论《诗经》早期传播史时，虽然很多译文根本达不到可信的标准，但它们是当时英美普通读者仅能见到的《诗经》作品，资料弥足珍贵，本书大多详细介绍。有一位 19 世纪末的神秘译者 V. W. X.，其《诗经》选译尘封了一百多年，几乎已被后人遗忘，本书则将其译文择重要者录出，以利学界做进一步的研究。

---

① 美国汉学家孟德卫用了“protosinology”这个词来形容 17 世纪的欧洲汉学，中译本将这个词译为“早期汉学”，见［美］孟德卫：《奇异的国度：耶稣会适应政策及汉学的起源》，陈怡译，郑州：大象出版社，2010 年，导言第 2 页。

② 方豪：《十七八世纪来华西人对我国经籍之研究》，载《方豪六十自定稿》上册，台北：台湾学生书局，1969 年，第 190 页。

③ 王尔敏：《中国文献西译书目》，台北：台湾商务印书馆，1975 年，叙录第 6 页。

本书采用的第二个方法，是学术史的研究方法，即注重英语世界《诗经》传播史与历史学术背景的关系。

海外汉学研究应采用学术史方法作为基本方法，是学界的共识。李学勤曾说："我认为研究国际汉学，应当采取学术史研究的理论和方法，最重要的是将汉学的递嬗演变放在社会与思想的历史背景中去考察。和其他种种学科一样，汉学也受着各时代思潮的推动、制约，不了解这些思潮的性质及其产生的社会原因，便无法充分认识汉学不同流派的特点和意义。尤其要注意，汉学家的思想观点是与哲学、社会学、文化人类学等学科存在密切联系的。因此，即便是研究一位汉学家，甚至他的一种论著，也需要广博的知识和深入的分析。"①

西方汉学史大略可分为"耶稣会士时期""法国汉学学派时期"和"英美学派时期"三个阶段。② 自 16 世纪末利玛窦入华至 18 世纪，西方汉学研究的主体是欧洲各国耶稣会士。当时英语世界的《诗经》译介，大多源自这些传教士对儒家典籍的传播，因此必须把《诗经》译介放在当时的中西文化交流背景中来理解。到了 18 世纪，法国耶稣会士成为汉学研究的主导者，他们逐渐将传教士汉学推向专业汉学，19 世纪法国正式成立了汉学研究的讲席，并确立了以语文学（philology，或译历史语言学）为汉学研究的基本方法。这个阶段英语世界的《诗经》译介，受到法国汉学的极大影响，并逐渐在 19 世纪后期形成自己的传统，呈现出超越法国汉学的趋势。然而，由于英国率先进行工业革命并打开中国的大门，其对中国的极度轻视态度却成为汉学发展中的一个障碍。巴瑞特（T. H. Barrett，1949—）曾借用德庇时提出的"出奇的冷漠（singural listlessness）"一词，来批评英国长期以来对于推进中国研究的态度。③ 不过，就在这种普遍的冷漠态度中，一大批英国人

① 李学勤：《国际汉学著作提要》，南昌：江西教育出版社，1996 年，序言。

② ［美］韩大伟：《传统与寻真——西方古典汉学史回顾》，程钢译，《世界汉学》2005 年第 3 期，第 7 页。

③ T. H. Barrett, "Singural Listlessness", *A Short History of Chinese Books and British Scholars*, London: Wellsweep, 1989.

华传教士与外交官，创造了19世纪末至20世纪初《诗经》译介的辉煌。与此同时，美国汉学在逐步壮大。1928年哈佛燕京学社成立，曾计划请法国汉学家伯希和前来担任社长，不过伯希和推荐了自己的学生、俄裔法籍学者叶理绥（Serge Elisseeff，1889—1975）出掌燕京学社，这时美国还是唯欧洲汉学马首是瞻。1936年，费正清从牛津大学毕业回到哈佛大学教书，逐渐建立起以区域研究为特色的中国研究，促成了20世纪40年代以后美国汉学的兴盛，也促成了各种现代人文社会科学理论与方法在汉学以及《诗经》研究中的运用。

从整个西方汉学史的线索来看，英语世界的《诗经》译介与研究，在19世纪以前多受神学背景的影响，19世纪以后专业研究的意味逐渐加强，到了20世纪中期美国汉学的兴起，又为《诗经》研究带来了比较文学、人类学、口头诗学等现代学科的理论范式。本书在具体的论述中，将十分重视这些历史背景、时代思潮、学术范式的考察。

本书采用的第三个方法，则是跨文化研究的方法。书中以翔实的文献为主，同时也关注比较文化、比较文学、翻译研究等相关的理论问题。

《诗经》在海外的传播与研究，究其本质，是中西文化的对话与互相影响。张国刚认为，西方汉学具有两重性，“一方面它属于社会科学研究范畴，另一方面它又是一种跨文化之间的对话”。从第一点来说，“西方汉学的学术成果为各个具体问题的研究者所关心”，“参与西方汉学所涉及的各个具体学术问题的讨论，是相关领域的专家的任务”；从第二点来说，“西方汉学本质上又是一种跨文化之间的对话”，“如果不从文化关系上来讨论西方汉学，那么单纯的汉学研究就只具有学术情报的性质”，“西方的中国研究从跨文化的角度看，就成了西方文化与中国文化的对话”。[①] 严绍璗也指出，汉学是“在国际文化中涉及双边或多边文化关系”的学科，它是不同国家的研究者“在‘跨文化’的层面上各自表述其研究的成果”，因此“它具有‘泛比较文化研

---

① 张国刚等：《明清传教士与欧洲汉学》，北京：中国社会科学出版社，2001年，第4—5页。

究’的性质”。[①]

本书注重《诗经》在英语世界的传播和接受历程中所面临的中西文化差异、误解、冲突、融合等问题，亦注重中西文化交融为《诗经》研究带来的新视角和新维度。在这种中西文化关系的研究中，一个越来越突出的问题，就是各种西方理论尤其是后殖民理论的冲击。利玛窦、马若瑟等传教士研究和传播儒家经典，与他们传播福音的信念密切相关；理雅各、阿连璧等人研究和翻译《诗经》，不能无视他们背后的西方殖民扩张的历史背景。以前的国内学界，对于传教士的研究，尤其是对于鸦片战争之后入华传教士的研究，大多强调他们为帝国主义侵华服务。由于这种视角会掩盖研究对象的复杂性，国内学界已经出现了很多比较全面客观、深入细致的相关研究。然而，西方学界近期掀起的对于东方主义的反思、对于殖民主义的批评，逐渐影响到国内学界。因此，有些研究者常常采用后殖民主义、文化权利的理论工具，作为评判西方汉学家文化背景、学术成就的标准。周宁提出，汉学不是一门纯粹的学问或知识，而是一种意识形态，充斥着知识与权力的复杂关系，就像赛义德批判的“东方主义”那样运作。[②]

在翻译研究中，归化翻译和异化翻译的区分，是欧美学术界围绕着翻译背后的文化权利问题所提出的一个重要理论。[③] 很多学者运用这个理论来研究《诗经》的英译问题。姜燕比较全面地研究了理雅各的三个《诗经》译本，但是书中过于强调“权利与翻译的关联这一后现代翻译理论框架”，将理雅各1871年的《诗经》散文体译本简单地归纳为“归化与异化杂合的翻译策略”，同时将其1876年的《诗经》韵体译本简单地归纳为“归化翻译策略”。[④] 其实，这种简单的归类，并不能真正揭示理雅各与中国注疏传统以及与西方学术语境的复杂关系。

---

① 严绍璗：《我对Sinology的理解和思考》，《世界汉学》2006年第4期，第8页。

② 周宁：《汉学或“汉学主义”》，《厦门大学学报》2004年第1期。

③ 参见 Lawrence Venuti, *The Translator's Invisibility: A History of Translation*, London: Routledge, 1995.

④ 姜燕：《理雅各〈诗经〉翻译与儒教阐释》，济南：山东大学出版社，2013年，第5、37、99页。

笔者以为，在考察西方汉学家及其学术成就时，不能简单地用后殖民主义理论或是文化权利来涵盖一切，而是需要具体问题具体分析，更加全面地看待中西文化交流中的不同层面和不同细节。因此，本书在梳理英语世界的《诗经》翻译与研究时，尽量将结论建立在翔实的文献和史料之上，并对一些理论方法问题做出初步的回应和反思。

本书采用的结构与框架，试图结合历史的描述与专题的讨论。对于19—20世纪以前的《诗经》传播史，侧重历史的描述，希望比较全面地勾勒出《诗经》如何经过耶稣会士进入英语世界，如何被英语世界读者所阅读的历史。第二章介绍16世纪末至17世纪欧洲耶稣会士对于儒学以及儒家典籍的译介，此时的欧洲人是通过耶稣会士来认识中国，通过耶稣会士眼中的儒学来认识《诗经》，英国人的《诗经》知识也来自耶稣会士的著作。第三章描述18世纪英国对中国文化的了解以及对《诗经》的认识，此时英国人阅读和转译《诗经》作品，在很大程度上还是依赖耶稣会士的著作。

到了19世纪中期，英美两国的传教士、外交官逐渐进入中国，开始直接接触中国文化、独立翻译中国典籍。理雅各的《中国经典》，代表着英美汉学的里程碑和分水岭。接下来分四个章节来论述这段历史：第四章介绍19世纪70年代之前的《诗经》译介，第五章专门介绍理雅各的汉学成就及其三个《诗经》译本，第六、七章介绍19世纪70年代至20世纪30年代近六十年的《诗经》翻译与研究，这是英美汉学向专业化、学院化过渡的六十年，在《诗经》研究方面，表现为各种《诗经》英译或节译如雨后春笋般出现，以及《诗经》研究深入到文学、语言、音韵等学科。

到了20世纪30年代以后，出现了三个更为现代读者所接受的《诗经》全译本，汉学研究的中心也逐渐转移到美国。《诗经》研究慢慢脱离传统的东方学领域，受到现代学科及其各种理论方法的极大影响。对于20世纪30年代以后的诗经学，本书侧重专题的讨论，这是因为汉学与现代学科的结合，使《诗经》研究在不同领域、不同专题都有了全新的发展。第八章评述韦利、高本汉、庞德的三个《诗经》全译本，还有各种《诗经》选译本，以及各种世界文学选集中所收录的《诗经》作品。第九章介绍了英美汉学界从文学的角度对《诗经》所做的各类研究，包括意象研究、比兴研究等，尤其突出了美国学者借助比较文学方法来研究《诗经》的成就。第十章概述了英语世界对于《诗经》的语言和音韵特征的研究。第十一章考察了英美汉学家对于《诗经》的历史与文化背景的研究，包括各类早期中国史著作中对《诗经》的讨论，以及从文化人类学角度所做的《诗经》研究。第十二章介绍英美汉学家关于诗经学史的研究，包括先秦、汉唐、两宋等各个时间段的诗经学。最后专辟一章，即第十三章，介绍了新近的出土文献为英语世界诗经学带来的新气象，以及汉学家利用出土文献所做的新探索。

总括而言，全书的布局是以 20 世纪 30 年代为界，并相应地采用了不同的考察方法。考察 20 世纪 30 年代以前《诗经》传播的原则是“博”，广泛搜集各种提及《诗经》的材料，甚至包括只言片语，这是因为前期的资料自有其特殊的历史价值，每一条资料都对《诗经》进入西方读者视野起到过一定的历史作用。考察 20 世纪 30 年代之后《诗经》传播的原则是“深”，重点讨论《诗经》翻译与各个专题的研究成果，以学术成就和影响力作为择取材料的标准，对于那些零星介绍《诗经》的资料，则简化处理，这是因为此时《诗经》译介与研究蓬勃发展、资料杂多，只能择其要者，由此描绘出学术发展的轨迹。

整部书的论述，都力求将研究对象放置在欧美汉学发展的历史背景中来考察。希望从英语世界的诗经学中，管窥整个西方汉学的发展趋势，以及北美汉学与欧洲汉学的互动。当然，本书的很多章节（如韦利、高本汉、庞德等人的《诗经》英译），几乎都可以抽出来作为独立的著作来撰写。笔者以一本书的容量来总结《诗经》在英语世界几百年的传播史和研究史，对于各个阶段的各种细节，难免会挂一漏万，在具体论述过程中也难免有资料误读或豕亥鱼鲁之误。比如，第四章提到的《中国丛报》1847 年刊载的两首《诗经》作品选译，未署译者姓名，笔者曾误以为出自《中国丛报》主编裨治文的手笔。[①] 后来复查卫三畏为《中国丛报》编的索引，才知道其译者是美国传教士娄理华。[②] 此类失误，或许还能找到，因此衷心希望得到细心读者的批评指正。

① 张万民：《英语国家的诗经学：早期篇》，《诗经研究丛刊》2015 年第 28 辑，第 578 页。

② 这份索引收入张西平主编：《中国丛报（1832.5—1851.12）》第 21 卷（目录索引卷），顾钧、杨慧玲整理，桂林：广西师范大学出版社，2008 年。

第二章　16—17世纪儒学西传中的《诗经》

《诗经》最初进入英语世界，不是直接通过英语，而是通过16—17世纪入华耶稣会士介绍儒学的拉丁语、法语或西班牙语著作。拉丁语和法语是当时英国上层通用的语言，并且这些著作大多在出版当年或次年就被译为英文。耶稣会士推崇《诗经》中的儒家美德，也在其中寻找中国先民宗教信仰的痕迹。此时“恰好遭遇以欧洲为中心的世界观发展到所谓的‘发现的时代’”①，这些著作在欧洲深受欢迎。

古代的中西交通，经过中亚、西亚的辗转相传，中国形象充满了神话传说的色彩。13世纪蒙古人西征，激发了欧洲人对东方的兴趣，欧洲传教士、商人从陆路进入中国，并留下影响深远的游记。但是这些传教士与商人的汉语水平十分有限，很难真正认识中国的思想文化。到了16世纪，葡萄牙人、西班牙人从东、西两个方向完成了从欧洲前往中国的海路探索。新航路的发现，促使耶稣会派遣传教士进入中国。以意大利的利玛窦为代表的耶稣会士，经过文艺复兴的洗礼，具有极高的文化素养，他们采取“文化适应”的策略，开始注意到儒家思想的地位和价值，潜心研习儒家典籍。从1583年利玛窦获准在肇庆定居，直到1773年耶稣会解散，在这近两百年间，耶稣会士成为中西文化交流的主要推动者和《诗经》的最早译介者。

英国与欧陆本土、罗马教廷的关系若即若离，最终在1534年与教宗决裂，宣布以英格兰教会为国教，称为安立甘宗（Anglicanism，初入华时译为

① ［德］傅海波：《欧洲汉学史简评》，胡志宏译，载张西平编：《欧美汉学研究的历史与现状》，郑州：大象出版社，2006年，第107页。

圣公会)。当耶稣会士进入中国并取得重大进展时，英国正纠缠在国教与天主教、国教与清教的矛盾中，无暇派传教士前往中国。从伊丽莎白时代开始，英国多次尝试与中国建立贸易关系，但都没有成效。英国早期对中国文化与典籍的了解，主要依赖欧陆流行的各种游记以及欧陆耶稣会士的著作。

利玛窦使用先秦儒家经籍中的“上帝”来翻译基督教的Deus（神），并多次引用《诗经》《易经》。可以说，“利玛窦的全部策略实际上是建立在中国古代的伦理格言和基督教义之间的相似性和‘上帝’与天主之间的类比关系上的”。[①] 受其影响，耶稣会士大多关注儒学与儒家经籍，并将之介绍给欧洲人，由此开启了欧洲人接触、阅读《诗经》等中国典籍的新时代。自利玛窦向欧洲人介绍“五经”以来，耶稣会士对《诗经》等儒家典籍的研究，都是神学思想过滤下的产物，不过其特殊的历史价值不容否认——耶稣会士第一次使欧洲人从物质层面转向精神层面，开始关注中国的思想、典籍和学术。正如方豪所说：“育蚕、印刷、造纸、火药诸术之西被，于文化之影响，非不巨大，然此皆形而下者；我民之文化中心，厥为儒家思想，儒家思想所凭借并赖以传于后世者，则在经籍，故唯有对我国经籍作相当程度之探讨者，始可谓对我国文化有研究，亦唯有以传授或翻译介绍我国经籍于其他国家民族者，始得谓为沟通中外文化。”[②] 到了17世纪末，“中国古代作品中的许多细节，甚至一两句话，尤其是《诗经》里的诗句，也被用来证明耶稣基督到过这片土地”，虽然“以上各种思考似乎是毫无根据的，然而它们却激发了一大批欧洲作家的想象力”。[③]

利玛窦认识到中国人最熟习的是“道德哲学”，不过他最终想要证明的是儒家思想“完全符合良心的光明与基督教的真理”。[④] 因此，他极力在《诗

① ［法］谢和耐：《中国和基督教》，耿昇译，上海：上海古籍出版社，1991年，第47页。

② 方豪：《十七八世纪来华西人对我国经籍之研究》，载《方豪六十自定稿》，台北：台湾学生书局，1969年，第185—186。

③ ［美］史景迁：《文化类同与文化利用》，廖世奇、彭小樵译，北京：北京大学出版社，1997年，第33—34页。

④ ［意］利玛窦、［法］金尼阁：《利玛窦中国札记》，何高济、王遵仲、李申译，北京：中华书局，1983年，第31、104页。

经》中寻找与天主信仰相合的字句。有学者指出，经由耶稣会士传播到欧洲的儒家思想，是基督化的、扭曲的形象。[①] 出于证明基督教真理的需要，耶稣会士重视的主要是《大雅》和《颂》。如《大雅·文王》的诗句，被利玛窦、龙华民、利安当、柏应理等人反复引用，用来说明中国人对于上帝的认识或是中国人对灵魂的认识，进而影响到欧洲本土学者如莱布尼茨等人也引用《大雅·文王》的诗句“在帝左右”，讨论中国对于灵魂不灭的认识。[②]《诗经》就这样经过基督教神学的过滤，进入欧洲人的视野。[③]

第一节　16 世纪以前欧洲人的中国知识

中西交通，源远流长。欧洲人从海路获得的知识，一般将中国称为“秦尼”“支那”（不同拼法包括 Sin、Sinae、Chin 等）；从陆路获得的知识，古代称中国为“塞里斯”（不同拼法包括 Seres、Serice 等），即“丝绸之国”，中世纪则称中国为“契丹”（Cathay）。[④]

在欧洲文献中，最早以 Thin 之名提及中国，是成书于 1 世纪的《爱利

---

① Paul A. Rule, *K'ung-tzu or Confucius?*: *The Jesuit Interpretation of Confucianism*, Sydney; Boston: George Allen & Unwin, 1986.

② 墨子已引用此诗来证明鬼神的存在，《墨子·明鬼下》引“在帝左右”一章曰：“若鬼神无有，则文王既死，彼岂能在帝之左右哉？此吾所以知《周书》之鬼也。”但是，这种解释在中国并非主流。《毛传》《郑笺》未从鬼神的角度解释此章。《毛传》曰：“言文王升接天，下接人也。”《郑笺》曰：“文王能观知天意，顺其所为，从而行之。”见《毛诗正义》卷十六之一，台北：艺文印书馆影印嘉庆二十年（1815）南昌府学本阮元校刻《十三经注疏》，2007 年，第 533 页。

③ 欧洲宗教改革之后，基督教分裂为天主教、新教等不同教派，中文习惯上将新教称为基督教，因而天主教、基督教之别就对应着旧教、新教之别。不过，本书所用的基督教一词，不是对应新教，而是取其广义，包含了天主教、新教等各教派。

④ 参见 Sir Henry Yule, *Cathay and the Way Thither*: *Being a Collection of Medieval Notices of China*, revised by Henri Cordier, London: Hackluyt Society, 1915, vol. 1, p. 1；方豪：《中西交通史》，上海：上海人民出版社，2008 年，第 47 页；张星烺编注、朱杰勤校订：《中西交通史料汇编》，附录“‘支那’名号考”，北京：中华书局，1977 年，第 552—562 页；[法] 伯希和：《支那名称之起源》，《西域南海史地考证译丛》第 1 编，冯承钧译，北京：商务印书馆，1995 年。亦有人将 Cathay 译为“震旦”。

脱利亚海周记》。[①] 最早提及Seres之名的欧洲文献，时间更早。古罗马诗人维吉尔（Virgil，前70—前19）、贺拉斯（Horace，前65—前8）、奥维德（Ovid，前43—17）等人的作品中，已经出现对“塞里斯”的赞美。[②] 甚至有学者认为，古希腊历史学家希罗多德（Herodotus，前484—前425）的《历史》中，已述及远东，其中的希伯尔波利安人（Hyperboreans）就是中国人；而希罗多德的论述，则取材于更早的公元前7世纪—公元前6世纪的著作。[③]

汉代张骞凿空，是中西交流的大事，中国与欧洲的丝绸贸易，穿越塔克拉玛干沙漠，逐渐兴盛起来，“成为从太平洋到大西洋横跨整个旧世界的经济统一体的一条纽带”[④]，丝绸成了罗马帝国常见的商品。此后，双方都在试图建立直接的联系。汉和帝永元九年（97），班超遣甘英出使大秦（罗马帝国），最终只抵达巴比伦。几乎同时，马其顿商人马埃斯（Maës Titianus）的商队，沿着丝绸之路，进入中国。马利努斯（Marinus of Tyre）的地理著作中曾介绍马埃斯商队到达塞里斯国，该著作已佚，相关论述保存在托勒密（Ptolemy，约100—170）的《地理志》中。[⑤]

但是，中国与欧洲的贸易往来，毕竟路途遥远，很少有人在陆路或海路走完全程，一般会经过安息、大食、粟特等中亚商人的中转。而经过中转的中国信息，往往差之毫厘、谬以千里。比如托勒密，同时介绍了东方的Sinae和Serice两个国名，认为两国相邻。[⑥]

---

① 参见张星烺编注、朱杰勤校订：《中西交通史料汇编》，北京：中华书局，1977年，第124—125页。

② ［法］戈岱司：《希腊拉丁作家远东古文献辑录》，耿昇译，北京：中华书局，1987年，第1—4页。

③ 参见［英］赫德逊：《欧洲与中国》第一章，王遵仲、李申、张毅译，何兆武校，北京：中华书局，1995年。但是，黄时鉴认为希伯尔波利安人不是中国人，参见黄时鉴：《希罗多德笔下的欧亚草原居民与草原之路的开辟》，载《东西交流史论稿》，上海：上海古籍出版社，1998年，第9页。

④ ［英］赫德逊：《欧洲与中国》，王遵仲、李申、张毅译，何兆武校，北京：中华书局，1995年，第42页。

⑤ ［法］戈岱司编：《希腊拉丁作家远东古文献辑录》，耿昇译，北京：中华书局，1987年，第21页。

⑥ 张星烺编注、朱杰勤校订：《中西交通史料汇编》，北京：中华书局，1977年，第131—137页。英国的裕尔在注解托勒密的《地理志》时，认为书中的Serice是指中国的新疆地区，赫德逊则认为，托勒密书中所说的“丝国之都”是前汉的首都长安，“中国之都”是后汉的首都洛阳，“由于首都变迁，遂引起了这一观念，即丝国（Serice）与中国（Sinae）是不同的国家。”见［英］赫德逊：《欧洲与中国》，王遵仲、李申、张毅译，何兆武校，北京：中华书局，1995年，第58页脚注。

3 世纪，随着罗马帝国的衰落，欧洲与东方的贸易也开始衰落，波斯人几乎垄断了丝绸的货源。于是有中亚僧人想办法从中国偷运来蚕卵，将养蚕技术引入欧洲。[①] 此后，欧洲渐渐不再依靠中国提供生丝。“拜占庭人国内自产丝绸，在野蛮民族迁移的压力下欧洲其余部分陷于贫困，都扼杀了来自中国的丝绸运输，而随着也就割断了连接过地中海地区与远东之间的巨大贸易联系。同时，阿拉伯人之征服叙利亚和埃及，也最终把欧洲与印度洋截断。”[②] 于是，中西交往也陷入停顿。

总括而言，“在那些古典作家们所憧憬的遥远国土中，‘黄金之国’和‘丝绸之国’似乎是他们特别钟情的对象。诗人们的隐喻和学者们的论述不胜枚举，但是关于这些近乎神话般的地区的准确资料却极为罕见，文献学家们至今一致认为这些神话地区就是恒河两岸的印度和中国”，因此，从历史的角度来看，“它们只是欧洲了解远东的初步概念”。[③]

英国汉学家裕尔（Henry Yule，1820—1889）曾指出：“到了蒙古时代，中国才第一次真正地为欧洲所了解，他们称其为契丹——这个名称虽然特指中国北部，但它逐渐成为一个更宽泛的称呼。”[④] 裕尔所说的“蒙古时代”，即指蒙古人崛起并横扫欧洲的 13 世纪。

裕尔说 13 世纪以后“中国才第一次真正地为欧洲所了解”，有一定的合理性。西欧与中国的贸易中断许久，古希腊、古罗马时代对于“塞里斯”的朦胧印象都已经渐渐湮没。1222—1242 年蒙古人攻入俄罗斯、波兰、匈牙利等地，激起了欧洲人对神秘的蒙古帝国的兴趣。1245 年，教宗英诺森四世

① 张星烺编注、朱杰勤校订：《中西交通史料汇编》，北京：中华书局，1977 年，第 153—155 页。

② ［英］赫德逊：《欧洲与中国》，王遵仲、李申、张毅译，何兆武校，北京：中华书局，1995 年，第 101 页。

③ ［法］戈岱司编：《希腊拉丁作家远东古文献辑录》，耿昇译，北京：中华书局，1987 年，序言。

④ Sir Henry Yule, *Cathay and the Way Thither: Being A Collection of Medieval Notices of China*, London: Hackluyt Society, 1915, vol. 1, p. 146. 此处中文为笔者所译。

(Innocent IV)在法国的里昂会议上，与方济各会士[①]与多明我会士[②]商议，希望派人出使蒙古汗廷，劝说蒙古人信奉基督教，并联合蒙古人一致对抗阿拉伯人。于是教宗相继派出方济各会士柏朗嘉宾等使节，法兰西国王等欧洲王公也陆续向蒙古帝国派出使节，还有一些旅行家、商人也接踵前往东方。[③]

英国学者赫德逊(Geoffrey F. Hudson，1903—1974)高度评价了这个时代中西关系的突破性发展，他认为，13—14 世纪"欧洲对中国的知识是甚至古代丝绸贸易最繁荣的时期都未曾有过的。……一种宗教性的 Weltpolitik(世界政治)的伟大观念使得在鞑靼人统治下的和平时期到中国去旅行具有了特色，使之具有要观察和了解的愿望，那是古代纯商业性的旅行所缺少的"。[④]

在这些远涉亚洲腹地的教士中，有两位方济各会士写下了流传甚广的游记：他们是柏朗嘉宾(John of Plano Carpini，1185—1252)和鲁布鲁克(William of Rubruck，1210—1270)。[⑤] 柏朗嘉宾是意大利人，他在 1245 年以六十五岁高龄接受教宗派遣出使蒙古，1246 年经由拔都的金帐汗国，抵达蒙古大汗行宫，亲历元定宗贵由的登基典礼，1247 年返回欧洲。[⑥] 柏朗嘉宾根

---

① 方济各会(Franciscan Order)，又名小兄弟会、法兰西斯会，1209 年由意大利人方济各(Saint Francis of Assisi，1182—1226)创立，是忠心效力教宗的天主教主要修会之一。

② 多明我会(Dominican Order)，又译为道明我会，1215 年由西班牙人多明我(Saint Dominic de Guzman，1170—1221)创立，成立宗旨宣称"铲除异端、消灭邪恶、宣讲信仰、培养道德"，也是忠心效力教宗的天主教主要修会之一。参见杨真：《基督教史纲》，北京：三联书店，1979 年，第 244 页。

③ 对于 13—14 世纪罗马教廷与蒙古帝国的交往(如元定宗贵由的致教宗书、部分出使传教士的事迹等)，欧洲汉学家多有研究(如法国汉学家伯希和曾根据教廷档案中发现的材料)，在 1923—1931 年撰文做出考证，参见[法]伯希和：《蒙古与教廷》，冯承钧译，北京：中华书局，1994 年。其后，蒙古学及元史学家、意裔澳大利亚学者罗依果，对此题目做了更细致的陈述和考证，参见 Igor de Rachewiltz, *Papal Envoys to the Great Khans*, London: Faber and Faber Ltd., 1971. 相关的中文论述，可参见徐宗泽：《中国天主教传教史概论》，上海：上海书店出版社，1990 年(据土山湾印书馆 1938 年版影印)，第五章；阎宗临：《元代西欧宗教与政治之使节》，载《中西交通史》，桂林：广西师范大学出版社，2007 年，第 69—98 页。

④ [英]赫德逊：《欧洲与中国》，王遵仲、李申、张毅译，何兆武校，北京：中华书局，1995 年，第 107—108 页。

⑤ 张星烺编注，朱杰勤校订：《中西交通史料汇编》，北京：中华书局，1977 年，第 284—292 页。

⑥ [意]柏朗嘉宾、[法]鲁布鲁克：《柏朗嘉宾蒙古行纪·鲁布鲁克东行纪》，耿昇、何高济译，北京：中华书局，1985 年，导论第 11—12 页。

据此次经历撰写《蒙古史》，被收入中世纪最流行的百科全书之一《史鉴》(Speculum Historiale)。[①] 鲁布鲁克受法国国王路易九世的派遣，在1253年前往蒙古，见到了蒙古大汗蒙哥，1255年返回欧洲，写下自己的经历。英国学者道森（Christopher Dawson，1889—1970）认为，鲁布鲁克的游记是“整个游记文学中最生动、最动人的游记之一”，甚至比马可·波罗的游记“更为直接和令人信服。”[②]鲁布鲁克介绍了蒙古人的文化风俗、宗教信仰及其宫廷生活，他还根据见闻，描述了中国文字的书写方式是“使用毛刷写字，像画师用毛刷绘画”。[③] 赫德逊也非常推崇这两位教士，他说鲁布鲁克“看出那就是古代的丝国（Serice）”，并且鲁布鲁克在蒙古见过中国工匠，“注意到他们作为工匠的技艺是举世无双的，他们生产着质量最佳的丝绸，用米酿酒，他们像作画那样用毛笔写字，用一个图形表示在西方用很多字母组成的词——他对中国书面语言的观察甚至比马可·波罗书中的还要细致”。[④]

实际上，柏朗嘉宾和鲁布鲁克最远只到达蒙古的哈剌和林（Karakorum），从未进入中国的中原地区。他们根据自己所接触的蒙古人的习惯，将中国北部称为“契丹”，将中国南部称为“蛮子”。虽然他们的所见所闻十分有限，但是“他们最早将关于远东大洋岸边的那个文明发达的伟大民族的知识重新激活，带给西欧。他们用契丹（Cathay）来称呼这个国度，欧洲人第一次听到这个名字”。[⑤] 此后的三百多年间，中国就以神秘的“契丹”之名，激起无数欧洲人的遐想。

1294年，孟高维诺（Jean de Monte Corvino，1246—1328）来到元帝国的首都大都传教，其后传教地区远达刺桐（泉州）。天主教此时顺利进入中

---

① ［英］道森：《出使蒙古记》，吕浦译、周良宵注，北京：中国社会科学出版社，1983年，第17页。

② 同上书，绪言第17页。

③ ［意］柏朗嘉宾、［法］鲁布鲁克：《柏朗嘉宾蒙古行纪·鲁布鲁克东行纪》，耿昇、何高济译，北京：中华书局，1985年，第280页。

④ ［英］赫德逊：《欧洲与中国》，王遵仲、李申、张毅译，何兆武校，北京：中华书局，1995年，第121页。

⑤ Sir Henry Yule, *Cathay and the Way Thither: Being a Collection of Medieval Notices of China*, revised by Henri Cordier, London: Hackluyt Society, 1915, vol. 1, p. 156.

国，是因为元朝兼容并包的宗教政策以及抬高色目人地位、压制汉人与南人地位的民族政策。元帝国为了管理也里可温教（当时对基督教的称呼），还专门设立了崇福司。但是，元代信奉基督教的人，大多是西北民族或是西域入华者。明朝建立后，元人退出中原地区，也里可温教也很快从中国消失了。孟高维诺等人深入中国内地进行传教，但是，其时处于元蒙时期，他们一般只学会了蒙语。如孟高维诺说自己“已谙熟鞑靼人常用的语言和文字”，并用蒙文翻译了《新约》。[①] 他们对于儒家文化或是中国的学术典籍、思想传统，没有真正的了解，并没有为欧洲人带回更多的中国思想文化知识。

到了14世纪，方济各会修士鄂多立克（Odoric da Pordenone，1286—1331）、马黎诺里（Giovanni dei Marignolli）等人来到中国，并将自己的经历写成游记。[②] 这些游记介绍了当时被欧洲人称为契丹和“蛮子省”（中国南部）的政治、经济、风俗，但是，都有很大的局限性（如马黎诺里的游记只限于杭州、泉州），也没有为欧洲人的中国知识增添更深入的内容。

在14世纪欧洲人关于中国的记载中，影响最大的是马可·波罗（Marco Polo，1254—1324）的游记。马可·波罗随父亲、叔父等人从威尼斯出发，1275年抵达元帝国的上都开平府，此后在中国生活了近十七年。1295年回到意大利后，他在一次威尼斯和热那亚的海战中被俘，随后在热那亚的监狱里口述其经历，由其狱友、比萨人鲁思蒂谦（Rusticiano）笔录，用当时流行的法语和意大利语的混合语写成。此书很快被译成多种欧洲文字，在欧洲广为传播。回忆录的书名原为《对世界的描绘》（或译为《寰宇记》），后来的版本大多改用《马可·波罗游记》的书名。由于马可·波罗在回忆中盛赞元帝国的巨大财富，当时的欧洲人感到这些数字难以置信，所以戏称马可·波罗为“百万先生”，因此他的回忆录又被称为《百万》。

《马可·波罗游记》极力渲染了当时元帝国首都汗八里（Cambaluc，蒙古语指帝都，即大都）的雄伟和繁华，激起了欧洲人几个世纪的无限遐想。

---

① ［英］穆尔：《一五五〇年前的中国基督教史》，郝镇华译，北京：中华书局，1984年，第199页。

② 同上书，第271—295页。

马可·波罗曾奉命出使南方，游记中称之为“蛮子省”，还提到了南宋如何灭亡的历史。马可·波罗曾一路游历扬州、苏州、杭州、福州、泉州等地，还曾在扬州担任过官职。

正如裕尔所说，马可·波罗的游记“使欧洲人熟悉了契丹这个名称，还有它的各种新奇事物，它的影响远远超过其他游记”，“在马可·波罗光芒四射的星球旁，其他到过这个国度的旅行家，都只是黯然失色的星星”。[①]《马可·波罗游记》在欧洲的流行和传播，慢慢使得“‘契丹’成为文艺复兴时代西班牙、葡萄牙及英、法各国人民梦想中的佳境”。[②] 欧洲15、16世纪的传奇作品中，充满了契丹、汗八里之类的名字。

马可·波罗在游记中说，他在中国学会了四种语言和它们的写法，但没有说明是哪四种语言。法国学者鲍狄埃（Guillaume Pauthier，1801—1873）提出，马可·波罗掌握的是汉文、维吾尔文、八思巴蒙古文和用阿拉伯字母书写的波斯文。但是，英国学者裕尔、法国学者高第（Henri Cordier，1849—1925）在为英文版《马可·波罗游记》作注时提出了质疑，他们认为马可·波罗掌握的四种语言不包括汉语，理由是：马可·波罗把苏州解为地、杭州解为天，说明他根本不懂“上有天堂，下有苏杭”的实际意思；马可·波罗没有提到汉字的特殊写法；游记中的许多地名，如Cathay（契丹，北中国）、Cambaluc（汗八里，即大都）、Tangut（唐兀惕，即西夏）等，都是蒙古语、突厥语或波斯语的称呼，这些地方的汉语名称马可·波罗未采用。虽然其后有法国学者沙海昂（A. J. H. Charignon，1872—1930）等人为马可·波罗的汉语水平辩护，但是研究者一般都接受裕尔的说法，因为马可·波罗对蒙古文、突厥文、波斯文的拼写都很规范、很准确，却很少出现汉语词汇，地名大多从蒙古文、波斯文等转写而来。[③] 虽然马可·波罗介绍

① Sir Henry Yule, *Cathay and the Way Thither: Being a Collection of Medieval Notices of China*, revised by Henri Cordier, London: Hackluyt Society, 1915, vol. 1, p. 165.

② 朱谦之：《中国哲学对欧洲的影响》，上海：上海人民出版社，2006年，第43页。

③ 参见杨志玖：《马可·波罗在中国》，天津：南开大学出版社，1999年，第75—79页。

说，“蛮子省”有通用的语言和统一的文字，但他实际上不懂汉语，这在很大程度上限制了他对中国文化的认识。马可·波罗甚至是“通过蒙古人这块屏幕，提供了中国的一种严重歪曲和面目全非的失真形象”。①

法国学者安田朴（René Etiemble，1909—2002）进一步指出，马可·波罗的游记中没有提到任何一个中国思想家的名字。马可·波罗“满怀同情心地讲述了中国人所说的‘孝道’、由儒教教理向该民族灌输的风俗习惯和仪表举止，但他同样没有一次提到孔夫子和任何儒教徒”。事实上，当时的“蒙古人对于孔夫子、朱熹和理学都了如指掌”，“蒙古人特别是忽必烈汗已尽其最大的可能采纳了汉地的文明”，还推动了宋元理学的传播。安田朴认为：“既然马可·波罗在他于中国经过十五年之后而愚蠢地既不提到孔子之名，又不提及老子、庄子、荀子、墨子、孟子等人甚至朱熹的名字，那就必须承认他完全不懂汉文。”安田朴鼓励读者去假设，如果中国思想在13世纪传入欧洲，那么欧洲思想会出现怎样的新局面。可惜的是，“这样的现象丝毫没有产生”。②

13、14世纪欧洲人对于中国的认识，来源于传教士及旅行家的各种游记、信函。但是，这些传教士和旅行家，大多不懂汉语，对中国文化了解不深，他们的描述多限于中国的政治概况、城市风貌、物产工艺等外观层面，字里行间还洋溢着对于神秘国度的各种想象，至于中国的思想与典籍，无人提及。所以，从这个意义上来说，裕尔所说的“到了蒙古时代，中国才第一次真正地为欧洲所了解”，又不完全准确。

对于这一时期的中西交通，朱谦之总结道：“在13世纪蒙古人勃兴时代，借蒙古人为媒介，东西两大文明——中国系（中国、朝鲜、日本等皆属此系）与希腊、罗马系（今欧美各国皆属此系）始实行接触。”③阎宗临总结

---

① ［法］戴密微：《法国汉学研究史》，载［法］戴仁主编、耿昇译：《法国当代中国学》，北京：中国社会科学出版社，1998年，第3页。

② ［法］安田朴：《中国文化西传欧洲史》，耿昇译，北京：商务印书馆，2000年，第146—150页。

③ 朱谦之：《中国哲学对欧洲的影响》，上海：上海人民出版社，2006年，第33页。

道："13世纪蒙古帝国的崛起，使亚洲政治与社会起了很大的变更，同时使中国与欧洲发生直接关系。"[①] 欧洲与中国开始"实行接触"、有了"直接关系"，是确凿无疑的，但是，欧洲人对于中国的"了解"，其实仅限于物质与风俗层面，而对于中国思想与典籍的了解，基本上还是空白。

到了14世纪中期以后，随着蒙古帝国的衰落，蒙古人开辟的东西方通道逐渐隔绝，"整个中亚细亚的基督教和聂斯托里派教会的东方诸教区都被帖木儿的征服所摧毁"。[②] 其后，奥斯曼土耳其帝国在小亚细亚崛起，控制了东西方的陆路交通线。1453年，奥斯曼帝国占领君士坦丁堡，由传教士和商人开辟的中西交通之路彻底被切断，中西交流陷入停滞期。不过，马可·波罗笔下的富饶的东方，还萦绕在欧洲人的想象和梦幻中。

第二节　16世纪大航海时代欧洲人的中国知识

东西方陆路交通的中断，促使欧洲人寻找新的海上通道，由此迎来了大航海时代。这个时代最重要的动力和目标，一方面是要摆脱意大利人对东方香料贸易的控制，另一方面则是寻找马可·波罗所说的契丹。当《马可·波罗游记》的葡文版1502年在里斯本出版时，其前言就写道："向往东方的全部愿望都是来自想要前去中国……那就是要寻访契丹。"[③]

大航海时代，最初是由西班牙人和葡萄牙人开启的。"虽然文艺复兴文化对近代世界的形成做出了很多基本的贡献，在西欧历史上从中世纪过渡到近代早期阶段的两个最惹人注目的发展却是西班牙和葡萄牙的海外冒险和新

① 阎宗临：《近代中西交通之研究》，载《中西交通史》，桂林：广西师范大学出版社，2007年，第16页。

② ［英］道森：《出使蒙古记》，吕浦译、周良宵注，北京：中国社会科学出版社，1983年，绪言第29页。

③ 参见万明：《西方汉学的萌芽时期——葡萄牙人对中国的记述》，《世界汉学》1998年第1期，第142页。

教改革。”[①] 这个近代早期阶段，不仅是大航海时代，也是地理大发现的时代，还是殖民扩张、全球传教的时代。

1488 年葡萄牙人沿着非洲大陆发现了好望角。与此同时，热那亚人哥伦布（Christopher Columbus，约 1451—1506）在西班牙女王的资助下，从大西洋向西航行，于 1492 年发现美洲大陆。葡萄牙人已经知道沿着好望角能到达印度，但对此事秘而不宣。在教宗亚历山大六世的主持下，西班牙与葡萄牙于 1494 年签订《托尔德西拉斯条约》，规定佛得角群岛以西 370 里格[②]的经线为两国的势力分界线：分界线以东归葡萄牙，分界线以西归西班牙。这条经线被称为“教皇子午线”，由此形成了所谓的葡萄牙保教权和西班牙保教权。1498 年达·伽马（Vasco da Gama，1469—1524）经由好望角，最终完成了从大西洋通往印度洋的新航线。葡萄牙一跃成为海上霸主，在 16 世纪初相继占领印度的果阿和马来西亚的马六甲等地，这两个亚洲殖民地成为葡萄牙控制东西方贸易的最主要基地。1517 年，葡萄牙使节皮列士（Tomé Pires）经马六甲抵达广州，进京觐见明武宗。[③] 其后，葡萄牙人于 1553 年租居澳门作为根据地。葡萄牙人成为大航海时代最早进入中国的欧洲人，赫德逊甚至认为是葡萄牙人带来了中国人和欧洲的直接接触。[④]

西班牙试图在葡萄牙占有的区域之外，找到另一条通往亚洲的新航线。1522 年，麦哲伦（Ferdinand Magellan，约 1480—1521）舰队找到了经由南美洲通往太平洋的航线。沿着这条航线，西班牙发现了印尼的马鲁古群岛（Maluku Islands，亦称摩鹿加群岛或香料群岛）。西班牙和葡萄牙再起争执，

---

① ［美］勒纳、米查姆、伯恩斯：《西方文明史》，王觉非等译，北京：中国青年出版社，2003 年，第 446 页。

② 里格是欧洲一种古老的计量单位，原意是指一个人一小时所走的路程。

③ 参见［葡］巴洛斯、［西］艾斯加兰蒂等：《十六世纪葡萄牙文学中的中国：中华帝国概述》，何高济译，北京：中华书局，2013 年，第 71 页。葡萄牙人最早来华的考证，可参见朱杰勤：《葡萄牙最初来华时地考》，载《中外关系史论文集》，郑州：河南人民出版社，1984 年，第 475—481 页。

④ ［英］赫德逊：《欧洲与中国》，王遵仲、李申、张毅译，何兆武校，北京：中华书局，1995 年，前言第 1 页。

1529 年又签订《萨拉戈萨条约》，沿着“教皇子午线”在太平洋的投影所假设出来的一条反子午经线，形成一个半圆形分界线，由此重新确定两国在太平洋上的势力范围。按照条约，西班牙退出马鲁古群岛。但是西班牙并不甘心失去亚洲，1565 年西班牙船队来到菲律宾群岛的宿务，并以国王菲利普二世（Philip II）的名字来命名新发现的群岛。1571 年，西班牙人开始在吕宋岛建设马尼拉城，作为其在亚洲的殖民据点。此后，西班牙与中国的贸易及文化往来，多以马尼拉为中心而展开。

16—17 世纪欧洲与中国的关系，基本上是在葡萄牙和西班牙瓜分世界和亚洲的大背景中展开的。按照上述条约，葡萄牙拥有对东方航线的垄断以及对亚洲的保教权，欧洲传教士如想沿着好望角航线来华，必须获得葡王的准许并从里斯本启航。[①] 意大利、比利时的传教士，较易获得葡王的批准，因此，16—17 世纪的来华传教士，大多为葡萄牙、意大利、比利时等国籍的耶稣会士。相比之下，西班牙的传教士来华，只能走中南美洲、太平洋的航线，由菲律宾抵达中国福建地区，这条航线更费时、更危险。从西班牙来华的传教士，大多为西班牙的多明我会修士。葡萄牙控制来华传教航线的局面，直到 1687 年法国国王路易十四派遣白晋等人来华才被打破。

葡萄牙和西班牙这两个伊比利亚王国，在 16 世纪控制了中西海上航线，并重新启动了欧洲人认识中国的历史进程。正是葡萄牙人，从印度人那里学会以 China 称呼中国，然后将这个称呼传遍欧洲。由于这些原因，很多学者将这段时期的汉学称为“伊比利亚时期”。[②]

葡萄牙和西班牙早期来华的使节、旅行家、商人、传教士，写下了大量关于中国的见闻或回忆。[③] 不过，他们记录的重点，还是中国的政治、

---

① 方豪：《从中国典籍见明清间中国与西班牙的文化关系》，载《方豪六十自定稿》（下册），台北：台湾学生书局，1969 年，第 1489－1490 页。

② 伊比利亚半岛位于欧洲西南角，主要包括西班牙、葡萄牙以及法国的一小部分地区。很多世界史学者也将 1500—1600 年称为“伊比利亚时期”，例如［美］斯塔夫里阿诺斯：《全球通史：1500 年以后的世界》，吴象婴、梁赤民译，上海：上海社会科学院出版社，1999 年。

③ 参见吴孟雪：《中学西渐第一页—— 16 世纪欧洲汉学概述》，载阎纯德：《汉学研究》第一辑，北京：中国和平出版社，1996 年，第 63－73 页。

经济、地理等资料。最早进入中国的葡萄牙人皮列士、伯来拉（Galeote Pereira）等人都留下了描述中国见闻的文字，但 16 世纪介绍中国文化的集大成之作，却是西班牙人门多萨的《中华大帝国史》。葡萄牙人占尽先机，早于西班牙人进入中国，但葡语是小语种，以葡文出版的著作在欧洲大多流行不广。葡萄牙人对中国的描述，大多被吸收进《中华大帝国史》才得以传播。

门多萨（Juan Gonsales de Mendoza，1545—1618）是奥古斯丁会士（Augustinians，或译为思定会），自幼受过良好的教育，十七岁时抵达西班牙的殖民地墨西哥，一边研究神学，一边热心传教。当西班牙占领菲律宾群岛之后，墨西哥成为西班牙向菲律宾派遣传教士和官吏的中转站，关于菲律宾和中国的消息也常常从墨西哥传回西班牙，由此激发了门多萨对于中国的浓厚兴趣。1574 年，门多萨跟随菲律宾主教回到西班牙。1581 年，西班牙国王菲利普二世决定派出使团前往中国，门多萨被委任为使团团长。访华使团到达墨西哥后，遭受挫折，最终铩羽而归，门多萨的赴华使命并未实现。但门多萨为此行搜集了大量关于中国的资料，为写作《中华大帝国史》打下了基础。1583 年，门多萨去罗马拜见教宗格列高利十三世（Gregory XIII）。当时教廷欲在东方拓展势力，但对中国不甚了解，急需一本关于中国的资料汇编，于是要求门多萨编写这样一本书。门多萨整理前人的相关著述、使华报告、游记、信札，费时两年，于 1585 年出版《中华大帝国史》，旋即成为 16 世纪欧洲最畅销的书籍之一。[①] 此书畅销的程度，“即后出利玛窦之著作亦不能及”。[②] 到 16 世纪末，《中华大帝国史》在欧洲以不同的语言再版了四十六次。美国芝加哥大学的亚欧关系史专家拉赫（Donald F. Lach，1917—2000）指出，门多萨此书“成为 18 世纪前所有欧洲人随后出版的关于中国著作的

---

① 参见张铠：《十六世纪欧洲人的中国观——门多萨及其〈中华大帝国史〉》，载黄时鉴：《东西交流论谭》，上海：上海文艺出版社，1998 年。

② 方豪：《中西交通史》，上海：上海人民出版社，2008 年，第 675 页。

基点和对比的根据”。[①]

16世纪法国思想家蒙田（Michel de Montaigne，1533—1592），读罢《中华大帝国史》之后评价中国说：“这个王国在很多方面成效卓著，超过我们的样板。这个国家的历史告诉我们，世界更为宽广更丰富多彩。”[②] 另一位意大利籍法国学者斯卡利热（Joseph Scaliger，1540—1609）在读了门多萨的书后，认为中国是“一个令人心驰神往的帝国”。[③]

《中华大帝国史》英译本印行于1588年，由英国地理学家哈克鲁特请人译出。到了1853年，小斯当东爵士又将此译本重新整理出版，可见英国人对于此书的重视。英译整理本的绪论，称此书是“迄今用英文刊行的关于中国最早而详尽的记载”。可以说，在利玛窦等耶稣会士的著作出现以前，英国人主要依靠阅读《中华大帝国史》获得比较直观的中国知识。英国伊丽莎白时代的哲学家培根，还有曾撰写《世界史》的雷利，都是从此书获得关于中国的知识。[④]

《中华大帝国史》共两卷，其中并未介绍《诗经》之类的中国典籍，由此可推知，当时来华的西班牙和葡萄牙人对于中国典籍及思想学术都不甚了了。书中比较含混地讲到“那里有著名大哲学家”，但是并未提到孔子的名字；还介绍了中国人如何通过科举考试获得功名，但是没有提到参加科举考试需要读哪些书。即便如此，此书的出版在欧洲汉学史上仍具有巨大的意义，莫东寅称它为“实西洋关于中国专籍之嚆矢”[⑤]，门多萨甚至“由于这部书风行一时、影响深远而被尊称为汉学的始祖”。[⑥]

---

① ［美］拉赫：《欧洲形成中的亚洲》第一卷第二册，周宁总校译，北京：人民出版社，2013年，第307页。

② ［法］蒙田：《蒙田随笔全集》（下），潘丽珍等译，南京：译林出版社，1996年，第348页。

③ 参见［法］戴密微：《法国汉学研究史》，载［法］戴仁主编、耿昇译：《法国当代中国学》，北京：中国社会科学出版社，1998年，第2—3页。

④ Qian Zhongshu, “China in the English Literature of the Seventeenth Century”, *in The Vision of China in the English Literature of the Seventeenth and Eighteenth Centuries*, ed. Adrian Hsia, Hong Kong: The Chinese University Press, 1998, pp. 37—38.

⑤ 莫东寅：《汉学发达史》，郑州：大象出版社，2006年，第46页。

⑥ 吴志良：《十六世纪葡萄牙的中国观》，《世界汉学》1998年第1期，第159页。

其实，门多萨并未到过中国，也不懂中文，他之所以能写出此书，是充分利用了进入中国的奥古斯丁和方济各传教士的报告见闻，以及同时代关于中国的各类著述。门多萨依靠的资料主要有以下几种：葡萄牙学者巴洛斯（Joao de Barros，1496—1570）在 1539—1563 年写成的《亚洲史》，葡萄牙人克路士（Gaspar da Cruz，？—1570）在 1570 年出版的《中国志》，以及西班牙人拉达（Martinus de Rada，1533—1578）出使中国的报告。

在这些人中，巴洛斯从未到过中国，但他因工作的便利可以接触到大量中国资料，并且他还利用一个华人奴仆为他翻译中国文献[①]，所以他的《亚洲史》包含了丰富的内容，第一次向西方人介绍了长城，并指出中国使用印刷术要早于欧洲。克路士是多明我会的修士，可能是最早进入中国的西班牙人。他在 1556 年曾进入广州，试图建立传教据点，但几个月后被驱逐出境。他撰写的《中国志》，大部分记录了他在广州所见的中国社会生活，还有一部分取材于葡萄牙人伯来拉的《中国报道》（此书 1565 年出版于威尼斯）。马可·波罗游记中遗漏的长城、印刷术等，克路士都谈到了。因此，英国学者博克舍说，克路士“在广州停留的几周比马可·波罗在中国度过的那许多年得到更充分的利用”，甚至认为他“比那位更负盛名的意大利旅行家马可·波罗，对所见的中国描写得更好更清楚”。[②] 克路士观察细致，他描述了中国的官员是如何产生的，以及各地生员如何学习、如何取得功名，并且还注意到中国语言文字的特点，如汉字是自上而下书写等。[③] 不过，克路士对于中国的思想和典籍、对于中国人考功名需读什么书，似乎没有做进一步的了解。

拉达曾在巴黎大学读书，学识渊博。1575 年，拉达带领使团，从马尼拉

---

① ［英］博克塞：《明末清初华人出洋考》，载朱杰勤译：《中外关系史译丛》，北京：海洋出版社，1984 年，第 95 页。

② ［英］博克舍编注：《十六世纪中国南部行纪》，何高济译，北京：中华书局，1990 年，导言第 37—38 页。

③ ［葡］克路士：《中国志》第七章，收入［英］博克舍编注：《十六世纪中国南部行纪》，何高济译，北京：中华书局，1990 年，第 109—113 页。

的西班牙人据点出发，出使中国。他受到福建官员的接待，不过并未实现预定目标，后根据亲身经历写了一份报告。拉达指出："我们通称为中国的国家，威尼斯人马可·波罗叫做契丹。"但是与马可·波罗、克路士等人赞美中国的态度相反，拉达对中国持有激烈的批评态度。拉达在福建得到许多中文书籍，他这样描述："我们得到各种出版的学术书籍，既有占星学也有天文学的，还有相术、手相术、算学、法律、医学、剑术，各种游戏，及谈他们的神的。"拉达认为，除了医学书，其他中国书籍"都不值一顾，因为他们只知事物的皮毛，其他一无所知"。①

拉达获得的中文书籍，一部分留在了菲律宾（其中一些被译成西班牙文），另一部分则被运往欧洲。② 拉达得到的中文书籍有没有《诗经》或其他儒家典籍呢？门多萨《中华大帝国史》第一卷第十七章将这些书分为二十八类，大概涉及中国地理、历史、贡赋、政治、法律、宗教、物产、造船业、医药学、天文学、数学、音乐、建筑等。拉达运回欧洲的中文书，已很难求证其准确的书目。根据伯希和、方豪等学者在西班牙所见，西班牙现存16世纪刻本的中文书籍包括：《资治通鉴节要》《类编历法通书大全》《通书》《徐氏针灸》《新刊按鉴汉谱三国志传绘像大全》《耀目冠场擢奇风月锦囊正杂两科全集》《新刊补订源流总汇对类大全》《古今形胜之图》。③ 这些书目很杂，包括史书、医书、戏曲等，没有发现后来耶稣会士那种对儒家思想的巨大兴趣，也没有发现《诗经》《论语》等典籍。

门多萨的《中华大帝国史》利用了葡萄牙人、西班牙人对中国的所有观察，但又围绕着他心目中的中国形象来剪裁材料。门多萨强调中国"公正的行政管理的现象，这在紧接着的一个时期将成为耶稣会士所描述中国形象的主要特征"，不过，"门多萨所依据的三个资料来源有一个不可避免的缺陷，

① ［西］拉达：《记大明的中国事情》，收入［英］博克舍编注：《十六世纪中国南部行纪》，何高济译，北京：中华书局，1990年，第185、210页。

② 同上书，导言第55、57页。

③ 方豪：《流落于西葡的中国文献》，载《方豪六十自定稿》（下册），台北：台湾学生书局，1969年，第1750—1764页。

那就是未能对中国人的思想文化生活以及他们认识到的公正背后隐含的思想作任何介绍”。[①] 在西方的中国形象史上，《中华大帝国史》的意义在于它“总结性地在西方文化视野中树立了一个全面、权威或者说是价值标准化的中国形象，为此后两个世纪内欧洲的‘中国崇拜’提供了一个知识与价值的起点”。[②]

除了门多萨，值得一提的还有西班牙多明我会士高母羡（Juan Cobo，1546—1592），他长期在马尼拉华人群体中传教，并未入华居留，但他在1591年前后将《明心宝鉴》译成西班牙文，后由其他传教士带回西班牙。《明心宝鉴》成书于明朝初年，全书汇集了孔子、孟子、荀子、老子、庄子、朱熹等人关于修身养性的语录，摘抄自《尚书》《易经》《诗经》《礼记》《论语》《孟子》《庄子》《太上感应篇》《说苑》《颜氏家训》等历代经典，是明朝非常流行的通俗读物，也风行于东南亚一带。高母羡所译的《明心宝鉴》，被法国汉学家伯希和称为“现存最早的中国书西译本”[③]，方豪甚至因此称高母羡为“西班牙第一位汉学家”[④]。虽然高母羡翻译的《明心宝鉴》中已包含儒家甚至道家的思想，但他没有做进一步的探究，并且此译本流传不广，在欧洲没有产生任何影响。

有人总结葡萄牙人和西班牙人对马可·波罗的超越，在于他们向欧洲人介绍了中国的印刷术、长城和饮茶文化等，这都是马可·波罗当年没有提及的，可以说是对《马可·波罗游记》的三大补遗。[⑤] 总括而言，通过葡萄牙人、西班牙人的眼睛，“西方已完成了从赛里斯神话到契丹神话再到中华帝国神话的中国形象的延续性转化……历史精神与道德色彩越来越多地渗入中

① ［英］雷蒙·道森：《中国变色龙：对于欧洲中国文明观的分析》，常绍明、明毅译，北京：时事出版社，1999年，第45页。

② 周宁：《中西最初的遭遇与冲突》，北京：学苑出版社，2000年，第321页。

③ 方豪：《流落于西葡的中国文献》，载《方豪六十自定稿》（下册），台北：台湾学生书局，1969年，第1745页。

④ 方豪：《中国天主教史人物传》上册，北京：中华书局，1988年（影印香港公教真理学会1967—1973年本），第88页。

⑤ 吴孟雪、曾丽雅：《明代欧洲汉学史》，北京：东方出版社，2000年，第三章。

国形象，一个财富与君权的物质化的契丹形象转化成一种文化智慧精神与道德秩序的中华帝国形象”。[①]

然而，这些进展虽然意义重大，毕竟没有让欧洲人直接认识中国典籍及其中的思想世界。要等到利玛窦进入中国之后，耶稣会士才陆续带回儒家文化与中国典籍的知识，才真正触及中西文化比较的深层次问题。

第三节　耶稣会士与儒家思想的西传

从中世纪的柏朗嘉宾、鲁布鲁克、马可·波罗等人的记载，到16世纪葡萄牙人与西班牙人的著作，很多到过中国或是未到过中国而对中国感兴趣的欧洲人，写下了大量介绍中国的文字。但是，这些文字，大多局限在中国政治、经济、物产、风俗等情况的介绍，并未进入中国人的思想学术、文学艺术等精神世界。向欧洲人介绍《诗经》等中国典籍的历史任务，最终落在了以利玛窦（Matteo Ricci，1552—1610）为首的耶稣会士的肩上。

耶稣会1583年正式进入中国传教，其后入中国传教的还有多明我会（1631）、方济各会（1633）、奥古斯丁会（1680）、巴黎外方传教会（1680）等。但是，从传教士规模来说，耶稣会士人数最多。[②] 更重要的是，其他教会修士的“素质不及耶稣会的学门僧，而其传道气魄，亦远较耶稣会派为差；而且缺乏像耶稣会派的实干精神，故，到底无法博得中国朝廷的信任。也因为如此，所以绝大多数的教士们也只能在诸省份中从事传道而已。他们为‘礼仪问题’争论的引火者，所以只能发现二三关于这一争论的著作，但无法发现像耶稣会士的著作般，涉及全面中国文化的名作”。[③]

---

① 周宁：《中西最初的遭遇与冲突》，北京：学苑出版社，2000年，第333页。

② 沈福伟：《中西文化交流史》，上海：上海人民出版社，1985年，第380页。

③ ［日］后藤末雄原著，杨森富节译：《早期法国耶稣会士的汉学研究》，《文艺复兴月刊》1970年第一卷第八期，第56页。

日本学者石田干之助、中国学者林金水等人都指出，以利玛窦为首的耶稣会士入华，是欧洲汉学史上一个划时代的事件。[①] 可以说，利玛窦“是第一个直接掌握中国语文并对中国典籍进行钻研的西方学者”。[②] 方豪指出，利玛窦进入中国“实开中西交通史之新纪元”，不仅“西洋近代天文、历法、数学、物理、医学、哲学、地理、水利诸学，建筑、音乐、绘画等艺术，无不在此时期传入”；更重要的是，“欧洲人之开始移译中国经籍，研究中国儒学及一般文化之体系与演进，以及政治、生活、文学、教会各方面受中国之影响，亦无不出现在此时”。[③] 从这个角度来看，“利玛窦留下的历史遗产，在中外文化交往史上突显的效应，远过于他对基督教入华的影响”。[④]

以利玛窦为代表的耶稣会士，之所以能在译介儒家经典上取得历史性的突破，这与耶稣会的传教策略是密切相关的。利玛窦等人在中国开辟了非常灵活的传教路线，即“耶稣会的适应政策”，也就是“让西方学术迁就、适应中国的文化氛围，并试图通过基督教与儒学的结合使之得到中国士大夫的接受”。[⑤]

耶稣会（Society of Jesus），由西班牙人依纳爵·罗耀拉（Ignace de Hoyola，1491—1556）创建于巴黎。1534 年 8 月 15 日，罗耀拉、沙勿略（San Francisco Javier，1506—1552）等七人在巴黎蒙马特山的圣母堂发愿，成立耶稣会，1540 年获教宗保罗三世（Pope Paul III）的正式批准。16 世纪的天主教会，面临着有史以来最大的危机。马丁·路德（Martin Luther，1483—1546）于 1517—1521 年在北欧掀起宗教改革，北欧、中欧的大部分国家纷纷加入新教信仰的行列。耶稣会的创立，正是对这个危机的回应。罗耀拉带领耶稣会士担当起捍卫天主教会以及天主教内部革新的重任，又被人称为梵蒂

---

① ［日］石田干之助：《欧人之汉学研究》，朱滋萃译，中法大学，1934 年，第 147—148 页。

② ［意］利玛窦、［法］金尼阁：《利玛窦中国札记》，何高济、王遵仲、李申译，北京：中华书局，1983 年，中译者序言第 10、18 页。

③ 方豪：《中西交通史》，上海：上海人民出版社，2008 年，第 487—488 页。

④ 朱维铮：《利玛窦在中国》，载《走出中世纪》（增订本），上海：复旦大学出版社，2007 年，第 63 页。

⑤ ［美］孟德卫：《奇异的国度：耶稣会适应政策及汉学的起源》，陈怡译，郑州市：大象出版社，2010 年，导言第 1、3 页。

冈的“黑衣卫队”。

不过，有学者指出：“耶稣会确实作为天主教会的利刃与新教展开过斗争，但依纳爵本人却从未提出修会的成立带有‘反对新教’的动机。对此修会会宪中亦无专门提及。耶稣会在传布信仰的各项工作中不过是听从了教宗的意愿。”从当时的历史发展来看，“面对天主教会在宗教改革时期所陷入的危机，面对广大民众对各种新教学说的积极响应，依纳爵，这位与马丁·路德和约翰·加尔文同时活跃于历史舞台的人，以一个新型的、灵活的、注重教育的修会，为反宗教改革和天主教内部革新，提供了有力的工具。”[①]

所谓“新型的、灵活的、注重教育的修会”，确实可以用来概括耶稣会最重要的特征。

从新型的特征来看，耶稣会虽然强调效忠教宗，但它的世界观是开放的、新型的。耶稣会士对人的个性的注重与文艺复兴时期对现代人的理解一脉相承。“耶稣会士不仅向文艺复兴开放，而且他们自己就是文艺复兴精神的宣扬者和鼓动者，并在他们之中产生了一批一流的科学家。”[②] 文艺复兴的核心精神是人文主义，耶稣会士大多是基督教人文主义者。在罗耀拉等耶稣会创始人看来，“以光耀文艺复兴的成就为借口把中世纪说成荒唐可笑，或者用狭隘闭塞地尊崇中世纪来藐视文艺复兴的成就，都是既违反信仰，也违反理性的，他和他的弟子们都认为，对古典文化和新知识的真诚热爱，是极其密合无间地与基督教原理浑为一体的”。[③] 最先进入中国的利玛窦、罗明坚，都是意大利人，“他们在信仰与人生使命上是上帝的使者，但在学识与文化修养上，却是地道的人文主义者”。[④]

从灵活的特征来看，以前的修会都穿着统一的服装、住在固定的隐修院、过着修院集体生活，而耶稣会摒弃了这样的形式，将会士派往世界各地

① ［德］哈特曼：《耶稣会简史》，谷裕译，北京：宗教文化出版社，2003年，第22、26页。

② ［意］柯毅霖：《晚明基督论》，王志成、思竹、汪建达译，成都：四川人民出版社，1999年，第15页。

③ ［法］裴化行：《利玛窦神父传》，管震湖译，北京：商务印书馆，1993年，第46页。

④ 周宁：《中西最初的遭遇与冲突》，北京：学苑出版社，2000年，第227页。

传教。灵活机动的特点，使耶稣会士大多具有很强的应变能力，由此发展为文化适应策略。在不同的国度传教，耶稣会士不仅身穿当地的服装，全心学习当地的语言，还深入了解当地的文化和宗教，试图将福音与当地的文化宗教结合起来。

从注重教育的特征来看，耶稣会特别注重知识上的素养。耶稣会士必须接受长达十多年的培训，需要系统地学习语言、哲学、神学、文学、医学以及自然科学等各种知识。耶稣会采用新式的教育体制，会士需要学习古代希腊、罗马以来的非基督教哲学家的著作，"依纳爵已经证实：运用非基督教经典具有合理性，而且也是耶稣会士探讨文化适应的重要途径"。所以，耶稣会士大多具有渊博的知识修养，"通常是欧洲最有才华的人"。① 这使耶稣会士在欧洲的宗教和政治生活中发挥过极其重要的作用，也使来华耶稣会士在中西文化交流中取得了前所未有的深度和广度。

耶稣会成立后的使命之一，就是积极参与海外传教活动，其重点是向亚洲和美洲传教。耶稣会要求在外传教会士定期写信给总会长，汇报他们的传教生活和所在国家的情况。正是这些耶稣会士的书信，第一次深入地将中国历史文化介绍给欧洲人，带来了欧洲汉学的划时代发展。

最早踏上中国领土的耶稣会士，是其创始人之一沙勿略。他在耶稣会正式获准成立的第二年即1541年启程前往印度传教，在印度果阿等地建立传教据点。随后，沙勿略于1549年进入日本传教。在日本传教期间，他发现日本的儒学、佛教等多来自中国，日本文化与中国文化密切关联。② 不过，有学者指出，沙勿略在印度、马来西亚等地，已对中国文化有较深的体认。③ 他最终在1552年到达中国广东上川岛，这是葡萄牙人租居澳门之前的对华贸易驻地。但是因明朝海禁甚严，他无法进入内地传教。同年12月3日，沙

① ［意］柯毅霖：《晚明基督论》，王志成、思竹、汪建达译，成都：四川人民出版社，1999年，第12、13页。

② ［法］费赖之：《在华耶稣会士列传及书目》（上册），冯承钧译，北京：中华书局，1995年，第2页。

③ 戚印平：《远东耶稣会史研究》，北京：中华书局，2007年，第二章。

勿略病逝于上川岛。

早在前往日本之前，沙勿略曾委托一位葡萄牙商人完成一份中国情况调查。根据调查而完成的中国报道，已粗略论及中国的教育、语言等问题。[①] 沙勿略在1552年寄回欧洲耶稣会总部的信札中，呼吁欧洲人关注中国人的智慧和学术，他说“中国人智慧极高，远胜日本人；且擅于思考，重视学术”，还说“中国人聪明好学，尚仁义，重伦常”。[②] 沙勿略虽然未正式研习儒学，但是他的观察和描述已经触及儒家思想的一些特质。

沙勿略去世后，范礼安（Alessandro Valignano，1539—1606）被任命为耶稣会远东巡视员，并于1578年抵达澳门。范礼安总结了以前传教失败的经验，正式提出进入中国的传教士应该学习中文、了解中国文化。范礼安说：“渗入中国唯一可行的方法，就是调整我们的策略，采取一种与迄今为止我们在其他国家所用的完全不同的方法。”[③] 美国学者邓恩评论道，这是一个“划时代的观察”，并且“代之以尝试一种新方法”，这种“文化适应”的方法“是以尊重当地文化为基础，它植根于谦虚的精神和对无论何方的人民都有同等价值的理解之中”，这种方法“是具有革命性的”。[④]

可以看到，范礼安秉持与沙勿略相同的理念，“他的伟大历史贡献在于实现了沙勿略的夙愿，即找到了适应中国的方法”。因此，有学者称范礼安是“中国适应方法之父”。[⑤]

利玛窦虽然“不是第一位进入中国大陆的欧洲耶稣会士的传教士，却是

---

① 澳门《文化杂志》编：《十六世纪和十七世纪伊比利亚文学视野里的中国景观》，郑州：大象出版社，2003年，第28—35页。

② 方豪：《中国天主教史人物传》上册，北京：中华书局，1988年（影印香港公教真理学会1967—1973年本），第60、61页。

③ 参见万明：《从八封信简看耶稣会士入华的最初历程》，《文献》1993年第3期。

④ ［美］邓恩：《一代巨人：明末耶稣会士在中国的故事》，余三乐、石蓉译，北京：社会科学文献出版社，2014年，第4—5页。

⑤ ［意］柯毅霖：《晚明基督论》，王志成、思竹、汪建达译，成都：四川人民出版社，1999年，第47页。

第一批入华耶稣会士中间最具历史影响的杰出人物”。[①] 他出生于意大利中部，1571年加入耶稣会，后进入罗马学院，这是一所深受当时人文主义和科学思想影响的学校。在罗马学院，利玛窦除了学习神学，还广泛学习了数学、天文学、音乐理论、透视学等科目，有些课本已经吸取了最新的科学成果。[②] 利玛窦于1578年从里斯本乘船前往东方，同年抵达葡萄牙人在亚洲的重要基地果阿，1582年被派往中国传教。

此时，范礼安正在澳门训练耶稣会士。罗明坚（Michele Ruggieri，1543—1607）已于1579年奉命从印度抵达澳门，并身着僧服，确立了与佛僧认同的传教策略。耶稣会创始人、总会长罗耀拉曾提出，为了更好地传教，耶稣会士可以不穿教士服装，采用任何灵活的方式。

1582年，利玛窦奉命来到澳门，开始学习汉语，并与罗明坚一起拜会两广总督。经过几番周折，1583年8月，他们终于获准可在肇庆久居并传教。1589年，利玛窦移往韶州，并主动与当地的缙绅交往，其中对利玛窦帮助最大的是礼部尚书瞿景淳的长子瞿汝夔（字太素），正是他劝利玛窦改穿儒服。

在与中国人的深入交往中，利玛窦逐渐发现，僧人在中国的地位远远比不上儒士，通过科举考试并进入权力机构的士大夫才是中国最重要的阶层。如果想在中国顺利传教，必须在儒家士大夫中寻找支持，在儒学经典中寻找契合之处。在1595年11月写给耶稣会罗马总会会长的信中，利玛窦说，“从此我们决定放弃‘僧’这个称呼，这是我们初来中国直到最近常用的”，还说他在研读儒家经典时找到了与上帝信仰相合的地方，“我们曾从他们的经中找到不少和我们的教义相吻合的地方。过去这数年，我由良好的教师为我讲解六经、四书，获知如一位天主、灵魂不在不灭、天堂不朽等思想都有”。[③]

---

① 朱维铮：《利玛窦在中国》，载《走出中世纪》（增订本），上海：复旦大学出版社，2007年，第63页。

② 林金水：《利玛窦与中国》，北京：中国社会科学出版社，1996年，第3—5页。

③ ［意］利玛窦著：《利玛窦书信集》（上），罗渔译，收入《利玛窦全集》（3），台北：光启出版社，台北县新庄市：辅仁大学出版社，1986年，第202、209页。

利玛窦开始改穿儒服，与儒士认同，摒弃了罗明坚与佛僧认同的做法。[①] 到了1601年，利玛窦终于获准在北京居住和传教，由此掀开了中西文化交流的灿烂一页。[②]

利玛窦对儒家文化的认同，即所谓的“文化适应策略”，使利玛窦及其他耶稣会士更快地被儒家士大夫理解和接受。[③] 耶稣会士开始对儒家经典进行基督化的解释，并撰写著作传播天儒相合的思想。这些著作有用中文写的，面向中国读者，宣传基督信仰与儒家思想并无冲突；也有用西文撰写的，面向欧洲读者，向欧洲人证明在中国用适应策略传教的合理性。

学者一般认为利玛窦采用了“合儒”“补儒”两种方法[④]，也有学者将其推演为四种方法，包括：“‘合儒’，即认为天主教义与儒家学说相合；‘补儒’，天主教义可以补充儒家学说；‘超儒’，天主教义某些方面超过儒家学说；‘附儒’，对天主教义做某些修改，以附会儒家思想。”[⑤]

利玛窦采用的天儒合一策略，其要点为合古儒、驳宋儒。他将儒家传统一分为二，即古儒与宋儒，或称为先儒与后儒。利玛窦提出，天主等于儒家经典中的“上帝”，先儒信仰灵魂不灭，后儒不能代表原始的纯粹的儒教。[⑥]《诗经》《尚书》等儒家古籍中，有很多关于“帝”“天”的记载，保存了上古的宗教思想，利玛窦充分肯定其中的宗教性内容，引用这些古籍来证明“天主”就是中国古代的“上帝”。宋儒在讨论“理”“太极”等概念时否定

---

① 有学者甚至认为，罗明坚是因立场不同而被遣回欧洲，参见 Paul A. Rule, *K'ung-tzu or Confucius?*, Sydney; Boston: George Allen & Unwin, 1986, pp. 7—9.

② 利玛窦在中国传教及其与士大夫交往的经历，可参见林金水：《利玛窦与中国》，北京：中国社会科学出版社，1996年，第二章。

③ 关于明末清初传教士文化适应策略的成果与影响，可参见方豪：《明末清初天主教适应儒家学说之研究》，载《方豪六十自定稿》，台北：台湾学生书局，1969年，第203—254页。

④ 陈卫平：《第一页与胚胎：明清之际的中西文化比较》，上海：上海人民出版社，1992年，第187—201页。

⑤ 汤一介：《论利玛窦汇合东西方文化的尝试》，载吴志良：《东西方文化交流：国际学术研讨会论文选》，澳门：澳门基金会，1994年，第269—270页。

⑥ 陈受颐：《明末清初耶稣会士的儒教观及其反应》，载《中欧文化交流史事论丛》，台北：台湾商务印书馆，1970年，第13—17页。

了有意志的人格神，利玛窦批驳宋明理学，认为它歪曲了儒家的精神，是一种唯物论和无神论。[①]

因此，利玛窦强调古经书、古君子的地位，他说："西士曰：余虽末年入中华，然窃视古经书不怠，但闻古先君子敬恭于天地之上帝，未闻有尊奉太极者。如太极为上帝万物之祖，古圣何隐其说乎？"[②] 他非常重视研读先秦古籍，特别是四书五经（虽然"四书"的提法来自宋儒，但是其书本身却属于古儒的范围）。罗明坚、利玛窦学习汉语的教材就是儒家的"四书"。[③] 利玛窦的这个思路，被后来入华的大部分传教士所接受和继承。《诗经》作为古代儒家经典，就这样通过利玛窦及其他耶稣会士，进入欧洲人的视野。

利玛窦还推论，他所处的中国就是马可·波罗所说的"契丹"。利玛窦的推论，最终有赖于耶稣会士鄂本笃（Benedetto de Goes，1562—1607）的实地考察。[④] 鄂本笃是葡萄牙人，他在 1594 年到达印度，因为要探寻经亚洲中部通往中国的陆上道路，在 1602 年踏上征途，后来在肃州（今日的甘肃酒泉）附近生病逝世。他死后辗转交到利玛窦手中的日记，帮助欧洲人最终确定：马可·波罗所说的"契丹"就是中国。[⑤]

利玛窦晚年时，曾用意大利文将自己的传教经历写下来。他去世后，金尼阁（Nicolas Trigault，1577—1628）于 1614 年将日记带回罗马，途中将其译为拉丁文，1615 年以《基督教远征中国史》为书名，在德国正式刊行，1625 年出版英文译本，被收入《珀切斯朝圣者丛书》。但是这个英译本只是

---

① 参见陈卫平：《第一页与胚胎：明清之际的中西文化比较》，上海：上海人民出版社，1992 年，第 195—201 页。

② ［意］利玛窦著，朱维铮编：《利玛窦中文著译集》，上海：复旦大学出版社，香港：香港城市大学出版社，2001 年，第 20 页。

③ 罗明坚写了三十四首中文诗，其中《偶怀》一首写有"朝读四书暮诗篇，优游那觉岁时迁"。参见 Albert Chan, *Michele Ruggieri, S. J.（1543—1607）and His Chinese Poems*, Monumenta Serica 41 (1993)：129—176.

④ ［意］利玛窦：《利玛窦书信集》（下），罗渔译，收入《利玛窦全集》（4），台北：光启出版社，台北县新庄市：辅仁大学出版社，1986 年，第 310、370—371 页。

⑤ 参见万明：《"契丹"及中国的证实——利玛窦与鄂本笃的贡献》，载《明代中外关系史论稿》，北京：中国社会科学出版社，2011 年。

一个节译本，英文全译本一直到1942年才出现，书名被改为《十六世纪的中国：利玛窦札记1583—1610》。[①]

加莱格尔（Louis J. Gallagher）在1942年英文全译本的“英译者序言”中介绍了此书的流传情况：此书的出版“重新打开了通往中国的门户”，面世之后旋即就出现了四种拉丁文本、三种法文本，以及德文本、西班牙文本、意大利文本各一种。加莱格尔也指出，此书“对欧洲的文学和科学、哲学和宗教等生活方面的影响，可能超过任何其他十七世纪的历史著述，它把孔夫子介绍给欧洲”。[②]

利玛窦在此书中第一次向欧洲人详细介绍了孔子及儒家思想：“中国所熟习的唯一较高深的哲理科学就是道德哲学……中国哲学家之中最有名的叫做孔子。这位博学的伟大人物诞生于基督纪元前五百五十一年，享年七十余岁，他既以著作和授徒也以自己的身教来激励他的人民追求道德。他的自制力和有节制的生活方式使他的同胞断言他远比世界各国过去所有被认为是德高望重的人更为神圣。”[③]

利玛窦的中国札记“使中国形象的个性或可利用的价值更加鲜明与确定”，正是这本书“使西方人发现了创造中国文明的‘孔子的思想’与开明君主统治下的文官制度”。对当时的欧洲人来说，“以孔子道德思想教育为基础的政治制度是中国形象最有价值的部分”。[④]

利玛窦一方面在儒家经典中寻找符合基督教义的文字，用古籍中的“上帝”“天”等字眼来翻译基督教的天主，另一方面对中国的礼仪风俗比较宽容，允许中国教徒参加祭祖祭孔的活动。17世纪30年代入华的多明我会和

---

① 中华书局1983年版的中译本《利玛窦中国札记》，就是根据这个英译本译出。利玛窦的意大利文原稿于20世纪初被重新发现，光启出版社在1986年出版了从意大利原稿译出的《利玛窦中国传教史》，近年又有文铮将意大利原稿重译，沿用手稿原名《耶稣会与天主教进入中国史》，2014年由商务印书馆出版。

② ［意］利玛窦、［法］金尼阁：《利玛窦中国札记》，何高济、王遵仲、李申译，北京：中华书局，1983年，英译者序言第29、31—32。

③ 同上书，第31—32。

④ 周宁：《中西最初的遭遇与冲突》，北京：学苑出版社，2000年，第341页。

方济各会，一向以正统保守著称，他们反对文化适应策略，认为利玛窦的做法会危及基督教义的纯洁性。这引发了“礼仪之争”，包括术语问题和礼仪问题，即是否可以用中文的“上帝”等术语、祭祖祭孔是否符合基督教义。[①]即使是在耶稣会内部，也有不同的声音。利玛窦的接班人龙华民（Nicholas Longobardi，1559—1654）[②]，就与利玛窦的观点相左，他认为中国典籍中充斥着无神论思想，不可以用中国典籍中的“天”“上帝”等名词来翻译Deus（神）。龙华民因此被称为“引起中国礼仪问题之第一人”。[③]

1643年，西班牙籍多明我会士黎玉范（Jean-Baptiste Morales，1597—1664）从中国回到罗马，向教廷呈上了关于中国礼仪问题的报告，认为中国的祭祖祭孔是迷信和偶像崇拜，激烈地攻击耶稣会士宽容中国礼仪的做法。[④]教宗英诺森十世（Innocent X）于1645年颁令，谴责耶稣会士在中国礼仪问题上的立场。

在华耶稣会士认为教廷只听一面之词，于是派遣学识渊博的意大利籍耶稣会士卫匡国（Martino Martini，1614—1661）前往罗马辩护。卫匡国于1654年抵达罗马后，呈上了辩护的报告，指出中国人的祭祖和祭孔仪式不具宗教意义，也不是迷信，所以和基督教义并不冲突。于是，教廷1656年改变了态度，支持在华耶稣会的立场。当然，多明我会士并没有放弃，他们继续向教廷请求停止耶稣会士的做法。

卫匡国在欧洲期间，为了求得欧洲各界对于耶稣会士在中国传教事业的理解和同情，分别于1654、1655、1658年出版了《鞑靼战纪》《中国新地图志》《中国上古史》等书。虽然卫匡国没有专门研究儒家思想，不过他的相关论述已散见于这几本书中。有学者认为，卫匡国对儒家理解之全面与深

① 可参见李天纲：《中国礼仪之争：历史·文献和意义》，上海：上海古籍出版社，1998年。

② 龙华民1559年出生在意大利西西里的一个贵族家庭，1582年做见习修士，1597年来华，长期在韶州传教，在利玛窦死后接替其职务。

③ ［法］费赖之：《在华耶稣会士列传及书目》，冯承钧译，北京：中华书局，1995年，第65页。

④ 罗光：《教廷与中国使节史》，载《罗光全书》第27册，台北：台湾学生书局，1996年，第86—100页。

刻，超越了柏应理《中国哲学家孔子》问世之前欧洲出版的所有相关论著。[①] 更重要的是，卫匡国的著作“代表着耶稣会士工作策略的重要转折”。[②] 在利玛窦时代，耶稣会士的主要目标是让中国人接受欧洲的宗教文化；到了卫匡国时代，为了消除罗马教廷对耶稣会士适应策略的疑虑，耶稣会士开始大量撰写著作向欧洲人介绍中国文化和儒家思想，以证明在中国运用适应策略传教的合理性。

与此同时，“礼仪之争”还在持续发酵。康熙初年，中国爆发了历狱案，杨光先等人弹劾汤若望（Johann Adam Schall von Bell，1591－1666）的西洋历法，结果除汤若望、南怀仁（Ferdinand Verbiest，1623—1688）等四名传教士留京之外，其他传教士都被迁往广州拘禁。聚集于广州的耶稣会士、多明我会士、方济各会士，在 1667 年底至 1668 年初召开了长达四十天的会议，对礼仪问题进行了深入的辩论，最终达成和解。

但是，参加广州会议的西班牙籍多明我会士闵明我（Domingo Fernández Navarrete，1610—1689）[③]，并不同意耶稣会士的文化适应策略，他于 1669 年从广州的拘禁中秘密逃出，其后回到罗马，并于 1676 年在马德里出版《中华帝国纵览》，大力抨击在华耶稣会士的做法。闵明我还将龙华民反对利玛窦路线的拉丁文手稿《论孔子和他的学说》译成西班牙文，收入书中。[④]《中华帝国纵览》很快被翻译成英、法、德等多种欧洲语言出版，畅销欧

---

① 朱雁冰：《耶稣会士卫匡国与儒学西传》，载《耶稣会与明清之际中西文化交流》，杭州：浙江大学出版社，2014 年，第 100 页。

② 吴莉苇：《当诺亚方舟遭遇伏羲神农：启蒙时代欧洲的中国上古史论争》，北京：中国人民大学出版社，2005 年，第 411 页。

③ 在中国传教史中有两个闵明我，Navarrete 被称为老闵明我或真闵明我，第二个闵明我（Philippe-Marie Grimaldi，1639—1712）是意大利耶稣会士，被称为小闵明我或假闵明我，他为了帮助老闵明我逃走，潜入其居所，代其受拘禁，并顶替其名，后被南怀仁召到北京，成为其得力助手和继承人。参见方豪：《中国天主教史人物传》中册，北京：中华书局，1988 年（影印香港公教真理学会 1967—1973 年本），第 257 页。

④ 关于闵明我得到龙华民论文的来龙去脉，可参见 J. S. Cummins，*A Question of Rites*：*Friar Domingo Navarrete and the Jesuits in China*，Aldershot，England：Scolar Press，1993，p. 159.

洲。[1] 耶稣会士则称此书是“最危险的一本书”。[2] 不过，此书的意义，恰恰是激起了欧洲民众对于儒家思想的极大兴趣。也就是说，闵明我的《中华帝国纵览》使得“原来局限于教会内部的这场争论，从此公开在所有欧洲人面前，引起了欧洲公众的广泛关注”。[3]

闵明我虽然反对耶稣会士在祭祖祭孔、天主译名等问题上的立场，但是《中华帝国纵览》一书对儒家文化却颇多赞美之词，高度评价了中国的科举制度、教育制度以及孔子。[4] 此书翻译了《论语》《孟子》的很多篇章，收录了龙华民讨论儒家思想的论文。龙华民的文章，如利玛窦一样旁征博引各种儒家经典，包括《诗经》的诗句。所以，《中华帝国纵览》一书虽然是为反驳耶稣会士而撰，但它在客观上却促进了《诗经》等儒家典籍在欧洲的传播。

TRATADOS
HISTORICOS
POLITICOS, ETHICOS,
Y RELIGIOSOS DE LA MONARCHIA
DE CHINA.
DESCRIPCION BREVE
DE AQVEL IMPERIO, Y EXEMPLOS RAROS
DE EMPERADORES, Y MAGISTRADOS DEL.
CON NARRACION DIFVSA DE VARIOS SVCESSOS,
Y COSAS SINGVLARES DE OTROS REYNOS,
Y DIFERENTES NAVEGACIONES.
AÑADENSE LOS DECRETOS PONTIFICIOS,
Y PROPOSICIONES CALIFICADAS EN ROMA PARA LA MISSION
Chinica; y vna Bula de N. M. S. P. Clemente X. en fauor de los
Missionarios.
POR EL P. MAESTRO FR. DOMINGO FERNANDEZ NAVARRETE,
Cathedratico de Prima del Colegio, y Vniuersidad de S. Thomàs de Manila,
Missionario Apostolico de la gran China, Prelado de los de su Mission,
y Procurador General en la Corte de Madrid de la Prouincia del Santo
Rosario de Filipinas, Orden de Predicadores.
DEDICA SV OBRA
AL SERENISSIMO SEÑOR DON IVAN DE AVSTRIA.
Año 1676.
CON PRIVILEGIO:
En Madrid: En la IMPRENTA REAL. Por Iuan Garcia Infançon.
A costa de FLORIAN ANISSON, Mercader de Libros.

闵明我《中华帝国纵览》(1676)

在卫匡国之后，比利时耶稣会士柏应理（Philippe Couplet，1623—1693）继续向教廷解释耶稣会的立场。柏应理在1654年听到返回欧洲的耶稣会士卫匡国的讲演，决定前往中国传教，并于1658年底入华。1683年，柏应理回到欧洲，向教廷、欧洲王室及各界学者大

[1] 伏尔泰等欧洲思想家都读过此书，可参见［法］伏尔泰：《风俗论：论各国民族的精神与风俗以及自查理曼至路易十三的历史》，梁守锵等译，北京：商务印书馆，1995年，第220、223页。

[2] J. S. Cummins, *A Question of Rites: Friar Domingo Navarrete and the Jesuits in China*, Aldershot, England: Scolar Press, 1993, p. 214.

[3] 许明龙：《黄嘉略与早期法国汉学》，北京：中华书局，2004年，第19页。

[4] 相关内容的中文译文，可参见［西］闵明我：《上帝许给的土地：闵明我行记和礼仪之争》，何高济、吴翊楣译，郑州：大象出版社，2009，第94—95、134—136页。

力宣传耶稣会士的传教策略，并编译介绍中国儒家思想与典籍。

柏应理的欧洲之行，影响深远。他不仅带回了大量的中国典籍，还编辑出版了《中国哲学家孔子》。这本书深化了欧洲本土学者对儒家思想的认识，推动了欧洲早期汉学的孕育与发展。法国学者安田朴甚至说："我们有关孔夫子的一些略为严谨一些的知识盖从此书开始。"[①]

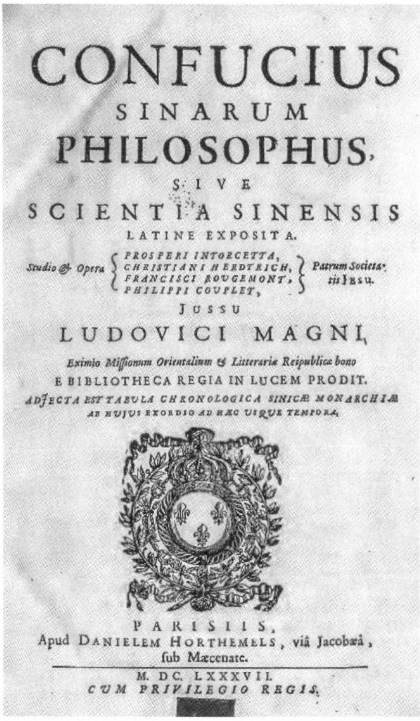
CONFUCIUS
SINARUM
PHILOSOPHUS,
SIVE
SCIENTIA SINENSIS
LATINE EXPOSITA.
Studio & Opera PROSPERI INTORCETTA, CHRISTIANI HERDTRICH, FRANCISCI ROUGEMONT, PHILIPPI COUPLET, Patrum Societatis JESU.
JUSSU
LUDOVICI MAGNI,
Eximio Missionum Orientalium & Litterariæ Reipublicæ bono
E BIBLIOTHECA REGIA IN LUCEM PRODIT.
ADJECTA EST TABULA CHRONOLOGICA SINICÆ MONARCHIÆ AB HUJUS EXORDIO AD HÆC USQUE TEMPORA.
PARISIIS,
Apud DANIELEM HORTHEMELS, viâ Jacobæa, sub Mæcenate.
M. DC. LXXXVII.
CUM PRIVILEGIO REGIS.

《中国哲学家孔子》(1687)

《中国哲学家孔子》以拉丁文写成，是柏应理、殷铎泽（Prospero Intorcetta，1626—1696）、恩理格（Christiani Wolfgang Herdtrich，1625—1684）、鲁日满（Francisco de Rougemont，1624—1676）等人的集体成果，1687年在巴黎出版。[②] 此书的主体部分是《大学》《中庸》《论语》的译文，其成书史颇为复杂。1662年意大利耶稣会士殷铎泽在江西建昌府刻印了拉丁文的《中国的智慧》，内有孔子传记、《大学》译文以及《论语》第一章节译。[③] 后来，殷铎泽又与其他在华耶稣会士合作，用拉丁文翻译了《中庸》，书名题为《中国政治道德学》，以及用拉丁文翻译《论语》。《中国哲学家孔子》一书，就是在

---

① ［法］安田朴：《中国文化西传欧洲史》，耿昇译，北京：商务印书馆，2000年，第230页。

② 对于此书的研究，可参见［美］孟德卫：《奇异的国度：耶稣会适应政策及汉学的起源》，陈怡译，郑州市：大象出版社，2010年，第八章。

③ 方豪认为此书是殷铎泽与郭纳爵（Ignatius da Costa，1599—1666）合译，参见方豪《十七八世纪来华西人对我国经籍之研究》，载《方豪六十自定稿》，台北：台湾学生书局，1969年，第190页。但是，张西平以为"这种可能性不大，因殷铎泽于1659年来华，不可能在那么短的时间内达到翻译经典的水平"，因此认为此书为郭纳爵所译，参见张西平：《欧洲早期汉学史：中西文化交流与西方汉学的兴起》，北京：中华书局，2009年，第428—429页。

这些译本的基础上形成的。

《中国哲学家孔子》的译文，主要参考了张居正的《四书直解》，并且其中文书名就用了《西文四书直解》。这是因为《四书直解》文字浅显，更因为耶稣会士排斥宋儒，有意避开朱熹《四书集注》。柏应理还极力为利玛窦的“合儒易佛”传教路线做辩护。因此，孟德卫（David E. Mungello，1943—）指出：“从结构和内容上来看，《中国哲学家孔子》代表了利玛窦神父适应原则的一个延续。”他甚至认为，此书可能就是由利玛窦的四书译文手稿发展而来。[①]

可以说，《中国哲学家孔子》是17世纪欧洲介绍儒家经典最为详备的书籍。此书刚出版，就引起了欧洲学者的高度关注，对于17世纪末至18世纪席卷整个欧洲的“中国热”有很大的推动作用。柏应理的返欧之旅，还带了一名中国人沈福宗同行。沈福宗受到法国国王、英国国王等欧洲王室的邀请，他在凡尔赛宫觐见法王路易十四时，表演了用毛笔写字，又展示了孔子的画像。沈福宗的欧洲之行，成为欧洲“中国热”的一个重要插曲。[②]

柏应理返回欧洲前，南怀仁曾嘱托柏应理争取法国的支持。此时的巴黎，刚于1666年成立皇家科学院，正逐渐成为整个欧洲的文化中心。从更深远的背景来看，葡萄牙、西班牙对亚洲航线的垄断，已遭到英国、荷兰、法国的反对和挑战，他们都积极开辟自己的航线。1578年，葡萄牙国王在与摩洛哥的战争中溺死于马哈赞河，西班牙国王菲利普二世在两年后趁机兼并葡萄牙，成立伊比利亚联盟（该联盟在1640年解体，葡萄牙恢复独立地位）。但是到了1588年，西班牙无敌舰队被英国击败。此后，西班牙的海上势力逐渐衰落，荷兰与英国相继成为17、18世纪海上争霸的主角。1600年伊丽莎白女王批准成立英国东印度公司，英国商人进入印度建立贸易基地，开始拓展亚洲地区的贸易活动。在此情形之下，法国也积极加入竞争，于1664年成立了法国东印度公司。

---

① ［美］孟德卫：《奇异的国度：耶稣会适应政策及汉学的起源》，陈怡译，郑州市：大象出版社，2010年，第269—271页。

② 参见许明龙：《欧洲18世纪“中国热”》，太原：山西教育出版社，1999年，第21页。

荷兰与英国的崛起，逐步取代了葡萄牙和西班牙对于亚洲贸易和传教事业的垄断。但是，在中西文化交流上，真正取代葡萄牙和西班牙地位的却是法国。

1685年，法国国王路易十四派遣六名博学的耶稣会士前往中国。除一人留在暹罗之外，其他五人于1687年在宁波登陆，然后来到北京，其中包括李明、白晋（Joachim Bouvet，1656—1730），还有后来担任中俄边境谈判翻译的张诚（Jean-François Gerbillon，1654—1707）、用金鸡纳霜治好康熙疟疾的洪若翰（Jean de Fontaney，1643—1710）。这些法国耶稣会士的入华，打破了葡萄牙垄断中国传教事务的局面。

1693年，康熙任命白晋为特使，回法国招募更多博学的耶稣会士。1697年，白晋等人回到法国，他们身着清廷的钦差大臣袍服，引起了极大的轰动。继柏应理之后，白晋促成了更多法国传教士前往中国。

到了1696年，法国传教士李明的《中国近事报道》在巴黎出版，与前述诸书相比，此书更为畅销，成功地将整个欧洲的关注点，都转移到17世纪耶稣会士提供的儒家中国形象上来。虽然孟德卫批评此书“只是一本通俗的书，作者在中国的经历又很有限，因此未能对中国文化作更深的探讨”，但是此书的特色与意义在于“通俗”，因为它针对的是大众读者。孟德卫也不得不承认，此书“通俗的文笔和有趣的插图更加强了它作为‘畅销书’的特征”，甚至“它对中国文化的论述比五十年前欧洲出版的绝大多数作品都要更为成熟”。①

如利玛窦等人，李明认为中国古代宗教里有上帝启示的痕迹，只要正确地解释早期中国的历史和典籍，就能恢复中国人对基督的信仰。不过他认为，是因为后来佛教的传入，使中国人忘记了祖先对上帝的认识。他这样介绍孔子：“孔子是中国文学的主要光辉所在，如果不就他作专门的介绍，那么，我对您所作的介绍就不可能具有一定的深度和广度。因为这正是他们理

① ［美］孟德卫：《奇异的国度：耶稣会适应政策及汉学的起源》，陈怡译，郑州市：大象出版社，2010年，第366页。

论最清纯的源泉，他们的哲学，他们的立法者，他们的权威人物。”这里所说的“中国文学”，当然是广义上的“文学”，意指文献。李明还说：“全国上下敬他为圣人，并鼓励后人对他的崇敬之情，这种感情显然将与世长存。”①

李明等人撰写介绍中国的著作，正是“礼仪之争”在欧洲如火如荼之时。罗马教廷很多人认为“耶稣会士在中国培养了一些很不正规的基督徒，他们有权崇拜‘他的圣人偶像和孔夫子这尊伪神，孔夫子成了中国的墨丘利和科学之神’”。并且，耶稣会士对孔夫子的崇拜，随着他们的著作而传入欧洲。“这一次，孔夫子又成了上帝。”因此，“耶稣会士被指控支持偶像崇拜和迷信”，于是他们开始反驳这种指控。② 李明等人在书中，都极力为孔夫子的神圣地位做了辩护。

由于耶稣会士的大力宣传，从未涉足中国的欧洲本土学者开始利用这些资料研究中国。如德国耶稣会士基歇尔（Athanasius Kirher，1602—1680），在卫匡国、卜弥格（Michal Piotr Boym，1612—1659）等耶稣会士的基础上，撰成《中国图说》，成为欧洲17世纪影响极大的一部专著。此书于1667年在阿姆斯特丹以拉丁文首次出版，后译成多种欧洲语言，1669年出版英文版。此书最大的贡献在于对中国语言文字的介绍，首次将《大秦景教流行中国碑》原文完整刊出，并附有注音和解说（主要由卜弥格提供）。此书成为当时刊有最长汉字文献的欧洲出版物。③

综上所述，对16、17世纪中西文化交流做出最大贡献的是耶稣会士。美国学者拉赫评价说，“与他们的前辈相比，耶稣会士表现出对古代儒学传统的更多的认识”，在耶稣会士的著作中，“西方第一次对中国三个主要宗教

① ［法］李明：《中国近事报道》，郭强、龙云、李伟译，郑州：大象出版社，2004年，第177、182页。

② ［法］安田朴：《中国文化西传欧洲史》，耿昇译，北京：商务印书馆，2000年，第296、299页。

③ 对于基歇尔其人其书的介绍，可参见［美］孟德卫：《奇异的国度：耶稣会适应政策及汉学的起源》，陈怡译，郑州市：大象出版社，2010年，第五章。

做了相对精确的描述，最重要的当然是从孔子学说演变出来的儒教”。[①]

有学者指出，利玛窦对儒家文化的认同，更多的是建立在一种“实用性策略基础上”，“带有较多权宜性的功利色彩”。[②] 但是，从积极的角度来说，“利玛窦的适应方法既包含了对儒家传统本质的理解，又包含了将基督教介绍到中国的巧妙途径”。[③] 当然，耶稣会士和欧洲本土学者的中国知识，都是建立在神学和《圣经》的知识框架之上。正因为如此，“17 世纪西方对中国语言和历史的研究又往往同《圣经》的内容密切相关。比如中国语言是否初民语言？中国历史是否与《圣经》里关于大洪水的记载相冲突？中国人及其文明来自何处，他们是来自埃及，还是诺亚的某个儿子的后裔？等等。总之，把在中国发现的与在西方知识体系中所存在的、特别是《圣经》中记载的东西相比较是早期汉学家的共同兴趣”。[④]

欧洲人认识儒家思想、阅读儒家经籍，是由利玛窦及其继承者或反对者们推动的。在利玛窦之后，入华耶稣会士都必须研读儒家经籍，他们进一步将儒家经籍介绍回欧洲本土。在这个中西交流的进程中，《诗经》作为儒家经典，进入欧洲人的阅读视野。

第四节 《诗经》作为儒家经典传入欧洲

欧洲耶稣会士最早关注儒家的四书五经，是希望通过这些儒家经典深入认识中国思想与文化，并将其译成欧洲文字，使更多的欧洲人认识中国文化，这逐渐成为很多传教士的目标。相对来说，“四书”比较简要，易于翻

---

① ［美］拉赫：《欧洲形成中的亚洲》第一卷第二册，周宁总校译，北京：人民出版社，2013 年，第 366 页。

② 孙尚扬：《基督教与明末儒学》，北京：东方出版社，1994 年，第 19、49 页。

③ ［美］孟德卫：《奇异的国度：耶稣会适应政策及汉学的起源》，陈怡译，郑州市：大象出版社，2010 年，第 43 页。

④ 张国刚等：《明清传教士与欧洲汉学》，北京：中国社会科学出版社，2001 年，第 19—20 页。

译和阅读，因此16、17世纪首先以西文译本形式传入欧洲、最为欧洲人熟知的，其实是“四书”，而欧洲人对于《诗经》诗句诗篇的直观认识，大多来自“四书”中引用的诗句。

耶稣会士对中国典籍的西译，一般认为最早是利玛窦1593年用拉丁文翻译的“四书”。艾儒略（P. Jules Aleni，1582—1649）的《大西西泰利先生行迹》曾记载利玛窦学习汉语的情形：“初时，言语文字未通，苦心学习，按图画、人物，请人指点，渐晓语言，旁通文字，至如六经、子史等篇，无不尽畅其义。”艾儒略还说，利玛窦“尝将中国‘四书’译以西文，寄回本国，国人读而悦之，以为中邦经书，能认大原、不迷其主者，至今孔孟之训，远播遐方，皆利子之力也”。[①] 然而，利玛窦的“四书”译本，在当时并未正式出版。[②]

丹麦学者龙伯格（Knud Lundbaek，1912—1995）指出，在利玛窦之前已有罗明坚翻译“四书”，亦未出版，手稿现存意大利国家图书馆。罗明坚完成的《大学》部分译稿，曾载于耶稣会士波塞维诺（Antonio Possevino，1533—1611）所编的《历史、科学、救世丛书选编》，于1593年在罗马出版，其后于1603年和1608年分别在威尼斯和科隆再版。[③] 不过，这份选译稿在欧洲并未引起注意。而罗明坚的“四书”全译本未能在欧洲正式出版，可能是因为耶稣会内部不同意见所致。范礼安曾向耶稣会反映，罗明坚“对中文文献和语言所知甚少”，并反对出版罗明坚翻译的“四书”和其他各类中国著作。[④]

---

① ［意］艾儒略：《大西西泰利先生行迹》，载《艾儒略汉文著述全集》，叶农整理，桂林：广西师范大学出版社，2011年，第403—404页。类似的描述，亦见于张星烺编注，朱杰勤校订：《中西交通史料汇编》，北京：中华书局，1977年，第480页。艾儒略1610年抵达澳门，1613年进入中国内地传教，1649年在福建延平去世，是罗明坚、利玛窦时代与汤若望、南怀仁时代之间的第二代耶稣会士中最杰出者。他注重走下层路线，长期在福建地区传教，并向中国人介绍了地圆学说、地理大发现等西方知识，被称为“西来孔子”。方豪指出，《大西西泰利先生行迹》是“中文最早记述利氏事迹的著作”，见方豪：《中国天主教史人物传》，北京：中华书局，1988年（影印香港公教真理学会1967—1973年本），第82页。

② ［法］费赖之：《在华耶稣会士列传及书目》，冯承钧译，北京：中华书局，1995年，第46页。

③ 朱雁冰：《从西方关于儒家思想的最早传说到利玛窦的儒学评价》，载《耶稣会与明清之际中西文化交流》，杭州：浙江大学出版社，2014年，第45—52页。

④ ［美］拉赫：《欧洲形成中的亚洲》第二卷第三册，周宁总校译，北京：人民出版社，2013年，第150页。

利玛窦于1592年底从韶州返回澳门接受任务时，范礼安要求他用拉丁文翻译“四书”。他在1593年写给耶稣会罗马总会会长的信中说：“视察员神父要我把‘四书’译为拉丁文……翻译‘四书’必须加写短短的注释，以便所言更加清楚。托天主的帮助，我已译妥三本，第四本正在移译中。这些翻译以我的看法在中国与日本为我们的传教士十分有用，尤其在中国为然。‘四书’所述的伦理犹如第二位塞尼加（Seneca）的作品，不亚于古代罗马任何著名作家的作品。在翻译妥后，我将寄给视察员神父，如不错，明年就会寄给您。”在1594年寄回欧洲的另一份信札中说：“几年前我着手翻译著名的中国‘四书’为拉丁文，它是一本值得一读的书，是伦理格言集，是充满卓越的智慧之书。到明年整理妥后，再寄给总会长神父，届时您就可阅读欣赏了。”[①] 到1595年，利玛窦完成了“四书”的拉丁文译稿，可惜译文原稿已经下落不明。

金尼阁在1626年用拉丁文翻译了“五经”，附以注解，可惜此书也未传。费赖之（Louis Pfister，1833—1891）甚至说“吾人不知此译本之归宿，且不知其是否已寄达欧洲”。[②] 方豪则说此书曾“在杭州刊印，是为我国经籍最早之西文译本”。[③] 这几种中国典籍的西译并未广泛流传，所以对欧洲没有产生实际的影响。

利玛窦对《诗经》等儒家经典非常熟悉，他在1601年抵达北京时，给万历皇帝的奏疏中曾自述：“淹留肇庆、韶州二府十五年，颇知中国古先圣人之学，于凡经籍亦略颂记，粗得其旨。”[④] 利玛窦的中文著作《天主实义》，引用《诗经》达七次之多，以证明天主信仰与中国儒家经典吻合。《天主实义》上卷第二篇“解释世人错认天主”，引用《中庸》《诗经》《易经》《礼

---

① ［意］利玛窦著：《利玛窦书信集》（上），罗渔译，《利玛窦全集》（3），台北：光启出版社，台北县新庄市：辅仁大学出版社，1986年，第135、143页。

② ［法］费赖之：《在华耶稣会士列传及书目》，北京：中华书局，1995年，第124页。

③ 方豪：《十七八世纪来华西人对我国经籍之研究》，载《方豪六十自定稿》，台北：台湾学生书局，1969年，第190页。

④ 引自徐宗泽：《中国天主教传教史概论》，上海：上海书店出版社，1990年（据土山湾印书馆1938年版影印），第177页。

记》《尚书》等儒家经典中出现“上帝”的语句，来印证基督教的上帝，其中论及《诗经》的部分曰：

> 吾天主，乃古经书所称上帝也。《中庸》引孔子曰：“郊社之礼，以事上帝也。”朱注曰：“不言后土者，省文也。”窃意仲尼明一之以不可为二，何独省文乎？《周颂》曰“执竞武王，无兢维烈，不显成康，上帝是皇”；又曰“于皇来牟，将受厥明，明昭上帝”。《商颂》云“圣敬日跻，昭假迟迟，上帝是祗”。《雅》云“维此文王，小心翼翼，昭事上帝”。……历观古书，而知上帝与天主，特异以名也。

这里引用了《周颂·执竞》《周颂·臣工》《商颂·长发》《大雅·大明》等诗的诗句。《天主实义》第四篇，又引《尚书》以及《诗经》中《大雅·文王》的诗句，来辨析祭祀鬼神之论：

> 《金縢》周公曰：“予仁若考，能多才多艺，能事鬼神。”又曰，“我之弗辟，我无以告我先王……”《召诰》曰：“天既遐终大邦殷（之）命，兹殷多（先）哲王在天，越厥后王后民……”《诗》云“文王在上，於昭于天”，“文王陟降，在帝左右”……
>
> 周公、召公何人乎？其谓成汤、文王既崩之后，犹在天陟降而能保佑国家，则以人魂死后为不散泯矣。贵邦以二公为圣，而以其言为诳，可乎？①

罗明坚曾于1584年在肇庆编写《天主实录》。利玛窦认真研读了儒家四书五经之后，1595年在南昌重新撰写《天主实义》，1601年在北京有初刊本，1603年正式刊印，后屡有重刻。冯应京曾为《天主实义》作序曰：“是书也，

① ［意］利玛窦著，朱维铮编：《利玛窦中文著译集》，上海：复旦大学出版社，香港：香港城市大学出版社，2001年，第25—26、44页。

历引吾六经之语，以澄其实，而深诋谭空之误，以西证西以中化中。”[①]《四库全书总目》则评论此书：“大旨主于使人尊信天主，以行其教。知儒教之不可攻，则附会六经中上帝之说，以合于天主。”[②]

方豪指出，《天主实义》“寥寥二三百字，而征引之文，包括《中庸》及《诗》《书》《易》《礼》，利氏不可谓不博矣！”并且，利玛窦对儒家经典是“随手拈来，都成妙谛。利氏胸中，盖于经籍烂熟，故能左右逢源，俯拾皆是……观利书印证之广，则所云‘博览儒书’实非夸大之辞”。[③] 利玛窦引用中国经典，其主要目的当然是更好地传播基督教义。可以说，利玛窦是“尽可能利用了孔子，力求证明基督教学说符合中国古代优秀的一切，因此，基督教学说不是外国的”。[④] 其实，儒家思想的道德原则，是建立在理性自觉的基础上，在本质上和天主教的宗教信仰是不同的。[⑤] 但是，在《诗经》《尚书》等上古典籍中，却保存了先民的宗教信仰。利玛窦非常重视“四书”，以之为入华耶稣会士的教材，并亲自作译注，不过在寻找宗教信仰痕迹时，他依赖的更多的还是《诗经》等“五经”典籍。

利玛窦认为，“五经”典籍中的“天”“上帝”，就是中国古人对基督教的神的认识，这些早期儒家思想被后世的儒生遗忘或扭曲了，基督教能够帮助中国人重新认识这些古代经典。[⑥] 要求传教士必须熟悉儒家典籍，并结合儒家典籍中的思想来宣传教义，这成为“利玛窦规矩”。

清朝初年，汤若望、南怀仁等耶稣会士入主钦天监，并主持制定新历法。杨光先屡次参劾反对，称汤若望等意图谋反，并撰文攻击传教士和西洋

① ［意］利玛窦著，朱维铮编：《利玛窦中文著译集》，上海：复旦大学出版社，香港：香港城市大学出版社，2001 年，第 134 页。

② 永瑢等编：《四库全书总目提要》，“子部杂家类存目二”，北京：中华书局，1965 年，第 1080 页。

③ 方豪：《十七八世纪来华西人对我国经籍之研究》，载《方豪六十自定稿》，台北：台湾学生书局，1969 年，第 187—188 页。

④ ［法］裴化行：《利玛窦神父传》，管震湖译，北京：商务印书馆，1993 年，第 627 页。

⑤ 陈卫平：《第一页与胚胎：明清之际的中西文化比较》，上海：上海人民出版社，1992 年，第四章。

⑥ Paul A. Rule, *K'ung-tzu or Confucius? The Jesuit Interpretation of Confucianism*, Sydney; Boston: George Allen & Unwin, 1986, pp. 36—37.

历法。康熙四年（1665），在权臣鳌拜的支持下，杨光先的弹劾终于得到审议。杨光先将自己不同时期撰写的反对天主教的文章编成《不得已》一书，意大利耶稣会士利类思（Lodovico Buglio，1606—1682）为了护教，则撰写了《不得已辩》，由南怀仁、安文思审定完成。利类思的《不得已辩》逐条驳斥了杨光先的言论，并多处引用儒家典籍证明中国古人对于天主、天堂已有认识，其中引《尚书》以及《诗经》中的《大雅·文王》和《大雅·下武》来证明天堂地狱之说：

> 《诗》曰“文王在上，在帝左右”，曰“三后在天”。《书》曰“乃命于帝庭”，曰“兹殷先多哲王在天”。夫在上在天、在帝左右，非天堂乎？有天堂必有地狱，二者不能缺一。[①]

康熙八年（1669），南怀仁、利类思、安文思等人为历狱案上奏折，曰：“惟是天主一教，即《经》云‘皇矣上帝，临下有赫’，为万物之宗主。”[②] 这封奏折再次引用《诗经》，以《大雅·皇矣》的诗句“皇矣上帝，临下有赫”，证明天主即《诗经》中的“上帝”。

到了18世纪，法国耶稣会士孙璋（Alexandre de la Charme，1695—1767）完全继承利玛窦的方式，在《性理真诠》中用“五经”中的“上帝”来证明“天主”，并且解说更加详尽：“夫从无而生人灵神，生人大体，称曰超乎众神之全神，毕竟为谁？乃造物主是也。……然无形而能形形，无象而能象象，故《诗》云‘明明在下，赫赫在上’，汤之所以顾諟，文王之所以昭事也。……其体何在乎？曰无乎不在也，《诗》云‘无曰高高在上，陟降厥土，日监在兹’也。其知何若乎？曰无所不知也，《诗》云‘曰明曰旦，

① ［意］利类思：《不得已辩》，载吴相湘主编：《天主教东传文献》，台北：台湾学生书局，1965年，第267页。

② 黄伯禄：《正教奉褒》，载《熙朝崇正集，熙朝定案（外三种）》，韩琦、吴旻校注，北京：中华书局，2006年，第312页。

及尔出王，及尔游衍'也。"孙璋还提出天主教经典可以补儒家经典之不足："中国经书但浑言'神之格思，不可度思，矧可射思'，并未指明神属天主特造，正神邪神之分别。"[①]

可以看出，利类思、南怀仁、安文思等人，与利玛窦的做法一脉相承，主要在《诗经》的《大雅》《颂》两部分诗篇中寻找符合天主教义的字词。但是，《天主实义》《性理真诠》以及耶稣会士的奏折，毕竟是用中文写成，这些文字在客观上并未推进欧洲本土读者对《诗经》的了解。

利玛窦引经据典的论述方式影响了他的反对者们，正是这些利玛窦路线的反对者，通过引述的方式将《诗经》诗句真正带入欧洲读者的视野。如前所述，龙华民不同意利玛窦用中国古代经籍中的"上帝"来翻译基督教的"天主"，他在1623—1624年用拉丁文撰成《论孔子和他的学说》，表达自己的看法。虽然此文的主要观点与利玛窦针锋相对，但是它的论证方式却深受利玛窦的影响，与《天主实义》如出一辙，常常引用《诗经》《尚书》等儒家经典。1676年西班牙多明我会士闵明我将龙华民的文章用西班牙文译出，收入《中华帝国纵览》。此书被译成多种欧洲语言，风行欧洲。1704年，它的英文版被丘吉尔兄弟（Awnsham Churchill and John Churchill）收入《游记和旅行丛书》。龙华民的论文及其引用的《诗经》篇章，随着《中华帝国纵览》而广为流传，成为欧洲本土读者熟悉的儒学知识。

到了1701年，龙华民的手稿从西班牙文转译成法文，被冠以《论中国宗教的若干问题》的题目，与方济各会士利安当（Antonio de Santa Maria Caballero，1602—1669）的《论中国教区的若干重要问题》一起，由巴黎外方传教会出版。由于当时的"礼仪之争"引起欧洲大众的广泛关注，这两篇文章随着"礼仪之争"论战的深入，被欧洲读者广泛阅读和热烈讨论。

虽然龙华民、利安当反对利玛窦，他们坚持认为中国的"天"只代表物

---

① ［法］孙璋：《性理真诠》，清光绪十五年（1889）上海慈母堂铅印本，卷二、四。所引诗第一例取自《大雅·大明》，第二例取自《周颂·敬之》，第三例取自《大雅·板》（原文应为"昊天曰明，及尔出王。昊天曰旦，及尔游衍"），第四例取自《大雅·抑》。

质的天、中国的“上帝”不是人格神，但是他们都模仿利玛窦，大量引用了《诗经》《尚书》《中庸》等儒家典籍，来证明自己的观点。

龙华民、利安当的文章，在欧洲思想界引起很大的反响。德国哲学家莱布尼茨（Gottfried Wilhelm Leibniz，1646—1716）读到这两篇文章，在逝世之前（1716）曾写了一份长达四万字的信来驳斥龙华民、利安当的观点，信中多处引用两位传教士所依据的儒家典籍片段，并提出了自己的不同解读。莱布尼茨在信中两次引用《大雅·文王》，第一次是引述龙华民的观点，说龙华民“认为中国原始的书里说到我们的灵魂时用的是灵魂（Ling-Hoën）这个名称，意思是在肉体死后它还继续存在，因此在《诗经》卷六，第 1 页上，说‘文王在上，於昭于天。周虽旧邦，其命维新。有周不显，帝命不时。文王陟降，在帝左右’（见《诗经·大雅·文王之什》）”。第二次是引用利安当的观点：“利安当神父引证儒家的五经之一的《诗经》时说，中国人的某些古代的帝王死后升天以便启发和帮助（我想应该翻译为‘协助’和‘服侍’）这位至高无上的帝王——‘上帝’，并且坐在他的左右。”① 莱布尼茨转引这些中国典籍的证据，是“力主中国古人承认灵魂不朽，坚执古代教义说人死后灵魂受报”，他引用《大雅·文王》，正是“列举了那些死后升天帮助上帝的有德帝王的报应”。②

利玛窦等人引用《诗经》，是用于中文论著，写给中国人看，并未直接进入欧洲人的阅读视野，反而是龙华民这些反对利玛窦路线的传教士，在自己的西文著作中引用《诗经》，将《诗经》诗句直接带到欧洲读者的面前。当然，利玛窦等人也在自己的西文著作中，向欧洲读者介绍了《诗经》的大概内容。

利玛窦在《基督教远征中国史》第一卷第五章，介绍了儒家的四书五经。何高济等人根据英文版翻译的《利玛窦中国札记》的相关文字是：“被

① ［德］莱布尼茨：《致德雷蒙先生的信：论中国哲学》，庞景仁译，载何兆武、柳卸林主编：《中国印象——世界名人论中国文化》，桂林：广西师范大学出版社，2001 年，第 138、143 页。此文中译原连载于《中国哲学》1981 年第 3、4 期及 1982 年第 1 期。

② ［美］孟德卫：《莱布尼兹和儒学》，张学智译，南京：江苏人民出版社，1998 年，第 100 页。

称为中国圣哲之师的孔子，把更古的哲学家的著作汇编成四部书，他自己又撰写了五部。他给这五部书题名为‘经’（The Doctrines），内容包括过正当生活的伦理原则、指导政治行为的教诫、习俗、古人的榜样、他们的仪礼和祭祀以及甚至他们诗歌的样品和其他这类的题材。在这五部书之外，还有一部汇编了这位大哲学家和他的弟子们的教诫，但并没有特殊的编排。它主要是着眼于个人、家庭及整个国家的道德行为，而在人类理性的光芒下对正当的道德活动加以指导。这部书是从前面提到过的那四部书摘录下来的撮要，被称为《四书》（*Tetrabiblion*）。孔子的这九部书构成最古老的中国图书库。"①

这里对于四书五经的介绍很混乱。孟德卫指出，英译本的“这部书是从前面提到过的那四部书摘录下来的撮要，被称为《四书》”一句，使整个介绍更加混淆不清。孟德卫还认为，书中说孔子亲自撰写了“五经”，这是因为“利玛窦当时很可能参考了今文经派的观点”。② 其实，利玛窦的原文手稿并未说孔子撰写了全部“五经”，文铮根据手稿译出的文字是：

> 孔子曾重订过四部古书，又亲手写了一部，合称“五经”，其中所涉及的或是古代统治者的德行，或是记述这些德行的诗歌，或是中国的礼法，或是一些警世的训诫。除“五经”之外，有三四位作者辑录了很多没有联系的道德箴言，并编纂成书，受到人们的青睐，这些书被合称为“四书”。以上九部书是中国最古老的书籍，而其他的书都是由此衍生出来的，这九部书几乎包括了中国所有的文字。③

① ［意］利玛窦、［法］金尼阁：《利玛窦中国札记》，何高济、王遵仲、李申译，北京：中华书局，1983年，第35页。

② ［美］孟德卫：《奇异的国度：耶稣会适应政策及汉学的起源》，陈怡译，郑州市：大象出版社，2010年，第45、44页。

③ ［意］利玛窦：《耶稣会与天主教进入中国史》，文铮译，梅欧金校，北京：商务印书馆，2014年，第23—24页。

同样是根据利玛窦意大利原文翻译的光启出版社版译文，文字与此基本一致。[①] 即使从利玛窦原文手稿来看，整个介绍仍然比较含混。不过，书中所说的“诗歌的样品”或“记述这些德行的诗歌”，是指《诗经》，明确地揭示了作为“五经”之一的《诗经》的性质。

在利玛窦之后，17世纪的欧洲还出现了几本非常重要的书，它们更详细地介绍《诗经》，大多在出版后随即就被译成英文。

这几本书，构成了欧陆以及英国读者的《诗经》知识的主要来源。

第一本是曾德昭（Alvaro Semedo，1585—1658）的《大中国志》。[②] 此书原为葡萄牙文，1641年出版，很快就有西班牙文版（1642）、意大利文版（1643）和法文版（1645）。到了1655年，此书被译为英文。曾德昭在前言中这样评价自己的工作：“至于那些记述中国的作品，我曾熟读其中几部，它们几乎缺乏所有真实的东西，任意在全然神话的故事中遨游……我在二十二年的时间中，有机会观察

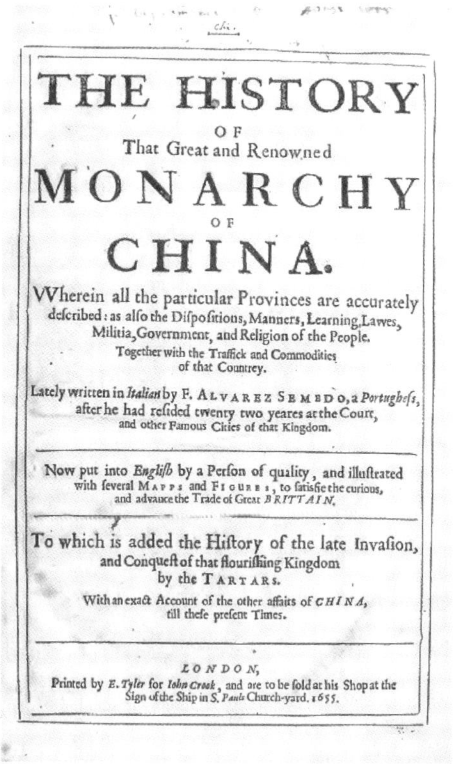

THE HISTORY
OF
That Great and Renowned
MONARCHY
OF
CHINA.
Wherein all the particular Provinces are accurately described: as also the Dispositions, Manners, Learning, Lawes, Militia, Government, and Religion of the People.
Together with the Traffick and Commodities of that Countrey.
Lately written in *Italian* by F. ALVAREZ SEMEDO, a *Portughess*, after he had resided twenty two yeares at the Court, and other Famous Cities of that Kingdom.

Now put into *English* by a Person of quality, and illustrated with several MAPPS and FIGURES, to satisfie the curious, and advance the Trade of Great *BRITTAIN*.

To which is added the History of the late Invasion, and Conquest of that flourishing Kingdom by the TARTARS.
With an exact Account of the other affairs of *CHINA*, till these present Times.

LONDON,
Printed by *E. Tyler* for *John Crook*, and are to be sold at his Shop at the Sign of the Ship in S. *Pauls* Church-yard. 1655.

曾德昭《大中国志》(1655年英译本)

① ［意］利玛窦著：《利玛窦中国传教史》，收入《利玛窦全集》(1)，台北：光启出版社，台北县新庄市：辅仁大学出版社，1986年，第25—26页。

② 曾德昭生于葡萄牙，1602年入耶稣会，在印度果阿完成学业后转赴中国，原起名谢务禄，在南京传教，1616年南京教案之后被遣返澳门。1620年重入内地，改名曾德昭，历居杭州、嘉定、上海、南京、西安等地。1649年至广州主持教务，又前往明永历帝的朝廷中传教，后推举卜弥格代主教务。1651年清兵攻取广州，曾德昭在教堂被拘，获释后长住广州。

中国的所有方面，我肯定我所写的即我所见到的，必定比那些没有仔细观察它们的人所写的东西，更为确实，即使略输文采。”①

曾德昭像利玛窦一样，观察到科举在中国的重要性，观察到四书五经是儒家文化与科举考试的基础。他在《大中国志》第十章“中国人的书籍和学术”，这样介绍孔子及儒家经典：

> 现在回过来谈谈他的书。这些书的第一部叫做《易经》，论述自然哲学，及事物的盛衰，也谈到命运，即从这样和那样的事情作出的预测，还有自然法则；用数学、图像和符号表示哲理，把这些用于德行和善政。第二部叫《书经》，包括古代帝王的编年史，及他们的德政。第三部叫《诗经》，是古代诗歌，都有隐喻和诗意，其中有关于人类天性的，也有关于不同风俗的。第四部叫《礼记》，论述古人的典礼仪式，也涉及宗教和祭神。第五部叫《春秋》，是记述中国历史的，并叙述若干古代国王的功业，好的坏的都有，以便效仿或避免。②

曾德昭排列“五经”的顺序是《易经》《书经》《诗经》《礼记》《春秋》，将《诗经》拼为“Xikim”，其介绍比利玛窦更为详细。张国刚认为：“曾德昭恐怕是第一个正确而又较详细地介绍中国古书的耶稣会士。”③

《大中国志》还介绍了中国的诗歌：“诗词在中国极受重视，在诸侯林立，臣事一位帝王的时代，当他们去朝见帝王（每三年一次）时，都必须各自从本国携带流行和时新的韵文和诗歌，因此帝王可以知道他们的风俗习惯，在这些诗词中确实有许多各地风俗的记述。在这点上，中国人远较其他民族优越，因为他们对于所撰写的东西极其慎重，很难在他们的词句里找到

---

① ［葡］曾德昭：《大中国志》，何高济译，李申校，上海：上海古籍出版社，1998年，前言。

② 同上书，第59页。

③ 张国刚：《从中西初识到礼仪之争：明清传教士与中西文化交流》，北京：人民出版社，2003年，第301页。

一个不严肃的词，而（尤有甚者）他们没有表示邪恶的字眼，书中任何地方也找不着这类记载。”可以看出，这是在描述古代的采诗制度。曾德昭还谈到中国诗歌的格律形式：“他们有各种的诗，并且使用韵律，有如欧洲的歌曲、小调、行诗和情歌。他们也在每行诗的结尾安排声韵，并且有很多诗句，犹如我们的十四行诗、八行诗，但有很大的不同。”他还说：“在诗句的想象方面，以及在他们对事物的描述上，他们使用的技巧几乎和我们在欧洲使用的一样。”[①]

MARTINI MARTINII,
TRIDENTINI,
E SOCIETATE IESV,
SINICÆ
HISTORIÆ
DECAS PRIMA,
Res à gentis origine ad Chriſtum natum in extrema Aſia, ſive Magno Sinarum Imperio geſtas complexa.

AMSTELÆDAMI,
Apud JOANNEM BLAEV.
M. DC. LIX.

卫匡国《中国上古史》（1659）

第二本是卫匡国的《中国上古史》。[②]此书版本不多，只有慕尼黑出版的1658年版、阿姆斯特丹出版的1659年版以及巴黎出版的1692年版。此书对于孔子的生平、经历以及四书五经，做了非常详细的介绍。意大利学者梅文健（Giorgio Melis）认为，卫匡国的《中国上古史》在介绍儒家经典方面，“为欧洲读者提供了大量的新信息”，此书“与之前的欧洲文献相比，对儒家经典的内容解释得更清楚、更细致，还引用了更多的原文”。[③]

对于儒家经典，卫匡国重点介绍了“五经”，他和曾德昭一样，采用了《易经》《书经》《诗经》《礼记》《春秋》的排

① ［葡］曾德昭：《大中国志》，何高济译，李申校，上海：上海古籍出版社，1998年，第67、68页。

② 卫匡国，字济泰，1614年生于意大利北部，17岁加入耶稣会，入罗马学院研习数学，他的数学老师就是德国学者家基歇尔。卫匡国1643年来到中国，主要在浙江杭州、兰溪、金华、宁波等地活动。他入华之初，正值明末动荡之季，遂以卫匡国为汉名。卫匡国曾赴罗马教廷为中国礼仪辩护，完成任务后，1657年再度赴华返杭州传教，后病逝于杭州。

③ ［意］Giorgio Melis，“Chinese Philosophy and Classics in the Works of Martino Martini S. J.”（耶稣会士卫匡国著作中的中国哲学和古学），载《纪念利玛窦来华四百周年中西文化交流国际学术会议》，台北县新庄市：辅仁大学出版社，1983年，第479页。

列顺序。卫匡国特别指出，《易经》是中国最古老的书，并强调按“五经”的编撰年代来排序，这主要因为《中国上古史》是以历史为线索。卫匡国认为《易经》中的寓意，类似于古希腊毕达哥拉斯的神秘哲学。

在介绍《诗经》时，卫匡国说：“它总是陶醉于诗意的表达，它用了诗歌的形式而不是散文，朴素地解释了事物的本质，叙述了上古君主——包括明君或昏君——的言行。”他特别强调，《诗经》和诗歌在中国的科举考试中有举足轻重的作用，并比较了中西诗歌的不同，他认为中国诗歌“写作时不需要借助于欧洲诗人惯用的想象与虚构，事实上中国诗歌旨在提供接近自然的道德标准。”至于“四书”，卫匡国指出，它们包含了“孔子和孟子的哲学”，并引用和翻译了《大学》的部分内容，他在引用《大学》的第一节之后说，这是“整个中国哲学的基础”。[①]

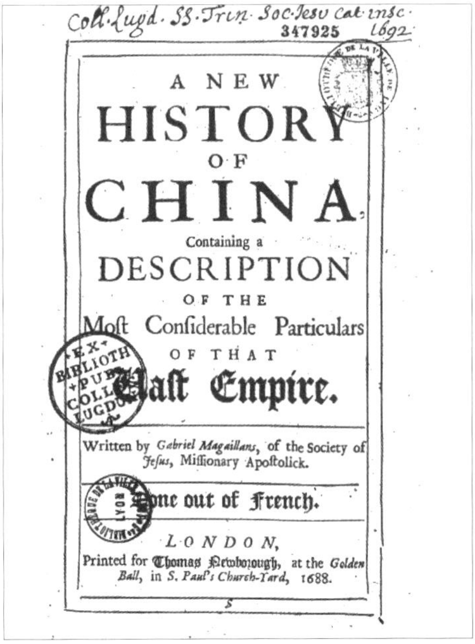
Coll. Lugd. SS. Trin. Soc. Iesu Cat. insc. 1692

347925

A NEW HISTORY OF CHINA, Containing a DESCRIPTION OF THE Most Considerable Particulars OF THAT Vast Empire.

Written by Gabriel Magaillans, of the Society of Jesus, Missionary Apostolick.

Done out of French.

LONDON, Printed for Thomas Newborough, at the Golden Ball, in S. Paul's Church-Yard, 1688.

安文思《中国新史》(1688 年英译本)

第三本是葡萄牙耶稣会士安文思（Gabriel de Magaillans，1609—1677）的《中国新史》。[②] 安文思，字景明，方豪认为其中文名取自《周颂·思文》，“文思典出周公思先祖有文德者，故《诗·周颂》有

① 参见朱雁冰：《耶稣会士卫匡国与儒学西传》，载《耶稣会与明清之际中西文化交流》，杭州：浙江大学出版社，2014 年，第 107 页。

② 安文思的祖上是葡萄牙著名航海家麦哲伦。他 1634 年抵达印度果阿传教，1636 年进入中国，1642 年入四川传教，为张献忠所俘。张献忠为清军所败后，安文思随清军入北京。刚到北京时，他表达了对“文化适应”策略的不同意见，但后来成为“文化适应”策略的拥护者。在清初历狱案中，与南怀仁、利类思一起入狱。安文思晚年时，深得康熙信任。

篇名曰《思文》，文思为思文之倒”。[1] 计翔翔则认为其中文名来自《尚书·尧典》的“钦明文思安安”，其字则来自《诗经·小雅·车舝》的“景行行止”，郑玄笺曰：“景，明也。”[2]

《中国新史》原稿是安文思1668年用葡萄牙文写成的《中国十二绝》(*Doze excellencias da China*)，后来由柏应理带回欧洲并请人译为法文，1688年用《中国新史》的书名在巴黎出版，同年即在英国出版了英译本。

《中国新史》介绍了中国的十二个特点，包括中国的版图、历史、语言文字、典籍、教养、交通、工艺、物产、孔子、政治、君主、北京。此书的第五章题为“中国人的智慧和他们的主要经典”，介绍了四书五经等中国典籍，但是其排列顺序与曾德昭、卫匡国不同，是《书经》《礼记》《诗经》《春秋》《易经》。书中介绍《诗经》说：

> 第三部书叫做《诗经》，包括韵文、传奇和诗歌。它分为五类。第一类是雅颂（Ya Sum），即颂词和赞歌，为赞颂以德行和才能著称的人物而歌。还有他们在丧礼、献祭以及中国人为纪念祖先和在隆重节日上念唱的几种格言诗，即包括格言的韵文。第二类叫做国风（Que Fum），即国之风俗。这是些传奇或者是从个人创作中选择的诗句。它们从来不用来演唱，只在帝王及国之大臣前诵念。因此其中毫无雷同地描写百姓的风俗，国家的治理，及现时的情况，这看来和古希腊的喜剧是相同的：它不放过对个人恶行的谴责，也揭露官吏的过失。第三类叫做比赋（Pi Que），这就是譬喻。因为其中的诗都可以用比喻和类比来解释。第四类叫做兴赋（Him Que），也就是起兴。因为这类诗以奇异和高尚的事作为开始，以便对下面的叙事做准备，引起注意。第五类叫做逸诗（Ye

[1] 方豪：《中国天主教史人物传》中册，北京：中华书局，1988年（影印香港公教真理学会1967—1973年本），第81页。

[2] 计翔翔：《十七世纪中期汉学著作研究：以曾德昭〈大中国志〉和安文思〈中国新志〉为中心》，上海：上海古籍出版社，2002年，第226页。

Xi)，这就是，被遗弃即分开的诗歌，因为孔夫子把这卷遗弃的诗视为有误或者无稽之谈。不管怎样，它们仍被引用，而且保持原状。[①]

何高济译本中的“比赋”“兴赋”，颇为奇怪，计翔翔译为“比歌”“兴歌”。[②] 然而，无论如何回译为中文，安文思所说的《诗经》分类都很奇怪，这明显是混淆了“六义”，将传统诗经学所说的三体“风雅颂”和三用“赋比兴”混为一谈。张国刚认为，虽然安文思将《诗经》的基本概念“全部混为一谈”，但他“首次从文学角度介绍《诗经》”。[③] 这个评价未必确切，因为安文思与利玛窦、曾德昭、卫匡国等人一样，都是从儒家经典的角度来介绍《诗经》，从这个角度来认识《诗经》作为诗集的本质。不过，欧洲人第一次知道《诗经》分类以及风、雅、颂等概念，应该是安文思的功劳。

第四本是李明（Louis-Daniel Le Comte，1655—1728）的《中国近事报道》。此书于1696年在巴黎出版法文本，随即于1697出版英译本，并在接下来的两年间出现了两个英文修订版。《中国近事报道》排列“五经”的顺序是《书经》《诗经》《易经》《春秋》《礼记》，将《诗经》拼成“Chi-kim”。

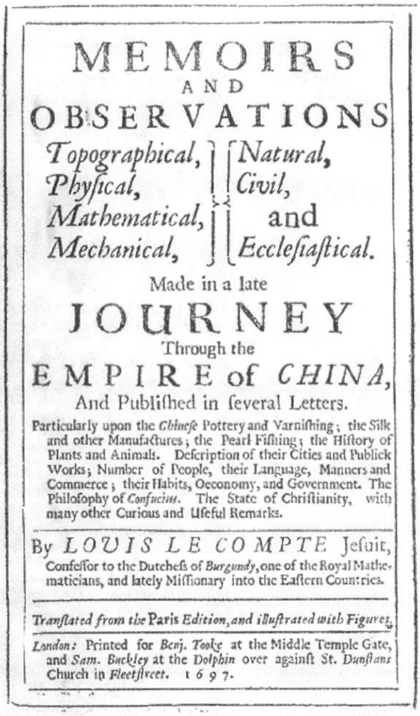
MEMOIRS
AND
OBSERVATIONS
Topographical, Phyſical, Mathematical, Mechanical, | Natural, Civil, and Eccleſiaſtical.
Made in a late
JOURNEY
Through the
EMPIRE of CHINA,
And Publiſhed in ſeveral Letters.
Particularly upon the Chineſe Pottery and Varniſhing; the Silk and other Manufactures; the Pearl-Fiſhing; the Hiſtory of Plants and Animals. Deſcription of their Cities and Publick Works; Number of People, their Language, Manners and Commerce; their Habits, Oeconomy, and Government. The Philoſophy of Confucius. The State of Chriſtianity, with many other Curious and Uſeful Remarks.
By LOUIS LE COMPTE Jeſuit,
Confeſſor to the Dutcheſs of Burgundy, one of the Royal Mathematicians, and lately Miſſionary into the Eaſtern Countries.
Tranſlated from the Paris Edition, and illuſtrated with Figures.
London: Printed for Benj. Tooke at the Middle Temple Gate, and Sam. Buckley at the Dolphin over againſt St. Dunſtans Church in Fleetſtreet. 1697.

李明《中国近事报道》（1697年英译本）

① ［葡］安文思：《中国新史》，何高济、李申译，郑州：大象出版社，2004年，第61页。

② 计翔翔：《十七世纪中期汉学著作研究：以曾德昭〈大中国志〉和安文思〈中国新志〉为中心》，上海：上海古籍出版社，2002年，第251页。

③ 张国刚：《从中西初识到礼仪之争：明清传教士与中西文化交流》，北京：人民出版社，2003年，第303页。

李明介绍："世界上的第一部史书无疑是《创世纪》，但是，我们都知道在所有书中，中国书是最早问世的。人们尊称为'五经'，而且中国人视为神圣的莫过于其中教导的理论了。"李明指出，《诗经》反映了上古圣王时代的风俗，他说："第二本由于它的古老而备受推崇的书是第三代治下编写的一系列颂歌和诗歌，书中描述了从属于皇帝的统治外省的中国诸小国国君的道德习俗。孔子谈及该书时颇多褒词，这便可以判断出，后来许多滥作混进而使该书遭到破坏，因为书中可见一些可笑的或甚至大逆不道的诗句。"①

所谓"滥作""大逆不道的诗句"，可能指那些与基督教义不符的诗篇，也可能指那些被朱熹标为"淫诗"的诗篇——虽然利玛窦、柏应理等人排斥宋明理学，但是明末入华的耶稣会士阅读的《诗经》，大多是经过朱熹诗经学洗礼的各种明代注本，甚或就是朱熹本人的《诗集传》。

上述著作，扩大了欧洲人对于孔子和儒家典籍的认识。但是，这些书对于《诗经》的介绍太简略，没有引用任何诗句，很难提供关于《诗经》的直观认识。真正让欧洲人直接欣赏到《诗经》的诗句魅力，其实是"四书"的拉丁文译本，即《中国哲学家孔子》中的《诗经》引文。

《中国哲学家孔子》是柏应理、殷铎泽、恩理格、鲁日满等人合作的成果，此书中文标题为《西文四书直解》，但实际上只有《大学》《中庸》和《论语》三书的拉丁译文。此书由五部分组成：第一部分是柏应理给路易十四的信；第二部分是绪论，介绍了四书五经；第三部分是孔子传记，卷首即孔子的全身画像；第四部分是《大学》《中庸》和《论语》的译文；第五部分为附录，是柏应理编的三份中国帝王年表。②

"五经"在《中国哲学家孔子》中的排列顺序，是《书经》《诗经》《易经》《春秋》《礼记》，其中《诗经》被拼成"Xi Kim"。柏应理承认，按照中

---

① ［法］李明：《中国近事报道》，郭强、龙云、李伟译，郑州：大象出版社，2004年，第174—175页。此译本根据1990年法语新版译出。

② 对于此书各部分内容的介绍，可以参考张西平：《欧洲早期汉学史：中西文化交流与西方汉学的兴起》，北京：中华书局，2009年，第434—450页。

国人的传统看法，《易经》为“五经”中最古老的，但是因其过于晦涩，所以最终按照重要性和意义来为它们排序。在柏应理等人的心目中，《诗经》的重要性仅次于《尚书》。[①]

《中国哲学家孔子》(1687) 中的孔子画像

这些经籍，在传统经学史中有两种排序。今文派的排序是：《诗》《书》《礼》《乐》《易》《春秋》，古文派的排序是：《易》《书》《诗》《礼》《乐》《春秋》。今文派的排序，是按“六经”内容程度的深浅；古文派的排序，是按“六经”产生时代的早晚。今文派的排列，与教育家排列课程的用意近似，《诗》《书》《礼》《乐》类似普通教育或初级教育的课程，所以排列在前，其中《诗》《书》是文字教育，《礼》《乐》是道德教育，所以《诗》《书》排列最前；《易》《春秋》蕴含了孔子的哲学思想，类似专门教育或高级教育，所以排列在后。古文学家认为《易经》的八卦是伏羲所画，所以《易》最前；《书经》最早的篇章是《尧典》，晚于伏羲；《诗经》中最早是《商颂》，又晚于尧、舜；《礼》《乐》是周公所作，在商之后；《春秋》经孔子删改，所以排列最后。进一步来看，今文派是将孔子视为教育家、哲学家、政治家，看重微言大义，所以按内容程度的深浅来排列“六经”；古文派将孔子视为史学家，孔子是“述而不作”的前

① ［美］孟德卫：《奇异的国度：耶稣会适应政策及汉学的起源》，陈怡译，郑州市：大象出版社，2010 年，第 283－295 页。

代文化保存者，所以按产生时代的早晚来排列“六经”。①

在前述几本耶稣会士的著作中，只有曾德昭、卫匡国遵从了常见的古文派排序，其他人大多从自己的理解出发，对排序做了新的调整。有学者指出，耶稣会士对于“五经”的排列，“并非随意为之的简单排序，而是一个蕴涵了他们关于‘五经’价值判断的等级序列”。②

《中国哲学家孔子》的编译者们，都是利玛窦“文化适应策略”的拥护者。孟德卫认为此书是“在耶稣会适应政策下产生的最高学术成果”③。龙伯格进一步指出，柏应理编译此书的目的“是把孔子描述成一位全面的伦理学家，他的伦理和自然神学统治着中华帝国，这样一来，便会支持耶稣会士们在近期归化中国人的希望，中国人几乎有了一切，仅缺乏神的默启”④。因此，此书的译文和注解都充满了基督教神学的色彩。《大学》中的“明德”，被译为“rationalis natura a caelo indita（为天所赋予的具有理性的本性）”，译者解释说“天”就是中国古代经书中的上帝，就是基督教的神，中国古人借助神所赋予的“理性的本性”来达到对神的认识。“四书”中的《诗经》引文，也在这样的解读中，呈现给欧洲读者。如《中庸》最后一节引《大雅·皇矣》“予怀明德，不大声以色”，译者在译文之后解释道：这里的“明德”，与《大学》里的“明德”、《中庸》里的“天命”一样，都是指“portio illa rationalis a caelo homini indita（天授予人的理性）”。⑤

虽然充满神学色彩，《中国哲学家孔子》对于《诗经》在欧陆以及英国

---

① 周予同：《群经概论》，载《周予同经学史论》，朱维铮编校，上海：上海人民出版社，2010年，第139—142。

② 吴莉苇：《当诺亚方舟遭遇伏羲神农：启蒙时代欧洲的中国上古史论争》，北京：中国人民大学出版社，2005年，第225页。关于耶稣会士排列“五经”顺序及其背后礼仪之争的传教背景，可以参考该书的第224—227页。

③ ［美］孟德卫：《奇异的国度：耶稣会适应政策及汉学的起源》，陈怡译，郑州市：大象出版社，2010年，第267页。

④ ［丹麦］龙伯格：《宋明理学在欧洲的传播》，耿昇译，《国际汉学》2000年第5辑，郑州：大象出版社，2000年，第305页。

⑤ 参见朱雁冰：《〈中国哲人孔子〉中的孔子形象》，载《耶稣会与明清之际中西文化交流》，杭州：浙江大学出版社，2014年，第176—177页。

的传播起到了很大的推动作用。一方面，柏应理等人像他们的前辈利玛窦、龙华民一样，在书中引用了《诗经》诗句如“文王陟降，在帝左右”（《大雅·文王》），讨论中国人的信仰和中国人对灵魂的观念。[①] 另一方面，《大学》《中庸》和《论语》中有很多引述《诗经》之处，经过柏应理等人的翻译，让欧洲人欣赏到《诗经》诗句的吉光片羽。特别是《大学》引《诗经》十二处，其中用《卫风·淇奥》的诗句来说明君子的品德，诗句优美、说理清晰，诗句与道理相得益彰，18 世纪英国的珀西、琼斯等人，都是通过《中国哲学家孔子》中的拉丁译文，领略到《卫风·淇奥》之优美，并进一步将其转译为英文。

16、17 世纪耶稣会士的译著，帮助欧洲读者初步认识了《诗经》等儒家经典，虽然他们的介绍比较混乱，如《诗经》书名的拼音都各不相同，但是，耶稣会士的筚路蓝缕之功实不可没。正是在耶稣会士的推动下，《诗经》才进入欧洲读者的视野。

第五节　英国人早期的中国知识与《诗经》知识

如前所述，1253 年出使蒙古的鲁布鲁克，回欧洲后撰写了《鲁布鲁克东行纪》，书中介绍了蒙古人的风俗和文化，亦涉及中国文字的书写方式等问题。英国的方济各会士罗杰·培根（Roger Bacon，1214—1294），在巴黎听鲁布鲁克谈起关于中国的见闻，非常感兴趣，并于 1266 年左右将这些资料写进了他自己的《大著作》（*Opus Maius*）。[②] 罗杰·培根的转述激发了英国人的兴趣，当鲁布鲁克的游记已被大部分欧洲人遗忘的时候，英国人却还收藏着它的手抄本。三百多年后，英国地理学家哈克鲁特刊行了这份游记的英

① 参见［美］孟德卫：《奇异的国度：耶稣会适应政策及汉学的起源》，陈怡译，郑州市：大象出版社，2010 年，第 323 页。

② ［法］安田朴：《中国文化西传欧洲史》，耿昇译，北京：商务印书馆，2000 年，第 92—94 页。

译本。[①]

这可说是18世纪以前英国人的中国认识的一个缩影。从13世纪方济各会士初入中国，到17世纪耶稣会士在中国传教获得成功，英国人在此期间没有参加东方的传教事业，也未能与中国通商。英国人对于中国的所有知识，都是从欧洲其他各国的传教士、旅行家的游记见闻间接得来。这些关于中国的零星见闻，慢慢地积累成了英国民众的一般知识。英国14世纪大文豪乔叟（Geoffrey Chaucer，1343—1400）曾经提到成吉思汗，但是他心目中最遥远的东方是印度，而不是中国。[②] 可见，直到14世纪，英国人对于中国的具体位置还没有明确的概念。

在《马可·波罗游记》问世半个世纪之后，有一位英国人约翰·曼德维尔（Sir John Mandeville，？—1371）宣称自己曾游历东方各国，出版了一本《约翰·曼德维尔游记》，1499年在英国出版。事实上，此书的作者并未涉足中国，其内容完全是根据当时欧洲的各种游记、信函，再加上作者的想象和虚构编撰而成。[③] 此书最主要的资料来源，包括柏朗嘉宾、鲁布鲁克、鄂多立克等人的游记，还有《马可·波罗游记》。此书原用法文写成，后译成英文及其他欧洲文字，风靡一时，其流行程度甚至超过《马可·波罗游记》——后者的手稿数量只有119份，前者数量却多达300份。截至17世纪末期，此书的英文版已达9种。[④] 可以说，“在文艺复兴期间，《约翰·曼德维尔的游记》一书对西欧人想象东方的能力的主宰程度超越了其他任何一部作品，它设定了一种半虚半实的风格化东方想象”。《约翰·曼德维尔游记》如此流行的原因，主要是“因为作者在其虚构的个人叙述中，把可得到的资

① 参见［英］道森：《出使蒙古记》，吕浦译、周良宵注，北京：中国社会科学出版社，1983年，第106页。

② 范存忠：《中国文化在启蒙时期的英国》，上海：上海外语教育出版社，1991年，第2页。

③ 关于此书的介绍，可参见［英］雷蒙·道森：《中国变色龙：对于欧洲中国文明观的分析》，常绍明、明毅译，北京：时事出版社，1999年，第37—40页。

④ William W. Appleton, *A Cycle of Cathay: The Chinese Vogue in England During the Seventeenth and Eighteenth Centuries*, New York: Columbia University Press, 1951, p. 5.

料编织进了一个丰富的背景之中，由此展示出一种十足的艺术效果”。[①]

钱锺书指出，虽然《约翰·曼德维尔游记》是最早提到中国的英国文学作品，但是它对中国的描述“差不多完全是神话和幻想”。[②] 周珏良也认为，此书是“形成从中古到文艺复兴时代在西欧人心目中的那种半是写实半是幻想的东方世界形象最有影响的一部书”，“最早的英国对中国的社会文化印象，就是这样的半真实半神话式的”。[③] 也就是说，曼德维尔“用一种神话式的、辉煌灿烂的东方幻象充实了民众的想象，后者未必总是能够马上把传说与现实区分开来”。[④] 英国人对于中国的“半是写实半是幻想”“半真实半神话式”的印象，一直延续到16世纪，才逐渐有了改观。

1529年，英王亨利八世（Henry VIII，1509—1547在位）将罗马教廷驻英国的大主教免职。1534年，英国国会通过“至尊法案”，确定英国国王为英国教会的元首，与罗马教廷完全断绝关系，英国成为新教国家。伊丽莎白女王（Elizabeth I，1558—1603在位）其后亲自审定英国国教的教义，宣称《圣经》是基督教会信仰的唯一准则，否认教宗的至高权力，由此在16世纪短短几十年内，就出现了八种《圣经》英译本。在这样的氛围下，英国人对于效忠罗马教廷的中国传教事业，基本上是置之事外的。16、17世纪英国人对于中国文化的认识，主要依赖意大利、比利时、葡萄牙、法国、德意志等国传教士的作品。这些作品，大多用拉丁文、意大利文、法文或葡萄牙文写成，往往在出版的当年或第二年就有了英文及其他欧洲文字的译本，很快在英国流行开来。

---

① ［美］拉赫：《欧洲形成中的亚洲》第一卷第一册（上），周宁总校译，北京：人民出版社，2013年，第97、100页。

② Qian Zhongshu，“China in the English Literature of the Seventeenth Century”，in *The Vision of China in the English Literature of the Seventeenth and Eighteenth Centuries*，ed. Adrian Hsia，Hong Kong：The Chinese University Press，1998，p. 33.

③ 周珏良：《数百年来的中英文化交流》，载《周珏良文集》，北京：外语教学与研究出版社，1994年，第161页。

④ ［英］雷蒙·道森：《中国变色龙：对于欧洲中国文明观的分析》，常绍明、明毅译，北京：时事出版社，1999年，第40页。

1588年，英国舰队战胜西班牙“无敌舰队”，逐渐控制了海上霸权。英国人对于西班牙、葡萄牙、意大利的航海家和传教士带回欧洲的中国信息，充满了好奇，并试图与中国建立通商关系，因为“其他欧洲诸国之人，叩关而来者，无不饱载而归，相形之下，不禁令英人垂涎三尺矣”。[①] 1576年，英国航海家试图找到通往印度和中国的航道，但未成功。到了1596年，伊丽莎白女王遣人携带她的亲笔信乘船出使中国，请求与其他国家享受同等的贸易权利。可惜船队一去不返，此封要求通商的信，并未传至当时的万历皇帝手中。15—16世纪，英国向中国遣使以及与中国直接贸易的努力，均以失败告终。[②]

在海外扩张的推动之下，英格兰从16世纪末开始出现了一股出版各种海外游记的热潮，这主要归功于理查德·伊登、哈克鲁特等人，“他们一方面出版游记和外国旅游文学译本文集；另一方面向皇室和英格兰的商人呼吁英格兰在海外探索、从商和殖民活动中应有的地位”。[③] 也就是说，“和其他人编辑的集子不同，英国人的集子不是依据本民族伟大的海外扩张成就写成的”，“英国人编辑的集子用意在于通过展示其他民族如何通过海外冒险使自己富强和伟大，来激发本民族的人们向海外扩张的兴趣”。[④]

英国人编译中国信息的肇始者，是理查德·伊登（Richard Eden，1520—1576）。英国的威廉·塞西尔爵士（Sir William Cecil）在1533年组成探险队，计划前往传说中的契丹，他的秘书就是毕业于剑桥大学的伊登。此后，伊登开始编辑、翻译各类游记，希望激发英国人去海外开拓殖民地的兴趣。伊登编辑的《东西印度群岛旅行史》，1577年在伦敦由其遗嘱执行人出

---

① 朱杰勤：《英国第一次使臣来华记》，载《中外关系史论文集》，郑州：河南人民出版社，1984年，第484页。

② Earl H. Pritchard, *Anglo-Chinese Relations During the Seventeenth and Eighteenth Centuries*, Urbana: The University of Illinois, 1930, p. 44.

③ ［美］拉赫、范·克雷：《欧洲形成中的亚洲》第三卷第一册（下），周宁总校译，北京：人民出版社，2013年，第657页。

④ ［美］拉赫：《欧洲形成中的亚洲》第一卷第一册（上），周宁总校译，北京：人民出版社，2013年，第254页。

版。书中收录了葡萄牙人伯来拉《中国报道》的英译本，这是大航海时代的中国游记首次出现在英语世界。

在编译中国资料方面，最大的功臣是英国地理学家哈克鲁特（Richard Hakluyt，1552—1616）。他主编了多卷的《英国航海、旅行和地理发现全书》，广泛收录当时欧洲所能见到的各种海外游记和资料。他在1588年促成门多萨《中华大帝国史》英译本的出版，又促成了鲁布鲁克《东行纪》英译本的出版。1600年，哈克鲁特主编的《航海全书》全部出版。这套丛书对于推动中国知识在英国的传播，意义重大，因为“16世纪中期的英文读者们，在英语读物中几乎读不到任何关于海外的东西，如今，诞生于16世纪的一部最优秀的原始资料汇编就在自己的身边”。①

1592年，英国舰队截获了一艘葡萄牙商船，所获物品中有一本《关于日本使节朝觐罗马教廷的对话》，两年前刚刚在澳门出版，原文由范礼安用西班牙文撰写，后由澳门耶稣会学院院长孟三德（Duarte de Sande，1547—1599）译为拉丁文。有学者认为，此文“是16世纪末海外耶稣会士所掌握的地理学和人类学知识的简明百科”。② 文中关于中国的材料，是根据利玛窦等人获得的中国知识所撰写，可谓刚刚入华的耶稣会士对于中国情况的最新报道。哈克鲁特把关于中国的部分译成英文，以《一篇记录中国及其状况和政府的精彩文章》之题，收入《英国航海、旅行和地理发现全书》第六卷，于1599年出版。这篇文章的英译及其出版过程，足以显示出英国人对中国知识的密切关注和搜集整理。文中介绍了中国的道德哲学、科举制度、文官制度，指出“中国百姓学习文艺，极用功钻研，花长时间，在他们幼年就开始学习”。虽然文章没有进一步介绍中国人都在用功钻研什么典籍，但是接着又介绍了“著名哲学家孔夫子”，说他“写了种种有力和丰富的文章，在所

---

① ［美］拉赫：《欧洲形成中的亚洲》第一卷第一册（上），周宁总校译，北京：人民出版社，2013年，第262页。

② 吴志良：《十六世纪葡萄牙的中国观》，《世界汉学》1998年第1期，第159页。

有著作中首先为中国人认真诵读和精研”。[①] 从此，中国的儒家道德哲学和文官制度，就一直萦绕在17—18世纪英国人的脑海中，成为中国形象最具吸引力的部分。

珀切斯（Samuel Purchas，1575—1626）在哈克鲁特之后继续致力于搜集各类游记资料，并将《航海全书》的名字改为《珀切斯朝圣者丛书》。利玛窦《基督教远征中国史》的英文节译本，1625年被收入这套丛书。同时，最早由英国人撰写、而不是译自欧洲其他语言的中国概论，也出现在珀切斯的丛书中。[②]

还有一位在西班牙做生意的英国人弗兰普顿（John Frampton），将西班牙人艾斯加兰蒂（Bernardino de Escalante，约1537—1605）的《葡萄牙人东方航行记》译成英文，1579年在英国出版。[③] 虽然此书没有收入哈克鲁特或是珀切斯的丛书，其历史意义也颇为重要。艾斯加兰蒂编成此书，是为了激励西班牙人与葡萄牙人竞争；弗兰普顿将此书译成英文，则将类似的信息传达给英国人，激励英国人在东方的贸易中与西班牙人竞争。[④]

到了17世纪，英国、荷兰继西班牙和葡萄牙人之后，积极参与到东方的贸易事业中，并且迅速超越西班牙和葡萄牙。英国和荷兰有两大优势，一是“他们有更快捷、更廉价、装备更强的船只，在经济上和军事上都有竞争优势”，二是“他们用一种非常有效的商业形式——股份公司——来组织贸

① ［意］范礼安、［葡］孟三德：《范礼安、孟三德记中国》，何高济译，《国际汉学》2011年第21辑，第226、230页。

② 参见 Qian Zhongshu, “China in the English Literature of the Seventeenth Century”, in *The Vision of China in the English Literature of the Seventeenth and Eighteenth Centuries*, ed. Adrian Hsia, Hong Kong: The Chinese University Press, 1998, p. 43.

③ 《葡萄牙人东方航行记》原于1577年在西班牙的塞维利亚（Seville）出版，艾斯加兰蒂从未到过中国，他在葡萄牙的里斯本认识了一些到过中国的航海家，然后依靠巴洛斯的《亚洲史》、克路士的《中国志》等资料完成此书。

④ Donald Beecher, “John Frampton of Bristol, Trader and Translator”, in *Travel and Translation in the Early Modern Period*, ed. Carmine G. Di Biase, Amsterdam; New York: 2006, p. 109.

易活动，这就在保证投资人的巨大利润的同时减小了投资风险”。[①] 这两个非常强大的股份公司，就是1600年成立的英国东印度公司和1602年成立的荷兰东印度公司。不过，荷兰和葡萄牙一样，本国的人口太少，无法直接控制整个东南亚的殖民帝国。到了17世纪末期，英国在亚洲的贸易逐渐超过了荷兰。不过，英国很长时期内都未能与中国建立正式的贸易往来。[②]

英国商船曾于1635—1637年到达澳门、广州一带，不过未实现预期的通商目的。1637年英国威德尔船长（Captain John Weddle）在广州的经历，曾被蒙迪（Peter Munday）以图文的方式记录下来，这第一支造访中国的英国船队还注意到中国人特殊的书写方式以及中国字都是单音节词。蒙迪指出：在治国之术方面，没有一个国家能与中国媲美。[③] 这种观点，在接下来的一个世纪中不断回响，并成为中国形象中最令英国人着迷的一部分。

OF PROPORTION. LIB. II. 107

conqueſts he had made, was ſurnamed *Temir Cutzclewe*, this man loued the Lady *Kermeſine*, who preſented him returning from the conqueſt of *Coraſoon* (a great kingdom adioyning) with this *Lozange* made in letters of rubies and diamants entermingled thus

Sound
O Harpe
Shril lie out
Temir the stout
Rider who with sharpe
Trenching blade of bright steele
Hath made his fiercest foes to feele
All such as wrought him shame or harme
The strength of his braue right arme,
Cleaning hard downe vnto the eyes
The raw skulles of his enemies,
Much honor hath he wonne
By doughtie deedes done
In Cora soon
And all the
Worlde
Round.

To which Can Temir answered in Furie, with letters of Emeralds and Ametists artificially cut and entermingled, thus

Fine
Sorcbatailes
Manfully fought
In bloudy fielde
With bright blade in hand
Hath Temir won & forst to yeld
Many a Captaine strong & stoute
And many a king his Crowne to vayle,
Conquering large countreys and land,
Yet ne uer wanne I vi cto rie,
I speake it to my greate glo rie,
So deare and ioy full vn to me,
As when I did first con quere thee
O Kerme sine, of all myne foes
The most cruell, of all myne woes
The smartest, the sweetest
My proude Con quest
My ri chest pray
O once a daye
Lend me thy sight
Whose only light
Keepes me
Aliue.

Of the Triangle or Triquet.

The Triangle is an halfe ſquare, *Lozange* or *Fuzie* parted vpon the croſſe angles : and ſo his baſe being brode and his top narrow, it receaueth meetres of

《英国诗歌艺术》（1589）翻译的中国诗歌

当然，为英国人带来最直接的中国知识的人，还是欧陆那些前往东方的旅行家、冒险家、传教士。英国作家乔治·普登汉姆（George Puttenham，1529—1590）在《英国诗歌艺术》（1589）中，根据一

① ［美］本特利、齐格勒：《新全球史：文明的传承与交流》下册，魏凤莲、张颖、白玉广译，北京：北京大学出版社，2007年，第651页。

② 朱杰勤：《英国东印度公司之起源及对华贸易之回顾》，载《中外关系史论文集》，郑州：河南人民出版社，1984年，第563—573页。

③ ［英］雷蒙·道森：《中国变色龙：对于欧洲中国文明观的分析》，常绍明、明毅译，北京：时事出版社，1999年，第48页。

位意大利人的转述，介绍了中国诗歌。钱锺书指出，这是“在英文书籍之中，也许在任何欧洲书籍之中，第一次提到中国文学”，并且对于中国诗歌的描述是“令人惊奇得准确”。[①] 普登汉姆说：“我在意大利期间认识了一位绅士，他曾长时间在东方各国旅行，见识过中国和鞑靼王子的宫廷。我对这些国家的情况，特别是各种学问和民间诗歌很好奇，他告诉我：他们完全生活在最聪明的创造之中，他们也有诗歌，但不像我们的诗歌那样冗长和沉闷，他们要表达奇思妙想，就用简洁的诗韵，写成菱形诗、方块诗或其他图案，并将它们刻在金、银、象牙上，有时用五彩宝石巧妙地黏合成字，点缀在链子、手镯、衣领或腰带上，赠送给情人，以作留念。这位绅士送给我几首这样的诗，我逐字将它们翻译出来，并尽量保留原来句子的形状，但是这多少有些难度，因为受到原来图案的限制。对于英国人来说，这些诗初看起来一点都不赏心悦目，但是随着时间的推移，它们会越来越被接受。”[②]

虽然钱锺书认为此书对于中国诗歌的描述已经“令人惊奇得准确”，但是在上述文字中，我们依然看到那种对异国情调的想象和夸张。周珏良指出，普登汉姆所说的图案诗，“当然就是中国古代回文织锦等那类文字游戏”。[③] 这种回文诗、织锦诗，其实并不是中国诗歌的主要特征。可以说，直到 16 世纪末期，英国人对于中国的典籍以及文学作品，还没有任何直接的、客观的认识，根本不知道《诗经》这本书的存在。

16 世纪以后欧陆出现的中国游记、中国报道，陆续传入英国，慢慢地增长了英国人的中国知识。尤其是耶稣会士介绍的中国语言文字、政治制度以及儒家道德哲学，激起了 17 世纪英国学者的极大兴趣。培根（Francis Ba-

---

① Qian Zhongshu, “China in the English Literature of the Seventeenth Century”, in *The Vision of China in the English Literature of the Seventeenth and Eighteenth Centuries*, ed. Adrian Hsia, Hong Kong: The Chinese University Press, 1998, p. 34.

② George Puttenham, *The Arte of English Poesie* (*June 1589*), edited by Edward Arber, London: Bloomsbury, 1869, pp. 104—105. 此处中译参考葛桂录：《中英文学关系编年史》，上海：上海三联书店，2004 年，第 11—12 页。

③ 周珏良：《数百年来的中英文化交流》，载《周珏良文集》，北京：外语教学与研究出版社，1994 年，第 164 页。

con，1561—1626）在《学术的进展》中曾提到中国的文字，他说：“中国和东方一些国家使用象形的符号来直接表示事物或概念，而不是大略地表示字母或词语。”[①] 培根的中国知识，主要来自门多萨的《中华大帝国史》。[②] 勃顿（Robert Burton，1577—1640）虽然也读过《马可·波罗游记》，可他更感兴趣的则是利玛窦的《基督教远征中国史》。勃顿反对天主教，他在《忧郁的解剖》中，曾以讽刺的口吻把在海外传教的耶稣会士比喻成青蛙：“这些在大陆间跳来跳去的耶稣会士还向中国、日本进军，这从他们每年发回的汇报信件便很清楚。”但是，讽刺归讽刺，这并不妨碍他阅读、利用耶稣会士所报道的中国消息。《基督教远征中国史》所描述的中国的富庶和中国人的勤奋，令勃顿感慨当时英国人的懒惰：“耶稣会士利玛窦和其他人讲述中国人的勤奋，国土上人丁繁盛，看不到一个乞丐和游民，富足繁荣，简直难以令人置信……在我们的城市里，少数除外，我们就像西班牙人那样游手好闲，整天醉醺醺的，在酒馆里耕耘。”特别是《基督教远征中国史》所描述的中国的科举制度，更是引起勃顿的极大兴趣，被他用来抨击当时英国的门第观念和贵族世袭制度。他引用利玛窦的话说，中国人的“官吏没有一个出身贵族，他们从哲学家和博学之士中选任”。[③]

托马斯·勃朗（Thomas Browne，1605—1682）也阅读了很多关于中国的书，尤其是入华耶稣会士的中国报道以及各种游记。根据他的读书记录所载，他的女儿每天晚上念给他听的书中，有平托的游记、珀切斯的游记，当然还有曾德昭的《大中国志》等书。他除了提到门多萨等人的著作中所描述的瓷器制作过程，还提到孔子，说中国人因为“书同文”，所以“今天还能利用生于基督前数百年的伟大的孔夫子的著作”。[④]

---

① ［英］培根：《学术的进展》，刘运同译，上海：上海人民出版社，2007年，第121页。

② 见 Qian Zhongshu，“China in the English Literature of the Seventeenth Century”，in *The Vision of China in the English Literature of the Seventeenth and Eighteenth Centuries*，ed. Adrian Hsia，Hong Kong：The Chinese University Press，1998，p. 34.

③ 杨周翰：《十七世纪英国文学》，北京：北京大学出版社，1996年，第110、114、115页。

④ 同上书，第161、162—163页。

在葡萄牙人平托（Fernando Mendes Pinto，1509—1583）的《游记》（*Peregrination*，也译为 *The Travels of Mendes Pinto*）英译本出版后[①]，英国政治家、散文家坦普尔爵士（William Temple，1628—1699）的未婚妻奥斯本（Dorothy Osborne）向坦普尔提到自己阅读平托的《游记》的感受，并说希望此生能去中国见识一番。但是，坦普尔本人更感兴趣的是耶稣会士介绍的儒家思想：在1683年所写的《论英雄的美德》一文中把中国称为最伟大、最富有、拥有世界上最优良的政治体制的国家，认为孔子是最有学问、最有智慧和最有道德的人；在《论民众的不满》一文中，他认为只有中华帝国才能在最深刻、最智慧的基础上建立起完美的政治；在《讨论古今的学术》一文中，他把中国说成是知识的总汇。坦普尔的中国知识，主要来自曾德昭的《大中国志》、卫匡国的《鞑靼战纪》、安文思的《中国新史》等书。当《中国哲学家孔子》在巴黎出版之后，坦普尔还仔细阅读了其中的《大学》《中庸》《论语》拉丁文译文。钱锺书认为，在坦普尔的著作中，英国人对中国的赞美达到了巅峰，并且"坦普尔对儒学的概括，在当时的英国是最详尽的"。[②]

1691年，柏应理等人编译的《中国哲学家孔子》在巴黎出版四年之后，伦敦出版英译本《中国哲学家孔子的道德箴言》。这本书，不算是拉丁文本《中国哲学家孔子》的全译本，而是从中抽出八十条箴言，又加了很长的介绍文字。除序言外，全书由五部分组成：第一部分概述中国的历史与哲学，第二部分介绍《大学》，第三部分介绍《中庸》，第四部分介绍《论语》，第五部分则是从三本书中选出的八十条箴言。

《中国哲学家孔子的道德箴言》的第一部分，极度推崇孔子的道德哲学，介绍了儒家典籍中的四书五经：

---

① 平托于1537年抵达印度，此后在东方各国探险游历，1541年到过北京，还入过南京的监狱。平托的《游记》，描述了其东方经历和见闻，1580年完稿，直到1614年才正式出版，其后西班牙文译本于1620年出版，法译本于1628年出版，1653年伦敦出版了英译本。此书在欧洲流传甚广，甚至有人说此书在当时的影响和《堂吉诃德》不相上下。参见万明：《西方汉学的萌芽时期——葡萄牙人对中国的记述》，《世界汉学》1998年第1期，第146页。

② 范存忠：《中国文化在启蒙时期的英国》，上海：上海外语教育出版社，1991年，第12—15页。

《中国哲学家孔子的道德箴言》(1691)**扉页**

古代中国人撰写的书非常多，其中主要有《五经》(*Ukim*)，即五本书；还有《四书》(*Su Xu*)，即四本书。①

这里基本因袭了《中国哲学家孔子》的内容，接下来的“五经”排序，也与《中国哲学家孔子》相同，依次为《书经》《诗经》《易经》《春秋》《礼记》。在介绍《诗经》时，强调《诗经》中蕴含了儒家的伦理美德，同时指出那些不符合伦理美德的诗是可疑的作品：

第二本书，记录了十二个帝王统治时期的风俗习惯，被称为《诗

① *The Morals of Confucius, A Chinese Philosopher*, London: Randal Taylor, 1691, p. 10.

经》（*Xi Kim*）。它是一些颂歌（Odes）和其他同类短小诗歌的合集……《诗经》中的作品，只崇尚纯洁的行为举止以及美德实践。作者用韵体诗歌的方式创作，是为了让每个人都能唱出这些美德，并且朗朗上口。美德被放大和颂扬到了最高的程度，这些内容被表达得如此严肃和明智，令人无法不赞赏它。《诗经》有些作品，对某些王公的赞美非常荒谬、极度夸张，还有些作品抱怨上帝和天，但是最明智的诠释者都认为这些作品是可疑的。①

此处对《诗经》的介绍，虽然指出了《诗经》中的作品是颂歌或诗歌，但是其关注的焦点并不在于作为诗歌的《诗经》，而是作为儒家道德范本的《诗经》。因此，此书推崇《诗经》中所体现的“美德”。同时，在耶稣会士神学解读的影响之下，此书相信《诗经》表现了中国先民对于上帝和灵魂的信仰，认为《诗经》中那些抱怨上帝和上天的作品都是可疑的。

英国人撰写的第一本汉学著作，是1669年出版的韦伯（John Webb，1611—1672）的《论中华帝国的语言可能是原初语言的历史散论》。② 韦伯接受耶稣会士的看法，认为中国人有完美的道德，是纯粹的自然宗教的结果。韦伯还提出，汉语具有简洁、实用、准确等特征，它是人类始祖亚当使用过的原初语言。按照《圣经》的说法，人类的原初语言是上帝赐给亚当的清晰、统一的语言，后来因人类企图建造巴别塔与上帝竞争，上帝惩罚人类，所以将清晰的原初语言变成了各种不同的语言。寻求《圣经》中的原初语言，在当时的英国非常流行。雷利（Walter Raleigh，1552—1618）在《世界史》中强调大洪水之后诺亚方舟停在东方，勃朗嘉宾猜测汉语就是巴别塔之前的语言。同时，很多欧洲人都在追寻普遍语言。③ 韦伯从未涉足中国，不

---

① *The Morals of Confucius, A Chinese Philosopher*, London: Randal Taylor, 1691, pp. 12－14.

② 韦伯是17世纪英国著名建筑设计师，曾参与设计英国王宫及其他重要建筑，在英国内战时期曾因与旧王室的关系而短暂入狱，直到晚年才重返王宫担任职务。

③ ［美］孟德卫：《奇异的国度：耶稣会适应政策及汉学的起源》，陈怡译，郑州市：大象出版社，2010年，第177－182页。

懂中文，他充分利用了耶稣会士的著作，其中引用最频繁的是利玛窦的《基督教远征中国史》，其次是曾德昭的《大中国志》以及卫匡国的《中国上古史》、基歇尔的《中国图志》等著作。为了证明中文是人类的原初语言，韦伯介绍了中国上古的一些人物和事件，比如盘古、尧。由于韦伯依赖二手资料，又完全依据《圣经》立论，所以他的论著并不是客观可信的研究。不过，钱锺书盛赞韦伯是“第一个试图去解释中国的英国人，而不是仅仅复述游记见闻，他强调了中国的文化，对所谓中国风的大杂烩不感兴趣”，并且他具有“英国哲学家所谓能洞察价值所在的理性，所以比斤斤于事实的陈述，能够看得更深远。他赞扬中国哲学、中国政府体制以及中国语言，而不是中国的船只和枪炮，就最表现他价值取舍的标准”。[1]

韦伯还以热情的口吻，赞扬了中国的诗歌。他提到，诗歌在中国有悠久的历史，中国诗与英国诗不同，不用寓言、虚构和讽喻。他还指出，中国的诗歌有英雄体诗，这些诗歌教导君主如何公正地治国、大臣如何正直地行事以及民众如何忠诚地服从君主；中国诗歌还有爱情诗，韦伯认为中国的爱情诗不像英国的爱情诗那么轻佻，它们“使用如此纯洁的语言，连最贞洁的耳朵也不会在这些诗中听到一个猥亵或唐突的词语”。[2] 虽然韦伯没有提及《诗经》，但从这些描述来看，可能是指《诗经》。

通过耶稣会士传到英国的中国知识，尤其是中国文字，不仅令韦伯着迷，还吸引了英国科学家胡克（Robert Hooke，1635—1703）[3]。他在 1687 年的《英国皇家学会哲学会刊》上发表了一篇题为《对汉字的观察与推测》的文章，宣称自己曾刻苦自学，仔细阅读了从耶稣会士那里购买的中文书籍。在文章的结尾，胡克描摹了一些汉字，主要是数字，还出现了“汤若望”三

---

① Qian Zhongshu, “China in the English Literature of the Seventeenth Century”, in *The Vision of China in the English Literature of the Seventeenth and Eighteenth Centuries*, ed. Adrian Hsia, Hong Kong: The Chinese University Press, 1998, p. 48.

② John Webb, *An Historical Essay, Endeavoring a Probability that the Language of the Empire of China is the Primitive Language*, London: Printed for Nath Brook, 1669, pp. 98—99.

③ 胡克是 17 世纪著名物理学家、发明家，他提出了力学弹性理论中的胡克定律，发明了显微镜、望远镜，并利用显微镜从软木切片中首次观察到细胞。

个汉字。①

胡克究竟认识多少汉字，他又能读懂多少中文图书，后人已无法求证。不过，我们可以知道，17世纪英国收藏的中文图书确实在逐渐增加。牛津大学的博德利图书馆，从1604年就开始收藏中文图书，最早入藏的中文图书大多来自荷兰人的捐赠。② 随耶稣会士柏应理访欧的沈福宗，在1687年造访英国。博德利图书馆的负责人兼牛津大学的东方学教授海德（Thomas Hyde，1636—1703），曾邀请沈福宗一起为博德利图书馆的中文藏书编撰书目。他们多次以拉丁语交谈，内容涉及中国文化各方面的内容。③ 钱锺书曾对胡克的中文能力表示怀疑，他认为海德才是第一个略通中文的英国人。④

根据现任牛津大学图书馆中国收藏馆馆长何大伟（David Helliwell）的整理，1604年最早入藏博德利图书馆的中文书籍，是明代苏浚的《新刻相台分章旁注四书》，明万历年间建阳书林陈心斋刊本。此书卷首，有沈福宗题写的“四书”二字以及这两个字的罗马拼音，还有海德用拉丁文写的简略提要，这应该是根据沈福宗的解释而撰写。

博德利图书馆入藏最早的《诗经》，是明代刊行的袖珍本（15×15mm）。此书卷首有帕尔默（Nathaniel Palmer，1660—1718）的题词，此人曾在1678年入读牛津大学的三一学院。何大伟指出，如根据这个线索，此书没有沈福

① 李约瑟《中国科学技术史》第一卷的卷首曾引用胡克的文字，胡克提出要感谢在华的耶稣会士，“感谢他们为我们发现了这个世界上所未知的部分”，还激励英国人要继续研究中国，“一旦对它有了充分的认识，就将会在我们面前展现出一个迄今为止只被人们神话般地加以描述的知识王国”。见［英］李约瑟：《中国科学技术史》第一卷，北京：科学出版社，上海：上海古籍出版社，1990年，导论。

② J. J. L. Duyvendak, “An Old Chinese Fragment in the Bodleian”, *Bodleian Library Record* 2 (1949): 245—247; J. J. L. Duyvendak, “Early Chinese Stuides in Holland”, *T'oung Pao* 32 (1936): 293—344.

③ Theodore Nicholas Foss, “The Eropean Sojourn of Philippe Couplet and Michael Shen Fuzong, 1683—1692”, in *Philippe Couplet, S. J. (1683—1692): The Man Who Brought China to Europe*, ed. Jerome Heyndrickx, Nettetal: Steyler-Verlag, 1990, pp. 136—137.

④ Qian Zhongshu, “China in the English Literature of the Seventeenth Century”, in *The Vision of China in the English Literature of the Seventeenth and Eighteenth Centuries*, ed. Adrian Hsia, Hong Kong: The Chinese University Press, 1998, p. 60.

宗和海德的题词，这说明沈福宗未曾寓目，并且海德编撰的书目中也未著录此书，可见此书应该是 1687 年之后才入藏。可惜此书是残卷，只有卷六的第七至二十页，何大伟承认整理这个残卷令人气馁，因为无法判断它的确切书名、出版时间与地点。何大伟猜测，此书可能刊行于明万历时期，由荷兰东印度公司带入欧洲，并推测这个残本的其他部分可能散落在欧陆。从何大伟提供的书影来看（见下图），此书内容即朱熹的《诗集传》。元明清三代，《诗集传》是科举考试的指定用书，这个《诗经》残卷，可能是明代书坊为举子考生准备的便携本。

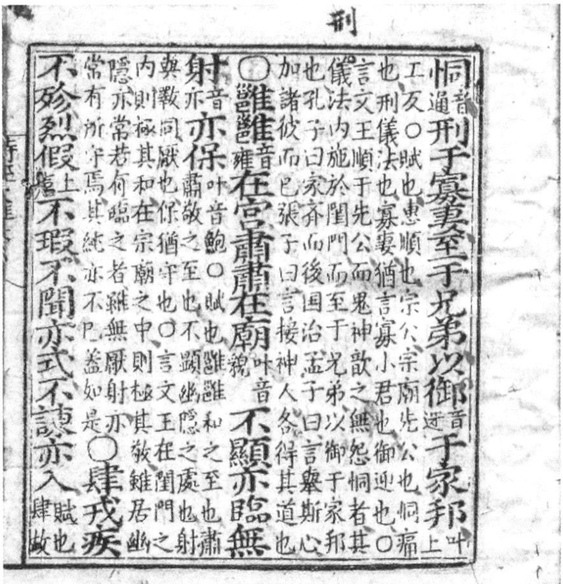

牛津博德利图书馆 17 世纪入藏的《诗经》

到 1876 年艾约瑟为博德利图书馆所编的书目中，他只提到该馆藏有两套《诗经》，一套是 1871 年广州刊行《十三经注疏》中的《毛诗注疏》（十四卷），另一套是清嘉庆年间（1796—1820）刊行的《诗经》注本（四卷）。艾约瑟说后者是朱熹注释的供普通读者阅读使用的本子，看来这是当时坊间流行的《诗经》读本。[①] 艾约瑟所编的书目，并未著录何大伟提到的博德利图书馆最早收藏的《诗经》残本。这个最早进入英国的《诗经》残本，是否一直静静地躺在尘埃之中，有没有人阅读它、关注它，就不得而知了。

然而，可以肯定的是，在 17 世纪的英国找不到对中国文化真正了解的学者。为博德利图书馆编辑中文藏书书目的海德，甚至误将《孟子》归类为小说。[②] 因此，曾有人这样感慨："虽然得益于英国贵族与商人的馈赠，博德利图书馆的中国书籍数量丰富，但是却没有读者利用它们。"[③]

---

① Joseph Edkins, *A Catalogue of Chinese Works in the Bodleian Library*, Oxford: Clarendon Press, 1876, pp. 2,38.

② T. H. Barrett, *Singural Listlessness*: *A Short History of Chinese Books and British Scholars*, London: Wellsweep, 1989, p. 37.

③ William W. Appleton, *A Cycle of Cathay*: *The Chinese Vogue in England During the Seventeenth and Eighteenth Centuries*, New York: Columbia University Press, 1951, p. 35.

第三章　《诗经》在18世纪英国的传播

儒家思想与典籍，通过耶稣会士的介绍，在欧洲广泛传播开来。耶稣会士之所以能承担起这个历史重任，是因为他们经历文艺复兴和宗教改革，吸收了新兴的人文主义精神。他们虽然从神学角度来解释儒家经典，但同时也阐发了儒家思想中的理想主义，这正好是当时欧洲思想界最需要的知识。“那些对欧洲人具有最大现实意义和兴趣的观念总是最容易被接受和吸收”，从这个角度来说，“早期汉学家对中国的兴趣是为了适应欧洲自身的需要”。[①] 到了18世纪，儒家经籍的译介，被当成“礼仪之争”中的有利证据，同时也成为启蒙运动中的辩驳武器。孔子成为18世纪启蒙时代的“保护神”，“只有通过他，才能和中国有所联系”，并且“当时所译的和所读的只有孔子的著述和中国经书”。[②] 因此，方豪指出，18世纪是中国典籍大量西译并在欧洲产生重大影响的时代。[③] 在这场中国典籍西译的盛事中，法国的耶稣会士贡献最大。

在17世纪，《诗经》只是以诗句片段的形式进入欧洲人的视野，如莱布尼茨等人引用《大雅·文王》诗句，以及《中国哲学家孔子》中译出的《诗

---

① ［美］孟德卫：《奇异的国度：耶稣会适应政策及汉学的起源》，陈怡译，郑州：大象出版社，2010年，导言第4页。

② ［德］利奇温：《十八世纪中国与欧洲文化的接触》，朱杰勤译，北京：商务印书馆，1962年，第68页。

③ 方豪：《十七八世纪来华西人对我国经籍之研究》，载《方豪六十自定稿》，台北：台湾学生书局，1969年，第186页。方豪说：“西人之研究我国经籍，虽始于十六世纪，但研究而稍有眉目，当在十七世纪初；翻译初具规模，乃更迟至十七世纪末；在欧洲发生影响，则尤为十八世纪之盛事。”

经》引文。到了18世纪，杜赫德的《中国通史》、格鲁贤的《中国概述》等书中，开始收录《诗经》具体诗篇的完整译文，令欧洲人能够更直观地欣赏到《诗经》的魅力。

18世纪欧洲人眼中的《诗经》，基本上继承了17世纪的神学诠释和理想化想象。这个时期的英国，还缺乏能够直接阅读中文的专家，依然在耶稣会士的资料中远观中国文化。对中国的极大兴趣，推动珀西、琼斯从法国耶稣会士的译著中挑出几首《诗经》作品片段，转译为英文。琼斯希望从中文原文译出整本《诗经》，可惜未能实现心愿。不过，珀西、琼斯在一定程度上跳出了神学框架，开始从诗歌的角度阅读《诗经》。

到了18世纪60年代之后，欧洲的“中国热”逐渐退潮，中国不再是理想的国度，对中国批评、轻视的意见逐渐增多。尤其在英国，对中国文化的怀疑和批评意见更多。虽然中国的形象不再完美，但并没有阻断英国试图与中国建立直接联系的进程，也没有阻断《诗经》传入英国的进程。

第一节 18世纪欧洲汉学的发展

由于17世纪末“礼仪之争”的推动，18世纪整个欧洲都在关注中国，中国成了“旧秩序卫道者与蔑视者之间斗争的赌注”。[①] 这段历史，可谓“中国和文艺复兴之后的欧洲高层知识界的第一次接触和对话”。[②]

从地缘政治来看，荷兰与英国在17世纪后期崛起，取代了葡萄牙、西班牙对亚洲贸易的垄断。成立于1600年的英国东印度公司，于1760年左右战胜荷兰东印度公司，奠定了该公司在亚洲贸易的领先地位。康熙二十二年(1683)，清政府平定台湾，宣布开启海禁，设立闽、粤、江、浙四个海关。

① ［法］雅克·布洛斯：《从西方发现中国到国际汉学的缘起》，载张西平编：《欧美汉学研究的历史与现状》，郑州：大象出版社，2006年，第30页。

② ［荷］许理和：《17—18世纪耶稣会研究》，《国际汉学》1999年第4辑，第429页。

1715年英国开始在广州设立商馆，然而由于清政府对外商的限制，很少有英国人真正掌握中文。事实上，从中西文化的交流来看，真正取代葡萄牙、西班牙地位的，不是英国，而是法国。1685年，法国派遣六名博学的耶稣会士前往中国，改变了葡萄牙控制东亚保教权的局面。通过阅读耶稣会士的作品，17世纪末至18世纪的法国思想家在儒学的理想主义与道德原则中，找到了自己的哲学理想，并大力推崇儒家思想，推动了欧洲的启蒙运动。

有学者将西方汉学史分为“耶稣会士时期”“法国汉学学派时期”和“英美学派时期”三个阶段。[①] 17世纪末至18世纪处于耶稣会士时期逐步向法国汉学学派时期过渡的阶段，这个阶段的欧洲汉学与中西哲学对话的历史背景紧密交织在一起，同时也为19世纪专业化、学院化的汉学奠定了基础。这个时期的欧洲汉学与中西文化交流，呈现出三大特征。

第一，“礼仪之争”的发展，深化了欧洲对于儒家思想、中国文化、中国历史的兴趣。

“礼仪之争”集中在两大问题：祭孔祭祖和“上帝”的译名。多明我会、方济各会和巴黎外方传教会一致认为，耶稣会的文化适应策略使教义的纯洁性受到威胁，由此激发了“礼仪之争”。[②] 如上章所述，早在利玛窦去世之初，龙华民就不再同意利玛窦的“文化适应”策略，他用拉丁文撰成《论孔子和他的学说》，1676年由闵明我用西班牙文译出，收入《中华帝国纵览》。1693年，福建宗座代牧、巴黎外方传教会教士颜珰（Charles Maigrot，又译阎当，1652—1730），要求全体在华传教士抵制中国礼仪，并几次派人前往罗马教廷，将“礼仪之争”推向了高潮。到了1701年，龙华民的手稿又从西班牙文转译成法文，题为《论中国宗教的若干问题》，与方济各会士利安当的《论中国教区的若干重要问题》一起结集出版。

---

① ［美］韩大伟：《传统与寻真——西方古典汉学史回顾》，程钢译，《世界汉学》2005年第3辑，第7页。

② 关于“礼仪之争”的历史及其意义，可参见李天纲：《中国礼仪之争：历史、文献和意义》，上海：上海古籍出版社，1998年，第一章。

耶稣会士李明的《中国近事报道》在1696年出版，极力证明上古中国早已存在基督信仰。书中甚至说："两千多年以来，中国一直保持着真正的上帝信仰，谨守着最纯洁的道德标准；相对而言，欧洲和其他地方却谬误百出，思想堕落。"[①] 这些尖锐的批评，激怒了欧洲的神学家。巴黎索邦神学院先后开会三十次，最后在1701年宣布此书有悖于神学原则。[②] 索邦神学院此举引起了法国社会各界的关注，而莱布尼茨、伏尔泰、孟德斯鸠等人却都曾对李明的书表现出极大的兴趣。

1704年，教宗克莱芒十一世（Clement XI）颁布谕令，禁止中国天主教徒祭祖祭孔，并规定取消"天"和"上帝"两个译名，只能用"天主"来称呼基督教的神。康熙在得知罗马教廷的决定后，颁布禁教令。雍正继位后，采取了更严厉的禁教措施。从此，耶稣会在中国的传教事业大幅度萎缩，被限制在澳门、广州一带，只有一批身怀各种技艺的耶稣会士被留在皇宫之中。在欧洲，葡萄牙的耶稣会士受到迫害，于1760年被驱逐出境。随后，西班牙于1767年驱逐耶稣会士。最终，教宗于1773年取缔耶稣会。直到1814年，耶稣会在教宗的支持下，才得以重建。[③]

"礼仪之争"虽然为耶稣会带来了灭顶之灾，却激发了整个欧洲对中国的兴趣。到了18世纪，"英、法两国社会上欢迎中国的文物到了狂热的地步，在思想行为方面，中国孔子的言行教训都很适合当时的潮流"。[④] 法国成为"中国热"的策源地，凡尔赛宫在1700年元旦举行了一场名为"中国之王"的舞会，路易十四乘坐中国式轿子来到会场，引起全场喝彩。[⑤] 这只是

① ［法］李明：《中国近事报道》，郭强、龙云、李伟译，郑州：大象出版社，2004年，第260页。

② 罗光：《教廷与中国使节史》，载《罗光全书》第27册，台北：台湾学生书局，1996年，第95页。

③ 可参见Kenneth Scott Latourette, *A History of Christian Missions in China*, New York: Macmillan, 1929.

④ 方重：《十八世纪的英国文学与中国》，载《英国诗文研究集》，上海：商务印书馆，1939年，第18—19页。

⑤ 严建强比较了英、法、德"中国热"的不同特征，他认为法国宫廷对中国文化表现得更亲切、更热情，法国学者讨论中国文化的广度和深度也超过英、德两国。严建强：《十八世纪中国文化在西欧的传播及其反应》，杭州：中国美术学院出版社，2002年，第六章。

"中国热"的浅层表现，从更深的层次来说，它推动了欧洲人对于中国历史文化的认识。正如莫东寅所说："仪礼问题兴起结果，各派传教士，皆为拥护已派，详研中国礼俗，其报告论难，大刺激欧洲教界，西人对于中国文物之知识，乃见一大进展，此近代欧西东方知识发达史上重要事件也。"[①] 相比而言，"旅行家的记述，并无法获得法国知识分子的多数信赖；反之，耶稣会士的中国通讯，却如燎原之火般，席卷了法国的上流社会"。[②]

早在1666年，莱布尼茨就开始关注中国，到了17世纪的最后几年，他也介入"礼仪之争"。他在柏应理的《中国哲学家孔子》出版之后，特别强调此书附录的中国历史纪年的意义，认为"中国历史中从伏羲或黄帝到大洪水暴发的这一段，可以用来澄清有关《圣经》纪年的某些争论"。[③] 1697年莱布尼茨将在华耶稣会士的信件编成《中国近事》出版，重点介绍了康熙的"容教令"，此书在1699年出第二版，又收入法国人白晋所写的《康熙帝传》。有学者指出，《中国近事》就是对"礼仪之争"的"直接反响"。[④] 可以说，莱布尼茨是17世纪末至18世纪初欧洲知识界中"以最大的顽强精神持之以恒地关心中国的人"。[⑤] 莱布尼茨呼吁欧洲人从中国人那里学到"实践哲学和更加合理的生活方式"，他说："似乎有必要请中国的传教士到欧洲给我们传授如何应用与实践自然神学，就像我们的传教士向他们教授启示神学一样。"[⑥] 1716年，莱布尼茨在去世之前，写了一份长达四万字的信来驳斥龙华民的观点，有人将此信称为《中国自然神学论》，信中多处引用龙华民所据的儒家典籍片段，包括《诗经》，并提出了自己的不同解读。

---

① 莫东寅：《汉学发达史》，郑州：大象出版社，2006年，第55、56页。

② ［日］后藤末雄原著，杨森富节译：《早期法国耶稣会士的汉学研究》，《文艺复兴月刊》1970年第1卷第8期，第56页。

③ ［德］莱布尼茨：《中国近事：为了照亮我们这个时代的历史》，梅谦立、杨保筠译，郑州：大象出版社，2005年，第167页。

④ 同上书，第149页。

⑤ ［法］毕诺：《中国对法国哲学思想形成的影响》，耿昇译，北京：商务印书馆，2000年，第385页。

⑥ ［德］莱布尼茨：《中国近事：为了照亮我们这个时代的历史》，梅谦立、杨保筠译，郑州：大象出版社，2005年，第6页。

除了莱布尼茨之外，很多欧陆思想家都参与了这场争论。法国哲学家马勒布朗士（Nicolas Malebranche，1638—1715）应巴黎外方传教会梁弘仁之邀，在1708年发表了著名的对话体文章《一位基督教哲学家与一位中国哲学家的对话》，讨论了中国的“天”“上帝”等概念，认为中国人是无神论者。文章发表后受到耶稣会士的驳斥，马勒布朗士又参考龙华民的《论中国宗教的若干问题》，写了一篇答辩文章。①

法国政治家、作家圣西蒙（Saint-Simon，1675—1755）在其《回忆录》中，描述了当时的“礼仪之争”在法国引起的关注：“关于中国人祭祀孔子和祖先的‘礼仪之争’，开始引起人们议论……他们的这场笔墨官司打得昏天黑地，发表了许多内容广泛的文章，既有问题，也有事实，真可谓连篇累牍。”②

面对怀疑和指责，耶稣会士多次派人回罗马陈述，出版了很多著作，也翻译了很多中国典籍，试图证明中国上古信仰与基督信仰的一致性，为自己的在华传教路线辩护。这些著作深入地介绍了中国的思想与文明，同时书中触及欧洲宗教界、思想界迫切关心的问题，因此迅速在欧洲大地流传开来。如比利时来华耶稣会士卫方济（François Noël，1651—1729），曾于1702、1708年两次奉命返回欧洲申辩，他在中国传教期间曾用功钻研儒家经典，并以朱熹、张居正的注释为基础，将《大学》《中庸》《论语》《孟子》《孝经》以及《小学》译成拉丁文，1711年在布拉格结集出版，名为《中国典籍六种》，成为欧洲最早出版的“四书”拉丁文全译本。③卫方济不仅采用朱熹的注解，还翻译朱熹所编的蒙学经典《小学》，由此可见耶稣会士在逐渐改变初期对于朱熹的排斥态度。

第二，耶稣会士介绍的儒家思想和中国历史，极大地推动了欧洲启蒙运

---

① ［法］安田朴：《中国文化西传欧洲史》，耿昇译，北京：商务印书馆，2000年，第23—25页。

② 引自许明龙：《黄嘉略与早期法国汉学》，北京：中华书局，2004年，第48页。

③ 潘凤娟：《卫方济的经典翻译与中国书写：文献介绍》，《翻译论丛》2010年第3卷第1期，第189—212页。

动的进程。

“礼仪之争”的主战场一个在罗马，一个在巴黎。巴黎出版大量关于中国的论著，加深了欧洲人对中国文化的认识，也推动了欧洲启蒙运动的进程。王漪指出：“当时欧洲混乱的情况和渴望治世的心理，亦迫使传教士在选择和诠释中国文化时加上了一层暗示，此种暗示特列表达于诸多有关中国人德行优美、政治清明及古圣先贤懿训的介绍中，彼等本欲以异教中国风俗教化之淳美来刺激欧洲人日益淡漠的宗教热诚，讽刺欧洲政治及学术界的不安和众说纷纭，不意此种暗示却又造成了令教士始料未及的后果。”①

莱布尼茨的追随者、德国哲学家沃尔夫（Christian Wolff，1679—1754），根据卫方济的《中国典籍六种》，多次撰文称颂中国人的道德观。沃尔夫在1721年的讲演中指出，孔子的伦理哲学认为人的道德不是来自神启，而是来自人的自然天性、依靠人的理性。沃尔夫由于推崇这种非基督教的哲学，被逐出国门。此事引起激烈的反响，参与争论的文章达二百多篇。②

法国哲学家、启蒙运动的精神领袖伏尔泰（Voltaire，1694—1778），极力赞美中国的儒家思想。他说，对于欧洲的君主以及商人们来说，发现东方只是为了寻求财富，而哲学家则在东方看到一个精神的新天地，就是孔子的学说。伏尔泰说自己钻研过孔子的著作，还做了摘要，并“在书中只发现最纯朴的道德思想”。伏尔泰曾引用《大学》中的“大学之道，在明明德，在亲民，在止于至善”，认为孔子思想的“一切都是为了这一目的”③ 伏尔泰的儒学知识和他心目中的孔子形象，都来自耶稣会士的著作。④

伏尔泰不仅赞美儒家思想，还赞美中国的悠久历史。伏尔泰认为中国上古历史真实可信，将中国放在整部世界史的开头。他说：“中国最古老、最

---

① 王漪：《明清之际中学之西渐》，台北：台湾商务印书馆，1987年，第4页。

② Donald Lach，“The Sinophilism of Christian Wolff”，*The Journal of the History of Ideas* 14.4 (1953)：561－574.

③ ［法］伏尔泰：《风俗论：论各国民族的精神与风俗以及自查理曼至路易十三的历史》，梁守锵等译，北京：商务印书馆，1995年，第218－219页。

④ 可参见孟华：《伏尔泰与孔子》，北京：新华出版社，1993年。

有权威的典籍五经……所以值得尊重，被公认为优于所有记述其他民族起源的书，就因为这些书中没有任何神迹、预言，甚至丝毫没有别的国家缔造者所采取的政治诈术。”[①] 伏尔泰赞美中国，其目的是攻击天主教，推进启蒙运动。因为“接受了中国古老历史的事实，那就彻头彻尾地改变了世界史”，这时“中国古代史的论据不仅成了掌握在不信教者手中的一种危险的武器，而且也是一种被经常使用的武器”。[②]

更重要的是儒家的理性精神，伏尔泰将其转换成启蒙运动的巨大动力。他赞美孔子“不做神启者，也不做先知”，并强调说：“我们有时不恰当地把（他的学说）称为‘儒教’，其实它并没有宗教。”[③] 伏尔泰找到了他心目中理想的自然神教：“有一件事我敢相信，那就是在各种宗教中，自然神教在世界上传播最广，自然神教在中国宗教中占主要地位。”[④]

儒家思想在本质上是一种理性主义，它追求一种理性自觉的道德原则，因此成为启蒙运动最重要的思想动力之一。方豪甚至认为，希腊文化对启蒙运动的影响都没有中国文化那么大，他说：“介绍中国思想至欧洲者，原为耶稣会士，本在说明彼等发现一最易接受‘福音’之园地，以鼓励教士前来中国，并为劝导教徒多为中国教会捐款。不意儒家经书中原理，竟为欧洲哲学家取为反对教会之资料。而若辈所介绍之中国康熙年间之安定局面，使同时期欧洲动荡之政局，相形之下，大见逊色；欧洲人竟以为中国人乃一纯粹有德性之民族，中国成为若辈理想国家，孔子成为欧洲思想界之偶像。”[⑤]

到了18世纪，法国的知识界已经十分熟悉中国社会政治制度和儒家的

---

① ［法］伏尔泰：《风俗论：论各国民族的精神与风俗以及自查理曼至路易十三的历史》，梁守锵等译，北京：商务印书馆，1995年，第209页。

② ［法］毕诺：《中国对法国哲学思想形成的影响》，耿昇译，北京：商务印书馆，2000年，第321页。启蒙时代欧洲关于中国上古史的争论及其对欧洲思想史的影响，进一步的研究可参见吴莉苇：《当诺亚方舟遭遇伏羲神农：启蒙时代欧洲的中国上古史论争》，北京：中国人民大学出版社，2005年。

③ ［法］伏尔泰：《风俗论：论各国民族的精神与风俗以及自查理曼至路易十三的历史》，梁守锵等译，北京：商务印书馆，1995年，第76页。

④ ［法］伏尔泰：《哲学辞典》，王燕生译，北京：商务印书馆，1998年，第168页。

⑤ 方豪：《中西交通史》，上海：上海人民出版社，2008年，第733－734页。

基本精神。当时的法国哲学家，大多是自然神论者，即相信以道德和理性为基础的自然宗教，而不是神启的宗教。他们在中国的儒家政治文化中，找到最好的范例。因缘际会，思潮激荡，由此推动了法国人对孔子的崇拜，也掀起了法国人广泛阅读儒家译著的兴趣。这种风气，影响到欧洲其他国家，尤其是与法国隔海相望的英国。

第三，法国耶稣会士和法国汉学的后来居上。

从 17 世纪末开始，法国取代西班牙、葡萄牙，成为欧洲传播中国知识的大本营。法国的入华耶稣会士，有丰富的学识，更加熟悉中国文献，他们撰书向欧洲介绍儒家思想，并进一步翻译各种儒家典籍。

法国耶稣会士的后来居上，得益于特殊的历史背景。17 世纪，罗马教廷与葡萄牙、西班牙在保教权上产生了矛盾，1622 年罗马教廷成立传信部，处理海外传教事务，将海外地区分为不同的教省并派出相应的宗座代牧，试图直接控制海外传教区。在这个过程中，教廷越来越倚重法国。巴黎外方传教会即以派员到远东传教为己任，1659 年成立于巴黎，1664 年得到教宗的批准，是罗马教廷试图限制葡萄牙保教权过程中的产物，并很快成为罗马传信部的主要代理人。

上一章已经提到，法国国王路易十四于 1685 年派遣六名博学的耶稣会士前往中国。这六名耶稣会士被称为“国王数学家”，他们不仅有传教布道的任务，还肩负了研究的重任，需要深入研究中国文化。这个新的任务，促使法国耶稣会士开始将更多的精力投入儒家经典的译介之中。

到了 1693 年，康熙任命白晋为中国特使，回到法国招募更多博学的耶稣会士前往中国。白晋等人回到法国，又遴选了十五名耶稣会士，其中包括后来翻译《诗经》部分诗篇的马若瑟，还有傅圣泽（Jean-Françoise Foucquet，1665—1741）、雷孝思（Jean-Baptiste Régis，1663—1738）、殷弘绪（Père Francois Xavier d'Entrecolles，1664—1741）等人。他们在 1699 年抵达中国，成为法国派出的第二批耶稣会士，继承了前辈的学术研究。

以这两批耶稣会士为代表，法国耶稣会士成为 18 世纪中西文化交流的主角，开启了传教士汉学研究的新时代。学者王漪认为，1687年法国耶稣会士的入华，是传教士汉学发展史上的分水岭。1687年以前传教士的汉学著作，偏重宗教学的范围，1687年之后，法国耶稣会士的研究领域大大拓展了。[①]

18世纪的法国耶稣会士，开始更深入、更多面地研究中国文化，并将他们的研究成果变成了系列的专著或丛书，在欧洲影响巨大的有以下三种。

其一是《耶稣会士书简集》[②]。此书源于郭弼恩（Charles Le Gobien，1653—1708）在1702年编辑出版的《耶稣会士写自中国和东印度的书简》，在巴黎问世后大受欢迎，郭弼恩遂将第二册改名为《耶稣会士写自外国传教区的感化人的珍奇的书简》，不限于中国和印度，以扩大耶稣会士书信的来源，至1708年共出版八册。1711—1743年，此丛书改由杜赫德负责，出版了第九至第二十六册。1749—1776年，再由巴杜耶（Louis Patouillet，1699—1779）负责，出版了第二十七册至第三十四册。整套《耶稣会士书简集》中，有三分之一的内容涉及中国。在“礼仪之争”的背景下编撰的《耶稣会士书简集》，很大程度上“是一部护教性著作”。[③] 因教宗在1773年下令解散耶稣会，《耶稣会士书简集》在第三十四册之后也就停刊了。但是，此书在欧洲历史上曾产生重大的影响。1780　1843年，欧洲就出现过四种《耶稣会士书简集》的改编本。[④]

其二是杜赫德（Jean-Baptiste Du Halde，1674－1743）编的《中华帝国全志》[⑤]。这本书与《中国杂纂》并称为“十八世纪汉学双璧”。[⑥] 杜赫德将耶稣会士从中国寄回欧洲的书信、翻译和著作加以巧妙和系统的编排，编成此

① 王漪：《明清之际中学之西渐》，台北：台湾商务印书馆，1987年，第83－84页。关于1687年前后两个阶段在华耶稣会士国籍的统计，可以参看王漪：《明清之际中学之西渐》，第18页。

② *Lettres édifiantes et curieuses*, *écrites des missions étrangères*, Paris: N. Leclerc,1707－1776.

③ ［法］毕诺：《中国对法国哲学思想形成的影响》，耿昇译，北京：商务印书馆，2000年，第189页。

④ ［法］杜赫德：《耶稣会士中国书简集：中国回忆录》，郑德弟等译，郑州：大象出版社，2001年，中文版序第13－14页。

⑤ Jean-Baptiste Du Halde, *Description géographique*, *historique*, *chronologique*, *politique et physique de l'Empire de la Chine et de la Tartarie chinoise*, Paris: J-B Mercier, 1735.

⑥ 莫东寅：《汉学发达史》，郑州：大象出版社，2006年，第65页。

书。阎宗临称此书是“一部百科全书，是耶稣会士在中国所得知识的大全”。[①]《中华帝国全志》很快被译成德文、意大利文、俄文，在欧洲产生很大影响。此书在英国出现了两个英译本，《文学杂志》《学术概要》等英国刊物对此书做了长篇介绍，书中所载的中国信息和中国故事为英国各大报刊津津乐道。[②]

其三是《中国杂纂》，全称为《北京传教士关于中国历史、科学、艺术、风俗、习惯论丛》[③]。其主要编著者钱德明（Joseph Marie Amiot，1718—1793），被认为是马若瑟、宋君荣之后对于科学、文学传播贡献最大的法国传教士。[④] 该书由北京的法国传教士搜集、翻译资料，寄回法国，再由法国东方语言专家编辑审订，1776—1791 年出版第一至第十五册，1814 年出版第十六册。由于《耶稣会士书简集》无法继续出版，《中国杂纂》应运而生，可算《耶稣会士书简集》的续编。可以说，该书汇集了 18 世纪后期在华耶稣会士的各种汉学论著及信件。不过，《中国杂纂》与之前的耶稣会士著作很不同，它不再提供全景式介绍，而是刊载各类专题论文，提倡专题性的研究。因此，《中国杂纂》“足以代表耶稣会士写作倾向的整体性转型”[⑤]，即专题研究论文的登场。

这三种著作，“在整整一个世纪期间吸引了知识界，不仅仅向他们提供了某些具有异国情调的冒险活动，而且还提供了一种形象和思想库。欧洲发现了它不是世界的中心，于是便寻找方位标和可比因素”。因为这个原因，有人说，这些书“甚至部分地造就了 18 世纪的人类精神面貌”。[⑥]

---

① 阎宗临：《传教士与法国汉学》，郑州：大象出版社，2003 年，第 56 页。

② 范存忠：《中国文化在启蒙时期的英国》，上海：上海外语教育出版社，1991 年，第 59—75 页。

③ *Mémoires concernant l'histoire, les sciences, les arts, les mœurs, les usages, &c. des Chinois: Par les Missionnaires de Pékin*, Paris: Nyon, 1776—1814.

④ [法] 费赖之：《在华耶稣会士列传及书目》，冯承钧译，北京：中华书局，1995 年，第 876 页。

⑤ 张国刚：《从中西初识到礼仪之争：明清传教士与中西文化交流》，北京：人民出版社，2003 年，第 332 页。

⑥ [法] 伊莎贝尔·微席叶、约翰-路易·微席叶：《入华耶稣会士与中西文化交流》，载 [法] 谢和耐、戴密微等：《明清间耶稣会士入华与中西汇通》，耿昇译，北京：东方出版社，2011 年，第 90 页。

可以说，“18世纪出版的法国入华耶稣会士们的三部巨著成了中学西渐的基本著作，也是国外汉学的奠基著作，更是集16—18世纪西方中国知识之大成”。[①] 这三种著作，也象征着欧洲汉学从伊比利亚汉学时期转到法国汉学时期。日本学者后藤末雄这样评价这三部巨著以及法国耶稣会士的成就：“这些研究书的著者，非但为优秀的学门僧，且为留华的现地研究者……可惜，葡萄牙籍的耶稣会士中，并无法找到像法国耶稣会士般够资格的汉学家。法籍耶稣会士的汉学研究，其研究范围及内容，均较其诸先辈为广泛、深入，一言以蔽之，即：‘又精又确。’”[②]

在这个过程中，逐渐出现一种新趋势，就是从神学向科学研究的逐步转变，或者说汉学知识的逐步专业化。德国学者巴耶尔（T. S. Bayer，1694—1738）是欧洲的第一个专业汉学家，他曾多次批评耶稣会士对儒家典籍的翻译，如《中国哲学家孔子》将“德”译为“rational nature”，巴耶尔指出这是想借机阐述“基督教自然之光”的思想，他则用“virture”这个简单而直接的词来译“德”。[③]

在法国耶稣会士的著作中，可以见到这种新趋势。《耶稣会士书简》“清楚地说明了传教区的宗教、外交和科学等三种志向……”[④] 特别是《中国杂纂》，刊载了各种专题论文，尤能代表研究风气的转变。法国汉学家戴密微（Paul Demiéville，1894—1979）认为，《中国杂纂》“具有一种典型的科学态度”。[⑤] 从《中国杂纂》可以看到，18世纪后半期的耶稣会士关于“中国叙事的主体和主题悄然经历着一场从传教取向到学术取向的转变”。有些在华耶

---

① 耿昇：《16—18世纪的中学西渐和中国对法国哲学思想形成的影响》，《传统文化与现代化》1996年第1期，第91页。

② ［日］后藤末雄：《早期法国耶稣会士的汉学研究》，杨森富节译，载《文艺复兴月刊》1970年第1卷第8期，第56页。

③ ［丹麦］龙伯格：《汉学先驱巴耶尔》，王丽虹译，郑州：大象出版社，2017年，第129页。

④ ［法］伊莎贝尔·微席叶、约翰-路易·微席叶：《入华耶稣会士与中西文化交流》，载［法］谢和耐、戴密微等：《明清间耶稣会士入华与中西汇通》，耿昇译，北京：东方出版社，2011年，第88—89页。

⑤ ［法］戴密微：《法国汉学研究史》，载［法］戴仁主编、耿昇译：《法国当代中国学》，北京：中国社会科学出版社，1998年，第15页。

稣会士从单纯的传教士逐渐转变为较专业的汉学家，还有些耶稣会士逐渐放弃“礼仪之争”的偏见，从比较客观的角度介绍中国。究其原因，可能是由于18世纪后期欧洲公众逐渐对“礼仪之争”失去了兴趣，在华耶稣会士也反感欧洲编辑对他们作品的删改，开始将作品发表在专业学术刊物上，因而逐渐影响到他们写作的内容和倾向，极大地调动了他们在学术研究上的兴趣和能力。这些因素“其中包含着很重要的观念转变，并奠定了19世纪第一代职业汉学家的研究传统”。[①] 因此，正是这些法国耶稣会士“将‘中国研究’由为基督教教义作注脚之从属地位中解放出来，且将其研究范围扩大，由注意儒家经典转向中国的历史、道德思想、文学等过去教士不及的领域”。[②]

第二节　18世纪英国人的中国观

18世纪英国人对于中国的认识，很大程度上依赖法国耶稣会士这个传播中介。同时，由于商业利益的驱动，英国人多次尝试进入中国，虽然没有实现预期目的，但是直接的接触也令英国人开始形成自己的中国观。

在伊丽莎白女王时期以及斯图亚特王朝早期，英国人对中国的兴趣和知识还十分有限，并未形成明显的“中国热”，因为“中国只是这个急速膨胀的宇宙拼图中的一小块”。[③] 到了17世纪中期，耶稣会士极力美化的中国形象在欧洲广泛流传，促成了英国的“中国热”。在1687年沈福宗访问英国前后，英王詹姆斯二世（James II，1633—1710）请人为沈福宗绘制了一幅身着中国服

① 张国刚：《从中西初识到礼仪之争：明清传教士与中西文化交流》，北京：人民出版社，2003年，第319、324页。

② 王漪：《明清之际中学之西渐》，台北：台湾商务印书馆，1987年，第40—41页。

③ William W. Appleton, *A Cycle of Cathay: The Chinese Vogue in England During the Seventeenth and Eighteenth Centuries*, New York: Columbia University Press, 1951, p. 19.

装的全身画像，挂在王宫中。[①] 英王此举，进一步刺激了“中国热”的升温。

欧洲的“中国热”，有浅层与深层两个层次：浅层是指一般民众对中国工艺品、中国情趣的赞赏与模仿，即“中国风”；深层是指知识分子对于中国文化制度的思考和赞美。相对而言，英国的“中国热”，偏向于中国的器具、园林等物质文明。[②]范存忠曾引述当年英国《世界报》上的文章再现这一盛况：“几年前，一切都是哥特式的……如今又有一种奇怪的主意占了上风，弄得样样东西都是中国式的，或者是按中国情趣设计的；若是较为谦虚的说法，便是半中国式的。桌子、椅子、壁炉架、镜框，甚至最平常的家庭用具都得屈从这一新奇的标准；‘中国热’真可谓风靡一时，户外的东西更是这样，连牛棚的门也改为了T字形或Z字形，而每间牛舍的角上都挂着铃子。’”[③]

除了迷恋中国的瓷器、茶叶、家具、园林之外，英国人也十分向往中国的科举制度、文官制度以及儒家的理性哲学。英国的自然神论者，是儒家思想最主要的崇拜者。所谓自然神论，就是反对神启宗教，提倡一种合乎理性的宗教。自然神论者在儒家的理性主义中找到有力的支持。在1731年出版的《创世纪以来就有的基督教》中，作者廷德尔（Matthew Tindal，1657—1733）将理性作为处理一切事物的标准，他在书中比较了孔子的思想和基督教教义，认为孔子学说可以充实基督教义。[④] 廷德尔甚至引用了孔子的“以直报怨”“唯仁者能好人能恶人”等格言，虽然翻译得不甚准确。[⑤] 同时，有政治改革思想的人也在中国政治体制中找到支持。“18世纪上半叶的许多英国贵族们最企求的就是把某种西塞罗式的人文科学与趋向自然神论的宗教结

---

① Qian Zhongshu，“China in the English Literature of the Seventeenth Century”，in *The Vision of China in the English Literature of the Seventeenth and Eighteenth Centuries*，ed. Adrian Hsia，Hong Kong：The Chinese University Press，1998，p. 60.

② 许明龙：《欧洲18世纪“中国热”》，太原：山西教育出版社，1999年，第119—120、149页。

③ 范存忠：《中国园林和十八世纪英国的艺术风尚》，《中国比较文学》1985年第1期。

④ 范存忠：《中国文化在启蒙时期的英国》，上海：上海外语教育出版社，1991年，第28—29页。

⑤ 陈受颐：《鲁滨逊的中国文化观》，载《中欧文化交流史事论丛》，台北：台湾商务印书馆，1970年，第124页。

合起来的教育”，他们发现“中国官吏们的教育与此十分相似”，并且中国的文官制度是“经过有关伦理知识的严格考试之后，根据每个人的品德而选择官员来行使政府职权”，因此“他们把中国视为一种理想国”。[①]

很多18世纪的英国作家在中国素材中汲取创作灵感。比如剧作家谋飞（Arther Murphy，1727—1805）改编的《中国孤儿》，上演后获得极大成功；哥尔斯密（Oliver Goldsmith，1730—1774）的《中国信札》系列文章在报刊上发表，借中国人之口批评英国，深受欢迎，后结集为《世界公民》。[②]

同时，英国也出现了怀疑和嘲讽中国文化的论调。哥尔斯密相信中国是一个历史悠久、政治开明的国家，不过他同时也认为英国人比中国人优秀。在笛福（Daniel Defoe，1660—1731）、沃顿（William Wotton，1666—1722）等人那里，对中国的负面评价在逐渐积累。[③] 笛福对中国的批评态度，最具代表性，“笛福的批评几乎为18世纪英国对中国的批评定下了基调”。[④] 他在1719年的《鲁滨逊漂流记续编》和1720年的《鲁滨逊感想录》中，批评中国人的自傲，认为著名的中国人的智慧与才能，都是有缺憾的。批评到最后，笛福甚至信口开河，说最蒙昧的野蛮人也比中国人略胜一筹，只需很少的士兵就能把中国军队打败。[⑤]

---

① ［美］莱特：《中国儒教对英国政府的影响》，李文昌译，《国际汉学》1995年第1辑，第173、165页。

② 参见 Qian Zhongshu，“China in the English Literature of the Eighteenth Century”，in *The Vision of China in the English Literature of the Seventeenth and Eighteenth Centuries*，ed. Adrian Hsia，Hong Kong：The Chinese University Press，1998，pp. 159—200；范存忠：《中国文化在启蒙时期的英国》，上海：上海外语教育出版社，1991年，第六、七、九章。

③ 参见上书，第42—56页。

④ Qian Zhongshu，“China in the English Literature of the Eighteenth Century”，in *The Vision of China in the English Literature of the Seventeenth and Eighteenth Centuries*，ed. Adrian Hsia，Hong Kong：The Chinese University Press，1998，p. 123.

⑤ 参见上书，pp. 122—124；范存忠：《中国文化在启蒙时期的英国》，上海：上海外语教育出版社，1991年，第46—49页。曾有学者提出笛福早期作品对中国持肯定和赞美的态度，但钱锺书、陈受颐、范存忠都认为笛福对中国的嘲讽态度是一贯的。笛福为什么如此贬低中国？陈受颐认为，因为笛福“是个商人，完全采取商人的态度”，并且他“恭敬海军陆军的护商能力，当然以军队的强弱为文化的标准”。见陈受颐：《鲁滨逊的中国文化观》，载《中欧文化交流史事论丛》，台北：台湾商务印书馆，1970年，第143页。

英国人对中国的赞美曾在17世纪末达到巅峰，到了18世纪，“在法国哲学家高度赞扬孔子和中国文明的时候，同时代的英国人显然满怀狐疑，有不少的保留”。[①] 钱锺书一针见血地指出当时英国人对中国的矛盾态度，“事实上，在18世纪英国文学中表现出来的中国观，与日常生活中的正好相反。这具有十足的讽刺意义，当英国人生活中的颂华态度还在涨潮时，英国文学中的颂华态度已经退潮了”，具体来看，“18世纪英国文学在整体上充满了对中国文化的令人不快的批评，在细节上则充满了当时流行的中国风”。[②]

其实，对中国完美形象的狐疑和保留，在法、德两国也有零星的响应，但都不是主流。[③] 将这种狐疑扩大，并为欧洲的“中国热”降温，是由英国人推动的。1748年出版的《环球航行记》(*A Voyage Round the World, in the Years* 1740—1744)，就是这种狐疑态度的代表。此书记录了英国海军军官安森（George Anson）率舰队横跨大西洋、太平洋、印度洋的航行旅程，最后几章介绍了他在澳门和广州的经历。回到英国后，随军牧师沃尔特（Richard Walter）将安森的航海日记整理出版。安森在日记中批评中国官员受贿成风、商人不讲信誉，还尖锐地提出，中国人不像耶稣会士所说的那样勤劳勇敢、富于智慧，那些理想化的中国形象都是“耶稣会士的杜撰”。[④]

热情赞美中国的欧洲思想家，不相信安森对中国的负面描述，对此进行了驳斥。[⑤] 但是，安森的航海日记描述了很多与中国人实际接触的细节，颇

---

① 张隆溪：《中西文化研究十论》，上海：复旦大学出版社，2005年，第27页。

② Qian Zhongshu, “China in the English Literature of the Eighteenth Century”, in *The Vision of China in the English Literature of the Seventeenth and Eighteenth Centuries*, ed. Adrian Hsia, Hong Kong: The Chinese University Press, 1998, p. 118.

③ 据其对待中国的看法，欧洲学者可分为“颂华派”和“贬华派”，前者以伏尔泰为代表，后者以孟德斯鸠为代表。前者在18世纪中前期是主流，后者到了18世纪末成为主旋律。不过，“颂华派”和“贬华派”的区分不是绝对的，伏尔泰在《哲学辞典》也曾批评中国科技落后。参见许明龙：《欧洲18世纪“中国热”》，太原：山西教育出版社，1999年，第203—267页。

④ [英] 雷蒙·道森：《中国变色龙：对于欧洲中国文明观的分析》，常绍明、明毅译，北京：时事出版社，1999年，第48—49页。此书第270—274页还摘录了《环球航行记》的部分文字。

⑤ [法] 伏尔泰：《风俗论：论各国民族的精神与风俗以及自查理曼至路易十三的历史》，梁守锵等译，北京：商务印书馆，1995年，第216—217页。

具说服力，因此吸引了很多欧洲人的注意，尤其是那些本来对耶稣会士笔下的中国形象持怀疑态度的人。法国思想家孟德斯鸠（Montesquieu，1689—1755）对《环球航行记》赞叹不已，称这本书给了自己很多启发，他在《论法的精神》再版时援引此书来支持自己对于中国的批评。当时有人指出，安森“是第一个纠正我们对中国官僚政府恭维过当的观念的人”。①

在18世纪中国正面形象转向负面形象的过程中，英国起到了关键性作用，这与英国国力的增长息息相关。英国自1688年光荣革命之后，确立了君主立宪制，国家长期稳定。到了18世纪60年代，英国率先进入工业革命，蒸汽机的发明和推广，使社会生产力飞速发展，带来经济结构和社会结构的变革。随着国力的突飞猛进，英国开始夺取更多的原料产地和市场。1757年，英军在孟加拉击败法军，印度沦为英国的殖民地。1760年，英军占领蒙特利尔，夺取法国在加拿大的战略要塞。1761年，英军又击败西班牙舰队，夺取中美洲的哈瓦那港和东南亚的马尼拉。

陈受颐指出，赞美中国的英国人都是“提倡古代学术，信仰自然宗教的人”，批评中国的英国人都是“主张近代学术优于古代学术的人，和投资或亲到外国贸易的商家”。② 在国力蒸蒸日上的进程中，英国出现越来越多的轻视中国的声音，也不足为奇了。在安森之前，已有与耶稣会士唱反调的著作，但是“只有这本《环球航行记》强有力地撕裂了耶稣会士的画布”，这本书“深深撼动耶稣会士在欧洲人头脑中苦心栽植的理想化中国图像”。从历史背景来看，“这一切与其说都是这一本书的力量，还不如说这本书生逢其时”。18世纪后半期，欧洲国家大多处于蒸蒸日上的阶段，这推动了舆论慢慢转变对中国的看法。“《环球航行记》恰恰在这个转折时刻问世”，“因此而成为主导18世纪的正面中国形象转向19世纪的负面形象这一过程中的第

---

① ［德］利奇温：《十八世纪中国与欧洲文化的接触》，朱杰勤译，北京：商务印书馆，1962年，第86—87页。

② 陈受颐：《鲁滨逊的中国文化观》，载《中欧文化交流史事论丛》，台北：台湾商务印书馆，1970年，第142页。

一座里程碑”。[①] 到了18世纪60年代之后，欧洲的“中国热”开始逐渐衰歇。赫德逊甚至断言：“1789年以后对中国的崇拜几乎完全消失了。”[②]

对中国的崇拜逐渐消散，经济利益成为英国与中国交往的最大动力。通过茶叶贸易，英国取代荷兰，获得了在远东的贸易霸权地位。18世纪初，茶叶成为英国人生活中的必需品，促使英国人加快对华贸易，“英国在中国的商务虽渐有发展，但终因中国奉行闭关政策，故常受许多挫折”。[③] 乾隆二十二年（1757），由于英国商人洪任辉（James Flint，1720—?）“屡次抗违禁令”，原本在康熙年间开放的厦门、宁波等地禁止通商，以后外国商船只能停泊广州。清廷又制定了《防范外夷规条》，亦称“防夷五事”，即禁止外商在广州过冬，禁止外商雇役华人，外商不得在广州自由出入等。外商在中国的活动范围，被局限在广州的十三行。到了1792年，马戛尔尼（George Macartney，1737—1806）奉英皇之命出使中国，提出六项请求：派人驻京并在北京设商馆，在宁波、舟山、广州、天津等地自由贸易，占用一小岛住人贮货，减免货物税，允许英人自由居住广州等地，允许传教士在各省传教。乾隆拒绝了英使要求，认为“所请多与天朝体制不合，断不可行”。[④] 此后，英国一边进行武力试探，一边在华推行鸦片贸易。

在1792年马戛尔尼使团记录中国之行的笔记中，充斥着很多对中国的负面评价。虽然马戛尔尼赞赏中国的政府组织和城市管理，但他认为中国“只是一艘破败不堪的旧船”，它只是靠了几位谨慎的船长才没有沉没，并且预言，如由无能之辈管理，这艘船将“在海岸上撞得粉碎”，各国的冒险家都会来中国建立自己的威望，“英国靠着它的创业精神已成为世界上航海、贸易和政治的第一强国；从这样的急剧变革中，它将获得最大的利益，并将

① 张国刚：《从中西初识到礼仪之争：明清传教士与中西文化交流》，北京：人民出版社，2003年，第172、179页。

② ［英］赫德逊：《欧洲与中国》，王遵仲、李申、张毅译，何兆武校，北京：中华书局，1995年，第301页。

③ 张维华：《明清之际中西关系简史》，济南：齐鲁书社，1987年，第76页。

④ 同上书，第79页。

加强它的霸权地位”。[①] 这些预言在半个世纪之后成为现实。副使斯当东（Sir George Leonard Staunton，1737—1801）则在游记中说，当年马可·波罗来到中国时，中国文化处于最高峰，比欧洲先进很多，“但从此以后，中国文化即停滞不前，而欧洲文明，无论是技术知识和礼貌，都日新月异，欧洲人来到中国，他们不再像最初欧洲人写的游记上那么羡慕了”。[②]

在1736—1741年，杜赫德的《中华帝国全志》吸引了英国所有重要报刊的注意，英国人接连推出了两个英译本。瓦茨译本的英译前言曾充满信心地说：“既然中国是目前已知的最为卓越的国家，英国读者必然很高兴读到用英文出版的精确的中国纪录。”[③] 到了1788年，法国耶稣会士格鲁贤的《中国概述》被译为英文出版，英译者在前言中描述了整个欧洲对中国的矛盾态度，他说欧洲那些学识渊博的人对于中国人性格的看法似乎千差万别，“有些欧洲人称他们为最智慧最文明的人，而另外一些人则同样强有力地用最轻蔑的态度来描述中国人，把他们描述为一个卑劣的民族”；英译者强调，格鲁贤是想“充当一个被损害民族的捍卫者，去详细描述中国的真实状况，并将中国人的民族性格从辛辣讽刺中解脱出来”。[④]

英国扭转了欧洲对于中国文化极度崇拜的趋势，但它也为客观、全面地认识中国文化提供了契机。正如钱锺书所说：“如果说18世纪的英国人对中国的赞赏比17世纪的先辈们更低，对中国的所知比同时代的法国人更少，

---

① ［法］佩雷菲特：《停滞的帝国：两个世界的撞击》，王国卿等译，北京：三联书店，1995年，第532页。佩雷菲特认为马戛尔尼访华是欧洲与远东关系的转折点，因为他们发现了一个与启蒙思想家笔下的理想化形象完全不同的中国。

② ［英］斯当东：《英使谒见乾隆纪实》，叶笃义译，上海：上海书店出版社，1997年，第489—490页。

③ Jean-Baptiste，Du Halde，*The General History of China*，vol. 4，London：Printed for J. Watts，1741，“preface”.

④ Jean-Baptiste，Gabriel Alexandre Grosier，*A General Description of China*，London：Printed for G. G. J. and J. Robinson，1788，“Translators' Preface”，pp. iv—v.

那么他们对中国的理解却加深了。”[①] 因此，英国人希望了解中国的历史进程并没有停顿，而是摆脱了浅层次的“中国风”迷恋。珀西、琼斯从耶稣会士的著作中抄录和转译《诗经》诗篇，琼斯甚至去巴黎查找《诗经》原文，他们代表了那些希望更全面地认识中国的英国人。

第三节　18世纪欧洲《诗经》译介的进展

在介绍英国人转译《诗经》之前，有必要先看看耶稣会士和欧陆本土汉学家在《诗经》译介上的进展。

有学者认为：“18世纪中期以前的耶稣会士大多对《诗》的态度比较冷淡，因为他们习惯于从道德内涵而非文学角度评价《诗》，可是他们又没有从《诗》中看出中国人所赋予的道德训诫意义，所以他们对《诗》之所以还不大肆恶评，大概也就是冲着孔子的面子。”[②] 这种说法并不准确。18世纪中期以前的白晋、马若瑟等人非常重视《诗经》，对于他们来说，《诗经》的重要性可能仅次于《周易》，他们用索隐派的方法解释《诗经》作品，形成很大影响。后来他们的著作被禁，在禁教时期，天主教地下神职所举行的四川会议还明文规定，只要《周易》《诗经》内容涉及迷信、诱谣，就要禁止阅读和讲授。[③]

根据费赖之的统计，18世纪法国传教士研究《诗经》的成果包括：白晋的《诗经研究》，藏于巴黎国家图书馆；傅圣泽的《诗经》法文译本，用基督教教义附会中国旧说；赫苍璧（Julien-Placide Hervieu，1671—1746）用神

---

① Qian Zhongshu, “China in the English Literature of the Eighteenth Century”, in *The Vision of China in the English Literature of the Seventeenth and Eighteenth Centuries*, ed. Adrian Hsia, Hong Kong: The Chinese University Press, 1998, p. 158.

② 吴莉苇：《当诺亚方舟遭遇伏羲神农：启蒙时代欧洲的中国上古史论争》，北京：中国人民大学出版社，2005年，第218页。

③ ［比］燕鼐思：《天主教中国教理讲授史》，田永正译，石家庄：河北信德室，1999年，第121页。

秘解说来翻译《诗经》；宋君荣（Antoine Gaubil，1689—1759）的《中国天文史略》（1729 年版）附录，其中有"《诗经》中之日蚀"的材料；孙璋的《诗经》拉丁文译本，附有注解，原稿藏于巴黎国家图书馆，后于 1830 年刻于斯图加特；韩国英（Pierre-Martial Cibot，1727—1780）的《论中国语言文字》，其中有《诗经》若干章的译文。[①] 费赖之的书目有遗漏，其实宋君荣也翻译了《诗经》，于 1749 年寄回欧洲，但未正式出版。不过，宋君荣的兴趣主要在史学与天文学，而不在经典翻译本身，因此他的译文比较粗略。[②] 此外，《中国杂纂》曾刊登过文章，高度评价《诗经》，后来理雅各翻译《诗经》时，还反驳了这篇文章中赞美《诗经》的观点。[③]

以白晋为首的法国耶稣会士利用索隐法解释《诗经》，影响最大。"索隐"（或译为象征论）的阐释方法，是早期基督教试图协调《新约》《旧约》的一种努力，即认为《旧约》中早已暗示了耶稣基督的降临，不过它只以"形象"的方式呈现出来，即隐藏在"象征的、讽喻的、原型的（即预示论）形式中"。[④] 白晋等人"试图将同样的原则运用到对中国最早古籍的诠释中"，因为"如果他们确实成功地向中国皇帝和文人证明，在删除了由不懂早期真相的疏注人从中加入的晚期诠释和疏注文后，中国的经书就包括了与《旧约》相同的预言了，皇帝及其所有文人在从《新约》中看到了他们古籍中的预言已实现后，只能会接受归化，欧洲的不信教者也会因此而承认自己的失败"。[⑤]

---

① ［法］费赖之：《在华耶稣会士列传及书目》，冯承钧译，北京：中华书局，1995 年，第 438、559、593、694、748、945 页。

② Paul A. Rule, *K'ung-tzu or Confucius? The Jesuit Interpretation of Confucianism*, Sydney; Boston: George Allen & Unwin, 1986, p. 189.

③ James Legge tr., *The Chinese Classics*, Vol. IV, *The She King*, Hong Kong: Hong Kong University Press, 1960, "Prelegomena", pp. 114—115.

④ Michael Lackner, "Jesuit Figurism", in *China and Europe: Images and Influences in Sixteenth to Eighteenth Centuries*, ed. Thomas H. C. Lee, Hong Kong: Chinese University Press, 1991, p. 130.

⑤ ［法］毕诺：《中国对法国哲学思想形成的影响》，耿昇译，北京：商务印书馆，2000 年，第 406—407 页。

白晋、马若瑟、傅圣泽等人是索隐派的核心人物。[①] 根据毕诺（Virgile Pinot，1883—1936）、孟德卫、朗宓榭（Michael Lackner，1953—）等人的研究，第一次将白晋等人贴上索隐派的标签，是在法国学者弗雷莱与马若瑟的通信中，弗雷莱是以贬斥的态度来使用这个称呼，但马若瑟是以一种正面的态度来运用这个称呼。[②] 白晋等人以《易经》为研究中国典籍的核心，因此也被称为“易经主义者”。傅圣泽认为中国的“五经”来自希伯来文的《摩西五经》。他们相信，中国古代典籍是基督教最古老的文字，含有《圣经》的故事以及基督的启示，中国人在远古时期已经认识了基督教的真理，并将其记载于典籍中，后世的中国人将这些基督教真理遗忘了，传教士的任务就在于唤醒中国人对基督的记忆。

白晋在写给莱布尼茨的书简中说：“真正宗教的几乎全部教义，都包括在中国人的经典著作中了，圣子的化身、救世主的生死及其圣职的主要功能等，都以某种预言的方式包括在中国古代的这些珍贵的不朽著作中了。”[③] 因此，白晋关心的是“中文经典中最古老的部分，尤其是他认为预示着基督启示的部分”。[④] 白晋的索隐主义，是利玛窦文化适应策略的发展和演变。但是，索隐主义不再限于寻找契合，而是“在中国古文献中发现可以称作预先

---

① 对于中国索隐派的起源、理论及其评价，可以参见［法］毕诺：《中国对法国哲学思想形成的影响》，耿昇译，北京：商务印书馆，2000年，第402—425页；张国刚等：《明清传教士与欧洲汉学》，北京：中国社会科学出版社，2001年，第267—281页；［美］孟德卫：《奇异的国度：耶稣会适应政策及汉学的起源》，陈怡译，郑州市：大象出版社，2010年，第九章；祝平一：《经传众说：马若瑟的中国经学史》，《中央研究院历史语言研究所集刊》2007年第78本第3分，第435—472页；古伟瀛：《明末清初耶稣会士对中国经典的诠释及其演变》，《台大历史学报》2000年第25卷，第85—117页。

② ［法］毕诺：《中国对法国哲学思想形成的影响》，耿昇译，北京：商务印书馆，2000年，第542—543页；［美］孟德卫：《奇异的国度：耶稣会适应政策及汉学的起源》，陈怡译，郑州市：大象出版社，2010年，第341页；Michael Lackner，“Jesuit Figurism”，in *China and Europe：Images and Influences in Sixteenth to Eighteenth Centuries*，ed. Thomas H. C. Lee，Hong Kong：Chinese University Press，1991 pp. 132—133.

③ ［法］毕诺：《中国对法国哲学思想形成的影响》，耿昇译，北京：商务印书馆，2000年，第407—408页。

④ ［美］孟德卫：《奇异的国度：耶稣会适应政策及汉学的起源》，陈怡译，郑州市：大象出版社，2010年，第336页。

定形和经预言的基督教”，“寻找基督教最深刻的奥义”。[①]

白晋等人在解释《诗经》时，运用了索隐派的解释方法。[②] 白晋的《古今敬天鉴》（此书原为中文写成，后由马若瑟和赫苍璧译为拉丁文），认为《诗经·小雅·正月》“有皇上帝”中的“上帝”就是基督徒所说的天主。徐宗泽概述其书是“上卷以中国经书所载之言以证符天主教之道理……《诗·正月》‘有皇上帝’，《易》‘帝出乎震’，《中庸》‘上天之载，无声无嗅’等等”。[③] 其实，利玛窦早就提出《诗经》中的“上帝”就是天主。不过，白晋进一步依据许慎的解释“皇从白，为古‘自’字，即‘皇’字也，‘自王’也”，并继续发挥“天之主宰，苟非自有，何以自王，何以皇天而主宰之?”学者李奭学认为，白晋的解释在“某个意义上甚至可谓借汉字在阐释《若望默示录》中那‘全能者上主上天’的本体，因为他在神学上确实是‘自有’或‘自王’”，这样的解释就“使天主、耶稣或白晋所认识的‘有皇上帝’统合为一，终而形成天主本体上某种类属跨文化的三位一体”。[④]

白晋对《诗经·大雅·生民》的解释，可清晰看出索隐方法的运作。白晋认为《生民》中的“姜嫄”是圣母玛利亚，“后稷”是耶稣，而“帝喾”就是上帝。此诗首章描绘的姜嫄受孕过程，表明了耶稣的降生成人，“玄鸟”就是《圣经》中的白鸽，即圣灵的象征；第二章描述刚出生的后稷被置于寒冷的冰面上，耶稣在出生时也曾经受这样的寒冷；第三、四章描述后稷勤于耕作，象征福音的传播者（基督）在全世界的教会“天地”里“耕作”；第六章后稷准备的祭祀品象征着圣餐，其中涉及的四种不同的种子代表了基督

① ［法］毕诺：《中国对法国哲学思想形成的影响》，耿昇译，北京：商务印书馆，2000年，第402页。

② Paul A. Rule, *K'ung-tzu or Confucius? The Jesuit Interpretation of Confucianism*, Sydney; Boston: George Allen & Unwin, 1986, pp. 150—182.

③ 徐宗泽：《明清间耶稣会士译著提要：耶稣会创立四百年纪念（1540—1940）》，北京：中华书局，1989年，第132页。

④ 李奭学：《中国晚明与欧洲文学：明末耶稣会古典型证道故事考诠》，北京：三联书店，2010年，第229页。

的最后的晚餐；第七章提到舂谷去糠，象征着耶稣所经受的磨难，此章的“我”字一部分是“手”、一部分是“剑”，这代表上帝因为对人类的爱而愿意牺牲自己的儿子；第八章则描绘了上帝接受祭祀品，人类的罪恶得到饶恕。[①]

马若瑟（Joseph de Prémare，1666—1736）进一步用索隐派的方法研究《诗经》。[②] 马若瑟对中国语言文字和典籍都有深入研究，他在《儒教实义》中这样评点儒家典籍：“问：除‘六经’外有他书可观否？曰：有之：《大学》《中庸》《论语》《孟子》是也。若《山海经》《孝经》《尔雅》《周礼》《仪礼》《礼记》《家语》《左传》《公羊》《谷梁》等，皆可疑也。”[③] 法国汉学家雷慕沙（Jean Pierre Abel Rémusat，1788—1832）认为，来华的传教士中要推马若瑟与宋君荣二人“中国文学造诣最深者”，“兹二人之中国文学，非当时之同辈与其他欧洲人所能及”。马若瑟“尤注重于寻究中国经籍中之传说，有裨于宗教者予以利用，发挥教理”。他在研究中国古史时，采用“特殊方法”，“在中国之经书与古籍中寻求最古之传说，凡有不明之段落，历代意见分歧之解释，《诗经》中之譬喻，《易经》中之卦爻，咸加以利用，以备传教之印证”。[④] 这种“特殊方法”，即“索隐”的方法。

马若瑟曾以法文翻译了《诗经》的八首诗，被收入杜赫德的《中华帝国全志》第二卷。[⑤] 一般说来，“在耶稣会士学者于18世纪从中国寄出的所有

---

① ［法］柯兰霓：《耶稣会士白晋的生平与著作》，李岩译，郑州：大象出版社，2009年，第188—193页。

② 马若瑟1666年出生于法国诺曼底，1683年加入耶稣会，1698年随白晋等人一起来华，1699年被派往江西传教，1724年受雍正禁教影响被流放广州，1732年又被迁往澳门，1736年卒于澳门。他著有《汉语札记》等书，并翻译了《赵氏孤儿》，节译了《尚书》《诗经》等书。参见［法］费赖之：《在华耶稣会士列传及书目》，冯承钧译，北京：中华书局，1995年，第525—537页。

③ ［法］马若瑟：《儒教实义》，载吴相湘主编：《天主教东传文献续编》，台北：台湾学生书局，1966年，第1399页。

④ ［法］费赖之：《在华耶稣会士列传及书目》，冯承钧译，北京：中华书局，1995年，第528、527页。

⑤ ［法］蓝莉：《请中国作证——杜赫德的中华帝国全志》，许明龙译，北京：商务印书馆，2015年，第195页。

资料中，绝大部分均不为18世纪的普通民众熟知”。[①] 但是，《中华帝国全志》面向大众、风靡欧洲，成为当时欧洲普通民众的中国知识的最重要来源。因此，马若瑟的八首译诗，随着《中华帝国全志》在欧洲流传甚广。

《中华帝国全志》于1735年8月在巴黎面世。这本书甫一出版，就引起英国人的关注。当年9月，英国出版家凯夫（Edward Cave，1691—1754）在自己创办的《君子杂志》上介绍了这本书，并说准备请人译成英文。但是，《中华帝国全志》的第一个英译本是由瓦茨（J. Watts）抢先完成，于1736年12月出版，书名改为《中国通史》。此书在英国大受欢迎，成为当时的畅销书，到1741年已经有了第三版。

瓦茨译本的英译前言指出，在与英国通商的国家中，中国是最难接受陌生人的，因此英国没有直接用英语写成的中国纪实，英国人“不得不来听传教士讲述那个广袤的、令人兴奋的伟大国度”。[②] 瓦茨的《中国通史》并不是全译本。凯夫一边在筹划出版完整的全译本，一边在《君子杂志》上指责瓦茨本的误译漏译。瓦茨和凯夫就《中华帝国全志》的翻译问题展开了长达六年的辩论和笔战，后来的英国文坛盟主约翰逊（Samuel Johnson，1709—1784）也是卷入其中的当事人之一。[③] 凯夫策划的全译本，于1738年出版第一卷，1741年出版第二卷，保持了原来的书名。

随着《中华帝国全志》《中国通史》两种英译本的出版以及与之相伴的笔战，书中对于《诗经》的介绍以及马若瑟翻译的《诗经》八首，进入更多英国人的视野。

杜赫德将《诗经》作品分为五类：赞歌、风俗诗、比兴诗、颂扬高尚事物的诗、不合孔子思想的诗。可以看出，这种五类划分法，比较接近葡萄牙安文思《中国新史》中的相关论述。

---

① ［法］毕诺：《中国对法国哲学思想形成的影响》，耿昇译，北京：商务印书馆，2000年，第159页。

② Du Halde, *The General History of China*, vol. 4, London: Printed for J. Watts, 1741, “preface”.

③ 范存忠：《中国文化在启蒙时期的英国》，上海：上海外语教育出版社，1991年，第57—76页。

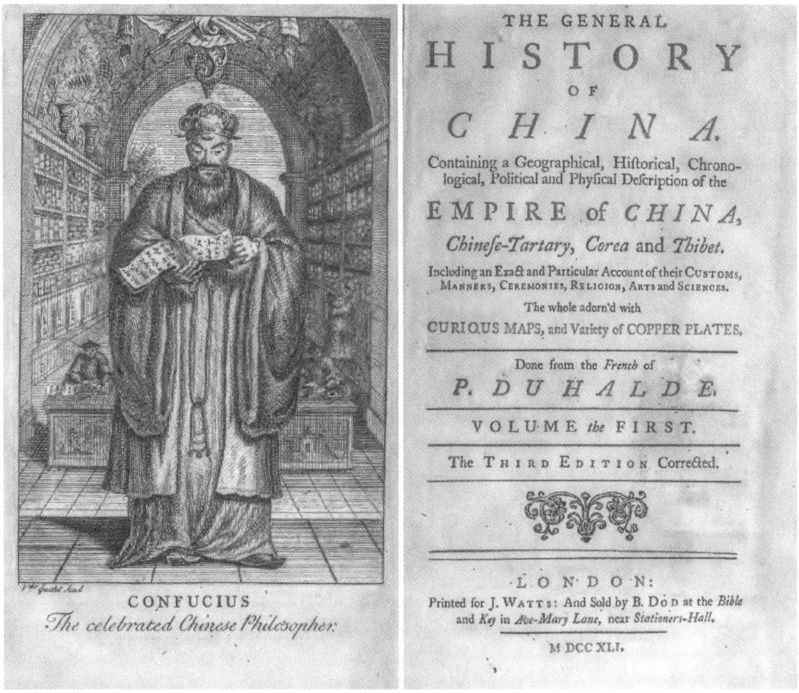

瓦茨译杜赫德《中国通史》(1741) 扉页

马若瑟翻译的八首诗，包括《诗经》之《周颂・敬之》《周颂・天作》《大雅・皇矣》《大雅・抑》《大雅・瞻卬》《小雅・正月》《大雅・板》《大雅・荡》。为什么马若瑟在诗三百中仅仅选择了这八首？杜欣欣认为："这些作品内容大多攸关'王政'，而文中反复出现'上帝''天''皇'等词，从索隐派观点看，其中必有文章。'上帝''天''皇'似乎代表一种主宰宇宙的超自然力量，而文王懿德与周王祭天敬祖之举，又似乎显示'天下王'与'天上王'两者的互动。因此，马氏选译八诗意在托喻基督宗教'天主'早已见诸中国上古经籍。"[①]

其实，《诗经》还有其他作品也颇符合索隐派的标准，如《大雅・生民》

① 杜欣欣：《马若瑟〈诗经〉翻译初探》，《中国文哲研究通讯》第22卷第1期，第49页。

就曾被白晋解释为耶稣诞生的中国版本，但是马若瑟却并没有翻译这首作品。对此，杜欣欣提出了自己的解释："该诗可能早有译本；或索隐色彩太过浓，无法见容于当时欧洲的宗教思想氛围；或诗中的'取羝以軷'论及古人拜路神，泛神色彩与基督宗教相违；或马氏希望各诗之间能自成《旧约》体系，实际原因仍有待厘清。"①

关于《大雅·生民》索隐色彩太浓、与基督宗教相违等推测，并不合理。其实，马若瑟和他的老师白晋一样，对《大雅·生民》情有独钟。他的拉丁文著作《中国古籍中之基督教主要教条之遗迹》，用了十页的篇幅来讨论此诗，他评论道："让我们来看看这位母亲和儿子的名字。母亲名叫姜，是一个处女，受上帝的感应生了圣子。她是一只羊，为我们带来了只羊。她也被称为嫄，因为她是处女的来源。她的儿子被叫做弃，意思是被抛弃的，好像说他是'一只虫子，而不是一个人，是受到人们谴责和遗弃的人'。"②

在巴黎国家图书馆，藏有马若瑟的一封信，曾提到他自己的八首译诗，并对《诗经》本身做了简单的介绍：

> 如果您认为欧洲人有足够的思考能力接受《诗经》中的八首诗篇，那就应该向他们作如下提示：《诗经》是一部诗集，收诗三百篇，成书于上古，幸运地传承至今。集子中的诗篇风格各异，有的具有田园风格。有的诗仅有三节，彼此几乎完全一样。三节诗所表达的是同一思想，如果说有三种思想，其差异仅在于每节所使用的词语略有不同。……译文呈献的八首诗源自集子的不同部分，从中可以领略其余诗篇的相同风格。

由此信可见，马若瑟选择上述八首诗，主要是因为它们可代表《诗经》

---

① 杜欣欣：《马若瑟〈诗经〉翻译初探》，《中国文哲研究通讯》第22卷第1期，第50页。

② ［丹麦］龙伯格：《清代来华传教士马若瑟研究》，李真、骆洁译，郑州：大象出版社，2009年，第179页。

雅、颂各部分的不同风格，读者读了这八首诗就可以“领略其余诗篇的相同风格”。在同一封信中，马若瑟还以《大雅·皇矣》为例，解释了自己翻译的原则和译文中的措辞：

> 我来说一说为何将“天立厥配”译作“上天希望给自己配一位同等地位的人”，只有涉及“人—上帝”时，这个说法才能成立，因为他既是低一等的又是平等的。文中“配”和“对”两字对此做了极好的诠释。我们说而且说得很对，上帝是无双的。然而，耶稣说的“我和天主同为一身”也同样无可争辩。“配”的意思是陪同、同伴、配偶、妻子，而在这首诗里，“配”指的是宾客、房东，他要接待一位陌生人或是一位受他之邀前来陪客以示尊重的人。我之所以跟你这么啰唆，是因为这与中国礼仪有因果关系。我不愿意看到有人对注释滥加诠释，把“配”字说成“同等地位的人”。[①]

白晋、马若瑟解释儒家典籍的方式，是利玛窦的“文化适应”策略的发展，也是“礼仪之争”的产物。他们试图将中国礼仪融合于基督教信仰的系统之中，证明儒家典籍详细地记载了神启教义，也正是出于这样的动机，他们用基督教原有的索隐或预示的方法，在《诗经》等经典中挖掘出与基督教人物故事对应的因素。这种诠释，很多人批评它是牵强附会，不过张西平认为，“以马若瑟、白晋、傅圣泽等人为代表的索隐派实际上是利玛窦适应路线的进一步发展，是一种更为圆融的适应理论，而不能将其视为一种怪诞的理论”。[②]

从中西文化交流的角度来看，也许马若瑟等人的诠释方法是一种“更为

---

① ［法］蓝莉：《请中国作证——杜赫德的中华帝国全志》，许明龙译，北京：商务应书馆，2015年，第197页。

② 张西平：《欧洲早期汉学史：中西文化交流与西方汉学的兴起》，北京：中华书局，2009年，第585页。

圆融的适应理论”，但是，从《诗经》翻译与传播的角度来看，马若瑟等人的译介并不能帮助欧洲人客观地理解和欣赏《诗经》，只能算《诗经》在欧洲传播过程中一个极有历史意义的插曲。

除了杜赫德编辑的《中华帝国全志》之外，格鲁贤（Jean-Baptiste Gabriel Alexandre Grosier，1743—1823）编写的《中国概述》也向欧洲读者介绍了《诗经》，并提供了三首诗的译文。格鲁贤的身份与杜赫德相似，都是从未涉足过中国的耶稣会士。他曾在1777—1785年将冯秉正（Moyriac de Mailla，1669—1748）的《中国通史》手稿整理出版，而他的《中国概述》作为冯秉正《中国通史》的第十三卷，于1785年出版，后来又多次单独发行，并于1788年在伦敦出版了英译本。此书延续了在华耶稣会士的立场，认为中国人所说的“天”“上帝”等词与欧洲人所说的“Lord”“Almighty”等词对应，认为《尚书》《诗经》等书中可以看到上帝的神圣、公正、仁慈。

《中国概述》第八卷介绍了中国的文学、艺术、科学，其中第二章专门介绍了中国的诗歌，指出“《诗经》是中国古代诗歌最珍贵的宝藏，在古代经典中位列第三”。接着收录了一位身在北京的传教士翻译的三篇《诗经》作品。张国刚推测，这位身在北京的传教士可能是韩国英，因为他确实翻译过《诗经》，并且去世的时间离《中国概述》出版时间不远。三篇《诗经》作品，没有提供诗篇确切名称，只概述为一篇是颂歌，一篇是弃妇的哀怨，一篇是对兄弟之爱的颂扬，可能是《小雅·斯干》《邶风·谷风》《小雅·常棣》。这三篇译文以意译为主，并非佳作。[①]

除了耶稣会士之外，还有跟随耶稣会士来到欧洲的中国教徒以及欧洲的本土汉学家，都从不同角度向欧洲读者介绍过《诗经》。

1702年，巴黎外方传教会梁弘仁（Artus de Lionne，1655—1713）受颜珰的派遣，前往罗马陈述反对耶稣会士的意见，并带了中国教徒黄嘉略同行。黄嘉略后来在巴黎定居，撰写了《汉语语法》《汉语词典》等书，本来

---

① 张国刚：《从中西初识到礼仪之争：明清传教士与中西文化交流》，北京：人民出版社，2003年，第339页。

还计划编写一本介绍中国的专著，不过因其早逝而未能完成。此书的提纲保留在巴黎外方传教会的档案中，根据许明龙的翻译，此书提纲介绍《诗经》如下："《诗经》是中国人的第三部经书，收有大量古诗，其作者都是著名学者和国王等人，其中包括公元前1113年创建周朝的武王、其子文王、次子周公、孙子成王等人，成书后经孔子审改。此书所收的诗歌分为两大类六小类。第一大类中的第一小类是'国风'，即各国风尚，收入书中的共有十五国国风。国风都是抒情诗或描写个人情感的诗篇。这些诗不加掩饰地描述了民间风尚，也记述了国家的各类事务，多少有些类似古代希腊的喜剧那样，揭示个人和国家的弊病。第二小类是'雅'，这是一些赞颂杰出人物的美德和才能的诗篇，其中也有一些是昭示教诲的。'雅'可分为'大雅'和'小雅'。'大雅'不配音乐，只在王公们宴饮时诵读，'小雅'则在民众集会和私人宴饮时歌唱。第三小类是'颂'，这是一些不加修饰的简洁而流畅的四言诗，每逢葬礼或在节日里举行隆重的仪式时，人们就高唱这些诗篇，祭祀鬼神或祖先。第二大类中的第一小类是'赋'，也就是说，直叙其事，不使用比喻。国王和达官贵人们的行止，不论是优是劣，都如实描述。诗中涉及商和周两个朝代，即从公元前1757年到公元前611年，共计1146年。第二小类是'比'，即由某种崇高而奇异的事物破题，然后进入实际主题。"[①] 黄嘉略是中国人，他所介绍的"六诗"（原文有缺漏），比安文思的介绍更准确。不过，黄嘉略自幼被法国传教士收养，儒学学养不深，并且这本著作未正式出版，他对《诗经》的介绍在欧洲影响不大。

与黄嘉略合作的法国学者弗雷莱（Nicolas Freret，1688—1749）、傅尔蒙（Etienne Fourmont，1683—1745），则由此为契机掌握了汉语和中国文化的基本知识，成为法国本土汉学研究的两位先驱。傅尔蒙本是法国皇家学院阿拉伯文教授，他后来在课程公告中预告，自己将讲授汉语，还有《大学》。[②] 弗

① 引自许明龙：《黄嘉略与早期法国汉学》，北京：中华书局，2004年，第224—225页。

② ［法］戴密微：《法国汉学研究史》，载［法］戴仁主编、耿昇译：《法国当代中国学》，北京：中国社会科学出版社，1998年，第25页。

雷莱曾于1714年9月7日在巴黎的碑文与美文学院宣读了一篇题为《关于中国诗歌》的学术论文，后来刊登在《碑文与美文学院院报》上。此文专门讨论中国的诗歌，并试图引《诗经》来说明中国的早期诗歌："中国最早期的诗歌都是由四个音节组成，对于中文来说，字和音节是一回事，因为每个字只有一个音节。下面就是一首来自《诗经》的四言诗：'稳口善面，龙蛇难辨，只做一声，丑态尽现。'"[①] 很明显，这不是《诗经》中的诗。许明龙指出，这首诗来自清初小说《玉娇梨》第二回，小说中的杨御史之子杨芳读一个"弗告轩"的匾额，因不知其来自《诗经·卫风·考槃》而读错字音，于是作者作此诗讽刺杨芳。[②] 由此可见，弗雷莱虽然知道《诗经》以四言诗为主，但他没有真正读过《诗经》，因此无法准确地讨论《诗经》作品。

德国的本土汉学家痴迷于寻找汉字的组合规律，他们也曾触及《诗经》资料。柏应理在巴黎出版《中国哲学家孔子》时，曾计划附刻中文，但未能实现。德国人门采尔（Christian Mentzel，1622—1701）为《中国哲学家孔子》的儒家典籍配上了中文原文，其手稿收藏在柏林的皇家图书馆。1723年，巴耶尔从门采尔手稿中抄录了《中国哲学家孔子》所译儒家典籍前六页的中文原文，这六页正好是《大学》的开头部分，有多处《诗经》引文。巴耶尔以这六页中文原文为基础，为《大学》撰写注释，并收入1730年的《中国博览》附录中。不过，受到18世纪欧洲本土汉学知识的局限，巴耶尔的解释并不准确，他将《大学》所引"绵蛮黄鸟"（《小雅·绵蛮》）中的"黄鸟"解释成了"凤凰"。[③]

---

① 弗雷莱此文，曾被译为英文，收入珀西编译的《好逑传》附录中。这段文字据英文译出。

② 许明龙：《黄嘉略与早期法国汉学》，北京：中华书局，2004年，第226—229页。

③ Knud Lundbaek, *T. S. Bayer, 1694—1738: Pioneer Sinologist*, London: Curzon Press, 1986, pp. 132—134. 此书中译本，将《小雅·绵蛮》引诗误译为《黄莺咏》，见［丹麦］龙伯格：《汉学先驱巴耶尔》，王丽虹译，郑州：大象出版社，2017年，第129页。

第四节 拉姆塞与《诗经》索隐式解读

法国耶稣会士白晋、马若瑟、傅圣泽等人的索隐派思想及著作，在当时就吸引了孟德斯鸠等欧洲思想家的注意。而白晋、马若瑟用索隐式的方法解读《诗经》，则在一位长住巴黎的英国人拉姆塞那里，获得了最深切的回应。

拉姆塞（Andrew Michael Ramsay，1681—1743）出生于苏格兰，父亲是面包师。[①] 他十四岁进入爱丁堡大学，学习古典学、神学和数学，1708年前往伦敦，曾追随牛顿（Isaac Newton，1643—1727）求学，还与休谟（David Hume，1711—1776）建立了友谊。1710年，拉姆塞成为法国神秘主义哲学家、天主教神学家费奈隆（François Fénelon，1651—1715）的学生，受其影响而改信天主教。1715年，拉姆塞来到巴黎，成为法国摄政王奥尔良公爵腓力二世（Philippe D'Orléans）的好朋友，进入圣拉撒路的新骑士团，从此以骑士拉姆塞（Chevalier Ramsay）之名行世。1723年，拉姆塞在罗马结识了因失去王位而离开英国的詹姆斯三世（James Francis Edward Stuart，史称 the Old Pretender，即老僭王）[②]，被詹姆斯三世赐予贵族称号。拉姆塞在1729年回到英格兰访问时，被选为英国皇家学会会员，还被吸收进共济会[③]。回到巴黎后，他成为非常活跃的共济会会员，还是曾与黄嘉略合作过的法国学者弗雷莱的朋友。因此，罗博登（Arnold H. Rowbotham，1888—1970）认为，拉姆塞可算是“17、18世纪在文化、政治上将苏格兰和法国紧密联系在一起

---

① 苏格兰在1654年与英格兰合并，在1707年正式通过《合并法案》，取消苏格兰议会，苏格兰完全并入英国。

② 詹姆斯三世是英国国王詹姆斯二世之子，他刚出生时，其父即因“光荣革命”被废黜，詹姆斯二世的新教徒长女玛丽及其丈夫威廉成为英国的共治君主，詹姆斯三世流亡欧洲。

③ 共济会，亦称美生会，1717年在英格兰成立第一个总会所，后发展成世界性组织，会员包括各界名流和政治家。

的那一小撮人中最有趣、最有天赋的一个”。[①]

对拉姆塞影响最大的人，是他的老师费奈隆。费奈隆认为所有的宗教都是同源的，所有的宗教都表达了同一个寓意。这是一种普世的宗教观念。正是基于这种宗教观念，拉姆塞在中国索隐派那里找到了契合，他在1728年出版的《居鲁士游记》，在风格和内容上都模仿了老师费奈隆的著作，此书的结尾附有一篇曾引起巨大反响的文章《论异教徒的神学和神话》。[②] 拉姆塞在文中考察了古希腊和古罗马的神话，以及古典时代的哲学和诗歌，尤其是苏格拉底、柏拉图、亚里士多德、毕德哥拉斯等人的思想，然后又考察了古代埃及、波斯、印度的神话和思想，他认为这些东西方的古典思想，在内容上都是相通的，它们以不同的形式表现了关于上帝的事迹。拉姆塞觉得有必要再往前推进一步，将考察的对象推进到中国。通过考察中国典籍，他更加坚信东西方文本中的“讽喻都来源于一个古代的传统，这个传统在所有的国家都是一样的”。[③]

为了更好地考察中国思想，拉姆塞说他自己曾努力学习中文，还仔细阅读中国的古籍，他也承认在此过程中受到了入华耶稣会士的影响。他说：“为了能理解这个国家的语言，我花了几年工夫，现在已能很好地理解这个国家的原著了。在这一点上，我充分利用了一个具有极高天赋的绅士提供的信息，他希望到他出版了大量相关著作之后才提他的名字，那些著作对于宗教和人性的理解都大有裨益。同时，他允许我引用了下列章节，那是他自己从一些中国古籍中译出的，他把这些古籍带回到欧洲，现存于巴黎和罗马，因此任何精通这些语言的人，都可以判断这些翻译是否准确。”[④]

---

① Arnold H. Rowbotham, “The Jesuit Figurists and Eighteenth-Century Religious Thought”, *Journal of the History of Ideas* 17.4 (1956): 480.

② 《居鲁士游记》出版后风行一时，以法文、英文、德文发行，多次重印，到1753年已有第8版。《论异教徒的神学和神话》这篇文章，在首版中原名《论古代的神学和神话》。

③ Chevalier Ramsay, “A Discourse upon the Theology and Mythology of the Ancients”, in *The Travels of Cyrus*, 8th ed., London: Printed by James Bettenham, 1753, p. 339.

④ 同上书，p. 337.

罗博登认为，此处提到的这位“具有极高天赋的绅士”，就是索隐派的主将傅圣泽。拉姆塞可能是1724年在罗马遇见傅圣泽，他对中国文化的痴迷深深地感染了拉姆塞。① 拉姆塞的《居鲁士游记》出版后，马上引起了身在北京的索隐派主将马若瑟的注意，他在1731年给傅尔蒙的信件中说这本书给他留下深刻的印象。在此后几年的信件中，马若瑟多次提起拉姆塞。在1733年写给傅尔蒙的绝交信中，马若瑟说自己和拉姆塞已经开始直接通信了，并希望把自己寄给傅尔蒙的论文全部转交给拉姆塞。② 正是与这些耶稣会士的交往，令拉姆塞对中国文化产生了极大的兴趣，进而努力学习中文，阅读中国典籍，尝试从中找出上帝和耶稣的事迹。③ 不过，在《论异教徒的神学和神话》这篇文章中，拉姆塞引用的只是《易经》《淮南子》《文子》《列子》中的几段文字，并且全部源自傅圣泽的翻译，因此很难判断拉姆塞本人对中文的熟悉程度和对中国典籍的熟悉程度究竟如何。

1743年拉姆塞去世，他在晚年撰写的《自然宗教与启示宗教的哲学原理》由一位苏格兰的朋友带回苏格兰，并于1748年在格拉斯哥出版。在《自然宗教与启示宗教的哲学原理：第二部》中，我们可以看到，拉姆塞引用的中国典籍和中国思想已经十分丰富了。④ 此书有超过五十段的文字摘自各类中国古籍，其中有三段注明取自杜赫德编的《中华帝国全志》，其他引文没有注明来源。龙伯格将拉姆塞的这些引文与马若瑟的《中国古籍中之基督教主要教条之遗迹》对读，发现这些引文都能在马若瑟的文章中找到，甚

---

① Arnold H. Rowbotham, “The Jesuit Figurists and Eighteenth-Century Religious Thought”, *Journal of the History of Ideas* 17.4 (1956): 481.

② [丹麦] 龙伯格：《清代来华传教士马若瑟研究》，李真、骆洁译，郑州：大象出版社，2009年，第228—233页。

③ 吴莉苇考证了傅圣泽将中文书籍带回欧洲的细节，见吴莉苇：《耶稣会士傅圣泽与早期欧洲汉学》，《中国文化研究》2002年第3期，第166—170页。

④ 《自然宗教与启示宗教的哲学原理》共两卷，第一卷名为《自然宗教与启示宗教的哲学原理：以几何方式展开》，第二卷名为《自然宗教与启示宗教的哲学原理：第二部》，引用中国典籍主要在第二卷。

至有几段引文的顺序在二人的著作中都是一样的。①

《自然宗教与启示宗教的哲学原理：第二部》更详细地论述了《论异教徒的神学和神话》一文的思想，认为自然宗教与启示宗教是相通的，在各个古老民族的自然宗教中都可以找到属于启示宗教的上帝和耶稣的故事。不过，这次中国典籍中的内容被置于古希腊、埃及、波斯等典籍的前面。拉姆塞在书中旁征博引，除了引用儒家的四书五经，还广泛引用《老子》《淮南子》《关尹子》等书，甚至还引用了很多中国古人对这些典籍的解释，试图在这些材料中找到上帝存在的证据。比如，拉姆塞引用"道生一，一生二，二生三，三生万物""视之不见，名曰夷；听之不闻，名曰希；搏之不得，名曰微"等文字，认为其中隐含了基督教三位一体的思想。拉姆塞接着说："既然中国是地球上最古老的民族之一，在大洪水之后马上被组成一个有效的政府，那么我们在他们身上发现诺亚传统的庄严痕迹就一点也不奇怪了。当我们离世界的源头越近，这个传统所表现出来的三位一体的神圣证据就越明显。"② 不过，从书中的表述来看，拉姆塞虽然通过傅圣泽、马若瑟等人的译介而掌握了大量中国材料，但他对于很多材料的真正来源却不甚了了。比如"道生一，一生二，二生三，三生万物"一节，他说是引自《通书》，虽然周敦颐《通书·理性命》中有"二气五行，化生万物"之类的说法，但是从拉姆塞的译文来看，他引用的应该是《老子》中的文字。再如"视之不见，名曰夷；听之不闻，名曰希；搏之不得，名曰微"一节，他说是引自《赞玄》第十四章，其实《赞玄》并不是一本书，而是河上公注本中《老子》第十四章被称为"赞玄"章。拉姆塞在《老子》中寻找基督教痕迹的做法，在后世可以找到一些呼应。19 世纪法国汉学家雷慕莎进一步提出，"夷、希、微"这三个字就是希伯

---

① ［丹麦］龙伯格：《清代来华传教士马若瑟研究》，李真、骆洁译，郑州：大象出版社，2009 年，第 237 页。

② Chevalier Ramsay, *The Philosophical Principles of Natural and Revealed Religion: Part Second*, Glasgow: Robert and Andrew Foulis, 1759, pp. 120－121.

来文耶和华（Jehovah）的发音，雷慕莎的这个猜测又被德国哲学家黑格尔（G. W. F. Hegel，1770—1831）在《哲学史讲演录》做了进一步的发挥。[①]

拉姆塞强调，“在现存所有的处于良好统治之下，大洪水之后从未中断过的国家中，中国是最古老的”，因此有必要从中国寻找救世主的证据。拉姆塞认为，至尊的神在中国被称为上帝、天、尧，并且中国古籍经常提到一个在神身边的大臣，他被称为圣人，还有不同的名字，比如文王、天子等。拉姆塞接下来将《易经》《书经》《论衡》《庄子》等书中出现相关名称的句子混在一起，用来证明自己的看法。他还引用《诗经·邶风·简兮》，将其中的“西方”一词解释成耶路撒冷。如：

> 《诗经》（*Chiking*）说：“彼美人兮，西方之人兮。”（The Saint is the beautiful man of the West.）既然耶路撒冷圣地在中国的西方，看起来这个古老的传说是讲述救世主的化身。[②]

拉姆塞又引用《老子》《中庸》中的相关字句，并提到汉明帝派人去西方求法，用以支持自己的观点。然后，他引用了《书经》《孟子》中的文字，证明救世主会驱散罪恶和苦难，让人间恢复原初的完美状态。拉姆塞再次引用《诗经》，这次的引文内容非常丰富：

> 在《诗经》的第三首诗中，我们读到如下文字：“他就是唯一的王和主宰，洞察着将他遗忘的那两个国家或两种人，但是最高的天意从来不会遗忘他们。他在寻找一个追随本心的人，这个人能够拓展他的王国。因此，他把目光转向西方，他应该居住在那里，与那个新王一起统

① ［德］黑格尔：《哲学史讲演录》北京：商务印书馆，1983年，第129—131页。

② Chevalier Ramsay, *The Philosophical Principles of Natural and Revealed Religion: Part Second*, Glasgow: Robert and Andrew Foulis, 1759, p. 178.

> 治。上帝会让每个人找回原初的美德，上天也会赐给他一个与之匹配的人。只有文王知道如何爱护子民，让他们拥有幸福、荣耀。上帝赐给他所有的财富，并将宇宙赐给他。上帝对文王说，先到圣山上去，这样全世界都会追随其后，看着那些不尊奉王命的叛乱者，用我的愤怒来武装你自己，展示你的准则，排列你的军队，让每个地方都恢复和平，让你的国家复归于幸福。突然，文王占据了山顶，叛乱者们进入了你们的山洞。这是上帝的山峰，你们不可以进入。这些流淌的泉源是文王的子民用来解渴的纯净之水。文王自己选择了这山峰，他自己开凿了这溪水。所有虔诚的国家都必须来到这里，所有的国君都将聚于此处。"这些古老的传说和先知以赛亚（Isaiah）的训诫多么相似，以赛亚一直要把末日之后的世界重建为上帝的山峰、重建为锡安山（the mountain of Zion）。中国人解释了所有这些与他们帝国荣耀相关的传说，认为有一天会拓展到整个地球；他们像古代犹太人一样，把自己看作唯一的选民。①

从拉姆塞的译文来看，这首诗应该是《诗经·大雅·皇矣》。此诗是《大雅》"文王之什"的第七首，拉姆塞说这是《诗经》的第三首诗。这说明拉姆塞从未读过《诗经》原书，他主要依赖傅圣泽、马若瑟等人提供的资料。《大雅·皇矣》原诗共八章，每章十二句，拉姆塞所引的诗句，只能在该诗的第一、二、四、五、六章中找到大致的对应。

为了更好地分析拉姆塞的《诗经》译文，接下来将并置《大雅·皇矣》原文，程俊英、马持盈等现代学者的今译以及拉姆塞的译文，并且将拉姆塞的译文按照与《诗经》原文字句的对应关系一一排列，以做对照。现代学者的今译，尽量选择与拉姆塞英译比较接近的译文。

① Chevalier Ramsay, *The Philosophical Principles of Natural and Revealed Religion: Part Second*, Glasgow: Robert and Andrew Foulis, 1759, pp. 179－180.

《皇矣》第一章	程俊英今译①	拉姆塞英译
皇矣上帝， 临下有赫。	上帝光焰万丈长， 俯视人间真明亮。	他就是唯一的王和主宰，
监观四方， 求民之莫。 维此二国， 其政不获。	洞察全国四方事， 了解民间疾苦状。 想起夏商两朝末， 不得民心国危亡。	洞察着将他遗忘的那两个国家或两种人，但是最高的天意从来不会遗忘他们。
维彼四国， 爰究爰度。	思量四方诸侯国， 天下重任谁能当。	
上帝耆之， 憎其式廓。	上帝意在岐周国， 有心扩大它封疆。	他在寻找一个追随本心的人，这个人能够拓展他的王国。
乃眷西顾， 此维与宅。	于是回头望西方， 同住岐山佑周王。	因此，他把目光转向西方，他应该居住在那里，与那个新王一起统治。

拉姆塞的译文虽然遗漏了一些字句，但基本上概括了原诗的大意。其中“上帝耆之，憎其式廓”一句，拉姆塞译为“他在寻找一个追随本心的人，这个人能够拓展他的王国”，这符合朱熹的解释（程俊英采用此解），而不是《毛传》的解释。《毛传》将“耆”解为“恶也”②，马持盈跟从《毛传》，将此句译为“上帝都厌弃他们，厌憎他们的淫侈”③。周振甫也跟从《毛传》，将此句译为“上帝恨他们，恨他们的廓争”。④ 朱熹说，“耆、憎、式廓，未详其义”，不过接着又说，“或曰：耆，致也。憎，当作‘增’”。因此朱熹将此句解释为：“苟上帝之所欲致者，则增大其疆境之规模。”⑤ 从拉姆塞的译文可以推测，傅圣泽、马若瑟等人也是采用了朱熹《诗集传》的解释。

拉姆塞接下来的译文，虽然能与《大雅·皇矣》第二章找到对应关系，但是遗漏了更多的字句，此章前面的“作之屏之，其菑其翳。修之平之，其

① 程俊英：《诗经译注》，上海：上海古籍出版社，1985年，第508—509页。

② 《毛诗正义》卷十六之四，台北：艺文印书馆，2007年，第567页。阮元刻本原作“耆，老也”，但是又在其后的校记中说：“小字本、相台本‘老’作‘恶’，《考文》古本同。案‘恶’字是也，《释文》《正义》皆可证。”（第575页）孔颖达解释道：“耆者，老也。人皆恶己之老，故耆为恶也。”（第568页）

③ 马持盈：《诗经今注今译》，台北：台湾商务印书馆，1985年，第456页。

④ 周振甫：《诗经译注》，北京：中华书局，2002年，第412页。

⑤ 朱熹：《诗集传》，赵长征点校，北京：中华书局，2017年，第281—282页。

灌其栵。启之辟之，其柽其椐。攘之剔之，其檿其柘”，都未译出，拉姆塞只是概括了最后几句的大意。

《皇矣》第二章	马持盈今译[①]	拉姆塞译文
…… 帝迁明德， 串夷载路。 天立厥配， 受命既固。	…… 上帝把天命移交于明德之君，混夷们就满路而离去了。上天又为他立了贤德的妃配以帮助他，所以他受天之命，可以说是很坚固的了。	上帝会让每个人找回原初的美德，上天也会赐给他一个与之匹配的人。

《大雅·皇矣》第二章“天立厥配”的“配”字，《毛传》说是“媲也”，郑玄将此句解为“天既顾文王，又为之生贤妃，谓大姒也”。朱熹认为此章是写“大王”（即文王的祖父古公亶父），因此将此句解为：“贤妃也，谓大姜。”拉姆塞当然不知道这些注解的差异，此处没有指明“他”是指谁，甚至也没有翻译出明德之君的意思。不过，拉姆塞引用此诗，目的在于颂扬文王如何跟随上帝的旨意，他接下来就开始引用关于文王的诗句了。

《皇矣》第四章	程俊英今译	拉姆塞译文
…… 比于文王， 其德靡悔。 既受帝祉， 施于孙子。	…… 到了文王接王位， 人民爱戴德高尚。 既受上帝赐福禄， 子孙万代绵绵长。	只有文王知道如何爱护子民，让他们拥有幸福、荣耀。上帝赐给他所有的财富，并将宇宙赐给他。

为了尽快进入关于文王的主题，拉姆塞跳过了第三章。出于同样的原因，《大雅·皇矣》第四章的译文，也省略了前半部分，译文只是与此章最后几句有大致的对应关系。拉姆塞详细地引用了第五章和第六章的内容，尤其突出了上帝与文王的对话。

① 马持盈：《诗经今注今译》，台北：台湾商务印书馆，1985年，第456—457页。

《皇矣》第五章	程俊英今译	拉姆塞译文
帝谓文王，	上帝启示周文王，	上帝对文王说，
无然畔援，	不要暴虐休狂妄，	
无然歆羡，	莫羡他人当自强，	先到圣山上去，这样全世界都会追随其后，
诞先登于岸。	先据高位路康庄。	
密人不恭，	密人态度不恭顺，	看着那些不尊奉王命的叛乱者，
敢距大邦，	竟敢抗拒周大邦，	
侵阮徂共。	侵阮袭共太猖狂。	
王赫斯怒，	文王勃然大震怒，	用我的愤怒来武装你自己，展示你的准则，排列你的军队，
爰整其旅，	整顿军队去抵抗，	
以按徂旅。	阻止敌人向莒闯。	
以笃于周祜，	周族福气才巩固，	让每个地方都恢复和平，让你的国家复归于幸福。
以对于天下。	民心安稳定四方。	

《大雅·皇矣》第五章中的"诞先登于岸"，《毛传》解释为："岸，高位也。"所谓"高位"，是指战争中的有利地形。清人姚际恒在《诗经通论》中就说："'诞先登于岸'，谓先居高以制下也。"[①] 然而，在拉姆塞的解读中，"登岸"变成了"到圣山上去"，并且接下来还补充说"全世界都会追随其后"，这就将文王与密人作战时的备战场面，变成了类似摩西登上圣山西奈山去接受上帝训诫的场面。中国学者一般将此章的开头四句，设想为天帝对文王的教导，正如朱熹《诗集传》所说，"帝谓文王，设为天命文王之词"，而后面的句子，都是在描述整场战争的前因后果。然而，拉姆塞将整段文字，都解释为上帝对文王所说的话。这些诠释策略，巧妙地体现了拉姆塞希望在中国典籍中找到启示宗教的写作宗旨。

《大雅·皇矣》第六章本来是描述战争的进一步发展，以及文王对密人的警告，文本中并没有"帝"的痕迹，但是拉姆塞再一次从自己的宗教观念出发，在其中加入了"上帝的山峰"这样的解释。拉姆塞对于《诗经》中的地名，如此章的岐山、渭水，以及前面提到的国名如密、阮、共，完全没有任何概念，也没有任何兴趣，因此在引文中都舍弃不译。但是，拉姆塞对于诗句中提到的山峰、泉水，却有很大的兴趣，反复描述，因为这些字句可以唤起欧洲读者对于《圣经》类似描述的联想。

① 姚际恒：《诗经通论》，顾颉刚标点，北京：中华书局，1958年，第273页。

《皇矣》第六章	程俊英今译	拉姆塞译文
依其在京， 侵自阮疆。	周京军队真强壮， 从阮班师凯歌扬。	
陟我高冈， 无矢我陵， 我陵我阿。 无饮我泉， 我泉我池。 度其鲜原， 居岐之阳， 在渭之将。	登上岐山远瞭望， 没人敢占我山冈， 高山大陵莽苍苍； 没人敢饮我泉水， 清泉绿池水汪汪。 规划山头和平原， 定居岐山面向阳， 紧靠渭水河边旁。	突然，文王占据了山顶，叛乱者们进入了你们的山洞。 这是上帝的山峰，你们不可以进入。这些流淌的泉源是文王的子民用来解渴的纯净之水。 文王自己选择了这山峰，他自己开凿了这溪水。
万邦之方， 下民之王。	你为万国作榜样， 天下人民心向往。	所有虔诚的国家都必须来到这里，所有的国君都将聚于此处。

除了引用《邶风·简兮》《大雅·皇矣》等诗，拉姆塞还引用《诗经》描述文王和上天关系的其他诗句，来证明中国思想与基督教思想一样，也有通过沉思、牺牲、谦卑来让灵魂回归于上帝的看法。[①]

17—18 世纪欧洲的神学新思潮，认为在世界各个民族的思想中都可以找到基督教信仰的证据。17 世纪的基歇尔在解读埃及象形文字时，认为埃及的文字中隐含了关于上帝的奥秘。法国耶稣会教士于埃（Pierre-Daniel Huet，1630—1721），在《福音的证明》（*Demonstratio Evangelica*，1679）中提出，任何文明中的英雄人物或伟大领袖都是以摩西作为原型的。白晋、马若瑟都曾读过于埃的《福音的证明》。[②] 拉姆塞在《自然宗教与启示宗教的哲学原理：第二部》的序言和导论中也提到，基歇尔、于埃这些先哲已经在异教徒中间发现了启示宗教的证据。可以说，拉姆塞对于《诗经》的诠释，深深地植根于当时欧洲神学思想与人文思想的土壤之中，与早前莱布尼茨等欧洲本土学者引用《诗经》相呼应。不过，由于耶稣会士在欧洲传播中国典籍的极大进展，欧洲学者对于《诗经》等中国典籍有了更丰富的理解，促使拉姆塞

① Chevalier Ramsay, *The Philosophical Principles of Natural and Revealed Religion*: *Part Second*, Glasgow: Robert and Andrew Foulis, 1759, pp. 409—410.

② ［丹麦］龙伯格：《清代来华传教士马若瑟研究》，李真、骆洁译，郑州：大象出版社，2009 年，7 页。

几乎可以引用一首比较完整的《诗经》作品——虽然他的引用和诠释并不准确。

第五节 珀西的《诗经》选译

《中华帝国全志》中所收的马若瑟译《诗经》八首，再加上柏应理《中国哲学家孔子》所译的“四书”引用《诗经》诗句，成为18世纪英国人最为熟知的《诗经》作品。英国人珀西、琼斯在耶稣会士的译著中，搜集编排《诗经》作品，将其转译为英文，成为“翻译的翻译”[①]。

珀西（Thomas Percy，1729—1811）在1761年出版中国小说《好逑传》英译本，这是中国长篇小说第一次被译介到欧洲，因此风行一时，后来出现的《好逑传》英译本有十种之多，但只有珀西译本和德庇时译本是全译本，其余大多为节译。珀西还编译了《中国杂论》，主要收录了法国耶稣会士的译著，还转译了马若瑟译的《赵氏孤儿》。[②]

珀西本人不懂中文，《好逑传》出版后引起很多人的质疑，追问其真正的译者是谁。珀西后来解释说，小说的译者是旅居中国广东的英国东印度公司职员魏金森（James Wilkinson），他在1719年将此书译文携回英国，前三册用英文译成，第四册则用葡萄牙文。珀西后来将书稿中的葡萄牙文部分改译为英文，然后整理出版。[③] 可见，此书的成书过程颇具象征意义。魏金森是东印度公司派遣入华的商务人员，翻译《好逑传》是学习中文之需，魏金森所代表的正是18世纪唯一能接触到实际中文语境的一批英国人。珀西则

---

① 这是珀西本人的说法，见 Thomas Percy，*Hau Kiou Choaan or the Pleasing History*，*A Translation from the Chinese Language*，London：Printed for R. and J. Dodsley，1761，vol. 3，p. 184.

② Thomas Percy，*Miscellaneous Pieces Relating to the Chinese*，London：Printed for R. and J. Dodsley，1762.

③ 对于《好逑传》英译者的考证，可参见 Chen Shouyi，“Thomas Percy and His Chinese Studies”，in *The Vision of China in the English Literature of the Seventeenth and Eighteenth Centuries*，ed. Adrian Hsia，Hong Kong：The Chinese University Press，1998，p. 323.

是英国本土作家，由于当时英国人对中国的好奇，亟须新的中国题材和中国作品，除了从耶稣会士那里寻找资料之外，有中文学习经历的东印度公司职员提供的资料成为新的选择。

范存忠指出珀西编译的《好逑传》有两个突出之处：一是大量的注释，珀西非常努力地收集各种二手材料，为书中出现的各种中国事物作注，“可以肯定，从来没有一部小说注得那样详细，也从来没有一部小说中的注释这样原原本本地写明出处”；二是小说文本及其注释都有索引，“十八世纪英国出版的小说中，大概只有《好逑传》是这样做的”。[①] 钱锺书甚至认为，珀西的《好逑传》是当时欧洲出现的类似作品之中“最伟大的作品”。虽然珀西本人不懂中文，他的中国知识都来自二手资料，但他“或许是自约翰·韦伯以来在这个问题上具有最广博知识的英国人”。[②] 珀西的《好逑传》译本，在欧陆也大受欢迎，很快出现了法语、德语的转译本。[③] 这可谓英国“汉学在本世纪的一次胜利成果”。[④]

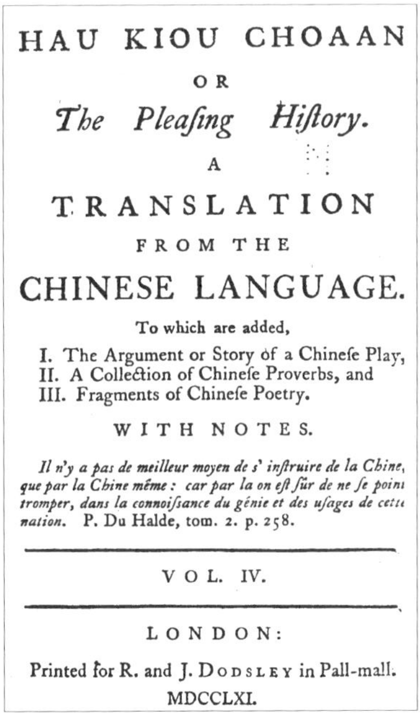

HAU KIOU CHOAAN
OR
The Pleasing History.
A
TRANSLATION
FROM THE
CHINESE LANGUAGE.
To which are added,
I. The Argument or Story of a Chinese Play,
II. A Collection of Chinese Proverbs, and
III. Fragments of Chinese Poetry.
WITH NOTES.
Il n'y a pas de meilleur moyen de s' instruire de la Chine, que par la Chine même: car par la on est sûr de ne se point tromper, dans la connoissance du génie et des usages de cette nation. P. Du Halde, tom. 2. p. 258.
VOL. IV.
LONDON:
Printed for R. and J. Dodsley in Pall-mall.
MDCCLXI.

《好逑传》(1761) 第4卷扉页

其实，《好逑传》中大量的“诗云”“词云”，以及大量的俗语、谚语，在珀西的英译本中都被删去，《好逑传》中涉及的《诗经》典故也没有译出。但是，珀西编译

---

① 范存忠：《中国文化在启蒙时期的英国》，上海：上海外语教育出版社，1991年，第153—154页。

② Qian Zhongshu, “China in the English Literature of the Eighteenth Century”, in *The Vision of China in the English Literature of the Seventeenth and Eighteenth Centuries*, ed. Adrian Hsia, Hong Kong: The Chinese University Press, 1998, pp. 181, 184.

③ 陈受颐：《〈好逑传〉之最早的欧译》，载《中欧文化交流史事论丛》，台北：台湾商务印书馆，1970年，第182—185页。

④ T. H. Barrett, *Singular Listlessness: A Short History of Chinese Books and British Scholars*, London: Wellsweep, 1989, p. 44.

的《好逑传》依然有其非常独特的价值，那就是在附录中选译了很多中国诗歌。此书的结尾有三个附录，分别是中国戏剧故事、中国谚语选辑、中国诗歌节选，后两个附录完全出自珀西本人之手。在第三个附录即“中国诗歌节选”中，珀西撰写了前言，提供了法国学者弗雷莱《关于中国诗歌》一文的英译，还从各种材料中撷取编译了二十首中国古诗及一则中国寓言，其中有好几首《诗经》作品。

范存忠认为“中国诗歌节选”中有三首《诗经》作品的选段，即《卫风·淇奥》《周南·桃夭》和《小雅·节南山》的片段。[①] 杨治宜经过细致的考察，进一步指出共有七首《诗经》作品选段，并考证了所有选段的材料来源：

1. 中国诗歌节选的第二首，为《大雅·文王》的第三章，出自《大学》引诗，转译自柏应理等人的拉丁文译著《中国哲学家孔子》；

2. 中国诗歌节选的第三首，为《卫风·淇奥》的首章，出自《大学》引诗，转译自柏应理等人的《中国哲学家孔子》；

3. 中国诗歌节选的第四首，为《小雅·节南山》的首章，出自《大学》引诗，转译自柏应理等人的《中国哲学家孔子》；

4. 中国诗歌节选的第五首，为《周南·桃夭》的第三章，出自《大学》引诗，转译自柏应理等人的《中国哲学家孔子》；

5. 中国诗歌节选的第六首，为《唐棣》，是逸诗，出自《论语》引诗，转译自柏应理等人的《中国哲学家孔子》；

6. 中国诗歌节选的第七首，为《小雅·绵蛮》第二章开头两句，出自《大学》引诗，转译自德国人巴耶尔的拉丁文著作《中国博览》；

7. 中国诗歌节选的第八首，为《大雅·抑》的第四章，转译自杜赫德的《中华帝国全志》。[②]

---

① 范存忠：《中国文化在启蒙时期的英国》，上海：上海外语教育出版社，1991年，第157页。

② 杨治宜：《〈诗经〉在18世纪的英国》，《多边文化研究》第3卷，北京：新世界出版社，2003年，第456—460页。

我们可以选取其中两个选段，来具体考察一下珀西的译文。《大雅·文王》的选译如下：

O the profound and rare virtue of the King VEN-VANG!
How happily did he unite the splendor of virtue with all his actions?
When VEN-VANG acted the King,
he perfected himself in universal love;
When VEN-VANG acted the subject,
he perfected himself in loyalty and observance.
When VEN-VAN acted the son,
he perfected himself in dutiful obedience;
When VEN-VANG acted the father,
he perfected himself in paternal affection.
When VEN-VANG had dealings with men in general,
he perfected himself in unshaken integrity. ①

珀西在注解中指出，这首诗出自《大学》。其原文："诗云：'穆穆文王，於缉熙敬止！'为人君，止于仁；为人臣，止于敬；为人子，止于孝；为人父，止于慈；与国人交，止于信。"② 此处所引诗句，源自《大雅·文王》的第四章，而不是杨治宜所说的第三章。《大雅·文王》第四章原文为："穆穆文王，於缉熙敬止。假哉天命，有商孙子。商之孙子，其丽不亿。上帝既命，侯于周服。"可以看到，《大学》此处的引诗，只引了《大雅·文王》第四章的开头两句，在所引诗句之后是引申出来的道理。珀西不懂中文，也没有读过《诗经》原文，因此在转译过程中，将《大学》引诗之后的文字误以

① Thomas Percy, *Hau Kiou Choaan or the Pleasing History, A Translation from the Chinese Language*, London: Printed for R. and J. Dodsley, 1761, vol. 4, pp. 231－232.

② 朱熹：《四书章句集注》，北京：中华书局，2012 年，第 5 页。

为是《诗经》诗句，一并译出。

幸亏《卫风·淇奥》在《大学》中是被整章引出，珀西避免了一次混淆《诗经》诗句与《大学》文字的错误。珀西的译文是：

Behold that bay, which is formed by the winding of the river KI:
Beset with tufts of verdant canes, bow beautifully luxuriant!
So is our prince adorned with virtues.
He is like one, that carveth and smootheth ivory.

He is like one that cutteth and polisheth diamonds,
O how sublime, yet profound [is he!]
O how resolute, yet cautious! How renowned and respectable!
We have a prince adorned with virtues:
Whom to the end of time we never can forget. ①

《大学》引用《卫风·淇奥》首章来说明君子修身的道理："《诗》云：'瞻彼淇奥，菉竹猗猗。有斐君子，如切如磋，如琢如磨。瑟兮僩兮，赫兮喧兮。有斐君子，终不可諠兮。''如切如磋'者，道学也；'如琢如磨'者，自修也；'瑟兮僩兮'者，恂栗也；'赫兮喧兮'者，威仪也；'有斐君子，终不可諠兮'者，道盛德至善，民不能忘也。"② 此处不仅引《淇奥》首章的整章文字，还在解释时重复了相关文字，引诗与解释泾渭分明，可能由于这个原因，珀西终于比较准确地翻译出了《诗经》作品的完整章节。但是，《大学》引诗与《毛诗》的文字不尽相同，朱熹的解释与《毛诗》的解释也有出入（详见下一节），珀西对于这些当然一无所知，他的译文完全来自柏

① Thomas Percy, *Hau Kiou Choaan or the Pleasing History*, *A Translation from the Chinese Language*, London: Printed for R. and J. Dodsley, 1761, vol. 4, pp. 233—234.

② 朱熹：《四书章句集注》，北京：中华书局，2012年，第5—6页。

应理等人所编《中国哲学家孔子》中收录的《大学》。

珀西根据《中国哲学家孔子》提供的信息，指出《卫风·淇奥》是一首赞颂卫武公的诗歌。诗歌节选的第八首是《大雅·抑》的第四章，转译自杜赫德的《中华帝国全志》，珀西根据杜赫德提供的信息，指出《大雅·抑》也是一首赞颂卫武公的诗歌。然而，从珀西所用的卫武公译名来看，前后不同。这说明珀西分别从《中国哲学家孔子》《中华帝国全志》两本书中摘抄转译，他对于这两首诗的主题内容、历史背景的了解完全依赖这两本不同的书，他可能都不知道这两首诗的主角是同一个人。由此可见，即使是被钱锺书称为18世纪具有最广博的中国知识的珀西，对于《诗经》的实际面貌也是隔雾观花。

不过，珀西对《诗经》的翻译和介绍，依然有着十分重要的历史意义。受到英国18世纪后期逐渐出现的对中国狐疑态度的影响，珀西对中国的整体评价并不高，他嘲讽中国的科举制度，认为中国政府并不开明。他在《好逑传》的注解中批评中国人做作、诡计多端[①]，还在《中国杂论》中批评中国的审美作品缺乏创意。[②] 在这些负面的评价中，可以隐约看到安森《环球航行记》的影响。如前所述，当时的英国对中国的崇拜正在逐渐消散，对中国的负面评价在逐渐增加，然而，这也令一部分英国人对中国的看法更加理性、更加深入。珀西正是在这种风气之中，展开了他对中国文学作品的翻译。在批评意见之外，他其实对中国诗歌及其翻译问题提出了颇为恰当的看法。钱锺书甚至指出："如果说18世纪英国作家中有一个人的中国知识很丰富，足够可以产生对中国的容忍，那么这个人就是珀西。"[③]

珀西在《好逑传》附录"中国诗歌节选"的前言中，对中国诗歌的译介

---

① Thomas Percy, *Hau Kiou Choaan or the Pleasing History, A Translation from the Chinese Language*, London: Printed for R. and J. Dodsley, 1761, vol. 1, p. 129.

② Thomas Percy, *Miscellaneous Pieces Relating to the Chinese*, London: Printed for R. and J. Dodsley, 1762, "preface".

③ Qian Zhongshu, "China in the English Literature of the Eighteenth Century", in *The Vision of China in the English Literature of the Seventeenth and Eighteenth Centuries*, ed. Adrian Hsia, Hong Kong: The Chinese University Press, 1998, p. 189.

提出了独到的看法。珀西首先提出："众所周知，中国人非常重视文学，这必然激发我们的好奇心去考察中国文学作品。"因此，在阅读了《好逑传》这样的小说之后，自然要去读读中国的诗歌。然而，珀西接着指出了诗歌翻译的局限性。他说："诗歌的花朵是如此精致，以致它很难译成外国语言，从译文中我们只能看到诗歌中的情感，而诗歌表达的独特之美我们却抓不住。"由这些论述可以看出，珀西对诗歌艺术有很好的鉴赏力，对诗歌语言的特性也有精当的认识。珀西进一步概括了中国文化和中国诗歌的特点，并指出中国诗歌更难翻译。他说："任何民族越接近原始的状态，其风俗和观念就越简略，可以设想，其诗歌对于其他民族也就越浅显易懂……反之，当一个民族有着长期的文化熏陶，他们的礼仪风俗已经达到最有教养的地步，他们的宗教观念和仪式非常繁复，那么他们的诗歌就会充斥着各种只有他们自己才懂的典故。"从这些理论出发，珀西指出，"没有一个民族比中国人生活在更多的政治限制之下，或者比他们更远离自然状态"，因此，"与别的诗歌相比，中国诗的美妙肯定最无法翻译成其他语言，尤其不能翻译成欧洲语言，因为欧洲的表达方式与之相距太远，两者完全格格不入"。①

在17、18世纪传播中国文化的过程中，耶稣会士无疑扮演了最重要的角色，但是他们"在纯文学的领域却着墨不多，曾经在19世纪和20世纪风靡欧美的辉煌的唐诗，几乎完全被忽略了"，只有杜赫德编的书中介绍了《赵氏孤儿》、几篇古文以及八首《诗经》选诗。此外，乾隆的几首诗被介绍到法国，引起了伏尔泰的兴趣，并受到启发，作了几首诗赞美法国国王路易十四。② 可以看到，当时的中学西传，主要偏重于哲学与政治。《诗经》之所以被翻译介绍到欧洲，最主要的原因还在于它的儒家经典地位，而不在于它

① Thomas Percy, *Hau Kiou Choaan or the Pleasing History*, *A Translation from the Chinese Language*, London: Printed for R. and J. Dodsley, 1761, vol. 4, pp. 199－202. 钱锺书说珀西的想法"非常有原创性"（very original），见 Qian Zhongshu, "China in the English Literature of the Eighteenth Century", in *The Vision of China in the English Literature of the Seventeenth and Eighteenth Centuries*, ed. Adrian Hsia, Hong Kong: The Chinese University Press, 1998, p. 187.

② Arnold H. Rowbotham, *Missionary and Mandarin*: *The Jesuits at the Court of China*, Berkeley; Los Angeles: University of California Press, 1942, pp. 270－271.

的文学地位。因此，有学者指出："18 世纪的欧洲人并不真正对中国文学感兴趣，无论是在中国生活过的耶稣会士，还是通过耶稣会士了解中国的本土欧洲人，对中国的戏剧和诗歌通常评价不高。然而中国文学作品中的道德训诫色彩却吸引了许多欧洲人的心，一如孔子哲学。"①

珀西也重视中国文学作品的道德色彩，他在中国诗歌译文之前，引述了孔子对《诗经》内容和功用的评论，指出这些评论证明了"中国古代诗歌的道德典范作用"，是最合适的导论。② 但是，珀西关注的焦点，已经逐渐从神学、道德转移到了诗歌本身。他从当时欧洲所见的中国资料中，搜集了包括七首《诗经》作品在内的二十首中国古诗，第一次为欧洲人提供了一个微型的中国诗歌选集以及《诗经》作品选集，并且在前言中专门讨论了中国诗歌的语言与风格。这种诗歌本位的视角，是 18 世纪英国人为欧洲《诗经》传播做出的独特贡献，促使欧洲人逐渐开始欣赏《诗经》作为诗歌本身的价值，而不仅仅是作为儒家思想典籍或神学依据的价值。

珀西不仅编译了很多中国文学作品，他本人还在英国文学史上享有非常特殊的地位。珀西非常热衷于搜集英国的古代歌谣，他在 1765 年编成《古代英语诗歌遗存》(*Reliques of Ancient English Poetry*)，对于英国民族文学传统的自我认同影响深远。有学者指出，《古代英语诗歌遗存》一书的面世，与珀西本人曾经关注和编译中国古代诗歌的经历，密不可分。③ 由此看来，珀西不仅开始从文学的角度解读《诗经》，而且这段阅读、传播《诗经》的经历也推动了他对本民族诗歌传统的关注。

---

① 张国刚、吴莉苇：《启蒙时代欧洲的中国观——一个历史的巡礼与反思》，上海：上海古籍出版社，2006 年，第 212 页。

② Thomas Percy, *Hau Kiou Choaan or the Pleasing History, A Translation from the Chinese Language*, London: Printed for R. and J. Dodsley, 1761, vol. 4, p. 220.

③ Eun Kyung Min, "Thomas Percy's Chinese Miscellanies and the *Reliques of Ancient English Poetry* (1765)", *Eighteenth Century Studies* 43. 3, China and the Making of Global Modernity (2010): 307—324.

第六节 威廉·琼斯与《诗经》

在18世纪的英国，有一位知识渊博的学者，他并未涉足中国，但是因为受到法国人推崇儒家思想之风的影响，开始研究儒家典籍。他最迷恋的是《诗经》，也是第一位尝试直接阅读《诗经》原文，并计划直接从中文翻译《诗经》的英国人。他就是威廉·琼斯。

威廉·琼斯爵士（Sir William Jones，1746—1794），是英国著名的语言学家与东方学家，有极高的语言天赋。他把自己所懂的语言分为三类：第一类是精通，包括英语、拉丁语、法语、意大利语、希腊语、阿拉伯语、波斯语、梵语；第二类是需要字典的帮助，包括西班牙语、葡萄牙语、德语、希伯来语、土耳其语；第三类是略通，其中第一种是藏语，最后一种是汉语。[①] 琼斯曾发现梵文和希腊文、拉丁文的对应关系，奠定了近代比较语言学的基础。他还是著名的法律学者和诗人。琼斯于1783年被派往印度，出任加尔各答高等法院的法官，并于1784年创立亚洲学会（Asiatic Society，小斯当东等人1823年在伦敦成立英国皇家亚洲学会，琼斯创立的学会遂被改名为孟加拉亚洲学会，the Asiatic Society of Bengal）。[②]

威廉·琼斯（Williams Jones）

① Lord Teignmouth (John Shore), *Memoirs of the Life, Writings and Correspondence of Sir William Jones*, London: J. Hatchard, 1806, p. 376.

② 关于琼斯的生平和学术成就，可以参见 Michael J. Franklin, *Orientalist Jones: Sir William Jones, Poet, Lawyer, and Linguist, 1746－1794*, Oxford: Oxford University Press, 2011.

在琼斯掌握的语言中，汉语排在最后一位，有人认为琼斯掌握的中文十分有限，他的汉学研究价值不高。① 不过，钱锺书指出，虽然琼斯的中文知识有限，但他是英国第三个对中文有直接认知的人（第一个是 17 世纪的海德，第二个是《好逑传》的英译者魏金森）。② 周珏良甚至称琼斯为英国的"第一位汉学家"。③ 范存忠则这样评价琼斯："英国的汉学，同欧洲其他各国比较起来，进展较慢。在十八世纪的后期，欧洲大陆已经有几个像样的汉学家，但是英国，除了琼斯还找不到第二个人。琼斯是英国第一个研究过汉学的人……他讨论《大学》《诗经》和《论语》的话，虽片言只语，在中英学术关系上却都有其历史价值。"④

琼斯对中国文化与文学，有着非常高的兴致。在琼斯努力学习中文、研究中国文化的过程中，《诗经》一直占据着很重要的位置。

琼斯在亚洲学会第一届年会的致辞中，提出自己未来几年研究中国文化的计划，其中最重要的两项，一是翻译《诗经》，二是直译《论语》。⑤ 可惜天不假年，琼斯 1794 年去世时，还未到五十岁，他想进一步研究中国文化、翻译《诗经》的心愿未能实现。琼斯在印度期间，他的朋友约翰·肖（John Shore，1751—1834）担任英国派驻印度的总督。约翰·肖后来于 1798 年获得泰恩默斯男爵封号，所以又被称为泰恩默斯勋爵（Lord Teignmouth）。琼斯去世之后，泰恩默斯勋爵于 1794 年 5 月 22 日在亚洲学会上发言，悼念琼斯爵士，并总结了琼斯一生的成就及其未完成的计划，再次提到琼斯

---

① Arthur Waley, "Sir William Jones as Sinologue", *Bulletin of the School of Oriental and African Studies, University of London* 11.4 (1946): 842.

② Qian Zhongshu, "China in the English Literature of the Eighteenth Century", in *The Vision of China in the English Literature of the Seventeenth and Eighteenth Centuries*, ed. Adrian Hsia, Hong Kong: The Chinese University Press, 1998, p. 194.

③ 周珏良：《数百年来的中英文化交流》，载《周珏良文集》，北京：外语教学与研究出版社，1994 年，第 180 页。

④ 范存忠：《中国文化在启蒙时期的英国》，上海：上海外语教育出版社，1991 年，第 201—202 页。

⑤ Sir William Jones, "On the Second Classical Book of the Chinese", in *The Works of Sir William Jones*, vol. 1, London: Printed for G. G. and J. Robinson, p. 372.

想翻译《诗经》和《论语》的愿望。[1]

泰恩默斯勋爵后来又编成《威廉·琼斯爵士回忆录》。据书中记载，琼斯大概在1767年冬天开始接触中文，他抄了一些中文的部首及常用词汇，准备用来学习。他还看了一些欧洲人介绍中国的书，其中最主要的是柏应理等人编译的《中国哲学家孔子》，此书有《大学》的译文，引用了十几首《诗经》作品的诗句。珀西从《中国哲学家孔子》中转译了《诗经》的五段诗文，琼斯也是通过《中国哲学家孔子》接触到《诗经》，并特别欣赏书中所引的《卫风·淇奥》首章，几次尝试重译并尝试临摹此诗首章的汉字。[2]

1770年7月，琼斯曾给波兰的梵文学者瑞微兹基（Rivicski）写信，讲述了自己对《诗经》的敬仰之情以及尝试翻译《卫风·淇奥》的经历：

> 当我读着柏应理他们译的孔子之书，对于其中高古的情感，以及那位哲学家议论里点缀着的片段诗歌，深为感动。这些诗歌片段系选自中国诗歌最古的集子，特别是叫作《诗经》的那部书。那部书，巴黎的王家图书馆里有一个很好的本子。我就立刻打定主意去翻阅原文。我找到了那部书，经过一段长时期的研究，居然能把其中一首诗与柏应理的译文彼此对照；我就把这首诗每一个字，或者说得更妥当些，把每一个图画分析了一下。现在我把直译稿寄给你。这首诗非常庄严，又非常简洁（wonderful dignity and brevity），每行只有四个字，因此省略是常有的事，但是风格上的晦涩，却增加它的壮丽。此外，我还附上一首诗的翻译，使每行译文与孔子原来的意思能够对得起来。……你知道，这位哲学家可以说是中国的柏拉图，大约是在耶稣纪元之前六百年，他引的这首诗，就在当时也说是一首很古的诗。所以这首诗，可以说是远古文明

---

① Sir William Jones, *The Works of Sir William Jones*, London: Printed for G. G. and J. Robinson, 1799, vol. 1, p. 9.

② Lord Teignmouth (John Shore), *Memoirs of the Life, Writings and Correspondence of Sir William Jones*, London: J. Hatchard, 1806, pp. 38, 72.

最有价值的瑰宝。这也可以证明，诗在任何民族、任何时代，都被重视，而且在任何地域都采用同样的意象。

瑞微兹基收到琼斯的译文之后，非常欣赏，称赞它措辞“高雅”，是一篇“不寻常的作品”。[①]

琼斯寄给瑞微兹基的译稿现已不存，但是他的《卫风·淇奥》拉丁文译文保存在后来一篇名为《亚洲诗歌评论》的长文中。琼斯还在拉丁文译文的边上，用汉字临摹了《卫风·淇奥》首章原文，并在下端注明引自《大学》。[②]琼斯此时的汉字程度还很低，所以他临摹的汉字显得非常稚嫩，就像范存忠所说：“笔致柔弱，有的像虫子，有的像蔓幕，有的字缺一笔，有的字多一画，很像旧时孩子的描红，但是大体还可以辨别清楚。”[③]

琼斯第一次临摹《卫风·淇奥》首章

这份《卫风·淇奥》首章的拉丁文译文，也收入《威廉·琼斯爵士文集》的第四卷。[④]范存忠曾说，他1944—1945年在牛津大学时，曾把琼斯的《卫风·淇奥》拉丁文译文送给一位拉丁文专家请教，“据说，琼斯的拉丁诗虽无惊

---

① 范存忠：《中国文化在启蒙时期的英国》，上海：上海外语教育出版社，1991年，第190—191页。

② Sir William Jones, "Poeseos Asiaticae Commentariorum", in *The Works of Sir William Jones*, London: Printed for G. G. and J. Robinson, 1799, vol. 2, p. 351.

③ 范存忠：《中国文化在启蒙时期的英国》，上海：上海外语教育出版社，1991年，第193—194页。

④ Sir William Jones, "Poems, Consisting Chiefly of Translations from the Asiatick Languages", *The Works of Sir William Jones*, London: Printed for G. G. and J. Robinson, 1799, vol. 4, p. 513.

人之处，但在格律上写得并不差”。[1]

1784—1794年，琼斯担任他所创立的亚洲学会的会长，曾在学会做过很多次演讲。1784年，琼斯在亚洲学会第一届年会上宣读《论中国的第二经典》。琼斯说，中国的第一经典是《书经》，第二经典是《诗经》，其他经典的排序依次是《周易》《春秋》《礼记》。可以看出，这种“五经”排序来自柏应理的《中国哲学家孔子》。不过，琼斯将“诗经”拼为“Shi King”，比起《中国哲学家孔子》中“Xi Kim”的拼法，以及马若瑟《汉语札记》的“Chi King”的拼法，更加接近该词的汉语读音，在《诗经》的欧洲传播史上是一个很大进步。[2]

安田朴曾指出，18世纪的欧洲人如果想学汉语，只有马若瑟《汉语札记》以及钱德明《论汉语之天才的北京书简》等有限的几本书。其中马若瑟的《汉语札记》为最“认真而有详细的论述”，但是此书1831年于马六甲正式出版之前一直以稿本形式流传。由此可见，当时欧洲人学习汉语的条件非常困难，“欧洲人为了评论从中国为他们传来的资料尚未做好充分的准备”。另外，“致使欧洲有关中国思想的讨论变得更为艰难的原因，是18世纪尚没有任何用其读音与汉文方块字有关的罗马字来对汉字做对音拼写的统一而连贯的对音体系……拼音的这种混乱使欧洲人无法验证有人向他们提及的或企图翻译的内容之具体意义”。[3] 法国诗人安德烈·谢尼埃（André Chénier，1762—1794），曾读过韩国英翻译的《诗经》，深受影响。他甚至想模仿《诗经》的体裁，来改造法国诗的格局。[4] 不过，谢尼埃在《中国文学札记》中，抱怨当时《诗经》名称音译混乱的局面，他说：“编写《中国杂纂》的目录者提到了两部著作，其一为Chi-King，其二为Ché-king，他在编辑这部著作

① 范存忠：《中国文化在启蒙时期的英国》，上海：上海外语教育出版社，1991年，第191页。

② 在琼斯之前，只有法国人弗雷莱的《关于中国诗歌》一文将《诗经》拼为Shi-king（此文译为英文收入珀西编译《好逑传》的附录）。但是，弗雷莱的文章并不是专门介绍《诗经》，并且文中引用的一首《诗经》作品，也完全不对。

③ ［法］安田朴：《中国文化西传欧洲史》，耿昇译，北京：商务印书馆，2000年，第204—209页。

④ 阎宗临：《中国文化西渐之一页》，载《中西交通史》，桂林：广西师范大学出版社，2007年，第68页。

的过程中轮番使用这两个词中的一个，而它们事实上仅仅是指同一部著作《诗经》。"[①]琼斯将《诗经》拼为"Shi King"，比法国人的音译"Xi Kim""Chi-King""Ché-king"等更加准确，有助于《诗经》译名的统一，也更有利《诗经》的传播。

琼斯在《论中国的第二经典》一文中，翻译了孔子谈论《诗经》的三段话，分别是：

子曰："《诗》三百，一言以蔽之，曰'诗无邪'。"(《论语·为政》)

子曰："小子！何莫学夫《诗》?《诗》，可以兴，可以观，可以群，可以怨。迩之事父，远之事君。多识于鸟兽草木之名。"(《论语·阳货》)

子谓伯鱼曰："女为周南、召南矣乎？人而不为周南、召南，其犹正墙面而立也与！"(《论语·阳货》)[②]

琼斯文中所引《论语》的第三节，范存忠以为是《论语·季氏》中的"尝独立，鲤趋而过庭。曰：'学《诗》乎?'对曰：'未也。''不学《诗》，无以言。'鲤退而学诗"。[③] 论者大多跟随范存忠的说法，其实有误。琼斯的译文有"the first of the three hundred Odes on the nuptials of Prince Ve'nva'm, and the virtuous Tai Jin"，回译成中文即"诗三百中描写文王与太姒婚礼的第一首诗"，即指《关雎》。此诗自孔颖达之后被坐实为描写文王和太姒成婚之诗。琼斯此处用"Tai Jin"，可能是他将太姒误会为太妊（周文王之母、王季之妃），又将其中的"周南、召南"误解为《关雎》。由此可见，琼斯对《论语》《诗经》原文的理解，还处于比较初级的阶段。

---

① [法]安田朴：《中国文化西传欧洲史》，耿昇译，北京：商务印书馆，2000年，第209页。

② Sir William Jones, "On the Second Classical Book of the Chinese", in *The Works of Sir William Jones*, London: Printed for G. G. and J. Robinson, 1799, vol. 1, pp. 367—368. 珀西在他编译的《好逑传》附录的"中国诗歌节选"中，也引述了《论语》中的这些文字。

③ 范存忠：《中国文化在启蒙时期的英国》，上海：上海外语教育出版社，1991年，第195页。

在《论中国的第二经典》一文中，琼斯根据自己掌握的资料，这样介绍《诗经》的基本性质：

> 中国的第二经典，收录了三百首颂诗（Odes）或短诗。它们赞美了古代的君主和立法者，描述了古代的言行准则，促使大家在为国尽职之余还要模仿这些古代的言行，因为它们包含着睿智的格言和卓越的观察。

琼斯还介绍了《诗经》的风格，他说：

> 至于诗的风格，在某些地方过于隐喻化（metaphorical），另一些地方则因为过于简单而显得隐晦，虽然很多人认为这种隐晦让人觉得崇高、可敬，就像古代修道院和寺庙的诗歌。[①]

这里可以看出琼斯的诗歌审美标准：他对隐晦的诗歌不甚赞同，他喜欢清晰的意象和比喻。早在1772年，琼斯曾经翻译阿拉伯、印度、波斯、土耳其等地的诗歌，他批评欧洲的诗歌充斥着希腊、罗马的典故，陈旧乏味，而东方的诗歌能提供新的意象。他说："我不得不认为，我们欧洲的诗依靠同样的意象，利用同样的故事，陈陈相因，实在太久了。多少年来，我的任务在于灌输这样的一条真理：即如果把储藏在我们图书馆里的亚洲的主要著作设法出版，并加上注疏和解释……我们将有一套新鲜的意象和比喻；而许多美好的作品将会出现，供未来的学者去解释和未来的诗人去模仿。"[②] 正是出于对流畅诗风、清新意象的推崇，琼斯很快迷上了《卫风·淇奥》，他认为此诗没有其他《诗经》作品的那种隐晦。琼斯对于新鲜意象的提倡、对东

① Sir William Jones, "On the Second Classical Book of the Chinese", in *The Works of Sir William Jones*, London: Printed for G. G. and J. Robinson, 1799, vol. 1, p. 367.

② 参见范存忠：《中国文化在启蒙时期的英国》，上海：上海外语教育出版社，1991年，第196—197页。

方诗歌的期待，隐隐预示了20世纪庞德等人的意象派诗歌运动，庞德也在中国诗歌里面寻找新鲜的意象，并且还翻译了整本《诗经》。

在《论中国的第二经典》一文中，琼斯翻译了《卫风·淇奥》首章，《周南·桃夭》第三章和《小雅·节南山》首章。琼斯只选译这三段作品，可见他主要依赖的文本，还是《中国哲学家孔子》所译的《大学》引诗。不过，琼斯这次没有再用拉丁文，而是直接以英文来翻译。琼斯提供了两种英译，首先是直译，并在英文词汇上注明与中文原文对应的数字，这样方便读者对照原文。他又在直译之后，提供了意译。范存忠评论道：“很可能，琼斯曾经看过珀西的译本，但是他比珀西准确多了。可见，对于汉语即便是一知半解也比目不识丁高出一筹。”[1] 琼斯再次附上自己临摹的《卫风·淇奥》首章，这一次的汉字书写明显比之前的描红进步很多。

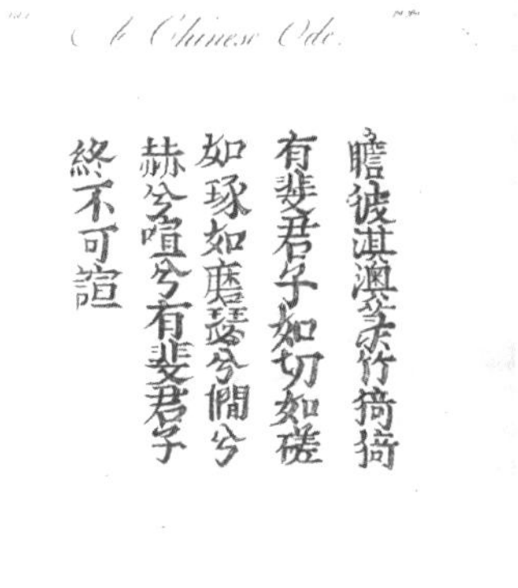

琼斯第二次临摹《卫风·淇奥》首章

琼斯的《卫风·淇奥》首章直译译文如下。如与前面一节提到的珀西的译文相比较，可以看出琼斯的译文更加精练简洁，不仅符合他自己的诗学理念，也更符合《诗经》原文。可以说，琼斯的节译，是18世纪欧洲出现的《诗经》译文中最精确的一种。

Behold yon reach of the river Ki;
Its green reeds how luxuriant! how luxuriant!
Thus is our Prince adorned with virtues;

① 参见范存忠：《中国文化在启蒙时期的英国》，上海：上海外语教育出版社，1991年，第195页。

As a carver, as a filer, of ivory,
As a cutter, as a polisher, of gems.
O how elate and sagacious! O how dauntless and composed!
How worthy of fame! How worthy of reverence!
We have a Prince adorned with virtues,
Whom to the end of time we can not forget.

琼斯提供的意译如下。所谓意译，是一种韵体译文，琼斯完全按照英诗的格律，重新演绎了《淇奥》首章的基本内容，译文的风格符合他对流畅诗风、清新意象的推崇。

Behold, where yon blue riv'let glides
Along the laughing dale;
Light reeds bedeck its verdant fides,
And frolick in the gale.

So shines our Prince! In bright array
The Virtues round him wait;
And sweetly smil'd th' auspicious day,
That rais'd Him o'er our State.

As pliant hands in shapes refin'd
Rich iv'ry carve and smoothe,
His Laws thus mould each ductile mind,
And every passion soothe.

As gems ate taught by patient art

In sparkling ranks to beam,
With Manners thus he forms the heart,
And spreads a gen'ral gleam.

What soft, yet awful, dignity!
Whet meek, yet manly, grace !
What sweetness dances in his eye,
And blossoms in his face!

琼斯的《淇奥》首章意译，虽然格律精严、诗句优美，但是已经完全改变原诗的样貌，将原来的九句变成了五节，每节四句。范存忠曾将其中“瞻彼淇奥，菉竹猗猗”两句的意译，回译为中文：

看呀，沿着含笑的山谷，
淌着碧绿的小溪，
苍翠的岸上轻盈的芦竹，
正在微风里嬉戏。

他认为，琼斯的意译“不是所谓的翻译，而是‘拟作’，使我们联想起《昭明文选》中陆机的《拟行行重行行》或刘琼的《拟明月何皎皎》”，并说英国“从十七世纪后期一直到十八世纪中期，拟作也很风行，包括蒲柏和约翰逊等人的作品，但是琼斯比蒲柏等人更为自由”。[①]

琼斯不仅翻译《卫风·淇奥》首章的内容，还迷恋于原诗的汉字，这与他的语言学家身份有一定的关系。琼斯本身是一位非常有成就的语言学家，特别擅长比较语言学，他还与中国人有实际的接触，并通过这些接触而学习

① 范存忠：《中国文化在启蒙时期的英国》，上海：上海外语教育出版社，1991 年，第 196 页。范存忠所说的“刘琼的《拟明月何皎皎》”应为“刘铄的《拟明月何皎皎》”。

了一些汉语词汇。琼斯接触的中国人主要有两位：一位是谭纪华（Tan Chequa音译），或称为纪华（Chequa音译），1769年从广州来到伦敦，居住了几年；另一位是黄阿东（Whang Atong音译），也是从广州来，曾在伦敦居住，1770年以后与琼斯来往，并一直保持通信，1784年12月还从广州写信给琼斯。[①] 在《论中国的第二经典》的结尾，琼斯说："我几年前在英国认识的一个广东人，他是秀才出身，但是后来无意仕进，转而经商，他曾经帮助我阅读《诗经》与《论语》的原文。"琼斯有心翻译这两部书，此人告诉琼斯，完成两书的翻译起码要三四年时间。琼斯的英国朋友则对他说，恐怕没有一个中国人有如此的时间和毅力帮助他完成这两部书的翻译。琼斯接着提到，黄阿东可能会帮助他，并期待黄阿东来印度帮助他。[②]

琼斯迷恋《诗经》原诗的汉字，还和17、18世纪欧洲人对汉字的好奇有一定关系。莱布尼茨在《中国哲学家孔子》出版之前，曾希望柏应理能附上汉字，并说："也许有一天，我们有可能借此探讨汉字的词源或者找到理解某个字符的钥匙。"[③] 英国人韦伯1669年出版《论中华帝国的语言可能是原始语言的历史散论》，试图证明中文是《圣经》所说的巴别塔之前的原初语言。德国人基歇尔曾将《大秦景教流行中国碑》碑文原文刊在《中国图说》中，门采尔也曾为拉丁文版的"四书"配上汉字，巴耶尔在《中国博览》的字典部分收了2251个汉字。这些书中的汉字在书写上都不美观，甚至笔画上常有错误。相比而言，琼斯第二次临摹的《卫风·淇奥》首章文字，算是除了入华传教士之外的欧洲人临摹书写得最优美的汉字了。

不过，琼斯临摹的《淇奥》首章文字为："瞻彼淇奥，菉竹猗猗。有斐君子，如切如磋，如琢如磨。瑟兮僩兮，赫兮喧兮。有斐君子，终不可諠

---

① 参见范存忠：《中国文化在启蒙时期的英国》，上海：上海外语教育出版社，1991年，第192—193页。

② Sir William Jones, "On the Second Classical Book of the Chinese", in *The Works of Sir William Jones*, London: Printed for G. G. and J. Robinson, 1799, vol. 1, p. 372.

③ ［德］莱布尼茨：《中国近事：为了照亮我们这个时代的历史》，梅谦立、杨保筠译，郑州市：大象出版社，2005年，第166页。

兮。"《毛诗》中此章的文字却是："瞻彼淇奥，绿竹猗猗。有匪君子，如切如磋，如琢如磨。瑟兮僩兮，赫兮咺兮。有匪君子，终不可谖兮。"其中"菉竹"与"绿竹"、"有斐"与"有匪"、"不可諠"与"不可谖"多处异文，琼斯所引文字与《毛诗》不同，而是与《大学》中的引文完全一致。①

这说明即使琼斯曾在巴黎看过《诗经》原文，但他对《中国哲学家孔子》所译《大学》的依赖，远远超过对《诗经》原文的依赖，因而只是临摹《大学》引诗的文本。其中"绿竹"一词的理解，更可以看出他对于《毛诗》基本一无所知。《毛传》不是将"绿竹"解释为绿色的竹子，而是解释为："绿，王刍也；竹，萹竹也。"② 也就说，《毛传》认为"绿竹"是两种植物，"绿"不是颜色，"竹"也不是竹子。朱熹的《四书章句集注》没有解释引诗中的"菉竹"，但是朱熹在《诗集传》中将"绿竹"解释为："绿，色也，淇上多水竹，汉世犹然，所谓淇园之竹是也。"③ 柏应理等人编译的《中国哲学家孔子》，在《大学》此处引诗中用了朱熹《诗集传》的解释。上一节提到珀西的译文，他将"菉竹"译为"verdant canes（翠绿的竹藤）"，就是源自《中国哲学家孔子》。琼斯将"菉竹"译为"green reeds（翠绿的芦苇）"，也是源自这种解释。

琼斯几次翻译《淇奥》首章，他非常看重自己的译文，曾将意译和直译都收进自己的个人诗集。④ 琼斯的《诗经》译文甚至在英国文学史中留下了自己的痕迹，《淇奥》首章的意译和直译都被收入1810年出版的二十一卷本

---

① 《大学》中的相关文字为："《诗》云：'瞻彼淇奥，菉竹猗猗。有斐君子，如切如磋，如琢如磨。瑟兮僩兮，赫兮喧兮。有斐君子，终不可諠兮。''如切如磋'者，道学也；'如琢如磨'者，自修也；'瑟兮僩兮'者，恂栗也；'赫兮喧兮'者，威仪也；'有斐君子，终不可諠兮'者，道盛德至善，民之不能忘也。"见朱熹《四书章句集注》，北京：中华书局，2012年，第5—6页。

② 《毛诗正义》卷三之二，台北：艺文印书馆影印嘉庆二十年（1815）南昌府学本阮元校刻《十三经注疏》，2007年，第127页。

③ 朱熹：《诗集传》，赵长征点校，北京：中华书局，2017年，第53页。《鲁诗》"绿"作"菉"字，《尔雅·释草》曰"菉，王刍"，"竹，萹蓄"。不过，班彪、班固等汉人的赋中，已开始将"绿竹"理解为绿色的竹子，陈乔枞认为这是齐诗之义。见王先谦：《诗三家义集疏》，北京：中华书局，1987年，第265—266页。

④ Sir William Jones, *Poems in Three Parts*, Calcutta: Thomas Hollingbery, 1800, pp. 2—3.

《英国诗人作品集》。这套作品集的第十八卷，收录了琼斯的诗歌，《淇奥》首章就以《一首中国颂诗》为题，位列其中。[①] 不过，译文的排列顺序，与《论中国的第二经典》中的顺序正好相反，这次是意译在前、直译在后。正如范存忠所说，此诗的意译不能算翻译，只能算拟作。从这个角度来说，此诗的意译可算琼斯的个人作品了。

事实上，如上一节所论的珀西一样，琼斯也受到18世纪后期英国人的中国观转型的影响，他对中国文化的整体评价并不高。他在1790年亚洲学会年会的讲演《论中国语言》中，认为中国“哲学还处于粗糙的状态”，中国“确实有属于自己民族的音乐和诗歌，这两者都优美感人，但是在绘画、雕塑、建筑这些想象性的艺术中，他们（像其他亚洲人一样）没有理念”。[②] 从上述论述可以看出，琼斯这个“伟大的英国东方学家，却像那些不懂任何东方语言的业余人士一样，对中国充满轻蔑的态度”。[③]

不过，琼斯的《诗经》选译，依然具有十分重要的历史意义。他是第一个试图去阅读和翻译《诗经》原文的英国人（虽然由于历史的局限，他最终还是更多地依赖了耶稣会士的著作），这在英国汉学史上意义重大。钱锺书曾说：“17和18世纪英国的中国研究，可称为前汉学阶段，那时英国对中国的兴趣是属于人文主义的，而不是文献学和实用意义上的。”那些对中国产生兴趣的英国人，他们的兴趣主要在别的方面，他们对中国的兴趣是“短暂的、敷衍的、处于‘冷漠中心’的边缘，然而又是真诚的”。[④] 可以说，琼斯是英国从前汉学阶段转向真正的汉学阶段的关键人物，他对中国不仅抱有人

---

① Alexander Chalmers ed., *English Poets from Chaucer to Cowper* (21 vols.), London: Printed for J. Johnson, 1810, vol. 18, p. 468.

② Sir William Jones, "On the Chinese", in *The Works of Sir William Jones*, London: Printed for G. G. and J. Robinson, 1799, vol. 1, p. 102.

③ Qian Zhongshu, "China in the English Literature of the Eighteenth Century", in *The Vision of China in the English Literature of the Seventeenth and Eighteenth Centuries*, ed. Adrian Hsia, Hong Kong: The Chinese University Press, 1998, p. 148.

④ Qian Zhongshu, "China in the English Literature of the Eighteenth Century", in *The Vision of China in the English Literature of the Seventeenth and Eighteenth Centuries*, ed. Adrian Hsia, Hong Kong: The Chinese University Press, 1998, p. 30.

文主义的兴趣，并已经开始从文献和学术的角度来研究中国的语言和诗歌。他对中国文化的兴趣也不是短暂的、敷衍的，他已经设想了一个从原文翻译《诗经》《论语》全部内容的长期规划。遗憾的是，由于学习中文的历史条件的局限，琼斯最终并未实现自己的学术目标。

珀西、琼斯对于《诗经》作品的推崇，在欧洲汉学史上有重要的意义。翻译了《诗经》的耶稣会士（如马若瑟），以及借助耶稣会士的翻译而阅读《诗经》作品的欧洲人（如拉姆塞），大多是从神学的、道德的角度来看待《诗经》。珀西、琼斯的《诗经》选译，开始讨论《诗经》作品作为诗歌本身的审美特征，这代表着英国人逐渐将关注的焦点从《诗经》的道德价值逐渐转移至文学价值。

第四章　19世纪前期英美汉学初兴与《诗经》译介

19世纪40年代，英国完成工业革命，确立了世界工业霸主的地位。与此同时，刚刚立国不久的美国也在逐步发展。维多利亚女王在位六十多年期间（1837—1901），英国国力达至鼎盛。英国在中国推行鸦片贸易，引发1840年的中英鸦片战争。1842年，中国战败，被迫签订《南京条约》，英国获得赔款并割占香港，美、法、俄等国效仿英国，相继逼迫清廷签订类似条约。以英国为首的西方国家，以大炮打开了中国的大门，以前从未涉足中国的英美传教士，开始进入中国。

商业利益与传教实践，极大地推动了英美汉学的兴起。19世纪英美汉学家对中国的研究，呈现出客观化、多元化的趋势。他们对中国的兴趣，大概有商业兴趣、宗教兴趣，或是纯粹的知识兴趣三类。本章将要介绍的马礼逊、修德、卫三畏等人主要是出于宗教的兴趣，郭实猎等人主要是出于商业的兴趣，德庇时等人主要是出于知识的兴趣。这种划分并不是绝对的，比如作为传教士的卫三畏，虽然以宗教兴趣为主，但是他对中国抱有浓厚的知识兴趣。

19世纪的英美汉学，可以分为前期、后期两个阶段。关诗珮认为，鸦片战争是“英国汉学的分水岭”。[①] 她的着眼点，主要是英籍译员培训制度在鸦片战争之后的正式形成。不过，本书以19世纪70年代为分水岭，着眼点为英美汉学的专业化进程。19世纪70年代之前为前期，此阶段虽有修德出任

---

① ［新］关诗珮：《译者与学者：香港与大英帝国中文知识建构》，香港：牛津大学出版社，2017年，第8、94页。

伦敦大学汉学教授，但以语言培训为主，并未形成有影响力的学术研究地位。19 世纪 70 年代之后为后期，其标志是汉学研究逐渐专业化，很多有突出成就的传教士、外交官进入高等学府，执掌中文教席，英国有理雅各 1875 年出任牛津大学中文教授、威妥玛 1888 年出任剑桥大学中文教授，美国有卫三畏 1877 年出任耶鲁大学中文教授。

19 世纪英美汉学以 70 年代为前期、后期的分水岭，理雅各是一个重要的标志。70 年代以后，以理雅各为代表的英国汉学，呈现出超越欧陆汉学之势。法国汉学大师儒莲（Stanislas Julien，1797—1873）逝世，辉煌的法国汉学经历了一个低潮时期。1874 年接任执掌法兰西学院汉学讲座的德里文（Hervery de Saint-Denys，1823—1892），虽然对中国诗歌研究有很大贡献，但与儒莲相比，成绩平平。吉瑞德（Norman J. Girardot）认为，从 1873 年儒莲去世、理雅各回到英国，直至 1897 年理雅各去世、沙畹重建法国汉学的辉煌，这二十多年可称为“汉学的理雅各时代”。[①]

本章主要讨论 19 世纪前期的英美汉学及其《诗经》译介研究，接下来的三章主要处理 19 世纪后期至 20 世纪初期。由于理雅各在汉学研究以及《诗经》翻译上的巨大贡献，故单列第五章集中讨论理雅各。又由于 19 世纪后期至 20 世纪初英语世界《诗经》翻译与研究的丰富成果，故列两章分别讨论《诗经》研究与《诗经》翻译。

当然，以 19 世纪 70 年代为界的前期、后期，并不是一个绝对的划分。19 世纪后期英美汉学的突飞猛进，依赖于前期的积累，并且很多汉学家的活动时间跨越前期、后期两个时间段。比如卫三畏的《中国总论》初版时属于前期，但是修订版却出现在后期。艾约瑟以《诗经·大雅·桑柔》为例讨论古代汉语的读音，文章发表在 1853 年，但是他的大部分成果却发表在 70 年代之后，如《〈诗经〉是怎样被演唱与阅读的?》一文发表在 1887 年。对于这些汉学家的分期隶属，本书将以其主要的学术活动时间为准。此外，随着英

---

① ［美］吉瑞德：《朝觐东方：理雅各评传》，段怀清、周俐玲译，桂林：广西师范大学出版社，2011 年，第 120 页。

国在华势力的扩张，一些非英国籍的欧洲人士也加入为英国政府服务的行列，前期如郭实猎、后期如欧德理，他们用英文发表了与《诗经》相关的文章，本书也将略做介绍。

第一节　19世纪前期英美汉学的初兴

到了19世纪，“中国热”早已退潮，中国在欧洲人心目中的崇高形象几乎消失殆尽。欧洲普遍充斥着对中国的轻视态度，黑格尔的《历史哲学》就认为中国的历史是停滞的，处于世界历史之外。[①] 同时，也有很多欧洲人依然对东方充满了深切的好奇与正面的想象，尤其是浪漫主义的文学家们。歌德（Goethe，1749—1832）曾在谈话中指出，中国人在思想、行为方面并不比德意志人差，而是更纯洁、更合乎道德，他在1827年阅读《好逑传》之后，呼吁迎接世界文学时代的来临。英国浪漫主义诗人柯勒律治（S. T. Coleridge，1772—1834）就以东方为主题，在1816年写出了充满神秘梦幻色彩的《忽必烈汗》。

法国的汉学，在19世纪有很大的发展。1814年罗马教廷重建耶稣会，1842年之后耶稣会士重新进入中国，在河北献县和徐家汇形成了两个传教中心，法国耶稣会士顾赛芬（Seraphin Couvreur，1835—1919）开始翻译中国典籍。不过，法国本土的汉学研究逐渐超越了传教士汉学，出现了专业化、学院化的趋势。1814年12月11日，法兰西学院设立“汉语、鞑靼和满语语言与文学”讲座，雷慕莎执掌首任讲席，这是欧洲汉学专业化、学院化的标志。戴密微指出，“在西方世界中，汉学研究首次于大学学科中占据一席之地”，“这个日子不仅对于法国汉学界，而且对整个欧洲汉学界，都具有决定性的意义”。因此，戴密微自豪地宣传：“人们常说，西方的汉学是由法国人

① ［德］黑格尔：《历史哲学》，王造时译，上海：上海书店出版社，1999年，第122—143页。

创立的。”[①] 1822 年雷慕莎与其他法国学者共同发起创建亚细亚学会，同时又创刊发行《亚细亚学报》，成为汉学家们发表研究成果的重要阵地。19 世纪前期的欧洲汉学，执牛耳者依然是法国。

从 18 世纪末至 19 世纪初，由于国力的迅猛发展，在英国民众中普遍存在着轻视中国的心态，这对于汉学的发展是一个不利的因素。德庇时在 1822 年出版的一本中国小说翻译集中，就批评了当时英国学界对于中国研究的“出奇的冷漠”的态度，他说：“在我们英国人的总体知识成就中，关于中华帝国的知识是微不足道的。我们与中国进行着如此频繁的贸易往来，但在马戛尔尼使团之前却对这个国家几乎一无所知。法国人早在一个世纪之前就已开展了对这个国家的研究，并取得了很大的成就。英国在这一领域表现出一种出奇的冷漠。”[②]

但同时，商业利益又促使英国需要更深入地研究中国。1792 年马戛尔尼使团访华时，在英国找不到懂中文的人，只好从那不勒斯传道学院雇请了两位华裔教士做翻译。[③] 英国汉学家德庇时，在 19 世纪 60 年代写的一篇回顾文章《本世纪前半期中国文学在英国的兴起与进展》中评论道：“英国正式关注中国文学，完全是本世纪的事情。在马戛尔尼勋爵访华时，到了差不多最后关头，我们甚至连一位会说汉语的英国人也找不到。当勋爵落实出使北京，我们只能有损体面地降低要求，指派两位罗马教士去担当这次外访的翻译工作。正如巴罗爵士所观察，这次使节团的对话及交流，完全依赖于这两位来自中国又曾受业于罗马传道学院的罗马教士的惶恐与无知。此后，希望改变这种无知窘态的声音……英国人不会浪费无谓的时间及精力在无利可图

① ［法］戴密微：《法国汉学研究史》，载［法］戴仁主编、耿昇译：《法国当代中国学》，北京：中国社会科学出版社，1998 年，第 1、24 页。

② John Francis Davis, *Chinese Novels, Translated from the Originals*, London: John Murray, 1822, pp. 1—2. “出奇的冷漠”一语，后来成为巴瑞特(T. H. Barrett)的一本简述英国汉学史的小书的题目。

③ 那不勒斯传道学院，为意大利耶稣会士马国贤（Matteo Ripa，1682—1746）所创。从马国贤开始，耶稣会士陆续带领一些中国教徒远渡重洋，来到这个学院接受培训。

的项目上，但当他们立下决心，便会突飞猛进。”[1] 德庇时所说的“文学”，主要是指广义的“文学”，他回顾英国如何关注中国文学时，列举了大量英国人对于中国典籍的研究。但是，德庇时很重视纯文学，特别列举了英国人对于中国诗歌、小说、戏剧等各文学门类的研究。说到英国人对于中国纯文学的关注，其实18世纪的珀西、琼斯已经开风气之先。

18世纪末，英国东印度公司派往中国的商船远远超过其他国家。[2] 从19世纪开始，英国成为欧洲与中国贸易交往的最重要代表。随马戛尔尼使团访华的副使斯当东，曾开门见山地指出，英国是个商业国家，商人是英国社会最活跃的组成部分，商人的利益在很多方面影响到政府的决策。[3] 这种以商业利益为中心的中英关系，成为推动英国汉学兴起的根本动力。

从正面来看，以东印度公司为代表的英国机构，出于商业利益的需要，为中国研究的发展提供了很多便利条件，以致有人称其为“东印度公司汉学”。[4] 为了顺利开展在华贸易，英国东印度公司从18世纪就陆续开展在华职员的中文培训。[5] 但是，清政府不仅限制外商的在华活动范围，还严厉禁止中国人教外国人汉语。因此，18世纪的英国在华商人，除了洪仁辉之外，很少有人精通汉语。19世纪的很多英国汉学家，都与东印度公司有着密切的关系。小斯当东曾供职于东印度公司，德庇时也曾是东印度公司的译员。传教士马礼逊也曾供职于东印度公司，他还依靠东印度公司的资助编纂并出版了《华英字典》。东印度公司为了印刷这本字典，在1814年专门请人制作了一套中文活字，共有七万多个汉字。但是，从负面来看，商业利益所刺激的中国研究，带有很强的实用主义色彩。钱锺书曾指出，17和18世纪英国

① John Francis Davis, *Chinese Miscellanies: A Collection of Essays and Notes*, London: John Murray, 1865, p. 50.

② ［美］马士：《东印度公司对华贸易编年史（1635—1834）》，广州：中山大学出版社，1991年。

③ ［英］斯当东：《英使谒见乾隆纪实》，叶笃义译，上海：上海书店出版社，1997年，第1页。

④ T. H. Barrett, *Singular Listlessness: A Short History of Chinese Books and British Scholars*, London: Wellsweep, 1989, p. 53.

⑤ Susan R. Stifler, "The Language Students of the East India Company's Canton Factory", *Journal of the North China Branch of the Royal Asiatic Society* 69 (1938): 46－82.

“对中国的兴趣是属于人文主义的”，到了 19 世纪之后，这种人文主义的兴趣就让位于实用主义的兴趣了。[①]

在英国汉学兴起的同时，刚刚独立的美国也开始关注中国。18 世纪英国与荷兰、西班牙的战争带来巨大财政亏空，内阁把亏空转嫁到北美殖民地，增加税收、实施高压，激起北美居民的反抗，史称独立战争。北美的十三个英属殖民地，在 1776 年发布《独立宣言》，成立了美利坚合众国。1783 年英国与美国签订合约，正式承认美国独立。根据艾德礼（A. Owen Aldridge）的研究，北美第一个对儒家思想产生浓厚兴趣的人，是当时费城最富有的政治家洛根（John Logan），他是开国元勋富兰克林（Benjamin Franklin）的朋友，也是一位藏书家。洛根曾写信给他的朋友，说自己希望了解孔子的思想，希望得到一套柏应理编译的《中国哲学家孔子》，不管这套书的价格有多么昂贵。同时，富兰克林、杰斐逊（Thomas Jefferson）、潘恩（Thomas Paine）等人，都曾读过耶稣会士介绍中国文化的著作。[②]

美国人沃恩（Robert Waln，1794—1825）在 1823 年出版的三十万字的《中国历史》，比较全面地介绍了中国的历史与文化。艾德礼称此书是“整个中美关系史上最与众不同、最罕见的一本书”，并称沃恩为“美国的马可·波罗”。[③] 沃恩作为美国商船押运员，曾在广州住过几个月，期间他萌发了撰书介绍中国的念头。沃恩撰写《中国历史》，充分利用了广州十三行收藏的书籍，还参考了杜赫德的《中华帝国全志》、格鲁贤的《中国概述》等书。沃恩以批判的口吻评价了中国古代的历史文化典籍，他嘲笑《尚书》记载的是一些不可理喻的神话，还认为《诗经》几乎没有任何文学价值。18 世纪的法国传教士，曾高度颂扬《诗经》，将《诗经》等同于古代希腊罗马作家品

① Qian Zhongshu, “China in the English Literature of the Seventeenth Century”, in *The Vision of China in the English Literature of the Seventeenth and Eighteenth Centuries*, ed. Adrian Hsia, Hong Kong: The Chinese University Press, 1998, p. 30.

② A. Owen Aldridge, *The Dragon and the Eagle: The Presence of China in the American Enlightenment*, Detroit: Wayne State University Press, 1993, pp. 23—24, 85—97.

③ 同上书，p. 192.

达、贺拉斯的作品，沃恩对于这些看法提出了尖锐的批评。[①] 艾德礼指出，沃恩对于《诗经》及中国诗歌的这些看法，基本袭自英国人、马戛尔尼使团成员巴罗（John Barrow，1764—1848）在 1810 年发表的一篇评论，这篇评论针对的是当时被翻译成英文的乾隆诗歌。从 18 世纪对中国的崇拜，到 19 世纪对中国的批评，可以看出早期美国人的中国观，不仅深受欧陆传教士的影响，也深受英国人的影响。

在商业活动之外，英美传教士入华，成为推动汉学迅速发展的直接因素。英国新教教派在中国的传教活动，最早始于伦敦传道会派罗伯特·马礼逊前往中国。在马礼逊之前的 17 世纪，曾有三位新教教徒试图前往中国传教，但未成功。[②] 到了 18 世纪末期，英国人受到“传教之父”威廉·凯里（William Carey，1761—1834）的影响，掀起了去海外传播福音的热潮。1795 年 9 月，英国的国教圣公会、长老会、公理会等各派，联合成立了一个超越宗派的传教团体，即伦敦传道会，简称伦敦会。[③] 马礼逊于 1807 年抵达广州，成为第一个正式入华的新教传教士，有学者认为这“标志着英国汉学的第一次真正兴起”。[④] 不过，清政府曾在 1724 年颁布过禁止基督教法令，因此马礼逊等人只能把传教总部设在华人移民众多的东南亚。英国传教士可以在东南亚学习中文，开办印刷所，并且培训华人传教士。1824 年之后，英国从荷兰人手中夺得了包括马六甲、新加坡、槟城在内的海峡殖民地，为传教活动提供了更大的便利。马礼逊等人在东南亚除了培养华人传教士、翻译《圣经》，还创办了英华书院和伦敦传道会印刷所。1834 年马礼逊逝世后，其

---

① Robert Waln, *China: Comprehending a View of the Origin, Antiquity, History, Religion, Morals, Government, Laws, Population, Literature, Drama, Festivals, Games, Women, Beggars, Manners, Customs & C. of that Empire*, Philadelphia: J. Maxwell, 1823, pp. 249, 261—262.

② Kenneth Scott Latourette, *A History of Christian Missions in China*, New York: Macmillan, 1929, p. 209.

③ 相关背景，可参见苏精：《中国，开门！马礼逊及相关人物研究》，香港：基督教中国宗教文化研究社，2005 年，第 3—5 页。

④ T. H. Barrett, *Singular Listlessness: A Short History of Chinese Books and British Scholars*, London: Wellsweep, 1989, p. 63.

他传教士在澳门设立马礼逊纪念学校。该学校于 1842 年迁往香港，对于中西文化交流及培育新式人才贡献良多，容闳即毕业于此校。

自 18 世纪末，美国开始出现福音复兴运动。在一批神学院学生的倡议下，1810 年成立了美国公理会海外传道部，简称美部会，1812 年开始向印度派遣传教士。到了 1829 年，裨治文（Elijah Coleman Bridgman，1801—1861）受派遣来华传教，于 1830 年抵达澳门，掀开了美国传教士入华的序幕。第一个学会中文的美国人是亨特（William C. Humter），他在 1825 年抵达中国，曾在马六甲的英华书院学习中文，后来成为裨治文的中文老师。

中英鸦片战争打开了中国的大门，对于英美汉学的发展有最直接的推动作用。1842 年中英签订《南京条约》，香港成为英国的殖民地，英国传教士和商人大量涌入香港，促使香港成为英国汉学发展的重要基地。1843 年理雅各将英华书院迁往香港，伦敦会派遣麦都思（Walter Henry Medhurst，1796—1857）前来主理。后来麦都思被派往上海，伦敦会又派湛约翰前来香港主理，英国国教圣公会也于 1843 年来香港兴办教会。同时，美国传教士也进入中国，美国浸信会联会的遣华传教士叔士未（Jehu Lewis Shuck，1814—1863），于 1836 年抵澳门，到了 1842 年迁往香港；罗孝全（Issachar Jacox Roberts，1802—1871）于 1837 年自费城来中国，最初在澳门传教，1841 年加入美国浸信会，1842 年也迁往香港。1844 年，叔士未与罗孝全前往广州传教。太平天国的创立者洪秀全曾于 1847 年来到罗孝全在广州的礼拜堂，学习《圣经》。太平天国起事后，罗孝全曾被洪秀全授以外交权力，管理太平天国与洋人的事务。

鸦片战争之后，香港、上海、广州等地成为英美汉学获得长足发展的主要基地。英美汉学的兴起与发展，其中一个最重要的标志，就是香港、上海、广州等地成立和创办了很多从事汉学研究的学会与学报。

皇家亚洲学会香港分会成立于 1847 年 1 月，时任香港殖民地政府总督的德庇时，被选为创会会长，当时的创会会员还包括港府副总督德己笠（Sir

George Charles D'Aguilar，1784—1855）以及威妥玛（Thomas Francis Wade，1818—1895）等人。这个学会，在加入英国皇家亚洲学会之后，又被称为皇家亚洲学会中国支会。

美国传教士裨治文、卫三畏等人，1857年在上海成立了上海文理协会，裨治文当选为第一任会长。到了1858年，上海文理协会并入皇家亚洲学会，改称为皇家亚洲文会北中国支会（The North-China Branch of the Royal Asiatic Society）。[①] 之所以称"北中国支会"，是因为皇家亚洲学会中国分会设在香港，上海相对于香港的地理位置而言为北。学会还出版刊物《皇家亚洲文会北中国支会学报》，成为19世纪至20世纪汉学研究的重要阵地。

英美传教士在19世纪陆续创办了《中国丛报》《中国评论》等刊物。《中国评论》成为19世纪后期汉学研究的重要阵地，《中国丛报》则是19世纪前期汉学研究的重要阵地。这两份刊物，刊载了很多译介或研究《诗经》的文章，见证了19世纪英语世界《诗经》研究的进展。

《中国丛报》于1832年由裨治文、马礼逊等人在广州创办。当时广州的中西文报刊，还有《广东记录报》（1827)、《东西洋考每月统计传》（1833）等。裨治文，又名高理文，是第一位美国的来华传教士，1801年出生在美国马萨诸塞州，1830年从波士顿来到广州，此后在中国居住三十余年。裨治文到了中国之后，发现中国没有真正的"报纸"，只有各级政府的邸报。于是，他在马礼逊及一个美国商人的帮助下，在广州成立了美国海外传教委员会出版社，以此为基础，1832年5月1日创办了《中国丛报》。创办这份报纸的目的，一方面是传播福音，另一方面则是为了收集中国的各种信息。从1832年5月创刊，到1851年12月停刊，《中国丛报》共发行232期，加上索引一

① 此学会中文名称有不同译法，当年学会匾额上所题中文为"亚洲文会"，参见王毅：《皇家亚洲文会北中国支会研究》，上海：上海书店出版社，2005年，第13—14页。

卷，共 20 卷。[①] 它在 19 世纪中期向欧美广泛介绍了中国的文化、历史、语言、风俗，丰富了西方人对中国的认识。

《中国丛报》的撰稿者以新教传教士为主，也包括一些英美商人或外交官，作者群几乎囊括了当时英国所有的汉学家，包括后来成为伦敦大学首位中文教授的修德、成为剑桥大学首位中文教授的威妥玛，以及小斯当东、德庇时等人。其中，撰稿最多的是裨治文本人。裨治文在《中国丛报》第一卷的绪论中就提出，中国提供了"天底下最宽广、最有价值的研究领域"。[②] 裨治文还曾将马若瑟的《汉语札记》译为英文，发表在《中国丛报》。撰稿数量仅次于裨治文的是卫三畏。[③]

《中国丛报》是当时"第一份面向西方读者，以介绍、研究中国为主要内容的英文报刊"。尹文涓根据高第的《汉学文献目录》（或译为《中国书目》）做出初步统计，指出《中国丛报》出现之前的西方刊物介绍中国的内容极为有限，相比之下，《中国丛报》可谓"世界上第一种重要的汉学期刊"。[④]《中国丛报》在亚洲、欧洲、美洲都有广泛的读者，如 1836 年的订阅量就达到 515 份，订阅数量占前三位的是中国、美国、英国。其实，《中国丛报》的流传和影响，远远超出了它的实际订阅群体。[⑤]

英国本土的汉学发展也呈现出崭新的面貌。小斯当东爵士（Sir George Thomas Staunton，1781—1859）在英国本土汉学的发展和专业化过程中，发挥了关键性的作用。小斯当东在 1792 年伴随身为副使的父亲斯当东爵士，参加了马戛尔尼使华团，因而掌握了良好的中文知识。他曾将《大清律例》

---

① 关于《中国丛报》创办与停刊的背景，可参见苏精：《上帝的人马：十九世纪在华传教士的作为》，香港：基督教中国宗教文化研究社，2006 年，第 1—32 页。

② E. C. Bridgman, "Introduction", *The Chinese Repository* 1.1 (1832): 1.

③ 龚缨晏等：《西方人东来之后：地理大发现后的中西关系史专题研究》，杭州：浙江大学出版社，2006 年，第四章"美国：大洋彼岸的奇异国度"（张施娟撰稿），第 187 页。

④ 尹文涓：《〈中国丛报〉与汉学研究》，《多边文化研究》第 2 卷，北京：新世界出版社，2003 年，第 360、362 页。

⑤ Elizabeth L. Malcolm, "*The Chinese Repository* and Western Literature on China 1800 to 1850", *Modern Asian Studies* 7.2 (1973): 171—172.

译为英文，还为哈克鲁特学会编辑重印门多萨的《中华大帝国史》。[1] 很多人都称小斯当东是“英国汉学之父”。[2] 可以说，“如果没有斯当东，英国汉学绝对不会在十九世纪中叶出现，也绝对不会有英国汉学界日后所说‘后来居上’‘发展千里’的辉煌时期”。[3]

当马礼逊1824年回英国休假时，曾乘机前往巴黎拜访雷慕莎，深感法国人研究中文的热忱远远高于英国人，于是他建议在牛津与剑桥开设中文课程，可是没有获得响应。[4] 小斯当东也曾到欧洲考察，感慨欧洲的汉学发展迅速，他认为英国漠视中国语言及其文学，会使英国蒙羞。在马礼逊逝世之后，小斯当东提出在伦敦大学学院（1826年创建）筹办中文图书馆，永久保存马礼逊带回英国的九百多部（近一万册）中文图书，并成立中文教席。由于小斯当东的建议，伦敦大学学院1837年开设中文讲座，理雅各的中文老师修德成为首任中文教授，可惜1843年修德去世后讲座一度中断。

小斯当东爵士

(Sir George Thomas Staunton)

1846年小斯当东又提出，在伦敦大学国王学院成立中文教席。关诗珮指出，这种述求“关注的是英国对华政治及英国在华的商贸利益，反映了

① 参见游博清、黄一农：《天朝与远人——小斯当东与中英关系（1793—1840）》，《中央研究院近代史研究集刊》2010年第69期，第1—40页。

② 林佐瀚：《英国早期汉学发展溯源》，《联合校刊》1971年第22期，第48页。

③ ［新］关诗珮：《译者与学者：香港与大英帝国中文知识建构》，香港：牛津大学出版社，2017年，第38页。

④ 苏精：《中国，开门！马礼逊及相关人物研究》，香港：基督教中国宗教文化研究社，2005年，第57页。

英国社会的内部需要”。[①] 在小斯当东的持续推动之下，1847 年伦敦大学国王学院开设中文讲席，聘请费伦（Samuel Turner Fearon，或译飞即，1819—1854）为中文教授。[②] 1852 年费伦卸任之后，又有苏谋斯（James Summers，1828—1891）、道格思、庄士敦（Reginald Fleming Johnston，1874—1938）等人相继担任国王学院的中文教授。

小斯当东还是英国皇家亚洲学会的创办人之一。1823 年，小斯当东与曾任孟加拉亚洲学会会长的梵文学者科尔布鲁克（Henry Thomas Colebrooke，1765—1837）等人，在伦敦成立了大不列颠及爱尔兰皇家亚洲学会，简称“皇家亚洲学会”，还创办了刊物《大不列颠及爱尔兰皇家亚洲学会学报》。1829—1924 年，亚洲先后有十一个学会成为皇家亚洲学会的分会，包括香港分会（即中国支会）、北中国支会等，这些机构及其刊物，都成为汉学研究最重要的推动力量。

英美汉学不仅在 19 世纪前期登上历史舞台，而且还获得了迅猛的发展。阙维民统计法国汉学家高第《汉学文献目录》中收录的汉学著作，发现 19 世纪以前的汉学论著大多以英语之外的欧洲语言写成，但是自 1800 年，尤其是 1850 年之后，英语的汉学论著数量激增。阙维民还根据美国哥伦比亚图书馆编的《〈汉学文献目录〉索引》，做出一个汉学家人数的统计。他发现，在 16 世纪至 1924 年的 7737 位西方汉学家中，有 113 位汉学家发表或出版论著超过 20 篇（部），即所谓的多产汉学家。这些人按国籍区分，英国 37 人、法国 29 人、德国 12 人、美国 9 人、其他国家 7 人、不明国籍 19 人。在 37 位多产的英国汉学家中，仅仅有 2 位在 1850 年之前去世，有 6 位在 1925 年之后去世。“明确而量化地反映出英国汉学在十九世纪迅速崛起以及在西

---

① ［新］关诗珮：《英国伦敦国王学院首任汉学教授费伦》，《国际汉学》2013 年第 24 辑，第 147—148 页。

② 关诗珮在《英国伦敦国王学院首任汉学教授费伦》一文中采用了“费伦”的译名，但是后来在其专著《译者与学者：香港与大英帝国中文知识建构》第三章又采用“飞即”的译名，并指出后者才是该家族成员自己惯用的中文名。

方汉学界所居重要地位的历史事实”[1]。

在19世纪前期英美汉学的迅猛发展中，一个最直接的刺激因素，就是鸦片战争打开了中国的大门。如果把1840—1876年刊登在英、美、德等国期刊上的文章做一个通览，也许是衡量西方人对中国感兴趣程度的最有效方法。从整体看，英国人对中国的事情更感兴趣。1840—1876年，有1000多篇长短不同的涉及中国若干方面问题的文章刊登在30—40家英国和美国的期刊上。[2]

不过，在英美汉学的迅猛发展中，普遍存在对中国的轻视和偏见，也是一个不能回避的现象。英国对中国态度转变的主要原因，“就是英国势力的增长和随着国内工业的发展和海外领土的扩展而产生的优越感”。[3] 19世纪入华的西方人，大多对中国文明抱有轻蔑的态度。以《中国丛报》为代表的各类报刊文章，虽然标榜以不带偏见的态度来考察中国，但实际上很多都对中国人和中国文明抱有尖锐的批评态度，试图证明中国如何堕落，如何迫不及待地需要基督教的拯救，这些论述完全推翻了耶稣会士曾经为欧洲人塑造的中国形象。[4]

第二节 马士曼、马礼逊、高大卫与《诗经》

在上一章中，我们已经看到，英国人最初欣赏到的《诗经》作品，主要来自法国耶稣会士柏应理等人编译的《中国哲学家孔子》，书中收录的《大学》《论语》《中庸》多处引用《诗经》，尤其是《大学》完整引出《卫风·

① 阙维民：《剑桥汉学的形成与发展》，《汉学研究通讯》2002年第21卷第1期，第33页。

② ［美］马森：《西方的中国及中国人观念：1840—1876》，杨德山译，北京：中华书局，2006年，第51—56页。

③ ［英］雷蒙·道森：《中国变色龙：对于欧洲中国文明观的分析》，常绍明、明毅译，北京：时事出版社，1999年，第187页。

④ Elizabeth L. Malcolm, “The *Chinese Repository* and Western Literature on China 1800 to 1850”, *Modern Asian Studies* 7.2 (1973): 167, 170.

淇奥》首章，珀西、琼斯都是被《中国哲学家孔子》一书所吸引，进而将《卫风·淇奥》首章转译为英文。可以说，《大学》中所引的《卫风·淇奥》首章，是最早为英国人熟知的《诗经》章节。因此，本节将简单介绍马士曼、马礼逊、高大卫三人的英译《大学》中收录的《卫风·淇奥》首章译文，可以与18世纪珀西、琼斯的翻译互相对照，以见《诗经》具体诗章英译在19世纪的发展。

马士曼（Joshua Marshman，1768—1837）是英国浸礼会传教士，由于中国传教条件的限制，他从未涉足中国。他在印度完成的《论语》和“四书”英译，涉及《诗经》，一定程度上对《诗经》传播做出了贡献。

马士曼是追随英国“传教之父”凯里，前往印度传教。凯里曾历经各种艰难，前往印度居住四十年，将《圣经》翻成印度文。马士曼在凯里的鼓励下，依靠出生于澳门的亚美尼亚人拉沙（Lassar）协助，用中国的文言文翻译《圣经》，1822年在印度塞兰坡出版，史称“马士曼译本”，比马礼逊译本早了一年。马士曼译本和马礼逊译本，被并称为《圣经》的“二马译本”。

马士曼（Joshua Marshman）

马士曼曾将《论语》的第一章至第九章译为英文。[①] 在19世纪以前，儒家经典的英译本很少，因此，马士曼的《论语》译本得到了英语世界读者的重视。1836年，美国著名学者爱默生读到马士曼翻译的《论语》，对孔子的思想产生了浓厚的兴趣，并在1843年4月号的《日晷》杂志上选登了孔子的二十一段语录，题为《孔子语录》。

马士曼还编有《中国言法》一

① Joshua Marshman, *The Works of Confucius: Containing the Original Text, with a Translation*, Serampore, India: Printed at the Mission Press, 1809.

书（此书封面附有中文书名），书中专辟一节介绍中国的诗歌格律，简要论述了中国古代诗歌尤其是上古诗歌的发展。马士曼引《康衢谣》“立我蒸民，莫匪尔极，不识不知，顺帝之则”作为尧时的诗歌，引《赓歌》“股肱喜哉，元首起哉，百工熙哉”作为舜时的诗歌，引《五子之歌》“内作色荒，外作禽荒，甘酒嗜音，峻宇雕墙，有一于此，未或不亡”作为夏禹时代的诗歌。马士曼指出，《诗经》最后一卷有几首诗是商人祖先的颂歌，并指出《诗经》绝大部分诗歌创作于周代。马士曼几乎用了整节最长的文字来介绍《诗经》。他在开首提出，《诗经》中的一些作品，甚至比荷马（Homer）或赫西俄德（Hesiod）的作品还要优美。对于《诗经》的内容，马士曼详细介绍了风、雅、颂的分类，尤其描述了《国风》部分《周南》《召南》的主题，指出琼斯已将其中一首婚嫁诗的章节译为优美的英文（即《周南·桃夭》）。马士曼还根据当时欧洲人对于中国上古史的知识，颇为自信地提出，《诗经》中那些最早时代作品的创作时间是很容易确定的。此外，马士曼还提到赋是《诗经》的一种创作手法，可惜他没有介绍比和兴。这些介绍，显然还处于粗浅的层面，有很多不准确的信息。

《中国言法》的附录部分有《大学》的英译，马士曼采用了中英文对照的方式，在每一页的上方用排印汉字的方式印出原文，在下方则是英译与注释——后来理雅各的《中国经典》也采用了这种编排方式。其中引用《卫风·淇奥》首章，马士曼与琼斯一样，没有注意到此处引诗与《毛诗》文本的不同。不过，由于中西交流的进展，马士曼已经可以依靠中文排版印刷技术，以印刷体而不是手写体提供中文原文。同时，马士曼的译文，在涉及《诗经》引诗时，能用引文的排版形式，将《诗经》诗句单独列出，这样能避免《诗经》引诗与《大学》文字的混淆，为西方读者提供更加直观、更加准确的《诗经》诗句译文。在当时《诗经》英译极少且信息多不准确的历史语境中，马士曼的《大学》译本对于传播《诗经》的价值，要高于马礼逊译本和高大卫译本。

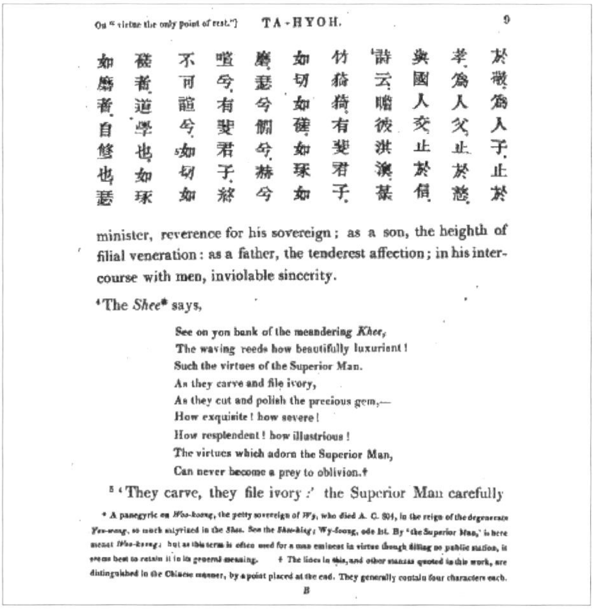
On "virtue the only point of rest."]　TA-HYOH.　9

於敬爲人子止於
孝爲人父止於慈
與國人交止於信
4詩云瞻彼淇澳菉
竹猗猗有斐君子
如切如磋如琢如
磨瑟兮僩兮赫兮
喧兮有斐君子終
不可諠兮5如切如
磋者道學也如琢
如磨者自修也瑟

minister, reverence for his sovereign; as a son, the heighth of filial veneration: as a father, the tenderest affection; in his intercourse with men, inviolable sincerity.

4 'The *Shee** says,

See on yon bank of the meandering *Khee*,
The waving reeds how beautifully luxuriant!
Such the virtues of the Superior Man.
As they carve and file ivory,
As they cut and polish the precious gem,—
How exquisite! how severe!
How resplendent! how illustrious!
The virtues which adorn the Superior Man,
Can never become a prey to oblivion.†

5 'They carve, they file ivory:' the Superior Man carefully

* A panegyric on *Woo-koong*, the petty sovereign of *Wy*, who died A. C. 804, in the reign of the degenerate *Yeu-wang*, so much satyrized in the *Shee*. See the *Shee-king*; Wy-foong, ode 1st. By 'the Superior Man,' is here meant *Woo-koong*; but as this term is often used for a man eminent in virtue though filling no public station, it seems best to retain it in its general meaning.　† The lines in this, and other stanzas quoted in this work, are distinguished in the Chinese manner, by a point placed at the end. They generally contain four characters each.

B

马士曼译《大学》(1814) 中的《卫风·淇奥》

关于《卫风·淇奥》首章，马士曼的译文在精练程度上超过珀西的译文，在优美程度上也不输于琼斯的译文。马士曼的译文如下：

See on yon bank of the meandering Khee,
The waving reed how beautifully luxuriant!
Such the virtues of the Superior Man.
As they carve and file ivory,
As they cut and polish the precious gem,
How exquisite! how severe !
How resplendent! how illustrious!
The virtues which adorn the Superior Man,

Can never become a prey to oblivion. ①

在上一章的分析中，我们已经看到琼斯将引诗中的“菉竹”译为“green reeds（翠绿的芦苇）”。马士曼与琼斯一样，将“竹”译为“reed（芦苇）”。至于“菉”字，马士曼也与琼斯一样，不知道《毛传》将其解释为另一种植物（王刍），但是他也不认同常见的解释，没有译为绿色，而是译为“waving（摇曳的）”。从译文本身来看，也许更具诗意，但是却偏离了原文。

马礼逊（Robert Morrison，1782—1834）在1807年被伦敦传道会派往中国，是第一个进入中国的英国新教传教士。20世纪初的牛津大学中文教授苏慧廉（William Edward Soothill，1861—1935）认为，马礼逊“奠定了英语世界的汉学研究”。②

马礼逊（Robert Morrison）

在赴东方传教之前，伦敦会对马礼逊安排了三项任务，即学习中文、把《圣经》译成中文、编纂中文字典。他在伦敦找到一位中文教师容三德（Yang Sam Tak），学习汉语，阅读经籍。③ 不过，在动身之际，东印度公司拒绝马礼逊乘坐公司货船前往广州，他不得不先前往美国，然后再从纽约乘坐美国商船去广州。马礼逊在纽约短暂停留期间，呼吁美国人去东方传教。后来裨治文受到马礼逊的感召，

① Joshua Marshman, *Elements of Chinese Grammar, With a Preliminary Dissertation on the Characters, and the Colloquial Medium of the Chinese, and an Appendix Containing the Ta-Hyoh of Confucius with a Translation*, Serampore, India: Printed at the Mission Press, 1814, Appendix p. 9.

② W. E. Soothill, *China and England*, London: Oxford University Press, 1928, p. 139.

③ ［英］汤森：《马礼逊——在华传教士的先驱》，王振华译，郑州：大象出版社，2002年，第42—43页。

成为第一个入华的美国传教士。马礼逊在广州的美国商馆居住一年，由于当时清政府的严格限制，他只能秘密雇人教他中文。后来，马礼逊来到澳门，在小斯当东的帮助之下，成为东印度公司的职员。

马礼逊最伟大的功绩，是编成《华英字典》。英国东印度公司急需翻译人才，对汉英字典表现出极大的兴趣，愿意提供经济资助。1809年，马礼逊被东印度公司聘为译员。他开始收集各种书籍与资料，如《艺文备览》《康熙字典》等书，作为编写字典的素材。《华英字典》第一部分于1815年在澳门出版，采用了汉英对照、按部首排列的形式。《华英字典》第二部分即《五车韵府》，依韵部排列。《华英字典》第三部分在1822年出版，是一本英汉字典，依英文字母排列。法国汉学家儒莲称《华英字典》是当时“用欧洲语言编撰的最好的汉语辞典”。[①] 马礼逊在《华英字典》中，常常引用《诗经》资料解释字词的意思，比如解释“啴”字时，就引用了《大雅·常武》第五章：“王旅啴啴，如飞如翰，如江如汉，如山之苞。如川之流，绵绵翼翼。不测不克，濯征徐国。”马礼逊在书中排印了整章诗句的中文以及拼音，并提供英译，其译文如下：

The royal legious appeared numerous and imposing;
Swift as if they fled upon wings;
Impetuous as a torrent or a cataract;
Firm as the base of a mountain;
Resistles as the course of a river;
Forming a long unbroken line, in matchless order;
Their motions inscrutable; their prowess invincible;

① ［英］伟烈亚力：《基督教新教传教士在华名录》，赵康英译，天津：天津人民出版社，2013年，第9页。

Thus they proceed to the grand conquest of the state Scu.[1]

马礼逊在《华英字典》出版之前，还在1812年编译了《中国春神》一书，此书收录了《三字经》《大学》等中国典籍的英译。《三字经》中有“曰国风，曰雅颂”等文字介绍《诗经》，马礼逊翻译了这些《诗经》的分类名称，并提供了简单的解释。[2]《中国春神》中的《大学》英译，包括了十二处《诗经》引文的翻译。不过，马礼逊没有像马士曼一样提供中文原文，并且，他的译文的排列方式，没有像马士曼一样将引诗单独列出。以《大学》引用《卫风·淇奥》首章为例，马礼逊翻译“诗曰”（The odes says）之后的文字，不仅将《诗经》引文放入引号，还将《大学》中的解释文字也一并放入了引号之中，这极易令读者产生混淆。

《卫风·淇奥》首章的翻译，马礼逊的译文相对而言更加平实，在诗意上略输于马士曼。马礼逊的译文如下：

See yonder, by the banks of the Ki,
How beautiful and abundant are the verdant trees!
So beautiful was it to behold the learned Wu-kung, King of Wei.
As the ivory is pared and smoothed;
As gems are cut and polished!
—So, how venerable,
How determined,
And how great was the learned Prince!
To the latest ages he will not be forgotten.[3]

---

① Robert Morrison, *A Dictionary of the Chinese Language, Part I*, Macao: Honorable East India Company's Press, 1815, p. 434.

② Robert Morrison, *Horae Sinicae: Translations from the Popular Literature of the Chinese*, London: Black and Parry, 1812, p. 10.

③ 同上书，p. 25.

可以看到，马礼逊直接点明诗中的“君子”就是卫武公，这与马士曼的译文不同，也与珀西、琼斯的译文不同。至于“菉竹”一词，他译为“verdant trees（翠绿的树林）”，这与珀西比较接近，珀西曾将“菉竹”译为“verdant canes（翠绿的竹藤）”，也许马礼逊曾读过珀西的译诗。不过，马礼逊并未明确译出“竹”的意思，而是用了意指范围更广的“trees”。也许马礼逊知道此诗的“竹”字在《诗经》诠释上的争议，因此采用了较为含混的译法。不过，这种解释未必成立，因为马礼逊翻译“菉”时明确将其译为“绿色”。

马礼逊还在1825年出版的《汉语杂说》中，简要地介绍了中国的“五经”，指出《诗经》中有爱情诗、政治讽刺诗等。但是，他说《诗经》中的诗歌作品共301首，这可能是他读到311首（305首再加6首笙诗）之说时，误记为301首所致。[①]

高大卫（David Collie，？—1828）也是伦敦会传教士，他也曾翻译过“四书”。高大卫1822年到达马六甲，跟随马礼逊学习中文，1824年开始担任英华书院校长直至去世。1828年，他翻译的“四书”在马六甲出版。卫三畏在《中国总论》中介绍“四书”时，用的就是高大卫的译本。

高大卫“四书”译本中的《大学》，也包括了十二处《诗经》引文的翻译。高大卫没有像马士曼一样提供中文原文，并且，他的译文所采用的排列方式，也没有像马士曼一样将引诗单独列出。以《大学》引用《卫风·淇奥》首章为例，《大学》中的解释文字没有用引号，但是“诗曰”（The ode says）之后的文字即《诗经》引文，也没有用引号，这也极易令读者混淆《诗经》引文与《大学》中的解释文字。

《卫风·淇奥》首章的英译，高大卫采用的措辞、风格比较接近马礼逊，可以看出马礼逊对他的影响。高大卫的译文如下：

---

① Robert Morrison, *Chinese Miscellany; Consisting of Original Extracts from Chinese Authors, in the Native Character; with Translations and Philological Remarks*, London: Printed by S. McDowall, Leadenhall Street, for the London Missionary Society, 1825, pp. 37—38.

Behold on yonder banks of the Ke,

How luxuriant is the green bamboo!

Thus elegantly adorned with virtue is the superior man! (Alluding to King Wan.)

As we carve and smooth the ivory—

As we cut and tile the precious gem, so did he model his conduct.

How majestic! how commanding!

How illustrious,

Was the learned Prince !

To the latest ages he will not be forgotten! ①

虽然高大卫深受马礼逊影响，但是他翻译引诗中的“君子”一词时，却与马礼逊的理解不同。马礼逊在译文中指明“君子”是卫武公，这符合传统的解释；高大卫却补充说明这是指文王（King Wan），这与传统的解释大相径庭，主要原因是高大卫将这段文字与前面涉及文王的一段文字视为在语意上相关联的章节，因此以为这段文字的主角也是文王。这说明高大卫不仅对《诗经》的内容和诠释不甚了解，他甚至对《大学》本身的诠释传统也不重视。至于引诗中的“菉竹”，高大卫将其译为“green bamboo”，明确地将“菉”译为绿色、将“竹”译为亚洲常见的植物竹子。此后，当英译者翻译《毛诗》中的“绿竹猗猗”时，绿色的竹子就成为最常见的译法。

第三节　德庇时的《诗经》选译

德庇时爵士（Sir John Francis Davis，1795—1890），其中文名又译为戴

① David Collie, *The Chinese Classical Work Commonly Called the Four Books*, Malacca: Printed at the Mission Press, 1828, p. 4.

维斯、爹核士。他的身份与马士曼、马礼逊、高大卫等人不同，他不是为了传教目的来中国，而是东印度公司职员以及殖民政府官员。德庇时从牛津大学毕业后，于1813年抵达中国广州，获东印度公司聘任为抄写员。他具有语言和外交天分，喜好中国文学，在东印度公司任职期间已尝试将中国文学作品译为英文，成为公司的“中国通”。因此，德庇时于1816年被指派成为亚美士德使团的翻译，往北京觐见嘉庆帝，又在1832年被委任主持东印度公司的在华业务。1844年2月23日，德庇时成为第二任香港殖民地政府总督，接替同年5月卸任的砵甸乍爵士（Sir Henry Pottinger，亦译作璞鼎查，1789—1856)。不过，德庇时在港督任内，因税捐过重，导致大失人心，于1848年黯然离职。

在1823年英国皇家亚洲学会创立之时，德庇时成为该会的创会会员之一。他在1829年将《好逑传》译为英文，因精通中文且有长期在华经验，他的译本在准确程度上远远超过珀西的译本，成为英语世界长期流行的权威译本。1847年1月，皇家亚洲学会香港分会成立。由于他在汉学上的成就，又因其在筹备分会过程中的贡献，德庇时被选为创会会长。

德庇时（Sir John Francis Davis)

德庇时在1829年撰写长文《汉文诗解》，次年发表在《大不列颠及爱尔兰皇家亚洲学会会刊》上。这篇文章于1834年在澳门的东印度公司出版社发行单行本，1870年又在伦敦再版。一再重版，可以看出德庇时对于此书的重视以及此书受欢迎的程度。

《汉文诗解》介绍了汉语诗歌的格律及特点，并列举了先秦以来的诗歌为例。德庇时在讨论中国诗歌的源头时，专门论述了《诗经》的起源与功能，并完整翻译了《召南·鹊巢》《小雅·谷风》两诗，附上了两首诗的中文。[1] 这两首译诗，可能是英国人第一次完全在中文原诗的基础之上，从文学的眼光出发并且整首译出的《诗经》篇章。相比之下，18世纪的珀西、琼斯翻译《诗经》，虽然已侧重文学的角度，但其译文主要依赖《中国哲学家孔子》中的拉丁文译文，而与德庇时同时代的马士曼、马礼逊、高大卫等人，虽然有良好的中文能力，但他们没有专门翻译《诗经》作品，他们只是在英译“四书”时，随文翻译了《诗经》引文。因此，从这个意义上来说，德庇时可算是19世纪《诗经》翻译的第一个重要汉学家。

在《汉文诗解》中，德庇时指出，西方人对于中国文学的接受比较淡漠，其中的主要原因，是汉学家介绍中国文学时，在所选择的作品及其评价时所秉持的审美趣味上，都有所欠缺。如要在欧洲人心中建立中国文学的声望及其兴趣，就需要汉学家花费一定的功夫去细心选择作品、提供引人入胜的介绍，以引起那些有教养、有品位的读者的兴趣。德庇时进一步指出，文学作品的成功，主要归因于它的风格与语言。不同欧洲语言的作品，可以进行直译，但是中文作品如用字面直译的方式译为英文，则会丧失其本来的审美效果，变成了一堆可怕的术语。在翻译的过程中，还应考虑散文作品与诗歌作品的区别。因此，德庇时

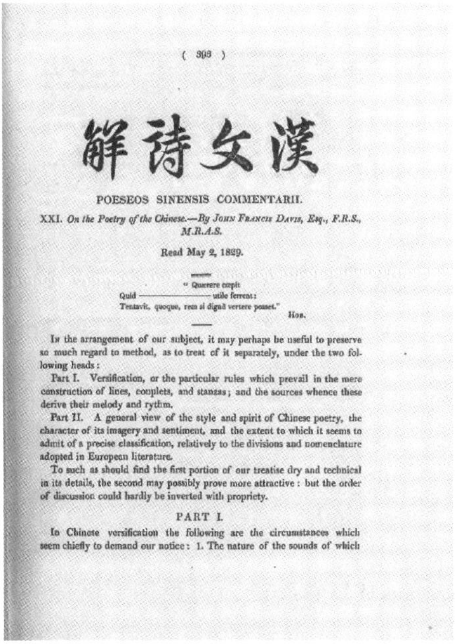
(393)

解詩文漢

POESEOS SINENSIS COMMENTARII.

XXI. *On the Poetry of the Chinese.—By* John Francis Davis, *Esq., F.R.S., M.R.A.S.*

Read May 2, 1829.

"Quærere cœpit
Quid ———————— utile ferrent:
Tentavit, quoque, rem si dignâ vertere posset."
Hor.

In the arrangement of our subject, it may perhaps be useful to preserve so much regard to method, as to treat of it separately, under the two following heads:

Part I. Versification, or the particular rules which prevail in the mere construction of lines, couplets, and stanzas; and the sources whence these derive their melody and rythm.

Part II. A general view of the style and spirit of Chinese poetry, the character of its imagery and sentiment, and the extent to which it seems to admit of a precise classification, relatively to the divisions and nomenclature adopted in European literature.

To such as should find the first portion of our treatise dry and technical in its details, the second may possibly prove more attractive: but the order of discussion could hardly be inverted with propriety.

PART I.

In Chinese versification the following are the circumstances which seem chiefly to demand our notice: 1. The nature of the sounds of which

《汉文诗解》论文（1829）

---

① John Francis Davis, *The Poetry of the Chinese*, London: Asher & Co., 1870, pp. 33—34. 下文引用《汉文诗解》，主要依据1870年的版本。

提出了自己对于翻译中国诗歌的立场："为了真正地欣赏中国诗歌和其他诗歌，韵译是最好的方式。"不过，为了适应不同的主题与不同的场合，德庇时在文中交替采用了三种英译方式：散译、忠实的韵译以及意译。[①]他在介绍两首《诗经》作品时，采用了所谓的"忠实的韵译"。德庇时坚持用韵译的方式翻译《诗经》，这种看法对后来的《诗经》译者，比如詹宁斯等人，影响颇大。

德庇时向西方读者指出，《诗经》是中国最早的诗歌，其中"最有趣"的是"国风"部分，他介绍：

> 正像其他国家一样，中国最早的诗歌包括歌谣与颂诗（songs and odes），有时伴随音乐。这样一本精妙的诗集，在距今两千多年前，由孔子整理而成，它描述了一种与当今时代截然不同的风貌。这本诗集分为四个部分，其中第一部分，也是数量最多、最有趣的部分被称为"国风"，即指不同国家的风俗习惯……这些小国都遵照封建制度，依附于一个君主，君主为了用最佳的方式来衡量各种臣民的性格和情绪，因而需要这些当地最盛行的歌谣与颂诗。这一点以独特的方式契合了《观察者》的一篇言论："我听说，在伊丽莎白女王统治时期，一位国务大臣收集了各种书籍和民谣，并且十分关注它们如何影响民众，通过这些书籍和民谣，能够很好地判断民众的性情，以及最恰当地运用这些资料。"[②]

《观察者》是当时英国影响颇大的刊物。德庇时引用了《观察者》的文章，举了英国人熟悉的例子，来说明《诗经》可以观察民风的功能。他接着说：

---

① John Francis Davis, *The Poetry of the Chinese*, London: Asher & Co., 1870, pp. 33—34.

② 同上书，p. 35.

> 《诗经》中那些精妙的古代作品，都显得亘远古朴，如果没有详细注释，其风格和语言难以被今人理解。这些注解，阐明了诗歌的主旨，还揭示了其历史意义。……每一章经常以一种重复或者“复沓”（refrain）为结尾，这在《诗经》中很常见，证明了这种原始歌谣的极度简朴。[①]

在这些介绍中，可以看出德庇时不仅研究过《诗经》原文，而且对《诗经》的传统注疏也有留意，并注意到这些传统注疏常常是在说明《诗经》的历史背景和意义。同时，他指出了《诗经》在章节结构上的“复沓”的艺术特点，并认为这种特点源于原始歌谣的简朴性。这个观察，对于后来学者从民歌艺术的角度解释《诗经》，有一定的影响。

德庇时翻译了《召南·鹊巢》，将其作为《国风》中的代表作品。他像琼斯、马士曼等人一样，采用了中英对照的方式，其译文如下：

《召南·鹊巢》	德庇时译文
维鹊有巢， 维鸠居之。 之子于归， 百两御之。	The nest you winged artist builds, The robber-bird shall tear away; —So yields her hopes th'affianced maid, Some wealthy lord's reluctant prey.
维鹊有巢， 维鸠方之。 之子于归， 百两将之。	The anxious bird prepares a home, In which the spoiler soon shall dwell; —Forth goes the weeping bride, constrain'd A hundred cars the triumph swell.
维鹊有巢， 维鸠盈之。 之子于归， 百两成之。	Mourn for the tiny architect, A stronger bird hath ta'en its nest; —Mourn for the hapless, stolen bride, How vain the pomp to soothe her breast![②]

① John Francis Davis, *The Poetry of the Chinese*, London: Asher & Co., 1870, p. 35.

② 同上书，p. 36.

德庇时的译文，采用了他所提倡的韵译方式。不过，德庇时为了满足押韵的目的，却忽略甚至是掩盖了原诗的复沓风格。如前所述，德庇时注意到《诗经》作品常常具有“复沓”的形式，并认为这证明了《诗经》作为原诗歌谣的简朴性，这代表了英语世界对于《诗经》艺术形式认识的深入。《召南·鹊巢》具有典型的重章叠唱风格，即德庇时所说的复沓风格，每章只是替换其中的两个字，其他文字都相同。但是，德庇时的译文完全没有反映出原诗的这种复沓风格。比如每章开首的兴句都用了“维鹊”“维鸠”，德庇时不仅没有准确地翻译出两种鸟类的名称，而且反复用不同的称呼，如分别用了“robber-bird（强盗鸟）”“spoiler（抢夺者）”“stronger bird（更强壮的鸟）”来翻译“鸠”，又用了“anxious bird（焦虑的鸟）”来翻译“鹊”。对于三章结尾都重复的“百两”，德庇时只是在第二章的译文中用了接近原文的“a hundred cars”，第三章的译文则用了概括性的“pomp（盛况）”，首章的译文甚至连这种盛况都没有提，只是说明迎娶新娘的人是富有的君主（wealthy lord）。

接着，德庇时又介绍了《大雅》《小雅》，并翻译了《小雅·谷风》，将其作为二雅部分的代表作品，他说：

> 这本古代诗集的第二和第三部分被称为《大雅》和《小雅》，这两个部分的创作目的被认为是传唱和叙述政事：它们记述了英雄和圣贤的丰功伟绩，或表达了他们的高尚情操。接下来从《小雅》选出来的例诗，看起来更具个人情感。这首诗被解释为诗人在悲叹一个忘恩负义的朋友的卑劣行为，诗中的风雨当然只是比喻。[①]

---

① John Francis Davis, *The Poetry of the Chinese*, London: Asher & Co., 1870, p. 37.

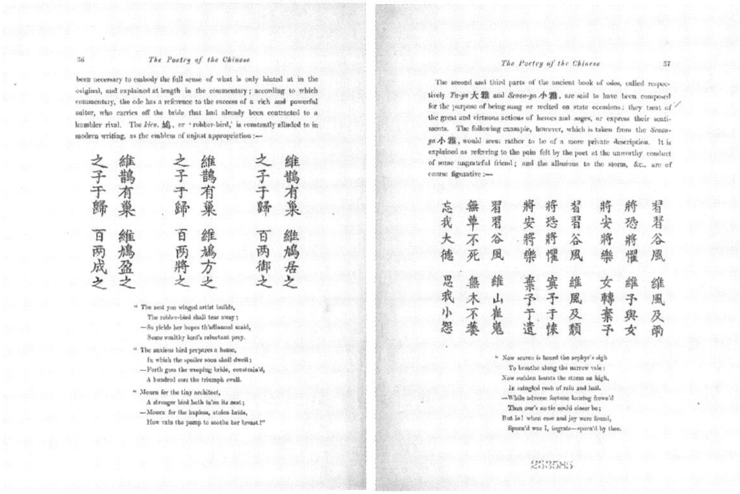

36　*The Poetry of the Chinese*

been necessary to embody the full sense of what is only hinted at in the original, and explained at length in the commentary; according to which commentary, the ode has a reference to the success of a rich and powerful suitor, who carries off the bride that had already been contracted to a humbler rival. The *kieu*, 鳩, or 'robber-bird,' is constantly alluded to in modern writing, as the emblem of unjust appropriation:—

維鵲有巢　維鳩居之
之子于歸　百兩御之

維鵲有巢　維鳩方之
之子于歸　百兩將之

維鵲有巢　維鳩盈之
之子于歸　百兩成之

"The nest yon winged artist builds,
The robber-bird shall tear away;
—So yields her hopes th'affianced maid,
Some wealthy lord's reluctant prey.

"The anxious bird prepares a home,
In which the spoiler soon shall dwell;
—Forth goes the weeping bride, constrain'd,
A hundred cars the triumph swell.

"Mourn for the tiny architect,
A stronger bird hath ta'en its nest;
—Mourn for the hapless, stolen bride,
How vain the pomp to soothe her breast!"

The Poetry of the Chinese　37

The second and third parts of the ancient book of odes, called respectively *Ta-ya* 大雅 and *Seaou-ya* 小雅, are said to have been composed for the purpose of being sung or recited on state occasions: they treat of the great and virtuous actions of heroes and sages, or express their sentiments. The following example, however, which is taken from the *Seaou-ya* 小雅, would seem rather to be of a more private description. It is explained as referring to the pain felt by the poet at the unworthy conduct of some ungrateful friend; and the allusions to the storm, &c., are of course figurative:—

習習谷風　維風及雨
將恐將懼　維予與女
將安將樂　女轉棄予

習習谷風　維風及頹
將恐將懼　寘予于懷
將安將樂　棄予于遺

習習谷風　維山崔嵬
無草不死　無木不萎
忘我大德　思我小怨

"Now scarce is heard the zephyr's sigh
To breathe along the narrow vale:
Now sudden bursts the storm on high,
In mingled rush of rain and hail.
—While adverse fortune louring frown'd
Than our's no tie could closer be;
But lo! when ease and joy were found,
Spurn'd was I, ingrate—spurn'd by thee.

《汉文诗解》(1870) 中的《召南・鹊巢》与《小雅・谷风》译文

在《小雅・谷风》的译文中，德庇时依然采用了优美的韵译形式，其译文如下：

《小雅・谷风》原文	德庇时译文
习习谷风， 维风及雨。 将恐将惧， 维予与女。 将安将乐， 女转弃予。	Now scaree is heard the zephyr's sigh To breathe along the narrow vale; Now sudden bursts the storm on high, In mingled rush of rain and hail. —While adverse fortune louring frown'd, Than our's no tie could closer be; But lo! When ease and joy were found, Spurn'd was I, ingrated-spurn'd by thee.
习习谷风， 维风及颓。 将恐将惧， 寘予于怀。 将安将乐， 弃予于遗。	Now scaree is felt the fanning air Along the valley's aloping side; Now winds arise, and light'nings glare, Pours the fell storm its dreadful tide! —While fears and troubles closely prest, By thee my love was gladly sought; But once again with quiet blest, Thou view'st me as a thing of nought.

《小雅·谷风》原文	德庞时译文
习习谷风， 维山崔嵬。 无草不死， 无木不萎。 忘我大德， 思我小怨。	The faithless calmshall shift again, Another gale the bleak hill rend, And every balde shall wither then, And every tree before it bend; —Then shalt thou wait thy lonesome lot, Then vainly seek the injur'd man, Whose virtues thou hadst all forgot, And only learn'd his faults to scan. ①

可以看到，《小雅·谷风》也具有叠章的艺术形式，尤其是每一章开头的“习习谷风”两句。德庞时似乎想反映出原诗开头的复沓风格，他在每章译文中，都将原诗的开头两句改成了以 ABAB 形式押韵的四句，尤其是前两章，都用了“now”开头来引领译文的第一句和第三句（即对应原诗的第一句和第二句）。但是，德庞时并没有坚持这种对原诗叠唱形式的重视，到了第三章的译文，开头四句的形式已经与前两章完全不同。由此可见，在《诗经》的英译中，如想同时反映出原诗的韵律形式与复沓形式，是不容易做到的。

接着，德庞时还介绍了《诗经》的第四部分，即《颂》的作品：

> 这本古代诗歌经典的第四个、也是最后一个部分被称为“颂”——就是关于周朝祖先以及古代名圣贤的颂词（eulogies）和悼词（panegyries）。它们似乎是一种赞歌（hymn）。

德庞时介绍《诗经》分为《国风》《大雅》《小雅》《颂》四部分，并且比较准确地归纳了《诗经》四部分的内容和形式，这与 17 世纪末安文思等人对《诗经》的介绍相比，无疑是很大的进步。同时，德庞时从中文原文翻译了两首完整的《诗经》作品，这在《诗经》英译的历史发展中也是一个很大的进步。

德庞时对于自己的《诗经》译文颇为看重，后来曾将《召南·鹊巢》的译文收入自己的另一部著作《中国人：中华帝国及其居民概述》。德庞时指

① John Francis Davis, *The Poetry of the Chinese*, London: Asher & Co., 1870, p. 37.

出，这首诗歌可以令读者认识到，远古时代的人类具有很多共通的情感。在这部著作中，德庇时采用了自己当年的译文，还沿用了当年对于此诗的理解。他认为这首诗表现了一个富贵且有权势的追求者，从一个身份卑微的对手中抢走了新娘。同时，德庇时增加了一个解释，提出诗中的“强盗鸟”（即鸠），就像布谷鸟（cuckoo）一样。[①] 将“鸠”解释为布谷鸟，符合中国传统注疏的看法，如《毛传》就将“鸠”视为鸤鸠。

但是，德庇时对于此诗主旨的解释，却与传统注疏的看法完全不同。《毛诗序》认为此诗是称颂“夫人之德”，是说“国君积行累功，以致爵位，夫人起家而居有之，德如鸤鸠，乃可以配焉”。反序的朱熹，在“二南”部分几乎完全接受《诗序》，认为此诗表现了“南国诸侯被文王之化”“其女子亦被后妃之化”。[②] 甚至经常批评《诗序》和朱熹的姚际恒，虽然提出新解，他也认为此诗主旨是赞美，是“文王公族之女，往嫁于诸大夫之家，诗人见而美之”。从德庇时的翻译来看，他也许还不太熟悉《诗序》或朱熹对这首诗的解释，也许是决定抛弃这些最权威的古代注疏的看法。

第四节　娄理华的《诗经》选译

在19世纪前期的《诗经》英译史上，有一位比德庇时更值得关注然而长期被学界忽略的译者，他就是娄理华（Walter Macon Lowrie，1819—1847）。

娄理华是美国长老会派遣入华的首位传教士，曾在新泽西州普林斯顿的神学院学习，他本来以西非作为自己的传教目的地，但是由于中国差会的紧急需要，被改派往中国。他于1842年抵达澳门，并于1843年出席了在香港举行的讨论《圣经》翻译的新教传教士大会。后来他又在1845年转往宁波传

① John Francis Davis，*The Chinese*：*A General Description of the Empire of China and Its Inhabitants*，London：Charles Knight，1836，p. 193.

② 朱熹：《诗集传》，赵长征点校，北京：中华书局，2017年，第13页。

教，奔波于上海与宁波两地，1847 年 8 月从上海返回宁波的途中，在杭州湾被海盗杀害，年仅二十八岁，是新教来华传教士中第一位殉道者。

娄理华在澳门、宁波传教期间，笔耕不辍，常为裨治文等人创办的《中国丛报》撰写文章。其中很多文章追述了犹太人和基督教徒在中国的经历，1845 年被编辑成书，以《秦国之地》为书名，在美国出版。娄理华遇害之后，他在华传教期间的书信与日记，被他的父亲整理成书，1849 年以《娄理华在华传教实录》为名在美国出版。这些著作，成为基督教在华传教史的重要资料，为人熟知，并备受学界关注。

其实，娄理华曾翻译过两首《诗经》作品，且极有可能计划翻译更多的《诗经》作品。娄理华英年早逝，他作为一个《诗经》早期译者的名声，却几乎为学界所遗忘。娄理华的译作，即《周南·关雎》和《周南·卷耳》两首诗的全译，发表在《中国丛报》1847 年 9 月第 16 卷，面世之时娄理华早已遇害，可谓他的绝笔之作。[①] 文章没有注明译者名字，根据卫三畏等人后来为《中国丛报》编写的索引，可知译者是娄理华。在这两首《诗经》作品译文的文章标题中，译者注明这是“中国诗歌选读”系列文章的第一首诗和第二首诗，说明娄理华可能计划编撰一本《中国诗歌选读》，译介更多的中国诗歌作品。可惜这个计划随着娄理华的早逝，而成为泡影。

娄理华 (Walter Macon Lowrie)

① W. M. Lowrie, “Readings in Chinese Poetry”, *The Chinese Repository* 16.9 (1847): 454—462.

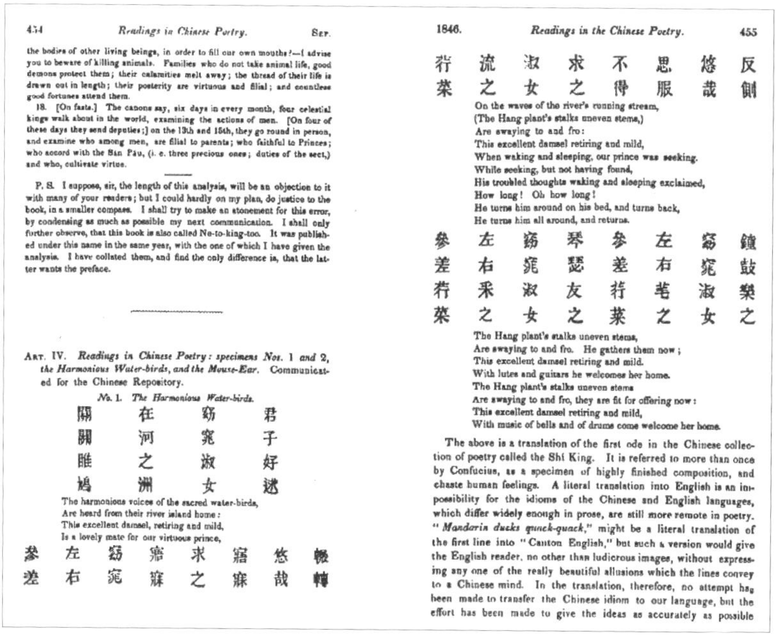

454　*Readings in Chinese Poetry.*　Sep.

the bodies of other living beings, in order to fill our own mouths?—I advise you to beware of killing animals. Families who do not take animal life, good demons protect them; their calamities melt away; the thread of their life is drawn out in length; their posterity are virtuous and filial; and countless good fortunes attend them.

18. [On fasts.] The canons say, six days in every month, four celestial kings walk about in the world, examining the actions of men. [On four of these days they send deputies;] on the 13th and 15th, they go round in person, and examine who among men, are filial to parents; who faithful to Princes; who accord with the San Pău, (i. e. three precious ones; duties of the sect,) and who, cultivate virtue.

P. S. I suppose, sir, the length of this analysis, will be an objection to it with many of your readers; but I could hardly on my plan, do justice to the book, in a smaller compass. I shall try to make an atonement for this error, by condensing as much as possible my next communication. I shall only further observe, that this book is also called Ne-to-king-too. It was published under this name in the same year, with the one of which I have given the analysis. I have collated them, and find the only difference is, that the latter wants the preface.

Art. IV. *Readings in Chinese Poetry: specimens Nos. 1 and 2, the Harmonious Water-birds, and the Mouse-Ear.* Communicated for the Chinese Repository.

No. 1. The Harmonious Water-birds.

關　在　窈　君
關　河　窕　子
雎　之　淑　好
鳩　洲　女　逑

The harmonious voices of the sacred water-birds,
Are heard from their river island home:
This excellent damsel, retiring and mild,
Is a lovely mate for our virtuous prince,

參　左　窈　寤　求　寤　悠　輾
差　右　窕　寐　之　寐　哉　轉

1846.　*Readings in the Chinese Poetry.*　455

荇　流　淑　求　不　思　悠　反
菜　之　女　之　得　服　哉　側

On the waves of the river's running stream,
(The Hang plant's stalks uneven stems,)
Are swaying to and fro:
This excellent damsel retiring and mild,
When waking and sleeping, our prince was seeking.
While seeking, but not having found,
His troubled thoughts waking and sleeping exclaimed,
How long! Oh how long!
He turns him around on his bed, and turns back,
He turns him all around, and returns.

參　左　窈　琴　參　左　窈　鐘
差　右　窕　瑟　差　右　窕　鼓
荇　采　淑　友　荇　芼　淑　樂
菜　之　女　之　菜　之　女　之

The Hang plant's stalks uneven stems,
Are swaying to and fro. He gathers them now;
This excellent damsel retiring and mild.
With lutes and guitars he welcomes her home.
The Hang plant's stalks uneven stems
Are swaying to and fro, they are fit for offering now:
This excellent damsel retiring and mild,
With music of bells and of drums come welcome her home.

The above is a translation of the first ode in the Chinese collection of poetry called the Shi King. It is referred to more than once by Confucius, as a specimen of highly finished composition, and chaste human feelings. A literal translation into English is an impossibility for the idioms of the Chinese and English languages, which differ widely enough in prose, are still more remote in poetry. "*Mandarin ducks quack-quack,*" might be a literal translation of the first line into "Canton English," but such a version would give the English reader, no other than ludicrous images, without expressing any one of the really beautiful allusions which the lines convey to a Chinese mind. In the translation, therefore, no attempt has been made to transfer the Chinese idiom to our language, but the effort has been made to give the ideas as accurately as possible

娄理华的《周南·关雎》译文（1847）

娄理华不仅提供了两首诗的英译和详细解释，他还在文章的开头说明了他对于翻译《诗经》作品以及中国诗歌的看法。他认为直译是不可能的，因为中文和英语在散文表达上已经存在很大分歧，在诗歌表达上分歧更大。他指出，如果把《关雎》的第一句“关关雎鸠”直接译为“Mandarin ducks quak-quak”，这样的译文“只是给英语读者提供了一些可笑的意象，根本没有传达出这些诗句在一个中国人的头脑中所唤起的优美意蕴”。因此，娄理华强调，他的译文并不是要将诗歌原文字句直接转化成英文，而是追求“用一种有节奏的散文语言形式，将原诗的意蕴尽可能准确地表达出来”。

娄理华非常重视对原诗字句意义的透彻理解。为了更好地理解原文，他曾认真研读《钦定诗经传说汇纂》，对于书中所引的朱熹、辅广等人的解释十分欣赏。《钦定诗经传说汇纂》一书是清代官方编定的《诗经》注本，是清末入华传教士最容易接触到的权威注本，成为很多人翻译或研究《诗经》的基本参考书。比如理雅各等人翻译《诗经》时，该书就是最重要的参考书。

《钦定诗经传说汇纂》基本承袭了朱熹《诗集传》的解释，因此娄理华翻译《周南・关雎》时，采用了三章的分章形式，而不是《毛诗》中的五章。此外，娄理华也采用了朱熹对于此诗主旨的说明，认为此诗是庆祝文王与太姒的婚礼，并且认为此诗是宫中之人所作。尤其重要的是，娄理华指出此诗用了“兴”的艺术手法，他对“兴”做了进一步的解释，从他的解释来看，基本上是转译了朱熹的“先言他物以引起所咏之词”的说法。娄理华关于此诗的译文如下：

《关雎》	The Harmonious Water-birds
关关雎鸠，	The harmonious voices of the sacred water-birds,
在河之洲。	Are heard from their river island home;
窈窕淑女，	This excellent damsel retiring and mild,
君子好逑。	Is a lovely mate for our virtuous prince.
参差荇菜，	On the waves of the river's running stream,
	(The Hang plant's stalks uneven stems,)
左右流之。	Are swaying to and fro;
窈窕淑女，	This excellent damsel retiring and mild,
寤寐求之。	When waking and sleeping, our prince was seeking.
求之不得，	While seeking, but not having found,
寤寐思服。	His troubled thoughts waking and sleeping exclaimed,
悠哉悠哉，	How long! Oh how long!
辗转反侧。	He turns him around on his bed, and turns back,
	He turns him all around, and returns.
参差荇菜，	The Hang plant's stalks uneven stems,
左右采之。	Are swaying to and fro. He gathers them now;
窈窕淑女，	This excellent damsel retiring and mild,
琴瑟友之。	With lutes and guitars he welcomes her home.
参差荇菜，	The Hang plant's stalks uneven stems.
左右芼之。	Are swaying to and fro, they are fit for offering now;
窈窕淑女，	This excellent damsel retiring and mild,
钟鼓乐之。	With music of bells and of drums come welcome her home. ①

① W. M. Lowrie, “Readings in Chinese Poetry”, *The Chinese Repository* 16.9 (1847): 454—455.

从娄理华的译文来看，虽然没有采用德庇时那种韵译的方式，但是确实采用了他所宣称的“有节奏的散文语言形式”，因此整个译文读来诗意盎然，完全不输于德庇时的韵译。进一步来看，娄理华的译文更胜于德庇时的翻译，因为娄理华用精练的语言，几乎重现了原诗的复沓的艺术形式。诗中三次提到“窈窕淑女”，娄理华用了措辞完全相同的译文“This excellent damsel retiring and mild”。特别是最后一章：“参差荇菜，左右采之。窈窕淑女，琴瑟友之。参差荇菜，左右芼之。窈窕淑女，钟鼓乐之。”这是典型的复沓，在娄理华的译文中，前四句译文的结构、措辞与后四句完全一致，只是在原文中更换了“采”和“芼”以及“友”和“乐”这四个字处，译文用词也略做调整，非常忠实地反映出原诗的艺术特征。此诗的译文，只在第二章开头的“参差荇菜，左右流之”处，娄理华增加了一句解释性的翻译“On the waves of the river's running stream”，他指出这句增加的解释对于中国人来说是多余的，因为中国读者从“参差荇菜”就能自然联想到河流，但是对于英国人却是很有必要，因为“荇菜”对于英国读者来说太陌生了，根本不会产生河流的联想，因此有必要增加一个解释说明。

娄理华在研读《钦定诗经传说汇纂》之后，对于《关雎》每一章的内容与修辞手法都提供了详细的解释。比如他指出，第二章的“参差荇菜”，是用“参差”来比喻文王满怀期待、忐忑不安的心情，第三章的“参差荇菜”，则是用宗庙礼义的洁净之物“荇菜”来比喻品行纯洁的新娘。娄理华还对诗中提到的“琴”“瑟”等名物做了比较准确的解释，不过，他认为“雎鸠”是指鸳鸯，不符合传统的解释。最后，他引用了汉代匡衡的解释，作为总结，来说明此诗在中国文化中的意义。

在《周南·卷耳》的译文中，娄理华同样采用了简练的语言，重现了原诗的复沓风格。此诗后三章的译文，在结构、措辞上几乎完全一致，只是在原文字词更换的地方，才用不同的字词来对应。其译文如下：

《卷耳》	The Mouse Ear
采采卷耳， 不盈顷筐。 嗟我怀人， 寘彼周行。	I gather and gather again the Mouse Ear plant, But my bamboo basket I cannot fill; Alas! I am thinking about my lord, And the basket I have laid by the broad road side.
陟彼崔嵬， 我马虺隤。 我姑酌彼金罍， 维以不永怀。	I wish to ascend yon stone covered hill, But my palfrey is lame, and cannot go up; Then bring me the storm-cup of gold all enchased, That I for a while my long griefs may not cherish.
陟彼高冈， 我马玄黄。 我姑酌彼兕觥， 维以不永伤。	I wish to ascend yon high hill's back, Put alas my black palfrey all sickly and wan; Then bring me that cup of the unicorn's horn, That I for a while my long woes may forget
陟彼砠矣， 我马瘏矣， 我仆痡矣， 云何吁矣！	I wish to ascend that rock hill's gentle slope, But alas my poor palfrey all weak with disease, My page too! unable to walk; Then I alas! what shall I do![①]

娄理华依然在译文之后，详细解释了诗句的内容与修辞手法。他向读者介绍，此诗的作者就是前诗提到的太姒，此诗用了“赋”的手法，这都是完全采纳了朱熹的说法。娄理华也比较准确地解释了诗中提到的“卷耳”“金罍”等名物，还指出“兕觥”中的“兕”就是西方人熟悉的犀牛。在解释最后一章时，娄理华特别指出，最后一句“云何吁矣”是女主人公的感慨之词，根本无法译为英文，因此根据其中表达的感情内容，将其译为“Then I alas! what shall I do!（我呀！我该如何！）”

娄理华翻译的《周南·关雎》，后来被收入罗密士（Augustus Ward Loomis，1816—1891）编的《孔子与中国经典及中国文学读本》。此书前半部分收录“四书”，后半部分收录中国文学作品，其中收进两首《诗经》作品，一首是娄理华翻译的《周南·关雎》，另一首是艾约瑟翻译的《大雅·桑柔》

① W. M. Lowrie, “Readings in Chinese Poetry”, *The Chinese Repository* 16.9 (1847): 459—460.

(后者可参见本书第六章)。[①] 罗密士是美国长老会派驻宁波的传教士，1844年入华，曾跟随娄理华传教，并记录了娄理华在杭州湾遇害时的情形。

娄理华虽然只翻译了两首《诗经》作品，但是他的译文简练、准确、优美，几乎可以与20世纪韦利的译文相媲美，反映出很高的文学修养。同时，他对于这两首诗的内容、名物、手法的解释，比西方之前介绍《诗经》的著作都要深入，反映出他对于《诗经》传统注疏的熟悉。因此，娄理华是19世纪前期《诗经》译介过程中的一个重要人物，他代表了一批对《诗经》的理解和认识越来越深入的西方人。正是在这种认识逐渐深入的过程中，才会产生19世纪后期理雅各、詹宁斯、阿连璧等人的《诗经》全译本。

第五节　修德、卫三畏、郭实猎与《诗经》

除了德庇时、娄理华等人专门译介《诗经》的具体作品，还有一些传教士或外交官撰写了各种英文论著，或从整体上介绍《诗经》的内容、性质、分类，或译介《诗经》经学传统中的重要资料。

本节将以修德、卫三畏、郭实猎的《诗经》译介为考察对象，因为他们三人代表了19世纪英语世界汉学家的三种不同身份。修德是英国伦敦会派往东方的传教士，后来成为伦敦大学学院的首任中文教授，是英国第一位中文教授。卫三畏是美国美部会派出的入华传教士，后来成为耶鲁大学首任中文教授，是美国第一位中文教授。修德是英国人，卫三畏是美国人，他们都从传教士身份的业余汉学家转变为学院中的专业汉学家。郭实猎与修德、卫三畏不同，他是德国人，不过他长期为英国政府服务，并且用英文发表中国研究的著作，可算是英语世界汉学家中的一员。虽然郭实猎本来是传教士，但他长期以来与英国的政治、商业利益有着复杂的关联，后来摆脱教会，成

---

① Augustus Ward Loomis, *Confucius and the Chinese Classics*, San Francisco: A. Roman, 1882, pp. 357—358.

为鸦片战争时期英国利益的重要代言人以及香港殖民地政府的重要成员。郭实猎一直保持着业余汉学家的身份，他的研究与当时的政治、商业背景有着密切关系。在修德、卫三畏、郭实猎的著作中，分别显示出 19 世纪英美国家的中国观的不同影响，以及他们对于当时流行的中国观的不同回应。

英国人修德（Samuel Kidd，1799—1843）[①]，曾于 1824 年在伦敦跟随马礼逊学习中文，此时马礼逊正好回英国休假。修德后来被派往马六甲，并长期在那里传教。他在马六甲继续跟随英国传教士高大卫学习，后接替其位置成为英华书院的校长。1832 年，修德返回英国，并于 1837 年受聘为伦敦大学学院的首任中文教授，直至去世。

修德 1841 年出版《中国，或中国的象征、哲学、文物、风俗、迷信、法律、政府、教育与文学解说》（简称《中国》）一书，他在书中介绍了《诗经》，并翻译了《诗集传序》和《诗大序》。

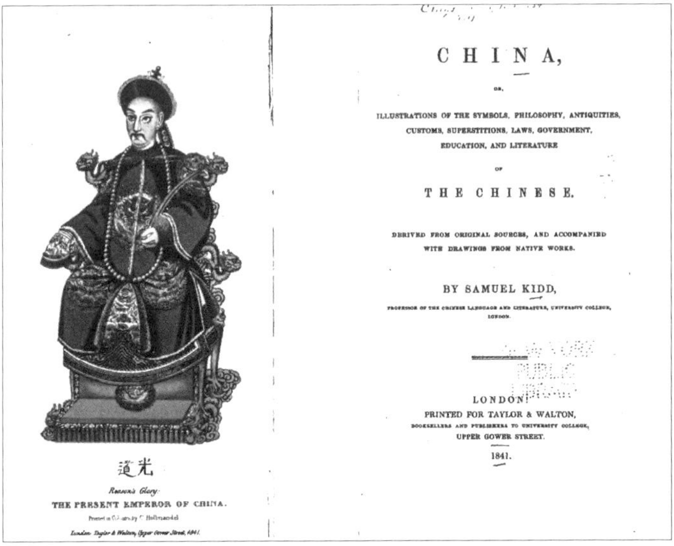

修德《中国》(1841) 扉页

① 19 世纪末伦敦大学道格思为《牛津国家人物传记辞典》撰写修德传记资料，认为修德出生于 1804 年。但是，关诗珮经过考证，提出修德应该出生于 1799 年，她还考证其本人曾自称“修德”，意指培养德行者，见关诗珮：《译者与学者：香港与大英帝国中文知识建构》，香港：牛津大学出版社，2017 年，第 74—75 页。

《中国》的第八章，探讨了中国的教育、文学、医药等问题。修德介绍了“五经”，为了说明《诗经》一书的性质与功能，他译出了朱熹《诗集传序》的全文，这可能是《诗集传序》第一次被完整地译成欧洲语言。修德在当时所读的《诗经》，应该是明清时代最常见的《诗经》读本，往往卷首就是朱熹的《诗集传序》，因此修德将其作为《诗经》最重要的资料译出。

不过，修德对于《诗经》的诠释背景并无深入的认识，他误认为《诗集传序》是孔子与弟子的对话，因此将朱熹的自称“余”译成了“Confucius（孔子）”。对于《诗经》的相关概念，修德的认识也不深，在翻译“惟《周南》《召南》亲被文王之化”一句时，他将《周南》《召南》简单地译成了“In the state of Chow”，在后面“自《邶》而下”一句，又完全没有译出“《邶风》”一词，而是简单地译为“from that period to later ages”。修德甚至对于《诗集传序》的一些重要论点也有理解上的偏差。朱熹在讨论“学《诗》之大旨”时，有“本之二《南》以求其端”云云，这其实是从读《诗》的角度对读者提出了要求，但是修德却误以为这是在讨论作诗的要求，因此用“author（作者）”来翻译原文隐而未现的主语。①

修德又翻译了《诗大序》的“诗者，志之所之也，在心为志，发言为诗”一段，用以说明诗歌的本质。接着修德用自己的语言综述了“六义”，比较准确地解释了风、雅、颂、赋、比、兴的基本意思。“六义”确实是《诗大序》的重要内容，同时，修德还用了三经三纬说作为整段介绍文字的开头：“为了更好地理解这些作品，在三经（风、雅、颂）之外又有所谓的三纬（赋、比、兴）。”② 所谓三经三纬说，却是朱熹提出的。③ 修德在介绍了三经三纬之后，翻译了《诗大序》的“上以风化下，下以风刺上”一段，用

① Samuel Kidd, *China, or Illustrations of the Symbols, Philosophy, Antiquities, Customs, Superstitions, Laws, Government, Education, and Literature of the Chinese*, London: Taylor & Walton, 1841, pp. 350—353.

② 同上书，p. 355.

③ 朱熹原本以“三经”为赋、比、兴，以“三纬”为风、雅、颂，但是后世常见的说法却是以“三经”为风、雅、颂，以“三纬”为赋、比、兴。

以说明诗歌的功能，接着用自己的语言论述了如何用美刺的原则来区分“六义”，这段介绍却是源自郑玄为《周礼》“六诗”一节所作的注。可见，修德是将自己所了解的《诗经》基本知识都混杂在一起，介绍给读者。

修德详细地译介了《诗集传序》和《诗大序》的内容，可谓对英语世界《诗经》知识的重要补充，是《诗经》译介中的重要成果，但是，19世纪英国人对中国文化的轻视态度，影响到修德对《诗经》作品价值的判断。他在介绍完“六义”分类之后说：

> 因为中国人很少严格地遵照他们所制定的区别，所以我更倾向于另一些人的看法，即认为“这些不同的诗歌题材在实践中是混杂在一起的”。尽管《诗经》中有关于各类主题的作品，但在内容和旋律上都是低劣的作品（wretched compositions），因此我在做了很多的研究之后，仍然不能提供一个令自己满意的、有价值的转译。当然，如果据此认为《诗经》中完全没有能偶尔令人感动的温柔、忧郁的情感，或是高尚、令人愉悦的角色，也是说不通的。①

修德对于《诗经》作品的评价，与18世纪的珀西、琼斯有了很大的不同，他认为《诗经》中大多是“低劣的作品”，甚至不值得转译为英文介绍给读者。虽然，他接下来说，如果认为《诗经》中完全没有令人感动的作品，也是说不通的，但是他对《诗经》整体评价之低，已经溢于言表。

虽然修德后来成为伦敦大学学院的首任中文教授，但是他的汉学修养与学术能力并不算高，在汉学史上影响不大。巴瑞特指出，修德虽然可算是一个很好的语言老师（他是理雅各的第一个中文老师），但是他的汉学成就完全无法与同时代的法国汉学家儒莲相比。修德试图研究汉语与人类原初语言

---

① Samuel Kidd, *China, or Illustrations of the Symbols, Philosophy, Antiquities, Customs, Superstitions, Laws, Government, Education, and Literature of the Chinese*, London: Taylor & Walton, 1841, p. 356.

的关系，这个话题来自欧洲长期以来对于中国语言起源的猜想，只能令人想起18世纪甚至是17世纪的学术水准。[①] 不过，关诗珮认为，修德在他的《中国语言的特质与结构》一书中提出汉字源于埃及的假说，实际上是“在推动学术史上渐渐形成的一种历史语言学或比较语言学的崭新尝试”。[②]

从学术能力和影响力而言，修德完全无法与美国人卫三畏相比。卫三畏（Samuel Wells Williams，1812—1884）出生于美国纽约州一个敬虔的基督教家庭，父母都是长老会的成员。1832年，美国公理会海外传道部的广州传教站获得一台印刷机和一套铅字，亟须一位传教士前往中国管理传教站印刷所。年轻的卫三畏接受了这个任务，于1833年抵达广州，开始负责广州印刷所的工作，并在马礼逊去世之后接管了东印度公司为印刷《华英字典》而制作的首套中文活字。到了1842年，英国人将这套活字正式赠予卫三畏。[③] 在管理广州印刷所的过程中，卫三畏协助裨治文出版《中国丛报》，还在1848—1851年接替裨治文负责主编《中国丛报》，见证了《中国丛报》从创办到终结的整个过程。

卫三畏（Samuel Wells Williams）

对于中国的历史文化，卫三畏采取了比较中立或比较正面的态度。他反对像18世纪法国学者那样将“中国早期历史吹捧上天”，也反对“将其贬得一文不值，任意杜撰以取悦各种作家”。他称颂儒家思想，甚至这样赞扬孔子的著作：“和希腊、罗马圣

① T. H. Barrett, *Singural Listlessness: A Short History of Chinese Books and British Scholars*, London: Wellsweep, 1989, p. 71.

② ［新］关诗珮：《译者与学者：香港与大英帝国中文知识建构》，香港：牛津大学出版社，2017年，第85页。

③ 顾钧：《卫三畏与美国早期汉学》，北京：外语教学与研究出版社，2009年，第90页。

人的教导相比较，他的著作的总趋向是好的，能适应他所生活的社会，突出的务实品格，超过了西方哲学家。”①

当然，卫三畏并不能彻底摆脱19世纪西方人面对中国时所持有的那种优越感。赖德烈（Kenneth S. Latourette，1884—1968）指出：“卫三畏希望改变19世纪以来西方人对中国的轻蔑态度与无知，但是他并没有摆脱那种高高在上的优越感。他相信，虽然中国绝不是未开化的国家，但中国的文明程度要远远落后于基督教国家。”②

卫三畏的《中国总论》，在性质上与修德的《中国》一书类似，但是其学术水平和影响力却远远超过后者。《中国总论》初版印行于1847年，1883年推出修订版。卫三畏在修订版《中国总论》中介绍《诗经》时，引用诗篇与初版有了很大的不同，并且修订版中的所有《诗经》译文，都引自理雅各1876年出版的《诗经》韵译本。

卫三畏比较了《诗经》作品与西方诗歌，尤其是古希腊和古罗马诗人的作品。他这样评价《诗经》：“如果说其中没有达到荷马的壮丽，或是维吉尔与品达的甜美，却避免了莫斯科斯、奥维德或玉外纳的松散放荡。没有描写英雄事迹的诗歌，甚至没有较长的叙事诗，表现人类在发展中的激情也不多。隐喻和举例奇特有趣，有时很幼稚，偶有可笑的。《诗经》的主要特点，如公认的年代久远，含有宗教特征，对早期中国人习惯和感情的解说，引起我们的注意，确有研究的价值。”他还将具体的《诗经》作品与西方诗歌作品联系起来，比如说《召南·甘棠》“所含感情使我们联想起莫里斯的诗——《伐木人，饶了树吧》”（莫里斯是19世纪英国诗人）。卫三畏还试图将《诗经》作品中的历史人物与西方的历史人物相比较，如《大雅·瞻卬》的第三、四两章，他说，“特别是针对幽王宫中的褒姒，她是灾祸的主要负责人，就像罗马与拜占庭历史上的阿格丽品娜和普尔喀丽亚一样”（阿格丽品娜是罗

① ［美］卫三畏：《中国总论》，陈俱译，上海：上海古籍出版社，2005年，第461、674页。

② Kenneth S. Latourette, “Samuel Wells Williams”, *Notes on Far Eastern Studies in American* 12 (1943): 6.

马皇帝尼禄之母，有种种恶行，普尔喀丽亚则是东罗马女皇)。《中国总论》中译本译者指出，后者又“以虔诚贞洁”著称，似与上下文不符，这里可能是卫三畏本人的笔误。

卫三畏还介绍了《诗经》作品的韵律形式：“诗韵和声调，两者构成中国诗的基本要素，用我们的文字只能很不完全地表达出来。”他试图在中西比较的视野中，突出中国诗歌本身的形式特征及其价值。他说：“对于熟悉西方语言生动多变的节律的人来说，单音节语言的韵律显得十分平淡乏味；但是中国人在民歌和小调中表现出活泼轻快和抑扬顿挫，比我们将这些古代遗作翻成我们的文字强。”卫三畏以《周南·汉广》为例，提供了原诗的读音和意译，以此说明《诗经》作品的韵律特征。[①]

卫三畏还亲自翻译了《诗经》中的一首诗歌，即《邶风·静女》。他说：“我们也略为自由地翻译了一首爱情歌曲（可以说是小夜曲）作为范例，这样的诗在《国风》中并不罕见。”卫三畏的译文，虽然多处借用了理雅各《诗经》韵译本中的措辞，但是整体上比理雅各的译文更简洁生动。他的英译如下：

《邶风·静女》	卫三畏英译
静女其姝， 俟我于城隅。 爱而不见， 搔首踟蹰。	Maiden fair, so sweet, retiring, At the tryst I wait for thee; Still I panse in doubt, inquiring Why thou triflest tus with me.
静女其娈， 贻我彤管。 彤管有炜， 说怿女美。	Ah! The maid so coy, so handsome, Pledged she with a rosy reed; Than the reed is she more winsome. Love with beauty hard must plead!
自牧归荑， 洵美且异。 匪女之为美， 美人之贻。	In the meadows sought we flowers, These she gave me-beauteous, rare; Far above the gift there towers The dear giver-lovelier, fair![②]

① ［美］卫三畏：《中国总论》，陈俱译，上海：上海古籍出版社，2005年，第441—448页。

② Samuel Wells Williams, *The Middle Kingdom: A Survey of the Geography, Government, Literature, Social life, Arts, and History of the Chinese Empire and Its Inhabitants*, New York: Charles Scribner's Sons, 1882, p. 639.

卫三畏对于儒家思想与文化的称颂，代表了很多美国传教士的看法，他们认为要扩大对中国士大夫的影响，就需要对中国文化进行深入的研究。这种看法，与利玛窦时代耶稣会士的观点遥相呼应，后来变成了著名的“孔子加耶稣”（或者叫“耶儒合流”）的传教策略。

卫三畏与修德不同，他有长期的在华生活经验，对于中国文化有着更深入的认识。但是，并不是所有像卫三畏那样有在华生活经验的西方人，都对儒家思想与典籍有亲切的认识。有很多进入中国并长期在华生活的西方人，就如在外围观察中国的修德一样，对中国文化持有轻视和批评的态度，对《诗经》的评价很低，郭实猎就是其中的代表。

郭实猎（Karl Gützlaff，或译郭士立，1803—1851）并不是英国人，而是一个出生于普鲁士的新教传教士。他在 1823 年加入荷兰传道会，1827 年被派往巴达维亚传教，在此期间曾与英国传教士麦都思同住，并跟随他学习中文，由此熟练地掌握了汉语。郭实猎后来脱离教会成为一名自由传教士，于 1831 年抵达澳门，任英国东印度公司翻译，从此为英国政府效力，1835 年被任命为英国驻华商务处中文秘书。他多次往返于中国沿海口岸，进行鸦片贸易，并勘察地形、绘制地图，搜集各方面的情报，提供给英国政府。鸦片战争期间，郭实猎是英军的得力干将，他在 1842 年参与签订《南京条约》，是英方三位翻译之一。1843 年，郭实猎成为香港殖民地政府的中文秘书，直至去世。

郭实猎曾在《中国丛报》1834 年 7 月的第三卷上发表了《中国经典》一文，介绍了四书五经的基本背景与内容。此文发表时未题撰者，根据卫三畏等人编写的索引，可知此文作者是郭实猎。

郭实猎在《中国经典》一文的开头指出，虽然已经有些中国典籍的片段被译成欧洲语言并曾被高度称颂，但是欧洲人对于中国经典的了解还是太少，大部分欧洲人对于中国经典没什么兴趣，而造成这种现象的原因，是这些中国经典充满了“各种琐碎的议论、重复以及老生常谈，令外国读者觉得它们毫无趣味”。郭实猎提倡欧洲人多了解一些中国典籍，尤其是四书五经，这是出于非常现实的目的，因为他发现中国人从启蒙教育到国家制度，都离不开四书五经的指导，要了解中国就必须先了解这些典籍。郭实猎虽然认为“四书”中有一些颇有价值的言论，但是他认为其中的语言过于“简略和隐晦”，并认为这正是“中国人在接受基督教和现代科学过程中的一个障碍”。他还指责孔子的伦理思想过于强调男人的权威，忽略了男人对于女人的责任，这是违反人性的，他认为“任何社会如果没有女人的协助就很难摆脱半野蛮的状态”。这些批评有一定的合理性，显示了西方人开始用现代的视角来审视儒家思想。

郭实猎在介绍“五经”时，对于《诗经》表现出不屑的态度。他说：“如果我们对（《诗经》描写的）那些地方很熟悉，或是对一个中国人阅读这些古代作品时所产生的情感很理解，那么我们也许能更好地欣赏这些作品，但是，我们现在只能把它仅仅当作远古时代的奇特的标本。”这些论述，看起来希望对《诗经》有些同情理解的态度，但是，郭实猎接下来从内容和形式两方面激烈地批评了《诗经》。他说：“我们在其他经典中看到的那些高尚情感，并没有充斥在《诗经》作品中，相反，很多作品的内容都非常地不体面。”这里可能是在谈论《诗经》中的淫诗，这是自朱熹以来就争论不休的话题，不能完全责怪郭实猎。至于《诗经》的艺术形式，郭实猎则完全从自己的观察来提出批评了。他首先认为《诗经》中充满了没有实际作用的重复，这应该是指《诗经》重章叠唱的形式特征。他接下来尖刻地评论道：

> 很多欧洲人读过一些翻译的《诗经》作品，这些翻译在内容和形式上都美化了《诗经》，因此当我们告诉他们《诗经》是非常单独乏味的，他们都相当怀疑我们的论断。在诗歌方面，中国人没能好好模仿西亚的居民，虽然他们在文学的其他领域超过了西亚人。《诗经》并不是他们这方面最好的作品，虽然它是中国的第一部诗歌作品集。[①]

---

① Karl Gützlaff, “The Chinese Classics”, *The Chinese Repository* 3.3 (1834): 105.

郭实猎将《诗经》与西亚诗歌做比较，是因为当时很多欧洲人认为古代中国人是从埃及或西亚迁移到东方。他认为，《诗经》完全无法与西亚诗歌的艺术成就相比。他对于《诗经》的整体评价就是“单独乏味”，他甚至认为如果欧洲人欣赏《诗经》作品，那也只能归功于优美的翻译本身。

郭实猎在1838年出版的《中国开门》一书中，再次否定了《诗经》的艺术价值。他指出，《诗经》是中国远古时代的国家颂歌，它就如所有远古时代的作品一样，充满了简洁的措辞和频繁的重复，而《诗经》的地位如此之高，主要就在于它收录了关于这个国家的最古老的记录。这些评述，还比较客观。接下来，郭实猎笔锋一转，尖锐地批评道：

> 这些国家颂歌，比那些最优美的诗歌更能得到人们的珍视和品赏，但是，这并不能保证它们就拥有伟大的诗歌价值。诗歌价值这个东西根本与《诗经》无关。

郭实猎最后总结道：“看起来，在周代根本没有人能称为诗人。”[①] 这个论断，可谓自《诗经》传入西方世界以来，对《诗经》的最低评价。这种看法产生的背景，正是19世纪以来西方世界的日益强大和大清帝国的积弱。幸好，即使遭受了以郭实猎为代表的一些西方人的全盘否定，《诗经》依然以其独特的魅力吸引了理雅各、阿连璧、詹宁斯等人，他们相继完成了风格各异的英文全译本。

---

① Karl Gützlaff, *China Opened; or, A Display of the Topography, History, Customs, Manners, Arts, Manufactures, Commerce, Literature, Religion, Jurisprudence, etc. of the Chinese Empire*, revised by the Rev. Andrew Reed, D. D., London: Smith, Elder & Co., 1838, pp. 451—452.

第六节 《诗经》藏书与书目

随着19世纪英美国家与中国文化交流的深入，以及英美汉学家对于中国典籍研究的深入，陆续有很多《诗经》及各类中国书籍的抄本或印本进入英语世界，并且激发了一批汉学家为这些书籍编撰书目。

英国第一位入华传教士马礼逊有大量的中文藏书，他于1807—1823年在广州和澳门搜集的中文书籍全部收藏在伦敦大学，1826—1834年搜集的中文书籍则由他的儿子捐赠给马礼逊教育协会，后入藏于香港大学。根据伦敦大学亚非学院后来所编的《马礼逊藏书书目》，马礼逊在1807—1823年搜集的《诗经》类书籍有清联墨堂刻本《增补诗经体注衍义合参》（八卷），其中含有朱熹注的《诗经》八卷以及清人黄坤五手定、江晋云辑著的《重订诗经衍义合参集注》，另外还有清嘉庆七年（1802）朱麟征蔚斋刻本、清人朱桓编纂的《毛诗名物略》（四卷）。①

曾在马礼逊去世之后促成伦敦大学收藏其藏书的小斯当东，早在筹划此事之前的1824年，已将自己收藏的186套中文书籍，全数赠送给英国皇家亚洲学会。② 巴瑞特指出，此次赠书“标志着19世纪英国公共机构的重要中文藏书的首次增加”。③ 1838年，修德在担任伦敦大学学院中文教授期间，负责整理小斯当东赠送给英国皇家亚洲学会的中文书籍，并编撰了书目。方豪以

① Andrew C. West, *Catalogue of the Morrison Collection of Chinese Books*, London: University of London, School of Oriental and African Studies, 1998, p. 5.

② 可参见 J. L. Cranmer-Byng, "Note on a Collection of Chinese Books Presented to the Royal Asiatic Society by Sir George Thomas Staunton in 1824", *Journal of the Hong Kong Branch of the Royal Asiatic Society* 1 (1960): 124—126.

③ T. H. Barrett, *Singural Listlessness: A Short History of Chinese Books and British Scholars*, London: Wellsweep, 1989, pp. 67—68.

为这是“早期英国所藏中国书的最早一本书目了”。[①] 但是，巴瑞特批评修德的汉学水平有限，指出他的书目中有些分类比17世纪海德的书目还要奇怪，比如竟然将《三国演义》置于“统计学作品”之下。[②] 在修德的书目中，“诗”类作品共有《诗经》两种，一种4卷，一种17卷。修德有限的汉学水平，致使他所整理的书目比较粗疏，他根本没有注明这两种《诗经》的具体书名、编者或注释者、印行年代等相关的重要信息。[③]

同时，还有人赠送大批中文书籍给大英博物馆。[④] 根据后来大英博物馆东方书籍部主任道格思在1877年所编的书目可知，这批藏书中与《诗经》有关的书籍非常丰富，共有31种，既有常见的《毛诗注疏》《钦定诗经传说汇纂》《诗经大全》等书，也有科举用书《诗经便蒙正文》《旁训诗经体注衍义》《诗经体注衍义合参》。[⑤]

在19世纪70年代以前英语世界出现的最优秀的中国典籍书目，可能是伟烈亚力的《汉籍解题》。伟烈亚力（Alexander Wylie，1815—1887），由理雅各1846年返回英国时亲自选中，被派往上海负责墨海书馆的印刷工作，曾跟随理雅各学习汉语。1847年伟烈亚力抵达上海，协助麦都思管理墨海书馆。伟烈亚力的主要工作是负责印刷《圣经》和福音书籍，他还与中国学者李善兰等人合作，为江南制造局翻译馆翻译了大量西方科技著作，包括《数学启蒙》《谈天》等书，对传播西学做出了重要贡献。后来，伟烈亚力被选为皇家亚洲文会北中国支会的副会长，并经常为该文会的杂志撰稿。

伟烈亚力的中文藏书非常丰富，他收集中文书籍约有2万种，其中约

---

① 方豪：《英国汉学的回顾与前瞻》，载《方豪六十自定稿》（下册），台北：台湾学生书局，1969年，第1547－1548页。

② T. H. Barrett, *Singural Listlessness*: *A Short History of Chinese Books and British Scholars*, London: Wellsweep, 1989, pp. 71－72.

③ Samuel Kidd, *Catalogue of the Chinese Library of the Royal Asiatic Society*, London: John W. Parker, 1838, p. 14.

④ Frances Wood, “Curiosities of the British Libarary Chinese Collection”, *British Library Occasional Papers* 10: *Chinese Studies*, p. 102.

⑤ Robert K. Douglas, *Catalogue of Chinese Printed Books*, *Manuscripts and Drawings in the Library of the British Museum*, London: Longmans & Co., 1877, pp. 179－181.

1000 种在他返回英国之前归皇家亚洲文会北中国支会收藏，其余图书则被他带回英国。他依据自己丰富的藏书以及对于中国典籍的了解，编成《汉籍解题》。此书在正文之前有长达 29 页的绪论，介绍了中国的书籍流传与收藏历史，并且还提供了各种主要欧洲语言翻译的中国典籍译本书目。《汉籍解题》的正文，按传统的经、史、子、集排列，在经部的《诗经》部分，介绍了《诗经》的流传、注疏、体制等基本情况。①

美国汉学家也在尝试编撰相关书目。卫三畏在《中国丛报》发表了一份汉学书目，收录 1560—1848 年的中国研究论著共 403 种，作者共 251 位，按内容分为中国语言研究、中文书籍西译、中国概论三大类，主要为英文和法文著作。书目不仅列出每份论著的出版信息、内容简介，甚至还简要评述了其价值与影响。② 有学者认为，“这个书目实则可以视为《中国丛报》的汉学研究走向成熟和自觉的标志”。③ 在与《诗经》相关的部分，卫三畏收录了 1848 年以前翻译和研究《诗经》的各类英文、法文论著，可算是 19 世纪中期以前西方译介《诗经》成果的一个阶段性总结。

---

① Alexander Wylie, *Notes on Chinese Literature: With Introductory Remarks on the Progressive Advancement of the Art; and a List of Translations from the Chinese into Various European Languages*, Shanghai: American Presbyterian Mission Press; London: Trübner & Co., 1867, pp. 3—4.

② Samuel Wells Williams, “List of Woks upon China”, *The Chinese Repository* 18. 8 (1849): 402—444.

③ 尹文涓：《〈中国丛报〉与汉学研究》，《多边文化研究》第 2 卷，北京：新世界出版社，2003 年，第 367 页。

第五章　19 世纪汉学的里程碑：理雅各与《诗经》

理雅各（James Legge，1815—1897）本是伦敦传道会派往东方的传教士，后因其翻译中国典籍的巨大贡献，成为欧洲汉学界最高荣誉儒莲奖的首位获得者，并被牛津大学聘为首任中文教授。

理雅各与他的中国典籍英译，成为 19 世纪欧洲汉学的里程碑。与理雅各同时代的英国汉学家湛约翰，认为他"开创了西方汉学新时代"。[①]

理雅各（James Legge）

同时，理雅各更是英国汉学崛起的象征性人物。到了 1870 年前后，英语世界的汉学开始摆脱了早期的浅薄涉猎，逐渐有超越法国汉学的趋势，理雅各正是这段发展历程中的代表人物。1875 年牛津大学决定开设中文讲席，拟聘请理雅

① John Chalmers, "The Sacred Books of the East (Review of Legge's Translation of the *Liji*)", *The China Review, or Notes & Queries on the Far East* 15.1 (1886): 1. 巴瑞特也有类似的看法，见 T. H. Barrett, *Singural Listlessness: A Short History of Chinese Books and British Scholars*, London: Wellsweep, 1989, p. 76.

各为首任中文教授，当时的伦敦报纸评论道：“我们在华的贸易量超过 4000 万银币，而我们在研究方面却毫无作为——即使从商业的角度来说，这也是难以理解的。巴黎、维也纳、柏林和圣彼得堡都有研究中国的教授和学校，但是我们的大学对研究中国的学者却没有任何鼓励。我们高兴地获悉，牛津大学终于要开设一个中文讲席，洗刷我们国家的耻辱。理雅各博士被提议成为首任中文教授的人选。”①

1876 年理雅各成为牛津大学首任中文教授，是英国的汉学研究不断专业化的一个标志。吉瑞德将这段时间称为“汉学的理雅各时代”。他说：“大致上，从理雅各于 19 世纪 70 年代进入牛津开始，到 19 世纪末，以及法国汉学研究传统在沙畹（Edouard Chavannes，1865—1918）率领下的复兴，这一时期就是汉学研究的理雅各时代。”吉瑞德指出：“这是汉学研究的一段进程，也可以说从儒莲时代，进入理雅各时代。理雅各最终返回英国的 1873 年，也是伟大的儒莲在巴黎辞世的那一年。这里重要的并非巴黎汉学研究传统的暂时的式微，而是意味着汉学研究从学院式的方法，过渡到一定程度上肯定实际经验和讲中国活着的语言的能力。”②

第一节　理雅各的生平及其中国典籍英译

理雅各于 1815 年 12 月 20 日出生于苏格兰阿伯丁郡汉德利镇一个富庶的商人家庭，自小聪慧过人，有着极强的语言天赋和记忆力，1831 年以第一名成绩考入阿伯丁皇家学院，熟练地掌握了希腊语、拉丁语、数学、哲学等多门知识。

理雅各出生和成长的苏格兰汉德利地区，有一种对宗教研究的比较主义

① ［英］海伦·蔼蒂丝·理：《理雅各：传教士与学者》，段怀清、周俐玲译，附录于［美］吉瑞德：《朝觐东方：理雅各评传》，桂林：广西师范大学出版社，2011 年，字句略有删改。

② 同上书，第 120、125—126 页。

精神。吉瑞德称其为“汉德利传统”，并且指出，这种精神同时也弥漫于19世纪末的英国知识界，在缪勒（Max Müller，1823—1900）的比较宗教学和泰勒（Edward Burnett Tylor，1832—1917）的人类学研究中得到体现。[①] 这些背景，为他以后的学术研究奠定了良好的基础。

与马礼逊一起在马六甲传教的英国传教士米怜（William Milne，1785—1822），与理雅各生活在同一个城镇，隶属于同一个教堂。1822年，米怜在马六甲去世，其子美魏茶（William Charles Milne，1815—1863）被送到阿伯丁读书，与理雅各在同一所学校。[②]

理雅各在1838年加入伦敦传道会，被派往马六甲传教。伦敦会决定，理雅各在前往马六甲之前，与美魏茶一起跟随伦敦大学学院首任中文教授修德学习汉语。理雅各曾回忆当时的学习经历：

> 每个星期有两到三个晚上，我们去他（修德）的教室待一个小时，接受他的指导。他是一个非常称职的老师。我们对学习也充满了热情。我们的中文书不多，每人都有一套马礼逊博士编的三卷本的大词典和他的《新约》译本，以及《论语》和米怜博士的一篇文章。我们确实取得了很大的进步。[③]

如前一章所说，马礼逊的《华英字典》有多处引用《诗经》，修德的《中国》一书也介绍了《诗经》和《诗大序》。马礼逊的字典是理雅各初习中文时的必读书，老师修德的专著他也一定读过。可以说，理雅各从刚开始学习中文时，就已经接触到了《诗经》等儒家经典。

1839年7月理雅各携妻子玛丽（Mary Isabella Legge，1816—1852）离开

---

① ［美］吉瑞德：《朝觐东方：理雅各评传》，段怀清、周俐玲译，桂林：广西师范大学出版社，2011年，第5页。

② 参见 Wong Man-kong, *James Legge: A Pioneer at Crossroads of East and West*, Hong Kong: Hong Kong Educational Pub. Co., 1996, pp. 6—9.

③ 同上书，pp. 16—17.

英国，次年 1 月到达马六甲。不久，理雅各成为马礼逊创办的英华书院的院长。1842 年鸦片战争之后，中英签订《南京条约》。理雅各认为《南京条约》将“极大地推动中国的传教事业”，他还说：“中国将不再孤立，它已被拉进其他国家的社交圈。中国与世界其他国家的关系，将完全不同于聂斯托利派传教士（Nestorians，即景教——笔者注）进入中国之时，也不同于利玛窦及其他耶稣会士进入中国朝堂传教之时。”① 1843 年英华书院从马六甲迁到香港，理雅各继续主持教务。在香港的三十年，理雅各一边传教，一边投身于香港的教育、新闻和社会公益等领域，他担任了中国境内第一份中文铅印出版刊物《遐迩贯珍》的编辑工作，还推动了香港教育制度的改革。

在逐步深入认识中国文化的过程中，理雅各开始确定了一个信念：西方人要想了解中国，必须从《十三经》入手，因为那是中国几千年传统文化的精髓，是中国伦理道德的基础。他在后来出版的《中国经典》第一卷的序言中，说自己在 1840 年左右就已认识到：“只有完全掌握中国的典籍，并且亲自考察中国圣贤所涉足的全部思想领域——从中可以了解到中国人道德生活、社会生活和政治生活的基础，才能胜任自己的职责。”②

理雅各在香港展开了他的中国典籍翻译工作。他在 1858 年制定初步的计划，准备英译“四书”和“五经”，分为七卷。从 1861 年开始，《中国经典》系列陆续出版。实际上，《中国经典》最终只有五卷，第一版全部在香港出版，包括：卷一《论语》《大学》《中庸》（1861），卷二《孟子》（1861），卷三《尚书》（1865），卷四《诗经》（1871），卷五《春秋左传》（1872），不过每一卷的卷首还是写着“共七卷”。《中国经典》后来又在牛津大学发行第二版（1893—1895）。五卷本的《中国经典》，成为理雅各翻译中国典籍的代表之作。1960 年，香港大学出版社重印了牛津大学版的《中国经典》，并根

---

① James Legge, *The Land of Sinim: A Sermon Preached in the Tabernacle, Moorfields, at the Sixty-fifth Anniversary of the London Missionary Society*, London: John Snow, 1859, pp. 29, 31.

② ［英］理雅各：《理雅各〈中国经典〉序言集》，沈建青、李敏辞译，《国际汉学》2013 年第 24 辑，第 197、200 页，字句略有删改。

据理雅各的勘误表订正了错字，增补了理雅各译本和其他西语译本的页码索引表。比如在第四卷《诗经》的卷首，就有理雅各英译本、韦利英译本、高本汉英译本及《诗经注释》本、顾赛芬双语译本、葛兰言法文译本、詹宁斯英译本以及阮元《十三经注疏》(1817 年刻本）的页码对照索引表。[①]

理雅各在 1873 年离开居住了三十年的香港，并在三年后正式成为牛津大学第一位中文教授，原本计划的卷六《易经》和卷七《礼记》，未能收进《中国经典》，而是分别在 1882 年和 1885 年被收进缪勒主编的《东方圣典》丛书，《易经》成为《东方圣典》的第十六册，《礼记》成为《东方圣典》的第二十七和第二十八册。

回到英国的理雅各，笔耕不辍，继续翻译中国典籍，主要有韵体《诗经》英译本（1876)；《中国圣典·儒家经典》(1879)，包括《书经》《诗经》宗教诗和《孝经》译文，即缪勒主编《东方圣典》的第三册；《法显游记》(又称《佛国记》）译本（1886)；《中国圣典·道家经典》(1891)，包括《道德经》《庄子》《太上感应篇》，即《东方圣典》第三十九和第四十册。此外，理雅各还发表了大量研究中国文化、宗教的论著。

《中国经典》以及《东方圣典》中的相关译著，成为理雅各汉学生涯中的丰碑。对于理雅各翻译中国典籍的背景，有几个问题曾引起后人的争论，需要在此略做说明。

第一个问题是理雅各的宗教背景。理雅各是以伦敦会传教士的身份来到中国，他和大部分欧洲传教士一样，最初翻译和研究中国典籍的目的是更好地在中国传教。理雅各在解释中国典籍时，相信能在其中找到中国人信仰上帝的证据。这种看法，与当年耶稣会士的看法遥相呼应。

理雅各的朋友湛约翰曾写信给理雅各，赞扬他的工作说："我越来越相信你做的事情对我们的传教工作的重要性。我们要把《中国经典》当作衡量基督徒水平的一个支点……我还要在传教规章中增加这样一条：要去中国宣

---

① 台湾南天书局 1991 年的翻印本、华东师范大学出版社 2011 年的翻印本，都是依据这个版本。

讲教义，首先要努力弄明白中国古代的诗人和哲学家讲过哪些与这些教义相关的话。”理雅各的侄子这样评价理雅各：“他打开了通往中国人的思想的大门。这是一个开拓者的工作：因为他是那些率先认同中国历史文献的地位和价值的人之一，并且觉得有必要把它介绍到基督教世界当中去。而且，上帝在这项义务中也显示出真实、生动的圣洁与力量。因为理雅各博士相信，并且坚信，在他经过日夜苦读之后，他从那些经典当中得出一个结论是，这个民族的老祖先是‘知道上帝的’。”①

由于理雅各的宗教背景，有学者批评说，理雅各在翻译中国典籍时“从未按照儒家经典本来的样子来看待儒家经典”，而是充满了偏见，不过“这不是理雅各本人的偏见，而是基督教基本教义中内在的偏见，这是理雅各无法逃脱的”。② 理雅各翻译中国典籍，其背后的宗教背景是不可否认的。但是，这种批评似乎将问题简单化了。

事实上，随着理雅各深入地研究儒家典籍，他愈发重视儒家思想本身的时空背景，并劝告传教士要改变轻视孔子的态度：“儒教不是佛教那样的无神论，也不是婆罗门教那样的泛神论。它的体系中的很多观念，是和具体时空相联系的。虽然传教士们尽力去发掘儒教中有益的部分，去利用它而不是滥用它，但是他们有时会不可避免地轻视孔子。”③

理雅各回到伦敦之后，脱离伦敦会，转型成为一个专业学者。理雅各的孙女曾于1951年在爱丁堡大学的中国－苏格兰学会上发言，呼吁大家应该更看重理雅各的学者身份及其学术成：“理雅各的使命虽然是传教士，但正如阿伯丁的老教授知道的，他是个天生的学者。后人之所以纪念他，乃是因

① Helen Edith Legge, *James Legge: Missionary and Scholar*, London: Religious Tract Society, 1905, pp. 29—30, 42—43.

② Eugene Chen Eoyang, *The Transparent Eye: Reflections on Translation, Chinese Literature, and Comparative Poetics*, Honolulu: University of Hawaii Press, 1993, pp. 177, 188.

③ James Legge, *Confucianism in Relation to Christianity: A Paper Read Before the Missionary Conference in Shanghai on May 11th, 1877*, Shanghai: Kelly & Walsh, London: Trübner & Co., 1877, p. 12.

为他是学者。他并不像那些使人讨厌且生反感的传道人。”[①]

吉瑞德在研究理雅各学术成就的近著中，从学理的角度指出，理雅各“在19世纪新教传教士、汉学—东方学以及有关中国宗教的比较科学纠缠在一起的历史中扮演了具有影响力的、有时甚至违背教规的角色”。[②] 吉瑞德还指出，那些影响深远的对理雅各的批评，认为他的翻译“无可救药地被基督教传教士的偏见所扭曲”，其实是一种误导。[③]

理雅各自己曾反复指出，自己注重的是“发现中国在世界历史和思想谱系中的位置”，因此吉瑞德认为，理雅各的“理性和动机基本上都是学者式的”。理雅各在1876年牛津大学中文讲席就职讲演中，引用了阿诺德（Matthew Arnold，1822—1888）关于文学和文化的观点，并将汉学定义为“对中国文学宝藏的探索和揭示”。吉瑞德指出：“理雅各将我们世界之外的其他世界，看成是与我们可能认知的世界一样——在卡莱尔、阿诺德和缪勒的意义上——通过对古代文学文本及其历史的翻译、语言分析以及比较阐释，其宗教、政治以及商业这些基本的文明形态的意义，也就被吸纳到世界文学的比较历史或者伟大故事之中。”[④]

第二个问题是英国殖民主义的背景。理雅各翻译及出版《中国经典》，曾得到香港的英国商人约瑟·渣甸、罗伯特·渣甸兄弟以及约翰·颠地的资助。[⑤] 渣甸兄弟是英国大鸦片商老渣甸的儿子，约翰·颠地则是英国大鸦片

---

① 廖寅显译：《理雅各博士传》，《景风》第11期，香港：基督教中国宗教文化研究社，1966年，第99页，字句略有改动。

② ［美］吉瑞德：《朝觐东方：理雅各评传》，段怀清、周俐玲译，桂林：广西师范大学出版社，2011年，第97页。

③ Norman J. Girardot, *The Victorian Translation of China: James Legge's Oriental Pilgrimage*, Berkeley: University of California Press, 2002, p. 358. 亦可参见该书第687页的尾注53，吉瑞德针锋相对地驳斥了欧阳桢对理雅各的相关批评，他认为这种批评忽略了理雅各及其作品的“复杂性和渐进的转变过程”。这些文字在该书的第六章“翻译者理雅各：完成儒家经典的翻译1882—1885”，段怀清、周俐玲根据此书翻译的《朝觐东方：理雅各评传》中没有译出此章。

④ ［美］吉瑞德：《朝觐东方：理雅各评传》，段怀清、周俐玲译，桂林：广西师范大学出版社，2011年，第51、149页。

⑤ Helen Edith Legge, *James Legge: Missionary and Scholar*, London: Religious Tract Society, 1905, pp. 39—40.

商老颠地的侄子。

根据理雅各1892年为《中国经典》第二版所写的序言，他在1856年向郭修礼介绍了自己的翻译计划，后来印刷费用出现问题时，郭修礼找到了约瑟·渣甸出资相助。但是，在《中国经典》第一卷正式出版之前，约瑟·渣甸就去世了，他的弟弟罗伯特·渣甸继续资助《中国经典》。①

由于这样的背景，有学者批评说，理雅各翻译中国典籍的目的“在于以宗教殖民的手段帮助西方殖民主义者完成对于中国经济、政治和文化上的全面征服”。② 还有人说：“为了配合英殖民侵略的继续推进，理雅各开始将翻译出版儒家经典的工作付诸实施。”③ 但是，也有学者提出了相反的看法：“将理雅各几乎穷其一生、矢志于翻译、阐释和转移中华古代经典的文化壮举，简单地归因于传教士的宗教献身精神或者维多利亚时代知识分子身上所特有的一种与对外扩张政策相呼应的文化狂热，显然过于牵强，甚至是一种大不敬。”④

理雅各在香港翻译和出版《中国经典》，当然在很大程度上得益于中英鸦片战争之后英国在中国的殖民扩张。但是，将理雅各的翻译事业看成英国殖民活动的一部分，则是简单化的看法。

第三个问题是理雅各翻译中国典籍时，中国学者的参与和影响。理雅各翻译《中国经典》，曾得到湛约翰、艾约瑟等英国传教士的帮助，还得到何进善、黄胜、罗祥等华人的帮助。不过，最有影响力的帮助来自清末思想家王韬。

王韬（1828—1897），苏州人，1845年考取秀才，但是在第二年的省试中落第，遂于1849年应英国传教士麦都思之邀，到上海的墨海书馆当中文

---

① James Legge tr., *The Chinese Classics*, Vol. I, Hong Kong: Hong Kong University Press, 1960, “Preface”, p. 8.

② 李玉良：《〈诗经〉英译研究》，济南：齐鲁书社，2007年，第90页。

③ 姜燕：《理雅各〈诗经〉翻译与儒教阐释》，济南：山东大学出版社，2013年，第20页。

④ 段怀清：《对异邦文化的不同态度：理雅各与王韬》，《二十一世纪》2005年10月号（总第91期），第59页。

编辑。墨海书馆是伦敦会所办，当时由麦都思主持。在上海期间，王韬参与了麦都思、美魏茶等人主持的《圣经》重译工作，还与艾约瑟、伟烈亚力、慕维廉（William Muirhead，1822—1900）等伦敦会传教士过往甚密，合作翻译了很多西学著作。1862 年，王韬因上书太平天国事件，受到清廷的追捕，躲进英国驻沪领事馆避难。当时英国驻沪领事馆的领事，正是麦都思的儿子麦华佗（Walter Henry Medhurst，1823—1885）。在麦华佗的帮助下，王韬秘密乘英国邮轮逃亡香港。①

王韬被安排做理雅各的翻译助手。在王韬到达香港时，理雅各翻译的"四书"已经作为《中国经典》第一卷和第二卷出版，且正在为《尚书》（即《中国经典》第三卷）的翻译做准备工作。王韬在接下来的几年间，为理雅各的《尚书》《诗经》《春秋左传》等书的翻译做出了极大的贡献。② 理雅各在 1865 年 7 月为《中国经典》第三卷《尚书》所写的序言中，高度评价王韬："笔者必须要向苏州秀才王韬所提供的帮助表达诚挚谢意。他在 1863 年底（应为 1862 年底——译注）来到香港，这位学者在古典学问上的修养，超过笔者以前认识的任何一个中国人，对于丰富的藏书他可以随心所欲地加以运用。同时，他满怀热忱地工作，依具体情况时而解释、时而辩驳，他不仅帮助我翻译，还使艰苦译事变得盎然有趣。"③

王韬与理雅各合作了近十年，期间曾于 1867 年冬到 1870 年春随理雅各漫游英、法等国，加深了对西方现代文明的了解。返回香港后，王韬创办《循环日报》，对近代中国的西学传播产生了重大影响。王韬于 1879 年前往日本进行考察，1884 年回到阔别二十多年的上海，次年任上海格致书院院长，直至去世。1877 年理雅各在伦敦准备翻译《易经》时，曾邀请王韬前往英国相助，此时王韬已投入报业，未能前行。

---

① 可参见忻平：《王韬评传》，上海：华东师范大学出版社，1990 年，第二章。

② 可参见上书，第 75—80 页。

③ 罗香林：《王韬在港与中国文化发展之关系》，载《香港与中西文化之交流》，香港：中国学社，1961 年，第 48—49 页。

王韬称理雅各“学识高邃，经术湛深，每承讲论，皆有启发，于汉唐宋诸儒皆能辨别其门径，抉择其瑕瑜”。[①] 虽有溢美之处，但是在当时的英国人中，理雅各确是对儒家经典最熟悉之人。王韬将理雅各与其他英国传教士相比较，高度赞扬了他对中国典籍的掌握和理解：

> 英国独以富强雄海外，估舶遍天下，特来中国者多贵官巨贾。嘉庆年间，始有名望之儒至粤，曰马礼逊，继之者曰米怜维琳，而理君雅各先生亦偕麦都思诸名宿橐笔东游。先生于诸西儒中年最少，学识品诣卓然异人。和约既定，货琛云集，中西合好，光气大开，泰西各儒，无不延揽名流，留心典籍。如慕维廉、裨治文之地志，艾约瑟之重学，伟烈亚力之天算，合信氏之医学，玛高温之电气学，丁韪良之律学，后先并出，竞美一时。
>
> 然此特通西学于中国，而未及以中国经籍之精微通之于西国也。先生独不惮其难，注全力于十三经，贯串考核，讨流溯源，别具见解，不随凡俗。其言经也，不主一家，不专一说，博采旁涉，务极其通，大抵取材于孔、郑而折中于程、朱，于汉、宋之学两无偏袒，译有《四子书》《尚书》两种。书出，西儒见之，咸叹其详明该洽，奉为南针。[②]

王韬认为，理雅各翻译的“四书”之《尚书》有“取材于孔、郑而折中于程、朱”的特点。其实，这种折中的解经态度，也是王韬自己对待儒家经典的态度，他曾这样评价经学传统：“夫考据祖孔、郑，理学宗程、朱，两家自分门户，而学汉者伤拙滞，师宋者病空疏，则又均失之一偏。”[③] 因此，理雅各在《中国经典》中表现出来的折中的解经思想，既是自己的主张，也

① 王韬：《与英国理雅各学士》，载《弢园尺牍》卷六，清光绪十九年（1893）沪北淞隐庐铅印本。

② 王韬：《送西儒理雅各回国序》，载《弢园文录外编》卷八，上海：上海书店出版社，2002年，第181页。

③ 王韬：《呈严驭涛中翰师》，载《弢园尺牍》卷一，清光绪十九年（1893）沪北淞隐庐铅印本。

有王韬的影响。

理雅各在1876年成为牛津大学的中文教授，标志着英国汉学的崛起。伦敦大学学院曾在1837年开设中文讲座，理雅各的中文老师修德是首任汉学教授，但是1843年修德去世后讲座一度中断。1847年，伦敦大学国王学院又开设中文讲席，聘请费伦、苏谋斯、道格思相继担任中文教授，但是他们的学术成就与影响都难与欧陆的汉学家相比。由于理雅各的努力，英国才开始跻身于欧洲汉学研究重镇之列。理雅各的翻译和研究生涯，象征着英国逐渐从传教士汉学、业余汉学转型至专业汉学。

1897年，理雅各病逝于牛津，享年八十二岁。在葬礼上，理雅各的生前好友、牛津大学曼斯菲尔德学院院长致辞："他对中国文献和宗教的洞察力，不仅来自他的头脑，更来自他的心灵。他看到，要让西方在东方有影响力，就要让西方了解东方。……理雅各明白这一切，因此才会有他那鸿篇巨制《中国经典》。书中的学术贡献不需要我说，是他那永不屈服的意志和英雄式的奋斗精神，让我们所有人钦佩。但是，只有了解理雅各的人，才能欣赏这种理念，这种从人文与宗教的辉煌壮丽的梦想中产生的理念。"①

理雅各的好友艾约瑟，在理雅各去世之后的一次布道会上，这样评价理雅各的贡献："从国土面积之辽阔，人口比例之众多，以及民族特性等来考虑，中国都可以说是世界上最重要的国家。获悉了儒家经典所包含的内容，也就使我们处于一种有利的地位来判断其人民。……如今，即使理雅各已经离开了我们，不再与我们一起，但是他殚精竭虑经年累月的付出，那些卷帙浩繁的译著，依然包含着丰富的事实，通过这些事实，欧洲和美国的观察者可以如此正确地判断中国人。"②

1928年，理雅各去世三十年之后，第十七届东方学大会在牛津大学召

---

① Helen Edith Legge, *James Legge: Missionary and Scholar*, London: Religious Tract Society, 1905, pp. 231—232.

② 同上书，pp. 38—39.

开，来自法国、意大利、荷兰、德国、美国、加拿大等国的学者，在理雅各墓前敬献花圈，花圈上敬书："献给大师中的不朽天才：理雅各。"[①]

第二节　理雅各的《诗经》散体译本（1871）

理雅各一生曾出版过三个不同的《诗经》英译本，即散体译本（1871）、韵体译本（1876）、节译本（1879）。一生三次翻译同一本中国典籍，这在西方汉学家中是非常罕见的。可以说，《诗经》在理雅各的中国典籍英译生涯中占有十分重要的位置。

理雅各第一次完成的《诗经》散体译本，收入《中国经典》第四卷。这个译本，在正文之前有长达182页的绪论，共分五章：第一章介绍了《诗经》文本的历史，包括孔子删诗、汉代四家诗等问题的讨论，并从沈德潜《古诗源》中选取了43首古诗，中英文对照，作为附录；第二章介绍了《诗经》研究的历史，包括《诗经》的来源、《诗经》的作者、诗序等问题，并翻译了大序和小序以及部分的《韩诗外传》作为附录；第三章介绍了《诗经》的语言特色，包括《诗经》的韵律、声韵的演变等问题，附录中选译了各种格律的中国诗作为对照；第四章介绍了《诗经》时代的中国社会，包括周朝的疆域、政治、宗教，附录是法国汉学家毕瓯（M. Edouard Biot，1803—1850）研究《诗经》时代中国社会风俗的文章；第五章列举了参考书目，中文部分共55条，除了汉代至宋代的《毛诗注疏》《吕氏家塾读诗记》《诗缉》等书，还有清人毛奇龄、姜炳璋、陈启源、戴震等人的著作，以及《新增诗经补注备旨详解》《增补诗经体注衍义合参》等，当然还有曾给予理雅各直接帮助的王韬的手稿《毛诗集释》。

1871年《诗经》译本的正文，包括《毛诗》中文原文、英译、注释三部

---

① Lindsay Ride, "Biographical Note", in *The Chinese Classics*, Vol. I, Hong Kong: Hong Kong University Press, 1960, p. 24.

分。中文原文部分，其依据的底本应为阮元校刻的《十三经注疏》本（清嘉庆二十年江西南昌府学开雕）中的《毛诗注疏》，还有《钦定诗经传说汇纂》。实际上，理雅各基本采用了后者的文本，因为后者以朱熹《诗集传》为准，而理雅各完全认同朱熹的解诗原则（如《毛诗注疏》本《关雎》析为五章，《诗集传》和《钦定诗经传说汇纂》析为三章，理雅各采用了后者）。英译部分，为了客观再现中文的原意，采用无韵的散体。注释部分，是这个译本的主要特色，每首诗的注释文字往往比译文长几倍，注释包括诗篇解题和文字训诂，多引用《毛传》、朱注以及其他宋儒或清儒的说法，但理雅各对于诗篇主题常有自己的判断和解释。如《郑风·风雨》，自《毛诗序》以来大多认为是“乱世则思君子不改其度”，朱熹认为这是“淫奔之诗”，理雅各明确表示既不同意汉儒也不同意朱熹，他认为此诗主题是“妻子在阴暗的环境中因丈夫的归来而得以慰藉”。再如《郑风·扬之水》，理雅各指出毛、朱的解释都有难通之处，他认为不如持开放态度，承认难以确定作者的目的。[1]

4 THE SHE KING. PART I.

采之。窈窕淑女。琴瑟友之。參差荇菜。左右芼之。窈窕淑女。鐘鼓樂之。

3 Here long, there short, is the duckweed;
On the left, on the right, we gather it.
The modest, retiring, virtuous, young lady:—
With lutes, small and large, let us give her friendly welcome.
Here long, there short, is the duckweed;
On the left, on the right, we cook and present it.
The modest, retiring, virtuous young lady:—
With bells and drums let us show our delight in her.

理雅各《诗经》散体译本（1871）《关雎》篇

理雅各在《诗经》注解中，多处说明采用王韬的观点。他在书信中提到与王韬合作翻译《诗经》：“明年年底之前，《诗经》就面世了。我们已经排完了380页，但费用惊人，每个月大约105元——其中包括付给我的中国助手王韬的20元。有时候我都不想再花钱雇他，因为一整个星期我都不需要咨询他。不过，有时候他又显得非常重要，当我着手写‘绪论’时，他的作用就更大了。对我来说，只有那些第一流的学者才有价值，而这里除他之

① James Legge tr., *The Chinese Classics*, Vol. IV, *The She King*, Hong Kong: Hong Kong University Press, 1960, pp. 143, 145.

外，我找不到任何一个能够与之比肩者。”[①]

王韬于1863年开始撰《毛诗集释》，第二年春天完成。他自己说：“不揣固陋，辑成《毛诗集释》三十卷，缮成清览，庶少助高深于万一。……采择先哲之成言，纂集近儒之绪语，折中诸家，务求其是。”[②] 此书极大地帮助了理雅各了解《诗经》学的各派观点。可惜此书并未正式出版，手稿现藏于美国纽约公共图书馆。

不过，理雅各主要倚重的还是《毛诗注疏》与《诗集传》。他模仿朱熹的《诗集传》，为每一首诗标出赋、比、兴。唯一不同的是，朱熹为每一章标示赋、比、兴，理雅各则为整首诗标示赋、比、兴。如《小雅·四牡》共五章，朱熹认为第一、二、五章是赋，第三、四章是兴，理雅各则笼统标为赋与兴。《小雅·鱼丽》共六章，朱熹认为前三章是兴，后三章是赋，理雅各则笼统标为兴与赋。

理雅各对《诗经》字词的解释，主要依赖《毛传》。[③] 如《周南·关雎》首章：“关关雎鸠，在河之洲。窈窕淑女，君子好逑。”理雅各的译文是：

Kwan-kwan go the ospreys,
On the islet in the river.
The modest, retiring, virtuous, young lady:
For our prince a good mate she. [④]

对于其中“窈窕”一词，理雅各用了“modest, retiring, virtuous”三个

① Helen Edith Legge, *James Legge: Missionary and Scholar*, London: Religious Tract Society, 1905, p. 43.

② 王韬：《与英国理雅各学士》，载《弢园尺牍》卷六，清光绪十九年（1893）沪北淞隐庐铅印本。

③ 李玉良甚至认为理雅各对《诗经》作品主旨的解释，也与《毛诗序》“同多异少”。他在逐一统计之后，指出理雅各题解与诗序相吻合者共248篇，占诗篇总数的81%。见李玉良：《〈诗经〉英译研究》，济南：齐鲁书社，2007年，第96页。

④ James Legge tr., *The Chinese Classics*, Vol. IV, *The She King*, Hong Kong: Hong Kong University Press, 1960, p. 1.

描述道德品格的词语来翻译。吴伏生指出："理雅各对'窈窕'一词的翻译所根据的是《毛传》。《毛传》将'窈窕'训为'幽贤也'，并声明此句所描绘的，是'后妃说乐君子之德，无不和谐，又不淫其色，慎固幽深，若关雎之有别焉'。不难看出，理雅各译文中的'modest（谦逊）'本于《毛传》中的'固慎'，'retiring（简出）'本于'幽'与'幽深'，'virtuous（贞洁）'本于'贤'。这表明理雅各对中国传统诗学是有所鉴别与取舍的。他摒弃了牵强附会的《毛序》，但却保留和接受了许多《毛传》中对文字的训诂。"[①]

比较一下理雅各的译文与20世纪韦利和高本汉的译文，可以看出其中的差异。韦利将"窈窕淑女"译为"lovely is this noble lady"，只是用了"lovely（可爱的）"来译"窈窕"，没有与道德品格纠缠在一起。[②] 高本汉将这一句译为"the beautiful and good girl"，他用来翻译"窈窕"的"beautiful（美丽的）"一词，更是与道德品格无关。[③] 由此可以看出，韦利、高本汉等20世纪《诗经》译者，与理雅各不同，他们大多对《毛传》采取了扬弃的态度。

虽然理雅各在王韬的帮助下，参考了很多《诗经》传统注疏的著作，但是他的《诗经》译本在字词解释方面对于清代朴学成果的忽视，受到了后世学者的批评。专擅中国上古语言音韵学的高本汉，虽然承认理雅各的翻译"在他那个时代是一件重大的功业，也是学术上的伟绩"，但接着指出："理雅各根本没有引到那些头等的清代学者，最重要的如陈奂、马瑞辰，以及陈乔枞的作品，他似乎都不知道。所以，他的字义的解释，即使是在他的书出版的时候（1871），已经都是些非常陈旧的说法了。"因此，高本汉的结论是："理雅各的翻译是过时的，不完备的。"[④] 后来，香港学者黄兆杰、李家树进

---

① ［美］吴伏生：《汉诗英译研究：理雅各、翟理斯、韦利、庞德》，北京：学苑出版社，2012年，第36页。

② Arthur Waley, tr., *The Book of Songs: The Ancient Chinese Classic of Poetry*, London: George Allen & Unwin, 1954, p. 81.

③ Bernhard Karlgren, tr., *The Book of Odes*, Stockholm: Museum of Far Eastern Antiquities, 1950, p. 2.

④ ［瑞］高本汉：《高本汉诗经注释》，董同龢译，上海：中西书局，2012年，作者原序第5页，字句略有修改。

一步发挥高本汉的观点，对理雅各的译文提出很多批评。[①]

不过，有学者认为，高本汉如此批评理雅各，是忽略了王韬对理雅各的影响。理雅各在注释中没有提到陈奂等人的著作，主要是因为王韬在《毛诗集释》中没有加以引用。[②] 王韬在《毛诗集释》前言中自述：他父亲是段玉裁的学生，也是陈奂的朋友。王韬的《毛诗集释》，是以段玉裁的《毛诗故训传定本》为底本。[③] 不过，王韬在香港准备《毛诗集释》时，手头没有陈奂的《诗毛氏传疏》、胡承珙的《毛诗后笺》等书，待见到之后，觉得陈、胡二人已先得己心，自己的集释很难超越陈、胡二人的著作，于是停止了《毛诗集释》的撰写工作。王韬自己说，旅居香港之后，"自此杜门削迹，壹意治经，著有《毛诗集释》，专主毛氏，后见陈硕甫《毛氏传》、胡墨庄《毛诗后笺》，遂废不作"。[④]

理雅各对翻译《诗经》倾注了大量心血。他在日记中记录了翻译《诗经》的情况："我丝毫未曾懈怠过，就连礼拜六甚至礼拜天也不曾休息，我在积极准备《诗经》的出版。"他在给妻子的信中也提到翻译《诗经》的过程："今天晚上九点钟，我就开始了《诗经》翻译工作，我精神状态不错，比白天要好。注释、琐事，还有访客，这些占据了我所有的时间，我已疲惫不堪。……重新开始《诗经》翻译总是能够让我愉悦起来……我刚刚译完了《诗经》中一首长篇颂诗。一想到手中这部著作完成之后，我所有的工作就完成了，我的心常常会不由自主地收缩。……我刚刚从《诗经》中成功地获得新鲜血液。早餐之后，我就一直在撰写开头的两个注解——关于《诗经》的标题和其中各卷的标题。《诗经》原本有序，作于大约2000年前。序的作者对《诗经》所有作品所涉及的主题都提出了自己的观点。我想最好还是将

① Wong Sht-kit and Li Kar-shu, "Three English Translations of the *Shi-jing*", *Renditions* 35 (1987): 115—117.

② Lee Chi-fang, *Wang T'ao* (1828—1897): *His Life, Thought, Scholarship, and Literary Achievement*, Doctoral Dissertation, University of Wisconsin, 1973, p. 231.

③ 参见上书，pp. 229—230.

④ 王韬：《弢园老民自传》，载《弢园文录外编》卷十一，上海：上海书店出版社，2002年，第270页。

其翻译出来，而且我发现这样做会大大加快我的工作进度。”①

在1871年的《诗经》译本中，理雅各将他参考的大量《诗经》注疏以及他自己的思考，变成了很长的注释，成为这个《诗经》译本最大的特色。理雅各甚至在诗歌的译文之中，也经常加上很多括号，增补了很多原文没有的辅助性、诠释性的字词。如《大雅·泂酌》首章：“泂酌彼行潦，挹彼注兹，可以餴饎。岂弟君子，民之父母。”理雅各将其中的“岂弟君子，民之父母”两句译为“(how much more should) the happy and courteous sovereign/ be the parent of the people”。② 译文中的“how much more should”，就是理雅各根据自己的理解，增补的诠释性文字。相比而言，韦利将这句译为“all happiness to our lord/ father and mother of his people”，就没有添加任何额外的诠释性字词。③ 高本汉将其更简洁地译为一句“the joyous and pleasant lord is the father and mother of the people”，也没有添加诠释性字词。④

吴伏生指出：“在理雅各的《诗经》翻译中，大多数说明性词语并没有用括号表出，而是直接融入译文。”这种“诠释型”翻译，其最大的缺点是“剥夺了译文读者体会原文多样性的机会，并且将译者的一己之见强加给读者”；另一个缺点则是“把对原诗意义的解释放在首位，因而忽略了原诗的文学特征”。⑤

对《诗经》文学特征的忽视，确是理雅各1871年版《诗经》译本的一个突出现象。这可以从译文形式本身看出，虽然译文是按照诗歌的形式排列，但是理雅各采用了无韵的散文体来翻译《诗经》作品。理雅各为什么要

① Helen Edith Legge, *James Legge: Missionary and Scholar*, London: Religious Tract Society, 1905, pp. 41—42.

② James Legge tr., *The Chinese Classics*, Vol. IV, *The She King*, Hong Kong: Hong Kong University Press, 1960, p. 489.

③ Arthur Waley tr., *The Book of Songs: The Ancient Chinese Classic of Poetry*, London: George Allen & Unwin, 1954, p. 182.

④ Bernhard Karlgren tr., *The Book of Odes*, Stockholm: Museum of Far Eastern Antiquities, 1950, p. 208.

⑤ [美] 吴伏生：《汉诗英译研究：理雅各、翟理斯、韦利、庞德》，北京：学苑出版社，2012年，第36页，第58—59页。

采用无韵的散文形式，其中有很多原因。

第一，是理雅各对四书五经翻译的整体态度和翻译原则。在《中国经典》第一卷前言中，理雅各就对自己翻译所遵循的原则做了说明。在三十年后的再版前言中，他几乎重复了早年所确定的翻译原则，那就是：忠于原文，而非崇尚文采。他将译文的准确性作为首要原则。

第二，是理雅各对于《诗经》艺术形式的看法。在1871年版《诗经》译本的绪论中，理雅各虽然简要地介绍了中国诗歌的格律形式，但是他宣称自己对这些诗学形式不感兴趣，他以鄙夷的态度提及法国耶稣会士所编的《中国杂纂》中对《诗经》语言的赞美，认为那些赞美是“很荒谬的夸大其词”。他又批评了采用韵体的拉丁文《诗经》译本和德文《诗经》译本，认为这些韵译使原诗变得面目全非，不能再现原诗的精神，毫无价值。英国人德庇时曾在《汉文诗解》中以韵体翻译了《召南·鹊巢》《小雅·谷风》二诗。德庇时提出，有三种翻译方法，即“散体翻译”“忠实的韵体翻译”“直接的意译”。德庇时认为，为了真正欣赏中国诗歌，应该采用韵体翻译。理雅各针锋相对地批评了德庇时的观点和译文，并指出：“我们承认，用诗歌的形式来翻译诗歌，是恰当的，但是，翻译者在处理原文之前必须对原文有充分的理解。”理雅各认为，德庇时翻译的《召南·鹊巢》，完全曲解了整首诗的意思。他提出自己的翻译原则：“我的目标是尽可能提供一个再现原文意义的译本，既不增译，也不意译。”理雅各对此充满信心，他说：“看了我的翻译之后，任何愿意采用韵译的人，都可以再进行‘忠实的韵体翻译’，我自己则更倾向于这种尽可能贴近字面的译法。”理雅各第一次翻译《诗经》时，其首要原则是忠实客观地再现原文意义，相对而言，诗歌本身的审美形式屈从于次要的地位，甚至可以忽略不计。他甚至宣称：“《诗经》整部作品都不值得费力去译成韵文。”[①]

这种极端的观点，与理雅各关于中国语言文字的基本看法有关。他认为

---

① James Legge tr., *The Chinese Classics*, Vol. IV, *The She King*, Hong Kong: Hong Kong University Press, 1960, “Prolegomena”, pp. 115－116.

以单音节为主的中国文字不适合表现诗歌韵律的多样性，他说："中国语言的性质，决定了它在最好的情况下也难以成为悦耳的韵文，它没有拼音文字中那么多样化的韵律，而这正是诗歌作品的魅力之一。"[①] 基于这样的原因，当然没有必要用有丰富韵律的英文来翻译韵律单调的中国诗歌。

理雅各之所以轻视诗歌的审美形式，坚持忠实客观地再现原文意义的翻译原则，最根本的原因，还在于他把《诗经》当作体现中国伦理道德思想的经典，他翻译《诗经》是为了更好地认识中国的社会伦理和风俗制度。此时的理雅各，其"理性和动机基本上都是学者式的"，他的关注点是"哲学的、历史的、文献学式的"，翻译的目的是"发现中国在世界历史和思想谱系中的位置"。这种动机和目的体现在译文后面长篇累牍的注释中，理雅各宣称，即使前九十九个读者都不关心那些琐碎细微的注释，他也要为第一百个读者而工作，因为只有那些注释才有"永久价值"。[②] 理雅各明确地指出："我翻译《诗经》的目的是将其视为中国经典之一，这个目的不需要我去评价《诗经》作品的诗体价值。"[③] 只有用散文体来翻译《诗经》，才能最大限度地再现《诗经》的思想意义和历史价值。

理雅各之前，法国传教士孙璋在18世纪30—50年代完成了拉丁文《诗经》全译本，译文手稿与其他文稿混杂，长时间不为人所知，直到1830年才由德裔法籍东方学家莫尔（Julius von Mohl，1800—1876）整理，在德国出版。这个《诗经》全译本引起了德国诗人吕克特（Friedrich Rückert，1788—1866）的注意，他采用韵体形式，将孙璋的拉丁文译本转译为德文，1833年出版。到了1844年，另一位德国人克拉默（Johann Cramer）依据孙璋译本和吕克特译本，也出版了一个德文《诗经》韵译本。德国学者本森

① James Legge tr., *The Chinese Classics*, Vol. IV, *The She King*, Hong Kong: Hong Kong University Press, 1960, "Prolegomena", p. 113.

② ［美］吉瑞德：《朝觐东方：理雅各评传》，段怀清、周俐玲译，桂林：广西师范大学出版社，2011年，第51页。关于理雅各在翻译中国典籍时如何处理儒家思想和基督教的关系，可参见该书第三章。

③ James Legge tr., *The Chinese Classics*, Vol. IV, *The She King*, Hong Kong: Hong Kong University Press, 1960, "Prolegomena", p. 114.

（Baron von Bunsen，1791—1860）在1856—1859年完成巨著《历史中的上帝》，从这两个德文《诗经》韵译本引用了八首诗，称之为《圣歌集》，用来说明中国人的宗教观念和宇宙观念。很快，本森的著作在1868年就有了英译本，英译者依旧用韵体的形式，将《诗经》的八首诗译为英文。[①] 这些《诗经》韵译者，完全不懂中文，译文都是从孙璋的拉丁文译本衍生出来，而孙璋的译文本身就有很多不准确之处。理雅各讽刺道，这些辗转、间接形成的韵体译文，如果没有脚注说明译自《诗经》哪首诗，即使是一个熟稔《诗经》的人也不知道对应的原文是什么。[②] 可以说，这些不准确的《诗经》韵译，成为负面的样板，促使理雅各拒绝采用韵体译法。

《诗经》散体译本出版之后，欧德理（Ernest John Eitel，1838—1908）发表了一篇书评文章，他十分欣赏理雅各的翻译原则，并批评孙璋、吕克特等人的译本，认为“我们完全不能将其称为翻译”。他称赞理雅各的翻译是“非常显著地忠实于原文”，译文“建立在可靠的词源学基础之上，自头至尾显示出对中文同义词的细致研究，以及被法国批评家称为语言‘精神’的清晰理念”。欧德理对于理雅各《诗经》译文的赞美，溢于言表，不过，他最后也指出，理雅各的译文也有“一种僵硬的庄严风格，几乎变成了一种单调的凝重和古怪，理雅各在他以前的译文中已表现出这些特征，现在他处理这些古雅的诗篇，更加强烈地显示出这些特征，因为他完全没有热情去尊重那些诗意情感的迸发”。欧德理还举了理雅各的《关雎》等诗的译文，批评说这些译文“不合诗歌品味”。[③]

关于理雅各《诗经》散体译本对诗歌审美形式的漠视，现代学者多有批评。吴伏生认为，“无韵散体并不意味着没有诗意，倘若运用得体，它多少也能传达原诗的意境和氛围。英语中的无韵素体诗便是实例。理雅各似乎没

---

① Baron von Bunsen，*God in History*，tr. Susanna Winkworth，London：Longman，Green and Co.，1868，Book III，Chapter V，pp. 246—257.

② James Legge tr.，*The Chinese Classics*，Vol. IV，*The She King*，Hong Kong：Hong Kong University Press，1960，“Prolegomena”，p. 116.

③ E. J. Eitel，“*The She-king*”，*The China Review* 1.1 (1872)：3—6.

有意识到这一点，更没有向这方面努力”，理雅各的“译文不但参差不齐，而且大量运用句中标点，使其在节奏上颠簸缓慢，与原诗明快流畅的效果截然不同”。如《周南·关雎》“辗转反侧”四字，“本来英语中有‘toss and turn’的双声习语，既能传达原文的意思，又可再现原文的音韵，真可谓难得之巧合。可理雅各却选择用十一个字，并且重复使用介词短语‘on his（在他的）’，用了两个逗号。四言的原文在译文中膨胀成‘on his side，on his back，he turned，and back again（在他背面，在他侧身，他翻来覆去）’。如此繁复的译文的确传达了原句的内容，但也使得它兴味全无”。[①]

第三节 理雅各的《诗经》韵体译本（1876）

理雅各回到伦敦之后，在1874—1876年以韵体的形式重译《诗经》，并于1876年出版。

在理雅各的三个《诗经》译本中，最为人熟知的是收入《中国经典》的无韵散体译本。相比之下，1876年的韵体译本，流传不广，一般读者对其所知不多，学界对其研究也不多，甚至看法也莫衷一是。费乐仁（Lauren F. Pfister）称理雅各的韵体译本是一个“被遗忘的宝藏”，对其做了较高的评价和细致的研究。[②]费乐仁认为，用韵体翻译《诗经》，本身就是“对汉籍翻译的一个独特贡献”，他进一步借用现代翻译理论的“动态对应”，指出应该拓宽评价的标准，不应仅局限于准确性的标准。[③] 岳峰在比较了散体译本和韵体译本中《关雎》《桃夭》《螽斯》《采薇》等诗的不同译文之后说：“第二译本弥补了第一译

---

① ［美］吴伏生：《汉诗英译研究：理雅各、翟理斯、韦利、庞德》，北京：学苑出版社，2012年，第35—36页。

② Lauren F. Pfister，“A Forgotten Treasure：James Legge's Metrical *Book of Poetry*”，*Shijing Studies*（Tokyo）19（1994）：8—19.

③ Lauren F. Pfister，“James Legge's Metrical *Book of Poetry*”，*Bulletin of the School of Oriental and African Studies* 60：1（1997）：69—71，84.

本的韵味不足的问题，堪称译诗上品。”①

相反，吴伏生对理雅各的韵译本提出了严厉的批评：“理雅各所译的散体《诗经》出版之后在世界各地被多次再版，可是他的韵体《诗经》却遭遇了完全不同的命运。它不但从未被再版，而且出版后很快便被遗忘，甚至连一些翻译、研究《诗经》的学者对它也一无所知。这也并非偶然。作为学术著作，它根本无法与散体《诗经》的翔实与严谨相比；作为文学作品，它也谈不上优美和流畅，无法自成一体。”②

1876年的《诗经》韵译本在诗歌韵律形式和审美形式上做了极为可贵的探索，但是结果却不尽如人意。那么该如何客观地看待理雅各的这个《诗经》韵译本呢？

以韵体翻译《诗经》的直接原因，可能是当时学界批评理雅各《诗经》散体译文的滞重风格，这刺激他进行了新的尝试，企图在韵体译本中更好地再现《诗经》的审美价值。这个计划的启动，最先源自理雅各的侄子约翰·莱格（John Legge）的建议。他居住在澳大利亚，1874年春天写信给理雅各，建议将整本《诗经》以韵体重译，他承诺将协助理雅各完成重译的任务。还有两人也加入了重译的队伍，一位是他的兄弟，居住在英国的詹姆斯·莱格（James Legge），另一位是亚历山大·克兰（Alexander Cran）。理雅各在韵译本前言中

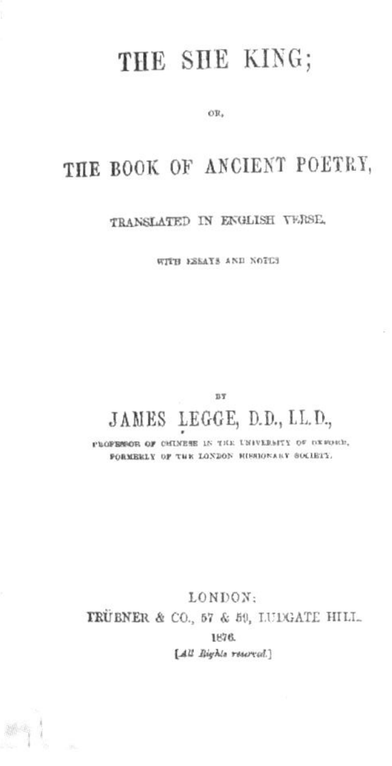
THE SHE KING;
OR,
THE BOOK OF ANCIENT POETRY,
TRANSLATED IN ENGLISH VERSE,
WITH ESSAYS AND NOTES
BY
JAMES LEGGE, D.D., LL.D.,
PROFESSOR OF CHINESE IN THE UNIVERSITY OF OXFORD,
FORMERLY OF THE LONDON MISSIONARY SOCIETY.
LONDON:
TRÜBNER & CO., 57 & 59, LUDGATE HILL.
1876.
[All Rights reserved.]

理雅各《诗经》韵译本（1876）扉页

① 岳峰：《架设东西方的桥梁：英国汉学家理雅各研究》，福州：福建人民出版社，2004年，第276页。

② ［美］吴伏生：《汉诗英译研究：理雅各、翟理斯、韦利、庞德》，北京：学苑出版社，2012年，第36页，第79—80页。

说："尤其是那些从澳大利亚寄来的译诗，与现在所呈现出来的样子相比，它们本来闪耀着更多的诗的光芒。"① 但是由于种种原因，他们最终提供的帮助并不多，韵译《诗经》超过四分之三是由理雅各本人完成的，其他译文也经过理雅各的修订。②

韵译《诗经》还有理雅各另一位朋友的帮忙，他就是孖沙（William Thomas Mercer，1821—1879）。此人是德庇时的外甥，于1844年作为第二任港督德庇时的私人秘书抵达香港，并在1859年成为香港殖民地政府的第四任辅政司（相当于现在的政务司）。在1865年3月—1866年3月，因第五任港督罗便臣（Sir William Robinson，1836—1912）卸任、第六任港督麦当奴（Sir Richard Graves MacDonnell，1814—1881）尚未到任，孖沙曾代署港督之职一年。理雅各和孖沙最初相识于香港，1876年理雅各完成韵译《诗经》初稿后，曾请孖沙过目。孖沙通读了全稿，不仅润色了其中的许多韵律，还重译了《国风》的部分诗歌，如《召南·甘棠》一诗就是孖沙重译的。③ 此外，孖沙还提供几首诗的拉丁译文。

费乐仁还指出：1876年的韵译《诗经》中，有三首诗的译文采用了苏格兰诗歌的形式，即《王风·君子于役》《王风·扬之水》《郑风·羔裘》；有四首诗的译文之后附录了孖沙的拉丁译文，即《王风·扬之水》《陈风·防有鹊巢》《小雅·鹿鸣之什·皇皇者华》《周颂清庙·维天之命》；还有三首诗提供了两种译文，即《唐风·葛生》《秦风·黄鸟》《周颂·闵予小子·小毖》。④

费乐仁的统计，不是非常准确。所谓苏格兰诗歌形式，理雅各在标题中

---

① James Legge tr.，*The She King; or, the Book of Ancient Poetry, Translated in English Verse*，Oxford：Trübner & Co.，1876，p. 3.

② 理雅各在译文中注明完全出自他人译笔的并不多，如《大雅·生民》译文有两个版本，理雅各说一个是在英国的侄子所作，另一个是在澳大利亚的侄子所作。

③ James Legge tr.，*The She King; or, the Book of Ancient Poetry, Translated in English Verse*，Oxford：Trübner & Co.，1876，pp. 4，70. 但是理雅各在译文中没有说明这是出自孖沙之手。

④ Lauren F. Pfister，"James Legge's Metrical Book of Poetry"，*Bulletin of the School of Oriental and African Studies* 60：1（1997）：72.

注明“Scoticè”，分别是：《王风·君子于役》《王风·君子阳阳》《郑风·女曰鸡鸣》。[①] 附有拉丁译文的诗，其实是以下五首：《王风·君子阳阳》《秦风·终南》《陈风·防有鹊巢》《小雅·杕杜》《周颂·维天之命》。[②] 提供了两种译文的诗，其实是《唐风·葛生》《秦风·黄鸟》（另一译本是孖沙所作），《周颂·小毖》（另一译本是理雅各的侄子所作）。[③]

1876年的《诗经》韵译本，也像1871年的《诗经》散体译本一样，在正文之前有绪论，基本取材于1871年的前言，不过大幅缩减，只保留了57页。绪论共分四章：第一章介绍《诗经》文本的历史，第二章介绍《诗经》研究的历史，第三章介绍《诗经》的韵律以及本书韵译的原则，第四章介绍《诗经》时代的中国社会。

从散体《诗经》译本到韵体《诗经》译本，理雅各经历了一个从轻视韵体翻译到重视韵体翻译的过程。如前所述，理雅各在散体《诗经》译本的前言中，批评了拉丁文《诗经》译本和德文《诗经》译本，认为这些韵译使原诗变得面目全非，毫无价值。可见，理雅各在第一次翻译《诗经》时，对于用韵体翻译甚至对于诗歌本身的审美形式，都抱着轻视的态度。

到了1876年，理雅各彻底改变了态度，对于韵体翻译与《诗经》形式之美表现出极大的尊重。在韵译本的绪论中，虽然理雅各还是认为中国语言不适合表现韵律，在这一点上不如欧洲的拼音文字，但是，他马上指出：“如果不承认《诗经》中有非常可观的诗歌艺术价值，那就错了。”接下来的几段论述，都是散体译本绪论中没有的。他说，上一次的译本更注重翻译的准确性，令他“对于《诗经》之美没有足够的认识”，最近几年《诗经》研究和翻译的进展，令他关注到以前所忽视的《诗经》的审美价值，他希望他的读者跟他一样能欣赏《诗经》之美。他再次提及德庇时的“忠实的韵体翻

① James Legge tr., *The She King; or, the Book of Ancient Poetry, Translated in English Verse*, Oxford: Trübner & Co., 1876, pp. 112, 113, 124—125.

② 同上书，pp. 113, 161, 170, 201—202, 351.

③ 同上书，pp. 155, 163, 367.

译”之说，并说此次重译是要“将每一首诗用忠实的韵体形式翻译出来”。[①]这些论述，与散体译本的绪论相比，无疑是一次自我否定。与理雅各同时的英国人、曾选译过《诗经》的李思达，在为《诗经》韵译本所写的书评中惊叹：“理雅各出现在诗人中间，这比扫罗出现在先知中间更令人惊奇。”[②] 吉瑞德认为，理雅各的转变，可能是“他对欧德理以及其他人当初批评他用散文体的形式来翻译中国诗歌的一种回应”。[③]

在《诗经》韵体译本中，理雅各运用了种种方式来突出《诗经》的形式之美。费乐仁从形式（form）、风格（style）、得体（appropriateness）、声音（voice）、技巧（techniques）五个方面总结了这个《诗经》韵译本的成就。他指出，理雅各用了五十多种不同的缩行或增加诗行长度的方式，使得这个译本“对于习惯英语诗歌形式的读者来说更具吸引力”。此外，理雅各还在六十多首诗歌的译文中尝试完全再现原诗结构的某些特质。有人批评理雅各的译文用了一种扭曲得不自然的英文，费乐仁也极力为其辩护，认为应该换一个角度来看，译文字词的独特排列只是为了满足特定的韵律格式。费乐仁甚至认为，理雅各的《诗经》韵体译本之所以被后人遗忘，并不是因为其本身有缺点，而是容易与那本散体译本混淆，令人误会是相同的译本。[④]

然而，费乐仁所做的辩护，并不能掩盖《诗经》韵译本的缺点。理雅各常常为了迁就译诗的韵律，扭曲英文的表达方式，甚至增加诗行，如《周南・樛木》译文把每章四句的结构变成了每章六句，《大雅・泂酌》译文把每章五句变成了每章八句；有时还破坏了原诗那种重章叠唱的结构，如《周南・卷耳》译诗的后三章。理雅各不仅增加诗行，还常在译文中增加很多解

---

① James Legge tr., *The She King; or, the Book of Ancient Poetry, Translated in English Verse*, Oxford: Trübner & Co., 1876, pp. 33—35.

② Alfred Lister, “Dr. Legge's Metrical *She king*”, *China Review* 5.1 (1876): 3. 扫罗(Saul)是古代以色列的第一任国王，其事迹见《圣经・旧约》中的《撒母耳记》。

③ ［美］吉瑞德：《朝觐东方：理雅各评传》，段怀清、周俐玲译，桂林：广西师范大学出版社，2011年，第97页。

④ Lauren F. Pfister, “James Legge's Metrical Book of Poetry”, *Bulletin of the School of Oriental and African Studies* 60:1 (1997): 72—84.

释性的成分，将原文开放性的意涵局限为一种解释。理雅各说，尤其是翻译“兴”的表现手法时，他希望揭示出兴句和应句之间的关联，他说：“这是为什么我的译文常常比原文长的主要原因。”① 詹宁斯曾这样批评：“正如大家所公认，理雅各在后来的韵体译本中——这个译本依靠了英格兰和其他地方的助手（非汉学家）的帮助——他的表现远远逊于自己本来的水平。在这个韵译本中，他增加字句，常常是几行解释性的字句——这本来应该放在脚注中，他试图通过这种方式使那些艰涩的作品能被更好地理解。”②

理雅各的《诗经》韵译本，既然有这些缺陷，它的价值究竟在哪里呢？可以说，理雅各试图用英语诗歌的韵律形式，来重现《诗经》之美，是《诗经》作为诗歌传入西方的进程中非常关键的环节。在理雅各之前，《诗经》作为蕴含儒家思想的儒家经典传入西方，而理雅各的《诗经》散体译本依然是这种观念的体现。西方读者逐渐对《诗经》的诗歌性质产生了兴趣，琼斯、德庇时等人尝试用西方诗歌的韵律形式来翻译《诗经》，但都是浅尝辄止；吕克特用韵体将《诗经》译为德文，但转译自拉丁文译本，与原文相距甚远。理雅各第一次用西方诗歌的韵律格式从原文译出整本《诗经》，推动了《诗经》作为有韵律的诗歌作品在西方传播的进程。

在《诗经》韵译本中，理雅各为了突出《诗经》作品的韵律之美，甚至采用了苏格兰民谣的形式来翻译《国风》的三首诗歌。如《王风·君子于役》一诗，原文是：

君子于役，不知其期，曷至哉？鸡栖于埘，日之夕矣，羊牛下来。君子于役，如之何勿思。

君子于役，不日不月，曷其有佸？鸡栖于桀，日之夕矣，羊牛下

① James Legge tr., *The She King; or, the Book of Ancient Poetry, Translated in English Verse*, Oxford: Trübner & Co., 1876, pp. 39, 61—62, 315.

② William Jennings tr., *The Shi King: the Old "Poetry Classic" of the Chinese*, London: G. Routledge and Sons, 1891, p. 21.

括。君子于役，苟无饥渴。

理雅各的译文，将每章八句的结构改为每章六句，这种减少诗行的方式在整个韵译本中比较罕见，其目的是适应苏格兰民谣的韵律：

The gudeman's awa, for to fecht wi' the stranger,
An' when he'll be back, oh! my hert canna tell.
The hens gae to reist, an' the beests to their manger,
As hameward they wend frae their park on the hill.
But hoo can I, thus left alane,
Help thinking o' my man that's game?

The gudeman's awa, for to fecht wi' the stranger,
An' lang will it be ere he see his fireside.
The hens gae to reist, an' the beests to their manger,
As the slantin' sunbeams throu the forest trees glide,
Heaven kens the lanesome things I think.
Heaven sen' my man his meat an' drink! ①

译文有很多苏格兰方言，诗中的"君子"本来在散体译本被译为"my husband"②，到了这里被换成苏格兰歌谣中常见的"gudeman（也是丈夫的意思）"。《诗经》韵译本刚推出，李思达就为其撰写了热情洋溢的书评，称赞此诗的译文是"赏心悦目"，并评论理雅各《诗经》韵译本中运用"gude-

① James Legge tr., *The She King; or, the Book of Ancient Poetry, Translated in English Verse*, Oxford: Trübner & Co., 1876, p. 112.

② James Legge tr., *The Chinese Classics*, Vol. IV, *The She King*, Hong Kong: Hong Kong University Press, 1960, pp. 112－113.

man”等词语，这是90%的译者都想不到的，因为一般的译者只会“顽固地坚持用那些意义最接近的字典中最笨拙的对应词”。[①]

理雅各的《诗经》韵译，极大地影响了同时代的另一位英国人阿连壁，他很快就推出了自己的《诗经》韵译本。对于理雅各的《王风·君子于役》译文，阿连壁赞不绝口，虽然他自己的译文没有采用苏格兰民谣形式，诗中的“君子”他译为常见的“my husband”，但是译文的诗题却用了极具歌谣色彩的“Our Good Man's Awa'”，并在脚注中全文抄录理雅各的韵译，他说：“理雅各博士的韵体译文采用了苏格兰方言——用这种方言翻译这些古老的韵文简直是不可思议地恰到好处——这首诗的译文太棒了，我要斗胆将它重述一遍。”[②]

与阿连壁同年（1891）出版《诗经》韵译的詹宁斯，也是在理雅各韵译本的影响下完成了自己的翻译。他虽然没有直接表达对理雅各译文的欣赏，用了常见的“The Husband Abroad”为题，但是“君子”一词却用了古朴的“my goodman”来翻译，隐约可见理雅各译文的影子。[③]

从理雅各的译文中，阿连壁联想到了一首著名的——可能每个熟悉苏格兰文化的读者都会想到的苏格兰民谣，他说：“我们看到妻子盼望外出的丈夫平安归来，以及丈夫归来之后妻子的喜悦，这些旋律让我们想起苏格兰民谣‘There is nae luck about the hoose, when oor gudeman's awa’。”[④] 阿连壁提到的这首“There's Nae Luck about the House”，描写了一个水手的妻子期盼长期航海在外的丈夫回家的感情，是苏格兰最著名的民谣之一，它的作者有人认为是琼·亚当（Jean Adam，1704—1765），有人认为是米克尔（Wil-

---

① Alfred Lister, “Dr. Legge's Metrical *She king*”, *China Review* 5.1 (1876): 7.

② Clement F. R. Allen tr., *The Book of Chinese Poetry: Being the Collection of Ballads, Sagas, Hymns, and Other Pieces Known as the Shih Ching or Classic of Poetry*, London: Kegan Paul, Trench, Trübner & Co., 1891, p. 91.

③ William Jennings tr., *The Shi King: the Old “Poetry Classic” of the Chinese*, London: G. Routledge and Sons, 1891, pp. 91—92.

④ Clement F. R. Allen, “The Chinese Book of the Odes for English Readers”, *Journal of the Royal Asiatic Society of Great Britain & Ireland* 16.4 (1884): 465.

liam Julius Mickle，1735—1788)。苏格兰大诗人彭斯（Robert Burns，1759—1796）非常喜爱这首民谣，将它收入自己编的苏格兰诗歌集中，称赞此诗是“苏格兰——或者是任何其他语言中最美的歌谣之一”。[①] 这首民谣，正是出生于苏格兰的理雅各和他的侄子最熟悉的诗歌作品。

紧接着《君子于役》之后的《君子阳阳》，理雅各认为它们主题相关，因此也用了苏格兰歌谣的韵律形式来翻译。其原文是：

君子阳阳，左执簧，右招我由房。其乐只且。
君子陶陶，左执翿，右招我由敖。其乐只且。

此诗的译文，理雅各保留了原诗的一章四句的结构：

The gudeman's come hame，an' his face weers a bloom，
His organ o' reeds he hads in his left han'；
An' his richt han' ca's me to come till his room：
It's siccan a joy；it's mair nor I can stan'.

The gudeman's come hame，an' he's pleesed I'll engage，
His gran' fether screen he hads in his left han'；
An' his richt han' ca's me to come till the stage：
It's siccan a joy；it's mair nor I can stan'. [②]

受到理雅各的影响，阿连璧将此诗译文的标题改为“The Good Man's

① John Lockhart，*The Works of Robert Burns*：*Containing His Life*，New York：Robinson & Franklin，1839，p. 115.

② James Legge tr.，*The She King*；*or*，*the Book of Ancient Poetry*，*Translated in English Verse*，Oxford：Trübner & Co.，1876，p. 113.

Return”，虽然诗中的“君子”只译为“my man”。[①]詹宁斯的翻译方式与阿连璧异曲同工，他的译诗标题采用常见的“The Husband Returned”，诗中的“君子”则译为具有歌谣色彩的“the goodman”。由于理雅各的启发，詹宁斯翻译此诗时应该想到了彭斯，想到了欧洲歌谣，他甚至认为《诗经》作品在“一个很重要的方面胜过彭斯、拜伦、海涅和其他许多著名的民谣作者，那就是：它具有更高的道德价值”。[②]

其实，在理雅各的《诗经》韵译本中，他并未将所有此类妻子思念丈夫的作品都翻译成苏格兰歌谣的风格。如《郑风·风雨》，理雅各认为此诗的主题是“在昏暗阴沉的时刻，丈夫归来，妻子为之欣慰”。这与上述两首诗的主题类似，但是理雅各将此诗中的“君子”译为“my lord”。[③] 与理雅各一样，阿连璧对于此诗的译文，也没有再用歌谣式的词语。[④] 詹宁斯的译文，此诗题目用了“Joy At The Goodman's Return”，第一、二章中的“君子”都译为 the goodman，只有第三章才用了 my lord。[⑤]

美国学者达姆罗什（David Damrosh）认为，世界文学就是那些“超出它们的文化本源而流通的一切文学作品”。[⑥]《诗经》无论从其本身的经

---

① Clement F. R. Allen tr., *The Book of Chinese Poetry: Being the Collection of Ballads, Sagas, Hymns, and Other Pieces Known as the Shih Ching or Classic of Poetry*, London: Kegan Paul, Trench, Trübner & Co., 1891, p. 92.

② William Jennings tr., *The Shi King: the Old "Poetry Classic" of the Chinese*, London: G. Routledge and Sons, 1891, pp. 22, 91—92.

③ James Legge tr., *The She King; or, the Book of Ancient Poetry, Translated in English Verse*, Oxford: Trübner & Co., 1876, p. 128. 韦利、高本汉将上述三首诗中的“君子”都译为“my lord”，见 Arthur Waley, *The Book of Songs: The Ancient Chinese Classic of Poetry*, London: George Allen & Unwin, 1954, pp. 92, 89, 85; Bernhard Karlgren tr., *The Book of Odes*, Stockholm: Museum of Far Eastern Antiquities, 1950, pp. 45, 59.

④ Clement F. R. Allen tr., *The Book of Chinese Poetry: Being the Collection of Ballads, Sagas, Hymns, and Other Pieces Known as the Shih Ching or Classic of Poetry*, London: Kegan Paul, Trench, Trübner & Co., 1891, p. 114.

⑤ William Jennings tr., *The Shi King: the Old "Poetry Classic" of the Chinese*, London: G. Routledge and Sons, 1891, p. 108.

⑥ David Damrosh, *What Is World Literature?*, Princeton: Princeton University Press, 2003, p. 4.

典地位来说，还是从其在西方世界的流通来说，都是世界文学中的代表性作品。但是，一部文学作品要超出它的文化本源而流通于一个完全不同的文化语境，它必然被放置在新的文化语境的脉络中，与该文化中的作品进行类比、构建关联，读者也必然在这样的类比、关联之中阅读和理解这部文学作品。

理雅各用苏格兰民谣的形式翻译《诗经》作品，推动了《诗经》作为世界文学而被阅读的进程。阿连璧、詹宁斯受理雅各的影响，也尝试从民谣的角度来翻译这几首诗。李思达读了理雅各的《齐风·东方之日》韵译之后，则联想到了莎士比亚戏剧中的诗歌，觉得它"几乎是奥菲利亚唱的《情人佳节就在明天》这首歌的前身"。①

当然，我们也应该看到，理雅各采用的苏格兰民谣形式，虽然更符合英语读者的审美趣味，却极大地改变了原诗的面貌。此外，《诗经》韵译本中很多作品的译文，虽然采用了韵译的形式，却又保留着理雅各散体译本中的那种严谨甚至呆板的语言风格。因此，吉瑞德批评理雅各的《诗经》韵译本说："译本也因此显示出一种相当不协调的——既带有他的过去呆板的正式风格，又带有苏格兰打油诗和某些轻松明快的韵律的组合。"②

第四节　从散体译本到韵体译本：翻译理论的反思

如果把美国学者韦努蒂（Lawrence Venuti）的理论套用在理雅各的两个译本之上，那么理雅各 1876 年用苏格兰民谣的形式来翻译《诗经》，无疑是

---

① Alfred Lister, "Dr. Legge's Metrical *She king*", *China Review* 5.1 (1876): 6.《情人佳节就在明天》（*Tomorrow is Saint Valentine's Day*）是莎士比亚戏剧《哈姆雷特》中的女主角奥菲利亚疯癫之后所唱的歌。

② ［美］吉瑞德：《朝觐东方：理雅各评传》，段怀清、周俐玲译，桂林：广西师范大学出版社，2011 年，第 97 页。

归化翻译（domesticating translation），可谓殖民思想的体现。① 然而，这种归化翻译与异化翻译（foreignizing translation）的二分法，可能将问题简单化了，无助于很多具体问题的深入探讨。

理雅各用苏格兰民谣的形式来翻译《诗经》，可能受他侄子的影响或启发。他本人对这种翻译方式持有一种微妙的态度，一方面，他欣赏苏格兰民谣的形式，觉得这种韵律形式可以很好地再现《国风》中那些具有民谣特征的诗歌，比如前述的《王风·君子于役》《王风·君子阳阳》；另一方面，理雅各也担心这种苏格兰民谣的形式会令《诗经》译作变得不再像中国诗。

在《诗经》韵译本中，《郑风·女曰鸡鸣》也被翻译成苏格兰民谣风格。此诗原文为：

女曰鸡鸣，士曰昧旦。子兴视夜，明星有烂。将翱将翔，弋凫与雁。

弋言加之，与子宜之。宜言饮酒，与子偕老。琴瑟在御，莫不静好。

知子之来之，杂佩以赠之。知子之顺之，杂佩以问之。知子之好之，杂佩以报之。

这首诗的译文在韵律和措辞上，几乎与《王风·君子于役》《王风·君子阳阳》两首诗的译文完全一样：

Says oor gudewife, "The cock is crawin'."
Quoth oor gudeman, "The day is dawin'."

---

① 关于韦努蒂的翻译理论，可参见 Lawrence Venuti, *The Translator's Invisible: A History of Translation*, London and New York: Routledge, 1995. 欧阳桢曾从此角度来批评理雅各的翻译，见 Eugene Chen Eoyang, *The Transparent Eye: Reflections on Translation, Chinese Literature, and Comparative Poetics*, Honolulu: University of Hawaii Press, 1993, pp. 170—177.

"Get up. Gudeman, an' tak a spy;
See gin the mornin'-star be high,
Syne tak a saunter roon' aboot;
There's rowth o' dyukes and geese to shoot.

"Lat flee, and bring them hame to me,
An' sic a dish as ye sall pree.
In comin' times as ower the strings
Your noddin' heed in rapture hings,
Superme ower care, nor fasht wi' fears,
We'll baith grow auld in worth and years.

"An' when we meet the friends ye like,
I'll gie to each some little fyke;
The lasses beads, trocks to their brithers,
An' auld-warld fairlies to their mithers.
Some nick-nack lovin' hands will fin',
To show the love that dwalls within."①

阿连璧对此诗的韵译非常欣赏。他认为，理雅各的《诗经》韵体译本没有之前的《诗经》散体译本那么受欢迎，这是不公平的，因为在理雅各的韵体译文中，"每当译者让自己挣脱中国诗律的束缚，他就创造出赏心悦目的译诗，那些用苏格兰方言翻译的诗歌尤其引人入胜"。至于"引人入胜"的

① James Legge tr., *The She King; or, the Book of Ancient Poetry, Translated in English Verse*, Oxford: Trübner & Co., 1876, p. 125.

证据，阿连璧引了这首诗的译文为例。[①]

不过，理雅各对于这首诗的译文，却持有不同的意见。他在译文之前的说明中解释：译文是他的侄子从澳大利亚寄给他的，“前两章的译文最好，符合原文的意思。至于第三章，可能本身很好，但这是一种苏格兰诗歌，而不是中国诗歌。当然，其译文优美，以致我不忍心弃而不用，我只好以其本来的样子呈现于此，并做此说明”。[②]

事实上，理雅各翻译《诗经》，一直都强调要最大限度地再现作品原文的意义，这是他的散体译本的指导原则，同样也是他的韵体译本的指导原则。他在韵体译本的绪论中强调，这个韵译本即使“外衣是英文，声音永远是中国的”。理雅各为了坚持再现原文意义这个原则，舍弃或者重译了他侄子寄给他的很多译诗。他坦诚地说，他侄子的译诗非常美，他自己重译出来的译文“在诗歌艺术价值上比原来的译文要逊色很多”，但是这种代价是值得的，因为他认为这样才能“更好再现中文原文的意义”。[③]

可以说，理雅各一贯坚持的翻译立场就是意义重于形式。我们应该从诗歌意义的角度，重新思考1876年韵译本与1871年散体译本的关系。

理雅各曾对孟子的“以意逆志”说，表现出极大的认同。他在每一卷《中国经典》的扉页上都印上了“以意逆志”几个中文字，费乐仁评价：“理雅各深受苏格兰常识哲学的两位哲学家瑞德（Thomas Raid，1710—1796）、斯图亚特（Dugald Stewart，1753—1828）的影响，熟稔于他们的新亚里士多德式的逻辑和阐释原则，所以他马上被这种说法吸引。”[④] 理雅各还在晚年英

---

① Clement F. R. Allen, “The Chinese Book of the Odes for English Readers”, *Journal of the Royal Asiatic Society of Great Britain & Ireland* 16.4 (1884): 455.

② James Legge tr., *The She King; or, the Book of Ancient Poetry, Translated in English Verse*, Oxford: Trübner & Co., 1876, p. 125.

③ 同上书，pp. 36—37.

④ Lauren F. Pfister, “Mediating Word, Sentence, and Scope without Violence: James Legge's Understanding of ‘Classical Confucian’ Hermeneutics”, in *Classics and Interpretation: The Hermeneutics Traditions in Chinese Culture*, ed. Tu Ching-i, New Brunswick: Transaction Publishers, 2000, p. 373.

译《周易》的前言中，再次重复“以意逆志”的原则：“逐字翻译必定是徒劳的。当这些象征性汉字令译者与作者的思想互相融通时，译者便可尽其所能，用他自己或别人的话来自由翻译作者的意念。这便是孟子在阐释中国古诗时所说的‘以意逆志，是为得之’的原则。”[①]

翻译也是一种诠释，理雅各秉持“以意逆志”的诠释原则，来揣摩《诗经》原诗的意义。他把这种原则变成了“在诗的本身寻找诗的意义”的诠释原则，这正好呼应了朱熹以来“以诗解诗”的原则。因此，理雅各明确地说过：“西方汉学家一般都会跟我一样，衷心同意朱熹的原则，即我们必须在诗的本身寻找诗的意义，而不是接受那些我们都不知道是谁的人所提供的解释，追随那些解释，将会把诗的意义变成荒谬的谜语。”[②]

当然，正如朱熹的“以诗解诗”不是空无依傍一样，理雅各的“在诗的本身寻找诗的意义”也不是空无依傍。理雅各在翻译和诠释《诗经》时，立足于《诗经》的诗句，再综合汉儒、宋儒甚至是清人的传统解释，做出自己的判断和选择。正如高本汉所说，理雅各虽然“把每一篇诗的《序》都仔细地译了出来，可是他和朱熹一样，并不是在每一处都采用《诗序》的说法，他只是完全根据《诗经》的文句，不受拘束地解说诗的意思”。理雅各“有时候用《毛传》和《郑笺》，还不止一次地用了些别人的见解，包括唐代至清代一些人的说法，都是因为他觉得那些说法合于上下文”。[③]

理雅各的《诗经》韵译本与散体译本，虽然在译文的形式上有很大的不同，但是在翻译和诠释作品意义的根本原则上却是一致的，那就是结合中国传统注疏，“在诗的本身寻找诗的意义”。因此，韵体译本对于《诗经》作品主旨的解释，几乎完全重复了散体译本中的解释，而这些解释，大多是理雅

① 吴伏生认为：“根据雅克布森（Roman Jakobsen）的理论，孟子所说的是同一语言内的所谓以意逆志”见［美］吴伏生：《汉诗英译研究：理雅各、翟理斯、韦利、庞德》，北京：学苑出版社，2012年，第29页。

② James Legge tr., *The Chinese Classics*, Vol. IV, *The She King*, Hong Kong: Hong Kong University Press, 1960, p. 29.

③ Bernhard Karlgren, *Glosses on the Book of Odes*, Stockholm: Museum of Far Eastern Antiquities, 1964, p. 75.

各根据《诗经》文本，再折中中国传统注疏诸家看法而提出的。

理雅各在一些《诗经》作品的翻译和解释中，确实表现出“在诗的本身寻找诗的意义”的勇气。前面所说《郑风·女曰鸡鸣》，理雅各在散体译本中就认为此诗是“一个家庭生活的欢快画面，妻子叫她身边的丈夫出去打猎，并表达她的缠绵之意，鼓励他广交良友”。[①] 到了韵体译本的译文，虽然变成了苏格兰民谣的形式，但是对整首诗意义的诠释没有变动，这可能是理雅各的侄子按照理雅各散体译本而转译的。理雅各对于此诗的解释，与传统注疏有很大的不同。《毛传》解释此诗曰：“《女曰鸡鸣》，刺不说德也。陈古义以刺今，不说德而好色也。”朱熹《诗集传》释曰：“此诗人述贤夫妇相警戒之词。”[②] 这两种解释都充满了道德训诫的色彩，传统注疏大多不出这两种解释的范围之外。相比之下，理雅各径直将此诗简单地解释为“家庭生活的欢快画面”，正是体现了“在诗的本身寻找诗的意义”的原则。

不过，理雅各将《郑风·女曰鸡鸣》理解为一首民歌风格的作品，体现出朱熹的影响。朱熹在《诗集传序》中曾说：“凡《诗》之所谓《风》者，多出于里巷歌谣之作。”[③] 理雅各对于此诗第三章的解释是妻子鼓励丈夫“广交良友”，此章在散体译本中的译文如下：

When I know those whose acquaintance you wish,
I will give them of the ornaments of my girdle.
When I know those with whom you are cordial,
I will send to them of the ornaments of my girdle.
When I know those whom you love,

---

① James Legge tr., *The Chinese Classics*, Vol. IV, *The She King*, Hong Kong: Hong Kong University Press, 1960, p. 134.

② 朱熹：《诗集传》，赵长征点校，北京：中华书局，2017 年，第 80 页。

③ 同上书，第 2 页。

I will repay their friendship from the ornaments of my girdle.[①]

到了韵译本中，其译文虽然在形式上不同了，但是其意义完全是采用散体译本中的解释。这种解释，正是来自朱熹，《诗集传》解释此章曰："妇又语其夫曰：我苟知子之所致而来，及所亲爱者，则当解此杂佩，以送遗报答之。盖不惟治其门内之职，又欲其君子亲贤友善，结其欢心，而无所爱于服饰之玩也。"[②]

理雅各对很多《诗经》作品意义的理解，都受到朱熹的影响。他基本上接受了朱熹的"淫诗"说，并将这种理解贯彻于散体和韵体两个译本之中。如《卫风·氓》第三章有"于嗟女兮，无与士耽。士之耽兮，犹可说也。女之耽兮，不可说也"几句，朱熹认为此诗的主旨是"淫妇为人所弃，而自叙其事"，而这几句则是说这位淫妇虽然"容色光丽"，"然又念其不可恃此而纵欲忘反"。[③] 理雅各在翻译这几句时，接受了朱熹的理解。如散体译本中的译文为：

Ah! thou young lady,
Seek no licentious pleasure with a gentleman,
When a gentleman indulges in such pleasure,
Something may still be said for him;
When a lady does so,
Nothing can be said for her.[④]

---

① James Legge tr., *The Chinese Classics*, Vol. IV, *The She King*, Hong Kong: Hong Kong University Press, 1960, pp. 134—136.

② 朱熹：《诗集传》，赵长征点校，北京：中华书局，2017 年，第 81 页。

③ 同上书，第 57—58 页。

④ James Legge tr., *The Chinese Classics*, Vol. IV, *The She King*, Hong Kong: Hong Kong University Press, 1960, p. 99.

这里用了“licentious pleasure（淫乐）”来翻译“无与士耽”中的“耽”字。韵体译本的译文为：

Ah! thou, young maiden, too wilt find
Cause for repentance deep,
If, by a lover's arts seduced,
Thyself thou fail to keep.
A gentleman who hastes to prove
The joys of lawless love,
For what is done may still atone.
To thee they'll fatal prove.
Thou'lt try in vain excuse to feign,
Lost like the foolish dove.[①]

韵体译本用了“seduced（被引诱）”来翻译“无与士耽”中的“耽”字，用了“lawless love（罔顾法纪的爱）”来翻译“士之耽兮”中的“耽”字。比较一下韦利的翻译，就可以看出其中的差别。韦利的译文如下：

O, ladies, ladies,
Do not take your pleasure with men.
For a man to take his pleasure
Is a thing that may be condoned.
That a girl should take her pleasure

① James Legge tr., *The She King; or, the Book of Ancient Poetry, Translated in English Verse*, Oxford: Trübner & Co., 1876, p.106.

Cannot be condoned.[①]

在韦利的译文中，两个“耽”字都只是用了简单的“pleasure（快乐）”来翻译。高本汉的译文，也与韦利类似。[②] 相比之下，理雅各在两个译本中所加入的“淫”“引诱”“罔顾法纪”，都是来自朱熹的影响，也可看出两个译本在理解作品意义上的一致。

不过，理雅各在很多《诗经》作品的翻译与诠释中，也反驳了朱熹的解释以及《毛诗注疏》的解释，体现出他“在诗的本身寻找诗的意义”的诠释原则。如《郑风·萚兮》，其原文为：

萚兮萚兮，风其吹女。叔兮伯兮，倡予和女。
萚兮萚兮，风其漂女。叔兮伯兮，倡予要女。

朱熹解释这首诗曰：“兴也。萚，木槁而将落者也。女，指萚而言也。叔伯，男子之字也。予，女子自予也。女，叔伯也。此淫女之词。言萚兮萚兮，则风将吹女。叔兮伯兮，则盍倡予，而予将和女矣。”[③] 理雅各在散体译本中提出了与朱熹不同的解释，也反驳了《毛传》的解释，他说：“比也。此小臣有忧国之心，呼诸大夫而告之。这个解释，是严粲在《小序》的基础上修正而成。《毛传》认为此诗是兴，开头的两句兴起公子忽与其大臣之间君弱臣强的关系，即后面两句所描述的内容。这种解释说不通。严粲也认为此诗是兴，同样有误。朱熹认为此诗是淫女期待情人的求爱，并主动回应情人。但是，从诗的表面绝对看不出这层意思。”[④] 可见，理雅各根据自己所理

① Arthur Waley, *The Book of Songs: The Ancient Chinese Classic of Poetry*, London: George Allen & Unwin, 1954, p. 96.

② Bernhard Karlgren, *Glosses on the Book of Odes*, Stockholm: Museum of Far Eastern Antiquities, 1964, p. 40.

③ 朱熹：《诗集传》，赵长征点校，北京：中华书局，2017 年，第 82—83 页。

④ James Legge tr., *The Chinese Classics*, Vol. IV, *The She King*, Hong Kong: Hong Kong University Press, 1960, p. 139.

解的文本，接受了严粲的解释，而这种解释，也延续到了韵体译本中。他在这个译本中做了同样的题解，还说："朱熹认为此诗是淫女期待情人的求爱，并主动回应情人。但是，从诗的表面绝对看不出这层意思——它其实是被强加给这首诗的。"① 虽然没有提到严粲的名字，但可以看出其解释是从散体译本的解释中提炼而来，并且，理雅各在这两个译本中都强调了自己解释的原则是"从诗的表面"来看。

再如《鄘风·桑中》一诗，这是朱熹指出的最著名的"淫诗"，朱熹与吕祖谦曾为了此诗有过激烈的辩论。理雅各在散体译本的题解中说："赋也。君子咏叹（sings of）他与许多贵族女子之间的私情。《小序》认为此诗讽刺'卫之公室淫乱'。朱熹不同意这种解释。"他又在全诗的注解之后，补充说道："现在问题出现了：孔子为什么将此诗收入《诗经》？此诗与孔子对于《诗经》'思无邪'的评价如何协调？有人解释说，孔子用此诗展示当时的淫乱世风，而不予斥责，正如他在《春秋》中运用的笔法，他并不担心读者会有自己的判断。然而，考察此诗的结构，我认为我们可以相信此诗有讽刺之意。如果主人公只提到一个女子或一个地点，我们可以将此诗解读为一首简单的情歌。但是，每一章都有一个新的女子出现，可能此诗的目的是嘲讽当时流行的淫风。"② 可见。理雅各是综合《诗经》的传统注疏和《诗经》文本，做出了自己的思考。到了韵译本中，理雅各用了类似的字句来解释此诗："赋也。君子夸耀（boasts of）他与许多贵族女子之间的私情。"他又说："传统注疏以为此诗讽刺'卫之公室淫乱'。朱熹只将此诗看作情诗。因为每一章都有一位不同的女主人公，我认为此诗是为了显示当时淫风的流行。"③ 前后对比，理雅各在两个译本中，秉持了同样的诠释原则，通过辨析传统注

---

① James Legge tr., *The She King; or, the Book of Ancient Poetry, Translated in English Verse*, Oxford: Trübner & Co., 1876, p. 126.

② James Legge tr., *The Chinese Classics*, Vol. IV, *The She King*, Hong Kong: Hong Kong University Press, 1960, pp. 78, 80.

③ James Legge tr., *The She King; or, the Book of Ancient, Translated in English Verse*, Oxford: Trübner & Co., 1876, p. 95.

疏的问题，做出了同样的解释。

由上可见，理雅各虽然在前后两个译本采用了不同的形式，但是却坚持了同样的诠释原则和诠释结果，这种诠释原则是建立在对中国注疏传统的认同和辨析之上。正如吉瑞德指出，理雅各“以一种几乎是中国本土的方式参与到丰富的中国注疏传统中”，他“以一种结合了本土学者和《圣经》福音注释者的方式，并凭着令人难以置信的勤奋和持续漫长的努力，达到了对中国注疏传统了若指掌的地步，这使他的英文翻译有一种特殊的精确性和注释上的权威性”。①

20世纪重新翻译《诗经》的韦利认为，依据传统诠释所做出的最好的《诗经》译本，是法国汉学家顾赛芬的译本，因为他忠实地遵从朱熹的解释，而理雅各则“将朱熹的解释与汉儒的解释混在一起，并用自己的解释稀释了这些传统诠释，因此他的翻译如今已毫无用处”。② 其实，理雅各译本的特色和价值恰恰在于他能折中于汉儒与宋儒之间，提出了自己的看法。

吴伏生高度评价了理雅各的翻译特色。他说：“在解决翻译中疑难的时候，理雅各所依据的几乎完全是中国的经学研究及阐释传统。他采取的是纽曼的态度和策略，即在译文中尽量保留原著的特点，而不是像费兹杰拉德那样，对原著任意修改。”吴伏生指出：“它充分体现了理雅各对原著及其文化的尊重。这里我们看到的是学者的严谨，而不是传教士的热情。”③

这种以“中国的经学研究及阐释传统”为翻译和诠释的依据，其实从散体译本一直延续到韵体译本。在两个译本中，都能看出理雅各“对原著及其文化的尊重”，都不能简单冠以“归化翻译”的帽子。

此外，理雅各在两个译本中处理《诗经》名物的方式，也与“归化翻

① Norman J. Girardot, *The Victorian Translation of China: James Legge's Oriental Pilgrimage*, Berkeley: University of California Press, 2002, p. 361.

② Arthur Waley, *The Book of Songs: The Ancient Chinese Classic of Poetry*, London: George Allen & Unwin, 1954, "Appendix", p. 337.

③ [美] 吴伏生：《汉诗英译研究：理雅各、翟理斯、韦利、庞德》，北京：学苑出版社，2012年，第46页。

译”的思路是背道而驰的。在理雅各生活的时代，英国的主流意见是用流畅的、可读的英语来翻译其他国家的文学作品。阿连璧曾说：“对于诗歌的韵体翻译来说，第一个必要条件就是用现代语言和清晰表述，并用真正流畅的韵律。”[①] 李思达则提出，将中国诗歌译为英文诗歌，好译文的标准有四条：一是译得准确，二是译成英文，三是译成诗歌，四是“译文不要令读者感到这是来自另外一种语言的文本”，而且“最后一条是最重要的”。[②]

阿连璧、李思达都批评说，理雅各的两个《诗经》译本对于“葛”(dolichos)、“荆”(jujube tree)、“茨”(tribulus)等中国植物的名称，还有很多山脉、河流的名称，都没有采用流畅的、可读的、现代的英语来翻译。他们抱怨，当读者打开译本，就会被这些奇奇怪怪的名称吓坏，故建议理雅各采用更加自然的英语来翻译。阿连璧说：“尽可能避免提到中国特有的名称，这是译者的责任，因为这些名称会令英语读者对译文产生排斥之感。”[③] 李思达甚至建议理雅各在修订《诗经》韵译本时，可以删去这些专有名称，采用树、山、水之类的“模糊的泛称”。[④] 相对而言，韦利用了“cloth-plant”“thorn-bushes”“star-thistle”来翻译“葛”“荆”“茨”等中国植物，可能更符合阿连璧提出的标准。[⑤]

第五节　理雅各的《诗经》宗教诗节译本 (1879)

到了1879年，理雅各应他的牛津大学同事、德裔比较宗教学家缪勒之

① Clement F. R. Allen, “The Chinese Book of the Odes for English Readers”, *Journal of the Royal Asiatic Society of Great Britain & Ireland* 16.4 (1884): 459.

② Alfred Lister, “Dr. Legge's Metrical *She king*”, *China Review* 5.1 (1876): 2.

③ Clement F. R. Allen, “The Chinese Book of the Odes for English Readers”, *Journal of the Royal Asiatic Society of Great Britain & Ireland* 16.4 (1884): 459.

④ Alfred Lister, “Dr. Legge's Metrical *She king*”, *China Review* 5.1 (1876): 7—8.

⑤ 如韦利对《周南·葛覃》《邶风·凯风》《鄘风·墙有茨》等诗的翻译，见 Arthur Waley, *The Book of Songs: The Ancient Chinese Classic of Poetry*, London: George Allen & Unwin, 1954, pp. 73, 105, 294.

邀，选译了《诗经》中宗教色彩浓厚的104首诗，与《尚书》《孝经》等书相关片段的选译一起，编入《东方圣典》第三卷，书名为《中国圣典·儒家经典：〈书经〉、〈诗经〉宗教诗选、〈孝经〉》。在《诗经》选译正文之前，有简要的绪论四章，介绍了《诗经》的名称与内容、孔子删诗、从孔子到汉代的《诗经》学、《诗经》的编定等。

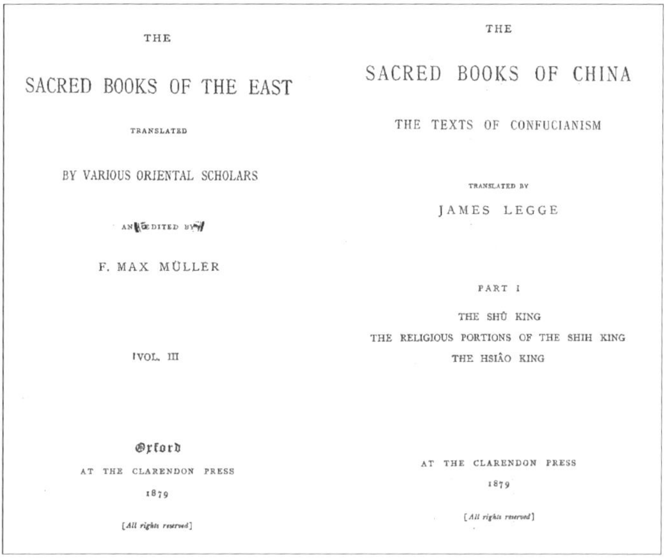
THE

SACRED BOOKS OF THE EAST

TRANSLATED

BY VARIOUS ORIENTAL SCHOLARS

AND EDITED BY

F. MAX MÜLLER

VOL. III

Oxford

AT THE CLARENDON PRESS

1879

[All rights reserved]

THE

SACRED BOOKS OF CHINA

THE TEXTS OF CONFUCIANISM

TRANSLATED BY

JAMES LEGGE

PART I

THE SHÛ KING

THE RELIGIOUS PORTIONS OF THE SHIH KING

THE HSIÂO KING

AT THE CLARENDON PRESS

1879

[All rights reserved]

理雅各《中国圣典·儒家经典：〈书经〉、〈诗经〉宗教诗选、〈孝经〉》(1879) 扉页

这个《诗经》节译本，译文基本上完全采用了1871年的《诗经》散体译本，只是在个别字词上有所修订，还有一些细节上的不同：一是《诗经》节译本开始用新的威氏拼音[①]，替代了散体译本中所用的马礼逊拼音系统；二是《诗经》节译本不再采用中英对照的方式，只列出英文译文；三是《诗经》节译本的译文不再分行排印，而是每章一段，形式更加散文化。

① 威氏拼音系统是威妥玛在19世纪60年代创立，后来翟理思在《汉英字典》中对其加以改良，被称为Wades-Giles Romanization System，是20世纪翻译中文最主要的拼音系统。

如《大雅·皇矣》首章的开头四句"皇矣上帝，临下有赫。监观四方，求民之莫"，散体译本的译文是：

Great is God,
Beholding this lower world in majesty.
He surveyed the four quarters (of the kingdom),
Seeking for some one to give settlement to the people. ①

到了《诗经》节译本中，译文基本完全一样，只是其中的"settlement"变成了"establishment"，分行排列的形式则变成了不分行的散文形式，其译文如下：

Great is God, Beholding this lower world in majesty. He surveyed the four quarters (of the kingdom), Seeking for some one to give establishment to the people. ②

这个《诗经》节译本，还从宗教内容的角度对《诗经》作品进行了筛选和重新排列，它不仅未能包含《诗经》全部诗篇，而且很多诗只是选译其中一至两章，甚至诗歌排列顺序与《毛诗》原文也不同，它按照《商颂》《周颂》《鲁颂》《小雅》《大雅》《国风》的顺序，排列原则基于诗中宗教因素的多寡。

既然《诗经》节译本是以宗教因素为核心，理雅各则要面对《诗经》中的"帝"与基督教术语对译问题，以及中西宗教文化的比较问题。

---

① James Legge tr., *The Chinese Classics*, Vol. IV, *The She King*, Hong Kong: Hong Kong University Press, 1960, p. 448.

② James Legge tr., *The Sacred Books of China*: *The Texts of Confucianism*, Part I, *The Shu King*, *The Religious Portions of The Shih King*, *The Hsiao King*, Oxford: The Clarendon Press, 1879, p. 389.

理雅各在整本书的前言中指出，儒教是中国最出类拔萃的宗教，不过中国并没有西方的启示宗教，当一首古老的诗歌偶尔提到上帝，那只不过是在强调它要表达的意思而已。虽然如此，理雅各还是决定用英语中的“God”来翻译中国的“帝”。他解释了自己这么做的理由：儒家经典中的“天”是指至尊的力量（Supreme Power），当“天”这种至尊力量被赋予人格形象时，就称为“帝”或“上帝”。这正如西方早期的情形一样，也就是说西方的“God”一词正好符合中国古代经典中“帝”或“上帝”在各个历史阶段的演变，因此就像只能用“man”来翻译“人”一样，也只能用“God”来翻译“上帝”。①

其实，理雅各早在作为伦敦会传教士刚刚抵达香港时，就已经遇到这个术语翻译的问题。1843 年，理雅各与麦都思等人在香港聚会，负责审定《圣经》中“God”等词的翻译问题。19 世纪前半期的传教士，接受了马礼逊的“神”的译法，但是后来麦都思提出应该用中国古代经典中的“帝”来翻译。这个术语问题，与 17、18 世纪耶稣会士入华时引发的“礼仪之争”一样，逐渐变成一场激烈而持久的论争，也在一定程度上激发了缪勒的比较宗教学的建立。缪勒认为，对于东方经典的翻译和研究，可以证明基督教和其他宗教的可比性。缪勒甚至在《东方圣典》丛书的序言中提出，要在东方发现“真理”和“珍宝”。比较宗教学的信条，就是要超越信仰、不偏不倚。②

在术语之争的背后，涉及对中国传统文化的接受问题。新教传教士入华，正是西方世界蒸蒸日上、中华帝国日落西山之际，很多传教士都抱有居高临下的态度，认为可以用基督教代替儒教。即使理雅各本人，在刚开始翻译“四书”时，对孔子的评价也很低。

在成为牛津大学教授、成为缪勒的同事之后，理雅各逐渐在更为客观的

---

① James Legge tr., *The Sacred Books of China*: *The Texts of Confucianism*, Part I, *The Shu King*, *The Religious Portions of The Shih King*, *The Hsiao King*, Oxford: The Clarendon Press, 1879, pp. 14, 15, 24—25.

② 参见［美］吉瑞德：《朝觐东方：理雅各评传》，段怀清、周俐玲译，桂林：广西师范大学出版社，2011 年，第 31、218—219 页。

基础上来研究中国宗教问题。1877 年新教在上海召开传教士大会，理雅各已回到英国，他的论文《儒家与基督教关系》由人代读。但是，理雅各的观点激怒了很多保守的传教士，大会记录压制并删除了理雅各的论文。其中的原因，除了对于术语问题的不同观点，更由于理雅各的比较主义态度和对儒家的宽容态度。理雅各不仅期望基督教与儒家进行对话，还期望尊重儒家对于人性、道德和社会责任的看法，甚至警告传教士的马车不要“粗暴无礼”地驶过“孔子的陵墓”。理雅各在 1880 年为英格兰长老会开设讲座时，也说：“我们高兴地发现《诗经》和《书经》里有大量内容讲述上帝和他统治的人民，我们可以毫不犹豫地接受这些记述的真实性。”①

这种态度，正是《东方圣典》的主编缪勒所倡导的，他认为东方的宗教和基督教没有本质上的区别，只是存在着成熟程度的不同而已。缪勒的比较宗教学，是当时英国思想文化界的新趋势的产物。这个新趋势，就是希望重新认识西方世界以外的异族文化，希望建立一种新的学术框架来认识这个多样性的世界。与比较宗教学同时兴起的文化人类学，也是这种新趋势的产物。缪勒的比较宗教学当然还不能完全摆脱欧洲中心主义，但是比起保守的传教士来说，这些新学科更能尊重异族文化。

在 1879 年的《诗经》节译本中，理雅各坚持用“God”来翻译中国古代的“上帝”，从表面上看来只不过是一贯立场而已，他在 1871 年的《诗经》散体译本中已这么做。但是，仔细比较一下，就可看出其中的区别。

《诗经》中那些表现宗教思想的作品，其实充斥着中国的祖先崇拜仪式，这曾是 17、18 世纪“礼仪之争”的核心问题之一。理雅各曾从传教士的角度，批评了中国的祖先崇拜仪式。到了 1879 年的《诗经》节译本，理雅各对这些祖先崇拜仪式改变了态度，他从客观的角度出发，描述了中国祖先崇拜的根源和各种表现，并指出这种客观的介绍是为了给研究异国宗教的学者

---

① James Legge, *The Religions of China: Confucianism and Taoism Described and Compared with Christianity*, London: Hodder and Stoughton, 1880, p. 248.

一个全面观察和思考的基础。[①]

从这个角度来看，理雅各的《诗经》宗教诗节译，其宗教已不是当年作为传教士的理雅各眼中的宗教，而是提倡比较宗教科学的缪勒眼中的宗教。以《王风·大车》一诗为例。理雅各在节译中选了此诗的第一、三章（省略第二章，可能因为它与第一章重章叠唱）。《王风·大车》的主旨，《毛序》认为："礼仪陵迟，男女淫奔，故陈故以刺今。"朱熹《诗集传》则认为："周衰，大夫犹有能以刑政治其私邑者，故淫奔者畏而歌之如此。然其去二南之化则远矣，此可以观世变也。"朱熹在第三章的注释中说："民之欲相奔者，畏其大夫，自以终身不得如其志也，故曰：生不得相奔以同室，庶几死得合葬以同穴而已。'谓予不信、有如皦日'，约誓之辞也。"[②] 这首诗就是朱熹所谓的"淫诗"。理雅各在1871年散体译本的题解中，采用了朱熹的解释，并用了"licentiousness"来标示其中的"淫"字。[③] 到了1879年的节译本，理雅各在题解中删去了这个"淫"字，将整首诗理解为一个女子对情人的山盟海誓。[④] 就像吴伏生所说："如果山盟海誓也算作宗教情感的话，那么'宗教'也真的宽泛到无所不包了。"因此，吴伏生指出："从他所选的诗篇来看，他对宗教的理解是相对宽泛的，正如缪勒所说，囊括了'道德情感、社会制度、法律结构'等等。"[⑤]

可以说，理雅各的《诗经》节译本，呼应了缪勒的比较宗教学，体现了19世纪后期英国学术界的新趋势，既可看作理雅各从传教士身份向学者身份

---

① James Legge tr., *The Sacred Books of China: The Texts of Confucianism*, Part I, *The Shu King*, *The Religious Portions of The Shih King*, *The Hsiao King*, Oxford: The Clarendon Press, 1879, p. 22.

② 朱熹：《诗集传》，赵长征点校，北京：中华书局，2017年，第73页。

③ James Legge tr., *The Chinese Classics*, Vol. IV, *The She King*, Hong Kong: Hong Kong University Press, 1960, p. 121.

④ James Legge tr., *The Sacred Books of China: The Texts of Confucianism*, Part I, *The Shu King*, *The Religious Portions of The Shih King*, *The Hsiao King*, Oxford: The Clarendon Press, 1879, p. 440.

⑤ ［美］吴伏生：《汉诗英译研究：理雅各、翟理斯、韦利、庞德》，北京：学苑出版社，2012年，第88、89页。

过渡的结晶，更可看作 19 世纪后期新兴学术思想激荡下的结晶。

吉瑞德认为，从理雅各进入牛津大学，直至 19 世纪末理雅各去世，这是“汉学的理雅各时代”，“它与比较东方学领域的缪勒时代一致，后者包括比较语言学和比较宗教学”，“这些有关异国的学科（东方学、比较语言学、比较宗教学）的内在协作关系，以及汉学一东方学早产式的诞生，给维多利亚时代后期一些普通的社会和文化议题提供了清新的洞识”。吉瑞德还指出：“尽管 19 世纪上半期有法国学人雷慕莎和儒莲的强大影响，但直到理雅各的《中国经典》和缪勒的《东方圣典丛书》这两个在 19 世纪末期中国经典翻译和比较东方学方面最伟大的学术项目的出现所带来的冲击，汉学一东方学的专门领域和比较宗教科学在西方学术界才获得了学科上的认同。”[①]

正是在这个意义上，理雅各及其《诗经》翻译，既代表着英国汉学的崛起，也代表着从业余汉学向专业汉学的转型。转型的标志，既在于教授席位的设立，更在于汉学与新兴学科的融合。

---

① ［美］吉瑞德：《朝觐东方：理雅各评传》，段怀清、周俐玲译，桂林：广西师范大学出版社，2011 年，第 120—121 页。

第六章　19世纪后期至20世纪初的英美《诗经》研究

牛津大学教授、东方学家缪勒1870年在英国皇家学会发表了著名的系列演讲《宗教科学导论》，成为宗教科学或比较宗教学创立的标志。这门学科，将欧洲的比较语言学方法运用于东方文献。缪勒在1874年伦敦召开的第二届国际东方学家大会上提出："比较精神，就是这个时代的真正科学的精神。"他还说，"在我们的世界之外，还有别的世界，还有别的宗教、别的神话、别的法则"，"在所有这些主题之上，东方都为我们提供了平行的相似性"。①

在比较宗教学、东方学风光无限的同时，汉学也在欧洲学术思潮的推动下迅速发展。大部分汉学家都超越了早期汉学那种经验式、随感式的研究方式，开始将自己的研究建立在当时欧洲的新兴科学方法——语文学之上，明显地体现出缪勒所说的科学和比较精神。

语文学由德国学者沃尔夫（Friedrich August Wolf，1759—1824）创立，试图从语言入手，在古代的历史文献中探寻人类的本质。由于综合了语言研究和历史研究，因此又可译为历史语言学。很多语文学家，不仅强调历史的维度，还强调比较的维度，通过不同语言之间的比较来寻找语言与文化的根源，因此又称为比较语言学。

本章与下一章，将介绍1870—1930年六十年间英美世界的《诗经》研

---

① ［美］吉瑞德：《朝觐东方：理雅各评传》，段怀清、周俐玲译，桂林：广西师范大学出版社，2011年，第108、124页。

究和翻译。吉瑞德指出，19世后期的英国汉学，“不同于稍早的18、19世纪的法国时代，其标志就是在19世纪后二十五年里，学术发展要比早期更加体制化和国际化”。[①] 这种体制化和国际化的发展和定型，其实一直延续到20世纪初期。这段时期英美汉学的发展，主要依靠入华传教士和外交官的推动，他们中的佼佼者进入大学任教，成为专业学者。大部分的《诗经》研究成果，都是出自这些入华传教士和外交官之手。到了20世纪30年代以后，汉学研究的中心逐渐从欧洲转移到北美，并形成了新的学术方法和传统，本书第八章至第十三章将详细介绍1930年以后英语世界的《诗经》研究。

在19世纪后期至20世纪初，语文学成为汉学研究最基本的方法。这段时期英语世界的《诗经》研究，深受历史语言学、比较语言学的影响。这种学术背景，既推动了《诗经》研究的深入发展，也产生了一些误区。

第一节　19世纪后期至20世纪初英美汉学的发展

根据阚维民的统计，在16世纪至1924年的7737位西方汉学家中，有113位发表或出版论著超过20篇（部），其中英国37人、法国29人、德国12人、美国9人、其他国家7人、不明国籍19人。在37位多产的英国汉学家中，仅仅有2位在1850年之前去世、6位在1925年之后去世。这些事实，“一方面在某种程度上说明了19世纪的英国汉学研究队伍，已经成为左右西方汉学研究的主导力量；另一方面也说明，19世纪英国汉学最重要的时期，集中于19世纪下半期，特别是19世纪70年代以后”。可见，19世纪的最后三十年，是英国汉学“迅速发展的具有里程碑意义的时期”。[②]

关诗珮发现，英国汉学的发展与英国培训外交译员的制度有紧密的关

---

① ［美］吉瑞德：《朝觐东方：理雅各评传》，段怀清、周俐玲译，桂林：广西师范大学出版社，2011年，第120页。

② 阚维民：《剑桥汉学的形成与发展》，《汉学研究通讯》2002年第21卷第1期，第33页。

系，现实利益和实用知识是英国汉学的基础。关诗珮由此提出，讨论 19 世纪英国汉学史要谨慎使用“英国汉学”（British Sinology）一词，因为“英国人在陈述中国学问及学术范畴时，都避开使用‘sinology’一词”，伦敦大学学院、伦敦国王学院、牛津大学、剑桥大学都使用中文教授（Professorship of the Chinese）之称，各类文献都喜欢用中文知识、中文学者等称呼。[①]

这种说法值得商榷。事实上，“汉学”这个称呼在欧陆和英国几乎同时流行起来。法国在 1814 年设立“汉语、鞑靼和满语语言与文学”讲座时，尚未用“汉学”之称。[②] 德国汉学家傅海波（Herbert Franke，1914—2011）指出，“汉学”一词在 1838 年间开始出现，到 1860—1880 年才变成一个常用的词汇，“这个时期，中国研究和中国本身才逐渐凸显出来，称为学术上一个专门的课题”。[③] 换言之，“汉学”一词的流行，正与 19 世纪后期汉学研究的专业化趋势一致。就在欧陆出现这个趋势的时候，英国的汉学也正经历类似的历程。

英国汉学家德庇时在 19 世纪 60 年代写的回顾文章《本世纪前半期中国文学在英国的兴起与进展》中，就明确地用“sinologue（汉学家）”一词来称呼入华传教士米怜，他还用该词来称呼马礼逊、麦都思、威妥玛、庄延龄、苏谋斯等英国学者。[④] 可见，虽然牛津大学、剑桥大学只是使用了中文教授的称呼，但是随着“中国研究和中国本身”在英国成为“学术上一个专门的课题”，“汉学家”一词也成为通用的称呼。

吉瑞德指出，到了 19 世纪 70 年代，中国文献文本研究“成为专业化的

① ［新］关诗珮：《译者与学者：香港与大英帝国中文知识建构》，香港：牛津大学出版社，2017 年，第 33 页。

② 这个名称一直沿用到 1918 年。参见［法］戴密微：《法国汉学研究史》，载［法］戴仁主编、耿昇译：《法国当代中国学》，北京：中国社会科学出版社，1998 年，第 26—27 页。戴密微指出：“对于习惯于多音节的屈折语言的欧洲人来说，更容易接受满语。”

③ ［德］傅海波：《欧洲汉学史简评》，胡志宏译，载张西平编：《欧美汉学研究的历史与现状》，郑州：大象出版社，2006 年，第 107、119—129 页。

④ John Francis Davis, *Chinese Miscellanies: A Collection of Essays and Notes*, London: John Murray, 1865, pp. 54, 61.

汉学东方学科，包括英美汉学传统和西方世界其他地区的汉学研究传统”。英语世界的汉学发展，可以“从19世纪70年代中期的一场有关新的专门词汇‘sinologue（汉学家）’和‘sinologist（汉学家）’的讨论中反映出来”。当《泰晤士报》报道，牛津大学中文教授职位即将设立时，在香港创办的《中国评论》1876年2月13日刊登了一封信，信中谈道：在知识分子圈中，“sinologue”这个词“正在成为时尚”，作者建议，“sinologue”这个法文词汇应该披上合适的英文外衣，改称为“sinologist”，“用这种形式，它就成了一个绝妙的英文词，值得在我们的词典中找到一个属于自己的位置”。①

英国汉学在19世纪后期至20世纪初的迅速发展，得益于汉学研究的逐步学院化、专业化。很多传教士、外交官逐渐脱离了教会或政府部门，走上了专业研究的道路。1874年在伦敦召开的第二届国际东方学家大会，标志着汉学的火炬从欧陆传递到了英国。英国的牛津大学、剑桥大学，相继在1876年、1888年开设中文教授讲席。牛津大学的首任中文教授是理雅各，剑桥大学的首任中文教授是威妥玛，其后由翟理斯继任。

吉瑞德认为，从1876年理雅各进入牛津大学直至去世，“汉学的理雅各时代”超越了长期执牛耳的法国汉学。② 不过，英国本土的汉学经历了短暂的辉煌，并没有形成稳定的传统，其中重要的原因是英国政府和民众对于汉学的轻视，没有提供长期而稳定的支持。

德庇时、理雅各等人，都曾批评过英国大众对于中文及汉学知识没有足够的兴趣。伦敦大学学院第一任中文教师修德之后，这个职位一直空缺，主要原因就是生源的匮乏。到了理雅各执掌牛津大学中文讲席期间，1877年上海《北华捷报》出现了一篇文章，用了一种嘲讽的语调，怀疑“是否有很多学生拜倒在博士的脚下”，甚至说牛津的学生即使会养成一种对蓝色茶壶的鉴赏能力，“但他们决不会让《诗经》代替《荷马史诗》”。理雅各在牛津大

① ［美］吉瑞德：《朝觐东方：理雅各评传》，段怀清、周俐玲译，桂林：广西师范大学出版社，2011年，第119、120页。

② 同上书，第120页。

学确实遇到了缺乏学生的苦恼。牛津大学有德庇时中文奖学金的刺激，从1876年直到理雅各去世，共有十二位学生先后获得奖学金，但是这些学生毕业之后没有一个人在汉学研究方面取得真正的成就。从这一点来说，远远逊于法国。[①] 翟理思也抱怨说，他在剑桥大学期间，只有一个学生是由于对中文本身产生兴趣而来学中文的。可以说，很多人都是因工作的需要被迫学习中文，中文并不是他们严肃的学术研究的目标。[②]

英国本土汉学后继乏人，法国很快重新成为汉学研究的重镇。沙畹及其入室弟子伯希和（Paul Pelliot，1878—1945）、马伯乐（Henri Maspero，1883—1945）、葛兰言（Marcel Granet，1884—1940），熟练地将历史语言学、比较语言学的方法运用于中国文献，在中国宗教史、中国历史地理、中国语言研究等各个领域，都做出了非凡的成果。

英国本土汉学发展的困窘局面，一直持续到20世纪初。伦敦大学学院设立英国第一个中文讲座，后来长期空悬。到了1905年，伦敦大学东方语言与文学研究委员会提出成立一个单独的东方研究学院，但是伦敦大学校长并不支持这个建议，校长认为“只要教普通学识及语言即可”。[③] 经过诸多波折，伦敦大学东方研究学院才在1916年成立，后于1938年改名为亚非学院。

美国汉学在19世纪后期至20世纪初取得进一步的发展。美国的海外传教运动曾在内战时期陷入短暂的沉寂，19世纪80年代再次兴起。美国来华传教士在19世纪后半期迅速增加，逐渐超越英国。根据卫三畏的统计，截至1876年，新教教会派到中国的人员共484人，除了非神职人员之外，美国修会派出212人，英国派出196人，欧洲大陆派出35人。[④] 到了第一次世界大战之前，美国成为入华传教规模最大的国家，来华差会多达35个。美国

---

① ［美］吉瑞德：《朝觐东方：理雅各评传》，段怀清、周俐玲译，桂林：广西师范大学出版社，2011年，第168—169、171页。

② T. H. Barrett, *Singular Listlessness: A Short History of Chinese Books and British Scholars*, London: Wellsweep, 1989, p. 85.

③ 同上书，p. 84.

④ ［美］卫三畏：《中国总论》，陈俱译，上海：上海古籍出版社，2005年，第841页。

的入华传教士，尤其重视出版报刊、兴办学校等新式传教途径。[①]

1876年美国耶鲁大学率先设立中文讲席，聘请卫三畏为首任教授。接着，哈佛大学在1879年聘请中国人戈鲲化为中文讲师，加州大学在1890年聘请曾在江南制造局任职的英国人傅兰雅（John Fryer，1839—1928）担任中文教授。当然，这些发展也颇为曲折。哈佛大学在戈鲲化去世后就停止了中文课程，直到20世纪20年代才重新开设；耶鲁大学、加州大学长期只有一名中文教授。不过，从19世纪末至20世纪30年代，美国积极地从欧陆延请汉学学者来主持中文研究讲座，推进了美国汉学学科的专业化。

英国打开中国的大门之后，香港、上海等地成为英美传教士和外交官驻扎的重要城市，在英美汉学发展史上有重要地位。王国强指出，19世纪后期到20世纪中期这段时间，由于殖民扩张，欧洲国家的汉学研究在地理上分裂成了“本土”的汉学研究和“侨居地”的汉学研究，英国在这方面尤为典型。“侨居地汉学”的主体就是那些远离本土，在中国及其周边国家和地区从事传教、外交和商贸等活动的西方人士。这些侨居地“汉学研究者有更接近或直接生活在中国的便利条件，故而在研究的内容、材料甚至方法上均与‘本土’的汉学研究者有所不同”。[②]

在“侨居地汉学”研究者组成的英美汉学群体中，也包括一些为英国政府或机构服务的欧陆学者，比如长期担任《中国评论》主编的欧德理。此人本来是德国传教士，自1865年以后为伦敦传道会服务，1873年开始为香港殖民政府服务，并在1880年加入英国籍，成为香港历史上第一位入英籍的外国人。[③] 欧德理坚持汉学的科学性、专业性，强调原始文献研究。从这个立场出发，他批评了《爱丁堡评论》上一篇关于理雅各《中国经典》的书评文章，指出这个评论者“对于所要评论的东西的相关一切几乎一无所知，仅

---

① 王立新：《美国传教士与晚清中国现代化》，天津：天津人民出版社，1997年，第15—26页。

② 王国强：《〈中国评论〉（1872—1901）与西方汉学》，上海：上海书店，2010年，第114、122页。

③ 关于欧德理在香港的活动及其对《中国评论》的贡献，可以参见 Man Kong Wong，“Hong Kong and Sino-Western Cultural Interaction：Ernest John Eitel and the China Review”，载《港澳与近代中国学术研讨会论文集》，台北：国史馆，2000年，第119—147页。

仅是坐下来读了它而已”。他指出理雅各的《诗经》翻译，“不是业余爱好者所能轻易完成的，而是一个有良知的勤奋学者的辛苦工作成果”。[①]

与英美本土的汉学研究相比较，在中国境内形成的“侨居地汉学”可能做出了更大的贡献。不过，在英美的“本土汉学”和“侨居地汉学”之间，并没有绝对的界限。英美大学的中文教授，主要都是入华传教士、外交官回国担任。可以说，在中国有直接生活经验的传教士、外交官，是英美汉学群体的主体，这是19世纪英美汉学与法国汉学的主要区别之一。

19世纪英美汉学的发展，依赖一批有重要影响的学术期刊，比如《皇家亚洲文会北中国支会会刊》《中国评论》等。这些期刊的创办者、主编以及主要撰稿人，就是英美的来华传教士、外交官，这批期刊大多创办于香港、上海等地。从这个角度来说，英美的“侨居地汉学”确实发挥了更大的影响。

《皇家亚洲文会北中国支会会刊》在上海发行，创办于19世纪前期，到了19世纪后期至20世纪中期，对英美汉学的发展发挥了更大的作用。1861年，因为首任会长裨治文病逝、核心成员艾约瑟北上，《皇家亚洲文会北中国支会会刊》暂时停刊。到了1864年，在金斯密、伟烈亚力等人的推动之下，学会重新展开活动，《皇家亚洲文会北中国支会会刊》也继续出版。学会积极筹建博物院、图书馆、扩大会员，到了19世纪80年代之后，开始扭亏为盈，在文化和学术上形成较大影响。这个学会持续了很长时间，曾在二战期间停止活动，又于二战后恢复活动，最终在1952年关闭。[②]

另一份极大地推动英美汉学发展的刊物是《中国评论》。这份刊物主要在香港发行，自1872年创办，到1901年停刊，共出版25卷、150期。在《中国评论》上，不仅刊载了大量的《诗经》及其他中国典籍的选译和研究，甚至还出现了很多探讨汉学学科定位和方法论的文章，如欧德理的《业余汉

---

① Ernest John Eitel, “The *She-king*”, *The China Review, or Notes & Queries on the Far East* 1.1 (1872): 2, 4.

② 王毅：《皇家亚洲文会北中国支会研究》，上海：上海书店出版社，2005年，第14—27页。

学》批评了汉学研究方法中存在的问题，艾约瑟、湛约翰等人的文章提倡将比较语言学的方法运用到中国研究，甚至还出现了一篇题为“汉学是一门科学吗?”的文章[①]，表现出强烈的学术自觉。

相比较而言，19世纪前期出现的《中国丛报》，宣称“将宗教置于一切领域之上”，它的宗教色彩“过于浓厚”，故其“性质是属于宗教性的，并非真正意义上的汉学期刊”。因此，王国强认为，《中国评论》才“称得上是一份专业的汉学期刊”，是“西方世界第一份真正的汉学期刊”。[②]

可见，19世纪后期至20世纪初的英美汉学研究，开始有了一种自觉的科学化、专业化的趋势，很多研究者都采用了当时欧洲学术界新兴的历史语言学、比较语言学。这些方法，本身就与东方学有密切的关系，对于梵语与欧洲语言的关系的论证，促使西方人重新思考人类语言的发展。德国汉学家傅吾康（Wolfgang Franke，1912—2007）指出，19世纪末期的汉学与之前相比，显示出更高的学术水平，因为“大多数学者在转向汉语以前已经接受过拉丁文、希腊古典历史比较语言学、希伯来文、梵文等方面的专业训练”。[③]

吉瑞德也非常强调19世纪末期英美汉学发展的重要性。他指出，这个时期英美汉学发展，“包括来自传教士、外交使团人员以及商业人士背景的、生活于中国沿海口岸的业余学者不断加速和自我驱动的职业化倾向，以及新的专门化学术期刊、一系列有关技术语言问题（语法、词典和翻译）和新的批评阐释观点（比较语言学以及其他的新的应用于宗教研究、神话研究和民族学人类学研究的比较科学）的基础性出版物的出现”。其中，《中国评论》

---

① J. C., “Is Sinology A Science?” *The China Review, or Notes & Queries on the Far East* 2.3 (1873): 169—173.

② 王国强：《〈中国评论〉(1872—1901)与西方汉学》，上海：上海书店出版社，2010年，第114、117页。关于《中国评论》的出版地点、起止时间、历任主编、作者群体等问题的考证，可参考该书的第二章。段怀清统计《中国评论》共出版25卷、143期，见段怀清、周伶俐：《〈中国评论〉与晚清中英文学交流》，广州：广东人民出版社，2006年，第44页。

③ ［德］傅吾康：《19世纪的欧洲汉学》，陈燕、袁媛译，载张西平：《欧美汉学研究的历史与现状》，郑州：大象出版社，2006年，第127页。

极具代表性，可算“西方世界最早的真正的汉学期刊”之一，因为它“自我意识到了所谓的科学任务”。这段时期汉学发展中的种种问题，“直接同汉学—东方学与印欧和闪米特语语言学以及19世纪的东方学在更宽泛领域中的联系有关”。①

第二节　汉语语音史与《诗经》：艾约瑟、湛约翰

19世纪后期的汉学家，开始熟练地运用欧洲新兴的语言科学方法，即历史语言学、比较语言学，研究中国的语言和文化。法国汉学家儒莲曾研究汉语佛教典籍中的梵文词汇的转写规律，已经触及汉语的语音史，但是他没有注意到入声字的塞辅音问题，也没有进一步考察汉语语音的历史变化问题。这些问题，留给了那些对广东话或福建话有实际接触的入华传教士，如艾约瑟、湛约翰等人。他们根据自己接触中国方言的经验，发现南方方言中保存了很多汉语官话中已消失的古音，于是开始系统地研究汉语语音史，构拟古音系统，并从这个角度来考察《诗经》的音韵问题。

英国传教士艾约瑟（Joseph Edkins，1823—1905），1843年毕业于伦敦大学，1848年被伦敦会派往上海、宁波一带传教，1861年来到天津创建教会，1863年又转到北京传教，1880年担任翻译官职务，后来回到上海，直至逝世。艾约瑟在中国生活了近六十年，对中国的方言、宗教做了大量的研究。他的语言天赋极高，在上海的经历令他能够接触各种南方方言，此外他还参考了记录福州话的《八音合钉》、记录漳州话的《十五音》、记录广东话的《分韵提要合集》等方言字典。他在1853年出版的《上海方言语法》，以及1857年的《汉语官话语法》等书，展示了他早年研究的成就。

艾约瑟并不止步于中国语言本身的研究，他深受那些研究梵语与欧洲语

① ［美］吉瑞德：《朝觐东方：理雅各评传》，段怀清、周俐玲译，桂林：广西师范大学出版社，2011年，第117—118、123—124页。

艾约瑟（Joseph Edkins）

言关系的启发，试图利用词根与读音，证明中国语言和西方语言具有共同的起源。这种研究，在1871年的《中国在语言学上的地位：一个论证欧洲语言与亚洲语言具有共同起源的尝试》一书中得到系统的阐发。艾约瑟认为该研究最根本的依据就是《圣经》，因为《旧约》记载了人类有共同的语言。艾约瑟接着运用比较语言学的词根研究法，希望从词根的相似性，找出不同语言的共同根源。他相信，人类共同的语言后来不断发展分化，演变出各种不同的语言，相比而言，东方的闪族语言没有后缀，比较古老，希腊语、梵语更具变化，属于后起的语言。他接受了缪勒《语言的科学》中的理论，认为人类的原始语言具有单音节的词汇、自然的语法结构以及简单的声调等特征。艾约瑟认为，汉语符合这些特征，因此是人类最古老的语言。

其实，从17世纪英国人韦伯开始，陆续有欧洲人根据《圣经》的记载，试图证明汉语是人类的原始语言。这种论证方式，到了19世纪后期的汉学专业化时期，逐渐被扬弃。艾约瑟依据《圣经》立论，可视为传统思维的影响。然而，艾约瑟的著作，毕竟与19世纪之前的研究不同，全书贯穿了比较语言学的方法，体现出19世纪后期汉学研究的典型特色。

艾约瑟在论证过程中，发现了汉语语音的历史变化。他认为，汉语与印欧语系一样经历了语音的变化，根据这些语音变化的规律，声母d、b、g、z最古老，k、t、p、s次之，f、h最晚产生，比如“佛”字古音应该读为“but”，是“Buddha”一词的音译。[①] 艾约瑟试图依据这些原则，构拟出古代

① Joseph Edkins, *China's Place in Philology: An Attempt to Show that the Languages of Europe and Asia Have a Common Origin*. London: Trübner & Company, 1871, p. 82.

汉语的读音，在一定程度启发了20世纪高本汉等人的汉语音韵研究。

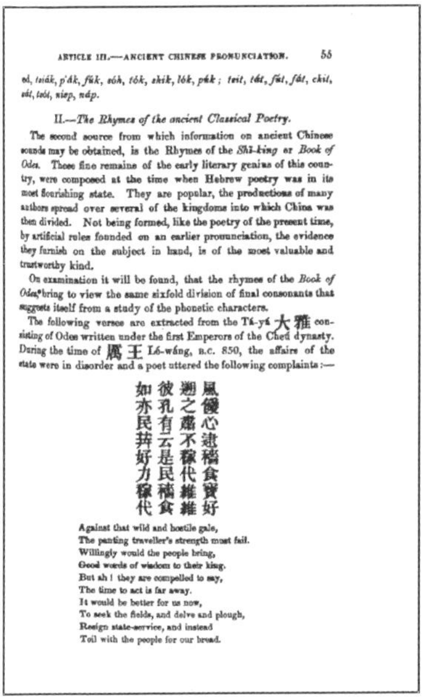

ARTICLE III.—ANCIENT CHINESE PRONUNCIATION. 55

ed, tsiák, p'ák, fük, sóh, tók, shik, lók, pák; tsit, tát, füt, fát, chit, sát, tsót, niep, náp.

II.—*The Rhymes of the ancient Classical Poetry.*

The second source from which information on ancient Chinese sounds may be obtained, is the Rhymes of the *Shï-king* or *Book of Odes*. These fine remains of the early literary genius of this country, were composed at the time when Hebrew poetry was in its most flourishing state. They are popular, the productions of many authors spread over several of the kingdoms into which China was then divided. Not being formed, like the poetry of the present time, by artificial rules founded on an earlier pronunciation, the evidence they furnish on the subject in hand, is of the most valuable and trustworthy kind.

On examination it will be found, that the rhymes of the *Book of Odes*,* bring to view the same sixfold division of final consonants that suggests itself from a study of the phonetic characters.

The following verses are extracted from the Tá-yá 大雅 consisting of Odes written under the first Emperors of the Cheu dynasty. During the time of 厲王 Ló-wáng, B.C. 850, the affairs of the state were in disorder and a poet uttered the following complaints:—

如彼遡風
亦孔之僾
民有肅心
荓云不逮
好是稼穡
力民代食
稼穡維寶
代食維好

Against that wild and hostile gale,
The panting traveller's strength must fail.
Willingly would the people bring,
Good words of wisdom to their king.
But ah! they are compelled to say,
The time to act is far away.
It would be better for us now,
To seek the fields, and delve and plough,
Resign state-service, and instead
Toil with the people for our bread.

艾约瑟《古代汉语的读音》(1853)片段

其实，早在1853年发表的《古代汉语的读音》一文，艾约瑟就已提出了认识汉语古音的基本方法，如通过形声字的声旁、古代诗歌的音韵、中国人编撰的韵书、汉语佛教文献中的梵文词汇等。[①] 到了1876年出版的专著《汉字研究导论》中，艾约瑟更加系统地论述了构拟汉语古音的方法。[②]

在《古代汉语的读音》一文中，艾约瑟看到了古代诗歌音韵对于认识汉语古音的重要作用。他认为上古诗歌韵律是自然形成的，是“最有价值和最可信的材料”。那么，《诗经》自然成为绝佳的论证材料。艾约瑟引用了《大雅·桑柔》第六章作为例证，他提供了此章的中文原文、译文，还为每个字注明读音、声调，并分析了此章的押韵模式。

《大雅·桑柔》第六章的原文以及艾约瑟构拟的读音如下：

如彼遡风，	Jú pí sók vim，
亦孔之僾。	Yik kóng chi ái.
民有肃心，	Min yeú súk sim，
荓云不逮。	Pung yün püt táe.
好是稼穑，	Háu shi kiá sik，
力民代食。	Lik min tae zhik.
稼穑维宝，	Kiá sik wei páu，(peú)(kú)
代食维好?	Dae zhik wei háu.(heú)

① Joseph Edkins, "Ancient Chinese Pronunciation", *Transactions of the China Branch of the Royal Asiatic Society* 4 (1853): 51—61.

② Joseph Edkins, *Introduction to the Study of the Chinese Characters*. London: Trübner & Company, 1876, chapter 6.

艾约瑟的译文如下：

Against that wild and hostile gale,
The panting traveller's strength most fail.
Willingly would the people bring,
Good words of wisdom to their king.
But ah! they are compelled to say,
The time to act is far away.
It would be better for us now,
To seek the fields, and delve and plough.
Resign state-service, and instead
Toil with people for our bread.
To labour in the fields all day,
It is a heavy price to pay;
But it were better not to grieve,
And earn by toll wherewith to live.

从译文来看，艾约瑟用了两句一韵的方式再现原诗的韵律，但是他为了押韵，将原诗的八句变成了十四句。当然，艾约瑟的用意，并不在于提供翻译，而是为了通过其中的读音与韵律来揭示汉语语音的历史变化。此章的前四句是隔句押韵，后四句是两句之间押韵。如“如彼遡风”最后一字“风”（读“vim”），与“民有肃心”最后一字“心”（读“sim”）押韵，“好是稼穑”最后一字“穑”（读“sik”），与“力民代食”最后一字“食”（读“zhik”）押韵。[①] 艾约瑟指出，通观《诗经》所有诗歌，以m或k结尾的字只能与m或k结尾的字相互押韵。在现代汉语中，“心”字已经变成n结尾，但是“心”

① 高本汉构拟的“风”字、“食”字等读音，与艾约瑟不同，见 Bernhard Karlgren tr., *The Book of Odes*, Stockholm: Museum of Far Eastern Antiquities, 1950, p. 220.

字在《诗经》中从未与n结尾的字押韵。艾约瑟提出，以ng、n、m、k、t、p结尾的汉字在《诗经》中并不互相押韵，因此可得出结论："今日华南依然流行的这六个韵尾之间的区分，在周代时期的华北也同样存在，现代汉语官话的发音是晚近形成的创新之物。"[①]

艾约瑟的推论是正确的，古今读音不同、南北读音之变已成为《诗经》研究以及古代汉语研究中的常识。事实上，艾约瑟为《大雅·桑柔》第六章所标的古音，大多来自中国本土学者的研究成果。虽然他在这篇文章中没有提到这些学者的名字，但是他曾在《汉语官话语法》中提到清代学者对于谐声字声旁的研究，提到段玉裁关于古无去声的理论、钱大昕关于唇齿音来自古代双唇音的理论。可见，艾约瑟的汉语音韵研究，曾参考了清代学者的研究成果。

艾约瑟还在1887年专门撰写了《〈诗经〉是怎样被演唱与阅读的?》的短文，再次强调了汉语读音的历史变化以及构拟古音的各种渠道。不过这篇文章太短，并未真正描述《诗经》在古代如何被演唱和阅读。[②]

艾约瑟对《诗经》古今读音变化做出了合理的推论，对汉语语音史研究做出了奠基性的贡献。他运用历史语言学、比较语言学来考察汉语语音史，正是19世纪后期学术潮流的一种反映。瑞典汉学家高本汉在20世纪将汉语语音史的研究推向了新的高峰，他用来构拟古汉语读音的材料与方法，受到艾约瑟的很大启发。高本汉指出，虽然艾约瑟有些想法荒诞离奇，但是他也提出了很多正确的、有价值的理论。[③] 艾约瑟在《汉语官话语法》第一部分"论语音"中的论述，在四十年后仍被高本汉的老师武尔披齐利（Zenone Volpicelli，1856—1932）、沙昂克（S. H. Schaank，1861—1935）作为权威论断加以引述。加拿大汉学家蒲立本指出，虽然艾约瑟对中国方言的分类和

---

① Joseph Edkins, "Ancient Chinese Pronunciation", *Transactions of the China Branch of the Royal Asiatic Society* 4 (1853): 55—56.

② Joseph Edkins, "How Was the Shi King Sung and Read?", *The China Review, or Notes & Queries on the Far East* 15.5 (1887): 311—312.

③ Bernhard Karlgren, *Philology and Ancient China*, Oslo: H. Aschehoug & Co., 1926, p. 78.

概括“略显粗略”，“却与我们所熟悉的、通过更加现代化的调查得来的结果相当吻合”。[①]

然而，艾约瑟试图证明中国语言与西方语言具有共同起源，将比较语言学带到了一个误区，受到了激烈批评。缪勒等欧洲学者只是将比较语言学的方法运用于印欧语系内部的各种语言，艾约瑟却在汉语、梵文、希伯来文之间寻找共同的根源。庄延龄在1884年撰文指出，虽然汉语和印欧语言在某些词根的读音上比较接近，但是不能因此而建立直接的对应，只能在中国的各种方言中间进行比较。他还指出，艾约瑟以《圣经》为依据，是完全错误的。[②] 德国汉学家福兰阁（Otto Franke，1863—1946）也在1893年发表文章批评艾约瑟，认为他关于人类拥有共同语言的证明，基于《圣经》的记载，这是用宗教信仰来代替科学研究。福兰阁也指出，只有属于同一语系的各种语言之间才能相互比较。[③]

对于我们来说，艾约瑟论著的价值，主要在于他对《诗经》读音古今变化规律的初步揭示和探讨。伦敦会的另一位传教士湛约翰（John Chalmers，1830—1899），试图根据艾约瑟构拟的古音，全面归纳《诗经》韵脚的古今读音。湛约翰出生于苏格兰，1852年受伦敦传道会派遣来到香港，接替麦都思主持英华书院。湛约翰曾到广州等地传教，并把《道德经》译为英文，还编有《康熙字典撮要》等辞典。

实际上，湛约翰比艾约瑟更早提出了中国语言与欧洲语言同源，以及汉语可能是人类原初语言的观点。他在1866年出版的《中国人的起源》一书中，认为自己通过语言发现了中国人与雅利安人之间的联系。湛约翰在该书的卷首强调了人类只有一个共同起源，并提出比较语言学家需要像缪勒一

---

① ［加］蒲立本：《欧洲的汉语音韵学研究：第一阶段》，张洁译，《国际汉学》2003年第9辑，第174页。

② E. H. Parker, “Chinese and Sanskrit”, *The China Review, or Notes & Queries on the Far East* 12.6 (1884): 498—507.

③ O. Franke, “China and Comparative Philology”, *The China Review, or Notes & Queries on the Far East* 20.5 (1893): 310—327.

样，通过分析语言来寻找人类的起源。他相信缪勒关于人类原初语言的基本看法，即只包含了原初的词根，具有单音节、自然语序等特点。湛约翰比较了不同语系的各种语言，通过语音的联系来寻找共通的词根。他列举出很多与印欧语言读音相近的汉字，认为汉语的“黎民”是“犁民”的同音转写，而雅利安人用以自称的 Aryan，其中“ar”也是“犁”的意思，这说明汉语与雅利安语言同源，中国人与雅利安人同源。①

湛约翰还在 1877—1881 年在《中国评论》上发表了四篇题为《诗经的韵律》的文章，为《诗经》韵脚的读音做了归类。在第一篇文章的开头，湛约翰开宗明义地指出：“没有哪一种汉语古音的材料，比《诗经》的韵脚更古老、更真实。如果我们在几个互相押韵的汉字中间，能找到其中一个汉字读音的线索，那么我们就有了恢复这一组汉字读音的线索。”这正是高本汉后来研究《诗经》音韵的原则。湛约翰还认识到，现代汉语只有 ng、n 两个辅音韵尾，更古老的方言则有 ng、n、m、k、t、p 六个辅音韵尾，这是汉字古今读音的根本区别。②

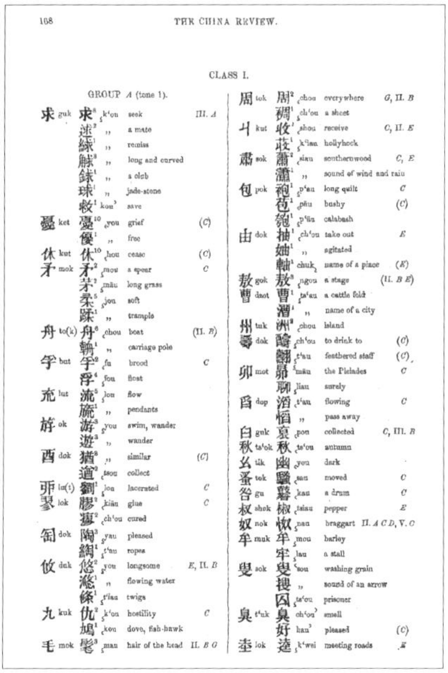
168 THE CHINA REVIEW.

CLASS I.

GROUP A (tone 1).

求	guk	求	8	k'ou	seek	III. A
		逑	2	,,	a mate	
		絿	1	,,	remiss	
		觩	3	,,	long and curved	
		銶	1	,,	a club	
		球	1	,,	jade-stone	
		救	1	kou	save	
憂	ket	憂	10	you	grief	(C)
		優	1	,,	free	
休	kut	休	10	hou	cease	(C)
矛	mok	矛	2	mou	a spear	C
		茅	2	mâu	long grass	
		柔	5	jou	soft	
		蹂	1	,,	trample	
舟	to(k)	舟	6	chou	boat	(II. B)
		輈	1	,,	carriage pole	
孚	but	孚	2	fu	brood	C
		浮	4	fou	float	
㐬	lut	流	5	lou	flow	
		旒	1	,,	pendants	
斿	ok	游	3	you	swim, wander	
		遊	3	,,	wander	
酉	dok	猶	8	,,	similar	(C)
		遒	2	tsou	collect	
丣	lu(t)	劉	1	lou	lacerated	C
翏	lok	膠	2	kiâu	glue	C
		瘳	2	ch'ou	cured	
匋	dok	陶	3	yau	pleased	
		綯	1	t'au	ropes	
攸	duk	悠	2	you	longsome	E, II. B
		滺	1	,,	flowing water	
		絛	1	t'iau	twigs	
九	kuk	仇	2	k'ou	hostility	C
		鳩	1	kou	dove, fish-hawk	
毛	mok	髦	3	mau	hair of the head	II. B G
周	tok	周	2	chou	everywhere	G, II. B
		裯	1	ch'ou	a sheet	
丩	kut	收	1	shou	receive	C, II. E
		荍	1	k'iau	hollyhock	
肅	sok	蕭	2	siau	southernwood	C, E
		瀟	1	,,	sound of wind and rain	
包	pok	袍	1	p'au	long quilt	C
		苞	1	pâu	bushy	(C)
		匏	1	p'âu	calabash	
由	dok	抽	1	ch'ou	take out	E
		妯	1	,,	agitated	
		軸	1	chuk	name of a place	(E)
敖	gok	敖	3	ngou	a stage	(II. B E)
曹	daot	曹	1	ts'au	a cattle fold	
		漕	1	,,	name of a city	
州	tuk	洲	2	chou	island	
𠷎	dok	醻		ch'ou	to drink to	(C)
		翿		t'au	feathered staff	(C)
卯	mot	昴		mâu	the Pleiades	C
		聊		liau	surely	
舀	dop	滔		t'au	flowing	C
		慆		,,	pass away	
臼	guk	裒		pou	collected	C, III. B
秋	ts'ok	秋		ts'ou	autumn	
幺	tik	幽		you	dark	
蚤	tok	騷		sau	moved	C
咎	gu	鼛		kau	a drum	C
叔	shok	椒		tsiau	pepper	E
奴	nok	怓		nau	braggart	II. A C D, V. C
牟	muk	牟		mou	barley	
		牢		lau	a stall	
叟	sok	叟		sou	washing grain	
		搜		,,	sound of an arrow	
		囚		ts'ou	prisoner	
臭	t'uk	臭		ch'ou	smell	
		好		hau	pleased	(C)
圭	lok	逵		k'wei	meeting roads	E

湛约翰《诗经的韵律》(1877) 片段

湛约翰根据这些原则，对《诗经》的韵脚进行了系统的归纳。他将《诗经》所有韵脚分为五大类，每大类下又

① John Chalmers, *The Origin of the Chinese: An Attempt to Trace the Connection of the Chinese with the Western Nations in Their Religion, Superstitions, Arts, Languages, and Traditions*, Hong Kong: Printed by De Souza & Co., 1866, p. 37.

② John Chalmers, "The Rhymes of the *Shi-king*", *The China Review, or Notes & Queries on the Far East* 6.2 (1877): 75—82.

分几个小类。他在第二篇文章中，归纳了第一大类的各种韵脚，排列形式为汉字、古音、现代读音、汉字意义，其中的古音构拟来自艾约瑟的《汉字研究导论》一书，汉字意义的英文翻译则来自理雅各的《诗经》译本。[①] 可见，湛约翰充分利用了当时汉学界关于《诗经》英译和研究的最新资料。

到了1880年的第三篇文章中，湛约翰将他归纳的五大类韵脚全部发表。但是，他这次没有再附上艾约瑟所构拟的古音，并认为最好让这些古音暂时保持在尚未确定的状态。[②]尽管如此，湛约翰列举的韵脚依然有m、k、t、p六个辅音韵尾，他还是标出了《诗经》韵脚的古代读音。

到了1881年发表的第四篇文章，湛约翰没有再归纳《诗经》的韵脚，而是围绕《说文解字》探讨了汉字的形、音、义规律，并特别指出了入声字的押韵规律。[③]

艾约瑟、湛约翰对具体汉字古音的构拟已被20世纪的研究者更正，但是他们对汉语古今读音的基本规律以及《诗经》音韵学价值的阐发，依然有着不可否认的价值。从艾约瑟到湛约翰，他们都在中国语言与西方语言的关系上提出了大胆的猜想，不过他们对于《诗经》音韵本身的研究，并未过多地受到这种猜想的影响。到了金斯密，这种对中西语言关系的大胆设想，开始真正进入《诗经》的解读之中。

第三节　雅利安文明、梵语与《诗经》：金斯密

艾约瑟、金斯密等人大胆地猜想汉语与印欧语系具有同源性，因此欧德

① John Chalmers, "The Rhymes of the *Shi-king*", *The China Review, or Notes & Queries on the Far East* 6.3 (1877): 166—172.

② John Chalmers, "The Rhymes of the *Shi-king*", *The China Review, or Notes & Queries on the Far East* 9.3 (1880): 136—163.

③ John Chalmers, "The Rhymes of the *Shi-king*", *The China Review, or Notes & Queries on the Far East* 9.5 (1881): 297—301.

金斯密（Thomas William Kingsmill）
（本图由 Charlotte Leslie 提供）

理嘲讽地将他们称为“猜想—感性学派”，吉瑞德批评他们是“汉学中的中国—印欧传统”。[①] 然而，金斯密与艾约瑟在对待汉语的起源问题上，看法并不相同。艾约瑟认为汉语是人类的原始语言，金斯密则认为汉语源自印欧语系，并且试图将《诗经》的古音还原为印欧语言中的梵语。

金斯密（Thomas William Kingsmill，1837—1910）出生于爱尔兰都柏林，父亲是一个建筑商、承包商。大约在 1858 年之前，金斯密跟随他的兄长来到香港，他的兄长成为香港的大律师。金斯密 1862 年抵达上海，因本身是建筑师，在 1875—1910 年一直担任“中国工程师与建筑师学会”会长，并曾负责上海的用水净化工程。金斯密的能力与兴趣十分广泛，既是建筑师、商人，又是一个化石收藏迷、业余的植物学家。他在 1864 年加入皇家亚洲文会北中国支会，并亲自设计了该会的主体建筑、博物馆、图书馆，后于 1876 年被选为会长。金斯密在汉学研究上也涉猎颇广，研究题目涉及中国早期历史、汉代的少数民族、秦汉时期中原与中亚民族的关系、历史音韵学、《道德经》《易经》《诗经》等。[②]

在金斯密的研究生涯中，一个贯穿始终的观点就是中国文明西来说，或

① ［美］吉瑞德：《朝觐东方：理雅各评传》，段怀清、周俐玲译，桂林：广西师范大学出版社，2011 年，第 126 页。

② Wolfgang Behr, “Kingsmill's *Shijing* ‘Translations’ into Sanskrit and the Idea of ‘Congenial Languages’ at the End of Nineteenth Century”, *Sinologists as Translators in the Seventeenth to Nineteenth Centuries*, *eds.* Lawrence Wang-chi Wong and Bernhard Fuehrer, Hong Kong: Chinese University Press, 2015, pp. 307—316.

者称为中国文明的雅利安起源说。“雅利安”（Aryan）一词，源自印度的《梨俱吠陀》，欧洲人在研究印度语言与文明的过程中用来指印欧语系中的一切民族。英国东方学家琼斯曾在18世纪发现印度的梵文与欧洲语言同源，到了1813年，英国语言学家杨格（Arthur Young）将梵语与欧洲语言视为同一个语系，称之为印欧语系，包括梵语、拉丁语、希腊语、凯尔特语等。19世纪中期之后，在缪勒的推动之下，欧洲人开始采用梵语中的“雅利安”一词，来指示所有讲印欧语言的民族。在欧洲人的身份认同中，雅利安人成了比其他文明更高级的人种。①

金斯密深受缪勒的比较语言学方法以及雅利安人种优越论的影响，并将其推广到中国的文化和历史研究中。他相信中国早期的居民来自中亚，中国早期的语言、宗教和神话源自雅利安文明。所谓中亚的印欧语言，就是梵语。金斯密从字词的语音入手，提出“周”的古代读音是“Djow”，源于“Dyu”“Dyaus”，在梵文中是“光明的天空”之意，因此周文王、周武王等名字都含有光明之意，甚至商代到周代的更迭也是雅利安人的昼夜更替神话的反映。② 按照金斯密的推论，早期中国的历史都不是实际存在的历史，而是雅利安神话的投影，只有通过比较语言学的词根分析法，才能揭示出其本来意义。这就是金斯密的中国文明雅利安起源说。

金斯密相信，按照这套理论，自己找到了重新解读中国古代典籍的方法。因此，他撰写了《周人的古代语言与宗教信仰》一文，企图揭示《诗经》中隐藏的梵语以及雅利安神话。③ 在金斯密看来，《诗经》是从中亚迁移

---

① Thomas R. Trautmann, *Aryans and British India*, Berkeley, Los Angeles, London: University of California Press, 1997, p. 13.

② Thos. W. Kingsmill, “The Mythical Origin of the Chow or Djow Dynasty, As Set Forth in the Shoo-King”, *Journal of The North-China Branch of the Royal Asiatic Society* 7 (1873): 140—142.

③ Thos. W. Kingsmill, “The Ancient Language and Cult of the Chows; Being Notes Critical and Exegetical on the Shi-king, or Classic of Poetry of the Chinese”, *Journal of The North-China Branch of the Royal Asiatic Society* 12 (1878): 97—125.

到中国的雅利安人的史诗（他将《大雅》《小雅》的“雅”字译为“epic”，即史诗），用古老的印欧语言创作，口耳相传，但在从口语形态变成书面文本的时候，丧失了其本来的屈折语形态。[①]

金斯密认为，《诗经》难懂的原因，就是大家没有认识到它本来是用梵语创作的。按照他设想的历史，中亚人迁移到中国，成为周人，为当地带来高级的文明，他们用古老的雅利安语即梵语创作《诗经》，记录了他们对雅利安神话的记忆。到了汉代，雅利安语言已经与中国本地土著的语言融合，当《诗经》从口头文本变成书面文本时，只能在读音上保留原来属于屈折语的梵语的节奏，因此《诗经》书面文本中有了很多后人无法理解的词。

按照这种观点，金斯密将几首《诗经》作品翻译成梵语。具体的做法就是从《诗经》作品的粤语读音出发，按照读音相近的原则，重构《诗经》作品原来的梵语词汇。以《周南・关雎》首章为例：

《关雎》首章	粤语	梵语
关关雎鸠， 在河之洲。 窈窕淑女， 君子好逑。	Kwan-kwan tsu-kiu, Tsai ho-chi chow. Yao-tiao shuk-nu, Kiun-tsze hao-k'au.	Kwanante çakunâh, Jalasya dâle. Varishtâ dakshtâ, Janikâ grahyate.

金斯密认为，《关雎》首章的每一个字，都能根据读音相近的原则，在梵语找到对应的词汇。比如，梵语 jalas 指河流，正好对应诗中的“河”字，梵语 dalas 指小岛，正好对应诗中的“洲”字 。原诗“关关”没有实在的意义，但是在梵语中“kwan”却是表示歌唱意义的一个词根。“雎鸠”的梵语形式“çakunâh”，正是指包括鸢、鹰在内的鸟。

金斯密为《关雎》第二章标出的粤语和梵语如下：

① 西方的语言形态学认为，世界上的语言可分为孤立语、黏着语、屈折语三大类，汉语是孤立语，印欧语言是屈折语。所谓“屈折语”，是指词汇随着人称、时态、格等发生复杂的形态变化，这种变化称为“屈折”。

《关雎》第二章	粤语	梵语
参差荇菜，	T'sam-c'hai hang t'sai	San (m)-dheyâ rasâlah.
左右流之。	Tso-yu liu-chi.	
窈窕淑女，	Yao-tiao shu-nu;	Varishtâ dakshtâ;
寤寐求之。	Wu-mi k'au-chi,	Vimîlyo grahyati.
求之不得，	K'au-chi pat-tak,	Grahyati viçakyati,
寤寐思服。	Wu-mi sz-fuk.	Vimîlya svadati.
悠哉悠哉，	Yu-tsai yu-tsai,	Viroshah viroshah,
辗转反侧。	Chin-chún fan chak.	Tornyate punastanakta.

在金斯密看来，与“参差荇菜”粤语读音相对应的梵语“Sandheya rasalah”，正好是一种香茅。金斯密甚至根据他重构的梵语意义，来质疑中国传统注疏的解释。比如“寤寐”，一般认为是表示醒与睡的两种状态，朱熹认为这是“或寤或寐，言无时也”。① 但是，金斯密认为“寤”的意思不是“醒”，而是“out（出）”的意思，有否定的意思，如《邶风・柏舟》中的“寤辟”、《邶风・终风》中的“寤言”等。“寐”对应梵语“mîl”，是闭眼的意思，也就是“睡”。“寤寐”对应的梵语是“vimîlyo”，“寤”表示其前缀“vi”，是否定之意，因此“寤寐”就是不睡之意，即“醒”。金斯密在论证过程中，还旁征博引拉丁语、希腊语、德语等印欧语系的各种语言，以增强说服力。

根据以上的理解，金斯密为《关雎》前两章作的英文翻译如下：

Where cry the ospreys,
On the islet in the river.
The best and fittest of women,
With our prince is well mated.

Close grow the sweet rushes,
Swaying right and left to the current.

① 朱熹：《诗集传》，赵长征点校，北京：中华书局，2017年，第3页。

The best and fittest of women;
Awaking he seeks her;
Seeks her, but finds her not;
Awaking he longs for her,
Anxious and excited.
Turning around till day's decline.

金斯密根据自己所认识的不甚准确的粤语读音，试图重构他心目中的《诗经》梵语读音，可谓异想天开。从他的《关雎》英译来看，除了“寤寐”一词的翻译与一般的理解不同，还算基本符合原意。但是，到了《小雅·十月之交》，他开始将他心目中的梵语原文，加入英译之中：

《十月之交》第四章	金斯密英译
皇父卿士， 番维司徒。 家伯维宰， 仲允膳夫。 棸子内史， 蹶维趣马。 楀维师氏， 艳妻煽方处。	Jupiter rises to his culmination; Paraçara follows close. Kapuja is in the ascendant; Sravana hurries by. Savitra moves within Keta spurs his horse Bharani leads the host And the fair Dhruva flashes from her place.

在金斯密的英译中，《十月之交》第四章的“皇父”“家伯”等名称，统统变成了雅利安语言中的神祇和星座之名。如此异想天开的译文，在《诗经》英译史上是罕见的。金斯密如此译法，却有他自己的理由。他将《诗经》视为周人早期神话与历史的材料，他认为《十月之交》这首诗揭示了周朝衰落的历史真相。按照中国史书的记载，周幽王为博取褒姒一笑，烽火戏诸侯，因而导致西周的灭亡。在褒姒出生之时，就出现了童谣谶语：“月将升，日将浸；檿弧箕箙，几亡周国。”① 一般认为，这首童谣预示了这段历史。但是，金斯密认为中国古代史书中的记载都不可信，周朝衰落的真实原

① 见《国语·郑语》。《史记·周本纪》的童谣仅有后两句：“檿弧箕箙，几亡周国。”

因是异常的自然灾害，《十月之交》反映了这段历史。

按照传统的解释，《十月之交》第四章的“皇父”等六人，是指周幽王时为非作歹的六位大臣，《郑笺》说“皇父、家伯、仲允，皆字”，又说“番、棸、蹶、楀，皆氏”。然而，金斯密认为，“皇父”对应的梵语是“Vrihaspati”，即欧洲人所说的木星（Jupiter），“皇父卿士”代表着木星升至天空的定点，当时这种奇异的天象引发了日食和月食，也就是童谣所说的“月将升，日将浸”，甚至还引发了岐山地区的地震、洪水。接下来的人名都被金斯密解释为星座，如“家伯”变成了梵语的“Kapuja”，即欧洲人所说的仙王座（Cepheus）；“番维司徒”根据梵语读音被拆成了“番维司”，梵语是“Paraçara”，即英仙座（Perseus）。至于最后的“艳妻”，一般认为是指褒姒，金斯密则认为她对应了印度神话中的陀鲁婆北极星（Dhruva）。在金斯密的翻译中，整章的历史人物，都成了天象星座与印度神话的名称。

其实，《十月之交》这首诗本来就描述了日食的天象，首章说：“十月之交，朔月辛卯。日有食之，亦孔之丑。”《郑笺》曾按照天象预兆人事的原则解释道：“周之十月，夏之八月也。八月朔日，日月交会而日食，阴侵阳，臣侵君之象。”但是，金斯密却根据他的中国文明雅利安起源说，认为全诗的历史解释都不可信，唯一可信的就是诗歌背后反映的雅利安文明。因此，所有历史人物都被曲解成了雅利安文明中的星座。

由上可见，金斯密不仅对汉语与印欧语系的比较感兴趣，同时对中国与雅利安天文学、神话学的比较也非常感兴趣，还专门撰写了一篇《〈诗经〉中的星座》，探讨这些问题。[①] 在这篇文章中，金斯密指出，研究《诗经》等中国典籍中记录的天象，有助于解释古代雅利安人关于星座的神话故事。天鹰座（Aquila）的三颗星在《小雅・大东》中被称为“牵牛”，金斯密认为，“牵”字来自词根“har”或“khar”，对应的希腊词汇与人马族（Kentaurs）密切相关，正好人马座（Sagittarius）在黄道中也与天鹰座的牛郎星（Atair）

① Thos. W. Kingsmill, “On Some of the Constellations in the Shi-king”, *The China Review, or Notes & Queries on the Far East* 7.5 (1879): 347－349.

处于相同的经线位置。这些都说明了《诗经》中记载的星座正好对应雅利安人的星座，只不过“马”变成了“牛”。结合中国和古希腊的传说，可以更好地理解关于喀戎（Chiron）的故事。喀戎是人马族中非常著名的贤人，很多希腊英雄如阿基里斯（Achilles）、伊阿宋（Iason）都拜喀戎为师，在他那里学习音乐、医药及狩猎，后来喀戎身中毒箭，被宙斯升上天空成为人马座。为什么人马座有这些传说？金斯密认为，太阳与昴宿星（Pleiades）一起在春分时节开启新的一年，在太阳出来之前的晨曦中，最后一颗能看见的星就是牛郎星。喀戎与人马座被中国人称为“牛”，在早晨迎接太阳出来。也就是说，喀戎与人马座的故事，象征着早上的星星逐渐被太阳取代。金斯密认为，《小雅·大东》的“终日七襄”，可以从类似的角度来解释。

金斯密对《诗经》作品的读音构拟、《诗经》的人名解释，今天看来十分荒谬。他的观点在当时曾成为嘲讽的对象，有人揶揄金斯密是“汉学体系中的彗星”，认为他总是“冲进一个我们跟不上的遥远的深处”。[①] 还有人说，金斯密希望在汉字与梵文之间找到精确的对应，这“令我们迷失在由词汇、词汇、词汇组成的海洋中”，“我们只能依靠事实或常识来反驳金斯密”。[②] 欧德理对金斯密等人进行了持续的批判，称其为“业余汉学”。欧德理尖锐地指出，“业余汉学研究方法的秘方”就是在中国经典中选出一些名词，剥夺其“民族与个人的特征”，然后将其扔进“一个印欧研究的水壶之中”，酝酿搅动，甚至还从“德国作坊里拿来一些土豆片”作养料，最后“剁碎了梵文—中文词根”，将中文词语“变成了印欧语系中的清音和浊音”。[③]

不过，金斯密那些看来荒谬的观点，实际上有复杂的历史渊源。17 世纪德国的基歇尔就认为中国文字是象形文字，并猜测殷商时代的中国人是从埃

---

① “Short Notices of New Books and Literary Intelligence”, *The China Review, or Notes & Queries on the Far East* 9.1 (1880): 50—51.

② V. W. X., “Mr. Kingsmill and the Shi-king”, *The China Review, or Notes & Queries on the Far East* 7.5 (1879): 330, 334.

③ Ernest John Eitel, “Amateur Sinology”, *The China Review, or Notes & Queries on the Far East* 2.1 (1873): 2, 3—4, 6.

及来到东方，汉字是从埃及祭司那里学来。18世纪法国汉学家德经（Joseph de Guignes，1721—1800），也声称中国是古代埃及人的殖民地。英国埃及学家沃波顿（William Warburton，1698—1779），在1741年出版《摩西的神圣使者》，提出汉字是埃及象形文字的进化，而埃及象形文字又是墨西哥图画文字的进化，因此汉字是象形文字向拼音文字转化的最后一个阶段，不过他不同意德经的中国文字直接来自埃及文字的看法。当时的英国期刊如《君子杂志》《每月评论》等，曾刊载相关文章，报道了学界关于汉字源于埃及的争论。[①]到了1761年，英国人尼达姆（John Turbeville Needham，1713—1781）又在罗马出版了拉丁文著作《论埃及象形文字》，也认为中国文字来自埃及象形文字。到了19世纪英国人对汉语有了进一步的认识，马礼逊、修德依然提出中国曾是埃及的殖民地、汉字源于埃及文字。[②] 中国文明西来说一直令很多西方学者着迷，并持续到20世纪，甚至章太炎、刘师培等人都赞同中国人种西来说。

18世纪琼斯在印度发现了印欧语言之间的渊源关系，他进一步将中国文明的源头追溯至印度，认为中国和印度在语言、宗教等各方面都有很多相似之处，甚至认为中国古代的尧是一个印度王子。到了19世纪，英国的殖民统治遍布全球，如何在欧洲的知识框架中认识其他文明和种族，成为迫切的时代话题。缪勒所代表的比较语言学和东方学，解释了欧洲语言与印度语言的关系，以及雅利安人种的历史演变。缪勒在1874年伦敦召开的第二届国际东方学家大会上强调，印度和欧洲已经分开了数千年，现在终于可以重新融合在一起，大家为雅利安人的悠久历史而骄傲，这可以说是一种谱系学上

---

① 参见 Qian Zhongshu，“China in the English Literature of the Eighteenth Century”，in *The Vision of China in the English Literature of the Seventeenth and Eighteenth Centuries*，ed. Adrian Hsia，Hong Kong：The Chinese University Press，1998，pp. 133－134.

② Robert Morrison，*A View of China for Philological Purposes*：*Containing a Sketch of Chinese Chronology*，*Geography*，*Government*，*Religion and Customs*，Macao：Printed at the Honorable the East India Company's Press by P. P. Thoms，1817，p. 52.

的胜利。[1] 这种胜利，正是源于印欧语言之间的比较研究。在这种欧洲中心主义的胜利心态之下，全世界的语言被分为三种：西方的雅利安语言、东方的闪族语言、游牧民族的都兰语言。为了回应这些学术潮流，很多汉学家将中国的汉语也纳入印欧语言的谱系中，认为汉语是一种丧失了屈折语形态、"堕落"的印欧语言。金斯密对于《诗经》的异想天开的解释，正是这种学术思潮所激发的产物。

由此可见，金斯密的《诗经》研究有特殊的历史意义。在东方学和比较语言学的推动中，包括金斯密、艾约瑟、湛约翰在内的一批汉学家，试图将中国语言与文化置于西方人熟悉的框架中，重新认识人类文明的早期历史。"金斯密的中国文明雅利安起源说正代表了西方人试图通过民族学研究，将中国文明这个分支接入人类整体文明史的一种尝试。"[2]

毕鹗（Wolfgang Behr，1965—）指出，金斯密翻译《诗经》的失误很明显，他提供的《诗经》梵语读音都建立在与粤语读音的模糊联系之上（甚至那些粤语读音也常常是错误的），更为致命的是，他的推论缺乏任何历史的依据。从当时汉学家对金斯密的批评之中，可以看出"欧洲的体制化的汉学正在全力维护它的'专业'地盘"。然而，毕鹗也指出，金斯密从比较语言学的角度出发，提出了一些很有启发性的问题，比如早期汉语并非全部是单音节、早期汉语具有丰富的黏着语形态、《诗经》直到汉代才有书写的定本，这些问题甚至呼应了近期学界的一些看法。[3]

---

① 参见［美］吉瑞德：《朝觐东方：理雅各评传》，段怀清、周俐玲译，桂林：广西师范大学出版社，2011 年，第 124 页。

② 陈喆：《在神话与历史之间——金斯密的中国文明雅利安起源说》，《学术研究》2011 年第 4 期，第 117 页。

③ Wolfgang Behr, "Kingsmill' *Shijing* 'Translations' into Sanskrit and the Idea of 'Congenial Languages' at the End of Nineteenth Century", in *Sinologists as Translators in the Seventeenth to Nineteenth Centuries*, eds. Lawrence Wang-chi Wong and Bernhard Fuehrer, Hong Kong: Chinese University Press, 2015, pp. 331, 334—336.

第四节 翟理斯、道格思、丁韪良与《诗经》

从19世纪后期至20世纪初，还有翟理斯、道格思、丁韪良等人，向英语世界的读者介绍《诗经》。他们大多受到19世纪后期学术观念的洗礼，解读《诗经》时常表现出与以往不同的文学趣味；同时，他们在介绍《诗经》的过程中，批评了19世纪西方普遍存在的轻视中国文化的态度。

翟理斯 (Herbert Allen Giles)

翟理斯（Herbert Allen Giles，1845—1935）于1867年来到中国，最初是英国驻华使馆的翻译生，后来任职于中国各地的领事馆，曾任英国驻淡水、宁波等地的领事。他在1893年辞职返英，1897年接替威妥玛成为剑桥大学第二任中文教授，此后在剑桥任教三十五年。翟理斯翻译了孔子、老子、庄子等中国古代思想家的著作，以及《三字经》《洗冤录》《聊斋志异》等书，还在1892年出版《华英字典》，改良了威妥玛的汉语拼音系统，并因此获法国“儒莲奖”。方豪称他的学风是“稳健的高等的英国式的，足以代表十九世纪后半期到二十世纪初期英国的汉学”。[①]

翟理斯在晚年的回忆录中说：“自1867年开始，我的一生就有两个主要愿望，一是帮人们更容易地掌握和更准确地理解中文，包括书面语与口语，

① 方豪：《英国汉学的回顾与前瞻》，载《方豪六十自定稿》（下册），台北：台湾学生书局，1969年，第1547页。

二是激起人们对于中国人的文学、历史、宗教、艺术、哲学和风俗更广和更深的兴趣。"[①] 在长期的汉学研究中，他注重纠正西方人对中国的无知及片面态度。他在《中国及中国人》一书中尖锐地指出："中国研究一直有个缺陷，即最先吸引外国人注意的总是中国文明可笑的一面，这种情况仍在继续。曾有一段时间中国被认为是一个'相反的国度'，也就是说，在任何一个能想象得到的角度，中国都与我们截然相反。"[②]

翟理斯 1901 年出版了《中国文学史》，是当时伦敦 William Heinemann 出版公司策划的《世界文学简史丛书》的第十种。从 19 世纪西方学术界的观念和方法出发，来描述中国的文学史，在当时有着进步的意义，可以纠正西方人将中国视为"相反的国度"的倾向，可以系统地向西方人展示中国文学的魅力。翟理斯在序言中自豪地宣称："对于包括中文在内的任何一种语言来说，这本著作都是第一部中国文学史。"[③] 此书因其特殊的历史地位，后来多次重印。

A History of
CHINESE LITERATURE
BY
HERBERT A. GILES, M.A., LL.D. (ABERD.)
PROFESSOR OF CHINESE IN THE UNIVERSITY OF CAMBRIDGE, AND LATE H.B.M. CONSUL AT NINGPO
London
WILLIAM HEINEMANN
MCMI

翟理斯《中国文学史》(1901)
扉页

翟理斯在《中国文学史》中把中国文学的历史发展分为八个时期。第一个时期是"封建时期"，即春秋战国时期，翟理斯介绍了这个时期的"五经"及《道德经》等典籍以及屈原的诗歌。虽然翟理斯依然将《诗经》放在"五经"的体系中，但是他的介绍已经与 19 世纪之前完全不同了。

翟理斯非常强调《诗经》作为文学作品本身的审美特质，他因此批评了中国传统注疏对于《诗经》审美特质的扭曲。他说：

---

① Charles Aylmer ed.，"The Memoirs of H. A. Giles"，*East Asian History* 13/14 (1997)：85.

② Herbert A. Giles，*China and the Chinese*，New York：Columbia University Press，1902，p. 119.

③ Herbert A. Giles，*A History of Chinese Literature*，London：William Heinemann，1901，p. 5.

> 早期的注疏者，无法看到《诗经》的简朴自然之美（simple natural beauties）……同时，他们无法忽视孔子对于《诗经》的慎重意见，于是在这些乡间歌谣（countryside ditties）中读出很多深奥的道德与政治寓意。因此，不朽的《诗三百》中的每一首作品，都被扭曲地产生出一些隐晦的寓意和道德训诫。[①]

翟理斯明确地将《国风》作品称为"乡间歌谣"，称其有"简朴自然之美"，甚至批驳中国传统注疏的牵强附会，这已开20世纪《诗经》文学观的先河。《中国文学史》中的《诗经》选译，有一些是翟理斯1898年出版的《古今诗选》中的译文，还有一些选自理雅各的《诗经》译本。翟理斯选取了《郑风·将仲子》《郑风·褰裳》两首诗的首章来说明这些"乡间歌谣"的特色，译文都出自翟理斯本人的手笔。尤其是《褰裳》的英译，再现了原诗的"简朴自然之美"：

《郑风·褰裳》首章	翟理斯英译
子惠思我， 褰裳涉溱。 子不我思， 岂无他人？ 狂童之狂也且！	If you will love me dear, my lord, I'll pick up my skirtsand cross the ford, But if from your heart you turn me out… Well, you're not the only man about, You silly, silly, silliest lout!

翟理斯的译文自然流畅，尤其是最后一句"狂童之狂也且"，其中"且"是语气助词，很难在英译中反映出原来的口吻，但是翟理斯重复用了三次"silly（傻）"，并且第三次用了最高级"silliest"，来表现原诗爽朗泼辣的腔调，可谓活灵活现。也许是受到翟理斯的启发，韦利的译文"Of madcaps maddest, oh!"以及高本汉的译文"Oh you most foolish of foolish fellows!"都采用了形容词的最高级来表现原诗的口吻。[②] 不过，翟理斯接下来说："中

---

① Herbert A. Giles, *A History of Chinese Literature*, London: William Heinemann, 1901, p. 13.

② Arthur Waley tr., *The Book of Songs: The Ancient Chinese Classic of Poetry*, London: George Allen & Unwin, 1954, p. 45; Bernhard Karlgren tr., *The Book of Odes*, Stockholm: Museum of Far Eastern Antiquities, 1950, p.57.

国本土的学者都被传统注疏捆住了手脚，欧洲的学者能很好地以诗论诗。”[①] 这种看法，透露着欧洲学者常见的居高临下的态度。其实，朱熹等人早已提出以诗论诗的诠释原则，朱熹认为整首诗的腔调都是“淫女语其所私者”，最后一句“亦谑之之辞”。[②] 虽然朱熹还囿于“淫诗”的偏见，但是他已经摆脱《毛诗序》的影响，揭示了这首诗的民间情诗的面目。

除了强调《诗经》具有“乡间歌谣”的简朴之美，翟理斯也提出《诗经》能帮现代读者认识孔子之前的中国风俗、礼仪和信仰。他甚至还统计了《诗经》中提到的植物有 70 多种，树木有 30 多种，动物有 30 多种，鸟类有 30 多种，鱼类有 10 多种，昆虫有 20 多种。[③]

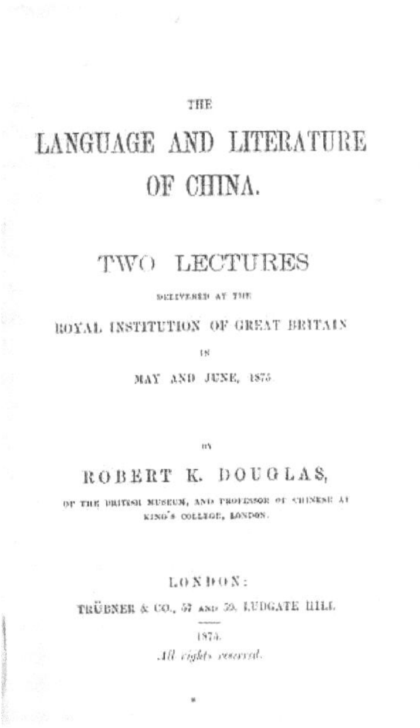
THE
LANGUAGE AND LITERATURE
OF CHINA.
TWO LECTURES
DELIVERED AT THE
ROYAL INSTITUTION OF GREAT BRITAIN
IN
MAY AND JUNE, 1875
BY
ROBERT K. DOUGLAS,
OF THE BRITISH MUSEUM, AND PROFESSOR OF CHINESE AT KING'S COLLEGE, LONDON.
LONDON:
TRÜBNER & CO., 57 AND 59, LUDGATE HILL.
1875.
All rights reserved.

道格思《中国语言与文学》(1875) **扉页**

道格思（Robert K. Douglas，1838—1913）的经历与翟理斯类似，他最初也是英国的驻华外交官，后来成为专业的汉学家。道格思 1858 年来华，第二年到广州英国领事馆任职，1865 年辞职回国进入大英博物馆，负责该馆的东方书籍和手稿，后成为新成立的东方书籍部主任，一直为大英博物馆服务到 1907 年。同时，他还担任过英国皇家亚洲学会的副会长。他从 1903 年开始接任伦敦大学国王学院的中文教授，直至去世。

道格思 1875 年在皇家亚洲学会上做了两次讲演，分别介绍了中国语言与中国文学，在讲演当年，其讲稿就以《中国的语言与文学》为题，合并为一个单行本出版。

① Herbert A. Giles, *A History of Chinese Literature*, London: William Heinemann, 1901, p. 14.
② 朱熹：《诗集传》，赵长征点校，北京：中华书局，2017 年，第 83 页。
③ Herbert A. Giles, *A History of Chinese Literature*, London: William Heinemann, 1901, p. 19.

道格思在其中的“中国文学”讲演中，用一种19世纪少见的羡慕、崇仰的语调，介绍了《诗经》。

道格思首先指出《诗经》历史悠久，“可以追溯到比我们已知的任何文学作品都要早的时代”。接下来，他将《诗经》中描述的社会视为一个乌托邦世界，高度赞扬了那个时代的思想与情感。他说：

> 其中大部分诗歌都透露出一种静谧的安定氛围，以及父权制社会的质朴思想与生活。很少有诗歌是关于战争和骚乱的，相反，更多的是一种平和的闲适、家族的和睦以及宗教的感受。……虽然有一首诗表达了“一个聪明的女人能毁掉一座城池”的主题，然而很多诗歌都在描述那些尽职尽责，为丈夫分担劳苦以及在生活中享受简单、喜悦之情的贤妻。

道格思也注意到所谓《诗经》中有“淫诗”的说法，但是他依然从最美好的角度来看待《诗经》的相关作品，为其做种种辩解：

> 诚然，我们有时会在《诗经》中看到一些纵乐的场面，接近放荡荒淫的境地，但是，他们田园牧歌式的生活环境，以及没有战乱的平静生活，使得这种放荡纵乐中的粗俗和鄙陋都消失殆尽。

基于同样的理想化角度，道格思这样描述《诗经》中那些涉及暴政、怨刺的作品以及《诗经》中反映的中国人的美德：

> 更为重要的是，在一些诸侯的暴虐与蠹政之下，人民不堪重负，有些诗歌对此提出哀诉和抱怨，但是，即使这样，也没有产生反抗和暴乱。当人民容忍和承受这些苦难到达一定的地步，他们的解决方式只是逃离暴君的控制，而不会掀起反抗暴君的叛乱。

当道格思如此赞美《诗经》中的美德，赞美人民至多是逃离暴政，而不是用叛乱来反抗暴政，他可能是想到了法国大革命给欧洲知识分子带来的恐惧。

除了大力颂扬《诗经》所反映的民俗、品德之美，道格思还高度颂扬了《诗经》的风格和措辞之美：

> 尽管这些诗歌的风格和措辞至为简朴，但是其中饱含丰富的情感。当我们要对这些诗歌做出任何判断时，一定要记住它们不是有意为之的诗歌，而是人民的歌谣，正如它们所宣称的那样。①

道格思为了展示《诗经》中的"田园牧歌式的生活"，选译了《郑风·女曰鸡鸣》，认为这首诗描绘了一派乡村生活的景象，即"勤勉的妻子跟丈夫强调早起的必要性，并鼓励他结识善良可敬的朋友"。道格思的译文如下：

> "Get up, husband, here's the day!"
> "Not yet, wife, the dawn's still grey."
> "Get up, Sir, and on the right
> See the morning star shines bright.
> Shake off slumber, and prepare
> Ducks and gees to shoot and snare.
>
> "All your darts and lines may kill
> I will dress for you with skill.
> Thus, a blithesome hour we'll pass,

① Robert K. Douglas, *The Language and Literature of China: Two Lectures Delivered at the Royal Institution of Great Britain in May and June, 1875*, London: Trübner & Co., 1875, pp. 95, 98—100.

Brightened by a cheerful glass;
While your lute its aid imparts
To gratify and soothe our heart.

"On all whom you may wish to know
I'll gridle ornaments bestow;
And gridle ornaments I'll send
To any one who calls you friend;
With him whose love for you's abiding
My girdle ornaments dividing."①

理雅各的《诗经》韵体译本，用苏格兰民谣的形式翻译了这首生动活泼的诗歌。相比而言，道格思也采用了韵译的方式，也反映出原诗的生活气息，不过他的译文流畅自然，比理雅各更好地传达出原诗的简朴风格。

道格思认为《诗经》完美无缺，丁韪良则从比较客观的角度出发，阐发了他对《诗经》的看法。丁韪良（William Alexander Parsons Martin，1827—1916）是美国新教长老会的传教士，在华生活六十年。他在1846年毕业于印第安纳州立大学，1850年来到中国宁波传教，并在1858年中美谈判期间参与起草《天津条约》。他在1862年之后转往北京，建立教会，创办学校，并翻译了《万国公法》，这是当时通用的国际法蓝本。丁韪良因此得到恭亲王的赏识，并以"冠西"为字。1869年，丁韪良辞去美国长老会的职务，出任京师同文馆总教习。1898年京师大学堂成立，丁韪良被任命为京师大学堂首任总教习，并由清廷授予二品顶戴。丁韪良一方面向中国人介绍西方知识，一方面也把中国文化介绍给西方。

丁韪良在1901年出版了《汉学菁华》，向西方人介绍他心目中的中国文

① Robert K. Douglas, *The Language and Literature of China: Two Lectures Delivered at the Royal Institution of Great Britain in May and June, 1875*, London: Trübner & Co., 1875, pp. 101—102.

丁韪良（William Alexander Parsons Martin）

化。《汉学菁华》第二卷介绍中国文学，丁韪良没有再将《诗经》放入儒家经典的框架中，而是按照中国诗歌、儒家经典、中国散文等文体分类，将《诗经》放在中国抒情诗的脉络中加以介绍。他认为，诗歌可以分为史诗、戏剧诗、教诲诗等种类，但是讨论中国诗歌时应该注重抒情诗。他将中国的抒情诗分为三个时期，即远古、中古和现代，而《诗经》属于远古的抒情诗，主要包括歌（songs）、谣（ballads）、颂歌（heroic odes）和祭歌（sacrificial hymns）。丁韪良指出，《诗经》的歌谣“反映了周公当时所分封的各诸侯国的风俗，它们所展现的社会分工的质朴，与当今社会生活中的繁文缛节形成了一个强烈的对比”。

丁韪良注意到，《诗经》中很多爱情诗曾引起中国古代注疏者的困惑，他认为思想禁锢较少的现代读者，应该重新看待这些诗歌：

> 除了庆祝新婚，伦理上正确的颂歌之外，还有许多令后世道学家们瞠目结舌的爱情歌谣和故事。在思想禁锢较少的我们看来，除了大多空洞无聊外，这些作品并无可弹劾之处。总体而言，这些诗歌在伦理道德上要比从异教古代流传至今的其他类似诗集谨慎得多。

丁韪良也尝试从现代读者的角度，重新看待《诗经》的编辑者孔子。他一方面认为孔子是最具人性的圣人：

> 我们不要以为，孔子总是睿智过人，或整天循规蹈矩地板起脸来宣

教。他是最具有人性的一位圣人。经他之口流传下来的警世箴言有三千多条，即使不是他自己写的，但他仍然抽空编辑整理了大量引人入胜的歌谣，比所罗门王有过之而无不及。作为乐师，他深谙韵律的和谐之美，而这种美感正是其他古诗在历经语言变迁后所匮乏的。

另一方面，丁韪良认为有些《诗经》作品表达了迂腐的传统思想，不符合男女平等的观念，他指责孔子并未意识到这些问题：

孔子却在《诗经》中未加评注地收录了一首宣扬男尊女卑、对后世影响深远的歌谣：

乃生男子，载寝之床，载衣之裳，载弄之璋。

乃生女子，载寝之地，载衣之裼，载弄之瓦。

倘若这位圣人当时能更为谨严，在这首歌谣后附一句评注，以示异议的话，那么他将能扭转后世的多少人间惨剧啊！

丁韪良非常赞赏《唐风·蟋蟀》这首诗，他说“这首描写除夕之夜的诗歌感情真挚，至今仍能令人回味不已”，并说“这是世界上最古老的节欲诗”。丁韪良用韵体翻译了该诗的首章，其译文如下：

《唐风·蟋蟀》首章	丁韪良译文
蟋蟀在堂， 岁聿其莫。 今我不乐， 日月其除。 无已大康， 职思其居。 好乐无荒， 良士瞿瞿。	The voice of the cricket is heard in the hall, The leaves of the forest are withered and sere; My sad spirits droop at those chirruping notes, So thoughtlessly sounding the knell of year. Yet why should we sigh at the change of a date, When life's flowing on in a full, steady tide? Come, let us be merry with those that we love; For pleasure in measure there is no one to chide.

丁韪良最后还介绍了《诗经》在语言形式上的审美特征，比如叠章、起兴等，他说：

> 在结束讨论这些古老的诗谣以前，还有一点值得我们关注，那就是在结构上，这些诗歌大多采用叠句。它们通常以某个诗意形象作为开篇，如麋鹿的哀鸣、水鸟的啼叫等。尽管这些形象与诗歌主题之间并无明确的联系，但总会在每个诗节的开头或结尾重复出现。在这一点上，彭斯的著名诗歌《啊，当灯芯草变绿的时候》可说是非常中国化。①

丁韪良以苏格兰诗人彭斯做比较，认为彭斯的诗“非常中国化”，因为他用了《诗经》那种叠章、起兴的艺术手法。这样的比较，有一些以中国诗歌为本位来进行中西文学比较的意味。

除了翟理斯、道格思、丁韪良之外，还有很多英美汉学家都曾研究过《诗经》。下一章将要介绍的詹宁斯，在推出《诗经》全译本之前，曾发表一篇以《诗歌中的中国婚姻生活》为题的论文，选译了《卫风·硕人》《邶风·绿衣》等作品。在这篇论文中，詹宁斯像翟理斯一样，批评西方人过于夸大了中国与西方的差别。他以《诗经》作品所反映的中国婚姻生活为例，指出虽然某些中国风俗和礼仪比较奇怪，比如新郎与新娘在成婚之前不能见面，年轻人学到的夫妇相处之道不是爱而是和谐，“但是在这些看起来冷冰冰的礼仪与教导之下，人性依然展现出自己的光辉”。②

在英美的大学中，开始有博士生以《诗经》等中国典籍为材料，来研究中国文化和思想，并以此获得博士学位。美国芝加哥大学有人以《诗经》《尚书》中的材料，撰写博士论文，探讨孔子以前的中国人的道德情感。这篇博士论文在卷首提出，希望借助现代社会科学的方法论，来研究中国人的民族特性。论文引用了大量的《诗经》作品，如第三编第二章讨论中国的两性关系，就引《唐风·绸缪》《召南·草虫》《召南·殷其雷》《王风·君子于役》《王风·君子阳阳》《卫风·伯兮》《邶风·雄雉》《鄘风·柏舟》《邶

---

① ［美］丁韪良：《汉学菁华》，沈弘等译，香港：中华书局，2007年，第60—61页。

② William Jennings, "Chinese Matrimony in Poetry", *The China Review, or Notes & Queries on the Far East* 16.2 (1887): 99—104.

风·谷风》《邶风·日月》《小雅·白华》《小雅·车舝》《陈风·衡门》等诗来说明夫妇之间的关系，又引《鄘风·蝃蝀》《豳风·伐柯》《齐风·南山》《郑风·丰》《郑风·褰裳》《王风·大车》《卫风·氓》《郑风·溱洧》等诗来说明男女之间适当与不当的行为，可见其引述《诗经》作品之多。文中的《诗经》作品译文，全部取自理雅各的散文体译本。作者认为，理雅各的译文最可靠、最有学术性，但同时也批评说："理雅各的解读，常被他的神学而不是被他的中文修养所笼罩。"①

此外，还有很多英美汉学家在介绍中国文化的著作中提及《诗经》，如美国传教士倪维思（John L. Nevius，1829—1893）的《中国与中国人》等书。② 这些著作对《诗经》的介绍比较简略，无甚新意，就不再详述了。

第五节 《诗经》藏书与书目

19世纪后期至20世纪初，英语世界的《诗经》藏书在逐步增多，然而同时期的《诗经》书目的编撰，却进步不大。

艾约瑟曾在1876年为牛津大学博德利图书馆收藏的中文书籍编撰书目。他在书目中著录了该馆当时收藏的两种《诗经》：一是1871年广州刊行《十三经注疏》中的《毛诗注疏》，共十四卷；二是嘉庆年间（1796—1820）刊行的《诗经》注本，共四卷，艾约瑟注明这是朱熹所注。③ 艾约瑟的书目颇多瑕疵，既不是按内容分类编排，也不是按书名分类编排，两种《诗经》竟然分开著录，一种排在书目最前，另一种排在书目最尾。并且，艾约瑟的书目对于书籍出版信息也处理得非常粗略，很多书都没有提供出版地点。巴瑞特

① Herbert Finley Rudd, "Chinese Moral Sentiments before Confucius: A Study in the Origin of Ethical Valuations", Doctoral Dissertation, The University of Chicago, 1914, pp. 8－9.

② John L. Nevius, *China and the Chinese*, New York: Harper & Brothers, 1869, p. 48.

③ Joseph Edkins, *A Catalogue of Chinese Works in the Bodleian Library*, Oxford: Clarendon Press, 1876, pp. 2, 38.

曾嘲笑艾约瑟的书目有时会出现一些奇怪的错误，比如将《肉蒲团》翻译成《肉与菠菜园》，简直如路易斯·卡罗（《爱丽丝梦游仙境》的作者）一样异想天开。①

伟烈亚力在华期间藏书约二万种，其中约一千种在他 1877 年返回英国之前归皇家亚洲文会北中国支会收藏，其余书籍被他带回英国，1882 年被牛津大学图书馆购买收藏。“伟氏藏书”成为牛津大学博德利图书馆的重要馆藏。法国汉学家高第，曾依据伟烈亚力的藏书而写出《汉学文献目录》，他指出伟烈亚力的中文藏书非常丰富，只有威妥玛的藏书才能与之匹敌。② 不过，根据牛津大学图书馆中国收藏馆馆长何大伟 1985 年整理的“伟氏藏书”书目，《诗经》类藏书只有两种：一种是明徐光启撰《徐文定公诗经传稿》四卷，清徐时勉、王光承评，清徐尔默编，清康熙十二年（1673）序渊源堂刊本；另一种是清顾炎武撰《铜板诗本音》十卷，清福建侯官林春祺福田书海铜活字印《音学五书》本。③

在 1913 年 7 月至 1922 年 1 月期间，牛津大学博德利图书馆还收到巴克斯（Edmund T. Backhouse，1873—1944）④ 捐赠的中文图书与手稿一万七千多卷。其中，《诗经》类藏书比较丰富，包括：《毛诗注疏》，清光绪十八年（1892）湖南宝庆务本书局《重刊宋本十三经注疏》刊本；明胡广撰《诗传大全》二十卷，明刊本；清顺治年间《御制翻译诗经》，清钞满文本；清王鸿绪撰《钦定诗经传说汇纂》二十一卷，清内府刊本；清傅恒撰《御纂诗义

---

① Joseph Edkins, *A Catalogue of Chinese Works in the Bodleian Library*, Oxford: Clarendon Press, 1876, p. 13.

② Henri Cordier, “Life and Labours of Alexander Wylie, Agent of the British and Foreign Bible Society in China”, *Journal of the Royal Asiatic Society* 19. 3 (1887): 351—368.

③ David Helliwell, *A Catalogue of the Old Chinese Books in the Bodleian Library*, volume 2 “Alexander Wylie's Books”, Oxford: Bodleian Library 1985, pp. 11—12.

④ 巴克斯在北京生活多年，曾与人合撰《慈禧统治下的中国》，成为英国风靡一时的中国历史通俗著作，此书刚在英国问世，就有了中文译本《慈禧外纪》。巴克斯还撰有回忆录，记载了他与清朝皇室的交往，其经历可参见［英］罗珀：《北京的隐士：巴克斯爵士的隐蔽生活》，胡滨、吴乃华译，济南：齐鲁书社，1986 年。

折中》二十卷，清道光中长芦盐运使如山重刊本。[①]

前面第四章提到，曾有人赠送了大批中文书籍给大英博物馆。1865—1907年担任大英博物馆东方书籍部主任的道格思，曾在1877年为该馆的中文书籍编写书目。道格思的书目是按照作者与书籍的拼音顺序来排列，而没有按照内容分类排列，它与艾约瑟的书目有着类似的缺陷，出版信息比较粗略，很多书都没有提供出版地点。翟理思曾挖苦道格思的书目是“一个不成熟的学术的纪念碑”。[②] 根据道格思的书目，当时大英博物馆所藏《诗经》共有三十一种，包括常见的《毛诗注疏》《钦定诗经传说汇纂》《诗经大全》等，还有科举用书《旁训诗经体注衍义》《诗经体注衍义合参》等。[③]

作为剑桥大学首任中文教授的威妥玛，曾将自己收藏的大量中文书籍赠送给剑桥大学图书馆。翟理斯在接替威妥玛成为剑桥大学第二任中文教授之后，曾分别在1898年、1915年两次为威妥玛的藏书编写书目。翟理斯的书目，大致按照中国传统的经史子集四部分类法，不过它与艾约瑟、道格思的书目一样，也没有提供完整的出版信息。根据翟理斯的书目，威妥玛收藏的《诗经》，既有很常见的《毛诗注疏》《诗经传说汇纂》，也有不常见的薛嘉颖的《诗经精华》(1825)、徐华岳的《诗故考异》(1832)。翟理斯对于书名的著录不是非常准确，如《毛诗注释》被著录为《毛诗疏》，《诗经传说汇纂》被著录成《诗经传说汇编》。[④]

美国的《诗经》藏书，自19世纪后期开始也有很大发展。1869年美国政府赠送大量西文书籍与植物种子给清政府，清政府也回赠了很多中国经籍答谢，这些中文书籍后来藏于美国国会图书馆，成为美国最早的中文藏书。

---

① David Helliwell, *A Catalogue of the Old Chinese Books in the Bodleian Library*, volume 1 “The Backhouse Collection”, Oxford: Bodleian Library 1985, pp. 12—13.

② 参见 T. H. Barrett, *Singular Listlessness: A Short History of Chinese Books and British Scholars*, London: Wellsweep, 1989, p. 83.

③ Robert K. Douglas, *Catalogue of Chinese Printed Books, Manuscripts and Drawings in the Library of the British Museum*, London: Longmans & Co., 1877, pp. 179—181.

④ Herbert A. Giles, *A Catalogue of the Wade Collection of Chinese and Manchu Books in the Library of the University of Cambridge*, Cambridge: Cambridge University Press, 1898, pp. 4, 12, 17.

卫三畏在1876年成为耶鲁大学首任中文教授之后，大力为学校增加中文藏书。1878年耶鲁大学的第一位中国毕业生容闳，赠送大量中文书籍给母校。1879年哈佛大学聘请中国人戈鲲化为中文讲师，戈鲲化曾将大量中文书籍运到美国，赠送给哈佛大学。这些赠书活动，从19世纪一直持续到20世纪。[①]不过，美国对于中文藏书书目的编撰，到20世纪中期左右才有较大的发展。如美国国会图书馆，1939年邀请中国学者、目录学家王重民前往该馆整理善本目录，这项工作一直持续到1947年。不过由于多种原因，王重民的书目当时并未正式出版。后来，原北平图书馆馆长袁同礼在20世纪50年代转往美国国会图书馆工作，他校订了王重民的善本书目草稿，以《美国国会图书馆藏中国善本书录》为名，于1957年出版。此书目已在中国重印出版，较易获得，其中著录的《诗经》藏书情况，就不再一一赘述了。

---

① 可参见 Chih-ber Kwei, *Bibliographical and Administrative Problems Arising from the Incorporation of Chinese Books in American Libraries*, Peiping: The Leader Press, 1931.

第七章　19世纪后期至20世纪初的《诗经》英译

从19世纪70年代至20世纪30年代，英美汉学的兴起和发展，促成了几种《诗经》英语全译本的出现，还有各类《诗经》选译的大量出现。理雅各的三种《诗经》英译本，已在第五章做了介绍，这些译本对詹宁斯、阿连璧二人的《诗经》全译本产生了极大的影响，甚至是这两种全译本得以产生的重要参照。理雅各的《诗经》译本也激发了英语世界对《诗经》作品的极大兴趣，各种身份的译者，包括精通中文的入华外交官、传教士，或是不懂中文的诗人，都纷纷拿起自己的笔来翻译《诗经》。当然，理雅各的学者式的凝重译风也受到批评，很多译者都在尝试各种清新、简朴、明快的《诗经》译文，或者径直提出自己对于《诗经》英译标准的不同观点。

本章将介绍詹宁斯、阿连璧的《诗经》全译本，还有神秘译者V. W. X. 的《诗经》作品选译，以及李思达、克莱默·宾、瓦德尔等人的《诗经》作品选译，也会论及他们对于《诗经》英译各种问题的看法。

第一节　詹宁斯的《诗经》英译

詹宁斯（William Jennings，1847—1927）是英国派驻香港的传教士，于

1879年来到香港担任圣约翰座堂的牧师，也是香港的殖民地牧师，1891年卸任之后回到英国，继续担任伯克郡比顿教区的牧师，以及格拉斯米尔（Grasmere，即湖畔诗人华兹华斯长期居住之地）的教区长。圣约翰座堂位于香港中区花园道，是香港圣公会香港岛教区的主教座堂。根据1842年中英签署的《南京条约》，香港被割让给英国，第一任殖民地牧师于1843年抵达香港，1847年开始兴建圣约翰堂。詹宁斯到香港赴任之后，香港的殖民地牧师任命制度开始改变，等到他1891年卸任之际，新的牧师制度生效，詹宁斯成为最后一任所谓的殖民地牧师。

詹宁斯在华时间不长，但是他的中文造诣很深，他曾翻译《论语》，还于1891年出版《诗经》全译本（这是一个语言优美的韵体译本）。卢伯克曾在1886年开出“百本好书”书单，其中有《诗经》。伦敦的书商看到“百本好书”书单的影响力，于是策划将卢伯克推荐的一百本书作为丛书出版，由卢伯克撰写丛书前言。詹宁斯的《诗经》英译本，成为卢伯克“百本好书”丛书中的第十一种，排在《诗经》前面主要是古希腊历史学家希罗多德、斯多葛学派哲学家爱比克泰德（Epictetus）等人的著作，以及古罗马皇帝奥勒留（Marcus Aurelius）的《沉思录》、培根的《随笔集》、狄更斯的《匹克威克外传》等书。

詹宁斯的《诗经》译本，表现出要拉近《诗经》与英国读者距离的强烈愿望。全书的卷首，引用了缪勒在1891年5月《19世纪》期刊上说的一段话：“如果中国学者将他们的古代文学带到我们面前，如果他们告诉我们这些文学中有很多我们关心的主题，有很多不仅古老而且也永远年轻的东西，那么，中国研究很快就会在公众的评价中取得与印欧、巴比伦、埃及研究同样的地位。中国没有理由一直这么奇怪、一直离我们的共同兴趣这么遥远。”

正是出于这样的愿望，正是抱着与缪勒同样的想法，詹宁斯在《诗经》译本的前言中，热情洋溢地向英国读者推荐《诗经》。他首先强调了《诗经》

以及中国文明的悠久历史。他指出，通过阅读《诗经》，“我们被带到一个至今还少有人知的人群和国度之中，不过，当我们自己的祖先还是游荡在原始森林中的野蛮人之时，这里已经拥有了一个高度发达的文明和文学”。詹宁斯强调，《诗经》虽然古老，却永远年轻，他说：

> 在《诗经》中，我们能看到最古老的作品，记录了这些古代人群的独特风俗和特殊观念。然而，尽管有着几千年时间和不同疆土的限制，人类天性在情感和精神上，在优点或缺点上，都是共通的。阅读《诗经》的一些诗篇，我们感觉到我们自己是站在现代欧洲的生活之中。

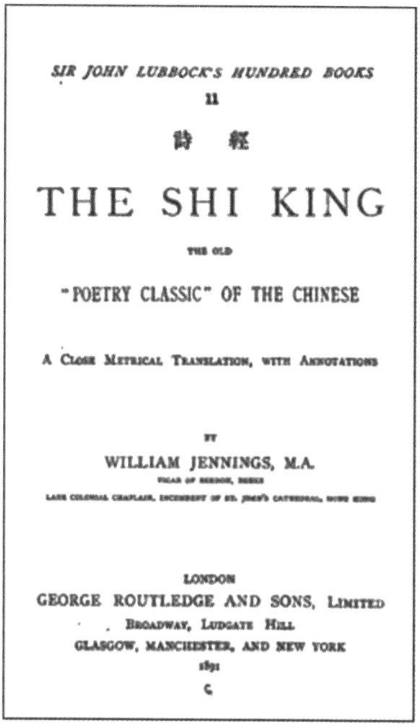
SIR JOHN LUBBOCK'S HUNDRED BOOKS
11
詩經
THE SHI KING
THE OLD
"POETRY CLASSIC" OF THE CHINESE
A CLOSE METRICAL TRANSLATION, WITH ANNOTATIONS
BY
WILLIAM JENNINGS, M.A.
LONDON
GEORGE ROUTLEDGE AND SONS, LIMITED
BROADWAY, LUDGATE HILL
GLASGOW, MANCHESTER, AND NEW YORK
1891

詹宁斯《诗经》译本（1891）扉页

詹宁斯还批评了西方人过于夸大中国落后的看法，他说：“大家都觉得，虽然中国有早期的文明，但是它停滞了三四千年。这种看法并不准确。大概在《诗经》的年代，中国就可以与我们后来的封建时代相比，因为中国那时就已经有封建制度。《诗经》中很多东西对于中国人自己来说也是古老和过时的，但其中的语言、思维方式和很多用法，在实质上都与我们今日看到的相同。”

詹宁斯指出，中国人远比一般人想象中的更加感性、极度重视诗歌，他认为“汉语可能是世界上韵律最为丰富的语言”，中国诗歌主要依靠韵律，西方诗歌则主要依靠韵步。他还比较了《诗经》与其他文明的早期诗歌，比如与《诗经》同样古老的希伯来《旧约·诗篇》、印度《梨俱吠陀》。詹宁斯指出，《诗经》“远不像《旧约》那样充满大量的宗教情感，也不像《梨俱吠陀》那样充满大量的神话，《诗经》的确不是一本宗教之书，它大部分内容都是世俗和人文的”。作为一个传教士，詹宁斯没有过分强调《诗经》中的宗教内涵，也没有因为《诗经》的世俗性而轻视它，这是比较可贵的。

在前言的结尾，詹宁斯还是有些担心英国读者对《诗经》的接受程度，他强调《诗经》在道德价值上超过英国诗人彭斯、拜伦等人的作品：

> 英国人对远东文学向来没有什么兴趣，这必定影响到这本书的接受。我想说，尽管这本中国古代的“诗歌经典”作为诗歌来说可能会受到轻视，大家只把它当作有韵律的散文来重视，但是，它至少具有它那个时代的优点，并且在一个很重要的方面胜过彭斯、拜伦、海涅和其他许多民谣诗人的作品，那就是：它具有更高的道德价值。①

詹宁斯的《诗经》译本，没有像理雅各的散体译本那样提供中文原文，不过他在前言中，以《卫风・淇奥》首章为例，提供了该诗的篆体中文、楷体中文、粤语读音，希望给读者一个认识《诗经》原文面貌的机会。

詹宁斯的《诗经》英译，是在香港担任牧师期间完成的。他在推出全译本之前，曾将部分译文发表在刊物上。詹宁斯 1887 年发表论文《诗歌中的中国婚姻生活》，选译了《卫风・硕人》《邶风・绿衣》《邶风・燕燕》《邶风・日月》《邶风・终风》《邶风・谷风》《卫风・氓》《邶风・击

① William Jennings tr., *The Shi King: the Old "Poetry Classic" of the Chinese*, London: G. Routledge and Sons, 1891, pp. 7—8, 10, 21—22.

鼓》《王风·君子于役》《王风·君子阳阳》十篇作品。[①] 然后，他又在1888—1889年的《中国评论》上陆续发表了一些译文，如在第17卷第3期发表了《大雅·文王之什》十首诗歌的译文，第4期发表了《大雅·生民之什》十首诗歌的译文，第5期发表了《大雅·荡之什》的前七首诗歌的译文。

詹宁斯在《中国评论》上发表的《诗经》选译，与1891年《诗经》全译本中相关作品的译文基本相同，只是几首诗的字词略有修改。比如《大雅·文王》首章："文王在上，於昭於天。周虽旧邦，其命维新。有周不显，帝命不时。文王陟降，在帝左右。"前后译文对比，只有开头三句的译文有改动：

詹宁斯1888年译文	詹宁斯1891年译文
King Wan is now gone up on high, 　A being bright in heaven. The land of Chow is old, yet thence 　New calls (to rule) are given. Chow's Lords, are they not shining lights? 　God's calls, are they not timely? King Wan, there at God's either hand, 　Moveth about sublimely. [②]	KING WĂN is now on high. And oh 　What glory his in Heaven! Old be the land of Chow, yet thence 　New calls (to rule) are given. Chow's Lords, are they not shining lights? 　God's calls, are they not timely? King Wăn, there at God's either hand, 　Moveth about sublimely. [③]

前后译文修改，大概是为了译文的简洁与准确。詹宁斯采用了韵体形式来翻译《诗经》，并且注意诗句的参差排列形式。这看起来与理雅各的《诗

① William Jennings, "Chinese Matrimony in Poetry", *The China Review, or Notes & Queries on the Far East* 16.2 (1887): 99—104.

② William Jennings, "Metrical Translations from the Shi King: The 'Man Wong' Decade of the Shi King (Part III), Done into English", *The China Review, or Notes & Queries on the Far East* 17.3 (1888): 125.

③ William Jennings tr., *The Shi King: the Old "Poetry Classic" of the Chinese*, London: G. Routledge and Sons, 1891, p. 277.

经》韵体译本相似，但是詹宁斯批评了理雅各的韵译本，认为它不够简洁，因为“在那个韵译本中，理雅各为了使那些艰涩的作品容易理解，他采用了增加字句的方式，常常是插入几行解释性的字句，那本来是应该放在脚注中的”。詹宁斯非常推崇德国人史淘思的《诗经》德译本，认为那是欧洲最好的《诗经》韵译本，他为自己设定的目标，就是要如史淘思的德译本一样，为英语读者提供一个准确的译本。詹宁斯也承认，为了意义的准确性，译文的风格有时会显得别扭。他认识到了《诗经》翻译中的信与雅之间的矛盾，决定以“信”为最高目标。因此，他自信地把自己的《诗经》译本称为“接近原文的翻译”，并说这也是“香港某些杰出汉学家的观点”。为了达到这个目标，詹宁斯对《诗经》原文有过彻底的研究，参考了众多的中国传统注疏。在这个过程中，理雅各的《诗经》散体译本给了詹宁斯极大的帮助。詹宁斯指出：“这个散体译本中的批评注释，具有很高的价值。如若没有理雅各的绪论和注释的帮助，我可能无法很好地完成当前的工作，他的译著无疑将永远成为学者们的标准版本，其中的博学、旁征博引、耐心和细心，都让人惊叹。”①

由于将“信”作为翻译的最高目标，同时又依赖中国的传统注疏，因此詹宁斯的《诗经》译本在对作品内容的理解上与理雅各的译本相似，表现出对于传统经学解释的服膺，有时甚至是盲从，从而在译文中用传统注释的解释取代了原文的字面意义。比如《周南·汝坟》的末章：“鲂鱼赪尾，王室如毁。虽则如毁，父母孔迩。”詹宁斯的译文是：

Poor bream! thy tail is crimson now!
Kings' biddings are severe—
Ordeals of fire! —yet aye hadst thou

① William Jennings tr., *The Shi King: the Old "Poetry Classic" of the Chinese*, London: G. Routledge and Sons, 1891, pp. 20—21.

Our land's Protector near.[①]

最后一句的“父母”，在译文中变成了“Our land's Protector（我们疆土的保护者）”，与诗句的字面意义不符。詹宁斯在注解中说，他的译文用了朱熹的解释：“父母，指文王也。”[②] 他承认，末章充满了令人疑惑不解的隐喻。他一方面根据传统注疏的意见而列出了这些隐喻的大概意涵，另一方面也在注解中提供了这几句诗歌的直译，最后一句的直译是“Father, mother, full nigh”，与原文的字面意义契合。然而，詹宁斯只是把直译放在注解中。

詹宁斯的译文，大多没有采用原诗的题目，常根据《毛诗序》或朱熹《诗集传》的解释来另拟题目。比如，詹宁斯将《邶风·静女》的题目重拟为“Irregular Love-Making（超越常规的私情）”，就是出自《诗集传》的“淫奔期会之诗”的解释。不过，詹宁斯也经常从诗意本身出发来重拟题目，比如《卫风·河广》译文的题目变成“So Far, And Yet So Near（如此遥远而又近在咫尺）”，非常准确地传达出原诗的神韵。其他诗歌译文的题目，大多简洁、生动，如《卫风·氓》译文的题目为“Betrayed（背弃）”。[③] 詹宁斯如此重拟题目的缺点是限制了作品意蕴的丰富性和阐释的多样性，但其优点是能很快地拉近《诗经》作品与英语世界读者的距离。

詹宁斯也很看重译文的“雅”，他运用英文诗歌的韵律模式来翻译《诗经》作品，很多诗歌的译文，就像理雅各的韵译本一样，采用了参差的句式，与译文的节奏、韵律成为一个整体。不过，詹宁斯的译文措辞更加简洁优美，胜过理雅各的韵译。以詹宁斯的《周南·汉广》译文为例：

---

① William Jennings tr., *The Shi King: the Old "Poetry Classic" of the Chinese*, London: G. Routledge and Sons, 1891, p. 42.

② 朱熹：《诗集传》，赵长征点校，北京：中华书局，2017年，第10页。

③ William Jennings tr., *The Shi King: the Old "Poetry Classic" of the Chinese*, London: G. Routledge and Sons, 1891, pp. 69, 84, 87.

《周南·汉广》	The Unapproachable Maidens
南有乔木，	In the South are stately poplars,
不可休息。	Vainly there we rest for shade;
汉有游女，	By the Han maids wander freely,
不可求思。	Vainly there love's quest is made.
汉之广矣，	O the Han's great breadth (divides us)!
不可泳思。	Baffling to the driver's craft.
江之永矣，	O the Kiang's great length (divides us)!
不可方思。	Baffling to the toiling raft.
翘翘错薪，	Some are piling high their firewood;
言刈其楚。	O to cut away each thorn!
之子于归，	Others leaving to be married;
言秣其马。	O to give their steeds their corn!
汉之广矣，	But the breadth of Han (divides us),
不可泳思。	Baffling to the diver's craft,
江之永矣，	And the length of Kiang (divides us),
不可方思。	Baffling to the toiling raft.
翘翘错薪，	Some are piling high their grass-loads;
言刈其蒌。	O to cut the fragrant weed!
之子于归，	Others leaving to be married;
言秣其驹。	O their two-year-olds to feed!
汉之广矣，	But the breadth of Han, &c. ①
不可泳思；	
江之永矣，	
不可方思。	

在詹宁斯的译文中，每章的第二句和第四句已经采用了缩行的排列形式，到了第五至第八句进一步增加缩行；此外，首章第二句、第四句开头的“不”字，译文都以“vainly（徒然、无望）”来翻译，第二章、第三章的“言”字是语助词，译文用一个“O”来表达。这些形式，都比较生动地再现

① William Jennings tr., *The Shi King: the Old "Poetry Classic" of the Chinese*, London: G. Routledge and Sons, 1891, pp. 41—42.

了原诗的嗟叹摇曳的情感风格。不过，詹宁斯也像后来的高本汉一样，在《诗经》的某些叠章之处，用了省略的方式，不再一一译出。

在形式和风格上，詹宁斯的译文其实与理雅各的散体译本、韵体译本都不同，他一扫理雅各那种凝重的风格，常常采用一种简练、生动的语言，试图再现原诗的简朴之美。以詹宁斯的《王风·黍离》译文为例：

《王风·黍离》	The Desolated Capitals: Lament Of A Statement
彼黍离离， 彼稷之苗。 行迈靡靡， 中心摇摇。 知我者， 谓我心忧， 不知我者， 谓我何求。 悠悠苍天！ 此何人哉？	Rice here drooping lowly, Millet there in blade; Wandering through them slowly, I was sore dismayed. Said the folks who knew me, I with sorrow fought; Folks who did not know me Asked if aught I sought. Powers of azure Heaven's abyss! Who, alas! was cause of this?
彼黍离离， 彼稷之穗。 行迈靡靡， 中心如醉。 知我者， 谓我心忧， 不知我者， 谓我何求。 悠悠苍天！ 此何人哉？	Rice here drooping lowly, Millet there in ear; Wandering through them slowly, Drunk I might appear. Said the folks who knew me, I with sorrow fought; Folks who did not know me Asked if aught I sought. Powers of azure Heaven's abyss! Who, alas! was cause of this?
彼黍离离， 彼稷之实。 行迈靡靡， 中心如噎。 知我者， 谓我心忧， 不知我者，	Rice here drooping lowly, Millet there in grain; Still I wandered slowly, As in stifling pain. Said the folks who knew me, I with sorrow fought; Folks who did not know me

（续）

谓我何求。 悠悠苍天！ 此何人哉？	Asked me what I sought. Powers of azure Heaven's abyss! Who, alas! was cause of this? [①]

此诗译文的题目，詹宁斯没有采用“黍离”，而是重拟为“The Desolated Capitals：Lament Of A Statement（荒芜的首都：一个臣子的哀叹）”，可以帮助英语读者很快掌握此诗的主题。译文基本采用了ABAB的韵式，同时忠实地再现了原诗叠章的艺术特征。译文的用字非常简练，如“彼黍离离，彼稷之苗”这些句子，原文是每句四个字，译文也做到了每句四个词，能反映原诗的简朴风格。译文基本以反映原诗字面意义为主，只有少数句子（如每一章的最后一句），在译文中增加了一些解释的成分。

詹宁斯将“黍”译为“rice（大米）”，可能会引起论者的质疑。其实，中国传统注疏中也有不同看法，清代学者马瑞辰接受了程瑶田的看法，他说：“按诸家说黍稷者不一，程瑶田《九谷考》谓黍今之黄米，稷今之高粱。其说是也。”[②] 各种英译本对《王风·黍离》中的“黍”和“稷”也译法不一，韦利分别译为“wine-millet”和“cooking-millet”[③]，高本汉分别译为“glutinous millet”和“panicled millet”[④]，相对而言，高本汉是文字训诂学专家，他的翻译比较接近清代学者的说法。

---

① William Jennings tr., *The Shi King: the Old "Poetry Classic" of the Chinese*, London: G. Routledge and Sons, 1891, pp. 90—91.

② 马瑞辰：《毛诗传笺通释》，陈金生点校，北京：中华书局，1989年，第228页。

③ Arthur Waley tr., *The Book of Songs: The Ancient Chinese Classic of Poetry*, London: George Allen & Unwin, 1954, p. 306.

④ Bernhard Karlgrn tr., *The Bok of Odes*, Stockholm: Museum of Far Eastern Antiquities, 1950, p. 45.

第二节　阿连璧的《诗经》英译

在詹宁斯出版《诗经》全译本的同一年（1891），另一位英国人阿连璧也推出了《诗经》全译本，这也是个韵体译本。在理雅各出版第一个《诗经》韵体全译本的十五年之后，英语世界同时出现了两个韵体全译本。

阿连璧（Clement F. R. Allen，1844—1920）曾长期担任英国驻华外交官。他1863年来到中国，最初在英国驻华使馆担任翻译生，1872年担任英国驻厦门领事馆翻译，1873年任英国驻镇江领事，1874年奉英国驻华公使威妥玛之命参加由缅甸进入云南的探路队，1896年担任英国驻福州领事。

阿连璧用他的闲暇时间翻译《诗经》，这应该耗费了他十多年的光阴，因为他在1884年受伦敦大学教授、法裔英籍学者拉克伯里的邀请，回到伦敦讲演时，提到自己当时刚刚开始翻译《小雅》部分。[①] 这篇演讲稿题为《向英国读者介绍中国的〈诗经〉》，后来发表在《大不列颠及爱尔兰皇家亚洲学会学报》上。阿连璧在文章中指出，《诗经》在中国以外的地方还不太为人所知，这与《诗经》本身的价值和地位完全不符。因此，他决定为英语世界推出一个

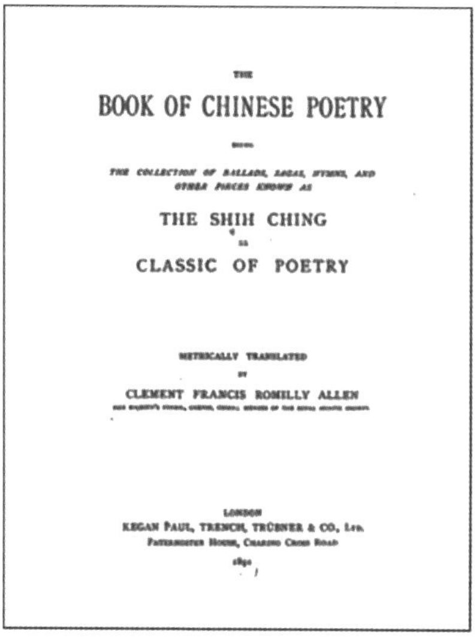
THE

BOOK OF CHINESE POETRY

BEING

THE COLLECTION OF BALLADS, SAGAS, HYMNS, AND OTHER PIECES KNOWN AS

THE SHIH CHING

OR

CLASSIC OF POETRY

METRICALLY TRANSLATED

BY

CLEMENT FRANCIS ROMILLY ALLEN

LONDON

KEGAN PAUL, TRENCH, TRÜBNER & CO., LTD.

PATERNOSTER HOUSE, CHARING CROSS ROAD

1891

阿连璧《诗经》译本（1891）扉页

① Clement F. R. Allen, "The Chinese Book of the Odes for English Readers", *Journal of the Royal Asiatic Society of Great Britain & Ireland* 16.4 (1884): 461.

用“现代的语言”和“流畅的韵律”来翻译的韵体全译本。[①] 阿连璧还从自己尚未完成的《诗经》译本中，挑选了《郑风·溱洧》《陈风·东门之枌》《齐风·东方之日》《周南·汉广》《邶风·燕燕》等几首作品，向英国读者展示《诗经》的特点与魅力。

在1891年《诗经》译本的前言中，阿连璧介绍了《诗经》的六义、《诗经》的创作时代，还有《诗经》的流传和诠释历史，虽然这个前言在学术性上无法与理雅各《诗经》译本的前言相比，但是它清楚地概括了《诗经》的主要背景知识。阿连璧在论及中国古代历史时，宣称自己是当时流行的中国文明西来说的信奉者。具体来说，他接受了拉克伯里（Terrien de Lacouperie，1844—1894）关于中国人种来自巴比伦的学说。[②] 他相信中国早期居民是来自古代巴比伦和埃兰（Elam，位于今天伊朗西南部）的移民，并且认为中国早期历史大多不是信史，而是神话和传说。他还认为，《诗经》的早期书写文字“古文”，就是巴比伦楔形文字的残存。不过，阿连璧没有像金斯密那样极端，他觉得周人的祖先后稷不是一个太阳神话（这是金斯密的观点），而是第一个将农业引入中国的人。他认为，自后稷以后，中国开始有自己的历史，所以他相信《诗经》中记载的历史。

拉克伯里的中国文明西来说，影响到阿连璧对于一些具体诗篇的解释。比如《周南·麟之趾》，阿连璧在注释中说，很多人将诗中的“麟”翻译成“独角兽（unicorn）”，但是他认为这可能就是长颈鹿，因为记忆的模糊或是传闻的变讹才变成了“麟”。他接着发挥道：“如果这个说法成立，它能提供证据证明中国的人种最早来自巴克特里亚或迦勒底，他们曾到过非洲，见过

---

① Clement F. R. Allen, “The Chinese Book of the Odes for English Readers”, *Journal of the Royal Asiatic Society of Great Britain & Ireland* 16.4 (1884): 453.

② 拉克伯里出生于法国诺曼底，幼年时曾在香港居住，自1870年起任教于伦敦大学东方语言学院，曾主编《巴比伦与东方纪事》，出版《中国上古文明的西方起源》等著作。他认为，黄帝本来是古代巴比伦的国王，带来巴克（Bak）族越过昆仑山来到黄河上游定居，成为汉族的祖先。拉克伯里的理论影响了日本人，并影响了章太炎、刘师培等中国学者。

甚至接触过长颈鹿。”[①] 所谓的巴克特里亚（Bactria），是古代中亚一个希腊化的国家，即中国古代史籍所载的大夏；迦勒底（Chalsdea）人则在公元前626 年灭了古巴比伦王国，建立了新巴比伦王国。其实，认为中国的瑞兽麒麟就是长颈鹿，并不是阿连壁的首创，《明史·榜葛剌传》记载明永乐年间榜葛剌（即孟加拉）进贡长颈鹿，时人就称其为麒麟，沈度的《瑞应麒麟图》就画了进贡长颈鹿的场景。然而，阿连壁从麒麟与长颈鹿的关系联想到中国与西亚在人种上的关系，却是受到了拉克伯里理论的启发。

阿连壁在前言中提到，他对《诗经》作品的理解主要参考《毛诗序》，同时还参考了朱熹、毛奇龄、刘沅的著作，他认为朱熹的注解十分简洁、易懂，而毛奇龄的注解晦涩、冗长。比较特别的是，阿连壁非常推荐清代四川经学家刘沅（1767—1855）的《诗经恒解》，该书曾收入《槐轩全书》。槐轩是刘沅在成都的府邸和书塾，因庭中有巨槐而命名，世人因此称刘沅为槐轩先生。《诗经恒解》是一本被人忽略的书，阿连壁也说：“非常奇怪，在中国本土学者以及欧洲汉学家中，都没有人了解这本书。”[②] 阿连壁知道这本书，是因为时任英国驻广州领事沃特斯（Thomas Watters，1840—1901）的推荐。[③] 阿连壁看到的《诗经恒解》，是 1802 年印行于广州的本子，他后来在上海等地想寻购此书，都一无所获。阿连壁认为《诗经恒解》的注解非常详尽，提供给他很多最有价值的线索。

至于《诗经》的西语译本，阿连壁主要参考了理雅各的英译本、孙璋的拉丁文译本，还有在南京传教的耶稣会士晁德莅（Angelo Zottoli，1826—1902）的拉丁文译本。当然，对于阿连壁的翻译工作帮助最大的，还是理雅各的译本。不过，阿连壁对于理雅各的散体译本颇多微词，他认为这个译本

---

① Clement F. R. Allen tr., *The Book of Chinese Poetry: Being the Collection of Ballads, Sagas, Hymns, and Other Pieces Known as the Shih Ching or Classic of Poetry*, London: Kegan Paul, Trench, Trübner & Co., 1891, p. 19.

② 同上书，p. 20.

③ 沃特斯出生于爱尔兰，1891—1893 年任英国驻广州领事，后转任驻福州领事，他对于中国文化与中国典籍有深入的研究，曾翻译《老子》《大唐西域记》等。

不是在翻译诗歌，而是将诗歌意义的解释（通常是朱熹的解释）一行一行地转成英文。他说："作为现代中国人眼中的古老诗歌的对等物，理雅各的译文是无可挑剔的；但是作为英语诗歌来读，它们毫无价值。"[①] 可见，阿连璧对于《诗经》翻译的标准，是希望将其译为优美的英文诗歌，而不是以再现原文意义为首要目标。因此，他十分赞赏理雅各的《诗经》韵译本，尤其是那几首以苏格兰歌谣来翻译的作品。

阿连璧回顾和点评了各种《诗经》译文。他认为，德庇时的《诗经》选译虽然优美，但是不准确，李思达的《诗经》选译则十分有趣。阿连璧还注意到有位以 V. W. X. 为笔名的译者，在《中国评论》上发表了大量的《诗经》选译，不过，他认为这些译文过于追求准确性，甚至为了字面的准确而牺牲了一切。阿连璧也论及吕克特、史淘思的德语译本，认为前者虽然完全转译自孙璋的拉丁文译本，但有些优美的译文，后者则为了准确性而牺牲了诗歌的音乐性。

阿连璧在前言中批评了中国的传统《诗经》注疏，认为那些注疏将所有的精力都用来寻找牵强附会的寓意，破坏了《诗经》歌谣的"田园诗般的简朴"，剥夺了这本书的"趣味"。因此他感慨，怪不得卢伯克在将《诗经》放进"百本好书"的书单时，却说自己不喜欢《诗经》。可见，阿连璧是站在诗歌审美的角度，希望恢复《诗经》本身的趣味和美感。他宣称，他的译文将摆脱所有注疏的束缚，不套用任何的道德解释，而是尽可能地提供原文的简约之意。尤其是《国风》中的诗歌，他认为，那些作品产生在一个更加质朴的时代，"那时全世界的两性关系都是淳朴的，比现在更加自由"，中国古代那些合乎礼仪或是"淫诗"的评论，都是偏见，他的翻译就是要"在任何

---

① Clement F. R. Allen tr., *The Book of Chinese Poetry: Being the Collection of Ballads, Sagas, Hymns, and Other Pieces Known as the Shih Ching or Classic of Poetry*, London: Kegan Paul, Trench, Trübner & Co., 1891, p. 21.

程度上都避免这种偏见”。[①]

摆脱传统注疏的束缚，从诗歌本身的审美标准来翻译《诗经》，是19世纪后期以来现代文学观念的产物，代表着时代的进步，但是，阿连璧在这个方向上又多走了几步，他希望有更大的自由，把《诗经》转化成优美的英语诗歌。他引用了德庇时《汉文诗解》中的观点，即直译中国诗歌只会变成一堆“可怕的专业术语”，他认为V. W. X. 的直译正好证明了这一点。阿连璧宣称，为了译文本身的韵律之美，可以摆脱《诗经》作品的字面意义的限制，达到一个更为自由的翻译风格。他提出：

> 必须改变原诗的结构，把它重新注入一个更具音乐性的形态。这正是我极力去做的，我要竭尽所能地用真诚而流畅的韵律去创作诗歌，让它与原诗的主题相配。当原诗中有一个句子几乎不变地重复三四次，我通常把它们全部压缩到一节之中。此外，我尽可能地避免使用中文名字，因为读者通常不喜欢。[②]

阿连璧在译文中非常自由地改动《诗经》作品的章节结构，甚至是原文的句子和措辞。因此，他的译本正如他自己所说，几乎是在“创作诗歌”。为了避免出现那些令读者不喜欢的中国名字，他还把《诗经》中最常见的葛、蓼、桑等植物，都替换成更为西方读者熟知的树木名，或者用嫩枝、灌木、树木或者花朵来进行替代。从这个角度来看，阿连璧的《诗经》译本可谓一个不折不扣的归化翻译的样本。[③]

---

① Clement F. R. Allen tr., *The Book of Chinese Poetry: Being the Collection of Ballads, Sagas, Hymns, and Other Pieces Known as the Shih Ching or Classic of Poetry*, London: Kegan Paul, Trench, Trübner & Co., 1891, pp. 18, 23—24.

② 同上书，pp. 24—25.

③ 有学者指出，虽然阿连璧的《诗经》译本是归化翻译，但并没有“译者隐身”的现象，不能用简单的二分法套用在这个译本上。参见 Lynn Qingyang Lin, “Reclaiming China's Past: Sino-Babylonian Theory and the Translator's (in)Visibility in Clement Allen's *The Book of Chinese Poetry*”, *The Translator* 24.3 (2018): 220—232.

以《王风·黍离》为例，阿连璧的译文如下：

"Jam seges est ubi Troia fuit."
"Waste lye the walls, which were so good,
And corn now grows where Troy town stood."
Queen Dido.

1

With slow and faltering steps, and head bent down,
I stray, where once there stood a stately town.
But now its very site has disappeared;
And in its place the millet has upreared
Its growing shoots, or heads of drooping grain.
Of palace, house, or hut, no signs remain.

2

My friends would cheer my heart; they kindly try
To soothe me by their love and sympathy.
Nay, even strangers, seeing me o'er-weighed
With heavy grief, will proffer me their aid.
Oh, heaven above, yilt thou reveal the name
Of him who wrought this wrong, this deed of shame?①

阿连璧与詹宁斯一样，为《诗经》中的作品重拟了题目。在此诗的译文中，阿连璧甚至引用了古迦太基女王狄多的一句话来代作诗题②，因为他觉

① Clement F. R. Allen tr., *The Book of Chinese Poetry: Being the Collection of Ballads, Sagas, Hymns, and Other Pieces Known as the Shih Ching or Classic of Poetry*, London: Kegan Paul, Trench, Trübner & Co., 1891, p. 90.

② 在古罗马诗人维吉尔的《埃涅阿斯纪》中，狄多与埃涅阿斯相爱，但后者为了复兴罗马城而离开迦太基，狄多最终自杀。

得这句话能概括此诗的主题，能最快地拉近英语读者与此诗的距离。如此重拟诗题，对于中西文学交流来说，有一定的积极作用，本无可厚非。阿连璧译文的最大问题，在于完全改变了全诗的面貌，几乎无法在译文与原诗中建立诗句之间的对应。《王风・黍离》原诗三章，每章十句。阿连璧的译文是两章，但其实正如他所说，他把所有的叠章都压缩成了一章，因此译文的第一章对应原诗每章的前四句，译文的第二章对应原诗每章的后六句。不仅改变了章节结构，阿连璧还改变了原诗的措辞顺序，原诗开头两句最重要的意象“黍”和“稷”，被移到了译文首章的第四句和第五句。经过如此“自由”的改动，这首译诗几乎成了阿连璧自己创作的作品。

阿连璧曾说，他的译本是献给英语世界的“普通读者”，他希望这些读者通过他的译文，不再觉得《诗经》肤浅或是沉闷，而是被这些译诗所吸引，在闲暇时能从这些古老的故事中得到乐趣。[①] 用英语世界的普通读者最熟悉的西方人物与故事，作为《诗经》作品的参照，成了阿连璧常用的方式。如《邶风・简兮》的题目被改成《斗士参孙》。参孙具有超人的神力，被上帝指派为以色列子民的士师，将以色列人从非利士人的统治中拯救出来，后遭妻子出卖而失去神力、双目失明，但他仍力抗强暴，与敌人同归于尽。阿连璧能从《简兮》联想到参孙，大概是源自该诗的第二章：“硕人俣俣，公庭万舞。有力如虎，执辔如组。”

如前所说，题目的重拟本无可厚非，但是为了迎合英语世界读者的口味，完全改变原诗的结构，删去他们不喜欢或不熟悉的内容，甚至删去原诗重要的意象，成为阿连璧译文的最大缺陷。如《周南・汝坟》原诗三章，每章四句，阿连璧觉得第三章太难懂，竟然省去不译。他的译文如下：

---

① Clement F. R. Allen tr., *The Book of Chinese Poetry: Being the Collection of Ballads, Sagas, Hymns, and Other Pieces Known as the Shih Ching or Classic of Poetry*, London: Kegan Paul, Trench, Trübner & Co., 1891, pp. 31-32.

Constancy

1

I wander forth beside the River Ju,
To pluck fresh sprays to please my husband dear,
And mark how all the shoots have grown anew;
I cut them down this very day last year.

2

It was not then as now; my heart was weary,
To distant lands my lord had ta'en his way.
When he is gone my life is sad and dreary,
But with him here the world is blithe and gay. ①

阿连璧将此诗前两章的叠章压缩在一起，因此译文的第一章对应原诗第一、二章的前两句，译文的第二章对应原诗第一、二章的后两句。原诗用了非常生动的“调饥”（即朝饥），来描述思妇的思念之情，但是在阿连璧的译文中，不仅见不到“朝”，也见不到“饥”。

由于阿连璧对于《诗经》英译的标准，是完全从英语读者出发，用优美的英语诗歌形式来翻译《诗经》，因此他对理雅各的韵译方式，尤其是以苏格兰歌谣的形式来翻译《诗经》，极为赞赏。他在《向英国读者介绍中国的〈诗经〉》一文中指出，理雅各的《诗经》韵译本没有散体译本那么受欢迎，这是不公平的，因为在理雅各的韵体译文中，“每当译者让自己挣脱中国诗律的束缚，他就创造出赏心悦目的译诗，那些用苏格兰方言翻译的诗歌尤其引人入胜”。阿连璧引了理雅各的《郑风・女曰鸡鸣》韵体译文为例，用以

① Clement F. R. Allen tr., *The Book of Chinese Poetry: Being the Collection of Ballads, Sagas, Hymns, and Other Pieces Known as the Shih Ching or Classic of Poetry*, London: Kegan Paul, Trench, Trübner & Co., 1891, pp. 17—18.

证明这些译文如何“引人入胜”。[1] 阿连璧自己动手翻译这首作品时，再次向理雅各致敬，他说：“理雅各博士在他的韵译本中，再次为我们提供了一个苏格兰风格的译文，这诗出自他侄子之手，译文优美。”阿连璧的《女曰鸡鸣》译文，也采用了比较生动的歌谣式风格：

The Fowler and His Wife

"Hark!" saith the good wife; "hark! The cock doth crow."
"Nay," saith the goodman; "nay, as yet 'tis night."
"No, sir; arise, 'tis time for you to go;
The morning star is shining clear and bright.
Bearing your bow and arrows, take your way,
Where you the wild geese and the ducks may slay."

"Your quarry shot and pouched, then homeward fare,
And I will dress the game with care and skill.
All your old friends shall come the feast to share,
For them and you the goblets I will fill.
And ready to your hand your lute I'll lay,
And surely thus will pass a pleasant day."

"My husband's friends are not his friends alone,
But by his wife is their affection felt.
Thy comrades dear I'll cherish as my own;
To them I'll give the jewels of my belt.
That these may form a gift, wherewith I may

[1] Clement F. R. Allen, "The Chinese Book of the Odes for English Readers", *Journal of the Royal Asiatic Society of Great Britain & Ireland* 16.4 (1884): 455.

Their cordial kindness and their love repay."①

《郑风·女曰鸡鸣》原诗没有叠章，因此阿连璧没有缩减这首诗的章节结构，比较完整地译出了全诗。但是，他的译文自由地加入很多原诗所没有的因素，比如他根据理雅各的译文，认为第三章中有"丈夫的朋友"，同时他在第二章中也加入了"丈夫的朋友"这些人物，这却是理雅各的译文没有提供的，更是原诗中见不到的。理雅各的韵体译本虽然加入很多解释性的字词，但基本源自传统注疏对于原诗的解释，阿连璧的译文却常常抛开原诗的字面意义，按照英文诗歌的韵律节奏来增加字词。

对于理雅各的《王风·君子于役》韵体译文，阿连璧更是赞不绝口。虽然他自己的译文没有采用这种苏格兰歌谣形式，但是译文的诗题却在理雅各的启发之下采用了"Our Good Man's Awa'"。他甚至在脚注中完整地转录了理雅各的译文，他说："理雅各博士的韵体译文采用了苏格兰方言——用这种方言翻译这些古老的韵文简直是不可思议地恰到好处——这首诗的译文太棒了，我要斗胆将它重述一遍。"②

可见，阿连璧和詹宁斯的《诗经》韵译本，虽然在同一年出版，但是他们的翻译风格迥异，后者是一个非常忠实于原文的韵译本，前者则是一个随意篡改原文的韵译本。

阿连璧根据19世纪后期英语诗歌的审美标准，自由地翻译《诗经》，常常不顾及准确性原则，有时几乎是根据《诗经》作品重新创作，这与20世纪庞德的《诗经》译本有点类似。不过，庞德本人是20世纪英美诗坛革新的核心人物，他的《诗经》译本又充分地体现出他本人的诗歌美学，因而拥有特殊的生命力。相比之下，阿连璧其人其书都没有这些影响力，随着韵体

① Clement F. R. Allen tr., *The Book of Chinese Poetry: Being the Collection of Ballads, Sagas, Hymns, and Other Pieces Known as the Shih Ching or Classic of Poetry*, London: Kegan Paul, Trench, Trübner & Co., 1891, pp. 108—109.

② 同上书，p. 91.

诗歌形式在20世纪的衰落，他的译本中那些音乐性、韵律性的因素，也不再吸引读者，逐渐隐没在历史的尘埃中。

第三节 神秘的《诗经》译者V. W. X.

在19世纪后期至20世纪初期，除了詹宁斯、阿连璧的《诗经》全译本之外，还出现了很多《诗经》选译，散见于当时香港、上海等地的各种刊物。其中，选译《诗经》作品数量最多的，是一位神秘的以V. W. X.为笔名的译者，他在《中国评论》上总共发表了七十四首《诗经》作品译文，几乎译出了《诗经·国风》的半数诗歌。[①]

这位V. W. X.及其《诗经》译文，几乎已被历史遗忘，甚至此人的真实身份也很少人知道。康达维主编的《中国古代与早期中古时期的文学：研究手册》介绍《楚辞》英译时，提到V. W. X.翻译的《离骚》，并指出这位译者就是英国汉学家庄延龄，但康达维在介绍《诗经》时却完全没有提及V. W. X.的译文。[②]

研究庄延龄的论著，大多只讨论他的中国方言研究，而对于庄延龄是否用过V. W. X.的笔名，无人提及。庄延龄的译著和V. W. X.为笔名的译著，主要发表于《中国评论》，一些考察《中国评论》的学者十分关注庄延龄，但他们都没有探索过庄延龄是否曾以V. W. X.的笔名翻译过《诗经》《楚辞》。段怀清在统计《中国评论》上的中国诗歌翻译时，将庄延龄与V. W. X.作为两位不同的作者分开罗列，他列举在《中国评论》发文两篇以上

---

① V. W. X., "The Ballads of the *Shi-king*", *The China Review, or Notes & Queries on the Far East* 7.1,7.2,7.3(1878),7.4,7.6,8.1,8.3(1879).

② David R. Knechtges and Taiping Chang, *Ancient and Early Medieval Chinese Literature: A Reference Guide*, Part One, Leiden, Netherlands: Brill, 2010, p.147. 康达维在私人通信中告诉笔者，是他的老师卫德明（Helmut Wilhelm）跟他说过V. W. X.就是庄延龄。

的重要作者时，似乎忘了 V. W. X. 的存在。[1] 王国强在统计《中国评论》的作者群时，也将庄延龄与 V. W. X. 作为两位不同的作者分开罗列，他甚至在统计《中国评论》上的中国典籍英译时，不小心将这位译者的名字误拼为 X. Y. Z. 。[2] 这些研究者，都没有考证过 V. W. X. 其人是谁，也没有研究过 V. W. X. 的译文。于是，V. W. X. 就像一个神秘符号，只是重复出现在各种《中国评论》统计资料或目录之中。

目前无法找到确凿的线索证明 V. W. X. 的身份，我们暂时接受康达维关于 V. W. X. 就是庄延龄的说法。庄延龄（Edward Harper Parker，1849—1926）出生于英国利物浦，曾跟随伦敦大学国王学院的中文教授苏谋斯学习汉语。他 1869 年来华，初为英国驻北京公使馆的翻译生，后相继在天津、汉口、福州、广州、镇江等地的英国领事馆任职，1883—1885 年署理温州的英国领事馆领事，因其出色的工作而被短期派驻朝鲜的英国领事馆，回到中国后历任琼州等地领事馆的领事。庄延龄 1895 年退休回国，曾任利物浦大学中文讲师，1901 年转任曼彻斯特大学中文教授。他的研究领域涉及中国的历史、宗教、文学、语言，尤以调查和研究中国方言（包括福州方言、温州方言、广州方言）而为人称道，被人称为研究中国方言的最高权威，翟理斯因此邀请他为《华英字典》标注方言读音。庄延龄还将很多中国作品译为英文，发表在《中国评论》上，包括《史记》《汉书》《后汉书》等史书的篇章选译以及一些唐诗的选译，甚至还翻译过《佩文韵府》。如果庄延龄确是 V. W. X.，那么他为何翻译《诗经》《楚辞》作品时，没有用其本名，而是用了笔名，暂时无法知道原因。

---

① 段怀清、周伶俐：《〈中国评论〉与晚清中英文学交流》，广州：广东人民出版社，2006 年，第 48—51、104—105 页。

② 王国强：《〈中国评论〉（1872—1901）与西方汉学》，上海：上海书店出版社，2010 年，第 57—58、87 页。

庄延龄 (Edward Harper Parker)

在《中国评论》第7卷第1期(1878),V. W. X. 翻译了5首《诗经》作品,分别是《周南》中的《关雎》《卷耳》《桃夭》《汉广》《汝坟》。在《中国评论》第7卷第2期(1878),V. W. X. 翻译了7首《诗经》作品,分别是《召南》中的《采蘋》《甘棠》《行露》《摽有梅》《野有死麕》,以及《邶风》中《柏舟》《谷风》。在《中国评论》第7卷第3期(1878),V. W. X. 翻译了9首《诗经》作品,分别是《周南》中的《葛覃》《樛木》《螽斯》《兔罝》《芣苢》《麟之趾》,以及《召南》中的《鹊巢》《采蘩》《草虫》。在《中国评论》第7卷第4期(1879),V. W. X. 翻译了16首《诗经》作品,分别是《召南》中的《羔羊》《殷其雷》《小星》《江有汜》《何彼襛矣》《驺虞》,以及《邶风》中的《绿衣》《燕燕》《日月》《终风》《击鼓》《式微》《旄丘》《北风》《静女》《新台》。在《中国评论》第7卷第6期(1879),V. W. X. 翻译了13首《诗经》作品,分别是《邶风》中的《凯风》《雄雉》《匏有苦叶》《简兮》《泉水》《北门》《二子乘舟》,以及《鄘风》中的《柏舟》《墙有茨》《君子偕老》《桑中》《鹑之奔奔》《定之方中》,另补译了之前漏排的《邶风·柏舟》的最后一章。在《中国评论》第8卷第1期(1879),V. W. X. 翻译了11首《诗经》作品,分别是《鄘风》中的《蝃蝀》《相鼠》《干旄》《载驰》,以及《卫风》中的《淇奥》《考槃》《硕人》《氓》《竹竿》《芄兰》《河广》。在《中国评论》第8卷第3期(1879),V. W. X. 翻译了13首《诗经》作品,分别是《卫风》中的《伯兮》《有狐》《木瓜》,以及《王风》中的《黍离》《君子于役》《君子阳阳》《扬之水》《中谷有蓷》《兔爰》《葛藟》《采葛》《大车》《丘中有麻》。

由以上统计可知,V. W. X. 或庄延龄已在十五《国风》中完整地译出了前六部分,包括:《周南》合计11篇、《召南》合计14篇、《邶风》合计

20篇、《鄘风》合计10篇、《卫风》合计10篇、《王风》合计10篇。

在1878年发表的第一篇译文中，V. W. X.宣称自己翻译《诗经》的原则是尽可能提供一个完全的直译。他说：

> 这些文字可谓《诗经》歌谣最有可能的直译。原诗的每一行，在译文中都只是用一行文字来再现，并且每一行译文都遵照原诗的字面意义。译文试图准确地传达出原诗每一个字所表现的幽默、欢欣或绝望。如此雄心，也许很难实现，但是译者相信《诗经》中有真正的诗歌，因此他尽力用它们本来的简朴的形式，将它们呈现在外国批评家的审美的耳朵中。①

可见，V. W. X.坚持用准确的直译，是源自他对《诗经》审美特质的认识。他非常欣赏《诗经》的简朴之美，希望用简朴的直译再现原诗的美感，从而在西方的文学批评界为《诗经》争得其应有的地位。不过，V. W. X.将简朴的直译发展到了极致，有些诗句的译文字数比原文还要少，这样不仅会漏译了原文的重要信息，有时还会令英语世界的读者一头雾水，无法理解诗歌的意思。阿连璧曾尖锐地讽刺V. W. X.的《诗经》译文，说它变成了一堆"可怕的术语"，还说V. W. X.是为了精确性而牺牲了一切。② 这些缺陷，可能就是V. W. X.的《诗经》英译长期被人遗忘的原因。

尽管有这些缺陷，V. W. X.的《诗经》英译依然值得我们进一步研究。其实，从19世纪后期开始，英语世界很多译者都希望以简朴、精练的语言再现《诗经》之美，他们的焦点已经从《诗经》的道德价值转到了《诗经》的审美价值。V. W. X.的《诗经》译文，就是这种思潮的产物。

前文曾提及詹宁斯的《王风·黍离》英译，很多句子都保持在四个字，较

---

① V. W. X., "The Ballads of the *Shi-king*", *The China Review, or Notes & Queries on the Far East* 7.1 (1878): 51.

② Clement F. R. Allen, "The Chinese Book of the Odes for English Readers", *Journal of the Royal Asiatic Society of Great Britain & Ireland* 16.4 (1884): 456.

好地再现了原诗简练的风貌。V. W. X. 的译文，则把这种简练推到了极致：

《王风·黍离》	V. W. X. 译文
彼黍离离，	Through the hanging millet,
彼稷之苗。	And early grain,
行迈靡靡，	I wander pensive,
中心摇摇。	In throbbing pain:
知我者，	Those ones who know me,
谓我心忧；	See I am sad;
不知我者，	Those ones who know not
谓我何求。	Think I am mad.
悠悠苍天，	Great Heaven! alas!
此何人哉！	What brought this pass?
彼黍离离，	Through the hanging millet,
彼稷之穗。	And thriving grain,
行迈靡靡，	I wander pensive,
中心如醉。	In numbing pain:
知我者，	Those ones who know me
谓我心忧；	See I am sad;
不知我者，	Those ones who know not
谓我何求。	Think I am mad.
悠悠苍天，	Great Heaven! alas!
此何人哉。	What brought this pass?
彼黍离离，	Through the hanging millet,
彼稷之实。	And ripened grain,
行迈靡靡，	I wander pensive,
中心如噎。	In choking pain:
知我者，	Those ones who know me
谓我心忧；	See I am sad;
不知我者，	Those ones who know not
谓我何求。	Think I am mad.
悠悠苍天，	Great Heaven! alas!
此何人哉！	What brought this pass?①

① V. W. X.,"The Ballads of the *Shi-king*", *The China Review*, *or Notes & Queries on the Far East* 8.3 (1879): 144.

在《王风·黍离》中，每章十句，其中九句都是四言句，还有一句是三言句，这是《诗经》中非常典型的四言诗，也非常典型地体现了《诗经》的简朴之美。但是，到了 V. W. X. 的译文中，所用的句子甚至比詹宁斯的译文还要短，每章十句中竟然有五句都是用了三个字来翻译。

当然，V. W. X. 的译文中也有长句，如《召南·行露》次章中的“谁谓雀无角，何以穿我屋？谁谓女无家，何以速我狱？”这被 V. W. X. 译为：

Do the fowl now-a-days wear a horn?
when the men in our rooms intrude.
Has your suit been repulsed with scorn?
when you prison me up so rude. ①

这样的长句，在 V. W. X. 的译文中，虽然不算是稀见，但确实不是其主要风格。他的大部分译文，都是依照原诗的字面意义，而采用了最简练的语言形式。V. W. X. 不仅注重译文的简练，也很注重译文的诗歌美感，并试图再现原诗的拟声词等艺术形式特征。如《周南·螽斯》：

《周南·螽斯》	V. W. X. 译文
螽斯羽， 诜诜兮， 宜尔子孙， 振振兮！	The locust winged, What swarms, what peace! So may your seed Ever increase!
螽斯羽， 薨薨兮， 宜尔子孙， 绳绳兮！	The locust winged, What buzz, what burr! So may your seed Ever endure!

① V. W. X., “The Ballads of the *Shi-king*”, *The China Review, or Notes & Queries on the Far East* 7.2 (1878): 115.

(续)

螽斯羽，	The locust winged,
揖揖兮，	How thick they fly!
宜尔子孙，	So may your seed
蛰蛰兮！	E'er multiply![1]

V. W. X. 用了"What swarms, what peace!"这样的句子来翻译"诜诜兮"，用"What buzz, what burr!"来翻译"薨薨兮"，十分传神。理雅各和阿连璧的译文，都没有如此生动地传达出原诗的神韵。可能只有詹宁斯的译文，比较接近 V. W. X. 译文的简洁和生动。詹宁斯的译文如下：

The Locusts

How do the locusts crowd—
A fluttering throng!
May thy descendants be
Thus vast, thus strong!

How do the locusts' wings
In motion sound!
May thy descendants show,
Like them, no bound!

How do the locusts all
Together cluster!
May thy descendants too

① V. W. X., "The Ballads of the *Shi-king*", *The China Review, or Notes & Queries on the Far East* 7. 3 (1878): 176.

In such wise muster![①]

到了20世纪，高本汉的《诗经》英译本与韦利的《诗经》英译本成为流传最广的两种《诗经》译本。高本汉的译文，在高度追求字面意义的直译方面与V. W. X.是一致的，他在字词意义的准确性上远远超过V. W. X.，但是他的译文忽略了《诗经》的审美特质，是一种非常散文化的译文，比如《周南·螽斯》的译文就缺乏V. W. X.译文的那种美感（可参见下一章的分析）。韦利的译文，则十分追求诗歌语言节奏的美感，这一点其实与V. W. X.的译文风格十分相似，在《周南·螽斯》的译文上，韦利也生动地再现了诗中的拟声词，传达出原诗的神韵。韦利的译文如下：

The locusts' wings say "throng, throng";
Well may your sons and grandsons
Be a host innumerable.

The locusts' wings say "bind, bind";
Well may your sons and grandsons
Continue in an endless line.

The locusts' wings say "join, join";
Well may your sons and grandsons
Be forever at one.[②]

① William Jennings tr., *The Shi King: the Old "Poetry Classic" of the Chinese*, London: G. Routledge and Sons, 1891, p. 39.

② Arthure Waley tr., *The Book of Songs: The Ancient Chinese Classic of Poetry*, London: George Allen & Unwin, 1954, p. 173.

我们可以看到，韦利的译文将原诗每章四句的结构，缩减成了每章三句。从这一点来说，似乎 V. W. X. 的译文略胜过韦利的译文。不过，V. W. X. 为了用最简练的语言再现原诗的字面意义，也会缩减原诗的句子数量，如《周南·汉广》，其译文如下：

《周南·汉广》	V. W. X. 译文
南有乔木， 不可休思。 汉有游女， 不可求思。 汉之广矣， 不可泳思。 江之永矣， 不可方思。	South, towers one tree, Here rest not ye! The maid of Hang Is not for thee! Ye dare not breast the river Hang! Ye dare not raft the Yang-tsz-kiang!
翘翘错薪， 言刈其楚。 之子于归， 言秣其马。 汉之广矣， 不可泳思。 江之永矣， 不可方思。	In the stately wood Ay! cut the gorse! As the bride wends home Feed the bridegroom's horse! Ye dare not breast the river Hang! Ye dare not raft the Yang-tsz-kiang!
翘翘错薪， 言刈其蒌。 之子于归， 言秣其驹。 汉之广矣， 不可泳思。 江之永矣， 不可方思。	In the stately wood Ay! clip the weed! As the bride wends home Ply the lucky steed. Ye dare not breast the river Hang! Ye dare not raft the Yang-tsz Kiang. ①

① V. W. X., "The Ballads of the *Shi-king*", *The China Review, or Notes & Queries on the Far East* 7.1 (1878): 52.

这首诗每一章的最后四句“汉之广矣，不可泳思。江之永矣，不可方思”，都被简化成两句。在这里，可以看到 V. W. X. 那种简练译风的缺点，就是将简练推到极致之后，有时会牺牲了诗句本来的意义与神韵。《汉广》每章最后四句中的“广”字、“永”字，在译文中都没有呈现出来，最后四句那种一唱三叹的情感，在译文中也几乎消失殆尽。相比之下，韦利的译文很好地再现了原文的意义与神韵。《汉广》每章最后四句的韦利译文如下：

Oh, the Han it is so broad,
One cannot swim it,
And the Kiang, it is so rough
One cannot boat it![1]

不过，V. W. X. 毕竟不是一个忽视诗歌美感的译者，在“言刈其楚”“言刈其蒌”这两句中，“言”字是语助词，按照他的极度简练原则，本不需要译出，但他却用了一个感叹词“Ay!”来翻译这个语组词，与前文提到的詹宁斯的译文异曲同工。相比之下，同样追求最大限度地再现字面意义的高本汉，在译文中完全没有考虑过这个“言”字。[2]

如上所说，V. W. X. 那种极度简练的翻译风格，常常会漏译原文中一些重要字词。此外，他有时也会采用传统注疏的解释，来代替原诗的字面意义，以达到简练的目的。如《周南·汝坟》的翻译：

---

① Arthure Waley tr. , *The Book of Songs*: *The Ancient Chinese Classic of Poetry*, London: George Allen & Unwin, 1954 , p. 82.

② Bernhard Karlgren tr. , *The Book of Odes*, Stockholm: Museum of Far Eastern Antiquities, 1950, p. 6.

《周南·汝坟》	V. W. X. 译文
遵彼汝坟， 伐其条枚。 未见君子， 惄如调饥。	Along Yew's banks As the brush I clove, Ah! where my lord? Sad, hungered love!
遵彼汝坟， 伐其条肄。 既见君子， 不我遐弃。	Along Yew's banks As the stumps I cut, Lo! here my lord! He forgets me not!
鲂鱼赪尾， 王室如毁。 虽则如毁， 父母孔迩。	As the bream-tails flush So Court passions fly, Let them seethe away! Our Saviour's nigh![1]

此诗首章最后一句“惄如调饥”中的“调”，《毛传》认为即“朝”字，是早上的意思，但是V. W. X.的译文并没有反映出此意。其中原因，可能是为了简练之故，也可能因为V. W. X.只是依赖朱熹的注释，没有注意到“调”字有早上之意。[2] 相比之下，韦利和高本汉的译文都将“调饥”译成“morning hunger”，用了《毛传》以来通行的解释。[3] 此诗末章最后一句“父母孔迩”中的“父母”，被V. W. X.译为“Our Saviour（我们的拯救者）”，看来他与詹宁斯一样，是用了朱熹的“父母，指文王也”的解释。

在V. W. X.的译文中，有些字词的翻译，与原文之意相去甚远，如

---

① V. W. X., “The Ballads of the *Shi-king*”, *The China Review, or Notes & Queries on the Far East* 7. 1 (1878): 52.

② 朱熹注曰：“调，一作‘輖’，重也。”见朱熹：《诗集传》，赵长征点校，北京：中华书局，2017年，第10页。

③ Arthure Waley tr., *The Book of Songs: The Ancient Chinese Classic of Poetry*, London: George Allen & Unwin, 1954, p. 152; Bernhard Karlgren tr., The *Book of Odes*, Stockholm: Museum of Far Eastern Antiquities, 1950, p. 7.

《周南·葛覃》中的“黄鸟”被译为“macaws（金刚鹦鹉）”[1]，没有达到他希望准确地再现原文字面意义的目标，这也成为他的《诗经》译文中的瑕疵。

第四节　李思达、翟理斯、克莱默·宾、瓦德尔的选译

在19世纪后期至20世纪初，还有很多人曾翻译过《诗经》，他们都是选译了《诗经》部分作品。接下来将选取李思达、翟理斯、克莱默·宾、瓦德尔四人的译作为例，他们在身份上可以分为两类：李思达、翟理斯因有长期在华经验而研究中国文化，翟理斯甚至转型成为专业学者；克莱默·宾、瓦德尔没有在华经验，甚至不懂中文，他们都是诗人。不过，这四位译者的英译都体现出19世纪的烙印，那就是极力用优美的英语诗歌形式来翻译《诗经》，而不提倡那种字面的直译。

李思达（Alfred Lister）

李思达（Alfred Lister，1843—1890）的《诗经》选译，颇受阿连壁的赞赏。李思达是被选拔到香港做翻译生的英国人，当时英国政府为了更有效地管理香港与九龙，设立了翻译生制度，以协助殖民地政府。[2] 李思达后来在香港殖民地政府担任过

① V. W. X.，“The Ballads of the *Shi-king*”，*The China Review*，*or Notes & Queries on the Far East* 7.3 (1878)：176

② 可参见 Gillian Bickley，“The Student-interpreters' Scheme and the Chinese Teacher's Allowance：Translator Education in Nineteenth-century Hong Kong”，in *Translation in Hong Kong*：*Past*，*Present*，*and Future*，ed. Sin-wai Chan，Hong Kong：The Chinese University Presss，2011，pp. 9—20.

监狱长、署理总登记官等职，并在1883—1890年出掌库政司（后改称财政司）一职。

李思达非常重视中国的文学传统，认为中国“一直到近两百年以前，都是欧洲以外最有文学成就的国家，甚至可能是全世界最有文学成就的国家”。[①] 他一直关注着英语世界出现的各种中国文学作品译本，在理雅各的《诗经》韵体译本刚刚出版之际，他就为其撰写书评，并在文章中提出了自己关于中国诗歌译为英语诗歌的四条标准：一是要准确；二是译成可读的英文；三是要译成诗歌；四是不要让读者感觉到这些作品来自其他语言。

在19世纪的英国，关于如何翻译外国的文学作品，曾出现过两种不同的看法：一种是费兹杰拉德（Edward Fitzgerald，1809—1863）翻译《鲁拜集》时提出的，认为东方的作者都不是出色的诗人，译者可以篡改原文，以符合英语诗歌的标准；另一种是纽曼（Francis Newman，1805—1897）翻译《荷马史诗》时提出的，认为译者应该在译文中保持原著的特色，令译文读起来仍然像是异国的作品。这两种看法，被20世纪的翻译理论进一步提炼为“归化翻译”和“异化翻译”。[②] 李思达关于诗歌翻译的标准，尤其是最后一条标准，属于不折不扣的“归化翻译”。可能正因为如此，阿连璧才会这么欣赏李思达的《诗经》英译。然而，李思达的《诗经》英译与阿连璧的英译还是有些不同，他比阿连璧更重视译文的准确。

在1875年的《中国评论》杂志，李思达发表了他的《诗经》作品选译，全用韵体翻译，包括：《周南·葛覃》《周南·兔罝》《卫风·氓》《大雅·云汉》。[③] 其中《周南·葛覃》的译文如下：

---

① Alfred Lister, “An Hour with A Chinese Romance”, *The China Review, or Notes & Queries on the Far East* 1.5 (1873): 284.

② 可参见 Lawrence Venuti, *The Translator's Invisibility: A History of Translation*, London: Routledge, 1995.

③ Alfred Lister, “Classical Rhymes”, *The China Review, or Notes & Queries on the Far East* 4.1 (1875): p43—46; 4.2 (1875): p123—124.

《周南·葛覃》	The Creepers
葛之覃兮， 施于中谷， 维叶萋萋。 黄鸟于飞， 集于灌木， 其鸣喈喈。	The summer vale lay broad and fair, The summer creepers blossomed there To glorious green, and ye might hear Birds' minstrelsy ring sweet and clear, Whilst many a wandering wing would beat For the dense copse's deep retreat.
葛之覃兮， 施于中谷， 维叶莫莫。 是刈是濩， 为絺为绤， 服之无斁。	The summer vale lay broad and fair, Half blossomed-o'er with creepers there And leafy tangle, thus it fell I reaped them, and I wove full well Of gauzy lawn, and household stuff, And goodly garments store enough.
言告师氏， 言告言归。 薄污我私， 薄澣我衣。 害澣害否? 归宁父母。	And now the maidens all may know That to my olden home I go; All things are ready, fresh and fair, Ordered alike with skill and care; So now let all the maidens know Homeward my steps are set to go!①

虽然李思达追求用可读的英语诗歌的形式来翻译《诗经》，希望抹去作品中的异族文化的色彩，但是从这首诗的译文可以看出，他还是比较尊重原诗的章节结构，没有随意缩减或增加原诗的章节，他甚至用了完全相同的字句来翻译第一章和第二章的“葛之覃兮”，在一定程度上反映出原诗的叠章特色。当然，李思达并没有如詹宁斯那样忠实地反映原文，对于原诗叠章结构的尊重只限于“葛之覃兮”一句，并且原文中的“师氏”等重要字词也没有译出。

再看《周南·兔罝》一诗的译文：

① Alfred Lister, "Classical Rhymes", *The China Review, or Notes & Queries on the Far East* 4. 1 (1875): p43.

《周南·兔罝》	The Rabbit Catcher
肃肃兔罝， 椓之丁丁。 赳赳武夫， 公侯干城。	See where he stands, of mighty limb, A yeoman stout, with martial air, To set a net there's none like him, Clang! Clang! he drives his stakes down square: A brave and goodly man were this To guard and shield his prince, I wis.
肃肃兔罝， 施于中逵。 赳赳武夫， 公侯好仇。	He sets his gins where many tracks Of scampering rabbits cross and twine, Nor cunning handicraft he lacks, This stalwart carl, as I divine: There's not a prince in all the land Need blush for such a friend at hand.
肃肃兔罝， 施于中林。 赳赳武夫， 公侯腹心。	Within the forest's gloomy ways He plies his trade with care and skill: Ah! Should'st thou fall on evil days My prince, and times that presage ill, Here find a man with heart, head, hand, A bulwark in the troubled land.

李思达在这首诗的译文中，没有缩减原诗章节，并且重复两次“Clang(叮当声)”，译出原文的“丁丁”，非常传神。但是，他将原诗每章四句的结构，变为每章六句，没有再理会原诗的叠章风格。从整首译文的韵律和措辞来看，李思达用流畅的英语诗歌形式，抹去了原诗的异族文化特色。

李思达的《诗经》选译，与阿连璧的《诗经》英译一样，几乎已被20世纪的读者遗忘。相比之下，翟理斯的《诗经》选译，由于译者本人的影响力，而保持了较长的生命力。

翟理斯在1898年出版《古今诗选》，翻译了一百七十多首中国诗歌，其中《诗经》作品有《郑风·将仲子》《卫风·氓》《唐风·蟋蟀》三首。[①] 此

① Herbert A. Giles, *Chinese Poetry in English Verse*, London: Bernard Quaritch; Shanghai: Kelly & Walsh, 1898, pp. 1—7.

书出版后在欧洲风行一时，有些译诗被谱上乐曲供人歌唱，并且很快被转译成其他欧洲语言。

翟理斯曾在1883年出版《古文选珍》，翻译了多篇古文，到了1922年，他推出了增订版的《古文选珍》，1923年又将《古今诗选》加以增订，作为《古文选珍》的第二卷出版，并改书名为《中国文学选珍：诗歌卷》。其中的《诗经》作品，在原来的三首之外，又增译了《召南·摽有梅》、《大雅·瞻卬》第三章、《鄘风·桑中》。①

翟理斯《古今诗选》扉页（1898）

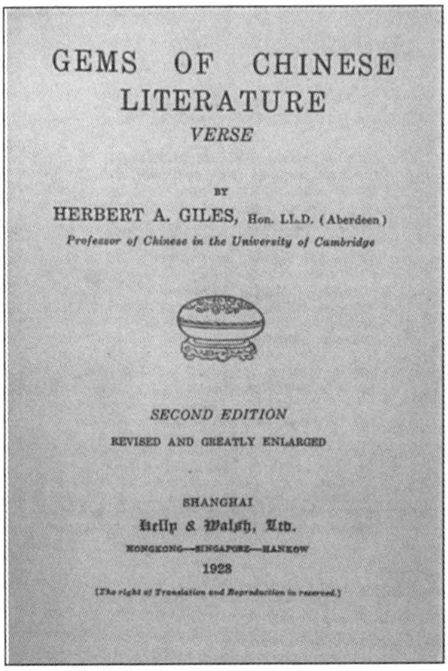

翟理斯《古文选珍》扉页（1923）

翟理斯对于翻译中国诗歌的看法，与阿连璧、李思达相似，他反对字面的直译或是理雅各式的散文体翻译，提出要用流畅可读的英语诗歌的形式来翻译中国诗歌。当时有英国评论家在《观察者》上撰文宣称“诗歌是不能用诗歌的形式来翻译的”，翟理斯在《古今诗选》和《中国文学选珍：诗歌卷》的前言中，针锋相对地批评了这种论点。他从正面引用了费兹杰拉德等英国译者用韵体翻译外语诗歌的成功范例，又试着直译了唐代张籍的《节妇吟寄

① Herbert A. Giles, *Gems of Chinese Literature*: *Verse*, Shanghai: Kelly and Walsh, 1923, pp. 1—11.

东平李司空师道》，并以这个失败的直译为反面例证。翟理斯指出，中国的诗歌都是抒情诗，并且押韵，英语诗歌也都是押韵的抒情诗，他引用英国诗人斯温伯恩（Algernon Charles Swinburne，1837—1909）的话为证："押韵是英国抒情诗的根本特征，不押韵的抒情诗是不完整的。"[①]

因此，翟理斯笔下的《诗经》译文是以流畅的、押韵的英语诗歌形式为目标，而不是以忠实的直译为目标。以《郑风·将仲子》译文为例：

《郑风·将仲子》	To A Young Gentleman
将仲子兮， 无逾我里， 无折我树。 岂敢爱之？ 畏我父母。 仲可怀也， 父母之言， 亦可畏也。	Don't come in, sir, please! Don't break my willow-trees! Not that *that* would very much grieve me; But alack-a-day! What would my parents say? And love you as I may, I cannot bear to think what would be.
将仲子兮， 无逾我墙， 无折我树桑。 岂敢爱之？ 畏我诸兄。 仲可怀也， 诸兄之言， 亦可畏也。	Don't cross my wall, sir, please! Don't spoil my mulberry-trees! Not that *that* would very much grieve me; But alack-a-day! What would my brotherssay? And love you as I may, I cannot bear to think what would be.
将仲子兮， 无逾我园， 无折我树檀。 岂敢爱之？ 畏人之多言。 仲可怀也， 人之多言， 亦可畏也。	Keep outside, sir, please! Don't spoil my sandal-trees! Not that *that* would very much grieve me; But alack-a-day! What very much grieve me; And love you as I may, I cannot bear to think what that would be.[②]

① Herbert A. Giles, *Gems of Chinese Literature*: *Verse*, Shanghai: Kelly and Walsh, 1923, pp. 3—4.
② 同上书，pp. 1—2.

翟理斯为了将这首诗译成英语抒情诗的形式，他不仅改变原诗每章八句的结构，甚至从诗题到诗中的内容，都没有提到“仲子”这个主角的名字，“仲子”在题目中变成了“Gentleman”，在诗中变成了“sir”，这就像李思达所说的，这种风格的译文可以完全令读者感受不到异族文化和异族语言的特色。相比之下，理雅各、詹宁斯将此诗的“仲子”译为“Mr. Chung”或“Master Chung”，可谓非常尊重原诗的语言与文化了。①

再看翟理斯的《鄘风・桑中》译文：

《鄘风・桑中》	A Male Light-Of-Love
爰采唐矣？ 沬之乡矣。 云谁之思？ 美孟姜矣。 期我乎桑中， 要我乎上宫， 送我乎淇之上矣。 爰采麦矣？ 沬之北矣。 云谁之思？ 美孟弋矣。 期我乎桑中， 要我乎上宫， 送我乎淇之上矣。	Away I must run; There is work to be done, Though I'm thinking to-day Of the eldest Miss K. In the mulberry-grove I shall pour out my love; For she's promised to meet me And as lover to greet me— The eldest Miss K. Away I must run; There is work to be done. But to-day I shall be With the eldest Miss E. In the mulberry-grove I shall pour out my love; For she's promised to meet me And as lover to greet me— The eldest Miss E.

① James Legge tr., *Chinese Classics*, Vol. IV, *The She King*, Hong Kong: Hong Kong University Press, 1960, pp. 125—127; William Jennings tr., The *Shi King*: *the Old* "*Poetry Classic*" *of the Chinese*, London: G. Routledge and Sons, 1891, p. 99.

(续)

爰采葑矣？ 沫之东矣。 云谁之思？ 美孟庸矣。 期我乎桑中， 要我乎上宫， 送我乎淇之上矣。	Away I must run;, There is work to be done, But to-day I shall sigh. For the eldest Miss Y. In the mulberry-grove I shall pour out my love; For she's promised to meet me And as lover to greet me— The eldest Miss Y. [①]

在上一首《将仲子》的译文中，翟理斯缩减了原诗每章句子的数量，在这首《桑中》的译文中，他则将每一章拉长，从七句扩充为九句，其目的都是使译文成为流畅优美的英语诗歌。《桑中》的译文，保留了原诗的叠章形式，但是内容上与原诗差距颇大，不仅原诗中的"孟姜""孟弋""孟庸"等人名变成了"Miss K""Miss E""Miss Y"，原诗中的"沫""淇"等地名都不见了，"采唐""采麦""采葑"都变成了"There is work to be done（尚有工作需要完成）"。此诗译文的字句意义和顺序都有了很大变动，几乎是面目全非，初读此诗译文的中国读者很难联想到此诗就是《桑中》。

由上可见，翟理斯的《诗经》译文，可谓归化翻译的范例。然而，并不能据此认为翟理斯不尊重或是轻视《诗经》及其背后的中国文化，因为翟理斯对中国文化、中国诗歌都充满崇敬之情。他认为，无论是韵体翻译还是散文体的直译，忠实地再现原文的"意义"，都是最重要的任务。[②] 同时，他对译文与原文之间的微妙关系，有着清醒的认识，他提醒读者注意，译者是原文的背叛者（traitors），"原文就像是日光与酒，译文只是月光与水"。[③]

---

① Herbert A. Giles, *Gems of Chinese Literature: Verse*, Shanghai: Kelly and Walsh, 1923, pp. 3—4.

② 同上书，p. 3.

③ 同上书，p. 2.

事实上，翟理斯常能兼顾译文的形式之美与原诗的意义。吴伏生认为，《唐风・蟋蟀》的译文就是“一个成功之例”。从译文形式来看，它“是一首流畅动听的英诗”，所有的韵律形式“都将译文对原诗的归化推向了极点，读者已经很难从中感受到原诗中的异国风味”，同时，译文又“准确地传达了原诗的意义”，翟理斯“在归化原诗和翻译原诗之间处理得恰到好处”。[①] 也许，这就是翟理斯的《诗经》选译能够在英语世界长期流行的原因吧。

李思达、翟理斯的《诗经》英译，都来自他们对原诗的解读。然而，克莱默・宾、瓦德尔却不懂中文，其《诗经》选译来自他们对其他《诗经》英译的解读，他们希望从诗人的角度，将《诗经》转译为更彻底的英语诗歌。克莱默・宾主要依赖翟理斯的译文，瓦德尔则根据理雅各的译文。

克莱默・宾（Launcelot Cranmer-Byng，1872—1945）以翻译唐诗而闻名于西方世界。他的《玉琵琶：中国古代诗人选集》于 1909 年初版，1911 年修订，后来不断重印，成为几十年间的畅销书。《玉琵琶》收录近六十多首中国古诗的英译，除了《诗经》作品三首、屈原作品一首、王僧儒作品一首、欧阳修作品两首之外，其余全是唐诗。在《玉琵琶》1959 年的重印本中，克莱默・宾的儿子撰写序言[②]，指出克莱默・宾不谙中文，他是根据翟理斯提供的直译，再转译为优美的英语诗歌，英国小说家哈代（Thomas Hardy，1840—1928）非常喜欢这部《玉琵琶》。克莱默・宾的儿子还进一步解释了他父亲的翻译理念。他说，中国诗歌的语言已经精简至骨头（cut to the bone），字面直译只能令诗歌读起来像电报，因此《玉琵琶》中的译诗是“遵从英语诗歌的模式，作为诗歌本身而存在”，每一首译诗都反映出每一位诗人的韵味和风格。克莱默・宾的儿子宣称，可能从这个意义上来说，他父

① ［美］吴伏生：《汉诗英译研究：理雅各、翟理斯、韦利、庞德》，北京：学苑出版社，2012 年，第 125 页。

② 克莱默・宾的儿子 John Launcelot Cranmer-Byng（1919—1999）是一位学者，曾在英国剑桥大学、香港中文大学求学，后在加拿大多伦多大学工作，研究过马戛尔尼使华、中国佛教经文等。

亲比那些只是转写出中国诗歌字面意义的译者更为成功，因为他“尽力抓住了原诗的本质，然后通过自己对中国文化的理解将其变形，直到它变成英语诗歌再次焕发生命。可能正是这种品质，令这些诗歌在五十年后依然鲜活”。[①]

《玉琵琶》只收录了《邶风·静女》等三首《诗经》作品。其实，克莱默·宾还专门出版过《诗经》选译本，1905年初版，1908年修订版，此书是克莱默·宾主编《东方的智慧》丛书中的一本，扉页题为《孔夫子的诗经》，封面则题为《孔子的经典：诗经》。这个《诗经》选译本，共翻译了三十七首作品，有些译诗与原诗的距离颇大，其中可以辨认的包括《卫风·氓》《邶风·北风》《邶风·二子乘舟》《小雅·青蝇》《召南·野有死麕》《小雅·绵蛮》《卫风·考槃》《陈风·东门之杨》《卫风·竹竿》《曹风·蜉蝣》《卫风·木瓜》《郑风·风雨》等作品。

在《诗经》选译本的前言中，克莱默·宾极度推崇《诗经》作为诗歌本身的价值。他对《诗经》的传统注疏没有任何了解，反而没有任何负担，完全从一个诗人的角度出发，来阐发《诗经》对于现代读者的意义。他认为，《诗经》都是从人心之中自然流露出来的歌唱，涵盖了歌者的烦恼、希望、恐惧以及他们手头的工作。比如，农夫歌唱他们的耕种，而这种歌唱多么欢乐、多么平静与简朴。他接下来满怀激情地说：

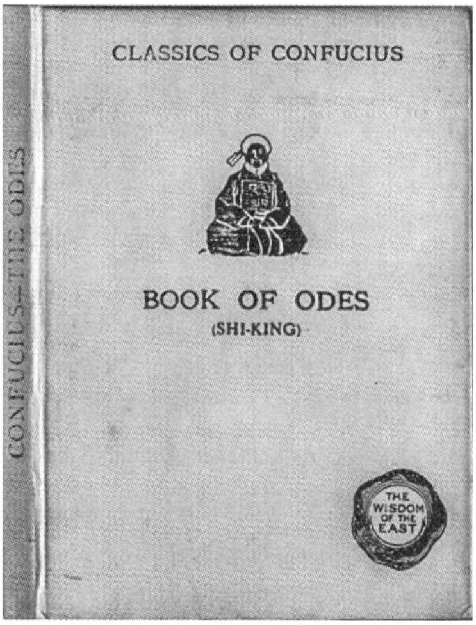

克莱默·宾《诗经》选译本(1908)

（《诗经》中）这些小型的萨迦(saga，指中世纪冰岛、挪威等地的长篇传奇——译者注)，充满了热血与智

① Launcelot Cranmer-Byng tr., *A Lute of Jade: Selections from the Classical Poets of China*. London: John Murray, 1911, pp. 11—12.

慧，它们比现代诗歌中那些老掉牙的美德更能教会我们生活。它们是如此现代！是的，的确如此！只要色彩是色彩，生活就是生活。……这些我们所知道的最早的世俗歌曲合集，将会一直保持新鲜，永远令我们着迷。这些古老的作者，直接观察自然，而不是通过任何书本，他们忠实地书写着他们的所见所感。①

克莱默·宾强调，《诗经》的现代意义，就在于它不是任何抽象的、间接的创造物，而是一些“自然的歌唱”。他说：

总而言之，它们就如生命之初那样的淳朴和欢快，带着那些最珍贵的真实与无意的艺术技巧，永不暗淡、永不褪色。②

在前言部分的结尾处，克莱默·宾指出，他的《诗经》选译本的原则，就是完全从诗歌的角度来重现《诗经》的光辉，并且指出，《诗经》翻译应该从学者的手中转到诗人的笔下了：

我已经——或者已经尽力，把这些诗歌重新变成诗歌。……我将利用结尾来指出，世界上伟大的文学作品已经被学者抓在手中太久了，在他们的眼中，字面意义才是最重要的，而文字背后的精髓却一文不值。文人的时代已经来临，我们欧洲人根深蒂固的无知曾教会我们轻视那些来自异域异族的真与美，文人应该对那些真与美，发表自己的看法了。③

其实，克莱默·宾的《诗经》选译本，并非全是他自己的译诗，其中有

① Launcelot Cranmer-Byng tr., *The Book of Odes* (*Shi King*): *The Odes of Confucius*, London: John Murray, 1908, pp. 8－10.

② 同上书，pp. 12－13.

③ 同上书，pp. 13－14.

四首作品的译文出自英国诗人阿普沃德（Allen Upward，1863—1926）之手，包括《郑风·出其东门》《召南·甘棠》等。阿普沃德是英国诗人、政治家，是20世纪意象派诗歌运动的推动者之一，曾推荐庞德阅读翟理斯的《中国文学史》，激发了庞德诗歌创作，他本人的诗作也被收入庞德编的第一本意象派诗歌集。阿普沃德的《诗经》选译，后来收入他本人的中国诗歌英译中，1913年发表于美国著名的诗歌月刊《诗歌》之中。①

克莱默·宾明确地宣称要从学者的手中将《诗经》解放出来，通过英译来恢复《诗经》的诗歌面貌，因此他的译文常比李思达、翟理斯等人更优美。以《邶风·静女》一诗为例：

《邶风·静女》	Trysting Time
静女其姝， 俟我于城隅。 爱而不见， 搔首踟蹰。	I A pretty girl at time o' gloaming Hath whispered me to go and meet her Without the city gate. I love her, but she tarries coming. Shall I return, or stay and greet her? I burn, and wait.
静女其娈， 贻我彤管。 彤管有炜， 说怿女美。	II Truly she charmeth all beholders, 'Tis she hath given me this jewel, The jade of my delight; But this red jewel-jade that smoulders, To my desire doth add more fuel, New charms to-night.
自牧归荑， 洵美且异。 匪女之为美， 美人之贻。	III She has gathered with her lily fingers A lily fair and rare to see. Oh! Sweeter still the fragrance lingers From the warm hand that gave it me. ②

① Allen Upward, "Scented Leaves from a Chinese Jar", *Poetry: A Magazine of Verse* 2.6 (1913): 191—199.《诗歌》于1912年创刊于美国芝加哥，已成为英语国家最重要的诗歌期刊。

② Launcelot Cranmer-Byng tr., *A Lute of Jade: Selections from the Classical Poets of China*, London: John Murray, 1911, pp. 31—32.

在这首诗的译文中，第一、二章变成每章六句，用 ABCABC 的韵式，第三章保持四句，用 ABAB 的韵式。克莱默·宾突出或增加了一些生动的意象，如在第三章增加了“lily fingers（如百合花一样洁白的手指）”，为该诗增添了更为摇曳的情韵。这个意象在原诗的字面中找不到，译者可能是受到《卫风·硕人》“手如柔荑”的启发，可算是对此诗“自牧归荑”的诗意解读。

克莱默·宾认为不需要像学者那样执着于字面意义，只要突出诗歌的精髓，这样的翻译原则，难免令他的部分译文远离原文，如下面这首译诗：

Lady Of The Lagoon

By the shores of that lagoon,
Where the water-lily lies,
Where the tall valerians rise
Slender as the crescent moon,
Goes Hëa Nan... Ah, Hëa Nan,
Sleep brings me no relief:
My heart is full of grief.

By the shores of that lagoon,
Where the drowsy lotus lies,
Where the tall valerians rise
Brighter than the orbèd moon,
Shines Hëa Nan... Ah, Hëa Nan,
I turn and turn all ningt,
And dawn brings no respite. ①

① Launcelot Cranmer-Byng tr., *The Book of Odes (Shi King): The Odes of Confucius*, London: John Murray, 1908, p. 29.

从每章译文的前三句和后两句来看，此诗可能是《陈风·泽陂》，原诗第一章："彼泽之陂，有蒲与荷。有美一人，伤如之何？寤寐无为，涕泗滂沱。"第二章："彼泽之陂，有蒲与蕑。有美一人，硕大且卷。寤寐无为，中心悁悁。"第三章："彼泽之陂，有蒲菡萏。有美一人，硕大且俨。寤寐无为，辗转伏枕。"但是，每章译文第四句的"月亮"意象、第五句的"Hëa Nan"名称，似乎又是原诗所无。

不过，有些《诗经》作品的译文，克莱默·宾比较尊重原文。比如，翟理斯在《诗经》译文中常常隐去了那些中国特有的名称，但是克莱默却保留了这些。比如《卫风·竹竿》第二章的"泉源在左，淇水在右"，克莱默·宾的译文是"To leaft the Ts'eung waters roam/ The K'e flows on to right[①]"，这里将"泉""淇"两个地名都以音译的方式保留在译文中。当然，克莱默·宾如此处理这些中文名称，可能为了体现他在前言的宣言，既要克服欧洲人的傲慢和无知，又要带领读者欣赏异族文化的真与美。

爱尔兰文学家瓦德尔（Helen Waddell，1889—1965），女，也从诗人的眼光出发，重译了《诗经》部分作品，为英语读者提供了另一个优美的选译本。瓦德尔的父亲是长老会传教士，曾任教于日本东京大学，因此瓦德尔的童年在东京度过。她十一岁时随家人回到北爱尔兰的贝尔法斯特，后入读牛津大学。她是著名的诗人、剧作家，除翻译中国诗歌之外还曾翻译拉丁文诗歌，并获得英国皇家文学学会颁发的本森奖。

瓦德尔（Helen Waddell）

瓦德尔在1913年出版《中国抒情诗

① Launcelot Cranmer-Byng tr., *The Book of Odes (Shi King): The Odes of Confucius*, London: John Murray, 1908, p. 37.

选》，共译中国古诗三十六首，除了最后五首之外，其余都是《诗经》作品。美国文学批评家卡尔·范多伦（Carl Van Doren，1885—1950）极为欣赏瓦德尔的译诗，曾向林语堂大力推荐。林语堂读过之后也激赏不已，认为瓦德尔的译诗是专取意境、脱胎重写，"像'母也天只，不谅人只'译出来真是一字一泪，或寡妇的哀啼，或男人之薄幸，都是亲切动人"，还称赞其译文"所用的韵，天生自然，毫无勉强"。[1] 因此，林语堂在自己编的《中国与印度的智慧》中，选录了瓦德尔的译诗十多首。

虽然瓦德尔的译诗得到林语堂等人的赞赏，但是她笔下的《诗经》作品与原文的距离更远了，除了《邶风·匏有苦叶》《邶风·燕燕》《鄘风·柏舟》《郑风·出其东门》等诗，其他译诗改动太大，大多只截取一章或是几句，有些甚至很难找到对应的原诗。林语堂激赏的《鄘风·柏舟》译诗，算是瓦德尔的译诗中最接近原文的作品之一，其译文如下：

《鄘风·柏舟》	瓦德尔译文
泛彼柏舟， 在彼中河。 髧彼两髦， 实维我仪。 之死矢靡它。 母也天只！ 不谅人只！	AH, let it drift, that boat of cypress wood, There in the middle of the Ho. He was my mate, And until death I will go desolate. Ah Mother! God! How is it that ye will not understand?
泛彼柏舟， 在彼河侧。 髧彼两髦， 实维我特。 之死矢靡慝。 母也天只！ 不谅人只！	Ah, let it drift, that boat of cypress wood, There in the middle of the Ho. He was my King. I swear I will not do this evil thing. Ah Mother! God! How is it that ye will not understand?[2]

① 林语堂：《论译诗》，载《诗词翻译的艺术》，北京：中国对外翻译出版社，1987年，第53页。

② Helen Waddell tr., *Lyrics from the Chinese*, Boston and New York: Houghton Mifflin Company, 1913, p. 2.

到了《邶风·匏有苦叶》的译文，瓦德尔就缩减了原诗的内容，每一章都有重要内容没有译出，甚至第三章完全略去了。其译文如下：

《邶风·匏有苦叶》	瓦德尔译文
匏有苦叶， 济有深涉。 深则厉， 浅则揭。	THE gourd has still its bitter leaves, And deep the crossing at the ford. I wait my lord.
有瀰济盈， 有鷕雉鸣。 济盈不濡轨， 雉鸣求其牡。	The ford is brimming to its banks; The pheasant cries upon her mate. My lord is late.
雝雝鸣雁， 旭日始旦。 士如归妻， 迨冰未泮。	
招招舟子， 人涉卬否。 人涉卬否， 卬须我友。	The boatman still keeps beckoning, And others reach their journey's end. I wait my friend. ①

克莱默·宾和瓦德尔都不是直接根据《诗经》原文来翻译，前者依赖翟理斯的译文，后者依赖理雅各的译文，但是相比而言，瓦德尔的译文是真正的改头换面，变成了纯粹的英语抒情诗歌，而克莱默·宾毕竟在一定程度上保留了《诗经》中的异族元素。

在 19 世纪末至 20 世纪初，还有人搜集各种译文，编成中国作品译文集。如曾经编选印度文学、阿拉伯文学、希伯来文学等多种亚洲文学作品集

① Helen Waddell tr., *Lyrics from the Chinese*, Boston and New York: Houghton Mifflin Company, 1913, p. 1.

的威尔逊（Epiphanius Wilson，1845—1916），就编有《中国文学》一书，节选了《诗经》《论语》《孟子》《法显传》等作品，其中的《诗经》译文选自理雅各的《诗经》韵体译本。[①]

经过19世纪的积累，《诗经》英译已经蔚为大观，既有出自学者之手，又有出自诗人之手；既能满足研究者的需要，又能满足普通读者的需要。这为《诗经》在英语世界的广泛传播奠定了坚实的基础，也为20世纪更多风格的《诗经》英译的出现提供了有利条件。

---

① Epiphanius Wilson, *Chinese Literature: Comprising the Analects of Confucius, the Shi-King, the Sayings of Mencius, the Sorrows of Han, and the Travels of Fa-Hien*, New York: The Colonial Press, 1900, pp. 123—204.

第八章　20世纪英语世界诗经学：韦利、庞德及各种英译

本书的以下六章，将介绍英语世界自20世纪30年代迄今的《诗经》英译和研究的发展。在此期间，各种现代学科以及各种文学思潮，重新塑造了《诗经》翻译和研究的面貌，并且美国汉学逐渐在研究方式、研究者数量等方面超越欧洲汉学，成为引领西方汉学的主要力量。

本章将讨论20世纪30年代出现的各种《诗经》全译与选译。英国汉学家韦利的《诗经》译本，深受人类学研究成果的影响。美国诗人庞德的《诗经》译本，则反映了他本人的意象派诗学思想。本章还论及瑞典汉学家高本汉的《诗经》英译本，这是一个严谨、忠实的学者型译本。

周发祥曾将韦利、高本汉的《诗经》英译本，视为两种完全不同风格的代表，认为它们分别是“雅致化和精确化的典型”。[①] 其实，要在20世纪《诗经》英译本中找出两个相反的典型，应该是高本汉的译本和庞德的译本。高本汉的译文，依凭传统训诂，用散文句式传达原文的字面意义，非常符合“信”的要求，却缺乏诗歌的美感，未满足“雅”的要求。庞德的译文，采用了非常生动的意象和灵活的韵律，将《诗经》的美感传达得淋漓尽致，但是庞德本人的中文造诣不深，又经常采用拆字法来曲解字义，虽然符合“雅”的要求，却未必可“信”。相比之下，韦利的译本，既比庞德的译本可信，又比高本汉的译本优美，可谓《诗经》英译中的佳作。

---

① 周发祥：《〈诗经〉在西方的传播与研究》，《文学评论》1993年第6期，第73页。

上述三个《诗经》译本，是西方世界对于《诗经》的兴趣在不同方向上的拓展。韦利将《诗经》视为人类早期民俗文化的样本，高本汉重视《诗经》的训诂音韵，庞德的译本则体现了欧美诗坛对于《诗经》的文化想象。除了这三个全译本，20世纪还出现了很多《诗经》选译，包括各种中国文学选集、世界文学选集中收录的译文，展示了《诗经》翻译与传播的最新发展。

第一节　韦利的《诗经》译本

韦利（Arthur Waley，1889—1966）出生于英国的一个犹太家庭，曾就读于剑桥大学国王学院，后因病辍学。他因通晓十多种欧洲语言，1913年被大英博物馆聘为助理馆员。他在1929年辞去工作，专心翻译和研究中、日文学作品。他除了翻译《诗经》《楚辞》及大量的中国诗歌之外，还曾翻译《论语》《道德经》等中国典籍。由于其译作的广泛影响，1945年剑桥大学授予韦利荣誉学者称号，1948年伦敦大学东方学院又授予他中国诗歌荣誉讲师称号。韦利还于1952年获得具有极高荣誉的CBE大英帝国司令勋章，又于1953年获得英国女王诗歌奖章。巴瑞特对韦利有很高的评价，他说韦利与之前大部分英国汉学家不同，韦利对中国的研究是出于“纯粹的知识上的兴趣”。[①]

韦利（Arthur Waley）

韦利1913—1929年在大英博物馆工

① T. H. Barrett, *Singural Listlessness: A Short History of Chinese Books and British Scholars*, London: Wellsweep, 1989, p. 98.

作期间，因管理中、日绘画的工作需要，自学中文和日文。韦利阅读了大量的中国古诗，对中国诗歌产生了浓厚的兴趣，于是开始尝试翻译中国诗歌。

韦利在自学中文三年之后，于1916年自费刊印了《中国诗歌》，该书共译中国古诗五十多首，有《诗经》《楚辞》选译，也有曹植、李白、杜甫、白居易等诗人的作品。韦利曾将《中国诗歌》赠送给庞德、艾略特（T. S. Eliot，1888—1965）、伍尔夫（Virginia Woolf，1882—1941）、叶芝（William Butler Yeats，1865—1939）等文坛名流。韦利在书中选译了《齐风·卢令》《魏风·陟岵》《陈风·东门之杨》等三首《诗经》作品。[①]

韦利又在1918年正式出版了《中国诗歌一百七十首》，此书编写非常成功，一再重印，有人甚至将其中部分诗歌谱曲加以传唱。此后，韦利逐渐取代翟理斯，成为翻译中国古诗的权威。在《中国诗歌一百七十首》中，韦利没有再选译《诗经》作品。他指出，在《诗经》的诸多欧洲译文中，理雅各、顾赛芬的译本最好，但是仍有空间可以再推出一个比理雅各更好的译本，可以更敏锐地表现原诗的字词节奏。不过，此时的韦利对于《诗经》持有保留态度，他认为即使要推出一个更好的英译本，所选的《诗经》作品应该不会超过五十首。那么，为什么《中国诗歌一百七十首》不选译《诗经》作品呢？韦利的理由竟然是："《诗经》作品在本质上都是抒情诗，它们的优美之处无法在英语中再现。"[②] 这个理由看起来比较牵强，毕竟书中选译的一百七十首诗歌也都是中国特有的抒情诗。

到了1923年的《悟真寺及其他诗歌》（书名源自唐代白居易《游悟真寺》），韦利对《诗经》的态度仍有犹疑。他在前言中说，《诗经》的优美全在于音乐性，这种音乐效果必然会在翻译中丧失，译文中"所剩下的虽然对人类学、历史学以及神话学研究者有用，但是在文学上却没有

① Arthur Waley tr., *Chinese Poems*, London: Lowe Bros, 1916, pp. 3—4.

② Arthur Waley tr., *One Hundred and Seventy Chinese Poems*, London: Constable, 1918, p. 26.

什么价值。”[①]

幸亏韦利在十多年后改变了对《诗经》的态度，不然读者就无缘见到韦利的《诗经》英译本了。这个译本 1937 年初版，1954 年发行修订版。韦利在第二版前言中说，他修订时经常参考高本汉的英译和注释，但并不完全同意高本汉的意见。韦利将两版《诗经》译本都赠予霍古达（Gustav Haloun，1898—1951）。此人是德国汉学莱比锡学派的代表人物，曾在哥廷根大学创立汉学研究所，1938 年受邀来到英国，成为剑桥大学的第四任汉学教授。韦利在德国查阅中文资料时，曾接受过霍古达的指导和帮助。

韦利《诗经》译本的最大特色，是不采用《诗经》原有的编排顺序，而根据诗歌的主题重新排列诗歌，分为求爱（courtship）、婚姻（marriage）、勇士与战争（warriors and battles）、农事（agriculture）、祝祷（blessings on gentle folk）、迎颂（welcome）、宴饮（feasting）、宗族节庆（the clan feast）、祭祀（sacrifice）、歌舞（music and dancing）、王朝歌曲（dynastic songs）、王朝传说（dynastic legends）、建筑（building）、田猎（hunting）、友情（friendship）、道德（moral pieces）、悲悼（lamentations）共十七个类别。他删掉了二《雅》中的十五篇作品，认为它们比较乏味。因此，韦利只译了二百九十首诗。被删去的作品，包括《小雅》中的《节南山》《正月》《十月之交》《雨无正》《小旻》《小宛》《小弁》《巧言》《何人斯》，以及《大雅》中的《民劳》《板》《桑柔》《云汉》《瞻卬》《召旻》。

到了 1996 年，美国明尼苏达州立大学的周文龙（Joseph R. Allen）补译了被删掉的十五首诗，与韦利的译文一起，重新按照《诗经》本来的顺序编排，在纽约出版。这个流传最广的《诗经》译本，终成全璧。

---

① Arthur Waley, *The Temple and Other Poems*, London: George Allen & Unwin, 1923, p. 10.

韦利《诗经》译本（1937）

韦利《诗经》译本（1996）

韦利的《诗经》译本，当然不像他之前所担心的那样，没有什么文学的价值。相反，这个译本体现出非常强烈的现代文学意识与文学价值。韦利本人与意象派诗人庞德以及伦敦的布鲁姆斯伯里（Bloomsbury）文化圈都有密切的交往[①]，深受这些反叛传统、寻求创新的文学家的影响。因此，他在翻译《诗经》时，非常重视诗歌的语言之美和意象之美，很多观点与20世纪诗歌革新运动有相合之处，体现出一种新的审美意识。

从重视语言形式来看，韦利翻译《诗经》时，不再用19世纪那种押韵的韵体形式，而是创造了一种适应中文诗歌特点的直译形式，这是一种不用韵的自由诗体，与庞德等人的诗学思想和实践形成了密切呼应。[②]

从德庇时、詹宁斯、阿连璧、翟理斯等人以来，用韵体的英语诗歌形式

---

① 布鲁姆斯伯里文化圈是英国20世纪初一个松散的知识分子群体，相关人物包括著名的文学家、画家、美学家，还有政治学家、经济学家，女作家伍尔夫是这个群体的核心人物。

② 庞德主张废弃传统的韵律，他说自己“对韵脚没有特殊的兴趣”，从而倡导自由体诗体（free verse，法语 vers libre）。参见［美］吴伏生：《汉诗英译研究：理雅各、翟理斯、韦利、庞德》，北京：学苑出版社，2012年，第342—343页。

翻译《诗经》成为主流。理雅各 1871 年的《诗经》译本，是一种散文式的译文，没有押韵、不重视节奏，因此备受批评，他不得不很快推出一个韵译本来补救。V. W. X. 的《诗经》译文，虽然用了押韵的形式，但过于坚持字面的直译，不是一种可读的英语诗歌形式，因此也很快被遗忘了。

韦利在《中国诗歌一百七十首》的绪论中，提到当时流行的看法，那就是认为直译的诗歌已不再是诗歌。他认为这种说法虽有一定的道理，不过他自己决定采用直译的方式，并宣称自己的“目标就是直译”，因此选来翻译的诗歌都是适合直译的作品。为了直译中国诗歌，他创造了一种特殊的诗歌节奏，即用英语的一个重读音节来对应一个汉字。他说：

> 任何中国诗歌的直译，在某种程度上都必定有节奏，因为原诗的节奏会自己呈现出来。采用直译的方式，而不用考虑韵律，我们会发现每三行之中就有两行具有一种明显的音律，与原诗相同……因此，我尝试创造出一种与原诗节奏类似的节奏效果，即每一个汉字都用一个英语重读音节来对应，在这些重读音节之间当然会加入非重读音节。有些时候，英语译文可能比中文原诗还要短，我会改变译文的韵律，而不是塞进一些不必要的文字。[①]

韦利还解释了他之所以没有用韵体的形式，就是因为中文诗歌大多是一韵到底，英语诗歌的韵式根本不能再现原诗的韵律。同时，韦利也不赞成用英语诗歌常见的“素体”（blank verse），他认为这是用来翻译中国诗歌的最糟糕的媒介，因为素体非常注重停顿位置的变化，而中文诗歌大多是在一联的结尾停顿。[②] 韦利还在 1958 年发表了《论翻译》一文，指出翻译文学作品必须传达出原作的情感意义，而这些情感意义往往蕴含在原作的韵律、节奏与措辞之中。韦利重申了自己翻译中国诗歌的原则，他指出，自己所采用的

---

① Arthur Waley tr., *One Hundred and Seventy Chinese Poems*, London: Constable, 1918, pp. 33—34.

② 同上书，p. 34.

重读节奏形式，与英国诗人霍普金斯（G. M. Hopkins，1844—1889）提出的弹跳节奏（sprung rhythm）相似，但是他强调自己并未受到霍普金斯的影响。[①] 这种用一个重读音节来对应一个汉字的翻译原则，在韦利的《诗经》英译中，也有体现和运用。

韦利运用这种特殊的韵律节奏，为他的中国诗歌译文带来了特殊的魅力。在英语诗歌中，节奏本来就是最核心的因素。吴伏生认为，韦利的重读说，可能受到德庇时的启发，德庇时提出用英语的一个音步来对应一个汉字。不过，韦利的方式更加灵活，因为音步是由固定的音节组成，而重读节奏可以包含不同数量的音节。吴伏生也指出，韦利的重读说，虽然更自由，也“更加不确定，因为它对重读音节的划分难免主观，而且每行中的音节数目也多少不等”，这正是诗人叶芝对霍普金斯的弹跳节奏的批评。[②]

韦利这种自由诗体的直译方式，曾招来翟理斯的批评。最初，翟理斯发表了关于《中国诗歌一百七十首》的书评，批评韦利的翻译方法，强调用直译来翻译中国诗歌是绝对不可能的，由此引发了他与韦利之间长达四年的论战。吴伏生指出，翟理斯是韵体翻译中国诗歌的主要代表，但是自20世纪中期以后，翟理斯的翻译“在西方开始逐渐被人们忽视乃至遗忘”，因为经过诗歌革新运动的洗礼，“西方读者日益将韵体诗歌与过去的旧制度、旧文化联系起来”，翟理斯的译文被视为保守落后的象征，而韦利的自由诗体，“更能迎合现代读者的口味，并成为20世纪汉诗英译的楷模”。[③]

从重视诗歌意象来看，韦利的《诗经》译本突出了作品的意象。韦利早在《中国诗歌一百七十首》的绪论中就指出：“意象是诗歌的灵魂。”[④] 他又

---

① Arthur Waley, "Notes on Translation", in *Madly Singing in the Mountains: An Appreciation and Anthology of Arthur Waley*, ed. Ivan Morris, London: George Allen & Unwin, 1970, p. 152.

② ［美］吴伏生：《汉诗英译研究：理雅各、翟理斯、韦利、庞德》，北京：学苑出版社，2012年，第215—217页。

③ 同上书，第193页。关于翟理斯与韦利的译诗论战，可参见该书第171—193页。

④ Arthur Waley tr., *One Hundred and Seventy Chinese Poems*, London: Constable, 1918, p. 33.

在《诗经》译本的绪论第一节，讨论了《诗经》作品的意象，他说：

> 鸟儿的飞翔与鸣叫，动物的一举一动，被露水或雨水打湿的花朵，昆虫的躁动与翅膀扇动的声音，星辰的逐渐暗淡——所有这些都在早期中国意象中占有重要的位置，它们在不同的语境中或为象征，或为说明，或为征兆，其中有很多意象是我们自己也应该使用的。[①]

因此，韦利的《诗经》译本，非常注重鲜活的意象，一般不在译文中加入原文没有的 like、as if 等连接词，以免破坏原诗的意象。以《陈风·月出》的译文为例：

A MOON rising white
Is the beauty of my lovely one.
Ah, the tenderness, the grace!
Heart's pain consumes me.

A moon rising bright
Is the fairness of my lovely one.
Ah, the gentle softness!
Heart's pain wounds me.

A moon rising in splendour
Is the beauty of my lovely one.
Ah, the delicate yielding!

---

① Arthur Waley tr., *The Book of Songs: The Ancient Chinese Classic of Poetry*, London: George Allen & Unwin, 1954, p. 14.

Heart's pain torments me.[①]

此诗的译文，每章开头都用“a moon rising”这样的句式，将首句变成了一个短语，成为第二句的主语，这样突出了首句的独立地位，也突出了首句之中月亮的意象之美。

可以说，韦利的《诗经》翻译，是与20世纪新兴的文学思潮和文学趣味联系在一起的。从这个意义上来说，韦利的《诗经》译本作为我们讨论20世纪30年代以后《诗经》翻译与研究的起点，具有重要的象征意义。

韦利的《诗经》译本，还充分地借鉴了当时西方学界在文化人类学的最新成果。韦利译本的书名，以“songs”来翻译“诗”，而不是采用英语世界长期以来惯用的“odes”一词，这就摈弃传统的角度，突出了《诗经》作品的民歌性质及其背后的民俗意义。韦利承认，他受到法国汉学家葛兰言的影响。他在《诗经》译本附录中说，“葛兰言已经认识到《诗经》的本质”，“他的书具有划时代的意义，如果以后的译者能尊重我的《诗经》译本，就像我尊重葛兰言的书一样，那么我就满足了”。[②]韦利提到的葛兰言的著作，即《古代中国的节庆与歌谣》，1919年出版，1932年推出英译本。[③] 此书将欧洲新兴的文化人类学方法运用在《诗经》研究上，代表了当时汉学研究的新趋势。

在葛兰言的启发之下，韦利跳出《毛诗序》和传统注疏的藩篱，常常参考当时人类学研究的成果，作为解释《诗经》作品的旁证。如《周南·麟之趾》，韦利认为此诗与《召南·驺虞》类似，都是配舞的歌曲。他进一步指出，安南（今越南）也有一种“麒麟舞”（unicorn-dance，韦利将麒麟译为“unicorn”），这个活动的高潮就是箭射台上用面具所代表的麒麟，弓箭手要

---

① Arthur Waley tr., *The Book of Songs: The Ancient Chinese Classic of Poetry*, London: George Allen & Unwin, 1954, p. 41.

② 同上书，p. 337.

③ Marcel Granet, *Festivals and Songs of Ancient China*, *trans.* E. D. Edwards, London: George Routledge & Sons, 1932.

先射麒麟的蹄趾，再射麒麟的前额，最后射麒麟的角，与《麟之趾》的描写一致。关于安南的“麒麟舞”，韦利引用了1934年法国人类学国际会议上的一篇论文。又如《召南・小星》，韦利认为此诗是侍女之歌，为了让女主人整晚都能伺候男主人，侍女在黎明之前要保持远离主人身边，因此侍女将自己比为小星。这首诗的解释，则参考了《美国人类学家》1934年第36期一篇讨论云南地区首领婚俗的文章。再如《郑风・山有扶苏》，韦利认为是欢迎驱魔人的歌谣，诗中的“狂且”就是身穿黑衣红裙、驱赶瘟疫的驱魔人，这个风俗可以在罗马尼亚的一种舞蹈中找到呼应，也与韩国的风俗非常相似。相关材料，来自1935年《英国民间歌舞学会学报》上的一篇文章。[①]

这些解释，可以见到韦利的中西文化比较思想。张上冠指出，韦利是通过“西方理解远古社会的模式”来解释《诗经》中的中国古代社会。[②]

韦利还经常参考当时中国学者的最新研究成果。如《郑风・女曰鸡鸣》，韦利认为此诗与欧洲古老的黎明之歌非常相似，他还指出诗中的“弋”不是普通的弓箭，而是缠有丝线的短飞镖。韦利指出，这种解释可以参考徐中舒1932年发表在《中央研究院历史语言研究所集刊》第四本第四分中一篇有趣的文章，即《弋射与弩之溯源及关于此类名物之考释》。[③]《大雅・江汉》最后一章“作召虎考”中的“考”字，《毛传》和朱熹《诗集传》都解作“成”。高本汉译此句为“he was the achiever of (the deeds of) the prince of Shao”，符合传统注疏的解释。[④] 但是韦利译为“he made the Duke of Shao's urn”，以“考”为瓮之类的容器。[⑤] 郭沫若曾在《周代彝铭进化观》一文中，

---

① Arthur Waley tr., *The Book of Songs: The Ancient Chinese Classic of Poetry*, London: George Allen & Unwin, 1954, pp. 219, 108, 222.

② Christopher Shang-kuan Chang, "The Lost Horizon: A Study of English Translations of the *Shijing*", Doctoral Dissertation, The University of Texas at Austin, 1991, p. 109.

③ Arthur Waley tr., *The Book of Songs: The Ancient Chinese Classic of Poetry*, London: George Allen & Unwin, 1954, p. 36.

④ Bernhard Karlgren tr., *The Book of Odes*, Stockholm: Museum of Far Eastern Antiquities, 1950, p. 234.

⑤ Arthur Waley tr., *The Book of Songs: The Ancient Chinese Classic of Poetry*, London: George Allen & Unwin, 1954, p. 132.

将“考”字解为“簋”之假借[①]，至于韦利是否参考郭沫若的文章，由于韦利未做任何说明，我们就不得而知了。

韦利还认为，《诗经》中那些描述自然界的鸟兽草木的句子，即“兴”句，并非像英语歌谣中的那种“无意义的复沓”，而是本来有着特殊的意义，只不过在两千多年的流传过程中，这些意义逐渐被遗忘了。[②] 这种解释，已经暗合了后来从原始兴象的角度解释“兴”的思路。

善于从文化人类学的角度来解释《诗经》作品，成为韦利《诗经》译本的最大特色。韦利对于《诗经》中所反映的男女求爱与婚姻风俗，尤为重视。按照他的分类，在290篇译诗中，求爱类诗歌共69篇（分六小类），婚姻类诗歌共47篇。[③] 韦利对于很多作品中的婚俗礼仪的解释，符合一般的看法。如《齐风·南山》，韦利指出是一首婚礼仪式之诗，第二章的“葛屦五两，冠緌双止”就是“结婚礼物”。不过，韦利也常常从婚俗的角度出发，对一些作品提出与众不同的解释。如《卫风·芄兰》“童子佩觿”一句中的“觿”，韦利认为作为成年男子身上的饰物，代表着他们解开新娘腰带的权利。再如《郑风·风雨》，韦利认为这是“婚礼举行之日所发生或目睹的一切事情，都具有预兆性”。[④]

这些与众不同的新解，能扩展我们对《诗经》作品的理解。但是，韦利有时过于强调《诗经》作品中的婚俗场景，也令他的解释带有一定的主观性。比如《豳风·东山》，韦利认为这“是一首典型的‘隐晦体民歌’，诗中的主题没有任何解释就并列在一起”。此诗最后一章：“我徂东山，慆慆不归。我来自东，零雨其濛。仓庚于飞，熠耀其羽。之子于归，皇驳其马。亲

① 郭沫若此文最初于1933年编入《古代铭刻汇考》一书，后收入他的《青铜时代》《沫若文集》等著作。

② Arthur Waley tr., *The Book of Songs*: *The Ancient Chinese Classic of Poetry*, London: George Allen & Unwin, 1954, p. 17.

③ 关于韦利《诗经》译文篇目的分类，以及每一类所包含篇目的统计，可参见李玉良：《〈诗经〉英译研究》，济南：齐鲁书社，2007年，第178—180页。

④ Arthur Waley tr., *The Book of Songs*: *The Ancient Chinese Classic of Poetry*, London: George Allen & Unwin, 1954, pp. 55, 67, 85.

结其缡，九十其仪。其新孔嘉，其旧如之何。”在归乡的主题中，忽然插入新婚的描写，一般认为这是征人在归乡的途中回忆其当年与妻子的婚礼。韦利的解读与众不同，他认为这是征人常年在外，妻子以为他已死，因此改嫁，诗中的婚礼场面，就是描述妻子改嫁的场景。[①] 韦利的解释，过于注重婚俗本身，混淆了想象场景与现实场景的区分。

可以说，摆脱传统注疏的束缚、借鉴人类学研究成果，既是韦利译本的长处，有时也成为其短处。吴伏生指出，“由于韦利全盘否定了历代对《诗经》的传统阐释，在翻译中他只有依赖自己对原诗文本的直觉感受”，但是韦利的直觉未必总是可靠，反而“理雅各的翻译在很多情况下要比韦利的译文更加准确”。[②]

高本汉指出，韦利《诗经》译文的最大缺点是“常常把原文改读”。这里所说的“改读”，是指韦利按照清儒总结的假借字的规律，将很多字读成另一个字。但是，问题在于“有好几十处，依现行文字本来可以有完全满意的解说的，他也都改了”。高本汉批评道：“像中文这样的语言，如果我们可以任意用一个具有同一‘声符’的字来代替原文上的字（这就是韦利喜欢用的方法），那么，差不多每一句诗都可以有好几种不同的讲法。”因此，高本汉针对韦利的缺点，提出了自己的原则：“我们必须在这一方面特别小心：非必要时不改现行的文字；如改，也要确实可取。”[③]

尽管有一些难以避免的缺点，韦利的《诗经》译本依然可称为20世纪的杰作。有人认为韦利是在《诗经》翻译中寻找一种共通的人性[④]，有人则

---

① Arthur Waley tr., *The Book of Songs*: *The Ancient Chinese Classic of Poetry*, London: George Allen & Unwin, 1954, p. 117.

② ［美］吴伏生：《汉诗英译研究：理雅各、翟理斯、韦利、庞德》，北京：学苑出版社，2012年，第300、305页。

③ ［瑞］高本汉：《高本汉诗经注释》，董同龢译，上海：中西书局，2012年，“作者原序”第7页。

④ Christopher Shang-kuan Chang, “The Lost Horizon: A Study of English Translations of the *Shijing*”, Doctoral Dissertation, The University of Texas at Austin, 1991, p. 108.

认为韦利是“最敏感、理解力最强的英国读者”。[①] 总之，韦利的《诗经》译本依然散发着迷人的光芒。

第二节　高本汉的《诗经》译本

高本汉（Bernhard Karlgren）

高本汉（Bernhard Karlgren，1889—1978）是瑞典汉学家，曾任瑞典远东考古博物馆馆长，其研究领域涉及中国方言学、历史音韵学等。他善于运用西方语言学的方法重构中古汉语及上古汉语的语音，其学术成就素为学界推崇。虽然高本汉是瑞典人，但他的《诗经》译本是英语译本，本章也略做介绍。

1942—1946年，高本汉在瑞典远东古物博物馆的馆刊上（第14、16、18期）发表了《诗经注释》；同时，又在馆刊上（第16、17期）发表了《诗经》的英译。高本汉的《诗经》译文，于1950年由远东古物博物馆发行单行本，并增加了中文原文、中文读音，与译文相对照。《诗经注释》后来也合成一本书，1964年由远东古物博物馆出版。高本汉提醒读者，如果希望对《诗经》有透彻的理解，应该同时阅读他的《诗经注释》，因为此书详细列举了重要字词和章句的解释，并且英译本只用《毛诗》，而《诗经注释》则有四家诗异文的讨论。高本汉的英译《诗经》，应该要结合他的《诗经注释》一起读，才可以看出他对于具体诗篇诗句解释的根据何在。不过，为了从不同主题总结20世纪诗经学的成就，留待本书第十章介绍《诗经》的语言音韵研究时，再对高本汉的《诗

① 王靖献：《钟与鼓：〈诗经〉的套语及其创作方式》，谢谦译，成都：四川人民出版社，1990年，第12页。

经注释》做专门的介绍。

在高本汉着手翻译《诗经》的时候，韦利《诗经》译本的初版已经面世几年，并且在西方世界引起极大的关注。在一定程度上，高本汉翻译《诗经》，是以韦利为对手，他看到了韦利译本在文学翻译上的成就以及学术上的缺陷，因此他有意从一个学者的角度重译《诗经》。高本汉在《诗经注释》序言中说，韦利的《诗经》英译"比较进步而能合乎现代标准得多了"，因为他超越了理雅各，摆脱了汉儒诗教的局限，"确能完全以诗的文句为依据，自己来下判断"。但是，"学者读他的书，有时候还要感觉到没有什么用处，或者有些疑难不能解决"，因为韦利的译文"是作为一本文学书出版的，完全没有给人家一点儿学术性的工具"，"差不多念到一句，学者都不免要问：Waley 为什么把这个字或词语译成这样的呢？他们去翻字典，是永远不会得到解答的"。因此，"学者亟须的应该是申述理由的解释，举出那些难字难句的校勘和训诂的依据，而估量各家歧见的价值"。[①] 高本汉的《诗经注释》，就是为了给西方读者理解《诗经》提供更可靠的校勘和训诂依据。有了《诗经注释》为基础，辨析了难字难句的不同解释并提供了言之成理的取舍，才促成了其后的英译《诗经》。

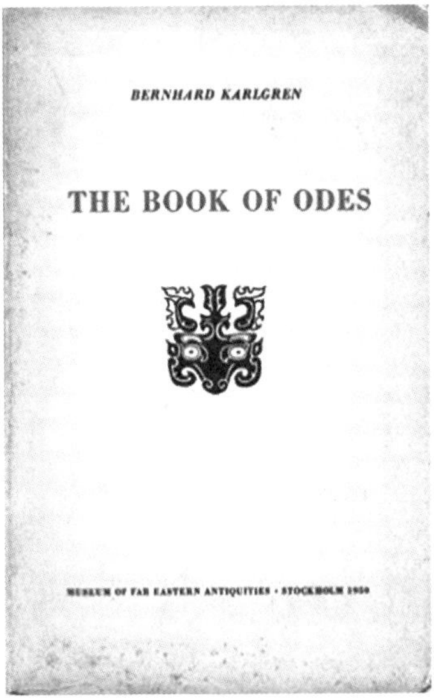

高本汉《诗经》译本（1950）

作为一名精通中国上古音韵及文字学的学者，高本汉翻译《诗经》的目的，主要是为学术研究服务。因此，他在《诗经》译本的前言中说：他的英译不追求文学之美，而是尽量按字面意思来翻译，希望能为汉学研究者提供一个忠实的译本。高本汉的译文，

① ［瑞］高本汉：《高本汉诗经注释》，董同龢译，上海：中西书局，2012 年，作者原序第 6—7 页。

甚至不用诗歌的排列方式，完全呈现出一种散文体的翻译方式。

如《陈风·月出》首章“月出皎兮，佼人僚兮，舒窈纠兮，劳心悄兮”，高本汉的译文为：

The moon comes forth bright; how handsome is that beautiful one, how easy and beautiful; my toiled heart is grieved.[①]

前面已经提到，韦利的译文突出了此诗的意象之美，但是高本汉的译文却完全按照原文的字句顺序来翻译，运用日常的句式，没有增减字词，当然也看不到韦利译文中的那种诗意。

高本汉的《诗经》译本中，有一些简短的题解或注释，常常是为了揭示诗歌的主题、重要字词的象征寓意，或是简单提及《诗经》的异文及其不同解释。如《周南·汉广》的英译之前有一段简短的解题，指出这首诗是赞美一个即将出嫁的女子，并说这个地区的女子很可爱但是难以接近。此诗每章的最后四句完全重复，高本汉在第二、三章的译文中就省略了后四句的译文，只以括号注明与第一章相同。对于第一章的译文，高本汉加了简短注释。他对“南有乔木，不可休息”一句解释道：“它们的树冠太高，不能提供庇护之处，所以那些年轻女子难以求得。”他又对“江之永矣，不可方思”一句解释道：“她们难以接近，就像那些难以跨过的河水隔开了你们。”[②]

再如《周南·汝坟》第三章：“鲂鱼赪尾，王室如燬。虽则如燬，父母孔迩。”高本汉的译文是：

---

① Bernhard Karlgren tr., *The Book of Odes*, Stockholm: Museum of Far Eastern Antiquities, 1950, p. 90.

② 同上书，pp. 6—7.

The bream has a red tail; the Royal House is as if burning; but though it is as if burning, father and mother are very near. ①

其实韦利的英译也是一种直译，此章译文在句式上与高本汉类似，但是在“如燬”一句中，韦利用了“ablaze”来译“燬”字，并且将明喻转变成暗喻。② 因此，韦利的译文更为生动，而高本汉则是提供了一种平实的直译。在译文之后，高本汉简单地解释说，“鲂鱼赪尾”是危险与困境的象征。高本汉还在注释中指出，如果按照鲁诗的异文，“王室如燬”的“燬”应该译为“ruin（毁掉）”，而不是“burning（燃烧）”。

高本汉的《诗经》译本，比其他英译本更加准确地反映了原文字句的基本意思，以及《诗经》异文所产生的不同解释。此外，他的《诗经》译本还有一个特殊的学术价值，就是提供了古音的构拟和韵读。高本汉在译文之前的中文读音部分，为每首诗的每一个字都标注了古音，注明了每一章的韵脚，令读者对《诗经》中的韵部有一目了然的认识。高本汉对于《诗经》古音的构拟，主要基于他 1940 年出版的《汉文典》，这本古汉语工具书附录了《〈诗经〉韵谱》。作为古代汉语训诂及音韵研究的权威学者，高本汉在《诗经》译本中提供的解释和古音，长期以来成为学界所信赖和参照的标准。

由上可见，高本汉的《诗经》英译本，是一个不追求文学韵味而追求学术准确性的译本。这个译本的价值在于此，其缺陷也源于此。

---

① Bernhard Karlgren tr., *The Book of Odes*, Stockholm: Museum of Far Eastern Antiquities, 1950, p. 7.

② Arthur Waley tr., *The Book of Songs: The Ancient Chinese Classic of Poetry*, London: George Allen & Unwin, 1954, p. 152.

第三节 庞德的《诗经》译本

庞德（Ezra Pound，1885—1972）是英美现代主义诗歌的领袖，是对20世纪英美诗坛影响最大的诗人之一。庞德出生于美国，后来长期定居于英国、意大利等地。他在二战期间支持法西斯，后被美军押回美国受审，但因精神问题转往医院治疗，1958年获释。

庞德（Ezra Pound）

庞德领导的意象主义诗歌运动，其灵感主要来自中国古诗。庞德在宾夕法尼亚大学读书时，对中国绘画产生了兴趣。他1908年移居伦敦，继续探索中国的艺术世界。1913年，英国诗人阿普沃德向庞德推荐翟理斯的《中国文学史》。[①] 1914年，庞德在第一本意象派诗选《意象主义者》中发表了六首诗，其中有四首就是根据翟理斯翻译的中国古诗改编而来。[②] 钱兆明指出，庞德对于中国诗歌的很多认识都来自翟理斯的《中国文学史》。[③] 在伦敦期间，庞德还得到了美国学者费诺罗萨（Ernest Fenollosa，1853—1908）关于中国诗歌与文字的手稿，经过整理这些手稿，于1915年出版了《神州集》，根据费诺罗萨提供的意释，他选译十四首中国古诗，其中包括《诗经·小雅·采薇》。一年之后，他又将这十四首诗歌选进他的另一

① Humphrey Carpenter, *A Serious Character: The Life of Ezra Pound*, Boston: Houghton Mifflin, 1988, p. 218.

② Noel Stock, *The Life of Ezra Pound*, London: Routledge and Kegan Paul Ltd, 1970, p. 147.

③ Zhaoming Qian, *Orientalism and Modernism: The Legacy of China in Pound and Williams*, Durham: Duke University Press, 1995, p. 25.

本诗集，并增加了五首译诗。到了 1919 年，庞德根据费诺罗萨的手稿写成《作为诗歌媒介的中国文字》，成为 20 世纪西方诗歌理论史上影响最大的文献之一。

其实，除了认识一些简单的汉字，庞德的中文水平非常有限，但是他依赖已有的翻译而转译了大量的中国诗歌以及儒家典籍。他的译文，不是可信或准确的翻译，但是他对诗歌的敏锐感受却令他的译诗散发着独特的魅力，甚至可以视为他在原诗的基础上重新创作的作品。

庞德对于自己翻译中国诗歌的原则和方法，有着清醒的认识。他指出，诗歌创作和翻译都是在“寻求自我”和“寻求真诚的自我表现”。在论及他的一本诗集《角色》时，他说：“我在每一首诗中都抛出一幅面具，我在漫长的翻译生涯中也是这样，那些翻译只不过是更加复杂的面具而已。”① 庞德还提出，在“诠释型翻译”中，译者“绝对是在创造一首新的诗歌”，“完全处于创作的领域”。② 吴伏生指出，“庞德的‘角色/面具’论是翻译史上的一个全新理论”，“翻译的使命已经不是再现或传达原作的内容与形式，而是让译者/作者去实现自我表达、自我发现”。③

《神州集》出版于一战期间，这本中国诗歌译文集在一定程度上反映了庞德的反战思想。他在费诺罗萨解释的《诗经》作品中选取了《小雅·采薇》一诗，并将题目改译为“Song of the Bowmen of Shu（楚国箭手之歌）”，此诗的译文成为他表达反战情绪的渠道。《小雅·采薇》首章为：“采薇采薇，薇亦作止。曰归曰归，岁亦莫止。靡室靡家，猃狁之故。不遑启居，猃狁之故。”第二章为：“采薇采薇，薇亦柔止。曰归曰归，心亦忧止。忧心烈烈，载饥载渴。我戍未定，靡使归聘。”庞德的译文如下：

---

① Ezra Pound, “Vorticism”, in *Early Writings: Poems and Prose*. New York: Penguin, 2005, p. 282.

② Ezra Pound, “Cavalcanti”, in *Literary Essays of Ezra Pound*, ed. T. S. Eliot, New York: New Directions, 1918, p. 200.

③ ［美］吴伏生：《汉诗英译研究：理雅各、翟理斯、韦利、庞德》，北京：学苑出版社，2012 年，第340—341 页。

HERE we are, picking the first fern-shoots
And saying: When shall we get back to our country?
Here we are because we have the Ken-nin for our foemen,
We have no comfort because of these Mongols.
We grub the soft fern-shoots,
When anyone say "Return", the others are full of sorrow.
Sorrowful minds, sorrow is strong, we are hungry and thirsty.
Our defence is not yet made sure, no one can let his friend return. ①

可见，庞德的译文不分章，将原文的两句合并为译文中的一句，并且有些字句的翻译出自他的引申发挥，如“靡使归聘”被译成了“no one can let his friend return（没有人让他的朋友回家）”。

《神州集》出版之后，庞德一直在断断续续地阅读各种《诗经》译本。他在 1917 年读了詹宁斯的《诗经》英译本，1920 年读了法国汉学家孙璋的《诗经》拉丁文译本，1937 年从日本人北园克卫（Kitazono Katsue，1902—1978）那里得到四卷本的《诗经》原著②，1944 年在华盛顿附近的医院读了高本汉的《诗经》译本，1950 年读了理雅各的《诗经》散体译本。③

最终促使庞德译出整本《诗经》，不仅因为他觉得这是“世界上最美丽的诗集”④，还由于他对儒家思想的痴迷。最早向庞德推荐翟理斯的阿普沃德，就对孔子无比推崇。庞德也认为，儒家思想是救治西方社会病态甚至拯救全世界的良药，尤其在他被遣返美国受审以及关押期间，儒家思想成为他

① Ezra Pound tr., *Cathay*, London: Elkin Mathews, 1915, p. 5.

② 北园克卫是日本的超现实主义诗人，庞德自 1936 年开始与他通信。

③ Mary Paterson Cheadle, *Ezra Pound's Confucian Translations*, Ann Arbor: University of Michigan Press, 1997, pp. 156—157.

④ 这是庞德给方志彤的信中所说的评语，见 Zhaoming Qian ed., *Ezra Pound's Chinese Friends*, Oxford: Oxford University Press, 2008, p. 146.

的精神支柱。他曾经说，理雅各翻译的"四书"是他在"那些地狱般的日子里唯一随身携带的东西"，他还说，"要不是从这本书中汲取力量，我可能真的要疯了"。[①] 于是，庞德在此期间重译了《大学》等儒家典籍。

庞德翻译《诗经》，也是在他被关押期间完成的。可以说，庞德在当时抱着强烈的现实目的，即在西方世界推广儒家的政治理想和智慧。有学者甚至认为，庞德是在做一种"启示录式的翻译"。[②] 经由哈佛大学的方志彤（Achilles Fang，1910—1995）介绍，1954 年哈佛大学出版社推出了庞德的《诗经》译本，书名是 *The Classic Anthology Defined by Confucius*（《由孔子编定的古典诗集》），因为他要强调孔子对于《诗经》的意义，也是强调《诗经》中体现了孔子的智慧。哈佛大学出版社曾建议用"Confucian Book of Odes"为书名，但被庞德否决。[③] 到了 1959 年，庞德的《诗经》译本由 New Directions 出版社再版时，书名前面被加上了"*The Confucian Odes*"。后来，此书再由哈佛大学出版社重印时，书名又改为《诗经》的音译"*Shi Ching*"。

其实，庞德最初希望仿照高本汉的《诗经》译本，在译文之后附上每首诗的原文和读音，他甚至希望用小篆字体来印刷诗歌的中文。但是，对于两个出版社来说，庞德并不是像高本汉一样的汉学专家，而是一个引领风骚的诗人，因此他们都不愿出版庞德理想中的学术版本。对于很多西方读者来说，庞德的名字也许比《诗经》本身更有吸引力。因此，在两个出版社译本的封面上，庞德名字的字体或与书名字体一样大，或比书名字体还大。

---

① Zhaoming Qian ed., *Ezra Pound's Chinese Friends*, Oxford: Oxford University Press, 2008, p. 89.

② L. S. Dembo, *The Confucian Odes of Ezra Pound: A Critical Appraisal*, Berkeley: University of California Press, 1963, p. 20.

③ Zhaoming Qian ed., *Ezra Pound's Chinese Friends*, Oxford: Oxford University Press, 2008, p. 135.

庞德《诗经》译本（1954）

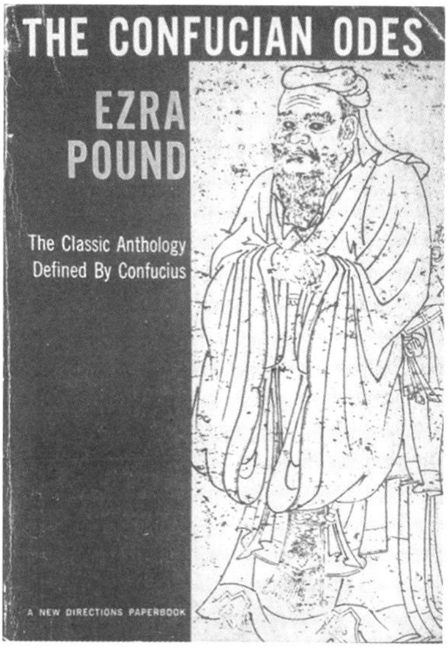

庞德《诗经》译本（1959）

庞德《诗经》译本的最大特色，在于他延续了自《神州集》《作为诗歌媒介的中国文字》以来的诗学思想，在翻译中非常重视译文的意象和节奏。他尝试用不同风格的诗体来翻译不同的诗，并力求语言简洁，运用了他自己提倡的蒙太奇式的语言组合方式。如《小雅·十月之交》第二章："日月告凶，不用其行。四国无政，不用其良。彼月而食，则维其常。此日而食，于何不臧。"庞德的译文典型地体现了蒙太奇的意象组合：

Sun, moon, foretell
evil? Run wild,
State without rule,
good men exiled
Moon's gnawed put in normal course,
What imprecise force

swallows the sun?[1]

再如《召南·野有死麕》一诗的译文，则体现出庞德对于诗歌译文的语言节奏的重视及其特别的处理方式：

《召南·野有死麕》	庞德译文
野有死麕， 白茅包之。 有女怀春， 吉士诱之。	Lies a dead deer on younder plain whom white grass covers, A melancholy maid in spring is luck for lovers.
林有朴樕， 野有死鹿。 白茅纯束， 有女如玉。	Where the scrub elm skirts the wood, be it not in white mat bound, as a jewel flawless found, dead as doe is maiden- hood.
舒而脱脱兮！ 无感我帨兮！ 无使尨也吠！	Hark! Unhand my girdle-knot, stay, stay, stay or the dog may bark.[2]

庞德对此诗译文的排列形式煞费苦心。译文节奏短促，有些句子只有一个词，尤其是将所有短促的句子放在每一章的结尾，这些安排都生动地反映出幽会场景中的紧张气氛。

不过，从费诺罗萨到庞德，他们对于汉字的理解都充满了想象和误解。他们认为汉字完全是一种象形文字，保持了文字与万物的联系，比西方的拼

① Ezra Pound tr., *The Classic Anthology Defined by Confucius*, Cambridge: Harvard University Press, 1954, p. 107.

② 同上书，pp. 10—11.

音文字更接近自然。因此，庞德常常在翻译中，将汉字分解为不同图画的组合，或是从汉字解读出他心目中的图画。

如《陈风·月出》，我们已经欣赏过韦利那种注重意象的译文，再来看看庞德的译文：

《陈风·月出》	庞德译文
月出皎兮， 佼人僚兮， 舒窈纠兮， 劳心悄兮。	The erudite moon is up, less fair than she who hath tied silk cords about a heart in agony, She at such ease so all my work is vain.
月出皓兮， 佼人懰兮， 舒忧受兮， 劳心慅兮。	My heart is tinder, and steel plucks at my pain so all my work is vain, she at such ease as is the enquiring moon.
月出照兮， 佼人燎兮， 舒夭绍兮。 劳心惨兮。	A glittering moon comes out less bright than she the moon's colleague that is so fair, of yet such transient grace, at ease, undurable, so all my work is vain torn with this pain. ①

原诗三章，庞德的译文也是三章，似乎符合原文形式，但是比较庞德与韦利的译文就可以看出，整首诗在庞德的笔下已经面目大改。庞德在注解中辩解："虽然有一些变形，但所有的词语都已经译出。"其实，这些译出的词语中，充满了庞德对汉字的想象。第一章"佼人僚兮"译文衍生出"silk cords（丝线）"的意象，是庞德对"佼"字望文生义的理解。第二章"佼人

① Ezra Pound tr., *The Classic Anthology Defined by Confucius*, Cambridge: Harvard University Press, 1954, p. 69.

懰兮”的“懰”字，使庞德产生出“steel（钢铁）”的想象，译文莫名其妙地多了一句“steel plucks at my pain（钢铁撩拨我的痛楚）”。

庞德的《诗经》译文，经常使用这种拆字法。与“佼人僚兮”译文生出丝线的意象类似，《邶风·静女》第二章“静女其娈”中“娈”的繁体字是“孌”，庞德从中同时看到了绸与语言的意象，因此将这个字译为“silken word（丝绸似的语言）”。如《邶风·柏舟》首章“耿耿不寐”中的“耿耿”，庞德译为“for flame in the ear”，回译即“耳中的火焰”，这个意象会令所有读过此诗原文的人都大吃一惊。再如《邶风·燕燕》末章的“以勖寡人”一句，庞德在“勖”字中拆出了“日”的意象，因此译为“sun's aid”。[①]

如此翻译《诗经》，当然会招来很多汉学家或《诗经》研究者的激烈批评。美国汉学家金守拙就讽刺说，庞德的《诗经》译本完全脱离了原文，他采用的拆字法是将阅读和翻译中文变成了一种游戏，是一种“完全不负责任的态度”。[②] 也有学者在指出庞德译本的缺点时，强调了它的诗学魅力。赵毅衡说：“庞德的《诗经》译文过于随心所欲，离原文过远。不过作为诗，庞德的译本是耐读的。他的文字凝练、有力而优雅。”赵毅衡甚至还说：“庞德所译《诗经》，是拆字在文学史上唯一一次半成功的实践。”[③]

庞德的《诗经》翻译，充满了他对汉字的一知半解和美好想象，这是一个不准确、不忠实的译本。但是，从另一个角度来看，就像庞德自己所宣称的，他的译本中很多译文都“是在创造一首新的诗歌”。因此，庞德的《诗经》译本可视为意象派诗人对《诗经》的一次改写和再创作。

---

① Ezra Pound tr., *The Classic Anthology Defined by Confucius*, Cambridge: Harvard University Press, 1954, pp. 12, 13, 20.

② George Kennedy, “Fenollosa, Pound, and Chinese Character”, *Yale Literary Magazine* 126. 5 (1958): 36.

③ 赵毅衡：《诗神远游——中国如何改变了美国现代诗》，上海：上海译文出版社，2003年，第284页。

第四节 各种《诗经》选译

除了韦利、高本汉、庞德的《诗经》全译本，英语世界还出现了各种风格的《诗经》英译，包括《诗经》选译本、中国文学选集中的《诗经》选译、世界文学选集中的《诗经》选译等。本节将对20世纪30年代以来的各种《诗经》选译，做一个简单的概述。

《诗经》选译本，比较有特色的是散复生（Geoffrey Sampson，1944—）的《早期中国的恋歌》。[①] 散复生是英国萨赛克斯大学信息学系自然语言计算机专业的教授，他曾跟随汉学家蒲立本学习汉语，对早期中国历史文化以及古代汉语有一定的研究。

散复生《早期中国的恋歌》(2006)

《早期中国的恋歌》由五十八首《诗经》作品的英译组成，由于散复生对上古汉语有研究，所以他仿照高本汉《诗经》译本为选译的《诗经》作品都标注了古音。不过他没有采用高本汉构拟的古音，而是采用了新近的研究成果，即白一平教授构拟的上古汉语读音。

散复生的选译本以“恋歌”为名，因此专选《诗经》中的婚恋作品，关注其中的文化习俗。不过，他的视角有时影响了译文的准确性。中国学者闻一多早已在《说鱼》一文中，证明《诗经》中反复出现的鱼，就是性的象征。但是，将这些诗中出现的捕鱼器具，都解释为女性身体的象征，似乎难

① Geoffrey Sampson, *Love Songs of Early China*, Donington: Shaun Tyas, 2006.

以令人信服。夏含夷认为，散复生“对这种鱼的意象心知肚明”，“他一定是得到了诗中真味，但这样的翻译恐怕过犹不及”。[①]

更多的《诗经》选译，出现在各种中国诗歌英译集、中国文学作品英译集之中。英国人白英、爱尔兰人唐安石等人的英译，代表着英伦三岛在《诗经》选译方面的贡献。

白英（Robert Payne，1911—1983）是英国著名传记作家、诗人、记者，1941年来到中国，为英国驻华大使馆工作，曾受到毛泽东、蒋介石、宋庆龄等人接见。他1943年到达昆明，被西南联大聘为英国文学教授，任教期间曾与闻一多、卞之琳、袁可嘉等人合作编译《当代中国诗选》。[②]白英1946年回到英国后，还出版多本关于中国的著作。

白英《白驹：中国古今诗歌译文集》(1947)

白英编译的《白驹：中国古今诗歌译文集》，1947年初版于纽约，1949年在伦敦重印。白英受到法国汉学家德里文所编唐诗选集的启发，在编译《当代中国诗选》之后，又编译了这本古今中国诗歌选集。《白驹》的编选工作，得到了当时寓居昆明的浦江清、闻一多等中国学者的帮助，白英还请当时西南联大青年教师李赋宁、学生金隄等人译出部分诗歌，可以说此书是一本中外学者合力完成的译文集。《白驹》共收录六十一首《诗经》作品，依次包括《小雅·白

① ［美］夏含夷：《夷坚志：古史异观二集》，张淑一、蒋文、莫福权译，上海：上海古籍出版社，2016年，第229页。

② 可参见李章斌：《罗伯特·白英〈当代中国诗选〉的编撰与翻译》，《中国现代文学研究丛刊》2012年第3期。

驹》《齐风·东方之日》《召南·小星》《郑风·萚兮》《郑风·女曰鸡鸣》《召南·野有死麕》《周南·桃夭》《鄘风·蝃蝀》《秦风·黄鸟》《邶风·匏有苦叶》《小雅·鹤鸣》《大雅·灵台》《小雅·大东》《郑风·风雨》《小雅·南有嘉鱼》《齐风·猗嗟》《郑风·子衿》等。① 这些《诗经》作品译文的排列次序，没有特定的规律。部分诗歌的译名也颇为与众不同，如《关雎》译为"The Mallards（野鸭）"，《曹风·蜉蝣》译为"Wings of the Dragonfly（蜻蜓的翅膀）"。②《白驹》收录的《诗经》作品译文，都出自白英之手，很难确定这些与众不同的译名是否曾经浦江清、闻一多等人过目。

爱尔兰汉学家唐安石（John A. Turner，1909—1971）是耶稣会士，他于 1935 年来到香港担任神职，二战期间曾在广州中山大学担任英文教授，后长期定居香港。唐安石十分爱好中国文学，他翻译了大量中国诗歌作品，但是未及结集出版，就突然病逝。曾任教于香港中文大学的美国学者李达三（John J. Deeney）搜集唐安石的中国诗歌译文，编成《中国诗歌金库》，书名有仿照著名的《英诗金库》之意。在《中国诗歌金库》中，收录了唐安石翻译的四首《诗经》作品，包括《周南·关雎》《邶风·静女》《周南·桃夭》《召南·草虫》。③

英国著名诗人霍尔布鲁克（David Holbrook，1913—2011）曾搜集瓦德尔、韦利、庞德三人译的中国诗歌一百一十多首，编成《拔蒲：中国诗歌译文集》，其书名来自南朝乐府民歌《拔蒲》。此书分为"时间与季节""友情与爱情""家庭"等六大主题，收录的《诗经》作品有《豳风·东山》（韦利译）、《王风·兔爰》（韦利译）、《秦风·黄鸟》（韦利译）、《邶风·匏有苦叶》

① Robert Payne ed., *The White Pony: An Anthology of Chinese Poetry from the Earliest Times to the Present Day, Newly Translated*, London: George Allen & Unwin, 1949, pp. 31—67.

② 同上书，pp. 39，62.

③ John A. Turner tr., *A Golden Treasury of Chinese Poetry*, ed. John J. Deeney, Hong Kong: The Chinese University Press, 1976, pp. 32—39.

（瓦德尔译）等。[①] 有些作品，译者本来未加题目，但是霍尔布鲁克为其加上了题目，如韦利翻译的《豳风·东山》被加上了“The Soldier Returns（战士归来）”的题目。

20 世纪 30 年代以后，北美汉学逐渐超越欧洲汉学，各种收录《诗经》选译的中国诗歌英译集、中国文学作品英译集，以及世界诗歌选集、世界文学选集等，主要由美国汉学家、美国学者或美国诗人完成。

在 20 世纪的美国汉学发展中，华裔学者曾起到重要的推动作用。柳无忌（Wu-chi Liu，1907—2002）和罗郁正（Irving Yucheng Lo，1922—）主编的《葵晔集：三千年中国诗歌选》1975 年出版，不到半年就销售 1.7 万册，成为非常畅销的中国诗歌译集。此书的畅销，与 20 世纪六七十年代美国的文化背景有密切关系，当时很多年轻人在寻找人生意义的过程中产生了迷惘的情绪，转而在东方文化与中国诗歌中寻求安慰，唐代诗人寒山曾成为“垮掉的一代”（Beat Generation）推崇的精神偶像。

柳无忌、罗郁正《葵晔集：三千年中国诗歌选》(1975)

柳无忌是柳亚子先生之子，出生于江苏，曾就读清华大学，1927 年赴美，1931 年获耶鲁大学博士学位，回国后任南开大学英文系教授，1945 年再度赴美，相继任教于耶鲁大学、印第安纳大学。罗郁正出生于福州，曾就读于上海圣约翰大学，1947 年赴美，后在威斯康星大学获得博士学位，长期任教于印第安纳大学。《葵晔集：三千年中国诗歌选》共收录十二首《诗经》作品，包括柳无忌翻译的《邶风·静女》《卫风·氓》《召南·野有死麕》，王靖献翻

① David Holbrook ed., *Plucking the Rushes: An Anthology of Chinese Poetry in Translations*, London: Heinemann Educational, 1968, pp. 56—57.

译的《鄘风·载驰》《齐风·南山》《唐风·鸨羽》《小雅·出车》《小雅·四月》《商颂·那》，罗郁正翻译的《豳风·七月》，Heng Kuan 翻译的《郑风·出其东门》《大雅·灵台》等。[①] 此书在《诗经》作品译文之后，附上理雅各1871年《诗经》中英对照译本的页码，以便读者检索原诗。

在美国汉学界，华兹生（Burton Waston，1925—2017）是最负盛名的中国文学作品译者之一。他在1984年编译的《哥伦比亚中国诗歌选集》，收进狄百瑞主编的《亚洲经典译集》丛书，是继《葵晔集》之后又一本著名的中国诗歌译集。《哥伦比亚中国诗歌选集》共选录三十五首《诗经》作品，包括《周南》中的《关雎》《螽斯》《桃夭》，《召南》中的《草虫》《甘棠》《摽有梅》《野有死麕》，《邶风》中的《柏舟》《北风》，《鄘风》中的《墙有茨》《相鼠》，《卫风》中的《河广》，《王风》中的《君子于役》《君子阳阳》，《郑风》中的《将仲子》《叔于田》《遵大路》《女曰鸡鸣》《萚兮》《褰裳》《子衿》，《齐风》中的《还》，《魏风》中的《陟岵》《硕鼠》，《唐风》中的《葛生》，《秦风》中的《晨风》，《陈风》中的《东门之杨》，《小雅》中的《采薇》《正月》《无将大车》《青蝇》《宾之初筵》《隰桑》，《大雅》中的《生民》，《周颂》中的《丰年》。[②] 西方汉学界在20世纪逐渐形成惯例，《诗经》作品按先后顺序编号，不再采用理雅各那种为风、雅、颂三部分作品分别编号的方式，《哥伦比亚中国诗歌选集》为收录的《诗经》作品附上了统一的顺序编号。

华兹生《哥伦比亚中国诗歌选集》（1984）

---

① Wu-chi Liu and Irving Yucheng Lo ed., *Sunflower Splendor: Three Thousand Years of Chinese Poetry*, Bloomington: Indiana University Press, 1975, pp. 3—15.

② Burton Watson ed. & tr., *The Columbia Book of Chinese Poetry: from Early Times to the Thirteenth Century*, New York: Columbia University Press, 1984, pp. 15—43.

近期在美国有较大影响的中国诗歌选译集，是蔡宗齐（Zong-qi Cai，1955—）主编的《如何阅读中国诗歌》，此书采用中英文对照的方式，还为中文原诗标注了普通话读音。《如何阅读中国诗歌》收录十三首《诗经》作品，由倪豪士（William H. Nienhauser，Jr.，1943—）翻译，依序为《陈风·株林》《周南·桃夭》《小雅·隰桑》《郑风·将仲子》《周南·汝坟》《邶风·静女》《召南·江有汜》《召南·小星》《召南·采蘩》《周南·葛覃》《召南·采蘋》《周颂·振鹭》《大雅·绵》。①

在中国诗歌译文集之外，还有各种中国文学作品集，也收录了很多《诗经》译文。白之（Cyril Birch，1925—）编选的《中国文学选集》共有两册，于1965—1972年完成，是美国汉学界较早出现、收录较全的一本中国文学作品译文集。《中国文学选集》第一册"从早期至14世纪以前作品"，共选录三十三首《诗经》作品，包括《大雅·生民》《召南·摽有梅》《召南·野有死麕》《邶风·静女》《郑风·将仲子》《陈风·月出》《郑风·出其东门》《卫风·竹竿》等。② 不过，此书以收录各种现成译文为主，《诗经》作品主要采用了韦利或者庞德的译文。

麦克诺顿在1974年编的《中国文选》，其影响力不如白之的《中国文学选集》。《中国文选》共收录五十二首《诗经》作品，部分诗歌用庞德的译文，部分为麦克诺顿本人所译。这些《诗经》作品，按主题排列：第一类"爱情诗"共五首，有庞德译的《郑风·将仲子》《郑风·狡童》，麦克诺顿译的《郑风·出其东门》《陈风·泽陂》《召南·小星》；第二类"离别诗：情人或丈夫"共四首；第三类"离别诗：家人或朋友"共两首；第四类"逝去的时光"共五首；第五类"婚嫁诗"共四首；第六类"宴会诗"共两首；第七类"及时"共三首；第八类"道"共两首；第九类"战争"共七首；第十类"反抗与谴责"共五首；第十一类"好人"共四首；第十二类"礼"共六首；第十

① Zong-qi Cai ed., *How to Read Chinese Poetry: A Guided Anthology*, New York: Columbia University Press, 2008, pp. 15—32.

② Cyril Birch ed., *Anthology of Chinese Literature: From Early Times to the Fourteenth Century*, New York: Grove Press, 1965, pp. 5—29.

三类“历史”共三首。[①]

近期影响较大的中国文学作品英译集，是梅维恒（Victor H. Mair，1943—）主编的《哥伦比亚中国古典文学选集》，1994年出版，是北美汉学界的一次合作成果。此书以文类为选编分类原则，《诗经》作品收录在诗歌部分。[②] 此书卷帙浩繁，近一千四百页，为了便于读者使用，梅维恒又在六年之后精选主要作品，编成《精选版哥伦比亚中国古典文学选集》，将篇幅缩减至七百多页，其中《诗经》作品共十四首，由美国汉学家王安国翻译。[③]

另一本影响较大的中国文学作品英译集，是宇文所安（Stephen Owen，1946—）编译的《中国文学选本：从起源到1911》。此书所收中国文学作品，都是宇文所安一人翻译，由美国学术界久负盛名的诺顿出版社出版。《中国文学选本：从起源到1911》共收录六十首《诗经》作品，其编排方式与众不同，分设“《诗经》：肇始”与“《诗经》：国风”两部分。第一部分围绕《诗经》所反映的早期历史展开，先收录《周颂》中的《我将》《载芟》作为开头，再以“周朝的建立”为题，选译了《大雅》中《生民》《公刘》《绵》《大明》《荡》《江汉》，以及小雅中的《出车》《六月》，辅以《史记》《庄子》中的相关记载，最后是“以人殉葬”，选译了《秦风·黄鸟》，辅以《左传》《孟子》中的相关记载。第二部分以《周南》中的《关雎》《汉广》开头，诗中涉及汉水的女神，宇文所安就附以阮籍的《咏怀其二》“二妃游江滨”、孟浩然的《万山潭坐》，以“传统中的不同声音”为题，说明相关主题的演变，其他《国风》作品以主题分类编排，包括：“联系”（20首）如《周南·桃夭》《召南·鹊巢》《卫风·竹竿》等，“理解与误解”（7首）如《邶风·静女》《卫风·木瓜》等，“其他诗歌”（11首）如《郑风·溱洧》《陈风·东门

① William McNaughton ed., *Chinese Literature: An Anthology from the Earliest Times to the Present Day*, Rutland: Tuttle, 1974, pp. 45—86.

② Victor H. Mair ed., *The Columbia Anthology of Traditional Chinese Literature*, New York: Columbia University Press, 1994, pp. 149—170.

③ Victor H. Mair ed., *The Shorter Columbia Anthology of Traditional Chinese Literature*, New York: Columbia University Press, 2000, pp. 61—73.

之枌》《召南・行露》《邶风・匏有苦叶》等，“求欢、婚姻与爱情”（9首）如《陈风・衡门》《召南・何彼襛矣》《豳风・伐柯》等。[1] 这种分类与韦利《诗经》英译本比较相似，不过宇文所安没有将《郑风・溱洧》等诗收进“求欢、婚姻与爱情”部分，而是收进了“其他诗歌”部分，颇为与众不同。

宇文所安《中国文学选本》(1996)

到了2000年，刘绍铭（Joseph S. M. Lau，1934—）、闵福德（John Minford，1946—）二人主编出版了《含英咀华集》，这是一本广泛搜集各种译文的中国文学作品选集。此书收录六十首《诗经》作品，涵盖了三百年间各种不同的翻译，如《周南・关雎》一诗，收录译文达二十余种，译者包括孙璋（拉丁文翻译）、理雅各、阿连璧、詹宁斯、葛兰言（法文翻译）、韦利、高本汉、白英、庞德、杨宪益夫妇、叶维廉、华兹生、唐安石等人，《召南・鹊巢》收录了德庇时、阿连璧、詹宁斯等人的译文，《卫风・淇奥》收录了珀西、琼斯、詹宁斯等人的译文。此书的特别之处，是注意到V. W. X.的《诗经》译文，共收录其十二首译诗，包括《周南》中的《关雎》《樛木》《桃夭》《汝坟》，《召南》中的《采蘋》《甘棠》《羔羊》《摽有梅》，《鄘风》中的《柏舟》《墙有茨》《桑中》，《卫风》中的《竹竿》。这十二首译诗，除了《关雎》《甘棠》同时收录他人的译文之外，其余十首作品只收录V. W. X.一人的译文，可见编者对其译文的重视。[2]

---

① Stephen Owen ed., *An Anthology of Chinese Literature*: *Beginnings to* 1911, New York: W. W. Norton, 1996, pp. 10—57.

② John Minford and Joseph S. M. Lau ed., *Classical Chinese Literature*: *An Anthology of Translations*, *Volume* 1: *from Antiquity to the Tang Dynasty*, New York: Columbia University Press; Hong Kong: Chinese University Press, 2000, pp. 69—149.

在专业汉学家之外，还有各种身份的美国人尝试翻译包括《诗经》在内的中国诗歌作品。美国人萨克海姆（Eric Sackheim）曾在哈佛大学跟随海陶玮学习中国文学，但他获得博士学位之后没有走上专业学者的道路，而是在1960年之后移居日本，成为一名翻译家和出版家。他在日本开设了一家小型出版社，翻译了大量中国、日本的文学作品，还搜集出版了美国布鲁斯（Blues，或译蓝调音乐）歌谣。萨克海姆在1968年编译《在虚无中追寻声音：中国六世纪以前诗歌选集》，由他在日本开设的Mushinsha出版社推出，同时又在纽约出版。此书收录了十首《诗经》作品的译文，以字面直译为主，同时追求英文诗歌的韵味，依序为《鄘风·相鼠》《王风·终归有蓷》《王风·大车》《郑风·将仲子》《郑风·狡童》《郑风·褰裳》《齐风·鸡鸣》《齐风·东方未明》《秦风·黄鸟》《豳风·伐柯》。①

以诗人身份以及西方文学研究者身份来翻译中国诗歌的美国人，比较突出的有巴恩斯通（Tony Barnstone，1961—）。他的父亲是美国著名诗人和翻译家，母亲也是著名艺术家，他本人在加州大学伯克利分校获得博士学位，曾受过美国桂冠诗人宾斯基（Robert Pinsky，1940—）、哈斯（Robert Hass，1941—）等人的指导，成为著名的诗人、小说家、翻译家，现为美国加州惠蒂尔学院的英语教授。巴恩斯通与Chou Ping合作，翻译了多种中国文学作品。他们合作编译的《锚图书中国诗歌选》，由美国著名的锚图书出版社出版，共收录八首《诗经》作品，依序为《陈风·月出》《召南·摽有梅》《邶风·静女》《召南·野有死麕》《小雅·何草不黄》《王风·黍离》《郑风·将仲子》《邶风·匏有苦叶》。②

除了中国诗歌选集、中国文学作品选集，还有一些中国文明读本或中国文化读本，也收录了《诗经》作品。哥伦比亚大学的狄百瑞（William Theo-

① Eric Sackheim tr., *The Silent Zero, in Search of Sound…: An Anthology of Chinese Poems from the Beginning through the Sixth Century*, New York: Grossman, 1968, pp. 3—13.

② Tony Barnstone and Chou Ping tr., *The Anchor Book of Chinese Poetry*, New York: Anchor Books, 2005, pp. 7—12.

dore de Bary，1919—2017），是美国较早推动编选中国文明读本的汉学家。他从1960年开始主编《东亚文明导论》丛书，成为广受美国大学生欢迎的亚洲文化读本和教材，影响深远。《中国传统的根源》是《东亚文明导论》丛书中非常重要的一本，由狄百瑞、陈荣捷（Wing-tsit Chan，1901—1994）、华兹生三人担任主编，1960年出版。到了1999年，狄百瑞又与卜爱莲（Irene Bloom）合作修订此书，推出新版。《中国传统的根源》专设一节介绍《诗经》，出自华兹生的手笔。华兹生翻译了《大雅·文王》的第一、四、七章和《周颂·丰年》全诗，认为这些诗都是歌颂周文王的功德，他还翻译了国风部分的《魏风·硕鼠》第一、三章和《邶风·北风》全诗，认为前者是魏国农民抱怨沉重的赋税，后者可能是一首情诗，不过在中国传统中被赋予了政治的诠释。[①]

20世纪80年代以后，美国的大学本科教育开始在核心课程中逐渐加入关于亚洲的知识，因此出现了各种中国文明读本。如伊佩霞（Patricia Buckley Ebrey，1947—）主编的《中国文明读本》，在介绍先秦文明的第一章"古典时期"中，有一节介绍先秦诗歌，所选四首诗全部为《诗经》作品，译文出自伊佩霞本人之手，这四首诗是《郑风·将仲子》《豳风·七月》《小雅·采芑》《小雅·何草不黄》。为什么选录这四首《诗经》作品，伊佩霞解释道："关于周代早期普通民众的日常生活、期盼、抱怨、信仰的最佳资料，保存在《诗经》中。"她还简单勾勒了《诗经》的艺术特色："在很多方面，《诗经》都是后世中国诗歌的典范：其作品在韵律和节奏上有相对严格的规律，大量运用意象，形式简短。"[②] 再如梅维恒等人主编的《夏威夷中国古代文化读本》，其中有金鹏程（Paul Rakita Goldin，1972—）翻译的十六首《诗

---

① William Theodore de Bary, Wing-tsit Chan, and Burton Watson ed., *Sources of Chinese Tradition*, vol. 1, New York: Columbia University Press, 1960, pp. 12—14; William Theodore de Bary and Irene Bloom ed., *Sources of Chinese Tradition*, vol. 1, New York: Columbia University Press, 1999, pp. 37—40.

② Patricia Buckley Ebrey ed., *Chinese Civilization: A Sourcebook*, New York: Free Press; Toronto: Maxwell Macmillan Canada; New York: Maxwell Macmillan International, 1993, p. 11.

经》作品。[1]

《诗经》作品也进入了美国各种世界诗歌选集或是世界文学选集之中。马克·范多伦（Mark Van Doren，1894—1972）主编的《世界诗歌选集》，是出现较早并形成很大影响的一本选集。范多伦是美国著名的诗人、批评家，他是美国著名批评家、传记作家卡尔·范多伦的弟弟，前一章曾提到卡尔·范多伦极为欣赏瓦德尔的译诗，并向林语堂大力推荐。范多伦曾获得1940年的普利策诗歌奖，并在哥伦比亚大学任教四十多年，培养了一大批优秀的作家和思想家，其中包括"垮掉的一代"的代表人物金斯堡（Allen Ginsberg）、凯鲁亚克（Jack Kerouac）等人。

范多伦主编的《世界诗歌选集》，取材范围非常广泛，涵盖了来自汉语、日语、梵语、阿拉伯语、波斯语、希伯来语、埃及语、希腊语、拉丁语、意大利语、西班牙语、法语、德语、北欧语、俄语、英语、爱尔兰语、美语共十八种语言的诗歌，时间跨度则从公元前13世纪直到20世纪。范多伦在前言中宣称："人类历史上的任何诗人，只要他的作品有合适的翻译，都能在这本选集中找到他的位置。"因此，译文的可读性成为范多伦编选此书的主要标准之一。所有入选的作品，都是以一种"可读的英语"呈现出来。范多伦说："这本选集，都是我能找到的以最好的英文所翻译的世界上最好的诗歌，如果某位诗人的作品，我找不到好的英文翻译，我就不会选他。"[2] 比如，古希腊大诗人品达（Pindar）没有入选，就是因为范多伦觉得品达诗歌的英语译文没有可读性，不能展现这位诗人的伟大之处。

《世界诗歌选集》将中文诗歌排在最前面，有八首《诗经》作品，其中有四首采用了瓦德尔的译文，包括"I Wait My Lord"（《邶风·匏有苦叶》）；有一首采用英国诗人阿普沃德的译文，即"The Pear-Tree"（《召南·甘

---

① Paul R. Goldin, "The Odes", in *Hawai'i Reader in Traditional Chinese Culture*, ed. Victor H. Mair, Nancy S. Steinhardt and Paul R. Goldin, Honolulu: University of Hawai'i Press, 2005, pp. 35—44.

② Mark Van Doren ed., *An Anthology of World Poetry*, New York: Albert & Charles Boni, 1928, p. 7.

棠》)；有一首是克莱默·宾的译文，即“Maytime”（《召南·野有死麕》)；还有两首是翟理思的译文，包括“You Will Die”(《唐风·山有枢》)。[1] 从此书对《诗经》作品译文的选择可以看出，编者贯彻了重视译文可读性与诗歌性的原则。编者不懂中文，因此无法判断这些译文与原诗的距离，他也不知道瓦德尔翻译的《诗经》作品已经面目全非。

范多伦主编的《世界诗歌选集》影响巨大，推动了美国各种世界诗歌选集的出现。如《世界诗歌：古今诗歌选集》，就在前言中向《世界诗歌选集》致敬，此书第一部分标题为“青铜时代与黑铁时代的诗人（2200—250 B.C.)”，涵盖苏美尔与古代近东的诗歌、早期印度诗歌、早期中国诗歌，收录了十首《诗经》作品，有韦利译的《郑风·叔于田》《郑风·将仲子》，庞德译的《卫风·淇奥》《鄘风·相鼠》，柯鹤立（Constance A. Cook）译的《邶风·柏舟》《小雅·鹤鸣》，马绛（John S. Major）译的《魏风·硕鼠》《鄘风·相鼠》《大雅·常武》，巴恩斯通译的《召南·摽有梅》等。[2] 由于汉学家马绛加入此书的主编工作，此书对于《诗经》作品译文的选择有了很大的进步，并由研究早期中国思想史的马绛、柯鹤立重译了几篇《诗经》作品，因此这本《世界诗歌：古今诗歌选集》具有特殊的价值。

各种世界诗歌选集或世界文学选集的主事者，除了《世界诗歌：古今诗歌选集》的主编之一马绛等少数汉学家之外，大多是美国本土的诗人或是比较文学研究者。如美国哥伦比亚大学英语与比较文学教授卫鲁斯（Henry W. Wells，1895—1978)，就曾在 20 世纪六七十年代编选多本东亚文学选集与世界文学选集，其中如《中国、日本、印度古代诗歌选》就选译了多首《诗经》作品。[3] 近期出版如《诺顿世界名著选集》，收录十一首《诗经》作品，

---

① Mark Van Doren ed., *An Anthology of World Poetry*, New York: Albert & Charles Boni, 1928, pp. 1—4.

② Katharine Washburn, John S. Major, and Clifton Fadiman eds., *World Poetry: An Anthology of Verse from Antiquity to Our Time*, New York: W. W. Norton, 1998, pp. 61—69.

③ Henry W. Wells ed., *Ancient Poetry from China, Japan and India*, University of South Caroline Press, 1968.

包括《周南・关雎》《召南・摽有梅》《召南・野有死麕》《邶风・柏舟》《邶风・静女》《卫风・木瓜》《郑风・将仲子》《郑风・遵大路》《郑风・女曰鸡鸣》《陈风・东门之杨》《大雅・生民》。[①]

由以上概述可见，《诗经》已经成为英语世界读者非常熟悉的中国文学作品，频繁出现在各种文学选集之中。最常选录的篇目，主要是《国风》中描述婚恋情爱或是平民心声的篇章，而《雅》《颂》反映贵族燕饮或宗庙祭祀的诗歌较少入选，现代读者对于《诗经》的期待视野由此可见一斑。

第五节　《诗经》英译的回顾与反思

随着各种《诗经》英译的增加，英语世界也开始出现很多文章，从各种角度回顾《诗经》英译的成就，反思其中存在的问题。

香港大学的黄兆杰（Wong Siu-kit，1937—2007）与李家树，曾在香港中文大学翻译研究中心的刊物《译丛》上发表《〈诗经〉的三个英译本》，以《诗经》注疏传统为依凭，仔细分析并评价了三个最重要的《诗经》英译本，即理雅各译本、韦利译本、高本汉译本。[②]

这篇文章提出，判断《诗经》译本成就的高低，最重要的标准就是以《诗经》注疏传统为参照，看翻译者的解释最终能否在这个传统中站住脚。文章先介绍了三个译本各自的特色：理雅各译本经学色彩最浓，主要依靠朱熹和严粲的诠释（此文只考察了理雅各的《诗经》散体译文）；韦利译本的最大特色在于将《诗经》视为民歌，并在翻译中再现了《诗经》的特殊语法；高本汉译本的基础则是译者本人在汉学领域最专业、最全面的研究。文

① Sarah N. Lawall and Maynard Mack ed., *The Norton Anthology of World Masterpieces*, New York: W. W. Norton, 2002, pp. 814—819.

② 黄兆杰、李家树：《英译诗经三种》，叶采青译，林庆彰主编《国际汉学论丛》第二辑，台北：乐学书局，2005 年，第 15—53 页。

章接着以具体的《诗经》作品译文为例，比较了三个译本的优劣。比如作者不同意理雅各对《召南·小星》的翻译，为此引用了《毛传》和高亨的说法，以及语法分析的证据，来证明理雅各的错误；作者也不同意理雅各对《卫风·淇奥》的翻译，引用了《尔雅》和《毛传》的说法，来证明理雅各的错误。同样，对于韦利的英译，此文也引用了《毛传》等说法，来证明其错误之处，但作者同时指出韦利的英译善于把握诗的内在结构。此文对高本汉的译本最为推崇，认为高本汉的翻译最能体现《诗经》注疏传统的成果。

《〈诗经〉的三个英译本》的大部分内容，是在讨论三个译本对《诗经》具体字句的不同解释。虽然此文关注《诗经》译文本身的语言形式与翻译技巧问题，包括运用不同的词语和语法结构等，比如指出韦利在翻译《郑风·遵大路》时运用了虚拟语气来突出全诗的意味，但此文最主要的立足点是经学训诂传统，因此判定高本汉的译本是最好的《诗经》译本。

美国华裔学者、印第安纳大学教授欧阳桢（Eugene Chen Eoyang）的《世界文学中的多重“世界”：作为中文翻译者的庞德、韦利》，采用了不同的角度，即从翻译研究理论出发，反思了翻译研究的本体论问题，并由此分析了庞德与韦利的《诗经》译文。①

欧阳桢指出，翻译者在世界文学的传播中扮演了极其重要的地位，译本逐渐变成了目标语中的原作。当一部作品有多个译本存在之时，对这些译本如何取舍呢？欧阳桢当然希望提出一些取舍原则，但是他对于这个问题的解决，与其他学者颇为不同。他认为，如果我们去问庞德与韦利谁是更好的译者，这个问题本身就是措辞不当。我们应该问：庞德的哪一首诗译得比韦利好，或是韦利的哪一首诗译得比庞德好。在提这个问题之前，我们应该首先追问：我们所谓的“翻译”究竟指什么？我们持什么标准来判定译文的价

---

① Eugene Chen Eoyang, “The Many ‘Worlds’ in World Literature: Pound and Waley as Translator of Chinese”, in *Reading World Literature: Theory, Hisotry, Practice*, ed. Sarah Lawall, Austin: University of Texas Press, 1994, pp. 241—266.

值？我们能从译文之间的比较或译文与原文的比较之中学到什么？

欧阳桢认为，上述三个问题，分别对应着翻译的本体论问题、翻译的经典性标准问题、翻译的启发功能问题。这些问题，很难有一个简单或明确的答案。他希望通过考察庞德与韦利的《诗经》译文，来回应翻译的一般性问题、语言与文化的活力问题、跨文化比较的方法论问题，以及如何在世界文学中看到多重“世界”的问题。

以上述问题为出发点，欧阳桢指出，要判断各种翻译的不同价值，首先必须关注译文的隐含读者或是目标读者，比如字面直译实际上对于语言学习者有很大帮助，模仿式翻译更需要读者对原作及其语言的熟稔。欧阳桢认为有三种翻译方式：第一种是“同价”式，即原作被视为“模仿”中的参照物，主要指模仿式翻译；第二种是“代理”式，即读者完全不懂原作的语言；第三种是“取决”式，即读者既非完全不懂原作语言，也非十分精通原作语言。欧阳桢称这是翻译的三种“文类”，面对不同的翻译“文类”，要采用不同的判断标准：“代理”式翻译，应该看它对于目标语言读者的实际影响，看它能否激起读者足够的兴趣以保证译作在新的语言环境中的生命；“取决”式翻译，应该看它对学习原作语言的读者是否有用；而“同价”式翻译，就要看它作为文学作品本身是否成功，是否能满足熟悉原作语言的读者。

欧阳桢以《邶风·北门》《郑风·缁衣》《郑风·风雨》《陈风·月出》四首诗为例，考察了庞德和韦利的译文究竟属于哪一种翻译“文类”，是否满足了该翻译“文类”的评价标准。基本上，庞德的译文属于“代理”式翻译，其目标读者是完全不懂原作语言的西方人，韦利的译文属于“取决式”翻译，其目标读者是既非完全不懂，也非十分精通原作语言的学习者。欧阳桢根据不同翻译“文类”的标准，对庞德、韦利的译文做出评价，也根据原作的艺术特性来判断两种译文的优劣。比如《邶风·北门》，欧阳桢认为庞德、韦利二人的译文都不能令人满意，他们都没有体现出原作那种直接的呼告口吻。欧阳桢甚至自己重译此诗，希望再现原作的特征。

从翻译研究或跨文化研究的角度来考察《诗经》英译的论著[①]，数量不少，此处不再一一列举。接下来再介绍以研究上古汉语著称的杜百胜对于《诗经》翻译的看法。

杜百胜的《论翻译〈诗经〉》，收入周策纵主编的《文林》第2期。杜百胜曾出版多种研究《诗经》语言的论著，本书第十章将有介绍。他撰写此文，是因为他在研究《诗经》语言的过程中，发现不同的《诗经》译者在处理译文时表现出极大的差异，于是想提出自己对于权威译文的质疑，并希望《诗经》英译可以更加准确、更加忠实于原文。

杜百胜质疑的权威译文，是指理雅各、韦利、高本汉的译文。杜百胜没有全面地讨论三人的译文，而是聚焦于《小雅·宾之初筵》一诗的不同译法。他发现，三人对于《宾之初筵》具体字词的理解大致相同，但是对于字词之间相互关系的理解却大相径庭。"简言之，在词汇意义的解释上，他们差别甚微；但是在句法意义的解释上，他们却有极大的差别。"[②] 这种差别，是因为《诗经》用词精简，极少代词、连接词、助词，所以译者在将《诗经》译为通顺的英文时，不得不根据自己的理解增添很多语法元素，如名词的数格、动词的时态、句子的语态等。但是，杜百胜认为，在增添这些元素时，并非可以任意自由地选择，因为《诗经》原文的语法特征与语法习惯，已经极大地限定了译者的选择。

《小雅·宾之初筵》共五章：

宾之初筵，左右秩秩。笾豆有楚，殽核维旅。酒既和旨，饮酒孔

---

① 近期的论著如 Robert E. Kibler, "Finding China in Our Own Time: Legge, Waley and Pound Translate a Fertility Ode From Chinese *Shijing*", *Paideuma* 34. 1 (2005): 43—58; Monica E. M. Zikpi, "Rescuing the Odes from Modernity: The Rhetoric and Sources of Ezra Pound's Confucian Translation", *Comparative Literature Studies* 55. 1 (2018): 115—143.

② W. A. C. H. Dobson, "On Translating the *Book of Songs*", in *Wen-lin: Studies in the Chinese Humanities*, vol. II, ed. Tse-tsung Chow, Madison: Dept. of East Asian Languages and Literature of the University of Wisconsin; Hong Kong: N. T. T. Chinese Language Research Centre, Institute of Chinese Studies, The Chinese University of Hong Kong, 1989, p. 34.

偕。钟鼓既设，举酬逸逸。大侯既抗，弓矢斯张。射夫既同，献尔发功。发彼有的，以祈尔爵。

籥舞笙鼓，乐既和奏。烝衎烈祖，以洽百礼。百礼既至，有壬有林。锡尔纯嘏，子孙其湛。其湛曰乐，各奏尔能。宾载手仇，室人入又。酌彼康爵，以奏尔时。

宾之初筵，温温其恭。其未醉止，威仪反反。曰既醉止，威仪幡幡。舍其坐迁，屡舞僊僊。其未醉止，威仪抑抑。曰既醉止，威仪怭怭。是曰既醉，不知其秩。

宾既醉止，载号载呶。乱我笾豆，屡舞僛僛。是曰既醉，不知其邮。侧弁之俄，屡舞傞傞。既醉而出，并受其福。醉而不出，是谓伐德。饮酒孔嘉，维其令仪。

凡此饮酒，或醉或否。既立之监，或佐之史。彼醉不臧，不醉反耻。式勿从谓，无俾大怠。匪言勿言，匪由勿语。由醉之言，俾出童羖。三爵不识，矧敢多又。

此诗没有指明叙述者的身份，但是三位译者都试图根据自己的理解，确定叙述者的身份。理雅各认为叙述者是宴会中的一个参加者，韦利认为他是宴会的主人，高本汉则认为他是一个旁观者。对于诗歌的叙述结构，韦利和高本汉都认为此诗描写了一次具体宴会的整个过程，而理雅各则认为此诗是对宴会的一般性概述，开头两章是节制的，后面三章是无节制的。

杜百胜认为，要准确判断此诗的叙述者和叙述结构，就需要认清此诗的文类特征。他指出，此诗有大量诗句，重见于其他诗，如“弓矢斯张”又见于《大雅·公刘》，“以洽百礼”同时见于《周颂·丰年》《周颂·载芟》二诗。总之，有六句字词完全相同，见于其他七首诗中；有三句字词完全相同，见于其他四首诗中。根据他之前做过的研究，这种诗句重见，代表着文类的演进，即此类诗歌都是从《周颂》的宗庙宴饮颂歌衍化而来，到了《小雅》时代，它们演奏于诸侯的宴会，常以《周颂》作品为模仿对象。从这个角度来看《宾之初筵》，开头两章是对《周颂》宴饮颂歌的直接模仿，最后三章则是对此种文类的发展变化，从赞美的语气衍化为责备的语气。

因此，杜百胜认为，《宾之初筵》不是一首孤立的作品，必须要联系到它自身所属的文类及其文类演进史，才能更准确地理解此诗。在叙述者问题上，杜百胜同意高本汉的译法，即此诗采取了第三者的角度，因为这种文类一般都是采取第三者口吻，而不会采取宴会参加者的口吻。在诗歌结构上，杜百胜大致同意理雅各的看法，即此诗不是描写一次宴会的整个进程，而是先写合乎礼仪的宴会、后写不合礼仪的宴会，通过前后的对比来规定礼仪的准则。也就是说，这首诗的背景，是周代的礼仪传统。

在文章的结尾，杜百胜根据自己的理解，提供了一个新译。他认为第一、二章与第三、四、五章之间的转折，只有理雅各有所体会，韦利和高本汉都没有注意到。杜百胜的译文，试图在语气上表达出这种转折，开头两章的译文用了忠告的语气，最后三章的译文用了责备的语气。杜百胜还特意在第三章的开头，加上了“but（但是）”“ though（虽然）”，以凸显第三章的语气转变与文类形式的变化。

《诗序》认为《宾之初筵》的主题是：“卫武公刺时也，幽王荒废，媟近小人，饮酒无度，天下化之，君臣上下，沈湎淫液，武公既入，而作是诗也。”朱熹《诗集传》则采用《韩诗》“卫武公饮酒悔过”的说法。从毛、郑至朱熹，对于第三章中的转折之意，都已申明。郑玄在第三章笺曰：“此言宾初即筵之时，能自敕戒以礼；至于旅酬，而小人之态出。”朱熹在第三章注曰：“此言凡饮酒者，常始乎治，而卒乎乱也。”现代学者或采取卫武公陈古刺今的说法（如陈子展《诗经直解》），或采取“戒人饮酒宜有节制”的说法（如马持盈《诗经今注今译》）。可见，中国本土学者都注意到此诗从第三章开始的转折，以及最后三章对于饮酒失态的描绘。韦利、理雅各在第三章的译文中，也用了“but（但是）”来表示这个转折，不过他们将“but”放在“曰既醉止，威仪幡幡”一句之前，而不是像杜百胜那样放在第三章的开头。

当然，杜百胜的解释以及新译，其意义不仅在于强调了第三章的转折语气，更在于将此诗放在文类的模仿和演进中，认为开头两章是对《周颂》宴饮颂歌的直接模仿，最后三章是对此种文类的发展变化，通过这种转折变化来强调合乎礼仪的宴饮。这种解释有一定的合理性。

不过，杜百胜的译文也有很多可商榷之处。如最后一章的"由醉之言，俾出童羖"，原文中有一个无角公羊的意象，郑玄说"羖羊之性，牝牡有角"，即无角的公羊是不存在的，所以朱熹说："醉而妄言，则将罚汝，使出童羖矣，设言必无之物，以恐之也。"但是杜百胜译为"To fall in with the suggestions of a drunken man/ Is to lead him on to infantile behavior（听从醉者之言，即是怂恿他的幼稚行为）"[①]，无角公羊的意象完全不见了。相比之下，理雅各、韦利、高本汉都在译文中保留了这个生动的意象。理雅各译为"If you speak, drunk as you are/ We will make you produce a ram without horns（如果你醉后胡言，我们要你拿出一只无角的公羊）"[②]，明显是受了朱熹的影响。韦利译为"Led on by drubkenness in your talk/ Bringing out 'rams' and 'hornless' side by side（你醉后胡言，将'公羊'说成'无角'）"，还在脚注中补充道："说无角的公羊，就像是说长了尾巴的曼岛猫（a Manx cat's tail）。"[③] 曼岛猫原产于英国曼岛，是世界上唯一不长尾巴的猫类。这个说明，有助于英语世界读者更好地理解"由醉之言，俾出童羖"之意。高本汉将此句译为"if you admit the speeches of the drunkards you them to（bring out, display）show themselves to be hornless rams（infantile adults）"[④]，略显拖沓，不过也忠实地再现了原诗的意象与意义。

---

① W. A. C. H. Dobson, "On Translating the *Book of Songs*", in *Wen-lin: Studies in the Chinese Humanities*, vol. II, ed. Tse-tsung Chow, Madison: Dept. of East Asian Languages and Literature of the University of Wisconsin; Hong Kong: N. T. T. Chinese Language Research Centre, Institute of Chinese Studies, The Chinese University of Hong Kong, 1989, p. 43.

② James Legge tr., *The Chinese Classics*, Vol. IV, *The She King*, Hong Kong: Hong Kong University Press, 1960, p. 400.

③ Arthur Waley tr., *The Book of Songs: The Ancient Chinese Classic of Poetry*, London: George Allen & Unwin, 1954, p. 297.

④ Bernhard Karlgren tr., *The Book of Odes*, Stockholm: Museum of Far Eastern Antiquities, 1950, p. 174.

第九章　20世纪英语世界诗经学：文学研究

本书第八章至第十三章介绍20世纪30年代之后英语世界的《诗经》翻译与研究。以20世纪30年代为界，主要着眼于之后以美国为中心的北美汉学的繁荣，及其为《诗经》研究带来的新面貌。

傅海波指出，虽然牛津大学和剑桥大学在19世纪末确立了中文终身教授职位，由理雅各、威妥玛、翟理思等人担任，但是他们的学术活动并未在英国的大学中“形成确定的学术传统”，只是“增添异国情调”而已。[1] 二战之后英国汉学有很大的改进，不过美国逐渐成为西方汉学的研究中心。

美国汉学在1830—1900年以传教士为主，1900—1930年以延请欧洲学者为主，到了1930年以后开始以美国学者为主。[2] 西方汉学研究的中心逐渐转移到美国，在很大程度上得益于美国政府及各种基金对中国研究的大力资助。巴瑞特曾比较20世纪二三十年代英、美两国在中国研究上的资金投入，英国在1931年成立大学中国委员会，最终只从中国政府赔款中抽出二十万英镑来资助中国研究，而美国仅仅哈佛燕京学社（1928年成立）一处，就动用了中国政府赔款的二百万美元。[3] 美国政府出于外交和军事的考虑，非常

---

① ［德］傅海波：《欧洲汉学史简评》，胡志宏译，载张西平编：《欧美汉学研究的历史与现状》，郑州：大象出版社，2006年，第109页。

② 宋晞：《美国的汉学研究》，载陶振誉等编：《世界各国汉学研究论文集》第一辑，台北：中国文化研究所，1962年，第137—184页。

③ T. H. Barrett, *Singural Listlessness*: A Short History of Chinese Books and British Scholars, London: Wellsweep, 1989, p. 92.

注意培养精通中文的人才。1958 年美国国会通过“国防教育法”，委托全国知名大学开办“语言及地区研究中心”，中文教育与中国研究成为最重要的内容之一。

本章将以北美汉学界的成果为主线，介绍英语世界对于《诗经》各种文学特性的研究。

第一节　现代学科、比较文学与《诗经》

20 世纪三四十年代之后，美国汉学迅速发展的一个标志，就是现代的社会科学学科与传统的汉学研究的结合，甚至以现代学科的研究方法取代了欧陆传统汉学研究方法。

这种发展趋势，最早由费正清（John K. Fairbank，1907—1991）的中国区域研究推动。1941 年，以费正清为代表的一批美国学者成立远东学会（Far Eastern Association），逐渐成为研究中国的最重要的机构之一。1956 年更名为亚洲学会（Association for Asian Studies），与美国东方学会并列成为美国学术理事会的成员。费正清认为，那种以伯希和、马伯乐等巴黎学者为楷模、以语文学为基本方法的汉学研究，是一种“微观的汉学”，他转而提出一种将传统汉学与社会科学相结合的区域研究。[①]

这种发展趋势，当然也影响到对于古代中国的研究。以研究中国古代佛教著称的芮沃寿（Arthur F. Wright，1913—1976），也抱怨以语言文献考证为主要方法的传统汉学，造成了“中国研究在西方学术中依然是一个发展迟缓的领域”。[②] 因此，为了更好地融入西方学术的主流，很多汉学家都开始引

---

① John K. Fairbank, *China Perceived: Images and Policies in Chinese-American Relations*, New York: Vintage Books, 1976, pp. 213—214.

② Arthur F. Wright, “The Study of Chinese Civilization”, *Journal of the History of Ideas* 21. 2 (1960): 253.

入现代学科的研究范式，尝试各种新兴的理论方法，甚至倡议用中国研究这个名称来取代汉学研究这个旧名称，以呼应研究范式的转变。

对于《诗经》文学研究来说，各种现代的文学研究方法，比如意象研究、结构主义、女性主义、阐释学、口头文学，都被用来分析《诗经》作品及其相关问题，这种趋势在20世纪五六十年代之后的北美汉学界越来越成为主流。于是，各种西方文学作品或西方文学理论成为《诗经》文学研究的重要参照系，比较文学的视角成为最常见、最重要的学术背景。

上一章提到的哥伦比亚大学英语与比较文学教授卫鲁斯，在1965年发表一篇题为《〈诗经〉与世界文学》的文章，通过中西文学的比较进而强调了《诗经》的独特文学价值。卫鲁斯指出，《诗经》是一本最令人着迷的书，但是很少有人系统地将其作为诗歌来研究，或是与其他世界文学名著做细致的比较。卫鲁斯此文的目的，就是关注《诗经》作为诗歌作品本身的内在特质与永恒价值，思考它在世界诗歌领域的地位。他首先指出，中国与日本的早期诗歌都不是史诗，而是抒情诗，但是中国的《诗经》表现人性的范围更加广泛。他接着提出，《诗经》并不仅仅是原始朴素的诗歌，而是复杂与简朴的结合，与苏格兰诗人彭斯的歌谣比较相似，但是《诗经》更富于技巧，也更感人。《诗经》的技巧，不是一种刻意为之的技巧，而是一种自然而至的完美状态。一个简单的主题，在《诗经》中能被发展成精致的作品，在西方找不出对应的例子，相形之下，古希腊的诗集略显庸俗，可能只有维吉尔的诗歌能与之相提并论，但是维吉尔过于注重风格。卫鲁斯继续在西方文学传统寻找能与《诗经》并提的著作，他认为文艺复兴时期的牧歌都无法超越《诗经》，英语诗歌可能只有锡德尼（Sir Philip Sidney）的抒情诗能与《诗经》相比。卫鲁斯还强调《诗经》的特殊文学价值在于它的音乐性和意象，可能只有品达、埃斯库里斯（Aeschylus）等古典作家才能充分理解《诗经》的音乐特性。[①]

① Henry W. Wells, "The Shih Ching as World Literature", *Literature: East and West* 9 (1965): 310—320.

耶鲁大学的傅汉思（Hans H. Frankel，1916—2003），在1976年出版的《梅花与宫闱佳丽》中，介绍了八首《诗经》作品，包括《召南·野有死麕》《周南·桃夭》《陈风·越出》《郑风·野有蔓草》《王风·君子于役》《郑风·叔于田》《卫风·木瓜》《鄘风·桑中》，他将这些《诗经》作品同西方的诗歌进行对比阅读。比如《召南·野有死麕》一诗，以郑玄为代表的中国传统注释，将其解释为一位贞洁的女子要求情人以一只死鹿作为聘礼，很多现代学者（如日本的吉川幸次郎）都接受了这种解释。傅汉思认为这种解释难以令人信服，他赞同高本汉和韦利的解释，认为诗中的女子就像死鹿一样，是猎人的猎物，“两个主题——杀鹿和诱女，相互交织，最后一个诗节则是对诱奸场景的富有戏剧性的闪回重现”。

为了更好地支持这种解读，傅汉思引入了当时北美文学批评非常流行的原型理论，他说：“要得到更令人满意的解释，我建议引入一个原型模式，即猎人追逐（有时是猎杀）鹿的行为等同于男人追求（有时是强奸）女子。”他进一步从中西文学传统的比较来探讨这个原型：“这一模式在各个国家的民间文学和文学传统中频繁重现。例如，歌德的《浮士德》中的欧福良就把他所追求的姑娘比作‘脚步轻盈的小鹿’，而把他自己比作‘猎人’（第三幕第二场），英国民谣《三只乌鸦》和德国民谣《夜猎者》是另外两个例证。”在与《三只乌鸦》《夜猎者》比较之后，傅汉思更加确定，在这首《诗经》作品中，“通过两个主题的并置，诗歌中的强奸被视为打猎，而失去贞洁则等同于死亡”。他进而指出，庞德译文中的“少女时代也从此湮灭”一句，正是抓住了这一点。[①]

这种比较文学的视角，以及对于西方文学作品或西方文学理论的借鉴，在《诗经》文学研究中十分常见，再略举几例。如王靖献的《从礼仪到讽喻：中国早期诗歌七论》，有五篇文章研究《诗经》，其中最常为人引用的，就是在《诗经》作品中寻找一种不同于西方史诗的中国式史诗，即不崇尚武

① ［美］傅汉思：《梅花与宫闱佳丽：中国诗选译随谈》，王蓓译，北京：三联书店，2010年，第11—12、19页。

力而是崇尚文治的“文王史诗”。[①] 宇文所安的《〈诗经〉中的繁殖与再生》，从仪式的角度讨论了传统的延续性问题，即如何繁殖与再生，这包括两个方面，一是社会生产和种族延续，二是社会结构与政治伦理的延续。宇文所安讨论了四首诗，分别是《周颂·载芟》《大雅·生民》《大雅·下武》和《大雅·云汉》，并认为人类文明的传统是一个用文字记录和保存的连续的知识系统。[②] 李德瑞（Dore J. Levy）的《中国叙事诗：从汉末至唐代》，从比较诗学的角度出发，研究中国的叙事诗传统，尤其是东汉末年至唐代的叙事诗，在此书第一章“中国古典诗学中叙事因素”中，作者指出《诗经》传统中的“赋”是中国叙事诗的理论基础，由此将“赋”译为“enumeration（列举）”。[③] 麦大伟（David McCraw）的《中国女性如何失去自己的声音》一文，借用法国学者福柯的知识考古学理论，重新考察《诗经》作品中的女性形象，集中分析了《小雅·采绿》《周南·汝坟》《召南·行露》等诗。[④] 秦大伦（Tamara Chin）的论文《为摹拟定位：婚姻与〈诗经〉》，从性别政治出发，重新考察《诗经》作品，由此质疑了那种超越时间、超越文化、透明的“爱情与婚姻”观。[⑤]

第二节　《诗经》的意象与比兴研究

《诗经》作为文学作品，最吸引后世研究者的主题可能是其丰富的比兴

---

① C. H. Wang, *From Ritual to Allegory: Seven Essays in Early Chinese Poetry*, Hong Kong: Chinese University Press, 1988.

② Stephen Owen, “Reproduction in the *Shijing* (Classic of Poetry)”, *Harvard Journal of Asiatic Studies* 61.2 (2001): 287—315. 此文的中译版，已收入宇文所安的《他山的石头记》。

③ Dore J. Levy, *Chinese Narrative Poetry: The Late Han through T'ang Dynasties*, Durham: Duke University Press, 1988, chapter 1.

④ David Mc Craw, “How the Chinawoman Lost Her Voice”, *Sino-Platonic Papers* 32 (1992).

⑤ Tamara Chin, “Orienting Mimesis: Marriage and the *Book of Songs*”, *Representations* 94.1 (2006): pp. 53—79.

意象。在美国汉学界，麦克诺顿的《综合意象:〈诗经〉中的诗学》是一篇较早出现、专门分析《诗经》意象的论文。[①] 一般认为《诗经》复沓章节中的那些细微变化没有什么特别的意义，但是，本文的作者提出：这些变化为每首诗带来新的因素，它们组合在一起，扩展了诗的意义。在这个变化的过程中，诗人充满技巧地将不同的意象排列起来，使意象和意象之间互相作用，产生一种特殊的效果，作者称之为“综合意象”，他认为诗人是用综合意象来表达复杂的感情和思想。

麦克诺顿总结了综合意象在《诗经》中的功能：一是时间转移，综合意象可以在一个很短的时间里快速地转移，也可以在一个很长的时间里慢慢地转移，如《魏风・陟岵》《卫风・干旄》等诗；二是感情积累，综合意象推迟了感情的爆发，同时也积累了感情的能量，如《唐风・鸨羽》；三是思想积累，综合意象也能表达抽象的思想，如《召南・羔羊》；四是变形，即用艺术形象来表达抽象的东西，如《周南・桃夭》用桃花来指代女主人公的美德；五是行动与感动，如《齐风・鸡鸣》的综合意象暗示了一连串的行动。文章接着探讨了综合意象这种诗歌创作的过程和“六书”造字过程的关系，还分析了综合意象的生成规律，比如综合意象中有常规意象和非常规意象，它们的组合顺序则有固定顺序和随意顺序，以及综合意象的种种存在形式等。文章最后专门讨论了传统诗经学中的“赋、比、兴”，特别是“兴”的各种定义，以及综合意象和“兴”的关系。

可见，讨论《诗经》的意象及其特有的艺术手法，常会涉及“兴”。陈世骧（Shih-hsiang Chen，1912—1971）的《〈诗经〉在中国文学史和诗学中的文类意义》，虽然不是专门研究“兴”，但是文中对“兴”的本质及其意义的讨论，影响很大。此文原以英文发表在 1969 年的《中央研究院史语所集刊》

① William McNaughton, “The Composite Images: *Shy Jing Poetics*”, *Journal of the American Oriental Society* 83 (1963): 92—106.

上，后来收进白之编的论文集《中国文学文类研究》中。[1] 1970年陈世骧的弟子王靖献（杨牧）又将此文译成中文，并由陈世骧亲自修订，易名为《原兴：兼论中国文学特质》，突出了“兴”在文中的核心地位，发表于《香港中文大学中国文化研究所学报》第3卷第1期（1970），后收进《陈世骧文存》（台湾志文出版社1972年版，辽宁教育出版社1998年版）。

陈世骧此文主要目的，是通过考察《诗经》的形成过程，总结其艺术成就及其对后世文学的影响，为他本人提出的中国文学的抒情传统提供一个起点。文章开头高度评价了《诗经》在中国文学传统中的典范作用，并认为《诗经》所代表的文学类型就是抒情诗，这恰恰是古希腊文学传统中忽略的文类。陈世骧指出，用西方的文类理论来解释《诗经》的抒情性格并称《诗经》为“抒情诗”，是为了研讨方便，也是为了找到一个适用于现代文学批评的共通术语，以便于发掘《诗经》在中国文学中的原型作用。

陈世骧接着从两个角度来探索《诗经》的起源及其艺术成就。第一个角度是研究“诗”字的起源。“诗”字与以足击地的韵律性的节拍有关，与初民那些流露自然感情的舞歌有关，这正是“诗”的原始形态，它促使后世的“诗”追求艺术本质的表现，这和古希腊诗学重视“制作”不同。《诗经》展现了“诗”这个字的意义，成为“诗”类型的典范。

第二个角度是研究“兴”字的起源。陈世骧指出，“兴”正是探索“诗”类型原始因素的途径。本文采用了商承祚和郭沫若的观点，认为甲骨文中的“兴”字代表了四手或众手托盘，因此“兴”是群力举物时发出的声音。但是陈世骧强调，发出这种声音并不是因为举物太重，而是因为众人举物转圈舞蹈时表达的欢快情绪，带着神采飞逸的气氛，这层含义对于我们理解《诗经》的艺术技巧有极大的关系。“兴”体现了“诗”的本质、“诗”的起源，是感情激动的自然抒发，它分布于《诗经》的各个部分，它是我们判断《诗经》作品属于同一文类的线索。《诗经》中的“兴”都是以自然事物起兴，

① Shih-hsiang Chen, “The *Shih-ching*: Its Generic Significance in Chinese Literary History and Poetics”, *Bulletin of the Institute of History and Philology, Academia Sinica* 39.1 (1969): 371—413.

这是来自“新鲜世界”的诗质。“兴”不但确立全诗的韵律格式，而且也确立全诗的感情氛围。作者接着分析了“兴”的具体例子，指出“兴”不只是用来带领章节发端，也不一定要出现在诗的开端。透过这些分析，能充分认识到“兴”就是《诗经》的本质，就是抒情诗的本质。

《诗经》的“兴”，引起很多北美学者的兴趣，很多人尝试用各种西方理论来解释“兴”的特质、“兴”与“比”的区别等问题。

戴卫群的《论“兴”：形式角度的新探索》，就试图借鉴语言学、符号学来确定“兴”的特质。① 此文指出“兴”是理解中国诗歌和美学的关键词，希望从新的角度来研究“兴”。这个新角度就是：借助西方的话语分析理论，澄清“兴”在《诗经》中的本体地位，区分“兴”与隐喻在本质上的不同，即与“比”的不同。

作者首先评析了既有的研究成果。如高友工认为“比”物可以在场，也可以缺席，“兴”物则必然在场。这种说法代表了一个流行的误解：“兴”是实际景物的一部分。作者用了《豳风·狼跋》来反驳这种实景说，因为“狼跋其胡”不可能是实景。而这种实景说，会导致对“兴”的语言特性的忽视。作者接着进入正题：如果“兴”不只是实景，也可以是想象之景，那么“兴”和隐喻或者“兴”和“比”究竟有什么区别？作者认为徐复观的观点最有启发，即“比”是理智的反省，“兴”是感情的直觉。但是徐复观所持的是印象式的结论。作者因此援引了法国哲学家利科（Paul Ricoeur）的理论。利科提出语言有指定功能和表述功能，隐喻是一种表述性的同化。两个不同的语义范围，从字面的不一致到隐喻的一致，需要一种表述的句法，即需要隐喻述语。“兴”与隐喻的不同在于：“兴”没有隐喻述语，如“像”“是”等字。但是，作者也意识到，中国古诗语法结构特殊，比喻大多没有“像”“是”之类的述语。这时，作者提出另一个重要的概念：次序。隐喻的正常组合次序是先有本体再有喻体，这符合人类思维的逻辑次序。因此，在

① Wei-qun Dai, "*Xing* Again: A Formal Re-investigation", *Chinese Literature: Essays, Articles, Reviews* 13 (1991): 1—14.

西方的隐喻中，本体优先于喻体，即使省略述语的现代诗也一样。这就是李仲蒙说的“索物以寄情谓之比”。但是，“兴”有相反的次序，“兴”优先于主题，它颠倒了隐喻的表述次序。其深层的原因在于：任何表述都是话语，都是理智行为，但是“兴”不是话语，未被理智化。作者进一步援引了符号学家皮尔斯（Charles Sanders Peirce）的理论。皮尔斯认为三种符号对应三种本体论范畴：图像对应第一性存在（本然的存在），指示对应第二性存在（联系性的存在），象征对应第三性存在（解释性的存在）。从这个角度来看，“兴”相当于图像，它最多地保留了事物的丰富性和生动性。这并不是说“兴”与主题之间完全没有关联，而是说“兴”能够不丧失最重要的图像性。

此文的结论是，“兴”与主题的关联不是被诗人的理智所指定，而是被读者解释出来。阅读中的次序是“兴”区别于隐喻的最重要的特征，读者不必受制于作者原意的限定，因为作者在图像性的“兴”中没有规定任何东西。阅读“兴”就是一种回顾：在不相关的句子间，读者回顾和解释中间的关联。在文章的最后，作者运用上述理论，解释了为什么《周南·汉广》第一章的头两句是“兴”、最后四句是“比”等具体例子。

王念恩的《赋、比、兴：中国解释理论中的意义分层》，主要借用了阐释学理论来系统地解释赋、比、兴。[①] 文章首先指出，以前对于赋、比、兴的研究有两个毛病：一是想寻求一个完全客观、永远通用的本义，二是局限于把赋、比、兴解释为三种写作手法。事实上，不同时代对于赋、比、兴有不同的理解，它们的意思也有不同的层面，起码可分为四个层面：三种修辞手法，三种表达模式，三种美学趋势，三种解释模式。

此文将赋、比、兴看作三种不同的解释模式。作者认为，中国诗学的各种解释都可以归类于这三种模式，它们区分的根据是语言与指称对象的不同关系。“赋”是对诗歌语言只做字面解释，语言直接对应指称对象。现代学

---

① Wang Nian En, “Fu, Bi, Xing: The Stratification of Meaning in Chinese Theories of Interpretation”, *Journal of the Oriental Society of Australia* 24 (1992): 111—123.

者对《周南·关雎》只做字面解释，认为它是一首恋歌，这种解释模式取决于“五四”以来的思想变革。但是，汉代的解释完全不同，《关雎》被说成体现了后妃之德，被用来批评当时后戚专权的政治现实。这种历史讽寓的解释就是“比”的模式，文本被当作透明的，指向语言结构之外的历史。《关雎》的后妃之德，符合《周易》的阴阳之道，从具体的历史走向普遍的意义，这就是“兴”的解释模式，它是一种非历史的讽寓解读。因此，“比”与“兴”相连，都是讽寓解读，“比兴”就是“寄托”，就是中国式的讽寓。但是，作者发现，《论语》中孔子与子夏讨论《卫风·硕人》，是属于另一种“兴”的解释模式：它在诗中顿悟真理。汉代解释者用讽寓功能取代了这种顿悟功能。朱熹的“涵泳”说，是对这种顿悟模式的恢复，还有王夫之对“诗可以兴”的解释，同样是对读者顿悟反应的强调。“比兴”“寄托”的解释都是寻求作者的原意与情感；相反，这第二种“兴”的模式切断了与作者的关联，它更关注读者自身的人生经验，可以被称为象征解读。

作者回顾了西方历史上关于多层意义的种种理论。圣奥古斯丁曾提出四种解释模式，阿奎那认为意义有字面意义和精神意义，后者又包括讽寓意义、道德意义、神秘意义，但丁则直接继承阿奎那的理论，用四种模式解释了《旧约·诗篇》中的篇章。作者由此提出，“赋”对应字面意义，“比”对应讽寓意义，“兴”对应道德意义，第二种“兴”就对应神秘意义。意义的分层理论在现代西方也有发展，意大利的贝蒂（Emilio Betti）提出认知解释、规范解释和再生解释。但是伽达默尔反对这种分类，他认为这些解释属于同一个解释过程，因此提出理解、解释、应用三个步骤，这三个步骤也可以和赋、比、兴建立对应关系。

顾明栋的《赋、比、兴：诗歌创作的元理论》，在戴为群文章的基础上，试图用语言学与解构理论，来系统解释赋、比、兴。①

此文认为，赋、比、兴之所以难解，是因为它们被当作三种界限分明的

① Ming Dong Gu, “Fu, Bi, Xing: A Metatheory of Poetry-making”, *Chinese Literature: Essays, Articles, Reviews* 19 (1997): 1—22.

表达模式。那么，正确的做法应该是把它们当作创作整体过程中不可分割的三个有机部分。文章回顾了既有的研究，集中讨论了戴卫群的文章《论“兴”：形式角度的新探索》。作者指出，中文的句法非常灵活，中文的次序没有其他语言那么重要，像戴卫群那样用“次序”来界定“比”“兴”是行不通的。并且，中文的比喻有述语和没有述语时意思都一样。更重要的是，中国传统诗论中的“兴”重视作者的感情，它不仅仅是修辞手法，因此戴卫群的形式角度的分析是错误的。并且，“兴”的表述功能是隐藏的，所谓的缺乏述语是个假象，它不是意象的简单并置，这种并置有内在的逻辑关联，所以并置不是一个形式概念，而是一个心理语言学概念。

作者接着提出自己的观点：“比”“兴”本质上是同一个概念，它们都以赋为基础。作者援引了很多西方理论来说明自己的观点。首先是雅各布森的等价概念，罗兰·巴特的能指与所指，然后是德里达的延异。作者认为，“兴”的表意过程就是一种延异，如《周南·关雎》第二章，开头的荇菜不是简单的起兴，荇菜与淑女是一种转喻关系，接着出现“比”的因素，这时荇菜与淑女变成一种隐喻关系。因此，“兴”是诗歌创作的核心，它体现了完整的表意过程，“兴”的意象并置其实是一个完整的认知过程。文章介绍了雅各布森的隐喻和转喻理论，弗洛伊德的浓缩和移位理论，以及拉康对弗洛伊德理论的发展，即将浓缩等同于隐喻、移位等同于转喻。雅各布森认为诗歌语言是将等价原则从选择轴（即隐喻）投射到组合轴（即转喻），拉康认为在一个表意链之内隐喻包含了转喻、转喻也包含了隐喻。由此出发，作者的结论是，“比”“兴”的共同基础就是诗学的等价原则，而“兴”综合了隐喻和转喻。也就是说，“比”相当于西方的隐喻，“兴”则包含了一个或几个隐喻和转喻。“比”是静态的、孤立的隐喻，“兴”是动态的、整体化的隐喻，“兴”更能抓住感情之间的转换。最后作者总结，赋、比、兴是中国古人对表意过程的一种直觉把握，它们不仅是诗歌创作的过程，也是语言和思维的过程。

第三节 《诗经》的讽寓传统与中西阐释学

在理雅各、翟理斯等人向西方人介绍中国古代的《诗经》诠释时，已经将儒家的政治伦理解读联系到西方中世纪十分流行的讽寓解读。后来，葛兰言明确采用“讽寓”解释来称呼儒家的《诗经》诠释传统。这个提法，用西方读者熟悉的文学概念，来概述中国传统的《诗经》诠释，逐渐流行开来。韦利、王靖献等人都用讽寓、讽寓解释来指称《诗经》的传统诠释特色。

自浪漫主义以来，西方文学批评一般贬斥讽寓的价值和意义，认为讽寓是道德主旨与具体形象的一种机械对应，倾向于将象征视为比讽寓更有审美价值的文学手法。因此，用讽寓来描述《诗经》诠释传统，本身带有一种贬斥的意味，就像苏源熙所说，这种用法其实是强调古代《诗经》诠释在“胡乱对应文本与注释”。①

然而，到了20世纪80年代，美国汉学界开始有人提出质疑，用西方的讽寓来描述中国《诗经》诠释传统是否可行，是否会掩盖中国诗学传统的特殊本质，并由此引发了一些讨论。这种质疑声音的代表，就是余宝琳的《讽寓、讽寓解释与〈诗经〉》。② 此文有多种中文译本，文章的题目与关键术语也有多种译法。在曹虹的译文中，题目译为《讽喻与〈诗经〉》。文中最关键的术语“allegory”，是译“讽喻”还是译“讽寓”，本没有一定的标准。本书采用“讽寓”来翻译“allegory”，是因为“讽喻”一词本来就是中国传统诗学中最常见的概念，相对来说，“讽寓”一词比较少见，而余宝琳的本意恰恰是认为西方的“allegory”完全不能在中国诗学中找到对应物。更重要的是，很多译者没有在译文中体现出此文的系列术语的一致性。如曹虹译文中

① Haun Saussy, *The Problem of A Chinese Aesthetic*, Stanford: Stanford University Press, 1993, p. 20.

② Pauline Yu, "Allegory, Allegoresis, and the *Classic of Poetry*", *Harvard Journal of Asiatic Studies* 43.2 (1983): 377-412.

说:“再看看《关雎》,我们要问:假如这首诗不是寓言,那么,历来对这首诗的注解是讽喻化批评吗?”原文还引用了加拿大学者弗莱的话,被译为“所有的评注都是寓意阐释,是使思想附着于诗意形象化结构之上”。[①] 这里的“寓言”“讽喻化批评”“寓意阐释”,对应的英文分别是“allegory”“allegoresis”“allegorical interpretation”[②] 其实是前后相关的系列术语,但是译文用了不同的中文词汇译出,会令读者产生混淆。

《讽寓、讽寓解释与〈诗经〉》一文的主要目的,是试图证明以《诗经》解释为代表的中国诗学传统与西方诗学传统在本质上完全不同。按照余宝琳的观点,这种中西诗学的不同,从表面上看是中国没有西方那种追求抽象意义的讽寓解释,中国只有历史化、情境化的解释。究其本质来说,这是中国和西方在世界观上的不同:西方诗学和哲学是一种根本的、本体性的二元论宇宙观,认为有一个更真实的本体世界超越了我们所处的具体的历史现实世界;相反,中国的哲学传统认同一元宇宙观,认为真正的现实不是超出历史领域,而是内在于此岸的现实世界。

余宝琳首先把《诗经》诠释传统放置在中国文学理论的核心位置,她指出:正是《诗经》的解释传统塑造了中国的文学理论和文学批评,因此《诗经》解释传统比《诗经》本身还重要,值得深入研究。研究者一般认为古代的《诗经》解释是一种“讽寓解释”,但是,余宝琳对这种中西对应式提出了质疑。她在回顾了历代对于《关雎》的“比兴”解读之后,提出一个问题:在这些解读中,我们是在处理“讽寓”作品吗?她的答案是否定的。因为西方的“讽寓”概念有三个前提:第一,讽寓是一种虚拟的文学模式,有完整的叙述结构,就像一个扩展的隐喻,但是《关雎》用来兴起主题的物象描写并没有发展成一个虚拟的叙述结构,而只是一系列孤立的片段;第二,

---

① [美]余宝琳:《讽喻与〈诗经〉》,曹虹译,载莫砺锋编《神女之探寻——英美学者论中国古典诗歌》,上海:上海古籍出版社,1994年,第13页。

② Pauline Yu, "Allegory, Allegoresis, and the *Classic of Poetry*", *Harvard Journal of Asiatic Studies* 43.2 (1983): 391.

讽寓是用具体的事物去表达抽象的理念，但是《关雎》中没有这样的两层世界；第三，讽寓要清楚地表达作者的意图，但是《关雎》充满歧义。

余宝琳接着提出：如果《关雎》不是“讽寓”，那么对它的解释可以叫“讽寓解释”吗？为了解答这个问题，她梳理了《诗经》解释中最重要的概念——兴。她认为，虽然“兴”的定义有很多争议，但是“兴”的本质可以归结为：把自然物象引进到人事境况的关联网中。余宝琳指出，自然物象和人事境况在本质上是属于同一层次、同一“类”，批评家的任务只是去确定它们具体属于哪一“类”。也就是说，在《诗经》解释中，诗不是被当作虚拟作品来读，而是作为“从现实生活中撷取的真实片段”，诗不会指向另一个存在层次即抽象理念的层次，而只是被阅读成“真实经验的字面记录”，“不是形而上的真实，而是此岸世界的真实，是一种历史的情境”。因此，《诗经》的解释传统根本就不是“讽寓化”解释，而是一种“情境化”解释。这就是说，中国诗学传统只是解释每首诗赖以产生的社会人事背景，从来没有指向西方那种“讽寓解释”中的抽象意义。

《讽寓、讽寓解释与〈诗经〉》是余宝琳学术生涯中非常重要的一篇文章，她将此文的主要观点加以扩展，用来描述整个中国诗学传统，写成《中国诗学传统中的意象解读》专著，全书分五章：第一章从理论的角度分析了中西诗学传统的根本对立，第二章就是《讽寓、讽寓解释与〈诗经〉》一文的修订版，后三章分析了从《离骚》到六朝文学再到唐宋文学的诗学传统。[①]余宝琳的论述，将中西诗学传统推到了两个完全不可沟通的极端，因此引来很多批评。

张隆溪的《字面意义或精神意义：〈雅歌〉、讽寓解释与〈诗经〉》，通过《圣经·雅歌》和《诗经》讽寓解释传统的细致比较，反驳了余宝琳等人关于中国文学没有讽寓的观点，对阐释学的重要问题做出了说明，深入地讨论

---

① Pauline Yu, *The Reading of Imagery in the Chinese Poetic Tradition*, Princeton: Princeton University Press, 1987.

了如何看待跨文化研究，以及中西文学传统的对话和沟通问题。[①]

《雅歌》对女性之美的称赞、对性爱意象的描写以及上帝在文本中的缺席，迫使注释者去解释它在《圣经》中的意义。因此，保证《雅歌》经典地位的根本方法，就是将它解释成一个讽寓，即意义存在于字面之外。于是，在犹太注释中，“双乳”被解释为摩西和摩西之兄亚伦，“肚脐”被解释为犹太人的最高法院（因为它是犹太社会的中心，其成员的座位围成半圆形）。《塔古姆》（*Targum*）中的注释更加连贯，它将整首诗解释为犹太人从出埃及到等待弥赛亚的这段历史。基督教注释则将诗中的爱解释为基督与教会之间的爱，它的阐释学原则是保罗关于字面意义和精神意义的区分，其代表人物奥利金（Origen）把这首诗解释为一首祝婚颂诗，认为它歌颂了基督与教会（或人的灵魂）之间神圣的爱。在基督教讽寓解释中，字面意义被摒弃，精神意义的揭示是以压制字面意义为代价的。

《诗经》的解释传统注重诗歌的道德和实用价值，如《关雎》被看成是对后妃之德的赞美。余宝琳认为《关雎》不是讽寓作品，《关雎》的解释不是讽寓解释，而是历史情境解释。张隆溪指出，在讽寓作品和讽寓解释之间有根本的区别——前者有意识地运用讽寓式的写作技巧，这在《诗经》中没有，在《荷马史诗》中也没有；后者是对非讽寓作品做出讽寓解释，这却是普遍存在的现象。张隆溪进一步指出，中国传统注释确实把作品放入一个历史情境中，但是这种情境化只是一种手段，它的真正目的是把诗歌转化成美德的典范，因此这种历史不是具体的历史，而是一种理想化的、传奇式的历史典范，儒家的教条就体现在这种理想化历史中。

在《塔古姆》注释和中国传统注释中，字面意义都没有完全被摒弃；而在基督教注释中，字面意义和精神意义则是完全对立的，只有阿奎纳（Thomas Aquinas）重视字面意义。随着西方对《圣经》文学和文体研究的发展、对《圣经》语言欣赏的发展，讽寓解释越来越不重要。自 18 世纪开

---

① Zhang Longxi, “The Letter or Spirit: the *Song of Songs*, Allegoresis, and the *Book of Poetry*”, *Comparative Literature* 39.3 (1987): 193—217.

始，象征被用来替代讽寓，讽寓被贬低为思想和文字的机械式组合，《圣经》中关于性爱的字面意义也得到广泛承认。与此相似，《诗经》的讽寓解释在 20 世纪的中国也受到指责，被认为是扭曲了诗的原义，闻一多开始从神话和原型的角度来研究《诗经》。

在上述的梳理之后，张隆溪深刻地指出，讽寓解释和讽寓一样，都是特定意识形态的反映。因此，不合理的并不是讽寓解释本身，而是背后的意识形态。《诗经》的传统注释被抛弃是因为我们反对它背后的儒家教义，而闻一多的研究也不过是另一种方式的讽寓解释。当我们开始理解一个文本时，我们已经开始了广义的讽寓解释，因为我们不仅仅从字面理解，还要在当下的文化背景中解释文本的特定意义。讽寓解释是一种普遍的阐释现象，而所有的解释都有自身的历史具体性。最后，张隆溪提出，承认解释的历史性，并不是承认任何解释都合理，我们必须用字面意义来限定文本的解释，字面意义永远不会消失，没有血肉的精神意义只是惨白的幽灵，理想的解释就是字面意义和精神意义的和谐统一。

张隆溪对于《诗经》讽寓解释以及中西讽寓传统的研究，在其专著《讽寓解释：阅读东西方的经典文学》中有更加全面和深入的展开。[①]

苏源熙（Haun Saussy，1960—）的专著《中国美学问题》，也反驳了余宝琳关于《诗经》讽寓问题的观点。苏源熙 1990 年从耶鲁大学获得比较文学博士学位，曾任教于加州大学洛杉矶分校、斯坦福大学、耶鲁大学，现为芝加哥大学校级教授。《中国美学问题》是根据他的博士论文改写而成。此书的语言十分晦涩，全书的结构也有一种混合体的感觉：导论谈比较文学的方法论问题，第一章介绍了余宝琳等人关于中国文学传统中是否有讽寓的争论，很快从讽寓问题过渡到 17 世纪欧洲"礼仪之争"，即"上帝"在汉语中是否有对应译名的争论，第二章从诗经学史的角度讨论了《诗经》的意义在于运用，第三章通过对《诗大序》的细读，讨论了其中的讽寓观念，第四章

---

① Zhang Longxi, *Allegoresis: Reading Canonical Literature East and West*, Ithaca: Cornell University Press, 2005.

从《诗经》中选取了几首诗进行解读，引申出解释即操作的观念，第五章突然转到黑格尔关于历史哲学和中国历史的论述。虽然行文比较跳跃，但是整本书的主旨和主体脉络是清晰的，其根本出发点就是针对余宝琳等人否认中国文学传统中有讽寓的存在，由此回顾了《诗经》的诠释历史，主要是儒家学者诠释《诗经》的技巧与特色。当然，作者的最终目的，并非只是论证《诗经》诠释传统就等于西方传统中的讽寓，而是试图将讽寓解读当作一种阅读中国文学与历史、阅读中西比较文化的方式，在这个意义上，《诗经》的儒家注释者、耶稣会士、莱布尼茨、黑格尔等互为隐喻，他们都是在修辞性阅读中塑造了一个中华帝国的历史。

很明显，如此看待讽寓的视角及其阅读方式，深受耶鲁大学的解构主义文学批评家保罗·德曼（Paul de Man）的影响，而德曼正是苏源熙的老师。自浪漫主义以来，西方批评家大多贬低讽寓、抬高象征，德曼则反其道而行之，他说："在象征的世界里，意象与本体是合一的，因为本体与其表征在本质上并无区别……它们是同一范畴中的部分与整体，它们之间的关系是共时性的，因而实际上是一种空间性的关系……但是，在讽寓的世界中，时间才是最原初的构成性范畴……在讽寓中我们拥有的仅仅是符号与符号之间的关系，符号所指涉的意义已变成次要的。"[①]

可以看出，苏源熙《中国美学问题》的理论支点是解构主义的修辞性阅读。他在导论中申明，此书就是运用修辞性分析方法，质疑那些从统一性来理解特定文化的做法，质疑那些将历史问题作绝对化、系统化表述的做法。因此，此书一方面探讨了《诗经》诠释史和接受史的问题，另一方面则提出了历史怎样被书写与被理解的问题。

苏源熙在第一章中，以《豳风·狼跋》为例指出《诗经》传统注释的特色，《狼跋》的意义依赖于对前面五首诗的解释，这些诗又不断地指向《尚

---

① Paul de Man, *Blindness and Insight*: *Essays in the Rhetoric of Contemporary Criticism*, Minneapolis: University of Minnesota Press, 1983, p. 207. 在《中国美学问题》中译本"译者的话"中，梁昭、卞东波指出德曼这段话与此书的关联，此处中译参考了梁昭、卞东波的译文。

书》，因此《诗经》作品中的意义都是“交互指涉和互相确证的”，现代读者可以不把它看作周代的历史，而是把它看成毫无联系的诗歌的总集，“但数世纪以来，它从来不是这样的总集”。从这个意义来说，《诗经》诠释是一种讽寓解释，讽寓一词并不是只限于西方传统，也不是不可翻译。“讽寓——不像诠释，没有什么可以丧失的”。到了第二章，苏源熙回顾了春秋时代的赋诗活动，认为在赋诗中“一切意义都可以引申出来同时被认为是适当的”，“对赋诗的正确反应应该是实用主义的，而不是阐释原意的……它宣示了《诗经》可以用来做什么，而不是它们是什么”。在第三章，苏源熙进一步细读了《诗大序》中的理论和关键词，指出“美刺”理论就像西方的反讽，诗歌的效用就“不在其本身，而在用它做什么”，相同的诗可以是“美”，也可以是“刺”，就看怎么用它。因此，“美刺”理论使《诗经》文本本身不再是最终的确定性因素，每首诗的解释都可以是不确定的，它的不确定源于一种假设，那就是诗歌表达的东西并不是它所“说”的。所谓的讽寓，就存在于道德解读与文学解读的这种鸿沟之中。以语言学来做比喻，《诗大序》的诠释原则，就像是以言行事的语言，而不是描述性的语言。到了第四章，苏源熙梳理了几首《诗经》作品的诠释历史，进一步提出，这些诠释是“根据自己的意愿重塑了历史”。但是，苏源熙并不打算像很多现代学者一样，将这些古代的诠释统统贬低为牵强附会或是说教。他指出，《毛诗》诠释传统中的历史，就是一种“诗学的或讽寓性的历史”。这种“决定古典文本的语言模式的任务”，就是“一种中国美学的中心问题”。在这里，作者解释了此书书名的由来。他继续说道：“‘中国美学’不再是一种美学历史发展中表现出的形式，即一个能普遍显露问题的个案；相反它现在开始命名历史（中国史）及美学的共同来源或目标，再现这种美学就是再现帝国，帝国是模仿之模仿。”因此，“《诗经》的乌托邦美学将历史组织为一系列的模仿形式：帝国观念的实现及失落”。在这个意义上，“中国就是一首被大写的诗，是模仿之模仿的产物”。①

---

① ［美］苏源熙：《中国美学问题》，卞东波译，张强强、朱霞欢校，南京：江苏人民出版社，2011年，第 2—4、26、56、76—77、108—109、115、117、166—169 页。

顾明栋（Ming Dong Gu，1955—）的《中国的阅读与书写理论：通往阐释学与开放诗学之路》，也涉及《诗经》的诠释问题。此书借用意大利美学家艾柯（Umberto Eco，1932—2016）《开放的作品》中提出的概念，用“开放诗学”一词总结了中国古代的阅读和书写理论，并认为中国古代的“开放诗学”早已预示了西方阐释理论特别是后现代理论的内容。所谓阐释的开放理论与文学的开放理论，是将文学文本视为一个可以产生无限多种诠释的空间，而不是一个传递有限信息的字词的封闭体。为了阐明这种“开放诗学”，顾明栋从《周易》《诗经》两部作品的诠释历史以及中国诗学理论入手，做了深入的分析。

讨论《诗经》的诠释史，不能无视历代追求诗本义、追求知人论世的主张，并且这种主张是中国传统的主流。于是，顾明栋借用了保罗·德曼《洞见与不见》中的说法。德曼发现，在很多欧美理论家批评家的身上，都能发现其文学观念与文学批评实践之间的分裂与鸿沟，他们经常无视这些分裂与鸿沟，吊诡的是，这种无视与不见恰恰催生了大量的文学理论上的洞见。顾明栋认为，与此类似，“中国传统中的开放理论来自批评中的不见，而不是来自有意识的洞见”。也就是说，在观念上，中国古人将作品视为一个封闭体，追溯作者的原始本意，但是他们在注释和批评实践中，却提出了“不尽之义”甚至是各种互相矛盾的解释，建立了一个开放的阐释空间。

顾明栋认为，《诗经》之所以在中国传统中有不可动摇的地位，是因为它提供了具有阐释开放性的诗歌作品。他以《关雎》为例，从历代出现的各种解释以及作品本身的起兴结构中，证明《诗经》作品本身所具有的阐释开放性。那么，这种开放性是自然产生还是有意为之？顾明栋的猜测是，两种情况都有可能。接下来，他又简单回顾了《诗经》的诠释史，并回应了他在此书开首提出的“中国传统中的开放理论来自批评中的不见，而不是来自有意识的洞见”，因为他发现，虽然古代学者一般将《诗经》当作一种道德和政治的表述，现代学者则将《诗经》当作个人情感的抒发，看起来属于两种不同的解释范式，但是它们的出发点是一致的，那就是它们都认为《诗经》作品有一个可以复原的本义。顾明栋指出，姚际恒第一个承认《诗经》作品无法追溯其创作起源与背景，且这种特性会妨碍它的解释。但是，顾明栋认为，没有创作起源与背景是一柄双刃剑，它在一定程度上会增加诠释的难度，同时它又促进了《诗经》的开放性。

在讨论《诗经》的诠释史与开放性时，顾明栋也回应了英语世界关于《诗经》讽寓诠释的争论。比如余宝琳坚信，古代《诗经》诠释不是西方意义上的以二元世界观为基础的“讽寓”，而是一种将诗歌当作历史真实的“情境化解释”。顾明栋认为，正如姚际恒所说，《诗经》作品的创作背景和情境是永远无法复原的，因此古代诠释者的诠释努力只是一种“重新情境化”，充满了各种有创意的解读，“在这个意义上，所有的《诗经》批评者都是其背景与情境的发明者，《诗经》作品被认为是在这些情境中创作出来的”。从《诗经》本身的开放性来看，所有的解读都是一种“伪情境化”，所有的解读结果都只是近似本义，永远无法复原本义。每一次阅读都是一次独特的阅读，是每一个读者将自己的背景带入《诗经》解读中。因此没有所谓的本义、正义，或正确的情境解读。①

德裔挪威学者何莫邪（Christopher Harbsmeier）在其英文论文《早期中国诗歌中的性欲》中，比较了中国与西方两个诗歌传统对于性的不同态度，也比较了中西的不同诠释策略。② 何莫邪说他不是以一个文学批评家的身份，而是以一个语文学者和文化史学者的身份，来撰写这篇论文，不过此文分析的作品，主要集中在中国的《诗经》和西方的《雅歌》。何莫邪认为《诗经》的性描写及其相关意象，都是对于男女婚恋节庆风俗的直接反映。这些反映婚恋风俗的歌谣，在上古贵族与宫廷的宴饮中十分流行，因此得以保存在

---

① Ming Dong Gu, *Chinese Theories of Reading and Writing: A Route to Hermeneutics and Open Poetics*, Albany: State University of New York Press, 2005, pp. 3—7, 176, 182, 186—187, 194—195.

② Christopher Harbsmeier, “Eroticism in Early Chinese Poetry: Sundry Comparative Notes”, in *Das andere China: Festschrift für Wolfgang Bauer zum 65. Geburtstag*, ed. herausgegeben von Helwig Schmidt-Glintzer, Wiesbaden: Harrassowitz Verlag, 1995, pp. 323—380.

《诗经》中。在汉代儒家学者制定出教条式的、有体系的诠释之后，上古的性风俗就被精英文化压制和边缘化。儒家学者对于《诗经》中的性，采取了否定式的拒斥态度，认为它们是对于乱世淫风的讽刺。相比之下，西方传统对于《雅歌》此类充斥着性描写的作品，采取了肯定式的升华处理，将诗歌中的男女情爱升华为人对神的爱。由此可见出中西方性观念的不同，也可以见出中西方对于诗歌作品的性描写所持的诠释策略的不同。

第四节　《诗经》与口头文学

《诗经》的音乐性质，及其早期作为口头文学传播的性质，也在中西比较文学的视野中得到进一步的阐发。如前引的陈世骧一文，在考察“兴”的原始意义时，就从发生学的角度把“兴”还原为先民舞蹈仪式性的狂热与激情，又引用西方学者从词源学角度对歌谣（carol）包含的舞蹈意蕴的论述，将其与“兴”相比较，从而论证“兴”的音乐性与舞蹈性。

陈世骧的弟子王靖献，在老师的指导下，运用美国学者帕里（Milman Parry，1902—1935）、洛德（Albert B. Lord，1912—1991）的“口传诗学”理论，来研究《诗经》的形式特征，完成了博士论文，后以《钟与鼓：〈诗经〉的套语及其创作方式》为书名，在1974年正式出版。

根据洛德的定义，所谓套语（或译为程式），是指“在相同的格律条件下为表达一种特定的基本观念而经常使用的一组词”。主题则是“诗中重复出现的事件、描述性的段落”，或称为“一些经常使用的意义群”，“主题是用词语来表达的，但是，它并非一套固定的词，而是一组意义”。传统的套语（程式）与主题，成为口头诗人即兴表演长篇诗歌的基本技巧，他可以保留套语的某些部分不变，而对另外的部分进行替换。口头诗人或歌手是“受表演中的快速创作所驱动而使用这些传统的要素”，“依靠以基本程式为基础而建立的模式，为即兴的表达去创作或再创作一些词语”。也就是说，“每一次表演都是一次再创作”。[①]

“口头诗学”理论的提出，其直接的学术动机是为了解决“荷马问题”，即《伊利亚特》《奥德赛》的创作、作者、年代等问题。帕里是从《荷马史诗》的人物形容词（如“飞毛腿阿喀琉斯”）入手，发现了其中的高度程式化特征，并推论这些特征只能来自口头传统。帕里早期完全依赖文本分析，到了20世纪30年代中期前往南斯拉夫调查活形态的口头史诗演唱，印证了他对口头史诗创作机制的推测。帕里的学生洛德参与了调查活动，并在帕里逝世后进一步发展了口头诗学理论，解决了《荷马史诗》中常见的叙述的非一致性、非现实性等问题。帕里、洛德提出的口头诗学理论，被广泛运用于《圣经》研究、古代英语诗歌及其他各民族早期诗歌研究。

在运用帕里一洛德理论时，王靖献针对中国抒情诗的特点，做了一些补充和调整。所谓补充，是指他借用了其他学者研究古英语诗歌、《圣经》赞美诗的成果，补充了帕里一洛德理论；所谓调整，是指他立足于《诗经》本身的韵律格式及其套语的灵活性，做了具体的分析。

帕里一洛德理论认为，口头诗歌的创作机制主要包括套语、主题。王靖献首先从诗行（诗句）的层次来确定一个套语，即全行套语，并由此归纳《诗经》的六种套语：一是重复出现于数首诗中的诗句，如“悠悠我思”；二是在同一首诗中重复出现的诗句；三是语义上作为同一整体，由于韵律结构而在音节上有所不同的重复出现的诗句，如“我心伤悲兮”和“我心伤悲”；四是只有感叹词不同的诗句，如“乃如之人也”和“乃如之人兮”，或只有形容词不同的诗句，如“卉木萋萋”和“卉木萋止”；五是字形不同但基本意义相同的诗句，如“忧心殷殷”与“忧心慇慇”；六是含有可以互相替代的同义字的诗句，如“食我农夫”与“食我农人”。西方学者根据洛德的理论提出，当一首诗的套语超过20％，就可判定它属于口头文学。王靖献按照他的套语标准，认为《国风》的全行套语占26.6％，《小雅》有22.8％，《大

① ［美］洛德：《故事的歌手》，尹虎彬译，姜德顺校，北京：中华书局，2004年，第4—5、40、96—97、145页。

雅》有12.9%，《颂》有13.1%，综合整部《诗经》来看，全行套语共有21%，因此可以认定《诗经》属于口头创作的作品。当然，分析到具体的诗篇时，套语的密度又各有差异，如《鄘风·载驰》约有80%的诗句套语化。相比之下，《小雅·四月》的套语化程度很低，说明“这首诗是一个有文化教养的人所‘作’”。因此，王靖献承认《诗经》的创作经历了一个“过渡时期”，也就是说，在西周晚期口头创作与书写创作同时存在，如《小雅·节南山》《小雅·巷伯》《大雅·崧高》《大雅·蒸民》《大雅·卷阿》等诗，虽然有套语程式的影响，但它们是文人的书写创作。“在过渡时期，诗歌的文人作者，还没有认识到语言独创性的需要，他们经常利用来源于职业歌手口头语言的套语式短语。”① 其实，洛德曾明确地表示他不考虑“过渡时期”的问题，王靖献在这里主要根据《诗经》的具体情况以及西方学者研究古英语诗歌的成果，修正了洛德的看法。

关于口头诗学中的主题，洛德认为它是长篇叙事诗的话题单元，是将套语引向一个更大的结构即故事情节的一组意义群。对于这个概念，王靖献也做了相应的调整，他认为主题“既适用于史诗作品，也适用于抒情诗，在这两类诗体中，它都能唤起歌手与听众对其共同的‘系列思想贮藏库’的回忆”。王靖献进一步将主题与《诗经》的“兴”联系起来，他说：“抒情诗的主题创作的要素几乎总是与‘兴’创作的要素相对应。”借助主题研究的启发，可以解决一个《诗经》研究中困扰已久的问题：有些用于起兴的自然景物“在诗歌中看起来是不连贯或不切题的”。按照口头诗学的理论，主题就是一种“从听众那里得到本能的、固定的反应的套语创作的普遍方式”，是“引导听众认可的最方便也是最合适的方式”。由此而产生的诗歌细节的不一致性，本来就是口头文学的主要特征。比如，《诗经》中的“泛舟”总是表现快乐或忧伤的主题，其中“泛彼柏舟”的起兴用以表现忧伤，但是诗中的女主人公未必要真的泛舟，也未必要区分所泛之舟的材料，“‘泛舟’本身仅

① 王靖献：《钟与鼓：〈诗经〉的套语及其创作方式》，谢谦译，成都：四川人民出版社，1990年，第49—51、56—57、78、104、107页。

仅只是《诗经》某些作品中的一个陈陈相因的主题”，“它并不是个人经历的现实主义性的描写，‘泛舟’只是提供一个诗人可在这一类诗中发挥的场景”。因此，“在大多数情况中，诗人托物起兴提到的景物不必就是他作诗时之所亲见，而是从他职业性掌握的套语中找出来的”。[①]

其实，中国本土学者已经注意到《诗经》中的套语，如清儒马瑞辰对于《诗经》作品中“析薪”及其意蕴的总结。中国学者也注意到“兴”与歌唱的关系，如杨公骥指出：“为了记忆原有的曲调以歌唱新词，于是便将原诗开首的一句或二句保留在新作中，这便是‘兴’（兴起）。……使用兴句，可以通过联想选用美好的譬喻，加强诗的气氛。”[②] 然而，王靖献在西方的汉学以及文学研究的启发下，将这些问题向前推进了一大步。

王靖献所受的直接影响，来自他的老师陈世骧。陈世骧指出“兴”是一种主题，还以《小雅·出车》的兴句“喓喓草虫，趯趯阜螽”为例，说明“这些句子源自一古老的文类传统，而非诗人创作一刻间双目所及，证据是‘喓喓草虫，趯趯阜螽’亦见于他处，可以说是定型的词汇”。[③] 韦利指出《小雅·出车》的“未见君子，忧心忡忡；既见君子，我心则降”是“新娘赞歌的套语”。[④] 王靖献也承认韦利对《诗经》套语的观察，“韦利也许是第一个通过对套语的考察来阐释一首诗的美学意蕴的《诗经》读者”。[⑤]

王靖献所受的最大启发，当然还是帕里、洛德等西方学者对于古希腊诗歌和古英语诗歌的研究。将古希腊叙事史诗的研究方法，套用在古代中国抒情诗之上，需要面对一些挑战，比如文化背景的不同、文学体裁的不同。王

---

① 王靖献：《钟与鼓：〈诗经〉的套语及其创作方式》，谢谦译，成都：四川人民出版社，1990年，第123、125—126、135—136、140、147页。

② 杨公骥：《中国文学史》第一分册，长春：吉林人民出版社，1980年，第263—264页。

③ 参见陈世骧：《原兴：兼论中国文学特质》，载陈世骧：《陈世骧文存》，沈阳：辽宁教育出版社，1998年，第148、168页。

④ Arthur Waley, *The Book of Songs: The Ancient Chinese Classic of Poetry*, London: George Allen & Unwin, 1954, p. 125.

⑤ 王靖献：《钟与鼓：〈诗经〉的套语及其创作方式》，谢谦译，成都：四川人民出版社，1990年，第13页。

靖献意识到这个问题，并指出帕里—洛德理论已被广泛地用以解释古代英语、法语、盖尔语、南印度语等不同语言文化的诗歌。至于诗歌体裁的不同，他认为诗歌的套语与诗歌的长短无关，并且帕里—洛德理论已被用以解释古希腊的抒情诗、《圣经》的赞美诗。王靖献引用帕里的论断："文学之所以分为两种文学，主要并不是因为有两种文化，而是因为有两种形式：一种是口述的，另一种则是书写的。"他进一步指出，"运用西方的批评方法来研究《诗经》，也能够给予中国古典的抒情风格以新的阐发。帕里—洛德关于欧洲史诗口述创作的理论应用于中国的套语抒情诗，也有助于拓展正在发展中的口述诗歌理论的疆界。"①

除了王靖献之外，也有其他北美学者注意到中国诗歌的套语现象，但是很多人并不将其视为《诗经》口头文学的确凿证据。如杜百胜认为《诗经》中的套语只是"文学的借用"，只有个别的诗人才会运用，因此套语式短语体现了作者的个人特点，那些包含大量套语的诗歌反而是文人作品。② 杜百胜此文早于王靖献的论著，所论并非针对王靖献而发。易彻理（Charles H. Egan）在研究汉乐府时，则明确地对王靖献所信奉的口头诗学和程式理论提出了批评，他认为文人诗歌也会出现套语，未必是口头诗歌。③

第五节　文学史、文化史中的《诗经》

在介绍了《诗经》文学的专题研究之后，本节将介绍一些论及《诗经》文学特质的概述性著作，以及北美出现的中国文学史、亚洲文学史对《诗

① 王靖献：《钟与鼓：〈诗经〉的套语及其创作方式》，谢谦译，成都：四川人民出版社，1990 年，第 37—40、153 页。

② W. A. C. H. Dobson, "The Origin and Development of Prosody in Early Chinese Poetry", *T'oung Pao* 54.4/5 (1968): p. 248.

③ Charles H. Egan, "Were Yüeh-fu Ever Folk Songs? Reconsidering the Relevance of Oral Theory and Balladry Analogies", *Chinese Literature: Essays, Articles, Reviews* 22 (2000): 31—66.

经》的描述。

前面提及的麦克诺顿，除了编撰《中国文选》、研究《诗经》意象，还曾出版以《诗经》为名的著作，概述了《诗经》的各种基本知识。[①] 麦克诺顿撰写的《诗经》，是一本介绍《诗经》的入门读物，它是美国 Twayne Publishers 出版社推出的"Twayne 世界文学家丛书"第 177 种，1971 年在纽约出版。这本书中的《诗经》作品英译，全部采用了庞德的译文。

麦克诺顿此书主要分为两大部分，第一部分是"主题"，第二部分是"风格"。正文之前是与《诗经》相关的年代表，从商代直到汉代《毛诗》确立正统地位。正文"主题"部分共有七章：第一、二章介绍了《诗经》的篇章、成书等基本情况，以及《诗经》中体现的社会政治思想，如"天命""德"等概念；第三至第六章介绍了《诗经》中不同主题的诗，分成战争诗、分离诗、爱情诗、休闲诗四类；第七章将《诗经》与道家联系起来，认为《王风·兔爰》《小雅·无将大车》表达了道家的"无为"思想，《卫风·考槃》表达了道家的"神仙"思想，《小雅·菀柳》表达了庄子"钓于濮水"一节中所追求的超越名利的快乐，麦克诺顿认为这三种思想是道家最重要的思想。全书后九章是"风格"部分，讨论《诗经》的语言形式：第九、第十章介绍了《诗经》的诗律特征；第十一章分析了《诗经》的综合意象；第十二至第十六章介绍了《诗经》各章的修辞手段，其中第十二章分析了《诗经》中的明喻、暗喻、提喻、转喻，第十三章分析了《诗经》中的双关词和拟声词，第十四至第十六章则专门分析了《诗经》中的各种复沓修辞，如紧接反复、同源词并列、首语重复、尾词重复、交错并列等。麦克诺顿特别强调语言形式的重要性，因此"风格"部分是全书最重要的部分，大量运用了西方修辞学理论和方法来分析《诗经》的语言。

华兹生的《古代中国文学》是一部既提供普及知识又具有较高学术水准的概述性论著。华兹生是哥伦比亚大学的汉学教授，曾翻译了大量中国古代

---

① William McNaughton, *The Book of Songs*. New York: Twayne Publishers, 1971.

文学作品以及早期哲学文献。

华兹生（Burton Waston）

华兹生的《古代中国文学》是哥伦比亚大学东方研究委员会主编“东方思想及文学研究丛书”中的第一种，如上一章所述，该委员会为了让西方读者欣赏东方文化传统，还主编了一套“东方经典作品译集”。

《古代中国文学》除绪论之外，分三章介绍了先秦两汉时代的历史著作、哲学著作、诗歌著作，其中诗歌部分介绍了《诗经》《楚辞》、汉赋、短歌与乐府。此书是为一般读者而写，所用的语言比较简易。华兹生指出《诗经》翻译的困难：“读者必须牢记，诗歌用另一种语言译出时，一定丧失了它原来的美与音调的铿锵，比把散文译成另一种语言时尤甚。”他还指出了《诗经》作品的复杂面貌：“《诗经》的三百零五篇，并非篇篇都是使人叹为观止的杰作，有些不过是因一时的兴趣而写的打油诗；有些诗篇，意思恍惚，我们永远不能弄明白。”华兹生尽力向读者揭示《诗经》的魅力，他接着指出：“虽然如此，《诗经》仍充满了美妙和有趣，足以报答你多年的苦心研究，而且它具有毫不矫揉造作的朴素之美及崇高而真挚的情感。到了后来，中国文学越来越成熟，自觉意识越来越浓厚，这些优点，便很容易丧失掉。”华兹生还从比较的角度，揭示了《诗经》以及中国诗歌传统的特色：“中国诗的传统，和其他许多国家的不同，并不是由一系列的史诗或叙事诗开始，它从未正式掠用史诗形式。从这种意识来说，它并不像希腊文学那样一开始便有轰轰烈烈的伟大史诗。但是《诗经》一定是古代社会里最为秀丽可爱的一些抒情诗，与日本的和歌《万叶集》相同。”①

① ［美］华兹生：《古代中国文学》，罗锦堂译，台北：华冈出版部，1969年，第161、184页。此中译本只题作Burton Waston著，译者在书中称作者中文名字为武兹生。

从1966年出版的柳无忌的《中国文学概论》[①]，到2001年出版的梅维恒主编的《哥伦比亚中国文学史》[②]，再到最近出版的孙康宜和宇文所安主编的《剑桥中国文学史》[③]，各种中国文学史或中国文学概述的著作，都对《诗经》做出了介绍。这些介绍，大多带有编写者个人思想和时代学术思潮的烙印，比如柯马丁为《剑桥中国文学史》撰写的《诗经》章节，就表达了他对于《诗经》口传性质的反思（可参见本书第十三章）。

除了中国文学史，各种亚洲文学史或世界文学史也介绍了《诗经》。以1994年出版的《比较视野中的亚洲文学：教学指导》为例，此书的出现，是因为20世纪80年代以后，美国大学本科教育开始在核心课程中逐渐加入介绍亚洲文化的元素。哥伦比亚大学的狄百瑞，在20世纪60年代成功地主编出版了《中国传统的根源》，在美国大学广受欢迎，因此又与他人一起主持了一系列专门面向教学需要的亚洲文化教科书，得到美国国家人文基金会、亨利·鲁斯基金会、松下基金会以及美国教育部等机构的资助和支持。《比较视野中的亚洲文学：教学指导》就是这套丛书中的一本，此书既为大学教师准备亚洲文学课程提供了指导，也可供大学生阅读。

《比较视野中的亚洲文学：教学指导》一书，主要介绍了中国、印度、日本三个国家的文学传统和文学作品。在中国文学部分的抒情诗一章中，包括《诗经》、隐逸诗、唐诗三个部分，前两个部分由余宝琳撰写，第三部分由华兹生撰写。余宝琳在介绍《诗经》时，首先从西方读者的阅读经验出发，指出西方读者刚接触《诗经》，可能会很奇怪为什么《诗经》在中国文学传统中有那么高的地位。她提醒读者："《诗经》其实显示了一个所有中国古代读者都认同的原则：那就是文学文本的意义并不在其本身，而是要放在

---

① Liu Wu-chi, *An Introduction to Chinese Literature*, Bloomington: Indiana University Press, 1966.

② ［美］梅维恒主编：《哥伦比亚中国文学史》，马小悟、张治、刘文楠译，北京：新星出版社，2016年。

③ 此书的"《诗经》与先秦文学"一章由柯马丁撰写，中文版可参见［美］柯马丁：《早期中国文学：开端至西汉》，刘倩译，载宇文所安主编《剑桥中国文学史》上卷（1375年之前），北京：三联出版社，2013年，第27—148页。

它的语境、它的背景和根源（包括个人的、社会的、政治的和文本的）、它的读者和接受以及它的诠释传统中来理解。事实上，《诗经》不仅为这个原则提供了第一个样本，它还为整个诗歌传统树立了典范。”接着余宝琳简要介绍了《诗经》的形成、分类和诠释历史。对于风、雅、颂三类诗歌，她更推重《国风》，她说：“不管这些诗有没有经过文人的润饰，它们的主题都常见于世界各种诗歌传统中的民歌与民谣。”基于这个理由，她建议：“因为《国风》从最普适（虽然简略）的角度歌咏了人类永恒的主题，所以是《诗经》中最适合编入通识教育课程的诗歌。”她还提议，如果从不同文学传统的比较角度出发，至少在三个方面研究《诗经》，可能最有收获：第一是研究《国风》的内部艺术特征，并与其他文化的民歌相比较；第二是研究《诗经》在中国文学传统中的地位，并与西方的类似例子相比较；第三是从社会学和人类学的角度，研究《诗经》中反映的上古仪式和风俗，并与其他文化的神话与礼仪相比较。①

① Barbara Stoler Miller ed., *Masterworks of Asian Literature in Comparative Perspective: A Guide for Teaching*, Armonk, N.Y.: M.E. Sharpe, 1994, pp. 211, 214, 216, 219—220.

第十章　20 世纪英语世界诗经学：语言音韵研究

尽管现代的研究者十分重视《诗经》的文学价值，从很多方面探索了《诗经》的文学特性，但《诗经》不仅仅是一部诗集，它可以为各个领域研究早期中国的学者提供丰富的资料。《诗经》不仅提供文学材料，还提供了语言材料，学者可以依据《诗经》研究上古汉语的词汇、语法。尤为重要的是，绝大部分《诗经》作品都押韵，这为构拟上古汉语的读音提供了最直接、最可信的资料。本节将介绍 20 世纪 30 年代以来英语世界在《诗经》语言音韵研究上的进展。

第一节　高本汉与《诗经》语言音韵学

高本汉是 20 世纪最有影响、成就最大的古代汉语专家之一，虽然他是瑞典人，但是他的论著大多以英文发表，英语世界的相关研究，常以高本汉为起点或以高本汉为超越对象。

高本汉在 20 世纪 30 年代著有《诗经研究》《论〈诗经·颂〉的押韵》等单篇论文，依据《诗经》中的押韵材料，初步构拟了上古汉语读音的体系。[①] 到了 1940 年，高本汉将他的研究成果综合成字典形式，在瑞典《远东

① Bernhard Karlgren, "The Shi King Researches", *Bulletin of The Museum of Far Eastern Antiquities* 4 (1932); "The Rime in the Sung Section of the *Shi king*", *Göteborgs Högskolas Arsshrift* 41 (1935).

古物博物馆馆刊》上发表了《汉文典》，同年出版单行本。此书是古汉语工具书，字典正文仿照清人朱骏声的《说文通训定声》，把汉字按一千多个谐声字族分类，每个字族先后列声符字、会意字、形声字，每个字标上古音、中古音、现代音，以及本义、引申义、假借义，书末附有《〈诗经〉韵谱》。高本汉在1942—1949年深入研究了《诗经》《书经》的注释与训诂，他充分利用这些研究，在1957年推出了《汉文典》(修订本)，修订了字词释义，并为古音补注了声调。此书最大的价值，在于古音音值的构拟，其次是汉字本义与引申义的严格区分。不过，古文字学不是高本汉的专长，此书在解释字形方面未能尽如人意。①

高本汉1950年出版的《诗经》译本，充分吸收了《汉文典》对于上古汉语读音的构拟，为《诗经》作品每个字都标注了读音，还指出了每首诗的韵脚和韵部。不过，限于体例，《诗经》译本并未充分讨论具体字词的意义。

运用《诗经》材料来考察古音，中国明清时代的学者已迈出第一步。明代陈第在《毛诗古音考》中指出汉语读音的古今变化："时有古今，地有南北。字有更革，音有转移。"以乾嘉学派为代表的清儒，根据《诗经》的押韵以及谐声字，提出了上古韵部系统。段玉裁等人已经尝试用《诗经》的韵脚体系以及汉字的谐声规律，来构拟上古汉语读音。不过，他们的主要成就，体现在上古韵部的归类上，无法确定古音的音值。可以说，高本汉凭借西方语言学的工具，将清儒的研究向前推动了一大步。

到了《诗经注释》，高本汉仔细地讨论了毛、韩、鲁、齐四家关于具体字词的异文，汉儒、宋儒以及清儒对于具体字词的不同解释，并根据自己的原则做出取舍，探求这些字词的本义。《诗经注释》，先以单篇文章的形式，发表在1942年、1944年、1946年的瑞典《远东古物博物馆馆刊》(第14、16、18卷)上。这些研究后来合为一书，1964年由瑞典远东古物博物馆出版。由于高本汉的巨大影响，他的《诗经注释》尚未在瑞典出版单行本，董

---

① ［瑞］高本汉：《汉文典》(修订本)，潘悟云等译，上海：上海辞书出版社，1957年。

同龢在1960年将其译为中文，龙宇纯、张亨协助，在中国台湾出版，近年上海中西书局重刊了这个中译本。①

《诗经注释》的一个基本立场，是抛弃古代儒家政治教化的解诗传统，从现代的、科学的眼光来解释《诗经》的字词。高本汉不仅抛弃了古代的诗教传统，甚至否定了古代学者对于大部分诗旨的解释。他说，两千多年的《诗经》注释，“由具有科学头脑的现代学者看来，那些著作，大半是没有价值的，可以置之不顾，因为总有95%是些传道说教的浮词”。他接着指出：“只有诗经的字句上的研究，纵然非常繁难，却饶有兴味。”相对来说，高本汉对于《毛传》比较推崇，因为《毛传》主要是字词的解释，只有少数地方有诗旨的解说；但他对于《诗序》评价很低，并极力证明《诗序》是卫宏所作，晚于《毛传》。他认为：“经过郑玄，《毛传》和卫宏的《诗序》就混合成一个东西了，一般人都以为是个不能分解的整体——这是非常不幸的。”他甚至认为：“其实，在那些谬误之中，如上所述，可以归之《毛传》的只是很少的一部分。”因此，他认为朱熹《诗集传》责难《诗序》是一大进步，但朱熹不区分《毛传》和《诗序》，在很多字词解释中不顾《毛传》，却是一大退步。清儒也未能区分《毛传》和《诗序》的区别，未能跳出《诗序》的诗教说局限。清儒不满意宋儒在训诂上的臆测，希望恢复汉儒的训诂精神，但是当他们重新以《毛传》和三家诗注释为依据时，“他们也就把说教式的全诗意旨的解说重新尊重起来”，“这样一来，诗经学的进展，就算一个大圈子绕回去了”。只有到了古史辨的现代学者，才全盘摆脱诗序的诗教观。

高本汉一方面想完全抛弃古代的诗教观，另一方面又想重新利用《毛传》的训诂成果，因此将《毛传》的训诂与《诗序》的诗旨加以严格的区分。但是，这种严格区分《毛传》和《诗序》的做法，未必合理。实际上，诗教观已经渗透在《毛传》的具体字词解释中，即使《毛传》和《诗序》不是同一人所作，它们的诗教精神也是一致的。

① ［瑞］高本汉：《高本汉诗经注释》，董同龢译，上海：中西书局，2012年。

可以看出，《诗经注释》抛弃了传统的诗旨解释，但是充分吸收汉儒与清儒的训诂成果。高本汉指出，《诗经》的字句很艰深，差不多每一句都有古籍中罕见的字词，理解上的困难极多。为了使自己的工作不至于范围太大，高本汉将讨论限制在那些急需处理的问题上，即“只讨论在最重要的古代资料中，和在清代最有能力的学者的著作中，大家意见不一致的字句”。因此，《诗经注释》处理的对象，主要包括那些有重要异文、各家解说不同，尤其是朱熹的意见与汉儒不同（因为朱熹的意见在历史上很重要）以及后代注释者有新见而值得重视的字句。

高本汉承认，他要做的工作，就是清代学者已经做出卓越贡献的领域，即探求《诗经》难字难句的真实意义。事实上，清儒的成就，“最要紧的，是难字难句的解释和诸家异文的考订，他们孜孜不倦地搜罗先秦和汉代的资料，充分地了解字句的确实的意义，绝不可以像朱熹和他的后继者那样，随便猜就可以猜到的；必须从古代文籍、古字书和古传注中细绎而得”。

但是，高本汉同时又充分地利用了20世纪的现代语言学方法。他指出，清儒的训诂学成就，还有些缺陷需要补正。其缺陷主要有三点：其一是清儒“没有现代语言学的方法，尤其是对于中国上古语音系统实在缺乏确切的知识”，“他们只知道古代语音系统的间架（声母和韵母的大类）而不知道古音的实值”，因此他们说的某某字古音同，常常是不可靠的。其二是“清代学者对于古字典和他们的定义，都怀有迷信性的尊重心”，也就是说，他们过于推崇《尔雅》《说文》等古代字典，没有关注先秦典籍中实际应用的证据，没有认识到：如果在《庄子》《墨子》《论语》《左传》等书中能发现《诗经》中的某个难字，并且意义显明，能帮我们解决《诗经》中的问题，那么它的价值将十倍、百倍于《尔雅》《说文》《广雅》《毛传》《郑笺》。其三是清儒在引证古书字句时，往往不区分对待三代与两汉之书，未能辨别“时代确实够早而真能引为佐证的资料，和时代太晚而不足为据的资料”，比如《关雎》的“窈窕”，《毛传》解为“幽闲（幽暗而独处）”，也就是“（女子）静居不出”，在《汉书》《后汉书》《鲁灵光殿赋》都能找到“窈窕”解为“独处”

的例子，但是，所有这些例子都是《毛传》之后出现，受到《毛传》影响，所以“分别早期的文籍（早于传注）和较晚的文籍（受了汉代传注的影响）是极端要紧的事”。[①]

在《诗经注释》中译本的译序中，董同龢归纳了高本汉与清儒相比的进步之处，共有四点：一是“处理材料比较有系统”，具体做法是先胪列各家的异文或异说，然后依次看它们在先秦古籍中是否有实证，或看它们在训诂上是否有根据，董同龢认为，这种“分项引述和审核”的方式，“当然是纯西洋式的，同时也是我们旧有的‘注疏’或‘札记’的体裁办不到的”。二是“取舍之间有一定的标准”，高本汉的标准是看各家说法能不能在先秦古籍中找到实例佐证，如果都有佐证，再看证据的多寡和可靠性，如果证据相当，再看《诗经》上下文或其他诗篇中的相关句子，如果没有先秦古籍的实例，那就看字形的结构、本义与引申义、读音的假借等训诂证据，如果训诂上都能讲得通，还要再看《诗经》上下文或其他诗篇中的相关句子。三是“处理假借字问题极其严格慎重”，高本汉曾多次批评马瑞辰轻言假借，他对于清儒所说的假借字，总是会用现代的古音知识来判断其声母与韵母是否确实同音，还要再看古籍中有没有确实的例证，即使古音相同、例证亦有，只要照字面讲得通，他还是不轻言假借。对于三家诗的异文，清儒都当作假借字看待，高本汉则将它们看作一个“词群”中的字。董同龢认为，词群“这个观念虽然在现代语言上还待商讨，却比我们旧有的‘一声之转’是切实而可信多了”。四是“见于各篇的同一个词语合并讨论”。董同龢认为，如此互相参照，“清朝人偶尔有这样做的，不过不如高氏彻底”。

董同龢总结，高本汉所做的工作，“大体上也就是五四新文化运动以后中国学人在‘用科学知识和方法整理国故’的口号下想要做的，不过，我们只是笼统地想了，似乎还没有人具体地筹划过”。因此，董同龢翻译《诗经注释》的“第一个动机”，就在于他“觉得这是二十世纪中期承历代诗学发

① ［瑞］高本汉：《高本汉诗经注释》，董同龢译，上海：中西书局，2012年，“作者原序”第1—5、15—20页。

展而产生的一部有时代性的书”，“是诗学在整个学术潮流中向前迈进了一大步的表现”。也就是说，《诗经注释》的意义，是可以让年轻学者领悟到，“我们读的虽是古书，而现代的工具和方法又是多么重要”。[①]

对于《诗经注释》的全书体例、训诂原则、训诂方法、训诂成绩等，学者吕珍玉做了比较全面的总结。她认为此书的训诂原则包括反对经生气、释义须有证据、证据须出于先秦、反对任意改字改读、尽量用常见义、反对滥说语词等，此书的训诂方法包括网罗古训、疏通异文、校勘讹误、因声求义、审文求义、归纳相同词求义等几种，此书的训诂成绩则包括洞瞩各家之是非、证成前人之训释、疏通各家之异说、正滥用假借之失、正滥用词语之失等。吕珍玉还指出，《诗经注释》“最为特殊的体例，莫过于在讨论难字时都拟注上古、中古、现代音值”，相比之下，“清代学者讲一声之转或声近义通，于音上往往失之宽泛，因此高氏不轻谈一声之转和假借，而将每个难字标上音值，看彼此声母、韵母之关系”，“因此高氏标注音值的做法，为谈假借和同源做了必要的准备工作”。[②]

由此可见，高本汉《诗经注释》一书的特色与价值，是一方面继承了清儒的成果，另一方面又凭借西方现代语言学方法，试图超越清儒。

结合现代语言学知识与先秦古籍的实例，确实是《诗经注释》最主要的特色。如《邶风·北门》“王事敦我”中的“敦”字，《毛传》解为“厚”，韩诗解为“迫”，《郑笺》解为“投掷”。高本汉指出，胡承珙、马瑞辰、王先谦都根据韩诗推测“敦”和“督”是“一声之转”，《广雅》解释“督”为“促”，与“迫”相通。但是“敦”的上古音是“twən”，“督”的上古音是“tok”，它们之间没有语源的关系。更重要的是，将“敦”解释为“迫”，只能在汉代的典籍中找到例证，先秦古籍中没有。因此，高本汉认为《毛传》的解释“最为确凿”。

处理材料的系统性、注重全书上下文的一致性，是《诗经注释》的另一

① ［瑞］高本汉：《高本汉诗经注释》，董同龢译，上海：中西书局，2012年，译序第3—5页。

② 吕珍玉：《高本汉〈诗经注释〉研究》，台北：花木兰文化工作坊，2005年，第38页。

个主要特色。为了解决一个字的意思，高本汉常常将《诗经》中所有出现该字的句子都列举出来。如解释《唐风·蟋蟀》“职思其居”的“职”字时，高本汉列举了《小雅·十月之交》“职竞由人”，《小雅·巧言》“职为乱阶”，《小雅·大东》“职劳不来”，《大雅·抑》“亦职维疾”，《大雅·桑柔》“职盗为寇”，《大雅·召旻》“职兄斯引”，以及《左传》中的例证，来证明“职”的意思和“直”完全类似，应该当作副词作“仅，只”解。

高本汉对汉儒和清儒比较推崇，对朱熹的注释批评较多。但事实上，朱熹身上有更明显的科学精神，他也非常注重《诗经》全书上下文的一致性，而《毛传》对于同一个字在不同的诗篇中常常有不同解释，如《周南·卷耳》“寘彼周行”的“周行”解为周朝的官职，《小雅·鹿鸣》“示我周行”的“周行”解为至道。因此，在具体字词的解释中，高本汉时常发现朱熹的解释是有道理的。如《卫风·氓》“士也罔极”的“极”，《毛传》解释为“中”，朱熹解释为“至”，即指这个男子没有限度，高本汉列举了《小雅·青蝇》“谗人罔极”、《大雅·民劳》“以谨罔极”、《大雅·桑柔》“民之罔极”等例，发现“朱熹把他们一律讲作‘没有限度’，毫无疑义的是对了”。

高本汉有时也不完全依据先秦古籍和《诗经》上下文的证据，而是依据他对诗篇基本意义的理解而做出判断。如《邶风·静女》“爱而不见”，《毛传》作“爱”字，《郑笺》解为“爱之而不往见”，鲁诗、韩诗都作“薆”字，鲁诗训为“隐”，韩诗训为“仿佛”，现代学者多取三家诗的解释。但是，高本汉说：“因为这是一首情诗，我们没有理由不用‘爱’的平常的意义。”①此处解释，似乎稍嫌牵强，即使解为“隐而不见”，也符合情诗的意境。

对于《诗经注释》一书的缺点与舛误，董同龢已经在中译本的译序以及译文中指出很多。屈万里在阅读了董同龢的中译本之后，又补充了数条缺点：不注重各诗著成的时代，不注重地理的探讨，不注意名物的探讨，以及对于经文注文的误解等。不过，屈万里最后说，此书“虽然不免有些可商之

① ［瑞］高本汉：《高本汉诗经注释》，董同龢译，上海：中西书局，2012年，第109—110、114、180—181、293—295页。

处，但在解释字义方面，确有很多高明的见解，足为我们中国的学者所资取”，并认为此书“将是不朽之作”。[①]

第二节　奠基者：金守拙、杜百胜、蒲立本、司礼义

20世纪30年代以来，在北美汉学界的《诗经》语言音韵研究中，金守拙、杜百胜、蒲立本、司礼义等人做出了非常重要的奠基工作。

金守拙（George A. Kennedy）

金守拙（George A. Kennedy，1901—1960）出生于中国浙江，父亲是加拿大传教士，母亲是美国传教士。他早年在中国度过，不仅精通汉语，还精通浙江话，同时精通德语、法语、希腊语、梵文、日文等多种语言。金守拙曾任教于美国耶鲁大学，是美国汉学界对中国语言做系统科学研究的先驱。

金守拙在1939年发表的《〈诗经〉中的“失律”》一文中，对《诗经》的韵律问题提出了深刻的见解。[②]《诗经》以四言诗为主。理雅各在《诗经》译本前言中指出，任何违反四言形式的诗，都可以怀疑它的真实性，但同时又指出，《诗经》中有一些杂言的诗句，诗人一旦突破了正常的格律，就会用两三行诗来持续这种创新，然后再回到常见的四言格式。理雅各认为，这是诗人是为了打破千篇一律的四言形式而有意识地创新，金守拙反驳了理雅各的观点，指出这种观点不符合《诗经》

---

① 屈万里：《简评高本汉的诗经注释和英译诗经》，载《屈万里先生文存》第一册，台北：联经出版事业公司，1985年，第225—231页。

② George A. Kennedy, “Metrical ‘Irregularity’ in the *Shih Ching*”, *Harvard Journal of Asiatic Studies* 4.3—4 (1939): 284—296.

的实际情况。他统计了不同字数的诗句：《诗经》总共7293句，其中多于或少于四言的共689句，占9.1%；在这些“失律”的诗句中，最多的是五言句，共397句，三言句次之，共160句，三言、五言共占“失律”诗句的81%。三言、五言只比四言减少或增加了一个字，看来“失律”只是表面现象。

金守拙接着指出，《诗经》最主要的格律特征不是诗句的长短，而是诗章整体的对称。“合律”就是各章中相应位置的句子有相同的字数。因此，《齐风·著》虽然通篇都不是四言，但它的三章都保持6—6—7的格式，这是合律的；《豳风·东山》虽然全篇48句的前47句都是四言，只有最后一句是五言，却是不合律的。按照这个定义，在《诗经》的689句非四言句中，八言句100%合律，二言句85%合律，三言句70%合律。但是，对称的合律原则并不能很好解释五言句，因为五言句只有25%合律。文章接下来着手解决五言句的问题。在仔细考察《豳风·东山》最后两句“其新孔嘉，其旧如之何”之后，金守拙发现“如之何”虽然是三个字，却是两个节拍，中间的“之”是个弱拍，或者称为非重读节拍。因此，《豳风·东山》通篇符合四节拍的格式，这是合律的。《诗经》中含有“如之何”的五言句都可以这样解释。在其他五言句中，也大多有一个弱拍。所以，《诗经》中诗句字数的变化，并没有违反韵律的节拍，那些弱读音节可以合成一个节拍。弱读音节的另一个证据就是，“兮”“矣”“也”“之”这样的结尾字一般不押韵，而是它们前面的一个字与上句押韵。金守拙的结论是：《诗经》韵律的基础是重读节奏，重读现象可以为上古音韵和句法研究带来新的启示。

金守拙的《论〈小雅·宾之初筵〉》，则对《诗经》作品的重言叠字问题做出了独到的观察。[①] 此文是作者在1959年为庆祝瑞典汉学家高本汉七十寿辰而写，收在《庆祝高本汉先生七秩寿辰文汇》中，后收入李田意（Tien-yi Li，1915—2000）1964年选编的《金守拙论文选》。

---

① George A. Kennedy, “A Note on Ode 220”, in *Studia Serica Bernhard Karlgren Dedicata: Sinological Studies Dedicated to Bernhard Karlgren on His Seventieth Birthday*, ed. Søren Egerod and Else Glahn, Copenhagen: E. Munksgaard, 1959, pp. 190—198.

此文从《小雅·宾之初筵》入手，讨论了《诗经》重言叠字的读音和意义问题。在《宾之初筵》第三章"其未醉止，威仪反反；曰既醉止，威仪幡幡"几句中，"反反"指"未醉时端庄的行为"，"幡幡"指"既醉后轻薄的行为"，意思正好相反。但是金守拙指出，这两个词虽然字形不同，在现代汉语中的读音却是一样的，古人如何在颂唱时用相同的声音来表达相反的意思呢？高本汉的《汉文典》构拟了上古读音，但是"反"（* pywǎn）和"幡"（* phywǎn）的读音只是送气与不送气的区别，而送气与不送气的一组词在古代是表示相近意思的。高本汉的《诗经注释》将"反"解为"昄"（* bhwan），但是读音"* bhwan"和读音"* phywǎn"只是送气浊音和送气清音的区别，这在古代依然是表示相近的词汇。

金守拙指出，"我们应该怀疑是否能将'反反'与'幡幡'解释为反义词"。"反反"与"幡幡"都是重言叠字的复词，在《诗经》里至少有360个此类的叠字，组成了至少689个此类的复词。中国经学家以及高本汉都认为叠字复词的意义是由其中的单字意义决定的，但是金守拙提出反对意见，认为此说有误。金守掘发现，《诗经》中几百个叠字复词，都不能在现代汉语中找到有相同语法功能的对应词。这些叠字复词中的单字，都是不常见的字，360个字中有139个从未单独使用过。另一方面，那些常见的单音字大多没有叠字复词的组合形式。因此，金守拙的结论是：这些叠字复词是不能拆开解释的，它们本身就是一个最基本的语意单位，可能是为了一些特定情境而创造出来的。

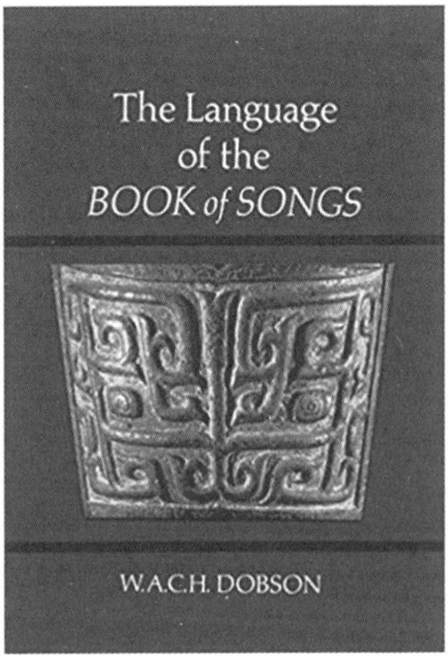

杜百胜《〈诗经〉的语言》（1968）

对于《诗经》中叠字复词的意义，金守拙最后提出两种猜想：第一，它们中有一些是拟声词，如"四牡騑騑""四牡骙骙"中的叠字都是形容马的叫声；第二，另一些是类似于双关语的文字游戏，如《宾之初筵》的"反反"

和“幡幡”，它们越是缺少明确的意义，就越有幽默的效果。

任教于加拿大多伦多大学的杜百胜（W. A. C. H. Dobson，1913—1982），是另一位长期致力于《诗经》语言研究及上古汉语研究的北美学者。在20世纪60年代的几年中，杜百胜发表了多篇文章，依赖《诗经》的语言材料，总结上古汉语的一些词汇和语法规律。比如他指出，将《诗经》中的“言”解为“我”并不准确，他认为“言”“爰”“焉”都是“于时”二字的快读形式。① 在《语言学证据与〈诗经〉创作年代》一文中，杜百胜还根据他所总结的《诗经》语言规律，考察了《诗经》各部分的创作年代。② 杜百胜曾将相关的研究扩展成一本专著，书名为《〈诗经〉的语言》。③ 他还曾根据60年代语言学的最新进展，对《诗经》的语言研究提出了很多建议。④

杜百胜的《中国古代诗律学的起源与发展》一文，在他的《语言学证据与〈诗经〉创作年代》提出的《诗经》创作年代的基础之上，从历时的角度探讨了《诗经》韵律的发展，即《诗经》的节奏、押韵以及从散文过渡到韵文的写作技巧的发展历程。⑤ 他在文中首先指出，中国诗歌起源于一个非常简单的技巧，就是四言句。因为单音节的缘故，四言句中包含了四个没有重音变化的音节。将诗与散文区别开来的最早因素就是四言句的发现，第二个因素才是押韵的发展。杜百胜接着按照《诗经》创作年代的顺序，讨论了《诗经》诗律的发展。

---

① 比如 W. A. C. H. Dobson, “Studies in the Grammar of Early Archaic Chinese: No. 3. The Word *Yan*”, *T'oung Pao* 51. 4/5 (1964): 295—321; W. A. C. H. Dobson, “Studies in the Grammar of Early Archaic Chinese: No. 4. The Evolution of Huoh”, T'oung Pao 52. 4/5 (1966): 247—253.

② W. A. C. H. Dobson, “Linguistics Evidence and the Dating of the *Book of Songs*”, *T'oung Pao* 51. 4/5 (1964): 322—334.

③ W. A. C. H. Dobson, *The Language of the Book of Songs*, Toronto: University of Toronto Press, 1968.

④ W. A. C. H. Dobson, “The Problem of the *Book of Songs* in the Light of Recent Linguistic Research”, in *American Oriental Society Middle West Branch Semi-Centennial Volume: A Collection of Original Essays*, ed. Denis Sinor, Bloomington: Indiana University Press, 1969, pp. 41—58.

⑤ W. A. C. H. Dobson, “The Origin and Development of Prosody in Early Chinese Poetry”, *T'oung Pao* 54. 4/5 (1968): 231—250.

第一个时期是《周颂》时期，即公元前11世纪—公元前10世纪。《周颂》中有许多杂言句，五、六言的句子包含了复合词和虚词，复合词可能只有一个重音，虚词在格律中可以忽略，而在二、三言的句子中，一个字可能占两个音步。因此，四个音节还是处于主要位置。但是，《周颂》中仍有很多不规律的地方，这说明早期创作对于格律不是很严格，比如每首诗的句子数量不是很一致，押韵也不是很严密。

第二个时期是《大雅》时期，即公元前10世纪—公元前9世纪。《大雅》很多作品在文体和主题上模仿《周颂》，不过《大雅》在诗律上最大的进步是从单章发展到多章，由三章到十六章不等，最常见的诗章是八行体。长于八行的多是朝廷宴饮诗，短于八行的多是日常宴饮诗，后者是抒情诗的先声。不同诗章以韵部的转换为标志。但是《大雅》中押韵还不是很严密。

第三个时期是《小雅》时期，即公元前9世纪—公元前8世纪。《小雅》最明显的特征是复沓章节的整齐化，如《鹤鸣》两章除了押韵字以外几乎完全一样。在《小雅》的74首诗中，有47首是复沓结构。那些看起来不整齐的复沓结构，一般是多了一个首章或尾章。复沓结构的另一个特征是主题句的回环重复，并且是渐进式的重复。《小雅》的另一个进步是四言句重音的发展，押韵的重音字经常在第三个字，而句尾是虚词。

第四个时期是《国风》时期，即公元前8世纪—公元前7世纪。抒情诗是《国风》的主要文体，在160首诗中有144首是复沓结构，发展出完美的对称结构和押韵转换。《国风》中最常见的是四句诗章和六句诗章，并采用了丰富多变的格律。《国风》的另一特征是套语的运用。最后，杜百胜指出，《国风》格律的高度发展，证明了这段时期个人创作的兴盛。

杜百胜认为，从《周颂》到《国风》呈现出“从散文向诗歌的过渡”。其实，《周颂》不押韵、不分章的自由诗体，不可简单视为“散文”。王国维在《说〈周颂〉》一文中，曾解释其原因是《周颂》“所容礼文之繁”而“声缓”，因此难以押韵和分章。

蒲立本（Edwin G. Pulleyblank，1922—2013）与杜百胜一样，都是在古

代汉语研究方面做出重要贡献的加拿大汉学家。蒲立本出生于加拿大，在英国伦敦大学亚非学院取得博士学位，后来长期任教于加拿大的不列颠哥伦比亚大学，在古汉语的语音、词汇、语法方面都有精深的研究。

蒲立本自1962年发表影响深远的长文《上古汉语的辅音系统》，后又发表多篇文章，尝试构拟上古汉语的读音，并在很多地方对高本汉的古音系统做出了修正。蒲立本在汉语上古音构拟中突出了音位概念，并提出了上古音有圆唇化元音韵母on、un、om、um等，影响很大。在论证过程中，《诗经》成为最主要的材料之一。[①] 蒲立本还认为，上古汉语四声的区别不在于音高，而是在于韵尾辅音。这些观点引发了不同的意见，如曾在中国的台湾、香港以及美国任教的丁邦新就反对蒲立本的观点，坚持四声的区别在于音高。[②]

蒲立本晚年也笔耕不辍，他在1992年发表《我们如何构拟古代汉语》一文，对于20世纪以来各种构拟古代汉语的努力进行了反思，指出了其背后的语言学理论背景，也批评了其在方法论上的缺陷。[③]

蒲立本在古代汉语的词汇、语法方面也做出了很大贡献。他1960年发表《早期中国语言研究》一文，研究了“实”与“是”这两个相关词汇在位置与功能上的区别。文章先运用《左传》的资料，接着向前延伸至更早期的资料《诗经》，除了“实”与“是”之外，还有一个相关的“时”字。蒲立本发现，在《诗经》中，“实”字的运用有最多的限制，也最容易处理，“是”字作为宾语总是处于动词之前，“时”字在句法功能上是受最少限制、最灵活的。[④]

蒲立本关于古代汉语语法的很多观点，汇集在《古汉语语法纲要》一书中。此书主要研究《诗经》之后的古代汉语语法，但是也常常论及《诗经》。比如，蒲立本在讨论“余”“予”二字时指出，《诗经》和《楚辞》中的

---

① ［加］蒲立本：《上古汉语的辅音系统》，潘悟云、徐文堪译，北京：中华书局，1999年。

② 丁邦新：《丁邦新语言学论文集》，北京：商务印书馆，1997年，第103页。

③ Edwin G. Pulleyblank, “How Do We Reconstruct Old Chinese?” *Journal of the American Oriental Society* 112.3 (1992): 365－382.

④ Edwin G. Pulleyblank, “Studies in Early Chinese Grammar, Part I”, *Asia Major* 8 (1960): 36－67.

“予”字作为代词和动词都是与上声字押韵，他猜测“予”字本来没有平声，也就是说，作为第一人称代词的“予”与“余”在读音上不完全相同，因此语法功能也不完全相同。蒲立本进而提出自己的结论，“吾、余”主要用于主格，“我、予”主要用于宾格。[①]

虽然蒲立本在古代汉语的研究中，常常引用《诗经》为证，但是他几乎没有专门为《诗经》撰写过文章。司礼义与蒲立本略有不同，他发表过几篇以《诗经》语言研究为题的文章。

司礼义（Paul L. M. Serruys，1912—1999）本为比利时人，曾在比利时的鲁汶大学接受汉学教育。他作为天主教神父于20世纪30年代来到中国，在山西的偏远地区传教，后于1949年进入美国的加州大学伯克利分校继续求学，在1956年以研究扬雄《方言》的论文获得博士学位。司礼义后来长期任教于华盛顿大学，直至1981年退休。他的研究范围涉及甲骨文、青铜器铭文、文献学以及早期汉语语法。

司礼义（Paul L. M. Serruys）

司礼义1970年发表《〈诗经〉中“云”字的功能与意义》一文，发现王引之、杨树达等古今学者对于《诗经》中的“云”字解释不一，或以其为发语辞，或以其为语中助辞，或解释为“是”，或解释为“如”。加拿大学者杜百胜在《〈诗经〉中的语言》一书中，也随上下文之不同，对“云”字做了不同的解释。司礼义认为，如果找到“云”字的根本意义，那么它的各种用法及其相关词汇，都是相通的。他相信，《说文解字》中解为“流转”之义的“沄”字，是所有与“云”相关的词汇的根本意义。由此根本意义出发，他列举了《诗经》

① 参见［加］蒲立本：《古汉语语法纲要》，孙景涛译，北京：语文出版社，2013年。

中的大量例证，梳理了动词之后的“云”、代词之后的“云”、作为“说”义的“云”等各种情况，相关的“汔”“曰”“聿”等字的用法及其在《诗经》的分布规律。[①]

司礼义还撰有《〈诗经〉语言研究：语尾助词“矣”》一文，也用了同样的寻找根本意义的方法。他发现，中外学者对《诗经》中的语尾助词“矣”的解释非常多样。有人认为“矣”字是用来表达说话者的个人观点，与“也”字表达客观陈述不同，有人认为“矣”字有表现过去时态或完成时态的语法功能。司礼义总结了“矣”字的各种功能和意义，其中不乏相互矛盾者，他接着指出，唯一令人满意的解决方法，只能是为“矣”字寻找一个最基本、最共通的意义，“矣”的各种功能都从这个基本意义中发展出来。司礼义认为，《说文》所说的“矣，语已词也”“其意止言曰矣”，可以视为它的根本意义，由这个意义衍生，“矣”字成为祈使、祈愿、劝告三种句子的句尾标志。司礼义继续将“矣”字的语法功能细分为六种：简单的祈使、祈愿，祈使与疑问混合，条件式的祈使，让步式的祈使，肯定或预示性的祈使，呼告性的祈使，特殊的“维其”加动词加“矣”。司礼义广泛搜集、分析了《诗经》中的例句。他指出，“矣”的第三种和第六种功能，是《诗经》中特有的现象。第三种功能如《小雅·天保》“神之吊矣，诒尔多福”、《小雅·车功》“允矣君子，展也大成”等；第六种功能如《小雅·渐渐之石》“渐渐之石，维其高矣”，《大雅·瞻卬》“天之降罔，维其优矣”等。[②]

除上述几位学者之外，还很有多人曾对《诗经》的语言音韵研究做出了奠基性的贡献，如长期在中国的香港、台湾两地任教的周法高（1915—1994），也曾发表过英文论文，研究《诗经》中的重言叠字。[③]

---

① Paul L. M. Serruys, “The Function and Meaning of *Yun* in *Shih Ching*: Its Cognates and Variants”, *Monumenta Serica* 29 (1970—1971): 264—337.

② Paul L. M. Serruys, “Studies in the Language of the *Shih Ching*: I, The Final Particle *Yi*”, *Ealry China* 16 (1991): 81—168.

③ Chou Fa-kao, “Reduplicatives in the *Book of Odes*”, *Bulletin of the Institute of History and Philology* 34 (1963): 661—698.

第三节　新进展：白一平、沙加尔

高本汉对于上古汉语读音的构拟，代表了20世纪前期该领域的最高成就。但是，到了20世纪80年代以后，白一平、沙加尔、许思莱、包拟古（N. C. Bodman）等人，纷纷修正高本汉的观点，将上古汉语音韵研究提升至一个新的学术高度，体现出美国描写语言学对汉语音韵研究的影响。

白一平（William H. Baxter，1949—），是美国密歇根大学中国研究中心、亚洲语言与文化系教授。《诗经》押韵在构拟上古汉语读音中具有核心的地位，白一平的《〈诗经〉中的周汉音韵学》，正是通过分析《诗经》，提出了重新构拟上古音的原则和设想。[①]

白一平在《〈诗经〉中的周汉音韵学》一文的结尾，提出了一个非常著名的观点，那就是："我们现在看到的《诗经》，是一个穿着汉代衣服的周代文本。"这个观察，是他研究《诗经》上古音的出发点和根本原则。白一平指出，从清儒到高本汉，他们在《诗经》中归纳上古音体系存在着一个时代错乱的问题，因为他们没有意识到，《诗经》的书写文字和文本都是在汉代才确定的，如何能依靠传世《诗经》文本来恢复周代的读音呢？清儒没有接触现今大量出现的出土文字，只是依靠《说文解字》等书，到了高本汉的时代，虽然出土文字大增，但是古文字学和古音韵学基本上是两个各自独立的学科，高本汉也没有充分利用出土文字。白一平指出，传世《诗经》文本的文字，受到了《诗经》以后尤其是汉代音韵的影响，高本汉等人构拟的上古音，其实是一个周代音韵和汉代音韵的混合体。如要构拟上古读音，必须尽

---

① William H. Baxter, "Zhou and Han Phonology in the *Shijing*", in *Studies in the Historical Phonology of Asian Languages*, ed. William G. Boltz and Michael C. Shapiro, Amsterdam Studies in the Theory and History of Linguistics Science series 4: Current Issues in Linguistic Theory no. 77, Amsterdam: John Benjamins, 1991, pp. 1—34.

量依凭真正的周代文本，如青铜器铭文等。

因此，白一平在构拟《诗经》古音的过程中，十分关注《诗经》之后的读音演变对于传世《诗经》文本的影响。为了清楚揭示这种读音的演变，以便分析《诗经》文本，白一平提出了五个假说作为其理论依据。

第一个是唇化元音假说。这本是由俄罗斯语言学家雅洪托夫（Sergej Evgenevič Jaxontov，1926—2018）在 1960 年提出，主要指上古音没有合口介音-w-，这个中古音是由圆唇主要元音（＊u 或＊o）分裂而来，因此高本汉用“twan”来构拟“端”字的上古音是错误的，这个字的上古音应该是“ton”。上古韵部元部，也应该相应地析分为-AN 和-ON 两个韵部。

第二个是前元音假说，是指上古音的四等韵只有前元音，而没有前介音，这个假说推翻了高本汉为上古音构拟的强元音性介音-i-，即推翻了高本汉等人所说的纯粹的四等韵。因此很多人认为属于同一韵部的“干”和“肩”，其上古音应该分别是“kân”和“kien”。上古韵部元部，应该再区分-AN和-EN 两个韵部。

第三个是尾音-s 音假说，是指中古音的去声，在上古音中都有尾音＊-s，不过在后来的读音演变中丧失了。因此，高本汉等人构拟的“＊-b”“＊-d”“＊-g”等上古音，应该被重新构拟为“＊-ps”“＊-ts”“＊-ks”。

第四个是 r-音假说，这个假说源自雅洪托夫、蒲立本等人的观点。雅洪托夫认为，中古音的二等韵有介音＊-l-，不过，中古音一等韵、二等韵的区别在于主元音，而在上古音则不是。这个理论能够解释为什么很多二等韵的词汇和 l 前缀的词汇有谐声的关系。虽然高本汉也曾构拟了 l 声母的词汇群，但是雅洪托夫的理论可以用来构拟一个更为简洁的上古元音体系，可以比高本汉更好地解释上古音的押韵问题。后来，蒲立本用 r 音代替了 l 音，也就说，l 音是由上古音 r 演变而来。

第五个是 rj-音假说，与第四个假说相关，是指在一部分三等韵词汇中重新构拟介音 r，这样可以解释所谓的三等韵重纽（即三等韵的唇牙喉音里音韵地位完全相同的两组小韵）问题。蒲立本曾在《上古汉语的辅音系统》中提出过类似的假说，按照这个假说，很多上古音三等韵的重纽字与中古音 l 前缀字有谐声的关系。

白一平根据上述五个假说，解释了《诗经》很多文字的原本字形与读音，以及产生字形与读音变化的原因。比如，按照唇化元音假说，“願”字的上古音应该是“＊njgons”，其元音是“＊-on”，《郑风·野有蔓草》中“适我願兮”与“零露漙兮”押韵，“漙”的古音正是“＊don”。然而，“願”字的音符“原”字，其元音却只能是“＊-an”，因为《小雅·棠棣》“鹡鸰在原”、《小雅·六月》“至于大原”、《大雅·公刘》“于胥斯原”“度其隰原”等诗句中的“原”，都是与“＊-an”元音的字押韵，如“泉”。因此，白一平认为，“原”字作为“願”字的音符，是《诗经》定型之后元音分裂的产物，其本来的音符应该是“元”字，这才符合《诗经》形成时代的上古音的规律。

白一平将他多篇论文中的观点综合写进了《古代汉语音韵手册》一书，此书的第九章为《〈诗经〉中的文字与文本》，吸收了《〈诗经〉中的周汉音韵学》一文中所举的《诗经》上古音及其演变的例子，并做了更清晰、更全面的陈述。[①] 此章开头就指出，上古汉语读音的构拟，有赖于与中古音的对比，更有赖于上古音的两个主要证据：一是谐声字，二是《诗经》韵部。白一平接着强调了不同时代产生的不同文字必须要小心处理，周代产生的谐声字能反映周代的读音，但是后代产生的谐声字常常反映的是后代的读音。也就是说，我们只能用相同时代的谐声字来构拟其读音。清儒段玉裁所说的“同声必同部”，不能盲目地运用于不同时期产生出来的不同文字。

基于这个原则，白一平在《古代汉语音韵手册》第九章再次强调了传世《诗经》的书写文字并不是周代的文字，如果不注意《诗经》的文本问题，就会有时代错乱之误。因此，必须强调音韵学、古文字学、文本历史之间的密切关系。白一平发展了《〈诗经〉中的周汉音韵学》一文中的相关论述。他

---

① William H. Baxter, *A Handbook of Old Chinese Phonology*, Berlin: Mouton de Gruyter, 1992, chapter 9.

从《诗经》字形与读音的演变，联系到《诗经》的异文，他认为这些异文大多是由于口头传播所造成的，这就是郑玄所说的“声之误”。很多假借字也是由于抄手在抄写文本时，不能理解原字，就用了读音相近的字来代替。比如《邶风·北风》的“携手同车”，在阜阳《诗》简中“车”被写为“居”，不管哪个字是原字，这个例子都说明了《诗经》在传播过程中同音字可以互相替代的现象。白一平更为关心的是，这种替代关系，可以反映出该字出现的时间和地点。比如《大雅·假乐》中的“假乐君子”，“假”字的上古音是“＊kra”，属于鱼部，但是此句在《中庸》被引为“嘉乐君子”，而“嘉”字的上古音是“＊kraj”，属于歌部。“假”与“嘉”在上古属于完全不同的音，因此这两字互相替代，只能反映了汉代读音演变的情形。

白一平在前述假说的基础上，对传统的上古音韵部进行重新分类，提出了“六元音”理论，这个理论与中国学者郑张尚芳提出的“六元音系统”基本一致，成为现今学界关于上古音研究的一项重要假设。在白一平和沙加尔合作撰写的新书《古汉语的重新构拟》中，“六元音”理论得到进一步的发展。[①] 该书出版于2014年，获得了美国语言学会2016年度的“布隆菲尔德图书奖”。《古汉语的重新构拟》提出的古音构拟体系，被学界称为“白—沙体系”，它对主元音的修正比较小，而在介音、韵尾、词尾等位置上有较大改动。

与白一平合作的沙加尔（Laurent Sagart，1951—），是法国东亚语言研究所的教授。很多学者构拟上古汉语，都侧重于音韵本身的问题。沙加尔提出，要构拟上古汉语语音，就必须认识上古汉语的形态和词族。在马伯乐、高本汉、蒲立本、许思莱、梅祖麟等人的研究基础上，他进一步讨论上古汉语的词缀形态方面的问题。沙加尔的主要贡献是利用谐声、词族以及早期的外来词，探究了上古汉语的词缀和声母系统。

沙加尔的代表著作是《上古汉语词根》，此书研究上古汉语的形态与词

---

① William H. Baxter and Laurent Sagart, *Old Chinese: A New Reconstruction*, Oxford: Oxford University Press, 2014.

族，确定上古汉语词缀的加缀方式。[①] 沙加尔根据德国学者构拟的原始南岛语[②]，猜测汉语与南岛语有同源关系，由此启发而研究上古汉语的语音、词汇与构词法。他借了鉴白一平采用的“六元音系统”，认为这有利于解释汉语与南岛语的关系。同时，他又觉得白一平构拟的上古汉语，尤其是构词法方面，有很多需要修改或增加的地方。此书的目标，就是要在上古汉语中找到更多的增加词缀的方式，将上古汉语词汇词缀形态与词族综合成一致的上古音构拟体系，再用词源的研究来检验这些观点。

沙加尔在论证过程中，运用了大量的《诗经》材料。比如《小雅·蓼莪》“父兮生我，母兮鞠我，抚我畜我，长我育我”中，第二句的“鞠”字《毛传》解为“养”，《说文通训定声》将此字视为“育”的假借字。沙加尔认为，上古汉语的“^{*b}k-luk”在中古发展为“kjuwk”，“鞠”字可能记录了上古汉语带 k 前缀的“^{*b}luk（养育)”，到了第四句则出现了“育”的本字。那么，为什么“养育”在第二行带前缀，在第四行却不带前缀呢？沙加尔认为，这几句诗按时间先后描述了父母的恩情，第二句的“鞠”特指乳养，“鞠子”特指“乳子”，而第四句的“育”则泛指父母的关心和教育。[③]

在白一平、沙加尔之外，还有很多学者都对《诗经》语言音韵研究与上古汉语研究的新进展做出了贡献，如美国艾奥瓦州沃特伯格学院的许思莱(Axel Schuessler，1940—)，编有《周代早期汉语辞典》，还有《上古汉语的韵尾-l》等论文，多有涉及《诗经》之处。[④]

① ［法］沙加尔：《上古汉语词根》，龚群虎译，上海：上海教育出版社，2004 年。

② 南岛语指南岛民族使用的语言。南岛民族主要分布于南太平洋群岛，包括中国的台湾和海南、越南南部、菲律宾、马来群岛等。

③ ［法］沙加尔：《上古汉语词根》，龚群虎译，上海：上海教育出版社，2004 年，第 113—114 页。

④ ［美］许思莱：《上古汉语的韵尾—l》，载潘悟云编：《境外汉语音韵学论文选》，上海：上海教育出版社，2010 年，第 237—249 页。

第四节 谢立义、苏源熙与《诗经》的韵律

《诗经》的韵脚、韵律及其相关问题，引起很多北美学者的兴趣。如马几道（Gilbert L. Mattos，1939—2002）的《国风中声调不和谐的韵脚》一文，讨论了《诗经·国风》韵脚的声调问题。[①]

美国普渡大学的谢立义（Daniel Hsieh），对于中国古典文学尤其是古典小说有深入的研究，出版有《早期中国小说中的爱情与女性》等著作。谢立义在古代汉语方面也有研究，他的《〈诗经〉中的语尾助词与押韵》一文，重新审视了语尾助词在韵律上的功能。[②]

谢立义指出，《诗经》有一个突出的现象，那就是存在大量如“也”“矣”之类的语尾助词。一般来说，这些语尾助词都是没有意义的，在讲究格律的中国诗歌中（除了韩愈的“以文为诗”之外），都会避免这些助词。经过仔细的观察，会发现《诗经》中这些助词都出现在韵脚字之后。因此，谢立义提出，这些助词有非常重要的押韵的功能，它们与韵脚字形成一个双音节的合成韵脚，是一种精心设计的押韵结构，这种现象，可以与现代英语诗歌比较而得到更好的解释。

中国本土学者，一般很少注意到语尾助词的韵律功能，郑玄只是针对《大雅·抑》“神之格思”几句说过“思皆声之助”，杨树达则说《周南·汉广》“不可求思”中的“思”是“语末助词，无意”。在中国学者之中，只有孔广森、甄士林等人提到语尾助词有押韵的作用，但是他们都觉得语尾助词与韵脚字是相互独立的，并没有想过语尾助词可以和韵脚字合成一个双音节韵脚。在西方学者之中，杜百胜曾在《〈诗经〉的语言》中指出，“矣”“斯”

① Gilbert L. Mattos, “Tonal ‘Anormalies’ in the Kuo Feng Odes”, *Tsing Hua Journal of Chinese Studies* 9.1—2 (1971): 306—325.

② Daniel Hsieh, “Final Particles and Rhyming in the *Shih-Ching*”, *Oriens* 35 (1996): 259—280.

“兮”“思”等助词有韵律的功能，可称为押韵助词。许思莱也在《周代早期汉语辞典》中指出，“思”“止”之类的语尾助词可被称为“诗律助词”。但是，谢立义指出，他们的论述和证明不充分，没有清楚地揭示出双音节韵脚的重要性。

谢立义此文，是在学界猜测上古汉语存在双音节字的启发之下，对于《诗经》语尾助词做出的新解。他强调指出，语尾助词和韵脚字并列，并不是诗人认识到助词无法承担真正的押韵功能，因此在助词之前插入一个实在的韵脚字，而是应该将这种用虚词押韵的技巧视为一种刻意的、精心设计的诗律技巧，歌者或诗人运用这样的韵脚字加助词的方式，就是为了构成一个多音节或复合的韵脚。代词与助词一样，也是虚词，都能以如此方式与实词一起合成一个多音节的韵脚。谢立义还指出，多音节韵脚的韵律格式，在英语诗歌比如美国歌谣中比较常见。这样的比较，有助于揭示《诗经》作者的创作动机。

苏源熙在中国文学、中国美学、比较文学方面的研究，有很高的声誉。他的《〈诗经〉中的重复、押韵和交换》一文，则对《诗经》韵脚的功能问题提出了新解。①

孔子和其他早期思想家都不重视《诗经》的创作技巧，而是重视《诗经》的情感和道德影响力。相反，宋代以后的批评家更重视从文本出发来研究《诗经》。道德与形式的分歧在《诗经》最早的阐释中就存在吗？一种更重视诗歌形式技巧的诗学是否成为可能呢？针对这些问题，苏源熙提出：《诗经》的形式特征其实与《诗经》中的道德规范是不可分割的，也就是说，《乐记》所说的“声音之道与政通”，就体现在《诗经》的押韵和诗章组合中。

苏源熙的文章，详细讨论了《周南·樛木》与《鄘风·桑中》如何在高度重复的诗章结构中通过韵脚的变换来完成主题的演进，这些讨论证明了韵

① Haun Saussy, “Repetition, Rhyme, and Exchang in the *Book of Odes*”, *Harvard Journal of Asiatic Studies* 57.2 (1997): 519—542.

律和主题的表达是如何融为一体的，甚至可以说是韵脚的细微变化决定了整首诗的意义解读。但是，真正决定诗歌意义的是每一章结尾诗节的韵脚，而不是开头诗节的韵脚。那些看起来与主题无关的开头诗节，正是“兴”。文章接着从如何确定诗歌韵律的角度出发来重新考察“兴”。在读者的阅读经验中，似乎是开头诗节的韵脚决定了结尾的韵脚；但是从创作者的角度来说恰恰相反，而是结尾的韵脚决定了开头的韵脚。诗人先决定结尾韵脚的词语，然后才去选择一个合适的“兴”作开头的韵脚。这种诗歌形式可以用《卫风·木瓜》的诗句进行类比，以自然之物开头、以人事作结，就像“投我以木瓜，报之以琼琚”中的交换关系，交换的目的是要在诗歌结构中建立起韵律的对称。因此，押韵就像语义的黏合剂，将本来分散的事物结合在一起。

苏源熙进一步分析了《大雅·既醉》《小雅·彤弓》《大雅·下武》等诗中更复杂的押韵。最后，文章指出《诗经》中存在“典型韵律”，即那些频繁地、成组地出现的韵脚，如《下武》中的“德”“式”“思”“则”“服”，这个系列的韵脚在《大雅·烝民》等很多诗中都出现，这些诗都与周代的王权理论相关，它们有着相同的主题，即有德之君是诸侯的典范。这就是说，当韵律获得一定的独立性时，诗可以是为了韵律而被创作出来。

此外，汉赋专家康达维（David R. Knechtges，1942—）也在《〈生民〉的语言》一文中，对于《诗经》的文本与语言提出了自己的看法。[①]《诗经》是汉代书写文字固定之后的文本，白一平对于依据传世《诗经》文本构拟古音提出了怀疑，康达维由此指出，根据现有《诗经》文本的文字进行训诂解释也会遇到同样的问题。以《大雅·生民》为例，比如“履帝武敏歆，攸介攸止”的“敏”“介”二字，有各种不同解释，很大程度是由于《诗经》在先秦是依赖口头传播，到了汉代隶定而有了确定的文本文字之后，很多字在原

① David R. Knechtges, “Questions about the Language of *Sheng Min*”, in *Ways with Words: Writing about Reading Texts from Early China*, ed. Pauline Yu, Peter Bol, Stephen Owen and Willard Peterson, Berkeley: University of California Press, 2000, pp. 14-24.

文中很难解，不同的注释者将其还原为不同的文字。康达维提出，如果我们对于《诗经》中具体字词的解释都有困难，那么如何理解整体诗篇的意思呢？他最后指出："应该清醒认识到《诗经》读者的局限，不管是古代的读者，还是现代的读者，都是根据他们掌握的周代汉语知识来解读《诗经》。"

第十一章　20世纪英语世界诗经学：历史文化研究

《诗经》的史料价值、礼乐背景、文化风俗，都是《诗经》研究的重要内容。傅斯年曾以为《诗经》的历史价值要高于《尚书》，他说："《书经》是史而多诬，《诗经》非史而包含史之真材料。"① 中国学者傅斯年、郭沫若、闻一多、孙作云等人，在这些领域做出了很多探索。在英语世界中，专门研究《诗经》与上古历史之关系的论著并不多见，而比较常见的，往往是在上古史的概述或是具体问题的论述中，引用《诗经》作为文献史料的重要补充，或是通过《诗经》研究周代的礼乐文化。法国汉学家葛兰言从社会学、人类学角度研究《诗经》的文化风俗，曾影响了日本学者白川静等人，英国的韦利在翻译《诗经》时也深受其影响，其研究方式对美国汉学界也有一定影响，但是影响范围不大。

第一节　《诗经》与上古历史研究

在英语世界的早期中国研究中，常常能见到《诗经》的身影。西方所说的早期中国，主要指汉代灭亡（220）之前的中国历史。《诗经》作品产生于公元前11世纪—公元前6世纪，与商、周历史密切相关，特别是《大雅》

① 傅斯年：《诗经讲义稿》，上海：上海古籍出版社，2012年，第20页。

和《颂》，蕴含了研究商、周历史的重要史料。大致来说，《大雅·生民》可证明周人的起源，《大雅·公刘》《大雅·绵》可证明周人的迁徙历史，《豳风·七月》可证明周代的农业生活。中国学者杨宽的《西周史》，则用这些诗篇来描绘相关的商、周历史细节。英美世界的汉学家，在论述商、周历史时，也大多引用这些诗篇。不过，在商、周历史的研究中，是否应该对《诗经》等传世文献持怀疑态度，《诗经》与考古、金文资料是否属于不同性质的材料？这些问题在近期的西方汉学界引起了一些争论。

在1937年出版的《中国的诞生：中国文明形成期之研究》中，顾立雅（Herrlee Glessner Creel，1905—1994）根据当时所见的文献资料和出土文物，向西方读者描述了中国商周时代的历史和文明。该书频繁引用《诗经》，如在介绍商代的都城建筑时，引用《大雅·绵》《小雅·斯干》二诗做旁证，作者指出，虽然这两首诗的时代较晚，“但是一般认为它描绘的是与商人同时代的民族”。在介绍商人的田猎时，又引用了《郑风·大叔于田》《小雅·车攻》《小雅·吉日》三首诗做旁证，虽然作者在这里也清楚认识到这些诗的时代远远晚于商代，但是因为诗中生动的描绘，他还是引用了这些诗。很明显，直接与商代有关的文献资料太少，为了给历史描述提供更多的细节，顾立雅不得不求助于《诗经》。

当然，到了介绍周代历史时，引用《诗经》就显得更为自然了。顾立雅引用了《小雅·大东》“东人之子，职劳不来，西人之子，粲粲衣服”一章，来描述西周晚期的社会矛盾。他还引用了《邶风·谷风》《王风·君子于役》《郑风·将仲子》《邶风·静女》《郑风·溱洧》《郑风·褰裳》《召南·摽有梅》《周南·关雎》《小雅·车舝》《卫风·氓》《郑风·丰》共十一首诗，来介绍周代的婚姻和恋爱生活。

顾立雅还用一章专门介绍周代的文献，其中就有《诗经》的介绍。值得注意的是，顾立雅对于西方人认定中国没有史诗的观点做出了回应，他承认这是对的，不过他同时指出，《诗经》中有些作品歌颂了英雄的出生和探险，虽然简短，但已经“接近于史诗的风格”。[①] 关于《诗经》中有无史诗，更深入的讨论可参考王靖献对于“文王史诗”的研究（见第九章）。

张光直（Kwang-chih Chang，1931—2001）在介绍商代历史和文明的专著《商文明》中，多次征引《诗经》。如引用《商颂·殷武》的诗句，来描述商王武丁深入汉水流域的征伐活动。然而，《诗经》中直接涉及商代历史的诗其实不多，绝大部分都是周人的诗歌。张光直就用《诗经》关于周代文明的描绘，来反观商代文明。他引用《大雅·绵》对于太王在周原建邑的描绘，引用《鄘风·定之方中》《小雅·斯干》对于各种建筑场面的描绘，来说明周人的建城作邑活动，并认为“这些记载能够给我们一些关于商人建城的启示”。他还引用《魏风·伐檀》《魏风·硕鼠》《豳风·七月》的诗句，并说：“西周农夫们的生活状况可能与商代不同，可历史上没有流传下来有关商代农夫生活的诗歌；然而，我们通过对西周农夫生活的某些片段与妇好墓中随葬品之丰富程度相比较，极其形象地再现出这两个王朝共同存在的资源的向上和向心流动现象。”[②] 张光直基本上采用了韦利的《诗经》英译。

利用周代的作品《诗经》来证明商代的历史，较易受人诟病。如果只用《诗经》来描述周代历史，会更为自然。许倬云的英文著作《西周文明》，原用中文写成，书名原为《西周史》，1984年由台湾联经出版社印行第一版，后多有重版。后来，许绰云将其改写成英文版，由专攻中国美术史的林嘉琳（Katheryn M. Linduff）补充西周美术史部分，1988年由耶鲁大学出版社出版。此书在讨论周人的起源与迁徙、周人的天命、周代的农业生活时，频频引用《诗经》记载。书中讨论了徐中舒关于“豳风”不是陕西土风而是鲁国歌诗的观点[③]，许绰云认为“豳风”是周人在汾水流域的旧居发展起来的音

---

① Herrlee Glessner Creel, *The Birth of China: A Study of the Formative Period of Chinese Civilization*, New York: F. Ungar Pub., 1937, pp. 64—65, 72—74, 239—240, 271, 293—300.

② ［美］张光直：《商文明》，张良仁、岳红彬、丁晓雷译，沈阳：辽宁教育出版社，2002年，第146、234页。

③ 徐中舒：《豳风说》，《中央研究院历史语言研究所集刊》1936年第6本第4分。

乐，后来可能由鲁国乐工加入新歌词来歌咏本国事迹。[①] 英文版《西周史》在讨论中文文献时，常有简略撮写之处，但是在引证《诗经》时，却更为详细。如讨论古公亶父时周人迁徙到周原，中文版只是简略引用了《大雅·绵》的第二章，英文版却完整引述了全诗共九章的内容。[②]

在夏含夷（Edward L. Shaughnessy，1952—）、鲁惟一（Michael Loewe，1922—）主编的《剑桥中国古代史》中，夏含夷撰写《西周史》一章，也多处引用《诗经》说明西周历史。其中有一小节名为“礼仪的变革与诗歌的发展”，完全以《诗经》为中心，用《诗经》中的西周早期、中期、晚期及春秋时代的作品在语言形式的变化，证明从西周早期直到春秋时代礼仪制度、社会政治的变化。[③] 在这一节文字中，前半部分论述了西周早期作品至西周中期作品的转变，源于作者的论文《由颂辞到文学——〈诗经〉早期作品的仪式背景》（下文有详细介绍）；后半部分论述西周后期至春秋时代的作品，讨论了《诗经》中“兴”的手法的发展和成熟。

夏含夷还常将《诗经》与铜器铭文互证。如《大雅·江汉》记叙了召穆公（召虎）奉周宣王之命平淮夷的历史事件，夏含夷相信此诗即《召伯虎簋铭》之一。在其专著《西周史料：铜器铭文》中，他引用了此诗的后四章，与铭文对读，并且借此告诉西方读者，阅读青铜器铭文并不困难。[④]

然而，较为年轻的汉学家们，开始怀疑《诗经》能否作为可靠的商、周史料。他们不再接受顾立雅、张光直等人的论证方式，并且也质疑《剑桥中国古代史》中对于《诗经》《尚书》等上古文献的依赖。史嘉柏（David Schaberg，1964—）认为，《诗经》《尚书》的内容，都是后世编辑者的修辞

---

① ［美］许倬云：《西周史》，北京：三联出版社，2001年，第50页。

② Cho-yun Hsu and Katheryn M. Linduff, *Western Chou Civilization*, New Haven: Yale University Press, 1988, pp. 60－61.

③ Edward L. Shaughnessy, “Western Zhou Histroy”, in *The Cambridge History of Ancient China: From the Origins of Civilization to* 221 B. C., ed. Michael Loewe and Edward L. Shaughnessy, Cambridge, U. K.: Cambridge University Press, 1999, pp. 332－338.

④ Edward L. Shaughnessy, *Sources of Western Zhou History: Inscribed Bronze Vessels*, Berkeley: University of California Press, 1991, pp. 73－74.

操作的结果，比如《大雅·绵》，重要的并不是它能否真实反映周人迁徙的历史，而是它反映了周人胜利之后的想法。史嘉柏甚至认为，《诗经》不能与铜器铭文互证对读，因为铭文的内容只限于具体的场合，而《诗经》表达了周王室或贵族群体的共同理想，"这两类文本明显是出于不同的用途"。因此，反映西周背景的那十几首《诗经》作品，只是一堆非常"贫乏的资料"。[①]

很明显，夏含夷完全不同意这种看法。他指出，这些年轻汉学家的观点，其实深受西方学术理论的影响。西方学界对于早期西方经典的研究，比如希腊史诗与《圣经》，都强调其口头的来源，是一种不需要写成文字的口传文学，汉学家受到这些研究的影响，理所当然地假设中国早期经典原来也不是用文字书写的，并由此怀疑《周易》《尚书》《诗经》等经典的成书时间和作者身份。因此，研究上古历史的汉学家开始轻视这些早期经典的价值，而更倾向于依赖甲骨文、金文等资料；同时，研究早期文献的汉学家，则将研究中心都放在孔子之后的诸子百家作品上。《周易》《尚书》《诗经》等上古文献，越来越被研究上古中国史的汉学家冷落。夏含夷则坚持认为，上古中国有着极高的书写文化，在西周时期完全有能力书写出这些典籍，因此，这些典籍的内容能够真实地反映当时的历史而需要被重视。[②]

美国哥伦比亚大学的李峰（1962—），秉承其老师夏含夷的立场，在其专著《早期中国的地形与权力：西周的危机与灭亡》中，大量采用《诗经》作品作为西周中晚期的资料。他将相关的作品按照历史主题分为三组：第一组是《小雅》的《采薇》《出车》《六月》《采芑》，提供了有关周人和猃狁之间的战争的信息；第二组是《大雅》的《云汉》《韩奕》《江汉》《常武》等诗，提供了宣王时期的政治事件与军事行动的信息；第三组是《小雅》的

① David Scharberg, "Texts and Artifacts: A Review of *The Cambridge History of Ancient China*", *Monumenta Serica* 49 (2001): 480—481.

② Edward L. Shaughnessy, "From Liturgy to Literature: The Ritual Contexts of the Earliest Poems in the *Book of Poetry*", in *Before Confucius: Studies in the Creation of the Chinese Classics*, Albany, N. Y.: State University of New York Press, 1997, pp. 2—3.

《节南山》《正月》《雨无正》《十月之交》，以及《大雅》的《桑柔》《瞻卬》《召旻》，提供了幽王时期和向东周过渡时期的信息。李峰认为："这些明显有政治历史性质的诗，为我们集中提供了有关西周晚期的最早文献层。"但同时，他也注意到运用这些史料所需要的谨慎态度。他指出，"在历史研究中使用《诗经》这部书的真正挑战"，是"如何从高度修辞和夸张的诗体表述中提取有效的信息"。他相信，将诗与青铜器铭文等资料对比阅读，"只要将它们置于一个同为其他类型证据所共有的历史背景之下来进行解释，便有望揭示出它们真实的历史含义"。[①] 他在描述犬戎入侵、西周覆灭的情形时，引用了《小雅·雨无正》全诗，同时指出"尽管这首诗有着文学的性质，但诗句中仍然包含了一些清晰可见的历史细节"，并且进一步指出"这种诗歌式表现或许反倒是对历史现实的一种鲜明和真实的反映"。[②]

《诗经》除了用以证明商、周历史事件之外，还被用在上古史研究的其他领域。如加拿大的蒲立本以及普林斯顿大学高等研究院的狄宇宙（Nicola Di Cosmo），曾利用《诗经》中的记载，讨论上古时代华夏民族与四夷外族的关系[③]；许绰云、林嘉琳合著的《西周文明》，利用《小雅·十月之交》《大雅·常武》等诗与西周金文的对读，研究西周政府组织和官职制度的变化。[④]《诗经》还被用于研究周代的思想史，比如以色列希伯来大学的尤锐（Yuri Pines，1964—）在其专著《儒家思想的基础：春秋时代的思想活动》中，引用《大雅》的《抑》《假乐》《民劳》《板》以及《小雅》的《宾之初筵》对于"仪"和"威仪"的描述，证明到了西周晚期时，合乎身份和礼仪

① ［美］李峰：《西周的灭亡：中国早期国家的地理和政治危机》，徐峰译，上海：上海古籍出版社，2007年，第16—18页。但是此书将《韩奕》写为《韩矣》，中译本亦未纠正。

② 同上书，第269—272页。

③ E. G. Pulleyblank, "The Chinese and Their Neighbors in Prehistoric and Early Historic Times", in *The Origins of Chinese Civilization*, ed. David N. Keightley, Berkeley: University of California Press, 1983, pp. 411—465; Nicola Di Cosmo, *Ancient China and Its Enemies: the Rise of Nomadic Power in East Asian History*, Cambridge, UK: Cambridge University Press, 2002, pp. 108, 301.

④ 参看许倬云：《西周史》，北京：三联出版社，2001年，第208—236页。英文版与中文版的文字，不完全一致。

的行为变得空前重要，甚至等同于“德”。这种情形延续到春秋初期，如《鲁颂·泮水》所载。这些记载中都不见“礼”字，说明西周晚期至春秋初期对于“礼”的看法已经发生重大转变。①

上述各类著作，大多只是以《诗经》为旁证，补充描述上古历史的特定事件与侧面。其实，还有两类研究《诗经》与上古史的论著，或完全以《诗经》为中心，或注意到《诗经》的特殊表达方式，更为值得注意。

第一类论著，是通过细读《诗经》作品，对其中隐含的历史事件提出新的解释，这些解释往往能揭示出上古史的遗漏环节。

陈致的《〈燕燕〉新解》一文，就属于这样的研究。② 本文重读商周史料和考古资料，对《邶风·燕燕》提出了新的解释。文章首先指出，虽然“燕”的意象在古代诗歌中总是与离别相关，其实这是根源于汉代经学家对《燕燕》一诗的误读。《毛诗》认为这是戴妫之子完继位后被州吁所弑，戴妫大归，庄姜远送于野并作诗明志。但是，《史记》记载戴妫在完成为储君之前已经去世，庄姜也不可能自称“寡人”。再如“仲氏任只”一句，“仲氏”被解为戴妫的字，“任”被解为戴妫的美德，但是先秦女子的字有特定格式，如在后面加“母”字。综合先秦资料，“仲氏”应该是指排行第二，“任”则是姓。“妫”和“任”是两个不同的姓，“仲氏任”不是戴妫。

陈致认为，“仲氏任”是正确理解《燕燕》的关键，这首诗的背景其实是西周初期殷商余裔的叛变。根据《左传》《国语》等资料，薛国任姓，亦名挚国，是殷商的属国。《大雅·大明》有“挚仲氏任”“大任有身，生此文王”，诗中的“挚仲氏任”是从薛嫁周的任氏之女。与传统的解释不同，陈致认为她并不是文王的母亲“大任”（因为“仲”与“大”明显矛盾），而是文王之子周公的夫人，他们在成周（王城）结婚，目的是加强与殷商属国的联合，削弱商的势力。《大明》为喜庆祝婚之诗，《燕燕》却充满感伤之辞，

---

① Yuri Pines, *Foundations of Confucian Thought: Intellectual Life in the Chunqiu period, 722—453 B.C.E.*, Honolulu: University of Hawai'i Press, *2002*, pp. *92—94*.

② Chen Zhi, “A New Reading of ‘Yen-yen’”, *T'oung Pao* 85.1/3 (1999): 1—28.

那么《燕燕》可能是纣王之子武庚叛变失败后所作。“燕”即玄鸟，是商族的图腾，符合武庚的身份；商亡之后武庚被封于邶，位于成周的东北，符合诗中的“远送于南”。王国维根据考古发现提出邶国即召公所封之燕国，陈梦家进一步指出邶国是在武庚与三监之乱被平息之后才迁入燕国的。根据北京琉璃河考古发现，武庚在兵败后曾逃亡河北，在北京附近建立商族的最后基地“匽”，后为召公所平。“匽”地一带其实是商族的发源地，地名与商族的“燕”图腾相关。召公后来为笼络商遗民，保留了“匽”的地名。

因此，陈致的结论是，《燕燕》中的“寡人”即武庚，这首诗以燕起兴，有典型的商族图腾，能激发商族余裔与旧部在失败后继续战斗。

李峰在研究西周晚期周王室的派系和政治斗争时，对《小雅·十月之交》《小雅·节南山》《小雅·正月》三首诗的历史背景提出了新的解释。李峰认为，《十月之交》的主题不仅仅是谴责周幽王的腐朽，而且揭示了新近继位的幽王与地位显赫的皇父之间严重的政治裂痕，在这一政治冲突中，皇父最终离开镐京，隐退东方。这个解释与传统的解释明显不同。郑玄说：“此篇讥皇父擅恣，日月告凶。”[①] 陈奂根据《国语·郑语》的记载，怀疑诗中的皇父是周幽王宠信的大臣虢石父。[②] 李峰根据《竹书纪年》以及函皇父鼎、函皇父簋、函皇父盘等西周金文，论证了皇父的真实身份，认为他在宣王时期长期担任要职，是幽王继位时西周王室的核心人物。在幽王与皇父的政治斗争中，褒姒，即《十月之交》中所说的“艳妻”可能提供了协助。“艳妻”指褒姒，是几乎所有传统的解释都一致同意的。但是，李峰认为皇父是褒姒的政敌，却是一个全新的解释。他认为诗人在诗中抱怨皇父，是因为在诗人看来，皇父不负责任地离开了镐京，他的东迁造成了王都的骚乱，使幽王的身边缺少了保护之人。在论证过程中，李峰对诗句进行了细读，他

① 《毛诗正义》卷十二之二，台北：艺文印书馆影印嘉庆二十年（1815）南昌府学本阮元校刻《十三经注疏》，2007年，第405页。

② 陈奂：《诗毛氏传疏》卷十九，《国学基本丛书》本，上海：商务印书馆，1933年，第四册第89页。

认为诗人对皇父抱有明显的同情之心，第52—56行以及第11—12行，可以看出诗人认为皇父是政敌诽谤和周王猜忌的牺牲品，第42—48行显示很多周室元老追随皇父东迁，这似乎暗示了宣王朝的老臣与幽王宠爱的新派系之间的决裂。李峰还对诗中的其他六位人物提出了新的解释。孔颖达曾说："此七人于艳妻有宠炽盛方甚之时，并处于位，由褒姒有宠，私请于王，使此七人朋党于朝，言王政所以乱也。"[①] 李峰却认为，诗中提到的蹶，可能就是《大雅·韩奕》中提到的蹶父，他曾在宣王四年出使冀北韩国；仲允可能是曾经奉宣王之命出使齐国的仲山父；番可能是宣王时期重要人物番生的后代，曾作番生簋。更重要的是，李峰认为这些官员都是皇父的政治盟友，而不是褒姒的同党和追随者。

李峰还将这个新解读联系到《小雅·节南山》，认为两首诗内容相关。他认为，《节南山》提到的诗人"家父"，就是《十月之交》的"家伯"，因为金文中经常出现同一个人有两个称谓。"家父"的官职是"宰"，也是皇父的政治盟友。这样，李峰对于《节南山》的解释也与传统解释不同了。传统解释认为此诗是对皇父的讽刺，但是李峰认为此诗的主题是对皇父的同情，其中第1—24行强调了皇父对于维持国家稳定的重要性，也表达了对皇父失势的同情，第25—36行谴责了皇父的政敌，第37—48行抱怨幽王允许邪恶之人把持政权，而最后一部分（第53—64行）是诗人家父呼吁皇父与周王和解，这成为全诗真正的主旨。因此李峰认为《节南山》呈现了西周晚期政治中激烈的派系斗争，又进一步将新解读联系到《小雅·正月》，认为此诗的作者也是站在皇父这一派的立场上说话，对褒姒提出了尖锐的批评，这位作者在无法同新派共处的情况下，也被迫离开了周王室。

在上述分析之后，李峰总结说："这些诗的创作明显不是出于纯粹的文学乐趣或审美情趣，而是有着明确的政治意图。它们共同提及了一个潜在的历史背景或过程，并且这些背景或过程同样得到了其他历史著作的证明；因

① 《毛诗正义》卷十二之二，台北：艺文印书馆影印嘉庆二十年（1815）南昌府学本阮元校刻《十三经注疏》，2007年，第407页。

为这个潜在的历史背景或过程的存在，我们可以实际上将他们当作一组诗来加以释读。”通过挖掘《诗经》作品隐含的历史背景，李峰进一步肯定了《诗经》作品相对于其他历史著作的优势：“与其他历史著作（比如《竹书纪年》）通常只是粗略地描述不同，这些诗有着深刻的政治观点和历史现实意义，而这都已经成为周人文化记忆中的一个主要组成部分。”[①]

第二类论著，未必是以《诗经》为中心，只是利用《诗经》作品来补充证明特定历史事件，但是在具体的论证过程中，高度关注《诗经》特殊的诗歌语言与修辞方式，沟通了《诗经》的历史研究与文学研究。

夏含夷的《结婚、离婚与革命——〈周易〉的言外之意》一文，属于此类研究。[②] 此文深受中国学者顾颉刚的影响，希望揭示《周易》中隐藏的历史细节。顾颉刚的《周易卦爻辞中的故事》[③]，讨论了《周易》“归妹”卦六五爻记载的殷商帝乙嫁女于周人首领姬昌（即周文王）的历史插曲。顾颉刚由《周易》联系到《大雅·大明》的“大邦有子，伣天之妹，文定厥祥，亲迎于渭”以及“于周于京，缵女维莘，长子维行，笃生武王”，指出文王之子周武王的母亲并不是帝乙之女，而是来自小国“莘”的“缵女”，这说明帝乙之女不能为周室传宗接代，来自莘国的“缵女”取而代之。这个解释，符合“归妹”卦六五爻“其君之袂不如其娣之袂良”的象征意义，暗示媵妾比嫡妻更受宠爱。[④] 不过，顾颉刚仅仅讨论了《周易》“归妹”卦的六五爻，并承认自己的解释只是一个猜想。

在《结婚、离婚与革命——〈周易〉的言外之意》中，夏含夷希望证实顾颉刚的猜想，因此他结合了《周易》其他卦爻以及《诗经》诗句来加以证

① ［美］李峰：《西周的灭亡：中国早期国家的地理和政治危机》，上海：上海古籍出版社，2007年，第235—245页。

② ［美］夏含夷：《结婚、离婚与革命——〈周易〉的言外之意》，载《孔子之前：中国经典诞生的研究》，黄圣松、杨济襄、周博群等译，台北：万卷楼，2013年，第15—29页。

③ 顾颉刚《周易卦爻辞中的故事》一文，最先发表于《燕京学报》1929年第6期，后重印于顾颉刚主编的《古史辨》第3册（北京：朴社，1931年）。

④ 对于“其君之袂不如其娣之袂良”，有各种不同的解释，如高亨《周易古经今注》认为是“帝乙归妹与文王，其娣媵从，其君之貌不如其娣之貌美”。

明。他首先引《周易》“归妹”卦上六爻的“女承筐无实，士刲羊无血”，认为女子的筐里没有果实就暗示了嫡妻不能生育后代。接着，他又例举了与“归妹”在意义上配对的“渐”卦，每一爻的开头都有鸿雁飞翔的描述，并且显示鸿雁向越来越高的地势飞去。夏含夷指出，这些描述与《诗经》“重叠复沓”的手法相似。更重要的是，鸿雁在《诗经》的“兴”中屡见不鲜，并且都是用来起兴关于离婚的主题，而不是像后世那样作为婚姻和合的象征：在《小雅·鸿雁》中，鸿雁暗示了婚姻关系的疏远；在《豳风·九罭》中，鱼是性与情爱的象征，但是当飞鸿出现时，情爱关系就出现了问题；同样，在《邶风·新台》中有“鸿则离之”，也象征了男女关系的不和谐。可见，夏含夷为了证实《周易》对周文王和帝乙之女关系的记载，将《诗经》中的鸿雁兴象当作关键性的证据，并对这些兴象做了细致的分析。

如前面所述，夏含夷在《剑桥中国古代史》中，曾用《诗经》中的西周早期、中期、晚期及春秋时代作品语言形式的变化，证明从西周早期直到春秋时代的礼仪制度、社会政治变化。在讨论春秋时代的《诗经》作品时，夏含夷具体分析了“兴”的发展和成熟[①]，这部分内容源自作者的一篇会议论文[②]，此文后被改写成中文，题为《兴与象——简论占卜和诗歌的关系及其对〈诗经〉和〈周易〉的形成之影响》。[③] 不过，也有人质疑，认为用《诗经》语言修辞的分析来说明上古历史，是“缺乏说服力的”。[④]

---

① Edward L. Shaughnessy, “Western Zhou Histroy”, in *The Cambridge History of Ancient China: From the Origins of Civilization to 221 B. C.*, ed. Michael Loewe and Edward L. Shaughnessy, Cambridge, U. K.: Cambridge University Press, 1999, pp. 332—338.

② Edward L. Shaughnessy, “The Birds and the Bees, The Flowers and the Trees: Nature's Evocation in the *Shijing*”, paper presented at the American Oriental Society Western Branch Meeting, University of California, Los Angles, Nov., 1995.

③ 此文收入［美］夏含夷：《兴与象：中国古代文化史论集》，上海：上海古籍出版社，2012年。

④ David Scharberg, “Texts and Artifacts: A Review of The *Cambridge History of Ancient China*”, *Monumenta Serica* 49 (2001): 481.

第二节　《诗经》与礼乐文化研究

通过《诗经》来研究周代礼乐文化的发展史，或者通过周代礼乐的发展来说明《诗经》的形成背景，这些研究与《诗经》有更为密切的关联。

上文提到，夏含夷曾用《诗经》中不同时期的作品，来揭示西周早期至春秋初期礼仪制度上的变化。夏含夷是美国芝加哥大学东亚语言与文化系顾立雅早期中国史讲座教授，曾跟随斯坦福大学倪德卫（David Nivision）攻读博士，长期从事《周易》、上古史、古文字等研究，曾任学术期刊《早期中国》主编。他对于《诗经》与周代礼仪制度的研究，见于《由颂辞到文学——〈诗经〉早期作品的仪式背景》一文。此文以《周颂》为研究对象，讨论这些作品的形成年代及其反映的礼乐文化背景。此文1994年发表于中国台湾的《汉学研究》，后于1997年收入作者的论文集中。[①]

夏含夷认为，《诗经》中最早的作品，可能创作于西周早期的公元前1045—公元前905年，是仪式参与者一起演唱并以舞蹈表演出来的颂歌祝词，没有仪式背景之外的功能或意义。到了西周中期，大约公元前10世纪中后期，出现另一类《周颂》作品，它们描述了一种不同形态的礼仪仪式的兴起：参与者不需要一起表演，而是由一个特别指定的代表来表演，其他参与者成为仪式的观众。《由颂辞到文学——〈诗经〉早期作品的仪式背景》这篇文章，最终希望证明：礼仪表演的发展与诗歌表达形式的发展是一致的，当礼仪从集体参与表演发展到表演者与观众的区分，诗歌的形式也表现出从共同参与到诗人与观众的区分。在这样的区分中，诗歌离原来的礼仪背景越来越远，也越来越能反映出诗人的内心观点。夏含夷甚至由此断言：“这肯

---

① ［美］夏含夷：《由颂辞到文学——〈诗经〉早期作品的仪式背景》，载《孔子之前：中国经典诞生的研究》，黄圣松、杨济襄、周博群等译，台北：万卷楼，2013年，第147—167页。

定是文学兴起的关键因素之一。”①

夏含夷所说的第一类诗歌，即最早的颂歌祝词，包括《武》《赉》《桓》这三首歌舞组诗，它们的特征是行文简洁、缺乏文学性润饰，需要舞蹈动作和诗节相配合，可以象征性地重现周人克商的整个过程，是一套完整的礼仪演出作品。相似的作品还有《闵予小子》《访落》《敬之》，它们是天子即位时在宗庙表演咏唱的作品。另外，还有《清庙》《维天之命》《维清》《烈文》《天作》《昊天有成命》《我将》《时迈》《思文》九首作品，都是献给祖先的仪式表演作品。

所有这些诗歌的形式和句法特征，非常一致。在形式层面上，它们每行的字数和押韵格式都不一致，或者说它们缺乏有规律的用韵形式，根据铜器铭文的资料，要到西周中期才出现用韵的情形。在句法层面上，它们将“其”当作情态动词来用，表示“希望”的意义，而相比之下，西周中期以后的《周颂》作品和铜器铭文，则将“其”当作第三人称所有格代名词来用，此外，诗中还用了“惠”“锡”“贻”“求”等向先祖祈福的动词。这些特征都说明，此类诗歌是由仪式的参与者直接唱给先祖听，有着与先祖直接对话的特点。诗中还使用了表示第一人称代名词复数的“我”，这说明仪式是由参与者共同表演完成的。

《执竞》《有瞽》《载见》《雝》属于第二类作品。它们大多以统一的四字句组成，用韵也有着一致性，并且与祖先直接对话的祷词完全消失了，变成了对正在进行的仪式的描述。不仅如此，用来描述仪式参与者以及祖先的第一人称、第二人称代名词也完全消失了，变成了第三人称代名词“厥”。《有瞽》还描述了乐器的声音和外观，并在结尾处提到“观”音乐和仪式表演的“我客”。《载见》中的主事者被认定为君王本人，“载见辟王”似乎说明需要另外的旁观者。

---

① Edward L. Shaughnessy, “From Liturgy to Literature: The Ritual Contexts of the Earliest Poems in the *Book of Poetry*”, in *Before Confucius: Studies in the Creation of the Chinese Classics*, Albany, N. Y.: State University of New York Press, 1997, p. 187.

这两类诗歌在形式特征上的转变，代表了礼仪制度的转型。夏含夷在此引用了英国汉学家、艺术史专家罗森（Jessica Rawson，1943—）的看法作为证据。罗森认为，在公元前10世纪中后期之后，青铜器的设计与组合出现了重大变化，这揭示了当时礼仪表演方式的重大变革。西周早期的青铜器小巧精致，需要礼仪的参与者近距离观察，由此可以推测当时的礼仪比较私人化，是一小群人靠近青铜器举行。西周晚期的青铜器规模很大，没有了精致的装饰，这种规模和设计似乎说明，开始有更多的人怀着敬意站在远处见证仪式，而不是如西周早期那样亲自参与到仪式中。[①]

夏含夷借鉴罗森的看法，对《周颂》做了细致的韵律、句法分析，最后得出自己的结论：《诗经》中的西周早期作品是表演性的诗，而到了周穆王（公元前956—公元前918年在位）之后的作品是描述性的诗，这个转变与考古证据相吻合，反映出周穆王时代在祭典仪式上的巨大转变。描述性诗歌的出现，象征着《诗经》从特定礼仪表演中的礼仪作品，慢慢转变成表达诗人内心观点的文学作品。这篇文章，虽然讨论的背景是西周礼仪表演制度的变革，但全文的论证却是立足于《诗经》语言形式的分析，可见夏含夷对于《诗经》作品本身语言特征的重视。

柯马丁的《作为表演文本的〈诗经〉：〈楚茨〉的个案分析》一文，也是通过《诗经》作品的文本特征分析，来揭示《诗经》中的礼仪制度。[②]

柯马丁相信《诗经》是周代文化记忆的储藏库，他借用了德国的埃及学专家阿斯曼（Jan Assmann）关于“文化记忆”的理论，指出“文化记忆”不是简单地保存过去，而是有选择地重建过去，它是两个方向上的运作：一个是向后，即选择过去；一个是向前，即制定规范。在这里，事实与虚构的区分变得毫无意义。他认为，周代文化不是一个以书写为中心的文化，《诗

① ［英］罗森：《是政治家，还是野蛮人？——从青铜器看西周》，载《中国古代的艺术与文化》，孙心菲等译，北京：北京大学出版社，2002年，第134—163页。

② Martin Kern,“*Shi jing* Songs as Performance Texts: A Case Study of ‘Chu ci’ (‘Thorny Caltrop’)”, *Early China* 25 (2000): 49—111.

经》只是口头表演的文本，它没有固定的书写文本。那么，周代的“文化记忆”如何被理解、被传播？这主要依靠一种强化美学效果的诗歌形式。

柯马丁指出：文本的形式特征非常重要，那些形式特征和美学结构将表演文本与日常语言区分开。因此，仪式语言总是自我指涉的，它表明仪式最终会自我实现、自我解释、不容置疑，这是实施崇高统治权的基础。表演文本在建构仪式行为的同时，也建构了仪式背景、社会秩序的背景，它再现及确保了社会的等级制度。因此，在仪式语言中，最重要的不是个人，而是其中的角色和每个角色的功能。程式化、重复性的仪式语言，保存和加强了宗教、社会传统的稳定性和延续性。

《诗经》作品，特别是雅、颂部分，大多是表演性的诗歌，它们可以在舞蹈中被表演出来，成为音乐、舞蹈表演中的有机部分。《诗大序》对“颂”的解释就是这种表演性的明证。不过，柯马丁进一步提出，这些诗不仅运用在表演之中、对表演做出描述，它们还从表演外部对仪式做出规定，这两方面并不排斥，这些诗是描述性和规定性二位一体的。《小雅·楚茨》就是最好的例子。小序认为《楚茨》是“刺幽王”，是“君子思古”，而现代研究者看法则完全不同，认为《楚茨》描述了祭祀表演的细节。柯马丁认为，这两方面并不矛盾，《楚茨》既是仪式表演的一部分，又是对理想秩序的规范性说明。

《楚茨》，一个突出的特征就是密集的韵脚，另一个特征就是那些突然出现的没有明确指代的人称代词，不同的韵脚和不同的人称代词相结合，代表了不同的声音。柯马丁重新翻译并仔细分析《楚茨》一诗后指出，诗中每一章韵脚的变化，都暗示了不同参加者的声音。虽然《诗经》的韵律曾经过后人的加工修订，但后人加工完善的韵脚其实是将原本存在的仪式特征转变成文本特征。《楚茨》前三章有相同的韵脚，都是祝祷者的声音，第一章是祝祷者代表祭礼子孙向尸说话，第二、第三章是向子孙说话。第四章最复杂，有多重声音，首先是祭礼主人说话，然后是主礼者说话，最后是祝祷者代表神灵向祭礼子孙说话，“卜尔百福”中的“尔”就是祝祷者向子孙说话的语气。在第四章神灵赐福的高潮之后，最后两章是各方参加者的告别。对于第五章的第五、第六行，朱熹认为是神灵饮醉、通过尸传达给子孙，但是柯马丁认为这种解释不对，因为“皇尸”是敬称，所以这是祝祷者代表子孙对尸说话，承认他完成任务，可以离位。《楚茨》几乎每章结尾都有“嘏辞”，代表了对祭祀成功的预见和保证。

柯马丁的文章，以《楚茨》为具体的例子，分析了周代的政治宗教观念、礼仪制度和《诗经》文体形式之间的复杂关系。文章揭示了《诗经》的一个创作原则，即韵脚的变化暗示了角色声音的变化，这个原则在《诗经》的其他篇章中也可以发现。

周代的礼乐制度，不仅指祭祀礼仪的具体仪式，还指乐器、乐调等音乐制度。因此，通过《诗经》不仅可以研究周代的礼仪，还可以研究古代中国的音乐制度和音乐文化。

陈致的专著《〈诗经〉的形成：从礼仪化到世俗化》，就是从音乐的角度入手，对《诗经》的形成史和周代礼乐制度发展史做了一个更为全面的研究。[①] 此书原为作者在美国威斯康星大学东亚系的博士论文，完成于1999年，后经过修订于2007年在德国的华裔学志出版社正式出版，随后于2009年译成中文，由上海古籍出版社出版。[②]

在其博士论文完成后的十年间，陈致曾将此书中的研究成果，陆续以中文重新阐述，发表于台湾和大陆的学术期刊，如《中国文哲研究集刊》第12期（1998）的《说南：再论〈诗经〉的分类》，《中国文哲研究集刊》第19期（2001）的《说夏与雅：宗周礼乐形成与变迁的民族音乐学考察》，《国学研究》第13卷（2004）的《二南：南方的乐钟与雅音》，《中华文史论丛》第4期（2008）的《万舞与庸奏：商代祭祀乐舞与〈诗经〉中的颂》。因此，海

---

① Chen Zhi, *The Shaping of the Book of Songs: From Ritualization to Secularization*, Sankt Augustin, Germany: Institut Monumenta Serica, 2007.

② 陈致：《从礼仪化到世俗化——〈诗经〉的形成》，吴仰湘、黄梓勇、许景昭译，上海：上海古籍出版社，2009年。

峡两岸和香港、澳门学界对于陈致的研究已经非常熟悉。

陈致在书中重新解释了《诗经》“南”“风”“雅”“颂”的编排分类原则，这种分类背后的音乐背景以及商周时代的政治文化背景。他通过音乐考古学、文字学、训诂学的结合，追本溯源，考察了《诗经》四部分名称的本义：“南”字本义是初生的竹子，最初指竹木制作的容器和打击乐器，后用来代指南方的乐钟，进而代指具有南方色彩的音乐体式；“风”最初是普通管弦乐器的代称，进而代指具有各地地方色彩的音乐体式；“雅”就是“夏”，是周人在与殷商对抗的过程中造出来的文化概念，周人把自己的文化称为“雅”或“夏”，指以宗周为中心的关中地区的文化典章制度，周人的音乐及其乐器也称为“雅”或“夏”，如周代贵族专用的甬钟或钮钟；“颂”的本义是商代的乐钟“庸”，是殷商贵族在祭祀、飨宴中专用的乐器，也指祭祀中音乐、舞蹈、乐歌相伴进行的乐舞形式，这种庸奏乐舞后来经过周人的改造，演变为《诗经》中的三颂。

《诗经》的分类，对应着不同的乐器和乐式，这种看法其实在宋人郑樵、王质、程大昌的乐式分类理论中已经提出。不过，陈致在宋人的乐式理论之上进一步强调：《诗经》的编排分类，不仅根据不同的音乐体式，而且还考虑了地域的因素。强调地域因素，是为了提出一个更为重要的结论：“雅”“颂”之间的区分，背后有着重大的政治文化背景，它反映了在商周之际的政权更迭中，商、周两个民族如何在文化上对抗、融合和发展。具体来说，商、周两个民族的音乐文化有着鲜明的地方差异和民族差异，商人以庸奏乐舞为代表的音乐文化本来比周人的音乐文化更先进、更复杂，但是在周人克商之后的文化交织和融合中，周人为了标榜自己的正统性，以自己的雅乐为基础发展出礼乐制度，在乐器及其演奏形式方面多加规范，这就阻碍了殷人原有的音乐文化的发展进程，造成了一个阶段性的倒退。

以《诗经》反映的周代礼乐制度为论述中心，陈致提出了“雅乐三变”：第一次变化发生在周武王灭商前后，周人受到殷商音乐文化的影响，一边学习殷人先进的音乐文化，一边加以改造以突出自己文化的独立性，在这个交流、抵制和融合的过程中，周人创造了自己的乐器（如甬钟），也创造了自己的音乐作品和体式（大雅、小雅）。周朝建立之后，曾经高度发达的晚商音乐文化出现了停滞和衰退的迹象。第二次变化发生在平王东迁以后，“雅”与“夏”从周王畿扩展到中原地区，各种音乐相互影响，乐器与乐制走向多元化，并且从礼仪化转向世俗化。第三次变化发生在春秋中晚期，周室衰微，各国的民间俗乐渐渐取代“雅”乐，出现了“新声”，而这种“新声”实际上是部分晚商音乐文化的复现。

陈致此书最大的特点是研究方法上的突破。陈致认为，《诗经》分类问题之所以一直众说纷纭，是因为研究方法上的陈陈相因。第一，研究者大多对《诗经》做平面式的处理，以为《诗经》三百零五首诗歌是同一时代作品的汇集，常常忘记了《诗经》是始自公元前11世纪、历尽商周易代的作品集，平面式处理的缺点是会忽略时间链中各种发展变化的情况。第二，研究者常采用单线式的方法，依照朝代平稳顺序演进的方式来描述商周的文化发展，这种方法的缺点是会忽视人类文化在同一个时期内不同地域之间的多样性。因此，陈致提出自己撰写此书的基本立场：《诗经》的三百余篇诗歌，是不同地区不同族群在不同的时期编集而成。相应地，他采用了综合式、多视角、跨学科的研究方法，即将音乐考古学、民族音乐学与传统的古文字学、训诂学和文献学相结合，从音乐考古学的视角揭示了《诗经》不同分类对应着不同的乐器以及源自不同文化的乐式，从民族音乐学的视角揭示了《诗经》乐式分类背后的文化背景和政治背景。借助这种多视角、跨学科的研究方法，陈致最终描述了《诗经》从礼仪化到世俗化、从标准化到地方化的历史过程，以及背后的文化冲突、文化融合的历史背景。

不过，说到《诗经》的音乐研究，不得不提英国汉学家毕铿（Laurence Ernest Rowland Picken，1909—2007）对《诗经》歌唱文本的研究。毕铿本为剑桥大学的动物学家和生物学家，自幼就表现出极高的音乐天赋。1944年他由英国政府委以英国科学使团成员的身份派往中国，在华期间受到荷兰人高罗佩（Robert Hans van Gulik，1910－1967）的指点，并亲炙于中国古琴名家查阜西（1895—1976）、裴铁侠（1884—1950）等人，由此开始了他的中国古代音乐研究，并奠定了他在汉学界的特殊地位。毕铿在中国古代音乐研究上的成就，主要侧重于唐代音乐。同时，他也从音乐的角度对《诗经》的歌唱文本和曲调做了深入的研究。在剑桥读书时期，后来成为著名神经生理学家的浙江人冯德培（1907—1995），就曾为毕铿用中文朗读《诗经》。[①] 这或许就是毕铿与《诗经》结缘的起始。

宋人朱熹在《仪礼经传通解》中，曾根据当时所见的雅乐，为《诗经》的十二首诗重构了曲调乐谱，即“风雅十二诗谱”。这十二首诗分别是《小雅》部分的《鹿鸣》《四牡》《皇皇者华》《鱼丽》《南有嘉鱼》《南山有台》，以及《国风》部分的《关雎》《葛覃》《卷耳》《鹊巢》《采蘩》《采蘋》。[②] 朱熹的诗谱，成为毕铿研究《诗经》曲调的基础。在1956年的一篇论文中，毕铿以现代乐谱的形式，重构了这十二首诗的乐曲形式。[③] 到了1969年，毕铿又结合当时刚出版的杜百胜的著作《〈诗经〉的语言》，从音乐的角度重新思考《诗经》的诗句重见现象及其在音乐上的含义。[④]

毕铿的研究，在1977年的《〈诗经〉歌本的形式及其音乐内涵》一文中，得到更深入的阐发。在这篇文章中，他提出从诗句的诗章结构和诗章频率两个因素，来考察作为歌唱文本的《诗经》的节拍和韵律形式。毕铿首先研究了《诗经》的节拍和演唱时长。他认为，每个诗句中音节的增加，并不会延长诗句的演唱时间，四个音节总是用四个长度一样的节拍来演唱，增加一个音节只会将其中一个节拍一分为二。其次，毕铿研究了《诗经》形式及其背后的文化意蕴。他发现，《诗经》歌本主要表现出四种基本形式：第一种是

---

① 宫宏宇：《毕铿和他的中国音乐研究——纪念毕铿先生逝世》，《中央音乐学院学报》2007年第4期，第35—36页。

② 朱熹：《仪礼经传通解》卷十四《诗乐》，载朱杰人、严佐之、刘永翔编：《朱子全书（修订本）》第2册，上海：上海古籍出版社，合肥：安徽教育出版社，2010年，第516—527页。

③ Lawrence Picken, “Twelve Ritual Melodies of the T'ang Dynasty”, in *Studia Memoriae Belae Bartók Sacra*, Budapest: Aedes Academiae Scientiarum Hungaricae, 1956, pp. 147—173.

④ Lawrence Picken, “The Musical Implications of Line-Sharing in the *Book of Songs* (*Shih Ching*)”, *Journal of the American Oriental Society* 89.2 (1969): 408—410.

不分诗章的杂言形式，主要以《周颂》为代表，包括部分《商颂》；第二种是诗章和诗句几乎同样多的形式，主要以《大雅》和《小雅》为代表；第三种是诗章少、诗句多的形式，主要以《鲁颂》为代表；第四种是第三种的简略形式。毕铿进而提出：《诗经》这些不同的文本形式，反映了三个不同的传统，《周颂》的形式是一种真正的歌曲形式，它体现了西周早期的传统，保留了祷文形式的颂歌；采用第一种形式的《商颂》，其实是对《周颂》的模仿和精致化的发展；《周颂》《商颂》《鲁颂》其实反映出三个不同文化——甚至族群的不同传统。① 在这里，毕铿提出了从音乐形式来研究《三颂》的不同文化与族群传统的问题，但是他并未做进一步的论证。二十多年后，陈致的《〈诗经〉的形成——从礼仪化到世俗化》，以丰富的考古资料，对这个问题做了更全面、更深入的考证和阐发。

此外，美国音乐学家考夫曼（Walter Kaufmann，1907—1984），在其编译的《中国典籍中的音乐文献》中，搜集并翻译了四书五经中的音乐文献，还对各种中国古代乐器及音乐术语做了系统的解说。② 考夫曼从《诗经》中辑出涉及各种乐器及音乐演出的诗章或诗句，并提供了自己的英译，乐器名称用了音译（韦氏拼音）；读者可以在此书的乐器术语解说部分，进一步了解此种乐器的形状、来历和用途；在作者译文之后，亦适当地提供了理雅各、高本汉、韦利等人的英译，以资对照；书中所辑诗句，选自《诗经》的二十九首诗，排列基本根据《毛诗》的顺序，有出自《国风》的《关雎》《麟之趾》《击鼓》《简兮》《定之方中》《君子阳阳》《女曰鸡鸣》《山有扶苏》《萚兮》《山有枢》《车邻》《宛丘》，有出自《小雅》的《鹿鸣》《常棣》《伐木》《彤弓》《采芑》《何人斯》《鼓锺》《车舝》《宾之初筵》，有出自《大雅》的《灵台》《行苇》《卷阿》《板》，有出自《三颂》的《有瞽》《执竞》《有駜》

① Lawrence Picken, "The Shapes of the *Shi Jing* Song-texts and Their Musical Implication", *Musica Asiatica* 1 (1977): 104, 93—99.

② Walter Kaufmann, *Musical References in the Chinese Classics*, Detroit: Information Coordinators, 1976, pp. 24—30, 154—156. 此书扉页有"乐经论"三个汉字，或是作者为此书所定的中文书名。

《那》。

还有杜志豪（Kenneth J. DeWoskin）的专著《音乐与中国早期的艺术观念》，以《左传》所载的季札观乐概述了《诗经》的演奏情形。杜志豪指出，关于《诗经》实际演奏情况的资料非常稀少，因此他的论述完全建立在毕铿的研究之上。他最后提到1978年湖北随县曾侯乙墓出土的编钟，以此作为毕铿研究的补充例证。①

近期从音乐角度研究《诗经》的学者，还有美国宾州大学的钱德梁（Erica Fox Brindley），她曾发表论文《早期中国的音乐、宇宙与心理学的发展》研究先秦的音乐思想②，其后文章被扩展为专著《早期中国的音乐、宇宙与和谐的政治学》。此书在考察早期中国音乐与个体情感表达的关系一节中，指出这种考察无法绕开《诗经》。钱德梁指出，《诗经》中的作者将音乐视为表达内心真情的必要方式，比如《魏风·园有桃》的“心之忧矣，我歌且谣”，《小雅·四月》的“君子作歌，维以告哀”，《小雅·四牡》的“是用作歌，将母来谂”。这些诗呈现了一种自我指涉的措辞方式，描述了诗歌创作本身的动机，即将内心最深的感情当作诗歌创作的直接动力。也就是说，这些诗歌的作者相信，他们内心深处的个人情感与表达这种情感的诗歌之间有一种“必然的因果关系”。从中可以看出，音乐被视为一种“生理的必然现象”和“道德的必然现象”，“音乐（尤其是诗歌）是一个隐藏的、真实的情感内核的关键性表达”。③

---

① Kenneth J. DeWoskin, *A Song for One or Two: Music and the Concept of Art in Early China*, Ann Arbor: Center for Chinese Studies, University of Michigan, 1982, pp. 21—25.

② Erica Brindley, "Music, Cosmos, and the Development of Psychology in Early China", *T'oung Pao* 92. 1—3 (2006): 1—49.

③ Erica Fox Brindley, *Music, Cosmology, and the Politics of Harmony in Early China*, Albany: State University of New York Press, 2012, p. 94.

第三节 《诗经》的文化研究

在礼乐文化之外，《诗经》还曲折地反映出上古时期的巫术文化与神话。美国汉学家艾兰（Sarah Allan，1945—）曾引用《商颂·玄鸟》，讨论了殷商起源的神话；[①] 陈致也引用《商颂·玄鸟》，讨论了殷商的玄鸟崇拜；[②] 剑桥汉学家白安妮（Anne Birrell）则利用《大雅·生民》，研究了后稷传说和感生神话。[③]

《诗经》作品还反映了先秦的日常生活与物质文化。张光直有《中国古代的饮食与饮食具》一文，引用《诗经》《楚辞》里的描写，探讨先秦时代的食物和宴饮。此文最初发表于1973年，后收入1976年的论文集《早期中国文明：人类学的视角》[④]，中文版收进《中国青铜时代》。[⑤] 在此文中，张光直引用了《小雅·頍弁》《小雅·伐木》中的诗句，证明商周时代宴饮中赠送与共享的情感。此外，他在讨论祭祀的起源与食物的关系时，还整首引用《大雅·生民》，认为此诗描绘的祭祀是以谷类食物为中心，相比之下，《礼记·礼运》则描绘了以熟肉为中心的祭祀，他认为这是两个不同的阶级或民族的传统的混合。[⑥]

历史学家何炳棣（Ping-ti Ho，1917—2012），在1975年出版的《东方的摇篮》一书中，为了反驳中国文明西来说以及揭示中国华北的古自然环境，

---

① Sarah Allan, *The Shape of the Turtle : Myth, Art, and Cosmos in Early China*, Albany: State University of New York Press, 1991, p. 39.

② Chen Zhi, "A Study of the Bird Cult of the Shang People", *Monumenta Serica* 47 (1999): 127—147.

③ Anne Birrell, *Chinese Mythology: An Introduction*, Baltimore: Johns Hopkins University Press, 1993, pp. 54—58, 116—118.

④ K. C. Chang, "Food and Food Vessels in Ancient China", *Transactions of the New York Academy of Science* 35. 6 (1973): 495—520. 后来收入 K. C. Chang, *Early Chinese Civilization: Anthropological Perspectives*, Cambridge, Mass. : Harvard University Press, 1976, pp. 115—148.

⑤ ［美］张光直：《青铜时代》，北京：三联书店，1983年，第220—250页。

⑥ 同上书，第235、243—244页。

将《诗经》中关于植物的记载与20世纪50—60年代的最新科学发现结合起来。当时发现，华北黄土层中保存的蒿类孢粉远远多于乔木花粉，而《诗经》记载的艾蒿类植物种类远远多于其他植物，其出现次数仅仅略次于桑树植物。何炳棣认为，这些证明了古代的黄土地地区一直都是半干旱的干草原气候。[①] 在《东方的摇篮》出版之前，何炳棣已经在1969年出版的中文著作《黄土与中国农业的起源》中，将《诗经》记载的所有自然界植物进行分类，得出了同样的结论，而《东方的摇篮》是对《黄土与中国农业的起源》中相关论点的进一步阐述。

何炳棣依赖《诗经》来证明古代华北是半干旱高原气候的做法，陆续受到包括英属哥伦比亚大学人类学家Richard Person、美国宾州大学植物学教授李惠林（1911—2002）在内的一些学者的批评。[②] 不过，最主要的批评可能来自张光直，他认为艾蒿类植物虽然对于判断气候十分重要，但是依赖《诗经》中的植物资料并不能说明问题，并且从描写安阳地区的三十九首诗歌来看，它们其实反映了一个绿树成荫、青竹郁郁、水源丰富的气候，如《卫风·淇奥》《卫风·竹竿》《卫风·硕人》《邶风·击鼓》等作品。[③] 张光直与何炳棣的论争，源自他们判断华北古自然环境和耕作方式的不同立场。在张光直生命最后阶段的文章中，以及何炳棣晚年撰写的回忆录中，还念念不忘他们之间关于华北古自然环境的争论。[④]

不过，对于《诗经》的文化研究，中国读者最熟悉的可能是法国学者葛兰言关于《诗经》的社会学、人类学研究。早在葛兰言之前，法国汉学家毕

---

① Ping-ti Ho, *The Cradle of the East: An Inquiry into the Indigenous Origins of Techniques and Ideas of Neolithic and Early Historic China, 5000－1000 B. C.*, Hong Kong: The Chinese University of Hong Kong, 1975, pp. 32－33.

② Richard Pearson, "Pollen Counts in North China", *Antiquity* 48 (1974): 276－278; Hui－lin Li, "The Domestication of Plants in China: Ecogeographical Considerations", in *The Origins of Chinese Civilization*, ed. David N. Keightley, Berkeley: University of California Press, 1983, pp. 21－64.

③ K. C. Chang, *Shang Civilization*, New Haven: Yale University Press, 1980, pp. 145－146.

④ ［美］张光直：《二十世纪后半的中国考古学》，《古今论衡》创刊号（1998），第48页；［美］何炳棣：《读史阅世六十年》，香港：商务印书馆，2004年，第398—402、443—445页。

瓯在19世纪中期就研究过《诗经》时代的社会风俗，他指出要考证一个民族的文明和风俗，很难从正规史册上找到清晰的描述，不如研究民间故事、诗歌、民谣，可能收获更大。葛兰言在1919年出版的法文著作《古代中国的节庆与歌谣》中，进一步将新兴的文化人类学方法运用到《诗经》情歌和中国古代风俗文化的研究中，这种民间文化的视野曾深刻影响了韦利的《诗经》英译（详见第八章）。

葛兰言把《国风》中的情歌，视为上古中国乡间男女集会时竞赛歌唱的产物，他特别看重这些情歌反映的民间婚恋仪式本身的价值，以及从民间仪式到官方祭祀庆典的过渡历程。为了寻找《诗经》中隐藏的仪式细节，他反对任何象征的解释方法。他说："我们可以超越简单的文学解释与象征主义解释，去发现这些诗歌的原初含义。"他为阅读《国风》制定了几条规则，其中一条就是"摒弃所有那些象征解释或暗示诗人'微言大义'的解释"。葛兰言所说的"象征主义解释""微言大义的解释"，主要针对《毛诗》《郑笺》影响之下的传统儒家解释。葛兰言本人在具体论述时，也曾用到"象征""隐喻"之类的术语。但是，由于葛兰言强调《国风》中所有的山川树木，都是民间节庆、仪式形式场景的实际反映，他排斥对《诗经》做任何进一步的象征解释。他甚至说，《诗经》的"技巧完全是自然而然的"，"隐喻和明喻也几乎没有"，"诗歌只不过再现了事物间的对应关系"。因此，对于葛兰言来说，《诗经》意象的重要性，并不在于它的象征意义，只是因为它"铭刻着自然现象和人类惯行间实际存在的对应性"。[①]

中国学者闻一多的《诗经》研究，在方法途径上与葛兰言极为接近。不过，没有证据说明闻一多与葛兰言之间存在直接的学缘关系[②]；并且，闻一多与葛兰言有一个根本的区别，那就是闻一多非常重视《诗经》意象的各种

---

① ［法］葛兰言：《古代中国的节庆与歌谣》，赵丙祥、张宏明译，桂林：广西师范大学出版社，2005年，第6、14、75、189页。

② 参见李孝迁：《葛兰言在民国学界的反响》，《华东师范大学学报》2010年第4期，第38页。桑兵认为，直到1942年之后，葛兰言才为中国学界所了解，见《国学与汉学：近代中外学界交往录》，北京：中国人民大学出版社，2010年，第55页。

隐喻和象征意义。当我们将目光转向美国汉学界，会发现葛兰言的影响甚微，他们研究《诗经》中的风俗文化，则更接受闻一多的方法。

周策纵于1978年发表的《生育神话和中国古代医药：巫传统之研究》一文，研究了上古时期的生育和婚姻仪式，收入芮效卫（David. T. Roy）和钱存训（Tsuen-hsuin Tsien）主编的《古代中国论文集》中[①]，后来加以扩充并以中文重写，收入作者的中文专著《古巫医与"六诗"考——中国浪漫文学探源》[②]，组成了该书的上篇与中篇。

在1968年发表的《诗字古义考》一文中，周策纵已指出古代足趾的"止"字常与"草""生"等字的字根混同，这个现象与古代周人所相信的生育神话有关，即相信践踏足迹可以带来生育。[③]《生育神话和中国古代医药》一文，其实就是从这个论点发展而来。此文有一半内容（即关于生育神话部分），主要围绕《诗经》而展开。通过《诗经》的相关诗句以及各种先秦资料，周策纵希望进一步证明：象征性地用足踏土践耕以及由此产生的舞蹈，其目的是企求生育，这就是古代的郊祀、高禖仪式。

周策纵的论证，首先从《齐风·南山》入手。此诗共四章：

> 南山崔崔，雄狐绥绥。鲁道有荡，齐子由归。既曰归止，曷又怀止？
>
> 葛屦五两，冠緌双止。鲁道有荡，齐子庸止。既曰庸止，曷又从止？
>
> 蓺麻如之何？衡从其亩。取妻如之何？必告父母。既曰告止，曷又鞠止？
>
> 析薪如之何？匪斧不克。取妻如之何？匪媒不得。既曰得止，曷又极止？

---

① Chow Tse-tsung, "The Childbirth Myth and Ancient Chinese Medicine: A Study of Aspects of the Wu Tradition", in *Ancient China: Studies in Early Civilization*, ed. David. T. Roy and Tsuen-hsuin Tsien, Hong Kong: The Chinese University Press, 1978, pp. 43－89.

② ［美］周策纵：《古巫医与"六诗"考——中国浪漫文学探源》，台北：联经出版社，1986年。

③ Chow Tse-tsung, "The Early History of the Chinese Word Shih (Poetry)", in *Wen-lin: Studies in the Chinese Humanities*, vol. 1, ed. Chow Tse-tsung, Madison: University of Wisconsin Press, 1968, pp. 151－209.

周策纵参考了理雅各、韦利、高本汉、庞德等人的英译之后，重新翻译了此诗，因为他认为这些译者对于该诗理解有误。《诗序》认为此诗是讽刺齐襄公与他妹妹文姜私通的“鸟兽之行”，韦利、高本汉都不接受这种道德化的解释。韦利将每章的最后两句改译成肯定句，变成了一般性的告诫。高本汉认为这首诗只是写一个齐国的女子去鲁国成婚，她的情人因失去她而忧伤不已，每章的最后两句都是在说这个眼看自己的爱人去和别人成婚的男子的想念与悲伤。[①] 但是，周策纵认为，各章的最后两句，与其说是“想念与悲伤”，还不如说更接近于齐襄公与文姜私通之事，因为他从中看到了性的象征。周策纵对于性的象征的解读，十分合理，但因此而坐实此诗是写齐襄公与文姜私通，似乎略显牵强。

当然，更重要的是诗中的“葛屦”一词，这才是周策纵真正的切入点。他认为，“葛屦五两”是先秦婚庆的亲迎礼中所用的实物，可能就是文姜与鲁桓公结婚时的装束之一。但是，葛屦草鞋是夏季才穿，又非贵重之物，为什么婚礼中要用葛屦而不是皮屦？周策纵进一步考证，葛屦的作用源自它的象征意义。葛屦由男家送到女家，再让新娘子去践踏一下。因为葛是藤状植物，可以蔓延，所以在《诗经》中往往用来象征婚姻、生殖与繁衍。在亲迎礼中践踏葛屦，正是用以象征性行为或生育，符合先民祈盼延续后嗣、繁殖人口的心理。因此《魏风·葛屦》的“纠纠葛屦，可以履霜”，以及其他相关诗句，都与婚姻和生育有关。由“履霜”出发，周策纵接着又考证古代的婚期与霜、露的关系，认为冰霜都与婚姻相关。

可见，此文的中心是在证明践踏葛屦的象征意义及其与婚姻的关系。周策纵接着引用了《大雅·生民》“履帝武敏”的诗句，认为这也是相关的践踏履迹仪式，是一种企求生育的祭祀。这种神尸践武，可能就是《礼记·郊特牲》所说的“大武”之舞，象征生殖力。这种仪式，牵涉到上古的“郊禖”，与之相关的诗还有《商颂·玄鸟》。周策纵最终希望证明，亲迎礼中的

① Bernhard Karlgren tr., *The Book of Odes*, Stockholm: Museum of Far Eastern Antiquities, 1950, p. 65.

践履，和《大雅·生民》记载的神尸践武，其象征意义是一样的，都与求生殖的期盼有关。只不过，这些上古仪式的记载，经过了汉初儒生的道德化和理想化解释，需要现代的研究者仔细辨别考证。

周策纵的《生育神话和中国古代医药》，旁征博引，自由出入于文献考证、字形字义辨析之间，显示出其一贯的文风。此文的思路，与其说是受葛兰言的影响，不如说是受闻一多的影响，因为周策纵与闻一多一样，更重视《诗经》意象的象征意义，从象征中揭示上古的婚恋观念。

到了夏含夷的文章《女性诗人何以最终烧毁王室》，可以清晰地见出美国汉学家在葛兰言和闻一多之间的抉择。[①] 夏含夷尖锐地指出，葛兰言对于《诗经》的民族学分析十分重要，但葛兰言排斥任何的象征色彩，这是一种过度的字面解读。相比之下，闻一多的研究，在《诗经》中看到了无处不在的象征，更有启发性，特别是闻一多对于《诗经》中的鱼与性的关系的揭示，完全为夏含夷所接受。

由此出发，夏含夷开始解读《周南·汝坟》。《毛序》将此诗解为："文王之化，行乎汝坟之国，妇人能闵其君子，犹勉之以正也。"现代学者接受闻一多的启发，将此诗解为女子对情人的思念，特别是"惄如调饥"一句有很明显的性意味。这些现代解读，夏含夷完全同意。但问题在于最后一章"鲂鱼赪尾，王室如燬，虽则如燬，父母孔迩"，曾激起各种不同的解释。

对于鲂鱼为何赤尾，《毛传》的解释是"鱼劳则尾赤"，郑玄进一步解释道："君子仕于乱世，其颜色瘦病，如鱼劳则尾赤。"英国汉学家韦利在英译《诗经》时，也对此做了政治性的解释，说尾巴流血的鱼是王朝衰败的象征。闻一多的学生孙作云则根据闻一多的启示，提出某些鱼类在春天时尾巴会转红，以吸引异性。闻一多、孙作云的解释，夏含夷基本接受。但是为何接下来有"王室如燬"一句？闻一多对此没有太多的解释，只是提到"王室"可能指皇室成员。孙作云、陈炳良等学者则做了更具体的解释："王室"表示

① ［美］夏含夷：《女性诗人何以最终烧毁王室》，载《孔子之前：中国经典诞生的研究》，黄圣松、杨济襄、周博群等译，台北：万卷楼，2013年，第189—204页。

祖先的宗庙，因为这些宗庙只有祭祖的时候才有人，平时则空无一人，因而成为幽会偷情的理想场所。陈炳良还指出，这些宗庙都在家族住宅附近，即“父母孔迩”，所以即使热情“如燬”，也要对不远处的父母保持警惕。

夏含夷在此提出了疑问：按照闻一多式的诠释方式，在整首诗歌一直保持民谣情歌调子的时候，突然有王室的出现，显得非常矛盾。需要更好地解释为何王室的意象会进入诗中，这样才能清除掉我们接受闻一多解读的最后一个障碍。为了清除这最后一个障碍，夏含夷指出，这里的“王”字在西周中期到汉朝时都被写得接近“玉”字，而在同一时期，“玉”字反而写成“王”的样子。他进一步提出，至少从汉初开始，“玉”就被用来委婉地表达生殖器，“玉茎”其实指阴茎，《素女经》中的“玉门”或“玉户”其实指阴户。虽然没有发现任何资料用“玉室”表示女性生殖器，但是《素女经》曾用“朱室”代指阴道。夏含夷由此猜测，在《诗经》还未定型的时候，“王室”其实指“玉室”，后来被人有意无意地解读成了“王室”。那么诗的最后一章就是“鲂鱼赪尾，玉室如燬，虽则如燬，父母孔迩”。夏含夷由此提出了大胆的结论：赤尾的“鲂”是指鼓胀的阳具，代表归来的君子；“如燬”的“玉室”是指“玉门”，象征着女诗人炽热的性欲。在这样的解释中，最后一章就像前两章一样，既有君子的形象，也将女诗人的形象拉回到诗歌的中心。负责抄写这首诗的儒生，意识到“玉室”这一阴道的意象很危险，希望为这首诗注入政治道德的含义，于是他们用不改变字形而改变训读的方法达到他们的目的，他们不改变“玉”这个字的古字形，而是将其直接读作“王”，这样淫荡的女诗人就被替换成王室成员。

可以看出，夏含夷主要借鉴了闻一多从性的角度解释鱼的象征意义的方法。他对《周南·汝坟》最后一章的解释，比闻一多、孙作云的解释更形象，也更大胆。这样的解释，未必每个人都能接受。所以，此文并未正式发表在任何期刊中，而是直接收进了题为《孔子之前：中国经典诞生的研究》的论文集中。夏含夷自己也说“这个解读可能是错误的（这就是为什么本文是论文集中唯一一篇先前没有正式发表的文章）”，不过他进一步说道：“但是这种解释令本诗在我眼中显得更为有趣，同时我也希望它可以令读者您也觉得这首诗很有趣。”[①]

在夏含夷的研究基础上，金鹏程进一步考察了《诗经》关于性行为的意象和隐喻，及其背后的宗教文化背景。金鹏程对《诗经》性文化的研究，更为强调其中的宗教甚至政治寓意，因此也更为倚重闻一多的象征解释方法，彻底摒弃了葛兰言那种从字面解读《诗经》民俗仪式的做法。

金鹏程的相关研究，见于他1999年发表的文章《早期中国诗歌中的交欢意象》。[②] 他在文章的开头指出：现代学者经常忽视或低估了《诗经》性意象的象征意义，这其实是早期中国文本中非常重要的一面。他以闻一多《说鱼》一文为立论基础，将《诗经》中的钓鱼与求食理解为求偶或性行为的象征。从这个角度出发，《曹风·候人》《陈风·衡门》《郑风·狡童》中的“饥”“食”“餐”，都是性行为的象征。但是，金鹏程接着提出的问题是：为什么古代的注疏者都将这些有明显的性内涵的诗歌解释为政治的象征，即将诗中的两性关系解释为君主与臣子的关系？他认为，其实从“思无邪”“《关雎》乐而不淫、哀而不伤”的说法开始，孔子就已经强调《诗经》中的象征包含着超越字面意义的深意。古代的读者都认同这种诠释精神，他们都清楚地知道，在很多早期的祭祀诗歌中，祭祀者都是用性的意象来表达他们与神明的关系。金鹏程从性的象征角度，重新解释了《小雅·鹿鸣》，认为“食野之苹”中的“食”就是性行为的象征，“我有嘉宾”的“宾”显示了女主人公在主持祭祀，因此这首诗表现了祭礼中的神人交合。

金鹏程还从神人交合的角度出发，重新解释了《小雅·彤弓》《小雅·楚茨》《小雅·信南山》等诗的相关章节。他甚至认为，《周南·关雎》中的君子与淑女的关系，也是主祭者与所祭祷女神的关系的一种隐喻。金鹏程进

① Edward L. Shaughnessy, “How the Poetess Came to Burn the Royal Chamber”, in *Before Confucius: Studies in the Creation of the Chinese Classics*, Albany, N. Y.: State University of New York Press, 1997, p. 9.

② Paul R. Goldin, “Imagery of Copulation in Early Chinese Poetry”, *Chinese Literature: Essays, Articles, Reviews* 21 (1999): 35—66.

而指出，《关雎》将宗教意蕴与政治意蕴联系起来的模式，也出现在其他很多诗中。在这些诗歌中，神人交合的性意象包含了女性主祭者与神明的关系，其中的神明常常被替换为人间的君主。此类的诗歌包括《唐风·山有枢》《秦风·黄鸟》等。《黄鸟》中的“交交黄鸟”就是很明显的性意象，此诗在君主与臣子的关系之间建立了一个意味深长的性的象征。因此，金鹏程认为，《诗经》中看似简单的意象，对那些富有经验的读者来说其实是饱含多层的意义。

《早期中国诗歌中的交欢意象》提供的种种论证，其实是为《毛传》《郑笺》以来的《诗经》诠释传统找到了一个合理的源头，即用《诗经》中的性意象来象征政治中的现实关系，这具有悠久的传统和宗教的基础。《毛传》《郑笺》将《诗经》恋歌中的男女关系解释为君主与臣子的关系，如此看来并非完全是牵强附会。不过，金鹏程并未将他的焦点局限于《诗经》诠释传统本身，因为他写作此文的目的，不在于梳理《诗经》诠释史，而是为了通过《诗经》及其他早期中国文献，向西方读者介绍中国古代的性观念，特别是中国古人如何通过性意象来象征式地表达宗教和政治观念。

基于这个目的，金鹏程又将《早期中国诗歌中的交欢意象》一文，扩充之后收入他的专著《古代中国的性文化》。在此书的导论中，金鹏程强调本书第一章（即《早期中国诗歌中的交欢意象》扩充版）的主旨，是“考察那些运用交欢意象作为各种人类关系隐喻的先秦资料——比如隐喻祭祷者与神明的关系，或是隐喻君主与臣子的关系”。他指出，综合考察《诗经》《左传》《楚辞》中的交欢意象，是希望证明：“第一，中国古代文学中的性意象和象征的数量远远超过我们目前所知；第二，只有更敏感地捕捉这些意象和象征的存在及其文学功能，才能充分理解古代文本的核心因素。”[①]

与美国汉学家相比，欧陆汉学家对葛兰言有更多的认同。如德裔挪威学者何莫邪（Christopher Harbsmeier），他的英文论文《早期中国诗歌中的性

① Paul Rakita Goldin，*The Culture of Sex in Ancient China*，Honolulu：University of Hawai‘i Press，2002，pp. 1，2.

欲》所探讨的问题，与金鹏程的研究非常接近。他提出，认识一种文化的性观念，比认识那些具体的性行为，更为重要。何莫邪完全接受了葛兰言的结论，并直接引用葛兰言的观点，认为《诗经》中的性描写及其相关意象，都是对于男女婚恋节庆风俗的直接反映，没有任何象征意义。他相信，这些反映婚恋风俗仪式的歌谣，曾经在上古贵族与宫廷的宴饮中十分流行，因此直接进入《诗经》经典之中。[①]

① Christopher Harbsmeier, "Eroticism in Early Chinese Poetry: Sundry Comparative Notes", *in Das andere China: Festschrift für Wolfgang Bauer zum 65. Geburtstag*, ed. herausgegeben von Helwig Schmidt-Glintzer, Wiesbaden: Harrassowitz Verlag, 1995, pp. 340, 346.

第十二章　20世纪英语世界诗经学：诗经学史研究

20世纪英语世界的《诗经》研究者，关注《诗经》的文学审美价值、语言音韵材料、历史文化背景，而纯粹研究诗经学史的论著并不多见。相对而言，曾受欧洲汉学传统影响的学者，多从语言文献入手来研究诗经学史，比较接近中国传统的经学史研究；深受现代学科影响的学者，更倾向于结合阐释学等理论来讨论《诗经》的诠释史，具有更广阔的视野。

海陶玮是20世纪中期研究诗经学史的重要学者，他受过欧洲汉学的训练，以传统的语言文献方法完成了《韩诗外传》的译注工作。与之相比，范佐仁的学术视野更广阔，他研究了自先秦至南宋的诗经学史，积极吸收了西方学界对于文本传播的研究和阐释学的成果，其影响更大。海陶玮和范佐仁，分别代表了两种学术路径：前者是传统意义上的语言文献或经学史研究，后者则借鉴了阐释学等西方理论方法。

中国的《诗经》诠释传统，不仅历史悠久，而且值得挖掘的理论内容十分丰富，特别是与西方的《圣经》诠释史以及从《圣经》诠释中发展出来的阐释学互相对照，可以在比较文学和比较文化的范围产生出很多研究成果。那些完全立足于中西阐释思想比较的论著，大多不是专门讨论某一时期的诗经学史，而是旨在进行跨文化的比较研究。此类论著，本书第九章已予介绍，本章不再详述。

随着简帛文献的陆续出土，以出土文献为依托来研究先秦的诗经学史，不仅在中国学界掀起新一轮热潮，也引起英语世界学者的高度关注。这部分内容将留待下一章做专门的介绍。

第一节　语言文献视野中的诗经学史研究

20世纪30年代之后英语世界对于诗经学史的研究，可谓从海陶玮开始。他的《韩诗外传》翻译和研究，是以语言文献和实证研究为特征的欧洲汉学传统在美国结出的丰硕成果。

海陶玮（James Robert Hightower）

海陶玮（James Robert Hightower，1915—2006）出生于美国，本来主修化学，在读到庞德翻译的中国古诗之后，对中国文学产生极大兴趣，于是转系学习中文。他在1936年从科罗拉多大学获得学士学位，前往德国深造，回到美国之后进入哈佛大学修读比较文学，1940年获文学硕士，1946年以英译《韩诗外传》的前两章获得远东语言学博士。他在翻译《韩诗外传》期间，曾两次前往北京，问学于许维遹等中国学者。海陶玮毕业后留校任教于哈佛大学，1958年升为教授。在完成《韩诗外传》研究之后，海陶玮的兴趣转向中国诗歌史以及中古文学研究。他研究过《昭明文选》[①]，又研究和翻译过陶渊明诗歌[②]，还曾邀请叶嘉莹前往哈佛大学讲学，与叶嘉莹合著《中国诗

---

① James Robert Hightower, "The Wen Hsüan and Genre Theory", *Harvard Journal of Asiatic Studies* 20.3—4 (1957): 512—533.

② James Robert Hightower, "Allusion in the Poetry of T'ao Ch'ien", *Harvard Journal of Asiatic Studies* 31 (1971): 5—27; James Robert Hightower, *The Poetry of T'ao Ch'ien*, Oxford: Clarendon Press, 1970.

歌研究》。[1]

1948 年，海陶玮在《哈佛亚洲学报》第 11 卷上发表了长文，标题是《〈韩诗外传〉与三家诗》。[2] 此文是海陶玮用十年之功翻译《韩诗外传》过程中的一个成果（英译《韩诗外传》于 1952 年出版），既是对《韩诗外传》编撰体例的一个专门研究，也是对汉代诗经学的一个鸟瞰式研究。在海陶玮之前，理雅各曾在 1871 年出版的《诗经》英译本的绪论中，介绍了汉代的《诗经》流传和注释，此后英语世界对于《诗经》的兴趣逐渐转移到其文化和文学价值，经学史的梳理特别是汉代诗经学史，渐被学者所忽视。海陶玮的《〈韩诗外传〉与三家诗》一文，可算是 20 世纪英语世界研究汉代诗经学史的发轫之作。

海陶玮此文，是传统汉学研究路径的实践。文章虽然很长，但正文只有三分之一，另外三分之二是附录，附录部分包括三大部分：附录一，包括《汉书》关于申培、辕固生、韩婴三人资料的英译；附录二，包括陈乔枞《鲁诗遗说考自序》的节译、杨树达《积微居文录》中所收《〈韩诗内传〉未亡说》一文的英译；附录三最长，有四部分，包括《韩诗外传》十卷三百六十章中每一章的引诗在《毛诗》中的次序表、《毛诗》诗篇在《韩诗外传》中的出现分布表、《韩诗外传》每一章的资料来源表、《韩诗外传》每一章的内容概述。海陶玮文章的结论，基本都是建立在这些附录的基础上。特别是附录三中的《韩诗外传》引诗表，体现出传统的语言文献研究的严谨风格。

《韩诗外传》为汉代韩婴所编，共 360 条故事或论辩，大部分以《诗经》引文作结，呼应前面故事或论辩中的观点。此书的编排，看似杂乱无章，如中国学者屈守元在其 1996 年出版的《韩诗外传笺疏》中所说，“本书编次，本无一定先后次序”。但是，海陶玮《〈韩诗外传〉与三家诗》一文的主旨，

---

① James R. Hightower and Florence Chia-ying Yeh, *Studies in Chinese poetry*, Cambridge, Mass.: Harvard University Asia Center, 1998.

② James Robert Hightower, "The *Han Shih Wai Chuan and the San Chia Shih*", *Harvard Journal of Asiatic Studies* 11.3—4 (1948): 241—310.

却是为了证明此书“在本质上有着统一的编排、系统的结构”。

海陶玮认为，《韩诗外传》是韩诗学派教授《诗经》的教学课本，所以全书的逻辑次序应该源自全书的引诗次序。然而《毛诗》是现今唯一传世的《诗经》完整文本，文章的论证不得不依赖《毛诗》的次序。海陶玮接下来根据附录三中的《韩诗外传》引诗表，对《韩诗外传》每一章的引诗情况进行了分析，由此得出了两个初步结论：一是除了一些不规则之处，《韩诗外传》的编排呈现出“一种明白无误的体系性的次序”；二是除了《大雅》部分，《韩诗外传》的引诗次序与《毛诗》的诗篇次序是一致的。

为了更好地解释《韩诗外传》的体系性与不规则性之间的矛盾，海陶玮充分参考了中国学者杨树达的观点。杨树达在《〈韩诗内传〉未亡说》中认为，韩诗学派的《外传》与《内传》已被合二为一，融合在今本的《韩诗外传》中，《韩诗外传》的第一至四章就是《内传》。[①] 海陶玮也认为今本《韩诗外传》是由两本书合并而成。海陶玮还对《韩诗外传》的成书提出了自己的猜测：韩诗的《外传》与《内传》最早记录于木简，后来木简有所错乱或遗失，有些章节的开头或结尾由此被打乱，部分开头或结尾的木简被编排到了本来毫不相干的章节，最终的编定者在编辑整理时没有意识到这些木简分属于两本内容相似的书籍。

对于《韩诗外传》成书过程中可能存在的错简情况，其实中国古人已有察觉。清人许瀚在《韩诗外传校议》中，以《群书治要》引诗为证，建议将第三卷第三十八章排于第五卷第二十三章之前，他认为这两章“本为一章，并在第五卷内……盖上段偶脱简，读者不得其处，误认版心卷五为卷三，因附三卷之末耳。向疑其当合为一章，苦无明据，今读《群书治要》所引，乃确然不疑”。[②]

---

① 杨树达《〈韩诗内传〉未亡说》一文，最早见于《学艺》1921年第2卷第10期，后收入《积微居文录》（商务印书馆，1931年）。其中的主要论点，亦见于《汉书补注补正》（商务印书馆，1925年）。

② 许瀚：《攀古小庐全集（上）》，袁行云编校，济南：齐鲁书社，1985年，第125—127页。

不过，海陶玮在杨树达文章的基础上，又根据自己的数据统计，提出了进一步的猜想。他认为《韩诗外传》是由两本书合并而成，但是他根据每一章的引诗规律以及《诗经》篇章的分布规律，进而提出：这两本书都是按照风、雅、颂的引诗次序排列，第一本书应该包括今本《韩诗外传》第一至二卷（引《风》）、第四卷（引《小雅》）、第五至六卷（引《大雅》）、第三卷（引《颂》），第二本书应该包括第九卷（引《风》）、第七卷（引《小雅》）、第十卷及第八卷前半部分（引《大雅》）、第八卷后半部分（引《颂》）。这样的重新排列，正好符合《汉书》所说的《外传》六卷、《内传》四卷。第一本书即《外传》，包含今本《韩诗外传》的前六卷；第二本书即《内传》，包含今本《韩诗外传》的后四卷。

对于《韩诗外传》的成书及编排，当代中国学者也做了一定的研究。近期有学者提出："只要我们将《外传》各卷每章所引《诗经》语句及其具体出处篇名按《外传》章次排列，就可以发现其许多卷内《诗》句及其出处篇名的先后排列很有规律，其中卷二、卷四、卷十等三卷最为典型突出。"由此三卷入手，可发现《韩诗外传》引诗按章节排列的次序与今本《诗经》相关篇目的排列次序"完全相同"。其他章节大致相同，不同处可能出于脱简错乱。"原来六卷《外传》尚保存在今本《外传》之中，其大致卷次是今本的卷一 、卷二 、卷七或卷四、卷十、卷六、卷三，其余四卷是后人仿照六卷本《外传》编排体例增补的。"[①]

相比之下，海陶玮的文章提供了更直观的统计证据和更清晰的结论。海陶玮还在文章中评述了《韩诗外传》的资料来源，统计了该书引用各种先秦文献的频率。他认为韩婴在文献的选择中，"呈现出一种非常折中的态度"。关于这一点，其实中国学者也多有论及，因为《韩诗外传》多次引用道家的文献。不过，海陶玮附录三中所作的《韩诗外传》每一章资料来源表，为他的论述提供了更为直观的证据。

---

① 汪祚民：《〈韩诗外传〉编排体例考》，《陕西师范大学学报》2003年第3期，第100—103页。

在《〈韩诗外传〉与三家诗》正文的后半部分，海陶玮介绍了三家诗的流传情况，还介绍了《汉书·艺文志》和《隋书·经籍志》对于三家诗著作的著录情况，并仔细解释了传、故、训等书名的意义。在介绍和解释中，海陶玮娴熟地利用各种中文文献，如用清代学者马瑞辰之说来解释故训和传的关系。可以看出，海陶玮对于汉代诗经学的描述，无论是在广度和深度上，都远远超过理雅各，代表了英语世界对于诗经学史研究的新进展。

海陶玮积十年之功完成的英译《韩诗外传》，在1952年作为"哈佛一燕京学社丛书"第十一种出版。早在1941—1942年，海陶玮以哈佛燕京学人的身份来北京进修时，就完成了译文的初稿。1947年海陶玮再次来北京时，又对全部译文作了修订。海陶玮在北京期间，曾得到《韩诗外传集释》作者许维遹（时任清华大学教授）、王利器（时任北京大学教授）的指点和帮助。不过《韩诗外传集释》一书当时尚未面世，因此海陶玮并未引用此书。对于英译《韩诗外传》帮助最大的，可能是当时刚从中国前往哈佛教书的方志彤，他阅读了整本英译稿，几乎为每一页都提出了修改意见。

海陶玮因为已在1948年发表过《〈韩诗外传〉与三家诗》一文，介绍了《韩诗外传》的编排体例及其汉代诗经学背景等问题，因此英译《韩诗外传》的导论部分就写得比较简略，只有短短10页。导论部分只是对《韩诗外传》作了简单介绍，主要包括：《韩诗外传》的流传、版本情况以及书中一些术语的翻译问题。在讨论术语翻译问题时，海陶玮提出：如"仁""礼""义"等术语在书中的不同章节中有不同的意思，所以他会尽量避免采取单一的译法，而是在不同的上下文提供不同的翻译。

海陶玮的英译《韩诗外传》，体现了传统欧洲汉学侧重语文文献研究的特色。在《韩诗外传》每一章的英译之后，都有详细的注释。注释大致包括两类内容：一是注明字词的出处，二是说明字词的异文与意义。注释大量采用清代学者的考证成果，如赵怀玉《韩诗外传校语》、赵善诒《韩诗外传补正》、周廷寀《韩诗外传校注》以及俞樾《曲园杂纂》中的字词考订等。全书结尾，还附了《四库全书总目提要》解说《韩诗外传》的英译。

英译《韩诗外传》中的注释，大部分是字词出处与异文的辨析，对原文章节意义的说明则很少，并且一般都是对于章节结尾的引诗与正文关系的说明。如第一卷第十八章："孔子曰：'君子有三忧。弗知，可无忧与？知而不学，可无忧与？学而不行，可无忧与？'诗曰：'未见君子，忧心惙惙。'"海陶玮在注释中解释道："这段引诗，与前文的'君子''忧'二词相关。"[1]

不过，海陶玮的注释也有缺漏之处，偶尔还存留着草稿的痕迹。如第二卷第二十四章"子贱治单父，弹鸣琴"中的"鸣琴"一词，海陶玮的注解竟然是"鸣琴??"，只有两个问号。[2] 这里极有可能是海陶玮暂未确定"鸣琴"的出处，在草稿中注上两个问号，以俟来日补上，结果未能补上，就以问号的形式出现在定稿中。

海陶玮在前言中说，《韩诗外传》一书中包含了很多值得研究的材料，他希望这个全译本可以为其他研究者提供研究的便利。可惜，他没有再对《韩诗外传》做进一步的研究。在海陶玮之后，也极少有美国学者再对《韩诗外传》做如此透彻的研究。

不仅《韩诗外传》，即使是整个汉代诗经学，都因其传统经学色彩过于浓厚，较难吸引太多的美国学者关注。研究汉代诗经学的美国学者，大部分是专治中国历史的专家。比如历史学家戴梅可的研究，就比较突出。

戴梅可（Michael Nylan）是加州大学伯克利分校历史系教授，1970年在加州大学伯克利分校历史系获得学士学位，1973年在纽约州立大学布法罗分校历史系获得硕士学位，1981年在普林斯顿大学东亚研究系获得博士学位。戴梅可擅长早期中国历史与思想史，尤其是儒家经典的历史。她对汉代经学史的关注，主要集中在今古文之争上。她曾在《通报》上连续发过两篇相关文章，一篇是1994年发表的《汉代的今文古文之争》[3]，另一篇是1995年发

---

① James Robert Hightower tr., *Han Shih Wai Chuan: Han Ying's Illustrations of the Didactic Application of the* Classic of Songs, Cambridge, Mass.: Harvard University Press, 1952, p. 26.

② 同上书，p. 64.

③ Michael Nylan, "The *chin wen/ku wen* (New Text/Old Text) Controversy in Han", *T'oung Pao* 80 (1994): 83－145.

表的《汉代的古文派〈尚书〉》。[1] 特别是前者，牵涉到汉代的诗经学问题。

戴梅可的《汉代的今文古文之争》，主要是对周予同等人关于今文、古文学派之分提出了异议。周予同等现代学者将汉代的今文、古文看作水火不容的两派，戴梅可认为这是源自晚清学者的一种虚构，晚清的今文学者出于自身的政治述求，将汉代的今文、古文描述成激烈斗争的两派。戴梅可指出，对于这种描述，有很多的反面证据，可以说明在汉代学者中间根本不存在这样一种激烈的派别斗争。今文和古文的不同版本是存在的，但是这种版本的差异很常见。在汉代唯一激起争论的经书就是古文《左传》，其他经书都没有因为不同版本而激起争论。

由此出发，戴梅可提出，汉代虽然存在四家诗，但是汉代学者引用各家文本时是比较自由的，他们没有一个区分各家不同诗说的标准。戴梅可质疑清代学者陈乔枞在《鲁诗遗说考》《诗经四家异文考》中为四家诗划分严格的区分标准，认为这种做法是源于错误的假设。戴梅可还指出，如班固、许慎等古文学者很推崇鲁诗的解释，正可说明此点。因此，《汉代的今文古文之争》一文的结论是，汉代诗经学中不存在今文、古文的严格区分。戴梅可直接针对的是周予同等人的看法，她比较接近钱穆《两汉经学今古文平议》中的观点。

戴梅可2001年出版的专著《“儒家”五经》，将研究的时段进一步扩大，涉及《诗经》如何成书、《诗经》的功用以及《诗经》如何历尽先秦两汉以至后世不同解释等问题。书名中的“儒家”一词，作者特意打上了引号。戴梅可认为，现在的“儒家五经”的说法，其实会影响大家对这些经书的理解，因为这种称呼暗示了这些经书与孔子这个历史人物有直接关系。其实，这些经书“在获得‘经’或‘儒家’的描述之前，大部分文本都经历了口头

---

① Michael Nylan, “The *ku wen Documents* in Han Times”, T'oung Pao 81 (1995): 1—27.

与书面两种形式的长期演进”。[①] 戴梅可甚至认为，英语词汇中的 Confucianism 一词，在汉语中其实没有对应的词汇，是早期的传教士造出了这个欧洲词汇来翻译“儒家”一词，但是它的意思其实与“儒家”并不等同，因为 Confucianism 暗示了一套思想理论，而“儒家”的本义并不是指一套思想学说，而是指一种掌握典籍以服务国家的专业训练，后来指那些掌握了典籍知识的士人。

因此，《“儒家”五经》的主要目的，是介绍“五经”的早期形成的历史、意义及其诠释，还有其中隐含的重要问题。戴梅可在此书的导论中指出，学界对于早期经典的关注之少，到了令人吃惊的地步，而汉代其实是与西方的古罗马相对应的一段历史，关于汉代经典的研究却在持续衰落。英美学界近期对于儒学的研究，都转向了宋代以后的道学或理学。《“儒家”五经》一书就是为了纠正学界的这种不平衡，“为儒家的各种传统提供了一个更细致的肖像”。同时，戴梅可认为，如果学者更熟悉这些早期经典，就会发现后期的很多新思想早已隐含在前期的经典思想中，并且早期经典中的思想与后来成为国家意识形态的经学相比，含有更多适合现代社会的因素。[②]

《“儒家”五经》第一章是“五经”导论，分为九节，概述了“五经”的起源以及如何成为经典的历史。第一节解释了“五经”与孔子的关系。第二至第六节介绍了东汉末期之前的思想家们对于“五经”成书问题的种种论述，包括经典的意义、“五经”的作者、“五经”的早期历史、撰写“五经”原因、作为国家意识形态的经书等问题。第七至第九节则介绍了成为国家意识形态的“五经”的经学研究模式、作为儒经文献的“五经”是在汉武帝时期才成为各自独立而完整的文本，最后三节从汉武帝独尊儒术一直讲到汉代以后的经学研究，以及历代的著名经学家。

---

① Michael Nylan, *The Five "Confucian" Classics*, New Haven: Yale University Press, 2001, p. 2. 另一位美国汉学家齐思敏则认为，应该用“Ru”来指称先秦儒家，参见 Mark Csikszentmihalyi, *Material Virtue: Ethics and the Body in Early China*, Leiden: Brill, 2004, pp. 15—18.

② Michael Nylan, *The Five "Confucian" Classics*, New Haven: Yale University Press, 2001, p. 5.

《“儒家”五经》第二章专门介绍《诗经》的形成历史及其诠释史。戴梅可首先指出，《诗经》中的“诗”字一般有三种译法：poems（诗），odes（颂歌），songs（歌）。但是，《诗经》毫无疑问是要披之管弦的，所以后两种译法比第一种译法更准确。戴梅可自己则倾向于odes的译法，因为她希望用此词强调《诗经》的表演功能。戴梅可对于《诗经》表演功能的强调，后来得到柯马丁的呼应（参看第十三章）。正因为强调《诗经》在先秦的社会和政治功能，戴梅可认为，现代汉学家对于古代道德训诫式《诗经》注释的反感，可以放在一边，《诗经》中的情诗在创作之时极有可能是为了表达政治寓意，古代的注释家以政治讽喻来解释《诗经》，是因为他们看到各个阶层、各个时代的人都在利用《诗经》表达社会和政治批评。①

介绍《诗经》的这章，分为四小节。第一节的主题是“《诗经》的历史、创作年代与内容”。戴梅可赞同中国学者闻一多对于《诗经》形成历史的分析。闻一多认为上古的言辞采用两种形式，一种是表达情感的歌，一种是记录历史的诗，文字书写系统兴起之后，开始用散文记录历史，大概在西周晚期时歌与诗合流。闻一多的观点，之所以吸引戴梅可，是因为她关注《诗经》形成历史的切入点，正是《诗经》的音乐性、口头与书面传播的关系等问题。因此，戴梅可强调，早期的思想家更倾向于将《诗经》当作音乐作品和表演，而不是歌词，更不是文本，这种状况一直持续到乐谱的消亡。

在第二节“风、雅、颂的年代与分类”中，戴梅可怀疑关于风、雅、颂创作于不同年代、运用于不同场合的严格区分。她指出，用来区分风、雅、颂的形式特征，可能在它们刚被创作出来并表演于正式场合时并不存在。在风和小雅中，有很多类似的主题，同样的情况也存在于大雅和颂。

第三节主题为“作为学问工具的《诗经》”，主要介绍了《诗经》在先秦贵族的基础教育和道德修养中的作用，因为能否恰当地吟诵和表演《诗经》，是当时判断一个人是否是君子的标准。戴梅可还仔细分析了《论语》中关于

---

① Michael Nylan, *The Five "Confucian" Classics*, New Haven: Yale University Press, 2001, pp. 72, 76.

孔子与弟子论诗的记载。《论语》中孔子与子夏论诗以及与子贡论诗的两段记载，有些学者认为是脱离音乐、重视诗义的象征，但是戴梅可在此依然强调《诗经》的音乐表演性。《诗经》是需要吟诵和表演出来的，从《论语》的记录中可以看出为什么孔子如此看重音乐在道德修养中的重要性，为什么"乐"字同时解作音乐和快乐两个意思。将《诗经》表演出来，可以"使道德修炼变得既自然，又带着人类活动的最高快乐"。[①]

戴梅可在第四节中，提出《诗经》的吟诵和表演在政治功用之外，还有其他用途，就是可以作为获得友谊与快乐之用。也就是说，"成功地歌咏《诗经》，在某种意义上，也能成为良好友谊关系的楷模，因为它所要求的，不仅仅是愿意彻底而又不冒犯地表达一个人的想法"。[②] 在此，戴梅可选取了《韩诗外传》中的伯牙与钟子期的故事以及鲍叔牙和管仲的故事来做例证。她又联系春秋时期通过诗来"知人"的传统，以及《诗大序》对于"诗言志"的阐发，进一步指出：这种深层次的友谊，只有通过吟咏《诗经》才能获得，其中的相互尊重和趣味相投能带来极度的快乐，有助于个人的道德修炼。戴梅可还认为，《关雎》之类与婚姻爱情有关的诗，都是属于这种"知人"与寻找精神伴侣的传统。后世文人如扬雄、贾谊、苏轼在朋友或古人中寻找知音时，或多或少都能联系到《诗经》的传统。因此，"研究《诗经》的活动之所以有价值，因为它是摆脱人类关系异化的一种途径"，"一个人认真地研究《诗经》并将其付诸实践，不仅可以使自己的性格更高雅，同时可以理解其他人与事，从而慢慢进入和谐的状态，最终将自我融入更大的社会和现象世界中"。[③]

美国汉学界对于汉代诗经学史的研究，还可举阿塞林（Mark Laurent Asselin）的文章为例。阿塞林的研究范围是汉代历史与文学，1991 年以研究《后汉书·蔡邕传》获得华盛顿大学硕士学位，1997 年以研究蔡邕的作品及

---

① Michael Nylan, *The Five "Confucian" Classics*, New Haven: Yale University Press, 2001, p. 100.

② 同上书，p. 105.

③ 同上书，pp. 116－117.

其时代获得华盛顿大学博士学位。他的博士论文在2010年正式出版。① 阿塞林正是在研究蔡邕的过程中，发现蔡邕的《青衣赋》与张超的《诮青衣赋》对于《关雎》的解释及其特殊性，于是在1997年发表了《一首东汉赋中保存的鲁诗〈关雎〉解》。② 此文的附录，提供了蔡邕《青衣赋》与张超《诮青衣赋》两篇作品的英译。

东汉张超的《诮青衣赋》中说："周渐将衰，康王晏起，毕公喟然，深思古道，感彼《关雎》，性不双侣，愿得周公，配以窈窕，防微消渐，讽谕君父，孔氏大之，列冠篇首。"这种解释以《关雎》为刺诗，与《毛传》《郑笺》以来以《关雎》为美诗的说法不同。《诮青衣赋》的这段资料早已为陈乔枞、王先谦等清代学者关注，并将其归为鲁诗。王先谦《诗三家义集疏》说过："超以《关雎》为毕公作，与《论衡》'大臣刺晏'合。是大臣乃毕公，鲁诗所传如此也。"③

阿塞林文章的材料，基本上没有超越陈乔枞、王先谦的搜罗范围。此文可能是英语世界中第一次以汉赋为例，对鲁诗的介绍。不过，阿塞林此文的主旨，却不仅仅是向西方读者介绍《诮青衣赋》和鲁诗，而是希望由此证明鲁诗——而不是《毛诗》，才是整个两汉时期最流行的、占据统治地位的《诗经》解释。

在西汉的三家诗中，鲁诗最广为人接受，这应该没有问题。《汉书·艺文志》已经说过："汉兴，鲁申公为《诗》训诂，而齐辕固生、燕韩生皆为之传，或取《春秋》，采杂说，咸非其本义。与不得已，鲁最为近之。"但是，学术界一般认为，自西汉末年开始，三家诗逐渐让位于《毛诗》，东汉之后占据统治地位的《诗经》解释逐渐变为《毛诗》。如东汉学者班固、许慎，都在其著作中接受了《毛诗》。阿塞林的文章，试图以蔡邕《青衣赋》

---

① Mark Laurent Asselin, *A Significant Season Cai Yong* (133－192) *and His Contemporaries*, New Haven: American Oriental Society, 2010.

② Mark Laurent Asselin, "The Lu-School Reading of 'Guanju' As Preserved in an Eastern Han Fu", *Journal of American Oriental Society* 117 (1997): 427－443.

③ 王先谦：《诗三家义集疏》，北京：中华书局，1987年，第6页。

与张超《诮青衣赋》的引诗为据，证明鲁诗在整个两汉时期都是最流行的解释。

瑞典学者象川马丁（Martin Svensson）的英文文章《重读〈诗大序〉与重新理解汉代诗学》，从讨论《诗大序》的“诗”“志”“情”“民”等重要概念入手，对汉代的儒家诗学提出了新的解释。[①] 西方汉学家一般认为，《诗大序》及中国古代诗学的感物抒情理论强调诗人是被动地感受到外物的刺激，然后自发地、本能地抒发这种感受。象川马丁此文就是针对这种论点，提出了相反的意见。象川马丁首先指出，虽然《诗大序》的感物抒情理论来自《乐记》，但它不是对《乐记》的简单重复，而是建立了自己的独立体系。《诗大序》共有四次提到“情”，象川马丁从其中的“发乎情，民之性也”入手，指出“民”不是一个表示“人类”的中性词，它有非常强烈的贬低之义。“民”代表了社会的底层人民，同时，它也引申出“贱民”的意思，这正是“君子”的反义词。在这个意义上，“民”就是儒家说的“小人”。在儒家经典中，“民”有一个突出的特征：他们都是被动的，都是行为的承受者。论文还追溯了“民”字的本义，它在周代青铜铭文中的字形是一只没有瞳孔的盲眼，以“民”为基本字形的其他字都有“盲目与混乱”的意思。在《荀子》中，“民”代表社会的最底层，一群被动的、刻板的人，他们受情欲的驱动；相反，“君子”能用“礼”来控制他的情欲，“礼”就是“伪”（人为的、后天的教育）。荀子的思想才是《诗大序》的哲学根源。所以《诗大序》接着说“止乎礼仪，先王之泽也”，这就是“君子”与“民”的不同。

象川马丁还指出，《诗大序》中的“诗”与“音”不同：“音”是对外在世界的自发的、本能的反映，“诗”则可以主动地改变外在世界。理想的诗人（先王）用“诗”来表达他们改变世界的“志”，进而影响和改变世界，民众只能用“音”来反映外在世界对他们的影响。因此，“诗”“志”是完全不同于“民”“情”的另一组概念，前者代表了优越和主动，后者代表了低

① Martin Svensson, “A Second Look at the Great Preface on the Way to a New Understanding of Han Dynasty Poetics”, *Chinese Literature: Essays, Articles, Reviews*, 21 (1999): 1—33.

级和被动。《诗大序》说《变风》是国史“吟咏情性以风其上”，这句话的正确解释应该是国史“吟咏民之情性以风其上”，《变风》的诗人摹仿民众本能地抒发情性，其实诗人的“志”是隐蔽的，需要利用外在的因素来解释。

象川马丁此文的结论是：在汉代诗学中，“诗”是统治世界的手段，《诗大序》代表了贵族的立场，设定了“志”与“情”、诗人与民众、“诗”与“音”的对立。这样的结论，大致符合汉代的历史背景。但是，过于突出“民”字的本义在《诗大序》中的地位，却有过度诠释之嫌。

前述研究，大多集中于汉代的诗经学史[①]，其实宋代诗经学史也有十分重要的转折意义，比如朱熹的《诗经》诠释思想。香港大学的黄兆杰、李家树在《淫诗：12世纪关于〈诗经〉道德性的一个争论》一文中，就以朱熹的“淫诗”说为主题，梳理它的经学史背景，尤其是朱熹与吕祖谦关于“郑”和“雅”的定义之争。[②] 作者提出，在这个争论中，可以见出朱熹“淫诗”说的理论动机。作者认为朱熹提供了一种新型的《国风》阐释学，并提醒读者注意，朱熹与大部分中国学者很不同，后者关注《诗经》作者的重要性，前者却更为强调读者的重要性。这种结论，已经触及阐释学中的重要议题，不过，此文的整体风格还是偏向一种传统的经学史研究。

对于宋代的诗经学史，尤其是朱熹的《诗经》诠释，德国图宾根大学汉学系教授闵道安（Achim Mittag）[③]，做了一系列的研究。因为这几篇文章都是以英文发表，本节也在此略做介绍。

闵道安的英文文章《朱熹〈诗集传〉的起源与早期接受——重估宋代经

---

① 亦有著作研究汉代以前的诗经学史，如春秋时代的“赋诗”，参见 Koo-yin Tam，“The Use of Poetry in *Tso Chuan*：An Analysis of the ‘Fu-shih’ Practice”，Doctoral dissertation，University of Washington，1975.

② 参见黄兆杰、李家树：《宋朱熹、吕祖谦“淫诗说”的论争——孔子“诗无邪”一语在诗经学上的回响》，《东方文化》1986年第24卷第2期，第211—223页。不过，英文版后出，两个版本有细节上的差异。

③ 闵道安曾师从中国学者、历史学家朱维铮。

学》，发表在台湾中央研究院的会议论文集中。[①] 此文在开首就强调，朱熹的《诗经》研究，是“经学史上最令人激动的篇章”，甚至指出法国学者葛兰言对《诗经》民俗的研究，也是改造朱熹“淫诗”说而来。不过，闵道安认为，学界对于朱熹《诗经》思想的起源和发展，认识不足，尤其清儒对于朱熹《诗集传》的批评，影响了后人对朱熹的认识。为朱熹撰写年谱的清人王楙竑，认为朱熹的《诗集传》有前后两个版本，钱穆在《朱子新学案》中则提出朱熹《诗经》思想经历了三个阶段的变化。闵道安接受了钱穆的意见，但是认为他的论述不够准确。闵道安重新梳理朱熹与吕祖谦在1175—1181年的书信往来及相关争论，认为朱熹《诗经》思想发展的三个阶段应该是：1160—1175年为第一阶段，1175—1181年为第二阶段，1186或1187—1190年为第三阶段。更为重要的是，闵道安提出，第二阶段完成的《诗集传》版本才是13世纪中期以前通行的版本，到了13世纪中期以后，第三阶段出现的《诗集传》版本取而代之，流传至今。闵道安从对《诗序》的意见、对“淫诗”的解释、对赋比兴的运用、对“笙诗”位置的安排等几个方面入手，试图重构他所说的第二阶段《诗集传》版本，及其与前后两个阶段的差异。

闵道安还将他对朱熹《诗集传》及宋代诗经学史的思考，聚焦于“淫诗”说与《诗经》音乐观的关系上，发展成另一篇文章《〈诗经〉诠释的转变：论宋代对〈诗经〉音乐性的重新发现》。[②] 此文开首同样强调，宋代诗经学是中国古代经学史的转折点，朱熹“淫诗”说，尤其是“淫奔者自作”说，是“最具创新性的观点”，是一个“哥白尼式的革命”。闵道安指出，“淫诗”说的提出，与宋代关于《诗经》音乐性质的争论背景密切相关。北宋郑樵强调《诗经》的本质在于音乐，认为孔子首先是根据乐律的原则来编辑《诗经》，因此《诗经》的道德教化作用是次要的、后起的。相比之下，以王安石《三经新义》为代表

---

① Achim Mittag, “Notes on the Genesis and Early Reception of Chu Hsi's *Shih Chi-Chuan*”, in *Papers on Society and Culture of Early Modern China*（中国近世社会文化史论文集）, Taipei: Academia Sinica, 1992, pp. 721—780.

② 参见［德］闵道安：《〈诗经〉学上的转折点：论宋学关于〈诗〉乐问题》，载［美］田浩编：《宋代思想史论》，杨立华、吴艳红等译，北京：社会科学文献出版社，第489—517页。

的传统派仍然强调道德教化是《诗经》的首要原则。通过林光朝、陈知柔二人，郑樵的思想深刻地影响了朱熹。朱熹一方面接受郑樵的观点，另一方面又觉察到过于强调音乐性所带来的危险。

具体来说，朱熹一方面否定《诗序》中的“美刺”诗教说，另一方面又肯定《诗经》的道德教化作用，这是试图在郑樵和王安石所代表的两种相反的观点之间，做出一个协调。“淫诗”说，正是从这个协调之中产生出来的。也就是说，朱熹一方面认为“淫诗”为“淫奔者自作”，而不是国史或君子通过这类诗歌达到美刺的效果，另一方面又认为这些“淫诗”可能起到劝善惩恶的道德教化作用。闵道安最后指出，朱熹的“淫诗”理论是一种复杂的协调，他的继承者们难以完全理解，这就决定了“淫诗”说的失败命运。虽然闵道安的解释未必能涵盖“淫诗”说出现的全部原因，但是他从朱熹与林光朝的书信中仔细爬梳，揭示了他们对于《诗经》音乐性的讨论与“淫诗”说的关系，可谓一个言之成理的角度。

闵道安还撰有《熟悉诗中的自然世界：宋代〈诗经〉学对于鸟兽草木的研究》，此文还是围绕宋代诗经学史，不过这次将焦点转移到《诗经》名物的研究史。[①] 闵道安依然将王安石和郑樵视为宋代诗经学的两种相反理论的代表，前者继承欧阳修的观点，强调《诗经》诠释中的“一道德”原则，后者则反对《诗经》诠释中的“义理”原则，强调研究《诗经》本身的“情状”。在这两种《诗经》诠释理论的推动之下，《诗经》的鸟兽草木研究在宋代逐渐发展为一种专门之学，王安石代表的“一道德”原则是正统，郑樵试图用“情状”原则将鸟兽草木从毛、郑和《尔雅》的传统中解放出来，强调从农夫或隐士的视角来解释《诗经》中的鸟兽草木。闵道安认为，这两种视角，代表了在朝的士大夫之学与在野的士人之学的对立。不过，他最后指

---

① Achim Mittag, “Becoming Acquainted with Nature from the Odes: Sidelights on the Study of the Flora and Fauna in the Song Dynasty's *Shijing* Scholarship”, in *Concepts of Nature: A Chinese-European Cross-cultural Perspective*, ed. Hans Ulrich Vogel and Günter Dux, Leiden: Brill, 2010, pp. 310—344.

出，这两种对立的观点，都围绕着相似的问题，未能发展出西方那种研究鸟兽草木的科学精神。

第二节 现代理论视野中的诗经学史研究

宇文所安在《中国文学思想读本》中，曾对《诗大序》的形式与思想做出了评述。他虽然没有明确表明自己是依凭现代理论方法来重新解读《诗大序》，但是从他的学术背景及其立场来看，阐释学等西方理论以及文本传播等研究视野，支持了他对《诗大序》看法。他说："《诗大序》是关于《诗经》的若干共享'真理'的一个松散组合，这些真理是战国和西汉时期的传统派（我们今天称之为'儒家'）的共识。"宇文所安注重从文本的形成来看《诗大序》，他说："这些真理在口耳相传的过程中不断得到重新表述，后来落定为文字，成为现在的'大序'，也许可以说，那个落定为文字的时刻正处在其传递阶段从表述转化为注疏之际。"

《诗大序》称诗歌是"风天下"的手段，明显具有说教意图，宇文所安认为"其目的并不是让人们明白善，而是为了人们自然而然地把善内化于心，使善成为人们的一种'自然'状态"。《诗大序》说"王道衰，礼仪废，政教失，国异政，家殊俗，而变风变雅作矣"，这些论述引发了一个棘手的问题：既然"变风"产生于一个道德衰落的时代，那么诗中的伦理价值何在？《诗大序》的解决方式，是引入了"国史"作为中介，认为"国史"是"变风"的作者，因此"变风"就是有德之人对道德衰落时代的反应和批评。宇文所安称之为"国史中介说"，是一种"注疏的技巧"。但是，"国史中介说"又引发了另一个难题：诗歌既然是人性的自然产物，那么情感被兴发之后容易走向失衡或过度，国史如何保证自己的情感不会陷于失衡或过度？《诗大序》的解答是，国史的反应既是自然的，又是道德的，因为他们已经把来自"先王之泽"的"礼仪"内化于心了。这说明"儒家传统并没有把情感判断和道德判断独立起来：自然反应受到高度重视，道德判断必须是非自觉的才有效力”。[①]

宇文所安的学生范佐仁（Steven van Zoeren），将这种现代理论的视野贯彻到先秦至宋代诗经学史的研究中。可惜范佐仁后来放弃了学术生涯，他对诗经学史的研究也戛然而止。

范佐仁的《诗与人格：古代中国的阅读、注释和阐释学》一书，是在博士论文（哈佛大学，1986 年）的基础上修改完成的，由斯坦福大学出版社 1991 年出版，书中深入地探讨了《诗经》诠释史的很多重要问题。[②]

范佐仁《诗与人格》(1991)

《诗与人格：古代中国的阅读、注释和阐释学》的第一章是导论，介绍了全书的主旨和结构。本书既不是对《诗经》本身的解读，也不是《诗经》的解释史，而是想找出《诗经》解释中内在的理论原则。这个原则就是“诗言志”所隐含的阐释理论。作者指出，“志”既是一种尚未实现的意向，同时也是一个人的人格的表现。因此，作者认为，在《诗经》阐释史以及在中国的阐释理论中，解读一首诗就是解读诗人的内在人格。

第二章讨论了早期文本如《论语》《左传》对于《诗经》的解读和运用。作者提出《诗经》的早期历史有三个阶段：作为音乐的《诗经》，作为引用文本的《诗经》，作为强势文本的《诗经》。作者还指出，孔子与子夏讨论《诗经》的方式，和汉代之后占主流位置的阐释方式（历史化的阐释方式）

---

① 参见［美］宇文所安：《中国文论：英译与评论》，王柏华、陶庆梅译，上海：上海社会科学出版社，2003 年，第 38、41、48—49 页。

② Steven van Zoeren, *Poetry and Personality: Reading, Exegesis, and Hermeneutics in Traditional China*, Stanford: Stanford University Press, 1991.

非常不同，而是更接近西方那种抽象意义的解读法。

第三章专门研究了“诗言志”这个命题。作者指出，从《论语》的读诗方式到《毛传》读诗方式的转变，与公元前 4 世纪道家和儒家的论争有关。道家指责儒家的仁与礼不符合人的天性，这迫使儒家转向讨论人的性与情，促成了对个人的自发与自然感情的推崇。“诗言志”必须放在这个思想背景中来理解。因此，诗人需要在诗中表露真实的情感，解释者则需要学会如何判断作者感情的真实。作者真实的感情最终是一种规范性的情感力量，所以《诗经》中表现的是圣人之志，它能规范和指导读者的感情。

第四章围绕《毛诗序》，讨论了前序与后序、大序与小序等问题。作者指出，在《诗大序》的讨论中，可以看到中国阐释学的中心问题并不是如何理解文本，而是如何去感受诗人真实自发的感情、如何被其感化。汉代之后的中国阐释传统，大多是围绕《诗大序》展开的。

第五章讨论了从南北朝到唐朝的《诗经》注释，重点分析了《毛诗正义》。最后三章（第六至八章）则讨论了宋代的《诗经》阐释。宋代产生了关于《诗经》的“意”（作者本意）和“义”（作品意义）的争论，欧阳修强调要恢复“诗人之意”，程颐强调要先“晓其文义”。早期的“志”变成了宋代的“意”。最后一章专门分析了朱熹的《诗经》注释及其读书法中的阐释理论，虽然朱熹在《诗经》中发现了“淫诗”，打破了《诗经》表达圣人之志的成说，但是，朱熹最关心的问题依然是如何使读者的人格被《诗经》所感化。

从以上简述可以看出，范佐仁在整本书中的基本观点和立场，深受他的老师宇文所安的影响，同时，他非常注重吸收各种现代理论和方法，而不是一种纯粹的语言文献研究或是纯粹的经学史研究。

顾明栋在《中国的阅读与书写理论》中，从阐释“开放性”理论和后现代理论出发，重新解读了《诗大序》。他提到，范佐仁的《诗与人格：古代中国的阅读、注释和阐释学》等著作，批评《诗大序》的结构，认为其内容是不同来源材料的一个拼凑，但是顾明栋提出了反对意见。他认为《诗大序》是一篇构思精细、结构连贯的文章，它的结构暗示了一种“互文本散播”的阅读和书写理论。根据顾明栋的分析，《诗大序》是以“因形求义”和“因声求义”的训诂原则展开其论述的，训诂本来是古代中国一种注释体例，但是《诗大序》将其变成了一种创作和解释的原则。在这种意义上，古老的训诂方法与西方的后现代文本理论可以互通，因为西方的文本理论也是从文字本身而不是概念本身展开其意义之旅的。沿着这个思路，顾明栋翻译和细读了《诗大序》的全部段落，指出其开头如何从“风”字的不同解释引发开来，引申出一种诗歌理论，结尾又如何回到“风”的意义和分类问题。由此看出，《诗大序》的书写和解释原则，建立在文本性和互文本的基础上，以“风”字的不同意义，甚至相互矛盾的意义为出发点，来展开论述。这种方式“强调了能指之间的交织，在某种程度类似于散播，它甚至体现出一种解构主义的倾向”，从中可以看到《诗大序》与西方后现代理论、互文本理论的一种呼应。①

顾明栋的论述，可以非常清晰地见出西方的新兴理论如何运用在诗经学史的研究之中。但是，更多的研究者采取了谨慎的态度，他们没有在西方理论与诗经学史之间寻找直接的对应，只能说西方学术界的理论方法在深层次上影响了他们看待诗经学史的态度。

柯马丁（Martin Kern）是一位对西方理论方法的发展非常敏感的学者（下一章将有更详细的介绍）。柯马丁在2007年发表的《毛诗之后：中古早期〈诗经〉接受史》一文，看起来是一篇传统的诗经学史论文，其实渗透着他对西方理论方法所激发的问题的思考。② 此文的中文版曾由作者宣读于香港浸会大学的《诗经》会议，并被收入该次会议的论文集。③

---

① Ming Dong Gu, *Chinese Theories of Reading and Writing: A Route to Hermeneutics and Open Poetics*, Albany: State University of New York Press, 2005, pp. 196—206.

② Martin Kern, "Beyond the *Mao Odes*: *Shijing* Reception in Early Medieval China", *Journal of the American Oriental Society* 127 (2007): 131—142.

③ ［美］柯马丁：《毛诗之后：中古早期〈诗经〉接受史》，载陈致编：《跨学科视野下的诗经研究》，上海：上海古籍出版社，2010年，第236—250页。

柯马丁试图在文章中证明：《毛诗》在东汉至北宋期间占据不可动摇的正统地位这个说法，是可疑的、不全面的。此文首先论述了鲁诗在东汉至六朝期间的传承，强调了李善注《文选》常引用鲁诗，以此说明鲁诗在六朝至初唐时期都是广为人知的。柯马丁在论述中参考了阿塞林的结论，同时又将考察范围扩大，在材料上借助于新近出版的中国学者汪祚民的《诗经文学阐释史（先秦—隋唐）》（2005）、日本学者田中和夫的《毛诗正义研究》（2003）。不过，对于鲁诗传承的描述，并不是柯马丁的主要目的，本书下一章将要介绍他十多年一直致力于研究出土简帛文献中的《诗经》引文和解释。在《毛诗之后：中古早期〈诗经〉接受史》这篇文章中，他自然将眼光转向马王堆帛书《五行篇》、上博楚简《孔子诗论》对《关雎》“以色谕于礼”的解释，再联系到荀子与刘安关于“《国风》好色”的说法。柯马丁指出，这些解释都与《毛诗》的美“后妃之德”的说法是不同的。虽然鲁诗在六朝时代依然流行，但是简帛以及荀子、刘安的那种解释方式也常常出现在六朝人的作品之中。比如陆机的《七征》，有“关雎以寤寐为戚”之句，此文与《关雎》的早期解释一样，将色欲的表达镶嵌在道德训诫的修辞中。陆机的《七征》，是模拟汉代枚乘的《七发》而来，两篇作品的结构是一样的，都是以吟诵美色的诱惑开头，以道德训诫结尾，这就是将“以色谕于礼”的修辞方法运用于具体的文本实践中。类似的作品还有《楚辞·大招》《天子游猎赋》等，可见对于《国风》的此类解释及其修辞原则的运用，在当时是非常普遍的。而这种解释与修辞，都不是受《毛诗》的影响。

柯马丁还发现，除了陆机的《七征》，还有鲍照的《采桑诗》等作品，在吟诵美色时，常常引用《鄘风·桑中》《郑风·溱洧》等诗。《玉台新咏》《文选》中，都收录了不少作品，是引用那些被《毛诗》解释为有讽刺淫风的郑卫之诗。柯马丁认为，如果相信萧统等编选者或那些作品的作者们完全受到毛郑诗说的影响，那就太天真了。因此，柯马丁希望指出：《国风》诗歌，尤其那些被《毛诗》认为是变风、刺淫之作，在六朝时代却深为文人所喜爱，由此可见，整个六朝时代的作家和读者似乎更熟悉、更愿意接受《诗经》的早期解释，并因而超越了《毛诗》的影响。

宇文所安的另一位学生，现任教于加州大学洛杉矶分校的史嘉柏（David Schaberg），也非常善于借助西方现代理论方法来推进自己对于中国古代文献及其历史的研究。史嘉柏将他在哈佛大学完成的博士论文，修改后以《中国早期历史书写中的形式与思想》为书名出版。此书虽然主要研究《左传》和《国语》在书写历史时所运用的语言形式与叙事技巧，但是也涉及先秦时代解读《诗经》的活动。史嘉柏指出，先秦的历史书写在引用经典时，并非对每一部经典都有着同样的熟悉程度，最有修辞价值和文化价值的经典是《诗经》，引诗成为历史书写的语言艺术的一个内在技巧。同时，引诗也并非对每一首诗都不加区别地对待，最重要的诗是那些反映周文王时代的作品，因此被引用最多的是《大雅・文王》，在《左传》中引用12次、《国语》中2次，其他与文王相关的作品如《大雅・大明》在《左传》中引用4次、《国语》中2次，《大雅・绵》在《左传》中引用3次、《国语》中引用1次，《大雅・思齐》在《左传》中1次、《国语》中1次，《大雅・灵台》在《左传》中引用1次、《国语》中1次，《大雅・皇矣》在《左传》引用中4次，《大雅・文王有声》在《左传》中引用1次，《周颂・我将》在《左传》中引用4次，《周颂・赉》在《左传》中引用2次。相比之下，《左传》和《国语》几乎不引用反映文王之前周代祖先的诗，其原因在于周文王才是君子模仿的中心和典范。引诗本身，就体现了"文"与"文辞"的理想。与引诗类似，赋诗是关于周文化统一性的最常见的表现方式，它就像一个游戏或是测试，尽管赋诗者们来自不同的诸侯国、吟诵不同的诗章，但是在他们之间有一种不需言明的相互理解。[1]

史嘉柏从历史书写和修辞功能的角度入手，揭示《诗经》在先秦时代的实际地位和作用，体现出西方后现代史学观的影响。史嘉柏还将他对先秦

---

① David Schaberg, *A Patterned Past: Form and Thought in Early Chinese Historiography*. Cambridge: Harvard University Asia Center; Distributed by Harvard University Press, 2001, pp. 72—78, 234—235.

《诗经》功能的思考发表在多篇论文中，如《观志：〈左传〉中的用诗》《早期中国的诗歌与历史想象》等。[①]

此外，斯坦福大学的历史学者陆威仪（Mark Edward Lewis，1954—），在《早期中国的书写与权威》一书中，曾从书写的角度重新考察了先秦至两汉时代《诗经》的功用。[②] 曾任教于香港科技大学的陈建华，发表了《朱熹的诗歌阐释学与"淫诗"之争》一文，从阐释学的角度重新考察了朱熹的"淫诗"说。[③] 这些研究，处理的材料大多属于传统的诗经学史的范围，但是都展现出现代理论方法的深刻影响。在这种影响之下，他们为诗经学史的研究开辟了很多新议题。

第三节　工具书中的《诗经》

本章最后将简要地介绍20世纪30年代之后英语世界在编撰《诗经》工具书上的进展，以及其他相关工具书处理《诗经》材料的进展。

英籍荷兰学者龙彼得1943年出版的《诗经索引》，是英语世界为数不多的专以《诗经》为题的工具书。[④] 龙彼得（Piet van der Loon，1920—2002）出生于荷兰鹿特丹，曾在荷兰莱顿大学汉学研究院院长戴闻达（J. J. L. Duyvendak，1889—1954）的指导下研习中文，后前往英国剑桥大学师从霍古达，并于1948年起开始在剑桥大学任教，直到1972年转往牛津大学任中文教授。龙彼得的后半生一直在英国度过，并长期为剑桥大学图书馆整理中

---

① David Schaberg, "Claiming the Heart: The Use of *Shijing in Zuozhuan* Narrative", *Papers on Chinese Literature* 1 (1993): 1—20; David Schaberg, "Song and the Historical Imagination in Early China", *Harvard Journal of Asiatic Studies* 59. 2 (1999): 305—361.

② Mark Edward Lewis, *Writing and Authority in Early China*, Albany: State University of New York Press, 1999, pp. 147—193.

③ 参见陈建华：《朱熹"淫诗说"——诗学诠释的"哥白尼革命"》，载《古今与跨界——中国文学文化研究》，上海：复旦大学出版社，2013年。

④ Piet van der Loon, *Index to the Shih Ching*, Leiden: Brill, 1943.

国书籍。龙彼得系统地梳理了欧洲各大图书馆早期收藏的中国古籍，并编成目录，在汉学文献学领域享有盛誉。在龙彼得之前，哈佛燕京学社已于1934年编成《毛诗引得》，为学界研究《诗经》提供了极大的便利。龙彼得所编的《诗经索引》，指出了哈佛燕京学社《毛诗引得》的不足。《诗经索引》提供了理雅各、顾赛芬、葛兰言、韦利四家译文的页码，以及乾隆四年（1739）武英殿本《十三经注疏》中的页码。

英国汉学家鲁惟一主编的《中国古代典籍导读》，介绍了中国先秦两汉时期的典籍，其中也包括《诗经》的历史及研究概况。此书1993年由美国的早期中国研究学会和加州大学伯克利分校东亚研究所出版。[①] 中译本由李学勤主持翻译，1997年在中国出版。[②]

《中国古代典籍导读》介绍《诗经》一章，由鲁惟一本人执笔，分为“诗歌的采集与四家诗”“形式及内容”“传统注释与解释”“抄写本”“经注的整理”“研究辅助”“西文译本”“日本版本”“索引”九个小节。在这九个小节中，鲁惟一用了极为简练的文笔，清楚地介绍了关于《诗经》研究的各种基本信息，包括《诗经》本身的内容形式、《诗经》的古代研究史、《诗经》的现代研究成果（涵盖中文、西文、日文各种资料），可谓一个非常精当的《诗经》研究参考条目。

鲁惟一没有过多着墨于介绍《诗经》本身的艺术技巧或语言特征，而是更多地介绍了《诗经》的学术背景，这是由全书的体例要求所决定的。《中国古代典籍导读》不是一本面向一般读者的入门书籍，而是一本研究参考手册。正如书中序言所说，此书虽然希望成为“一本提供基本知识的参考书”，“成为学习中国古代文献的案头之助”，但是它“不是面向那些汉学研究的新手，而是提供给那些完成了三四年的基本训练并已熟悉中国文学和历史进程的研究者”。

---

① Michael Loewe ed., *Early Chinese Texts: A Bibliographical Guide*, Berkeley: Society for the Study of Early China, Institute of East Asian Studies, University of California, Berkeley, 1993.

② ［英］鲁惟一：《中国古代典籍导读》，李学勤等译，沈阳：辽宁教育出版社，1997年。

《中国古代典籍导读》还有一章专门介绍《韩诗外传》，由海陶玮执笔，分为“内容”“成书年代和真伪”“版本”“校注本”“近期研究”“译本”“日本版本”“索引”八个小节。海陶玮以其早年对《韩诗外传》的研究，成为这一章当仁不让的撰写者。

在美国汉学界享有盛名的倪豪士主编的《印第安纳中国古典文学研究指南》，于1986年出版，其中第一册有关于《诗经》的条目，比较详细地介绍了《诗经》的各种情况，由王靖献执笔。[①] 此外，康达维、张台萍主编的《上古与中古早期中国文学研究书目》，分为两卷，在2010—2014年出齐。此书为荷兰博睿学术出版社《东方学研究手册》中国部分的第25种，兼收中文、西文书目，涵盖先秦至六朝的文学研究，所收书目比较全面，反映了中国文学研究在世界范围内的发展情况。此书介绍了中西方《诗经》研究和翻译的书目，展现了《诗经》研究的最新进展。[②]

---

① Nienhauser, William H. Jr. ed., *The Indiana Companion to Traditional Chinese Literature*, Vol. 1, Charles Hartman, associate editor for poetry; Y. W. Ma, associate editor for fiction; Stephen H. West, associate editor for drama, Bloomington: Indiana University Press, 1986.

② David R. Knechtges and Taiping Chang ed., *Ancient and Early Medieval Chinese Literature: A Reference Guide*, Leiden; Boston: Brill, 2010—2014.

第十三章　20 世纪英语世界诗经学：出土文献与《诗经》研究

大量先秦简帛文献在近数十年内陆续出土，吸引了学者以出土文献为基础来研究先秦的《诗经》传承和诠释。20 世纪七八十年代之前的出土文献，以法律文件和占卜记录为主。到了 1973 年出土的马王堆帛书、1977 年出土的阜阳双古堆汉简、1994 年出土的郭店楚简，还有上海博物馆 1994 年从香港文物市场购买的战国楚简，情形为之一变，这些文献主要是战国至秦汉之间的儒、道文献，并且含有珍贵的引诗论诗资料。从阜阳双古堆汉简的《诗经》残本，到马王堆帛书《五行篇》、郭店楚简《五行篇》中的引诗论诗，以及郭店楚简《缁衣》、上博楚简《缁衣》中的引诗，再到上博楚简《孔子诗论》，这些材料为《诗经》研究带来了新的动力。

在中国学界掀起出土文献研究热潮的同时，英美汉学界也高度关注出土文献。吉德炜（David N. Keightley，1932—2017）、夏含夷、鲁惟一、鲍则岳（William G. Boltz）、夏德安（Donald Harper）等人曾对 20 世纪 70 年代的出土文献做了初步总结，由夏含夷编为《早期中国历史的新材料：铭文与写本阅读指引》，此书从 80 年代末开始编辑，由于种种原因到了 1997 年才正式出版。① 在郭店楚简之后，出土材料中的哲学文献越来越多，北美汉学界加快了研究论著的发表。就在 1998 年郭店楚简正式整理出版后一个月，艾

① Edward L. Shaughnessy ed., *New Sources of Early Chinese History: An Introduction to the Reading of Inscriptions and Manuscripts*, New Haven: Society for the Study of Early China, Institute of East Asian Studies, University of California, Berkeley, 1997.

兰在美国达慕斯学院举办了一个研究郭店《老子》写本的会议，研讨成果随即在 2000 年出版。[①] 郭店简、上博简，以及新近整理出版的清华简，在英语世界激发出越来越多的研究成果。

英语世界对新近出土文献的研究，主要关注《老子》《缁衣》《五行》《性自命出》等写本的形成与流传，通过简帛写本与传世文献的对比阅读，重新思考先秦文献流传与思想演变等问题，如艾兰、夏含夷、鲍则岳等人对于《老子》文本的研究[②]，艾兰等人对于儒家早期文献的研究[③]。此外，还有尤锐、顾史考、艾兰等人利用郭店简和上博简对于先秦政治文化的研究[④]，钱德梁结合出土文献对于先秦音乐理论的研究等。[⑤]

事实上，《诗经》在新近出土文献中占有极重要地位。正如柯马丁、夏含夷、李孟涛等人所观察的那样，《诗经》是出土文献中引用频率最高、最

---

① Sarah Allan and Crispin Williams ed.，*The Guodian Laozi*：*Proceedings of the International Conference*，*Dartmouth College*，*May* 1998，Berkeley：Society for the Study of Early China and Institute of East Asian Studies，University of California，2000.

② Sarah Allan，"The Great One，Water，and the Laozi：New Light from Guodian"，*T'oung Pao* 89.4—5 (2003)：237—285；Edward L. Shaughnessy，"The Guodian Manuscripts and Their Place in Twentieth-Century Historiography on the 'Laozi'"，*Harvard Journal of Asiatic Studies* 65.2 (2005).417—457；William G. Boltz，"Reading the Early Laotzyy"，*Asiatische Studien/études Asiatiques* 59.5 (2013)：209—232.

③ Sarah Allan，"Not the Lun Yu：The Chu Script Bamboo Slip Manuscript，Zigao，and the Nature of Early Confucianism"，*Bulletin of the School of Oriental and African Studies*，*University of London* 72.1 (2009)：115—151.

④ Yuri Pines，"Disputers of Abdication：Zhanguo Egalitarianism and the Sovereign's Power"，*T'oung Pao* 91.4—5 (2005)：243—300；Yuri Pines，"Political Mythology and Dynastic Legitimacy in the Rong Cheng Shi Manuscript"，*Bulletin of the School of Oriental and African Studies*，*University of London* 73.3 (2010)：503—529；Scott Cook，"The Debate over Coercive Rulership and the 'Human Way' in Light of Recently Excavated Warring States Texts"，*Harvard Journal of Asiatic Studies* 64.2 (2004)：399—440；Sarah Allan，"Abdication and Utopian Vision in the Bamboo Slip Manuscript Rongchengshi"，*Journal of Chinese Philosophy* 37 (2010)：67—84；Sarah Allan，*Buried Ideas*：*Legends of Abdication and Ideal Government in Early Chinese Bamboo—Slip Manuscripts*，Albany：State University of New York Press，2015.

⑤ Erica Brindley，"Music，Cosmos，and the Development of Psychology in Early China"，*T'oung Pao* 92.1—3 (2006)：1—49；Erica Brindley，"Music and 'Seeking One's Heart-mind' in the 'Xing Zi Ming Chu'"，*special publication on moral psychology in Dao* 5.2 (2006)：247—255.

重要的一部经典。[①] 英语世界对出土文献《诗经》材料的专门研究，最有影响的是柯马丁、夏含夷等人。夏含夷曾于 2009 年 9 月在芝加哥大学东亚语言与文化系专门举办了一场“出土文献与《诗经》研究”的国际研讨会，会议论文涉及郭店简、上博简、清华简等文献，夏含夷、陈致、胡明晓等人发表了精彩的论文。[②] 北美汉学家利用出土文献，或探讨早期的《诗经》诠释史，或探讨早期的《诗经》传播史，尤其涉及《诗经》的口头传播和书写，不仅将问题扩大到先秦文献是以口头传播为主还是书面传播为主的讨论，还将《诗经》研究与西方学术近期的问题意识沟通起来，极大地拓展了诗经学的领域和意义。

第一节　出土文献与早期《诗经》诠释

出土文献《五行篇》中，多处引诗，特别是马王堆帛书《五行篇》，比郭店楚简《五行篇》多出很多文字，一般认为这是《五行篇》的传文，其中含有更详细的论诗文字，涉及《曹风·鸤鸠》《邶风·燕燕》《周南·关雎》等篇。[③] 到了 2001 年整理出版的上博楚简《孔子诗论》，论《诗》的内容更为丰富，解释了《诗经》数十首诗的主题。这些资料，为研究四家诗以前的早期《诗经》诠释，提供了新的线索。

曾先后任教于美国加州伯克利大学、澳大利亚悉尼大学的王安国（Jeff-

① Martin Kerm, “Quotation and the Confucian Canon in Early Chinese Manuscripts: The Case of ‘Zi Yi’ (Black Robes)”, *Asiatische Studien/ études Asiatiques* 59.1 (2005): 304; Edward L. Shaughnessy, *Rewriting Early Chinese Texts*, Albany: State University of New York Press, 2006, p. 54; Matthias L. Richter, *The Embodied Text: Establishing Textual Identity in Early Chinese Manuscripts*, Leiden: Brill, 2013, p. 19.

② Edward L. Shaughnessy, “Writing and Rewriting the Shi”; Chen Zhi, “The Rite of Yinzhi (Drinking Celebration) and Poems Recorded on the Tsinghua Bamboo Slips”; Michael Hunter, “Contextualizing the Kongzi of the ‘Kongzi shilun’”. 陈致的论文可参见其中文版《清华简所见古饮至礼与古佚诗试释》，《出土文献》2010 年第 1 辑，第 1—30 页。

③ 庞朴：《帛书五行篇研究》，济南：齐鲁书社，1980 年，第 31—32、第 65 页。

rey Riegel，1945—），较早注意到马王堆帛书《五行篇》评论《诗经》文字的重要性。他在1997年发表了《情欲、内省与〈诗经〉诠释的开端》，结合思想史与《诗经》诠释史，对《五行篇》相关文字做了初步的研究。①

王安国在文章中指出，先秦时代的引诗赋诗传统，并没有解释过《诗经》诗歌的语言，它和汉代的《诗经》诠释中间存在一段很大的距离。1973年出土的马王堆帛书《五行篇》，与一般所见诸子引诗略有不同，它保存了战国后期对《关雎》《燕燕》等诗的语言和意象的解释，为我们填补了从先秦到汉代的《诗经》诠释史的一段空白。

王安国认为，帛书《五行篇》中的《诗经》诠释，预示了汉代的《诗经》诠释，特别是《五行篇》对"兴"的解释，有助于我们理解"兴"究竟是什么意思，以及《毛传》是怎么运用"兴"的。帛书《五行篇》将《燕燕》诗中的燕子意象解释为"兴"。燕子在中国古代神话中与春天的轮回和新生命的诞生有关，《燕燕》中的燕子离去代表了秋冬季节的降临以及死亡和衰朽，因此《五行篇》暗示了这首诗是"寡人"哀悼"仲氏"之死。虽然《毛传》没有在《燕燕》中标"兴"，但是《毛传》和《五行篇》都认为《鸤鸠》的开头是"兴"，可以看出，它们都把"兴"理解为一种寓言，这是"兴"义在早期《诗经》诠释史中的一贯性。

同时，王安国指出，帛书《五行篇》对《诗经》诗歌的解释，和汉代的解释又存在着很大的差异，这暗示了它们背后不同的思想体系。《五行篇》将《关雎》解释为一个男子在情欲的冲动之下最终选择了节制，这种解释是用"色"来说明"礼"，即"自所小好谕乎所大好"。这种解释促使我们重新思考《荀子》《史记》关于"国风好色"的记载，它们可能属于同一个解释传统，一个已经失传的解释传统。但是，《五行篇》的独特之处在于，它把这个解释扩展成一个有情节的故事。此外，《五行篇》对这个冲动男子自我控制的描述，还符合《孟子》《荀子》等书的思想，这是一种对控制个人情

① Jeffrey Riegel, "Eros, Introversion, and the Beginnings of *Shijing* Commentary", *Harvard Journal of Asiatic Studies* 57.1 (1997): 143—177.

欲的乐观看法。但是，到了汉代的注释，不论是鲁诗的刺康王晏起，还是《毛诗》的美后妃之德，都表达了一种完全相反的看法，即对于难以控制的情欲的恐惧。在这种转变中，可以看到《诗经》诠释史背后的思想史脉络。

帛书《五行篇》还将《燕燕》与“君子慎其独”的思想联系起来，这种思想强调了君子个人性的内省，它符合《荀子·不苟》篇中的思想。但是，我们在《礼记·礼器》的“君子乐其发”与贾谊的“君子慎其友”这些说法中，可以看到相反的观点，这些文献提倡君子的社会性修养。此外，在毛、鲁、韩三家诗中，我们也看不到用“君子慎其独”来解释《燕燕》，唯独在齐诗的《易林》中，才能发现类似于《五行篇》的解释。

最后，王安国特别强调指出，帛书《五行篇》对《诗经》的解释，更系统地解释了诗歌的语言和意象，它与汉代那种将《诗经》诗篇对应具体历史人物的做法很不同，显示出先秦《诗经》诠释的另一种面貌。

马王堆帛书《五行篇》中解释《诗经》的文字比较详细，因此王安国能通过帛书《五行篇》，专门探讨早期的《诗经》诠释史。1998年整理出版的郭店楚简，也有《五行篇》，但是这篇《五行篇》只有引诗，没有那些详细解释《诗经》的传文。研究郭店楚简《五行篇》的学者，一般只是论及其中的引诗，很少展开成为专门的《诗经》诠释研究。

曾任教于美国郡礼大学、现任教于耶鲁大学的顾史考（Scott Cook，1964—），在《精湛的艺术技巧与道德修养:〈五行篇〉与它的美学意义》中，讨论了《五行篇》用音乐艺术精湛来表达道德完善的问题。他指出，这与孔子所说的“吾未见好德如好色者也”一脉相承，是希望用道德本能来代替生理本能，在从忧到乐的道德修炼过程中，使道德反应变得如同生理反应一样，最终道德变成了本能，这就如同音乐技艺的修炼，最终从艰苦的修炼进入身心合一的自由境界。顾史考注意到，楚简《五行篇》在论证这种道德修炼时，引用了《召南·草虫》《曹风·鸤鸠》《邶风·燕燕》等诗的句子。他结合这些引诗，讨论了《五行篇》所揭示的道德修炼过程中的忧的作用、独的意义。[1] 可以看出，这种研究，针对的是楚简《五行篇》的思想意义以及它的论证方式，并不以《诗经》诠释作为其核心问题，只将其作为论述的证据，不能当作专门的《诗经》研究。

再如，曾任教于威斯康星大学、现任教于加州伯克利大学的齐思敏(Mark Csikszentmihalyi)，在其专著《物质性的道德：早期中国的伦理和身体》中，全面分析了《五行篇》的思想史意义，并且完整翻译了帛书《五行篇》和楚简《五行篇》。齐思敏强调了《诗经》的重要性，甚至认为《五行篇》的道德心理学是建立在《诗经》诠释的基础之上[2]，但是书中并没有专门的章节来讨论早期《诗经》诠释问题。还有英国牛津大学的麦笛（Dirk Meyer，1975—），在其研究郭店楚简的专著《竹上之思：早期中国的文本与意义生成》中，认为《五行篇》中的引诗文字，不仅体现了一种《诗经》诠释，而且诗句本身也加强了论证的力量，《五行篇》和《诗经》两种文本之间是相互支持的关系。[3] 麦笛关注的是郭店楚简的意义建构模式，他讨论楚简的引诗，是为了证明楚简如何加强其意义的生产，并非研究《诗经》诠释本身。

到了2001年，上博楚简《孔子诗论》被整理出版。与《五行篇》等文献中的引诗不同，这是一篇专门讨论《诗经》主题的文献，极大推进了早期《诗经》诠释的研究。呼应中国学界对《孔子诗论》编联与解读的争论，英语世界学者在中国学者的研究之上，开始全面介绍和翻译《孔子诗论》。德国汉堡大学的史达（Thies Staack），于2010年发表英文文章《重构〈孔子诗论〉：从排列竹简到初步翻译》，基本采用大陆学者黄怀信的编联排序，为西

---

① Scott Cook, “Consummate Artistry and Moral Virtuosity: The ‘Wuxing 五行’ Essays and Its Aesthetic Implications”, *Chinese Literature: Essays, Articles, Reviews* 22 (2002): 124－127.

② Mark Csikszentmihalyi, *Material Virtue: Ethics and the Body in Early China*, Leiden: Brill, 2004, pp. 73, 99.

③ Dirk Meyer, *Philosophy on Bamboo: Text and the Production of Meaning in Early China*, Leiden: Brill, 2012, pp. 99－100, 236－237.

方读者提供了一个完整的《孔子诗论》英译本。[①] 澳大利亚麦考瑞大学的李世强（Daniel Sai Keung Lee），2013年以《色与礼：作为〈诗经〉诠释的〈孔子诗论〉》为题完成博士论文，采用了中国台湾学者季旭昇的编联排序，对《孔子诗论》做了更全面的介绍、英译和研究。[②]

不过，对《孔子诗论》以及早期《诗经》诠释问题做出了最深入、最有影响研究的学者，可能是普林斯顿大学的柯马丁。

柯马丁在2007年发表的论文《出土文献与苏格拉底式的快乐：〈国风〉阅读的新挑战》中，结合《五行篇》与《孔子诗论》，特别是后者的《关雎》"以色谕于礼"的说法，对于《诗经》的诠释问题提出了深刻的反思。[③] 此文的中译，以《从出土文献谈〈国风〉的诠释问题：以〈关雎〉为例》为题，发表在《中华文史论丛》2008年第一期。

柯马丁近年一直致力于从出土文献研究《诗经》的早期传播史和诠释史。他曾提出：《诗经》一直到西汉初期都没有固定的写本，现在所见的先秦两汉经籍引诗都经过东汉以后的标准书写格式的改造，《毛传》《郑笺》符合汉代朝廷统一《诗经》文本及其解释的需要。柯马丁对于《诗经》早期传播史的研究，下一节将有专门的介绍。他以这些研究为基础，在《出土文献与苏格拉底式的快乐：〈国风〉阅读的新挑战》中进一步提出：在追寻《诗经》的本来面貌时，我们是否应该考虑方法论上的难题？也就是说，我们能在多大程度上避开《毛诗》的意义预设来讨论《诗经》具体字词的解释？

这篇文章将焦点集中在《国风》部分。出土文献对《国风》诗歌的解释，与《毛诗》及三家诗明显不同，没有汉代那种历史情境式的解释。出土文献中的《诗》存在大量的异文现象，虽然很多异文只是字形的不同，并非

---

① Thies Staack, "Reconstructing the Kongzi shilun: From the Arrangement of the Bamboo Slips to a Tentative Translation", *Asiatische Studien/ études Asiatiques* 64.4 (2010): 857—906.

② Daniel Sai Keung Lee, "The Sensual and the Moral: 'Kongzi shilun 孔子诗论' as an Exegesis of the *Shijing* 诗经", Doctoral Dissertation, Sydney, Australia: Department of International Studies, Macquarie University, 2013.

③ Martin Kern, "Excavated Manuscripts and Their Socratic Pleasures: Newly Discovered Challenges in Reading the 'Aires of the States'", *Asiatische Studien / Études Asiatiques* 61.3 (2007): 775—793.

词汇的不同，但我们通常都是依赖《毛诗》来决定出土文献中字词的意思。这就引发一个深层的方法论问题：其实《毛诗》并非单纯地解释一个固定的古代文本，而是在统一书写的过程中选择了具体的字词，塑造了文本本身，并在《小序》的意义预设中，持续地对具体字词进行训诂解释，由此构成一个统一的阐释整体。如《关雎》中的“窈窕”，《毛传》解释为“幽闲”，符合小序的“后妃之德”，但是帛书《五行篇》中写成“茭芍”，我们有理由怀疑“幽闲”可能不是“窈窕”或“茭芍”的本义，因为“幽闲”不符合上博《孔子诗论》和帛书《五行篇》对《关雎》的解释。《陈风·月出》“舒窈纠兮”句中的“窈纠”，马瑞承解释为“形容美好”。其实“窈纠”“窈窕”“茭芍”是同一个词的变体，将这个词解释为女子的美色，正好符合《孔子诗论》中“以色谕于礼”的说法，也符合《荀子》以及刘安“国风好色”的说法。帛书《五行篇》认为《关雎》描述了一个男子经历强烈的性欲冲动，并最终回归于礼仪的过程。《郑风·将仲子》也描述了这样的过程，不过前者是基于男性的角度，后者是基于女性的角度。

柯马丁最后指出，《孔子诗论》的出土，证明了《小序》不是孔子的真传，但是从目前的资料来看，《诗经》的字词训诂在《毛诗》之前并不存在，所以我们陷入一个自相矛盾的研究模式：一边摒弃《小序》，一边通过《毛诗》的文本来决定出土文献字词的解读——而《毛诗》根本就不是“原本”，它是一个通过特殊诠释方式建构起来的文本。

在2015年发表的《说诗：〈孔子诗论〉的行文与论辩模式》中，柯马丁继续以这种高屋建瓴的风格，对《孔子诗论》的作者问题和文类问题提出了深刻的反思。[①] 他指出，将《孔子诗论》归于子夏或某个具体作者的名下，以及将这篇文献称为“论”，都有极大的误导性，是一种时代颠倒的研究方法——因为这些特征都是汉代新兴的书籍文化的产物，不符合先秦写本的本来面貌。柯马丁认为，要正确解读《孔子诗论》，必须关注它的两个关键因

① 参见［美］柯马丁：《说〈诗〉：〈孔子诗论〉之文理与义理》，刘倩译，《文学遗产》2012年第3期，第17—25页。

素：一是它的文学形式，二是它的实用功能。尤其是《孔子诗论》的文学形式，可以帮助我们认清它的文类特征和它的实际功用。

柯马丁采用大陆学者黄怀信的编联排序，将《孔子诗论》全部译为英文，并对每一部分的文学形式和辩论模式进行了细致的修辞分析。按照黄怀信的编联，《孔子诗论》的篇首是："《关雎》之改，《樛木》之时，《汉广》之智，《鹊巢》之归，《甘棠》之报，《绿衣》之思，《燕燕》之情，曷?"柯马丁分析了疑问词"曷"的修辞功能，他认为"曷"在修辞上引入一种教学情境。接下来的"曰：动而皆贤于其初也"中的"曰"字，则强调了一种无具体作者的论述方式，这种方式最终诉诸一种传统的权威。接下来的"不亦能改乎"系列反问句中的"不亦"，转向一个老师的教导声音。《孔子诗论》这种无具体作者的论述声音，正是传统社会中权威文本的惯用方式。当然，《孔子诗论》还有大量的以"孔子曰"开头的文字，柯马丁认为这些孔子的个人化的声音，只是一种程式化的修辞，将孔子当作解读《诗经》的权威人物，这也是提高文本权威性的一种方式。

柯马丁通过这些修辞分析，最终希望证明《孔子诗论》不是一篇"论"，不是分析《诗经》的专题论述，而是一份教学课本，教人如何解诗、如何用诗。比如"《关雎》以色喻于礼"和"以琴瑟之悦拟好色之愿"中的"喻"和"拟"，都表明这篇文本是用于一种教学的语境之中。这份教学课本，通过种种修辞方式，诉诸传统的权威。

《孔子诗论》中没有《诗经》原文，柯马丁以此作为证明《孔子诗论》是教学课本的另一个证据，认为它不是自成一体的文本，它只有对那些已经熟知《诗经》原文的读者才有意义。[①] 不过，在运用这个论据时，应该考虑到《毛诗故训传》本来也是和《诗经》原文分开流传的。先秦书写材料以竹简为主，为了流传之便，解释《诗经》不引《诗经》原文，可能属于常态。

现任教于美国耶鲁大学的胡明晓（Michael Hunter），在2009年芝加哥

---

① Martin Kern, "Speaking of Poetry: Pattern and Argument in the 'Kongzi Shilun'", in *Literary Forms of Argument in Early China*, ed. Joachim Gentz and Dirk Meyer, Leiden: Brill, 2015, pp. 188, 195.

大学主办的“出土文献与《诗经》研究”国际研讨会上，宣读了一篇研究《孔子诗论》的论文。[①] 此文亦从修辞分析的角度入手，研究了《孔子诗论》中的“孔子曰”的形成背景，与柯马丁的《说诗：〈孔子诗论〉的行文与论辩模式》有异曲同工之妙。

胡明晓的文章，切入的问题更为具体。《孔子诗论》简 15：“《甘棠》（思）及其人，敬爱其树。”简 24：“（孔子曰：……）吾以《甘棠》，得宗庙之敬，民性固然，甚贵其人，必敬其位，悦其人，必好其所为，恶其人者亦然。”胡明晓发现，两处简文的文字相近，但是前者没有冠以“孔子曰”，后者却冠以“孔子曰”，他将之称为“甘棠难题”。两处简文的区别在于：前者较为简略，后者更为复杂。证之以《说苑》《左传》《孔子家语》等文献评论《甘棠》的相近文字，大多是将更复杂的评语归为孔子所说，较简略的评语则不注“孔子曰”。再回到《孔子诗论》，这个规律几乎贯穿整篇文献，如评论《木瓜》等篇的文字，也是较简略的评语不注“孔子曰”，更复杂的评语冠以“孔子曰”。

胡明晓认为解决“甘棠难题”的关键，就在于这两类评论文字的不同修辞形式。较简略的评语，一般内容更为具体，切近诗意；更复杂的评语，则更具抽象性和概括性，从具体的诗意上升为普遍的道理。因此，前者可能是一些早已广泛流传的《诗经》评语，简练而具体；后者是对这些广泛流传的评语的再加工，运用更复杂的修辞方式，将之从具体的情境提升到抽象的层次。后者冠以“孔子曰”，主要因为孔子是此种智慧的象征。在《左传》《吕氏春秋》等传世文献中，都可以见到“孔子闻之曰”，此类文字都是在传统智慧的基础上，通过孔子之口，将其改造为一个更抽象、更具概括力的评语。改造传统智慧的方式，或如《吕氏春秋》“荆人遗弓”故事中的“孔子

① Michael Hunter, “Contextualizing the Kongzi of the ‘Kongzi shilun 孔子诗论’”, Paper presented at the International Symposium on Excavated Manuscripts and the Interpretation of the *Book of Odes*, University of Chicago, September, 2009.

闻之曰”那样，省略一二字[①]，或如《吕氏春秋》“次非杀蛟”故事中的“孔子闻之曰”那样，重新排列字句[②]。这些改造传统智慧的不同方式，其目的都是从中提取出更具普适性的哲理。“孔子曰”或“孔子闻之曰”的功能，就像传统智慧的过滤器，对传统的故事或智慧进行哲理性的提炼。

因此，胡明晓认为，《孔子诗论》中的“孔子曰”不可以简单地理解为孔子的言论，而应该从文献的动态演化来看待。“孔子曰”是在新的语境中改造传统《诗经》评语的一种手段，通过这种手段创造出新的《诗经》解释。这些文献中的“孔子”，是一个模仿改造前人智慧的大师。《孔子诗论》的作者引用“孔子”，不是为了确保《诗经》评语的权威来源，而是为了对早期的《诗经》评语做出技巧高超的改造。胡明晓和柯马丁一样，都不认为《孔子诗论》是孔子或子夏的作品，而是将其中的“孔子”当作一种修辞手段，从历史的、动态的角度来分析《孔子诗论》的文本特征和形成背景。不过，胡明晓的论文，更直接地呼应了美国汉学界近年来对于先秦儒家以及孔子的研究趋势，即将先秦文献中的孔子形象和孔子言论历史化，不把它们看成真实的孔子言行，而把它们看成文献和历史累积的产物。[③]

与胡明晓的论文相比，美国科罗拉多大学博尔德分校德裔学者李孟涛（Matthias L. Richter）的专著《具象的文本：早期中国写本中的文本身份》，更接近柯马丁的思路，即在先秦的口头教学语境中理解出土文献《诗经》资料的性质与功能。李孟涛研究的对象，不是《孔子诗论》，而是上博简《民之父母》。这篇简文的基本内容，亦见于《礼记·孔子闲居》《孔子家语》等

① 《吕氏春秋·贵公》：“荆人有遗弓者，而不肯索，曰：‘荆人遗之，荆人得之，又何索焉。’孔子闻之曰：‘去其“荆”而可矣。’老聃闻之曰：‘去其“人”而可矣。’”

② 《吕氏春秋·知分》：“荆有次非者，得宝剑于干遂。还反涉江，至於中流，有两蛟夹绕其船。次非谓舟人曰：‘子尝见两蛟绕船能两活者乎？’船人曰：‘未之见也。’次非攘臂袪衣，拔宝剑曰：‘此江中之腐肉朽骨也！弃剑以全己，余奚爱焉！’于是赴江刺蛟，杀之而复上船。舟中之人皆得活。荆王闻之，仕之执圭。孔子闻之曰：‘夫善哉！不以腐肉朽骨而弃剑者，其次非之谓乎？’”

③ 可参看董铁柱：《从“Confucian”到“Ru”：论美国汉学界对上古儒家思想研究的新趋势》，《文史哲》2011年第4期，第48—54页。

传世文献，不过具体文字略有不同。李孟涛认为，这些文字的差异，可以见出一篇文献在流传过程中的不断增益演化，而上博简《民之父母》的种种修辞特征，显示出它是在口头演示语境中被用于教学目的，它需要听众的记忆和背诵。

《民之父母》以孔子与子夏讨论《大雅·泂酌》诗句为开端，因此，李孟涛专辟一章，根据《民之父母》的引诗论《诗》，讨论《诗经》在先秦儒家传统中地位的演变。《民之父母》在孔子解释了“五至”和“三无”之后，接下来的文字是：“子夏曰：‘亡声之乐，亡体之礼，亡服之丧，何志是迩?’孔子曰：‘善哉商也，将可教诗矣。’”传世文献略有不同，《礼记·孔子闲居》接下来是：“子夏曰：‘三无既得略而闻之矣，敢问何诗近之。’”《孔子家语》则是：“子夏曰：‘敢问三无何诗近之。’”李孟涛指出，《民之父母》与相应传世文献的文字差异，其实揭示出先秦《诗经》诠释的发展演进过程，即具体诗篇的诗义逐渐固定，同时子夏作为《诗经》专家的形象也逐步确立。在这个演进过程中，《民之父母》处于更早的阶段，子夏只是问“何志是迩”，孔子只是说可以教子夏读《诗》。《礼记·孔子闲居》《孔子家语》直接问“何诗近之”，说明此时具体诗篇的诗义已大致固定，可以直接选择有相近意思的诗篇来说明正在讨论的问题。

李孟涛还将《民之父母》与《孔子诗论》联系起来讨论。他认为，当《民之父母》被写定的时候，《诗经》诠释已有进一步的发展，具体诗篇的意义被限定为一个具体的类比。这种诠释可以在《孔子诗论》中见到。同时，还可以在《孔子诗论》中见到对于同一诗篇的重复解释。这种重复，不仅可以帮助读者记忆文本，还可以将一个文本积累的不同层次展示给读者。这些因素，说明了出土文献及其引用的《诗经》诗句都是被用在口头的、演示的和记忆的教学情境中。

在具体简文的释读中，李孟涛常常强调这种口头教学和记忆在上古文本传播中的地位。《民之父母》第九支简引了诗句“威仪迟迟”，其中“迟”字被写成尸字底部加两个短横。此处简文虽有残缺，但根据《礼记·孔子闲居》的相应字句“威仪逮逮，不可选也”，可以判断引诗来自《诗经·邶风·柏舟》“威仪棣棣，不可选也”。李孟涛指出，诗句的正确读法应该是“威仪迟迟”，这样才符合上下文之意。“迟”（遲）被写成“逮”，并最终被写成“棣”，是由于书写错误，“即‘犀’与‘隶’的混淆”。不过，李孟涛进一步指出，此处可以看出“早期中国写本文化的一个重要特点，那就是文本能力在阅读中的重要角色”。什么是“文本能力”呢？其实就是抄写者和读者对于文本内容的熟悉程度，也就是通过口头和记忆所掌握的文本内容。李孟涛认为，此处的例子，可以用来证明柯马丁提出的《诗经》口头传播的重要地位。《民之父母》引诗“迟”字的写法，不仅证明了《诗经》被书写于竹简时没有一个标准的书写样本可资参照，还表明了阅读的过程“是以对文本的熟悉程度为前提条件，很明显，在读者开始熟悉文本的过程中，书写文本只有辅助性作用，而不是唯一的源头”。其实，从“迟”（遲）到“逮”的书写变化，不是由于读音的相近。但是李孟涛认为，这恰好证明了“不仅由谐音引起的异文反映了口头传播的过程——如柯马丁所述，而且由书写错误引起的字形异文也反映了口头传播的过程”。这种过程，不仅需要抄写者而且也需要读者对于文本内容的熟悉，那些只熟悉字句读音的读者无法解读此处的书写变化。总之，“正是这样一种预设的文本能力，允许了词语的字形可以有很大的变动”。①

第二节　柯马丁与《诗经》早期口头传播研究

在研究出土文献与早期《诗经》诠释史的过程中，北美汉学家对具体诗

① Matthias L. Richter, *The Embodied Text: Establishing Textual Identity in Early Chinese Manuscripts*, Leiden: Brill, 2013, pp. 107—108. 但是，夏含夷的观点恰恰相反，他认为此处书写错误的例子，“是从一个写本到另一个写本的视觉复制的证据”，见［美］夏含夷：《评李孟涛〈具象化文本〉》，张淑一译，载《海外夷坚志——古史异观二集》，上海：上海古籍出版社，2016年，第251页。

篇意义诠释的发展没有太大的兴趣，他们倾向于关注更大的问题，如早期《诗经》诠释的历史语境、文本的生成与传播等问题。于是，《诗经》的早期传播，成为《诗经》与出土文献研究的一个关键问题。对于这个问题的研究，普林斯顿大学的柯马丁是最有影响的学者之一。

柯马丁 1962 年出生于德国，1987—1989 年作为交换生进入北京大学中文系求学两年，1996 年在德国科隆大学取得汉学博士学位。博士毕业后前往美国，成为柯马丁学术生涯的转折点。1997—1998 年，他在美国华盛顿大学东亚系任访问教师，曾问学于康达维。1998 年进入哥伦比亚大学东亚系，任助理教授。2000 年进入普林斯顿大学东亚系，2005 年晋升为教授。

柯马丁的研究领域本来是秦汉石刻文本以及汉赋，2000 年以后集中精力研究出土文献与《诗经》文本的生成与传播问题。他一方面在材料上对相关出土文献做出了统计和分析，另一方面又在论题上呼应了西方学界对于文本的物质形态与传播问题的热切关注。同时，他与中国学界保持着密切的联系。这使他不仅成为美国汉学界先秦两汉文学文献研究的最有影响的代表性人物——他是 2010 年出版的《剑桥中国文学史》“早期中国文学：开端至西汉”一章的撰写者，而且也在中国学界产生了很大的影响。

2002 年，柯马丁在美国《东亚考古学》期刊上发表了《方法论反思：早期中国文本异文之分析和写本文献之产生模式》[①]，此文以近期出土文献中的《诗经》异文为例，总结了研究早期中国写本文献产生模式的方法论问题。论文不仅材料丰富，而且表现出作者敏锐的问题意识和广博的学术视野，奠定了柯马丁在出土文献和早期《诗经》研究中的学术地位。此文后被译成中文，收入陈致编的《当代西方汉学研究集萃：上古史卷》。[②]

在《方法论反思：早期中国文本异文之分析和写本文献之产生模式》一

---

① Martin Kern, “Methodological Reflections on the Analysis of Textual Variants and the Modes of Manuscript Production in Early China”, *Journal of East Asian Archaeology* 4.1—4 (2002): 143—181.

② ［美］柯马丁：《方法论反思：早期中国文本异文之分析和写本文献之产生模式》，李芳、杨治宜译，载陈致：《当代西方汉学研究集萃：上古史卷》，上海：上海古籍出版社，2012 年，第 349—385 页。

文中，柯马丁围绕着出土文献的物质性书写形态，提出了一个问题：我们看到的字形样貌，对我们了解早期中国写本文献的传播和生产过程有何帮助？此文的问题意识，超越了《诗经》研究本身，涉及整个早期中国的写本文献，但是此文依据的材料主要是出土文献中引用的《诗经》残篇。柯马丁在此文中提出的问题，成为他之后十年研究出土文献与《诗经》时萦绕于心的核心问题，所以有必要对此文做一个详细的介绍。

从1973年长沙马王堆帛书出土，到2001年上海博物馆所藏战国楚简的整理出版，这些出土文献吸引了很多美国汉学家的注意。鲍则岳（William G. Boltz）是其中论著较多、影响较大的一位，他从20世纪80年代开始研究出土文献，试图将中国古文字学与西方语文学两种传统结合起来，以求系统地研究早期中国写本文献，特别是其中的异文现象。鲍则岳依据西方的文本批评原则，从写本传承的角度研究异文问题，提出了“文本族谱”说：即认为存在一个原始写本，然后从原始写本衍生出不同系列的版本，各自流传。[①]

柯马丁的根本立场，与鲍则岳正好相反。他根据阜阳双古堆《诗经》残本、马王堆《五行》、郭店《五行》、郭店《缁衣》、上博《缁衣》、上博《孔子诗论》六种出土文献中的《诗经》异文，提出：早期中国的写本文献，不存在这样一个“唯一的原始书写文本”，相反，早期中国曾经有“一个具有较大文本流动性的阶段”，当时的文本通过记忆和口耳相传，可以变成许多个互相独立的文本，而不是按照文本族谱的谱系模式流传。因此，柯马丁既反对美国学者陆威仪强调书写过程重要性的观点，也反对中国学者江林昌试图重构战国本《诗经》及其传播的连续谱系的做法。

柯马丁接着提出了处理文本异文的四个原则。第一个原则是如何衡量出土文献和传世文献各自的价值，他认为早期文献没有“善本”或“劣本”，

---

① William G. Boltz, “Manuscripts with Transmitted Counterparts”, in *New Sources of Early Chinese History: An Introduction to the Reading of Inscriptions and Manuscripts*, ed. Edward L. Shaughnessy, New Haven: Society for the Study of Early China, Institute of East Asian Studies, University of California, Berkeley, 1997, pp. 253—284.

传世文本并不一定比出土文本更好，传世文本是“大规模回溯式标准化的结果”，这个标准化的过程既使文本更加清晰可读，“又在另一些方面对它有所歪曲”。第二个原则是尊重出土文献中实际出现的字形。第三个原则是通过确定读音音值来判断异文的性质。第四个原则是根据上下文、字形结构、假借字等来确定异文的类型。

柯马丁进一步将文本异文的类型分为九类。他发现，在这九类异文中，数量最丰富的一类是没有语义联系但发音相同或相近的词。这从根本上揭示出书写系统的用处，就是“表达出口语的发音”——不同的书写者，在一组具有相近读音的字词中，选择不同的字来书写，并不是为了语义的需要，这时语义的重构将是徒劳，只有通过声韵分析才能辨识出文本实际想表达的词。这种情况在人名和联绵词的书写中最常见。特别是《诗经》有大量的联绵词，这些联绵词的书写字形，在任何两个版本之间都很少相同，如《邶风·燕燕》中的“燕燕”在《毛诗》、双古堆残本、马王堆帛书、上博简书中的写法互不相同。

柯马丁发现，“所有的异文中仅有一小部分是没有明显的语音联系的”，大部分的异文都是有语音联系的字形异文。他接下来追问道：这样的结论，对于早期文献的产生而言，有什么样的意义呢？柯马丁从文本的传播与接受、文本的最初生成两个方面，提出了自己的推论。

关于早期文本的传播与接受，柯马丁在做出自己的推论之前，先比较了汉语的文本异文与拼音文字的文本异文之间的同与异。两者有相似的原则，即不同的字形可用于表现同一个声音、同一个词。但是，两者又有很大的不同，英文等拼音文字的异文只存在于单词中某一个字母的拼写变化，不会扩展到整个词的层面；相反，古汉语以单音节为主，一个汉字既代表一个音节又代表一个词，其中笔画的增减或是移动都可能产生完全不同的汉字。也就是说，在汉语中，“语音的相近并不必然显示为字形的相近”。早期中国文献中的假借字，在很多情况下都不是一目了然的。

由以上的比较，引发出一个疑问：我们怎么知道古人能够识别这些假借字背后的词呢？柯马丁提出了自己的猜测："为了能够被充分理解，文本在很大程度上是在一个特定的社会框架中传播的，很有可能采用面对面教学的师弟相传结构。"在这种框架中，口头语言与书面语言互相作用，并且"暗示着掌握文本与学习文本的人之间有必要存在一种个人的直接接触"。柯马丁认为，这种推测，符合早期哲学著作中所常见的师生对话形式。

关于早期文本的最初生成，柯马丁认为应该将文本的复制与写本的生成区别开来：前者意味着存在某个书面或口头的早期文本模型，后者意味着此文本的书写形式是一次首创。在写本的生成中，最终产生的写本虽然受传统支配，但是它的书写形式却会因不同的地方习俗、不同书写者的个人经验和偏好而有所不同。

为了解释早期文本的产生过程，人们一般会构想出三种具体情境：第一是书写者面前摊开着一个早期文本，可以一边复制一边比较；第二是有人向书写者朗诵一个文本，书写者将其写下来，写完后也可以比较新旧版本；第三是书写者手头没有任何写定的文本，他完全凭自己的记忆或听到的内容，将其写下来。柯马丁认为，根据近三十年出土文献的异文分布特性，即写本中有语音联系的字形异文在数量上占压倒性优势，而抄写错误少之又少，可以推断：早期写本的书写者，都是根据自己的记忆或者听到的文本内容，对所要书写的文字做出选择。这个关于早期文本生产过程的结论，呼应了论文开头对于"文本族谱"说的批驳。由此，柯马丁明确地表明了自己的根本立场：早期文本的不同版本之间，不存在直接复制的关系。

总结来说，柯马丁通过考察出土文献的物质性书写形态、写本的异文字形，试图描绘出早期中国文本文化的全景。他认为，任何文本的产生和意义，"在很大程度上都取决于它的实际用途，因此我们应当特别重视这种性质和作用，并将其作为文本阐释的先决条件"。也就是说，要解释早期文本的生产过程，必须还原它的实际语境和用途，即一种特定圈子中的教学语境、一种依赖口传与记忆的传播语境。

可以看出，柯马丁将出土文献的研究，转变为早期中国文本生产模式的探讨。这样就将一个少数专家研讨的问题，扩展为一个有更广泛的对话性、有更多预期读者的问题，直接呼应了西方学术界近期对于文本的物质形态、文本的生产与传播模式的讨论。因此，《方法论反思：早期中国文本异文之分析和写本文献之产生模式》是一篇具有宏观学术视野和学术关怀的文章。这篇文章的研究对象已经超越了《诗经》研究的范围，本不需要做如此详细的介绍，但是，这篇文章的立论基础，却主要是出土文献中的《诗经》异文，并且此文的结论部分回到《诗经》研究，强调了作者对于《诗经》文本生产与传播的看法：不存在任何一个连续的《诗经》写本谱系，《诗经》的不同版本之间也不存在原始写本和复制本的关系。

《方法论反思：早期中国文本异文之分析和写本文献之产生模式》一文的主要论点，成为柯马丁十余年来研究《诗经》与出土文献的指导思想。这个指导思想就是：早期的《诗经》，是在特定的教学语境中，依靠记忆和口传而得以传播，它每一次书写的字形都可能不同，它的书写形式以及意义都取决于它的实际传播和运用的语境。

2003 年，柯马丁有《从最近的出土文献看早期中国诗学》一文，收入捷克查理大学出版的会议论文集。① 2005 年，柯马丁又有《出土文献中的〈诗经〉》一文，收入美国西雅图大学出版的论文集。② 这两篇文章可谓姊妹篇，它们在论证材料和主要观点上，基本一致。在《出土文献中的〈诗经〉》一文正式出版之前，这两篇文章的主要部分被抽出来，再加上《方法论反思：早期中国文本异文之分析和写本文献之产生模式》一文的部分成果，合成一篇文章，以中文的形式出现在姜广辉主编的《经学今诠四编》中，算是柯马丁研究《诗经》与出土文献的主要成果在中国学界的正式登场。③

① Martin Kern, "Early Chinese Poetics in the Light of Recently Excavated Manuscripts", in *Recarving the Dragon: Understanding Chinese Poetics*, ed. Olga Lomová, Prague: Charles University-The Karolinum Press, 2003, pp. 27—72.

② Martin Kern, "The *Odes* in Excavated Manuscripts", in *Text and Ritual in Early China*, ed. Martin Kern, Seattle: University of Washington Press, 2005, pp. 149—193.

③ ［美］柯马丁：《出土文献与文化记忆——〈诗经〉早期历史研究》，姜广辉主编《中国哲学》第 25 辑《经学今诠四编》，沈阳：辽宁教育出版社，2004 年，第 111—158 页。

2002年的《方法论反思：早期中国文本异文之分析和写本文献之产生模式》一文，侧重于基本理论的提出与写本文献整体情况的描述，此文虽然是以《诗经》引文为主要论据，但是文中对于这些材料主要采取了一种概述的方式。此文容易被人质疑：依据出土文献《诗经》异文的材料，是否能够说明、涵盖先秦时代所有写本文献的生产与传播情况？到了2003年的《从最近的出土文献看早期中国诗学》与2005年的《出土文献中的〈诗经〉》这两篇文章，柯马丁将论述的焦点完全集中于《诗经》，将讨论的问题聚焦为：《诗经》的早期生产、传播、接受和解释究竟是怎样的？此外，这两篇文章对于出土文献的《诗经》材料做了更具体、更技术性的描述，前者提供了郭店《缁衣》、上博《缁衣》、郭店《五行》、马王堆《五行》、上博《孔子诗论》等五种出土文献引诗的统计表；后者提供了双古堆《诗经》残本、郭店《缁衣》、上博《缁衣》、郭店《五行》、马王堆《五行》、上博《孔子诗论》等六种文献与传世《毛诗》相比较后的异文统计表。

在《出土文献中的〈诗经〉》和《从最近的出土文献看早期中国诗学》两篇文章的开头，柯马丁延续了他对于研究出土文献方法论的自觉，以及对于早期中国文本传播模式的反省。他认为，研究与《诗经》有关的出土文献，就要摆脱固定的观念模式，既不轻易疑古，也不轻易信古。在这种客观的研究态度之下，柯马丁最终希望证明：在公元前2世纪以前，并不存在一个《诗经》的标准写本，《诗经》依靠记忆和师徒口传。在这个结论的背后，柯马丁有更大的理论关怀：他希望由此思考早期中国口头传播与书面传播的关系，书写文本的地位，文本与礼仪的关系。

柯马丁仔细研究了马王堆和郭店的《五行》、郭店和上博的《缁衣》以及上博《孔子诗论》中的引诗情况，发现出土文献引诗和《毛诗》在篇目及语句上高度吻合，并且双古堆《诗经》残本也和《毛诗》吻合。但是，出土文献引诗的异文却非常多，不仅与《毛诗》相比有很多异文，即使不同的出土文献引同一首诗也有不同写法，异文比例基本在30%—40%，这是现存三家诗的异文数量的十倍。不过，这些异文大多是属于谐声字，那些非谐声字也是同音或近音字，所以这些异文其实是同一个字的不同写法。这揭示了一个有趣的现象：一方面《诗经》在公元前4世纪已经以高度稳定的表达方式在传播，另一方面早期《诗经》又有完全不稳定的书写方式。

班固早已指出《诗经》口头传播的历史事实，他在《汉书》卷三十中说："凡三百五篇遭秦而全者，以其讽诵，不独在竹帛故也。"后来的学者，都会引用班固之说，证明汉代四家诗的文本差异源于《诗经》在西汉早期的口头传播。在美国汉学家中，海陶玮早已于1948年的《〈韩诗外传〉与三家诗》一文，提到班固的说法，并认为四家诗中可以看到一些差异不大的异文，这些异文常常是同一个词的不同写法，"这正是不同的人根据记忆去书写同一个文本时会产生的结果"。①

但是，柯马丁指出，出土简帛与《毛诗》之间的文本差异，比三家诗的异文总和还要多十倍，这证明秦始皇焚书前后《诗经》在书写形式上本来就有极大的差异，意味着当时存在《诗经》的多种本子和多种传授系统。他甚至由此预测，下一部出土的先秦引诗文献，其文字书写又会和郭店、上博大不相同。他也由此再次批评学术界过于重视写本本身的重要性，从而忽视了其他方面，比如文本表演者的活动。

柯马丁提出，在先秦两汉的文献中，常可看到《诗经》的双重现象：一方面是语句上的稳定性，另一方面是书写上的不稳定性。特别是《诗经》中大量的双声、叠韵、联绵词，它们在字形上高度不稳定，这意味着它们的书写形式不重要，更重要的是它们的听觉值。这个问题，其实金守拙在1959年发表的《论〈小雅·宾之初筵〉》一文已经触及（详参第十章）。但是，柯马丁希望进一步讨论的是：如何才能最准确地解释这部总是以不同形式书写的《诗经》在古代的文化地位及其传播和诠释方式呢？

沿着一贯的思路，柯马丁在上述两篇文章中总结道：在早期的《诗经》传播史中，没有所谓的"原本"，所有写本都是辅助的、次要的，《诗经》的

---

① James Robert Hightower, "The *Han Shih Wai Chuan* and the *San Chia Shih*", *Harvard Journal of Asiatic Studies* 11.3—4 (1948): 265.

传播和理解主要依靠听到的文本，因此《诗经》就是一部在师徒口头传授中被解释、传播的经典，战国时期根本没有一个标准的《诗经》写本。现存文献中的引诗异文没有出土文献那么多，是因为汉代人将其写法标准化了。也就是说，《诗经》口头传播和书面传播的关系，在两汉时期得到了根本的改变。

柯马丁认为，战国时期的贵族和学者，总是在记忆、表演、传授经典，尤其是《诗经》。正是通过记忆来达到内化，通过表演来达到外化，由此确保了经典在传统中的稳定性。《诗经》采用的是先秦精英阶层的共同语言，即“雅言”，它是一种仪式的、记忆的语言，比当时的方言更难掌握。正是这种古老的、诗化的语言，能提高话语的权威。柯马丁甚至认为，古代中国的诗歌语言，与古希腊的诗歌一样，是一种记忆性的、视觉性的语言，它被保存在宗教、占卜和政治行为之中。

《诗经》作为一种表演性的文献，常常被有选择性地运用在具体的情境中，因此它的意义也是不断生成的，是从它的应用、接受以及不断变化的表演情境里生成的。从当时的引诗传统可以看到，诗没有单一的意义，而是代表了抽象的美德和规范，可以运用在不同的语境。这种灵活解释基于一个当时普遍接受的认识：《诗经》再现了人类的处境，能指导人类的行为。出土文献对《关雎》“以色谕于礼”的解释，一方面承认诗中表达的情欲，另一方面又把诗当作对情欲的控制。这些解释，强调了它们的描述和表演对听者的影响。一首诗最终的意思不是取决于它本身的表达，而是取决于接受的过程，即在老师指导下的接受过程。孔子以雅言诵诗、解诗，是因为仪式表演的威力可以抹去字面的情欲，让听者掌握合乎礼仪的举止。这种解释传统，是对表演和接受的双重强调。诗的意义是从不断变化的表演背景中产生的。到了西汉，这种以接受为中心的传统，转变成了以创作为中心的传统，四家诗都在提供具体的诗歌历史语境和作者背景的解释。从此，书写文本的固定化和标准化，使得《诗经》不再用来表演，而是用来研究。

柯马丁在2010年又发表了《消失于传统中：我们不知道的〈诗经〉》。[①] 此文是柯马丁对自己十年来研究《诗经》出土文献的初步总结。他在文章序言中宣称：近四十年的出土文献，使得“我们与《诗经》一起，生活在一个前所未有的时代”。也就是说，《诗经》研究者身处在一个考察《诗经》文本的决定性时刻，它和汉代的《毛诗》定本时代、宋代的废序时代、清代的训诂时代、“五四”的反传统时代同等重要，甚至超过这些时代：因为研究者可以不再以《毛诗》版本为终极版本，在三家诗亡佚之后第一次接近一个非常不同的文本和非常不同的诠释传统。不过，他同时指出：因为我们获得的出土资料是零碎的、不完整的，所以我们更多的不是解答问题，而是提出问题，并且随着每一次新文献的出土，我们提出的问题会越来越好。

柯马丁在文章一开头，就为自己的研究对象划定了一个清晰的范围——那就是《诗经·国风》。他说：从阐释学的角度来看，《国风》的一百六十首诗才是《诗经》中最难解释、最有趣的部分，因为它们没有明确的历史背景，没有连续的叙述框架，这造成了它们在意义上的根本的不确定性。但是，这种意义的不确定，实际上却成为《国风》的优势。“自孔子时代开始，它们就被当作人类境遇的经典表述和最高权威表述，语意的模糊性允许了它们在解释和运用上有一个潜在的无限的范围，永远不会简化成一个单独的意义或运用。因此，《国风》总是能超越它的每一次的实际的解释、引用、表演，从而构成了一个普遍的表达模式，能被运用于广泛的人类经验中的任何一个具体事件。”柯马丁甚至提出：“为了加强它的普世运用的力量，任何关于它的原始作者身份、创作情境都被抹掉了。”

由此切入，柯马丁强调了上博楚简《孔子诗论》和《毛诗》在解释方式上的完全不同——前者重视《诗经》的运用之义，后者重视《诗经》的作者之意。《毛诗》总是将《诗经》解释成政治的美刺，并为每首诗确定它的原始创作语境、历史时代，甚至具体的作者身份。在《毛诗》的解释系统中，

① Martin Kern, “Lost in Tradition: The Classic of Poetry We Did Not Know”, *Hsiang Lectures on Chinese Poetry* 5 (2010): 29—56, Centre for East Asian Research, McGill University.

《国风》所有的诗可以按照它的创作时代与美刺对象重新排列。这是一种“作者—创作中心论的诗歌观”，它和《孔子诗论》、马王堆帛书《五行篇》的早期诗论完全相反。

柯马丁此文的题目，借用了美国诗人罗伯特·弗罗斯特（Robert Frost，1874—1963）的一句诗——“诗是消失于传统中的东西”。所谓“消失于传统中”，柯马丁用以指《孔子诗论》属于一个几乎消失不见的诠释传统。不过，这个诠释传统在先秦的传世文献中留下了很多蛛丝马迹，如《论语·八佾》的“《关雎》乐而不淫”、《荀子·大略》的“《国风》之好色”，以及刘安《离骚传》的“《国风》好色而不淫”。这些诠释，和《孔子诗论》的“《关雎》以色喻于礼”“以琴瑟之悦拟好色之愿”一样，都不是将《国风》的“好色”解读为对失德君主的讽刺，而是认为这些“好色”描写本身就是“促使读者走向礼仪道德的最有力方式”，它们属于同一个诠释传统。柯马丁甚至进一步认为：《论语·八佾》中的“乐”是对“好色”的一种重新表述，一种更温和、更普适的重新表述，所以《论语》“乐而不淫”说的出现，可能比《孔子诗论》的“好色”说更晚！

在《孔子诗论》等先秦文献解诗方式的梳理中，柯马丁将问题引向更深入的讨论。这些讨论，围绕着他一直以来关注的几个问题：

第一个问题，是《诗经》在早期的实际运用和传播，即先秦用诗传统的问题。柯马丁认为，《孔子诗论》的解诗方式正好可以说明《左传》等先秦文献中屡见的赋诗、引诗活动。《诗经》在先秦的功能正如《论语·子路》所说：“诵诗三百，授之以政，不达；使于四方，不能专对。虽多，亦奚以为？”《孔子诗论》正是对《论语·子路》提出的学《诗》要求的回应。“《孔子诗论》所提供的，不是关于诗的产生缘起的说明，而是诗的当下运用的指导。”柯马丁虽然认为《孔子诗论》是对《论语·子路》相关记载的回应，但是他在脚注中强调，这不是说《论语·子路》的记载一定早于《孔子诗论》，反而《论语·子路》的记载可能是对《左传》赋诗传统、《孔子诗论》用诗指导的一个概括。

《孔子诗论》可以看作先秦的用诗指导手册。它解释了每首诗如何运用，要求运用者判断出它的核心意思，或是它的“语意范畴”。《孔子诗论》的解释，正是提供了很多诗的“语意范畴”。如“《邶柏舟》闷，《鼓风》悲，《蓼莪》有孝志，《隰有苌楚》得而悔之”等。有了这些基本的“语意范畴”作为共识，一首诗可以运用到任何与此“语意范畴”相关的具体场合，因此引诗不需要引用整首诗，这也可以解释《左传》中“断章取义”的做法。

因此，《孔子诗论》作为指导《诗经》实际运用的著作，是产生于一个口耳相传的语境中。也就是说，“《孔子诗论》本不是一个可以依据自身来理解的文本”，“它以前必定是融入一个口头解说和学习的背景中”。

第二个问题，是重新思考解释《诗经》的依据。柯马丁一直认为，《孔子诗论》的解诗方式和《毛诗》完全不同。但他发现一个特殊的例子，《毛诗》对《卷耳》的解释与《孔子诗论》的解释，有很大程度的一致性。《孔子诗论》对此诗的解释是“《卷耳》不知人”，这个解释与《左传・襄公十五年》《荀子・解弊》《淮南子・俶真训》等早期文献中引诗对此诗的理解，是一致的，这证明《孔子诗论》和早期文献的解释都属于同一个几乎消失不见的传统。然而，特别的是，《毛传》对诗中“寘彼周行”一句的解释是“思君子官贤人，置周之列位”，柯马丁认为它和《孔子诗论》的解释在本质上是一致的，因为《毛传》暗含了知人善任的意思。在《孔子诗论》的口头解说和学习背景中，《卷耳》的“不知人”其实是和“知人”呼应的——“不知人”是谈话的出发点，而“知人”才是目的。因此，按照《孔子诗论》的解释，《卷耳》一诗可以运用在讨论怎样辨知贤能之士的任何场合。

柯马丁发现，后世学者对此诗的解释完全不同。朱熹认为《卷耳》的主题是“后妃思念君子”。在朱熹的影响下，现代中国学者一般从夫妻关系的角度解释此诗，如程俊英认为此诗的主题是妇女思念远行的丈夫，高亨认为是远方的丈夫思念家中的妻子，屈万里则认为此诗含有丈夫与妻子两人的声音，甚至研究《孔子诗论》的学者，也从夫妻关系的角度看待此诗。如马银琴曾极力证明《孔子诗论》和《毛诗》的相似性，但是对于《卷耳》一诗，却认为《孔子诗论》和《毛诗》的解释完全相反。再如黄怀信认为《卷耳》描述夫妻之间的争论，《孔子诗论》的“《卷耳》不知人”说明了夫妻之间的误解，他甚至由此认为《毛传》是“近乎胡说八道”。

柯马丁因此质疑，从宋代废序派以至现代学者的追求《诗经》“本义”的做法、以《诗经》字面意思为根据的做法，是一个“源自无知和自大的谬论”。《孔子诗论》等先秦文献，证明《诗经》的解释不是取决于它的字面意义，每一首诗的“真实意义在于它的恰当运用”，这种意义是在每一次不同语境的灵活运用中产生出来的。也就是说，《诗经》的解释其实是“取决于一定的诠释程序，这个程序不仅关涉赋诗引诗者，也关涉听者”。从这个角度讲，“相信我们可以直接触摸到《国风》的‘本义’，是一种过于简单化的想法”。

第三个问题，是重新思考先秦《诗经》诠释与两汉《诗经》诠释不同方式所带来的方法论问题。柯马丁在这里呼应了之前对《诗经》异文问题的研究。在《诗经》的文字书写形式上，出土文献与汉代文本之间、不同的出土文献之间各不相同，90%以上的异文都是同音字或近音字。先秦书写系统的灵活性、同音字的大量运用，以及《诗经》的古奥语言与诗意语言，导致了《诗经》意义的多重性——特别是《国风》部分。在《国风》中，缺乏明确的历史背景和叙述结构，只有古奥的语言和重复的叠章，再加上不同的异文写法，所以“每一个字的意义都是有待确定的”。于是《孔子诗论》和《毛诗》采取了完全不同的确定意义的方法——前者在《诗经》的运用中抓住每首诗的本质，后者在详细的字词训诂中发展出一套具体的诠释框架，并“生产出一个具有确定意义的文本”。因此，柯马丁总结道：“严格地说，《诗经》的早期版本，没有一个是独立于它自己的诠释传统之外而存在的。”只有在各自的诠释传统中，《诗经》才成为有确定意义的文本。

柯马丁曾为孙康宜、宇文所安主编的《剑桥中国文学史》上卷撰写了《早期中国文学：开端至西汉》一章，他将自己对于《诗经》早期传播形态的思考，写进了这一章。他指出，虽然“至少到公元前300年，类似于今本《诗经》

的经典化诗集已经问世”，但是“战国时期中国书面文化的深度、广度极为有限”，因为“当时的书写工具，不是太过笨重（木简、竹简），就是太过昂贵（丝帛），不利于抄写大量文本并在广阔区域内传播”，也因为“各种早期文献极少提及读写活动”，“却时常谈及师徒授受的学习过程”。因此，“经典著作的广泛传播或许并不依赖于书写”。由于这些原因，“文字的正字法并不稳定，发音却是稳定的”，“早期出土文献的文字书写，受到地方传统、书吏个人习惯的制约，但写下来且可以念诵出来的文本却超越了这些差异”。[①]

由此出发，柯马丁进而怀疑公元前500年之前的先秦社会是否存在着高识字率，他提出应该将先秦哲学论著的创作与下层应付实用所需的识字能力区分开来。他说“战国时期的论说文时常提及师徒之间的对话，提及将知识交付给记忆的重要性（对写作行为则依然不置一词）”，“哲学论争、政治雄辩、经典传承，其首选技巧应该是记忆，而非书写”。虽然作为传统贵族最低阶层的士“完全有理由掌握书写技术”，但是，《论语》《墨子》《孟子》等文本都不是孔子、墨子、孟子亲自撰写的。因此，柯马丁坚持认为，公元前3世纪末之前的著作，“都是沿着书写／口传的统一脉络，长期著述、编撰的结果”，“文本流传越广，口头传播与重新编辑的空间就越大”。[②]

第三节　《诗经》早期口头传播：支持者与反对者

借助中西诗歌比较的视野以及出土文献的证据，揭示《诗经》早期口头传播的重要性，并重新思考先秦时代的读写能力，这成为柯马丁和很多学者共同关心的问题。挪威汉学家何莫邪，在为李约瑟主编的《中国科技与文明史》所撰写的第七册中，就已指出《荷马史诗》与《诗经》的主要相似之

① ［美］柯马丁：《早期中国文学：开端至西汉》，刘倩译，载［美］宇文所安：《剑桥中国文学史》上卷（1375年之前），北京：三联出版社，2013年，第48、54—55页。

② 同上书，第86、88—89页。

处，在于它们都是“明显地源自口头诗歌”，“肯定最早是由目不识丁的人来表演”。何莫邪进一步说道：

> 事实上，至少迟至公元3世纪，没有什么学识的刻工知道和理解《诗经》文本，是凭借它们的读音，而不是凭借它们的字形，新近出土的《老子》写本中的引诗方式就说明了这一点。总的说来，在考古资料中发现越来越多的近音假借字，肯定说明了这些文本主要通过读音而不是通过字形被记住。①

何莫邪在这里以出土文献的大量近音假借字为证据，来证明早期《诗经》主要依赖口头传播。我们已经看到，柯马丁也是以出土文献的异文作为主要证据，来证明《诗经》的口头传播。不过，柯马丁的论证更充分，并且更加全面地运用了近数十年的出土文献资料。此外，何莫邪论证《诗经》口头传播问题时，是以西方早期文明（即希腊文明）作为主要的参照，基本上认为中国先秦时代就如希腊一样，是一个绝大多数人不能读写的社会，文化的传承主要依靠口头与记忆，而不是依靠书面文字，因此口头传播占据了决定性的地位。

认为《诗经》的早期传播与存在形态主要依赖于口头形式，而不是依赖于文字书写形式，这种看法近年来在美国汉学界成为主流意见。宇文所安曾断言：“《诗经》在写定之前很长时间内都是以口头传播的形式存在，甚至在写定之后，它们的主要传播模式也可能是口头的，这种情形一直持续到战国晚期。”② 很多汉学家从不同的角度参与到《诗经》早期口头传播研究中。

比如，与口头传播密切相关的问题是记忆，成熟的记忆文化保证了口头

---

① Christopher Harbsmeier, *Science and Civilisation in China*, vol. 7, *Part I: Language and Logic*, Cambridge: Cambridge University Press, 1998, pp. 41—42.

② Stephen Owen, "Interpreting *Sheng Min*", in *Ways with Words: Writing about Reading Texts from Early China*, ed. Pauline Yu, Peter Bol, Stephen Owen and Willard Peterson, Berkeley: University of California Press, 2000, p. 25.

传播的可能性。美国瑞德大学宗教系教授白瑞旭（K. E. Brashier，1965—），在《早期中国碑铭中的文本与礼仪》一文中，从汉代的碑刻铭文入手，侧重研究汉代的“记忆”文化，强调了“讽诵”“暗诵”在早期中国文本传播中的主导性地位。[①] 白瑞旭认为，汉代碑铭通过种种手段，促使读者记诵在心。他借鉴西方学者 Walter J. Ong、Frances Yates、Mary Carruthers 等人对于西方“记忆”文化的研究[②]，总结了几种辅助记忆的手段，包括套语、夸张、诗歌形式等。《诗经》作为一种诗歌形式，正是这种“记忆”文化的典型例证。汉人从学童时期即背诵《诗经》，因此《诗经》的诗句成为流行于汉代的“宏大词汇”，也最常为碑铭所引用，被铭文借来增强自身的可记诵性。白瑞旭以《白石神君碑》为例，指出碑文的结尾一节有六处引用了《诗经》的句子，以增强其可记诵性。碑铭甚至将自身的创作等同于《诗经》，自视为新的《诗经》作品。这些论证，后来被白瑞旭融合进其专著《早期中国的公共记忆》。[③]

可以看出，美国汉学家对于《诗经》早期记忆和口头传播的研究，有着西方学术自身的特定背景。这些研究，大多以西方学术理论的进展为参照系，借鉴了西方学者对于西方古代文明的研究成果，以及由此形成的问题意识。比如柯马丁曾引用德国的埃及学家阿斯曼对“文化记忆”的研究[④]，以及英国学者 Rosalind Thomas 对于古希腊口头文化的研究[⑤]。如果说，在柯马

---

① K. E. Brashier，“Text and Ritual in Early Chinese Stelae”，in *Text and Ritual in Early China*，ed. Martin Kern，Seattle：University of Washington Press，2005，pp. 249－284.

② Walter J. Ong，*Orality and Literacy*：*The Technologizing of the Word*，London：Methuen，1982；Frances Yates，*The Art of Memory*，Chicago：University of Chicago Press，1974；Mary Carruthers，*The Book of Memory*：*A Study of Memory in Medieval Culture*，Cambridge：Cambridge University Press，1993.

③ K. E. Brashier，*Public Memory in Early China*，Cambridge，Massachusetts：Harvard University Asia Center，2014.

④ 英文版参见 Jan Assmann，*Cultural Memory and Early Civilization*：*Writing*，*Remembrance*，*and Political Imagination*，Cambridge：Cambridge University Press，2011.

⑤ Rosalind Thomas，*Oral Tradition and Written Record in Classical Athens*，Cambridge：Cambridge University Press，1989；Rosalind Thomas，*Literacy and Orality in Ancient Greece*，Cambridge：Cambridge University Press，1992.

丁的文章中，西方学者关于西方古代文明的研究成果，只是一个理论方法的背景或框架，那么，白瑞旭的文章则代表了另一个极端，他直接套用 Walter J. Ong、Frances Yates、Mary Carruthers 等人研究西方“记忆”文化的原文，甚至对于套语、夸张、诗歌形式等几种辅助记忆手段的归纳，也是完全取自这些西方学者的著作。

柯马丁凭借新近出土文献的证据以及西方学术理论的框架，将这种研究趋势推向了深入，不仅在汉学界，而且还在西方人文学界，都产生了很大影响，成为《诗经》早期传播问题的代表性学者。

关于《诗经》早期的口头传播，其实对中国学者来说并不是一个新问题。如前所述，汉代的班固早已指出《诗经》口头传播的历史事实，《汉书》卷三十中说：“凡三百五篇遭秦而全者，以其讽诵，不独在竹帛故也。”中国学者每引用班固之说，说明汉代四家诗异文与《诗经》口头传播的关系。至于柯马丁提出的同音假借字的证据，还有《诗经》口头传播中读音的地域差异问题，陆德明《经典释文·叙录》早已引郑玄之说：“其始书之也，仓卒无其字，或以音类比方假借为之，趣于近之而已。受之者非一邦之人，人用其乡音，同音异字，同字异言，于兹遂生矣。”清代学者陈乔枞《诗经四家异文考·自序》也说：“四家之诗，其始口相传授，受之者非一邦之人，人各用其乡音，故有同言而异字，同字而异音者。”

既然《诗经》的早期口头传播、同音假借字和地域差异等问题，对中国学者来说并不是新鲜话题，为什么近年在美国汉学界会成为引人注目的话题？究其原因，一方面是因为新近出土的简帛写本，为这些问题提供了最新的支持；另一方面，更因为汉学家们善于借鉴西方学界对于西方古代文明的研究成果，将中国学界的老问题放置于新的视野与语境中，激发出新的中西对话论题。西方近期的文化历史研究，特别注重文本传播的物质形态以及物质形态对文本意义的决定作用。对于早期中国《诗经》传播的研究，特别是借助新近出土的简帛实物——正好符合这种研究趋势，再参照西方学者对于希腊口传文学的研究，中西早期文化的可比性越来越多。

柯马丁以西方学术为潜在的对话者，把《诗经》与出土文献研究上升为《诗经》早期传播的普遍问题。他提出：所有的早期《诗经》写本都是口头传播，都存在版本的差异，没有一个版本可被称为“原本”。因此，柯马丁认为他的研究超越了中国古代学者对于《诗经》口头传播的观察：“虽然古代学者已经指出，四家诗异文的产生是由于秦火之后《诗经》口头讽诵传播的缘故，但是我认为，只有这些出土写本，才真正揭示出所有的早期《诗经》书写版本可能都各不相同。”柯马丁进而指出：先秦两汉的“书写文本，不可能独自传播或是被单独研究。相反，传统文献的书写版本肯定是在一个口头教学和表演的更大框架中传播的”。[①]

《诗经》的早期传播问题，又被进一步上升为先秦两汉所有写本流传的普遍问题和根本问题。柯马丁在一篇综述北美中国早期文学研究的文章中点明了这个问题：“人们是否应该认为，先秦两汉的文化里，书写和阅读是文化表达和学习的最高、最自然的形式？或者应该强调记忆和表演文化的观念，即尽管书写技术已尽在掌握，文学作品还是应由记诵而内化，并由表演而外化？”[②] 毫无疑问，柯马丁将口头、记忆、表演视为早期中国文化的一个根本特征，有力地挑战了那些过于强调文字与书写地位的看法。

柯马丁的看法，与很多研究上古中国文化的学者不谋而合，如戴梅可、史嘉柏等人。但是，也有汉学家秉持相反的立场，强调书写在早期中国文化中的决定性地位，如陆威仪、夏含夷等人。

陆威仪《早期中国的书写与权威》一书的面世，略早于柯马丁的《诗经》研究。陆威仪提出：“书写在中华帝国和帝国文明中有着极为重要的地位，但是这种重要性不是来自书写的官方角色；相反，我们应该说，中华帝

---

① Martin Kern, “Introduction: The Ritual Texture of Early China”, in *Text and Ritual in Early China*, ed. Martin Kern, Seattle: University of Washington Press, 2005, pp. 20—21.

② ［美］柯马丁：《学术领域的界定——北美中国早期文学（先秦两汉）研究概况》，载张海惠：《北美中国学：研究概述与文献资源》，北京：中华书局，2010年，第584页。

国——包括它的艺术和宗教，都建立在文本所产生的想象王国之上。”[①] 陆威仪对书写的极度强调，曾受到柯马丁与戴梅可的批驳。[②] 后来，夏含夷又撰文反驳柯马丁的《诗经》口头传播研究。

夏含夷一直认为，中国自商周以来就已经有极高的书写文化。这个判断，与他自己长期以来研究商周文化与典籍，有密切的关系。夏含夷指出，西方学界对于西方早期经典的研究，比如希腊史诗与《圣经》，都强调其口头的来源，是一种不需要写成文字的口传文学，而西方的汉学家受到这些研究的影响，理所当然地假设中国的早期经典原来也不是用文字书写的，并由此怀疑《周易》《尚书》等经典的成书时间和作者。那些研究上古三代的汉学家由此而轻视这些早期经典的价值，更倾向于依赖甲骨文、金文等资料；同时，研究早期文献的汉学家，则将研究中心放在孔子之后的诸子作品上。因此，《周易》《尚书》等经典，常常遭受汉学界的冷落。夏含夷对西方汉学界的这种倾向提出了质疑，他认为：上古中国有着极高的书写文化，完全有能力书写和阅读这些典籍。[③]

当夏含夷将日光转到《诗经》时，他承认《诗经》中那些被吟诵和表演出来的作品的重要性，但是他对这些作品有一个时间段的限定。他认为西周早期的作品，是表演性的诗，而到了周穆王（公元前956—公元前918年在位）之后的作品，是描述性的诗。其间的转变，正好与考古证据吻合，反映出周穆王时代在祭典仪式上的巨大转变。周穆王时代描述性诗歌的出现，象征着《诗经》从特定礼仪表演中的礼仪作品，慢慢转变成表达诗人内心观点的文学作品（详参第十一章）。

在2006年出版的专著《重写中国古代文献》中，夏含夷以新近出土文

---

① Mark Edward Lewis, *Writing and Authority in Early China*, Albany: State University of New York Press, 1999, p. 4.

② Michael Nylan, "Textual Authority in Pre-Han and Han", *Early China* 25 (2000): 205—258; Martin Kern, "Feature: *Writing and Authority in Early China* by Mark Edward Lewis", *China Review Internatioal* 7.2 (2000): 336—376.

③ Edward L. Shaughnessy, *Before Confucius: Studies in the Creation of the Chinese Classics*, Albany, N. Y.: State University of New York Press, 1997, pp. 2—3.

献为基础，研究了早期文献的传播方式及其变化。虽然此书以《缁衣》和《竹书纪年》为中心，而不是以《诗经》为中心，但它充分强调文字书写在早期文献传播中的重要地位，展示了如何从书写的物质材料、书写的形式等角度来研究文献传播。当论及《诗经》时，此书提出了与戴梅可、柯马丁完全不同的意见，认为《诗经》在战国时代已经有了固定的写本。夏含夷说，因为郭店和上博简中“几乎所有的引文都来自传世本《诗经》的305首诗，而且除相对较少的字形差别外，与传世本非常接近。甚至《孔子诗论》里提到的单首诗的标题也大多和传世本《诗经》相对应。这表明至少《诗经》的内容在公元前4世纪甚至5世纪之前就已经接近于定型，无论其实际顺序与传世本一致与否”。[①]

在此书结论部分，夏含夷总结道：“文献有时以全部或部分的形式口耳相传，有时则通过抄写来传播。有充分证据表明，郭店和上博简里的许多简文是不折不扣的副本。”在此处的注释中，夏含夷直接评论了西方汉学界近年研究中国早期文献口头传播的趋势：“就近几年的出版物来看，西方学界有一种持续存在且呈上升趋势的观点，即古代中国的知识基本是口耳相传。通过与希腊世界的比较，学者们认为教学性的文献（尤其是诗歌）由一代代的老师通过记忆口授给学生，直到相对较晚的时间才最终写成文字。比如汉代齐、鲁、韩、毛四家诗在同一地方会使用不同的汉字。”夏含夷紧接着提出了自己的质疑：

> 我当然不想忽略口头文化在古时扮演的角色，但我认为古代中国这方面的硬性证据很少，而关于书面文化的硬性证据却多得多。如上所述，许多文献确实是在师生交流的背景下写成的，但即使我们假设学生在老师口授的基础上“写”下了这些文献，这似乎也跟文献后来的流传无关。在《诗经》的例子中，尽管许多异字确实是假借字，因此可能是

① ［美］夏含夷：《重写中国古代文献》，周博群等译，上海：上海古籍出版社，2012年，第50—51页。

> 各家用不同的字来写同一个声音，但也有许多是字形之讹，而字形之讹只可能发生于抄写底本的过程中。不管怎么说，汉代写本的发现表明这类差别和传世本里的情况没有什么不同。……语音和字形上的差别都是抄写战国古书过程中本来就有的元素。①

夏含夷的质疑与反驳，在2015—2016年发表的两篇论文中得到了更系统、更清晰的表述。这两篇文章，从早期中国口头文化与书写文化的背景出发，全面论证了文字书写在《诗经》创作、传播、结集各个环节中的重要作用，并且追溯了《诗经》口传文学之说的西方理论渊源，认为这种看法是中西比附的产物，不符合中国先秦出土资料的实际面貌。

夏含夷的第一篇文章，是2015年发表在《哈佛亚洲学报》上的《出土文献与〈诗经〉的口头—书写之争》。这篇文章的论战意味十分明显，开头就直接引用宇文所安、柯马丁关于汉代以前《诗经》没有固定写本、主要依靠口头传播的观点，这种观点是将书写文化视为一个汉代以后才逐渐兴起的现象，认为书写在早期文本的生产中几乎没有任何地位。夏含夷针锋相对地指出：

> 事实上，中国古代几乎没有任何的直接证据，可以支持这种观点……相反，我们看到的只是关于口传文学的各种理论，这些理论常常被认为是普世有效的，有时又被运用到中国的《诗经》上来。②

夏含夷在论文开头引了宇文所安的观点，这来自上海《东方早报》的访谈，宇文所安在访谈中说："我同意柯马丁的很多意见，比如《诗经》是没

---

① ［美］夏含夷：《重写中国古代文献》，周博群等译，上海：上海古籍出版社，2012年，第213—214页。

② Edward L. Shaughnessy, "Unearthed Documents and the Question of the Oral Versus Written Nature of the *Classic of Poetry*", *Harvard Journal of Asiatic Studies* 75.2 (2015): 333.

有年代的。首先，没有任何证据表明汉以前《诗经》曾被作为一个整体记录过，我们可以猜测它曾经被记录过，却在秦火中焚毁了，但也可能是到比较晚的年代才出现了集合本。我觉得当时的人在没听过《诗经》之前是记录不下来的，得先有人记住诗的内容，解释给你听，然后你才能从所知的字库中找到对应于你听到的读音的汉字，艰难地记录下来。在汉以前，可能很多人都能把《诗经》背得很熟，以至于不需要文本的记录。想一想，如果《诗经》一直是一种口头文本，又是用古老的方言传诵的，如果语言变化了，那么文本的内容也会跟着变化；在传播的过程中，如果有人不明白某些小地方的意思，他可能就会按照自己的理解添加些声音相似的音……所以这不是一个固定时刻写成的文本，而是属于一段相当长期的传播和诠释的历史。”①

夏含夷反对这种流行的看法，他认为：在新近出土文献以及传世文献中，有大量的证据可以说明，文字书写在《诗经》的创作、传播、结集各个环节都占有重要的地位。当然，夏含夷一再申明：他并非否定口头表演在《诗经》创作和传播中的作用，他只是希望证明“在书写形式已经得到发展并且越来越流行的时代，如果还认为书写根本没有影响这些诗歌的形式与措辞，那只能是一种荒谬的想法”。②

如前所述，柯马丁曾经在《方法论反思：早期中国文本异文之分析和写本文献之产生模式》一文中，描绘了早期文本产生过程的三种情境：第一是书写者看着一个早期文本，一边比较一边复制；第二是有人向书写者朗诵一个文本；第三是书写者完全凭自己的记忆或听到的内容，将其写下来。柯马丁根据近年出土写本的异文分布，即谐声异文占压倒性优势的特点，完全否定了第一种情境，进而推断：早期文本的生产与传播，依赖口传与记忆，而不是依赖一个标准的写本进行复制。

针对柯马丁的文章，夏含夷指出：柯马丁的论证中存在着一个根本的方

---

① 《宇文所安谈文学史的写法》，《东方早报》2009 年 3 月 8 号。

② Edward L. Shaughnessy, “Unearthed Documents and the Question of the Oral Versus Written Nature of the *Classic of Poetry*”, *Harvard Journal of Asiatic Studies* 75.2 (2015): 333.

法论问题。因为在战国的引诗中，异文是一个常见的现象，《诗经》字句的不同写法，甚至引诗文献本身字句的不同写法，只不过反映了当时不同的书写体系。夏含夷还提出了两条经验性的证据，可以证明写本的生产过程不是一个听觉的过程，而是一个视觉的过程，即从一个物理性的写本复制到另一个写本的过程。第一个证据是上博楚简的《天子建州》《郑子家丧》《君人者何必安哉》《凡物流行》，通过仔细的比较可以看出，这四个写本可分为两组，每一组的两个写本之间都包含完全相同的独特字形、装饰性笔画、甚至句读符号，它们正是视觉复制的最佳例证。第二个证据来自后来的唐代写本文化，在敦煌发现的韦庄《秦妇吟》各种抄本中，通过比较可以发现它们都是对一个固定写本的复制。①

当然，唐代抄本文化的例子是以后世材料推测先秦，不算是非常严格的证据。夏含夷擅长的领域是先秦的古文字学与出土文献，因此他接着征引了2010年最新整理出版的《清华大学藏战国竹简》，用以证明先秦时代《诗经》确以书写形式传播。在清华简的《耆夜》篇中，周公即席创作《蟋蟀》，简文中有全诗的文字（虽然有两处因脱简或断简而有阙文）。此诗与传世的《唐风·蟋蟀》相比，基本结构与主题相同，不过具体字句不同，可被视为两首不同的诗。虽然《耆夜》中的《蟋蟀》一诗并非真是周公时代的作品，但是它可以证明，在先秦时代有类似《诗经》作品一样的诗歌以文字书写的形式传播。另一个更直接的证据则是清华简的《周公之琴舞》篇，周成王作诗，简文中也有全诗的文字。此诗没有题目，不过和传世《周颂·敬之》在结构和语言上都非常一致，可视为一首诗的不同版本。这个证据可以证明，至少有一首传世《诗经》中的诗歌，在不晚于战国的时代，以文字书写的形式传播。

《周公之琴舞》中《敬之》一诗，是目前所见唯一一首在先秦时代已被

① 对于《秦妇吟》抄本的研究，参见 Christopher M. B. Nugent, "The Lady and Her Scibes: Dealing with Multiple Dunhuang Copies of Wei Zhuang's 'Lament of the Lady Qin'", *Asia Major* 20. 2 (2007): 25—73.

写定于竹简的比较完整的《诗经》作品。由于直接性证据的稀少，夏含夷将目光转向了其他相关文献。他综合这些文献，用以证明《诗经》的结集、传播、创作各个环节中，文字书写对《诗经》文本的形成都有重要作用。

首先是《诗经》的结集。阜阳《诗经》残简，是汉初的抄本，因其残缺严重，很难提供直接的证据。但是，这个抄本提醒我们战国至秦汉间《诗经》文本的标准载体是竹简。夏含夷指出：竹简这种载体，不仅深刻影响着文本如何被书写，还深刻影响了文本如何被重新书写，即影响了早期抄本被复制、编辑的过程。在阜阳《诗经》残简中，我们可以看到抄写《诗经》篇章的一个根本标准——尽量将每首诗的完整一章抄写在同一支竹简上，并且每一支竹简只抄录一章。为了将《诗经》的一章写满同一支竹简，每支竹简上的汉字都写成了大小不同的形状。用竹简抄写《诗经》的这种物理性质，在《诗经》的保存与编辑中产生了一个意外的效果。竹简在流传的过程中，容易散乱，这样在重新整理编辑时，抄满一章的一支竹简有时会被并入另一首不同的诗——尤其是当它们有着相似的主题时。这就是所谓的“错简”，毫无疑问，它就是《诗经》从一个固定的写本复制到另一个写本的证据。当然，现存文献中并没有直接从阜阳《诗经》复制出来的《诗经》简本，不过夏含夷在《缁衣》引诗中发现了一处《诗经》“错简”的证据，这个证据虽然未能提供一个直观的《诗经》复制过程，但可充分支持他的论点。

郭店和上博简的《缁衣》第九章引诗曰：“《诗》云：其容不改，出言又顺，黎民所信。”但是传世本《礼记·缁衣》对应的引诗却是：“《诗》云：彼都人士，狐裘黄黄。其容不改，出言有章。行归于周，万民所望。”传世本《缁衣》所引的诗章，正是《毛诗》中《小雅·都人士》的第一章。可以看出，出土简本《缁衣》中的诗句，与传世本《缁衣》中的诗句，虽然有字词的差异，但应该属于同一首诗。然而，《毛诗》中《都人士》未收录竹简所引的诗章，并且其余各章与第一章在结构和措辞上都有很大的不同：

彼都人士，狐裘黄黄。其容不改，出言有章。行归于周，万民所望。
彼都人士，台笠缁撮。彼君子女，绸直如发。我不见兮，我心不说。
彼都人士，充耳琇实。彼君子女，谓之尹吉。我不见兮，我心苑结。
彼都人士，垂带而厉。彼君子女，卷发如虿。我不见兮，言从之迈。
匪伊垂之，带则有余。匪伊卷之，发则有旟。我不见兮，云何盱矣。

古人早已指出，《毛诗》的《都人士》第一章，可能并不属于这首诗，而是属于一首逸诗。孔颖达在首章之后说："襄十四年《左传》引此二句，服虔曰：'逸诗也。《都人士》首章有之。'《礼记·注》亦言毛氏有之，三家则亡。今《韩诗》实无此首章。时三家列於学官，《毛诗》不得立，故服以为逸。"[①]《韩诗》的《都人士》没有此首章，服虔也认为首章是逸诗。不过孔颖达站在《毛诗》的立场，为其辩护，认为服虔以《毛诗》的《都人士》首章为逸诗，是因为《毛诗》在当时不立于学官。其实不仅《韩诗》，三家诗中的《都人士》都只有后四章。清人王先谦在《诗三家义集疏》中说："此诗毛氏五章，三家皆止四章。……细味全诗，二、三、四、五章'士''女'对文，此章单言'士'，并不及'女'，其词不类。且首章言'出言有章'，言'行归于周，万民所望'，后四章无一语照应，其义亦不类。是明明逸诗孤章，毛以首二句相类，强装篇首。"[②] 王先谦明确指出了《毛诗》的《都人士》首章是"逸诗孤章"。

在《重写古代文献》一书中，夏含夷已经注意到《都人士》错简对于中国经典形成过程的启示意义，他说："很明显，《缁衣》撰写完成后至汉代这段时间内，第一首《都人士》除第一章之外均已散佚，仅存的第一章被误置于《毛诗》本第二首《都人士》的开头，《礼记》本《缁衣》的整理者肯定对《毛诗》了然于胸，他可能意识到《缁衣》的引文不见于传世本《诗经》，

① 《毛诗正义》卷十五之二，台北：艺文印书馆影印嘉庆二十年（1815）南昌府学本阮元校刻《十三经注疏》，2007年，第511页。

② 王先谦：《诗三家义集疏》，北京：中华书局，1987年，第801页。

但又和《毛诗》本《都人士》的第一诗节非常相似，于是干脆把《缁衣》的引文改成《毛诗》本《都人士》的第一诗节。”① 不过，这段话只是放在脚注中，并且侧重于传世本《缁衣》的编辑形成过程。

到了《出土文献与〈诗经〉的口头－书写之争》这篇文章，《都人士》的错简问题成为一个关键性的证据，用来讨论《诗经》的编辑过程。夏含夷综合上述资料，肯定了《毛诗》的《都人士》首章和后四章在结构和语气上差异很大，分属于两首题目相同而内容不同的诗：由首章构成的第一首《都人士》，包括简本《缁衣》和传世本《缁衣》所引的诗章，描绘了一个“道德的楷模”；由后四章构成的《都人士》，则表达了一个“爱情”的主题。② 这两首诗在传世的《毛诗》本中被拼合为一首诗，对于《诗经》的编定过程有极其重要的启示意义。第一首《都人士》可能在秦始皇焚书与汉代重编《诗经》的期间散佚了，“然而，逸诗《都人士》有一章还存世，可能就写在一支散落的竹简之上，《毛诗》的编辑者看到此一诗章与另一首题目亦为《都人士》的诗在表面上的相似性，于是就将此章置于另四章之首”。夏含夷接着指出：“我觉得这两首诗的合并，不可能是记忆误置的结果，更有可能是因为从一篇散乱的竹简复制到另一篇完整的竹简的结果。”③ 因此，这个例子可以证明文字书写在《诗经》编辑过程中所起的重要作用，在《都人士》的编辑写定过程中，并不是口传和记忆在起作用，而是从一个竹简文字本复制到另一个竹简本的过程。

中国大陆及台湾学者，已有多篇文章讨论《都人士》首章的错简和逸诗

---

① ［美］夏含夷：《重写中国古代文献》，周博群等译，上海：上海古籍出版社，2012 年，第 51 页。

② 中国学者孙作云也有类似的判断，他说《都人士》是“两首诗误合为一首诗”，“前一章美诸侯朝周，后四章美士、女容饰；前一章是典礼歌，后一章似乎是恋歌，二者内容绝不相同，显然是两首诗”。见孙作云：《诗经的错简》，载《诗经与周代社会研究》，北京：中华书局，1966 年，第 412－413 页。

③ Edward L. Shaughnessy, “Unearthed Documents and the Question of the Oral Versus Written Nature of the *Classic of Poetry*”, *Harvard Journal of Asiatic Studies* 75. 2 (2015): 353－354.

问题。[①] 但是，这些学者之关心所在，主要是逸诗《都人士》的复原、汉代诗经学史的背景等问题，与美国汉学家的着眼点不同。如虞万里对于《都人士》的错简和缀合做了非常深入的研究，他甚至指出："比照阜阳汉简《诗经》的书写格式绝大多数是一简抄一章，推知《毛诗》不见竹简《缁衣》所引诗章完全可能是散佚一简。"此处所论，与夏含夷的推断一致。然而，虞万里最终希望揭示"《毛诗》学经师缘于《左传》曾引此诗，而古记《缁衣》中又有此诗一章，比勘《毛诗》，适与《小雅·都人士》近似，故迻录篇首，合为一诗，以显示其保存古文献之多而立异于三家"，也就是说"《毛诗》作为古文后出，不受重视，这种受抑的过程，促使《毛诗》学经师设法完善自己的典章、训诂等师法体系……遂乃取而骈于其首，以便与三家诗争胜"。[②] 在这些论证中，虞万里没有如夏含夷一般，去追究文字与口头这两种传播方式在《诗经》编辑和传播中的作用，由此可见中国学者与西方汉学家在学术兴趣点上的差异，这种差异源于各自不同的学术语境。

再来看夏含夷如何证明文字在《诗经》传播中的作用。他认为最直接的证据就是《诗经》的字形异文，特别是抄写者在复制文本时抄错的字。夏含夷从中国学者于省吾的研究中撷取了两个例子，来说明《诗经》传抄中发生的字形错误。第一个例子是《大雅·皇矣》第四章"克顺克比"一句，清人江有诰早已发现"比"字不叶韵，改为"克比克顺"，但是于省吾指出"比"字乃"从"字之误，二者的古文字形相近，"又均反正无别，故易混同"。第二个例子是《周颂·维天之命》"骏惠我文王"一句中的"骏惠"二字，根据《秦公簋》和《秦公钟》，应为"畯疐"，"畯与骏系古今字，惠乃疐字的形讹"。[③] 夏含夷认为，"疐"字之误是因为用了一个更简单、更为人熟悉的

① 如吴荣曾：《〈缁衣〉简本、今本引〈诗〉考辨》，《文史》2002年第3期；季旭昇：《从〈孔子诗论〉与熹平石经谈〈小雅·都人士〉首章的版本问题》，《河北师范大学学报》2006年第3期；虞万里：《从简本〈缁衣〉论〈都人士〉诗的缀合》，《文学遗产》2007年第6期；郭静云：《据出土的先秦〈缁衣〉版本再考证〈都人士〉逸诗的原文》，《东华人文学报》2010年第17期等（郭静云本名为Olga Gorodetskaya，现任教于中国台湾）。夏含夷曾参考吴荣曾的论文。

② 虞万里：《从简本〈缁衣〉论〈都人士〉诗的缀合》，《文学遗产》2007年第6期，第10、14页。

③ 于省吾：《泽螺居诗经新证》，北京：中华书局，2003年，第37、150页。

字来替代难字，“这种替代只能发生在诗歌文本的书写传播中”。因此，他总结道：“上述证据已充分说明，在汉代之前，从一个书写文本到另一个文本的复制抄写（或误写），对于《诗经》的传播起着重要的作用。”①

最后再看文字书写在《诗经》创作中的作用。夏含夷认为，《诗经》口头与书写之争的核心，在于《诗经》是否完全“创作”于一个口头文学的环境。他意识到，要证明《诗经》在原本的创作过程也曾依赖于书写，几乎没有任何直接的证据。目前的证据，只能证明在《诗经》被创作的时代，文字书写已经很重要。这些证明，可以在最低限度反驳那些坚持《诗经》时代是口头文学时代的学者。第一个例子是《大雅·江汉》，传统认为此诗创作于周宣王时期（前 827—前 782），诗中的主人公召虎，见于《调生簋》《调生尊》，诗中所述的南征淮夷之事，根据《竹书纪年》发生在公元前 822 年。制于公元前 823 年的《兮甲盘》，可以说预示了此次战争。《兮甲盘》记述兮甲（即尹吉甫）随周宣王征伐猃狁、并对淮夷征收赋贡之事，尹吉甫一般被认为是《崧高》《烝民》二诗的作者。虽然《兮甲盘》和《江汉》在结构和修辞都不相同，但是这篇“铭文确实能准确地反映出一个信息，即它的主人希望描述这场战役——即使不是现代历史书写意义上的准确描述——并且这种描述被明白无误地书写下来”。② 第二个例子是《大雅·下武》。与《江汉》不同的是，《下武》确实与西周的吉金铭文有着相似的结构，这种相似可以帮助我们更好地解释该诗。《下武》共六章：

下武维周，世有哲王。三后在天，王配于京。
王配于京，世德作求。永言配命，成王之孚。
成王之孚，下土之式。永言孝思，孝思维则。
媚兹一人，应侯顺德。永言孝思，昭哉嗣服。

---

① Edward L. Shaughnessy, “Unearthed Documents and the Question of the Oral Versus Written Nature of the *Classic of Poetry*”, *Harvard Journal of Asiatic Studies* 75.2 (2015): 359.

② 同上书，364.

昭兹来许，绳其祖武。於万斯年，受天之祜。

受天之祜，四方来贺。於万斯年，不遐有佐。

第四章“媚兹一人，应侯顺德”一句中的“应侯”，《毛传》曰：“应，当；侯，维也。”《郑笺》曰：“可爱乎武王，能当此顺德，谓能成其祖考之功也。”夏含夷怀疑这些解释，因为没有其他证据支持将“侯”解为“维”[①]，用“顺德”来描述周武王的品德也不合理。他认为，“应侯”应该解为诸侯之名号，从出土的《应侯见工钟》可见，封地在今日平顶山市的应侯，与周室有着非常密切的关系，并且应侯完全有能力创作出一篇优美的文辞来宣扬这种关系。夏含夷认为：《下武》正是此类的文辞。接着他又引用《史墙盘》来解释《下武》的结构，并由此重新解释了此诗的主旨和背景。《史墙盘》从文意上可分为两部分，第一部分歌颂周室的功绩，第二部分歌颂史墙家族的功绩。《逑盘》也有着相同的结构，将周室的功绩与自身家族的功绩并置在一起。从这个角度来看《下武》的结构，此诗恰恰也可分为两部分：前三章用了顶针的手法，后三章也用了顶针的手法，只有第三章和第四章之间没有用顶针手法；前三章的每一章都有“王”的描述，后三章则完全没有出现“王”。因此，可以认为此诗前三章是第一部分，后三章是第二部分，第一部分歌颂周室的功绩，第二部分歌颂应侯家族的功绩。夏含夷由此提出：“《下武》的措辞与结构，还有《江汉》的内容，都与这些青铜铭文属于同一个文学背景，因此可以合理地推断这两首诗在西周时期也是被写出来的。”[②] 既然可以证明《大雅》这两首诗在西周时不需依赖口头创作，那么《大雅》的其他诗歌也可以用文字创作并书写出来。

可以看出，《出土文献与〈诗经〉的口头—书写之争》一文充分运用了

① 可能夏含夷没有注意到，在《小雅·六月》“侯谁在矣”中《毛传》释“侯”为“维”，在《小雅·正月》“侯薪侯蒸”、《小雅·四月》“侯栗侯梅”中《郑笺》释“侯”为“维”，尤其是《小雅·四月》“侯栗侯梅”在三家诗中作“维栗维梅”。

② Edward L. Shaughnessy, “Unearthed Documents and the Question of the Oral Versus Written Nature of the *Classic of Poetry*”, *Harvard Journal of Asiatic Studies* 75.2 (2015): 373.

新近出土文献的资料，来证明文字书写在《诗经》的创作、传播、结集等各个环节中的作用。虽然夏含夷一再申明，他不否认口头因素在早期《诗经》形成中的作用，但是他更看重文字书写对《诗经》形成和传播的重要作用，并强调上古中国与早期希腊两种文化的不同，因此他在文章的结尾总结："《诗经》与《荷马史诗》并不相同，它产生于一个成熟的书写文化背景。"[①]

为了证明文字书写对《诗经》形成和传播的重要作用，夏含夷找到的最佳证据，应该是《诗经》的"错简"，即两首不同诗歌的诗章被后世拼合为一首。这个证据可以说明《诗经》早期传播是以文字书写为主要形式。因为主要依赖竹简的文字形式，所以才会在竹简散乱的情况下，将载有不同诗章的竹简混在一起，将不同的诗歌误合为同一首诗。

但是，在这个问题上，柯马丁曾针锋相对地质疑夏含夷的论证，他提出了五个反对的理由："其一，没有理由假定今本《礼记》的编撰者实际是根据一个恰好与我们现在发现出自同一时期和地区的两种写本一致（或基本一致）的文本展开编撰工作的。其二，即便真有一个绳线裂开的特定文本，后来《礼记》本的章节也不太可能是由这一文献构成的……编撰者不会仅仅孤立使用一个文本。……其三，原则上，比较灵活的每片简的字数统计……太容易操纵，所以不能作为单独主要证据。其四，即便仅限《缁衣》一篇，被推荐的方法最多可解释某一些段落而对另一类段落则根本无能为力。……其五……一种完全集中在传抄过程中的推论无法解释众多明显表明口传传统迹象的文本变体。"最后，柯马丁强调他反对夏含夷将写本的书写复制看成"中国古代种种现有文本单一的主要原则"。[②] 无疑，柯马丁的质疑是非常有力的，但是他也并未解决为何《都人士》会出现整章错简的问题。

---

① Edward L. Shaughnessy, "Unearthed Documents and the Question of the Oral Versus Written Nature of the *Classic of Poetry*", *Harvard Journal of Asiatic Studies* 75.2 (2015): 374.

② ［美］柯马丁：《引据与中国古代写本文献中的儒家经典〈缁衣〉研究》，《简帛研究》2005，第14页脚注。夏含夷关于错简的论证，还见于［美］夏含夷：《试论〈缁衣〉错简证据及其在〈礼记〉本〈缁衣〉编纂过程中的原因和后果》，谢维扬、朱渊清编《新出土文献与古代文明研究》，上海：上海大学出版社，2004年。柯马丁的质疑是基于这篇文章。

夏含夷在《都人士》中发现了错简与书写的密切联系，但是这样的证据并不多，他甚至说："这是唯一的一个证据，可以用来证明文字书写本在传世《诗经》编辑过程中所起的重要作用。"[①] 虽然他也提到，李学勤曾指出《邶风·燕燕》的第四章可能"当时独立，与今传《毛诗》本连于《燕燕》不同"[②]，但他只是将李学勤的推测放在脚注中，似乎对《邶风·燕燕》的错简持慎重的态度。

由此可见，要证明文字书写在《诗经》早期历史中的重要作用，最大的难题是直接材料的多寡问题。夏含夷批评那种关于《诗经》在汉代以前基本依赖口传，没有固定书写文本的流行说法，认为"中国古代几乎没有任何的直接证据，可以支持这种观点"，他接着肯定地说道："我有大量的证据——包括出土文献与传世文献——可以证明书写在《诗经》产生的各个环节中都占有重要的地位。"然而，我们在他的行文中间，常常可以看到这是"间接证据"，或者"没有直接证据"等字眼。[③]

夏含夷的第二篇文章，是发表在香港浸会大学《饶宗颐国学院院刊》上的《〈诗经〉与口头文学学说的发展：兼论出土文献对研究〈诗经〉著作年代和传授过程的意义》。[④] 这篇文章其实是前面第一篇文章的附属产品。夏含夷曾应《哈佛亚洲学报》编辑的要求，为《出土文献与〈诗经〉的口头一书写之争》一文重新撰写了一个非常详细的脚注，介绍《诗经》口传文学理论的来龙去脉，但是编辑最终觉得这个脚注太长，未予接受。于是夏含夷将其发展为一篇完整的论文，单独刊出。

---

① Edward L. Shaughnessy, "Unearthed Documents and the Question of the Oral Versus Written Nature of the *Classic of Poetry*", *Harvard Journal of Asiatic Studies* 75.2 (2015): 355.

② 李学勤：《〈诗论〉与〈诗〉》，《经学今诠三编》(《中国哲学》第二十四辑)，沈阳：辽宁教育出版社，2002年，第124页。

③ Edward L. Shaughnessy, "Unearthed Documents and the Question of the Oral Versus Written Nature of the *Classic of Poetry*", *Harvard Journal of Asiatic Studies* 75.2 (2015): 333, 350, 360, 374.

④ Edward L. Shaughnessy, "The Origin and Development of Sinologists' Theories of the Oral-Formulaic Nature of the *Classic of Poetry*",《饶宗颐国学院院刊》2016年第2期，第133—148页。此文的中文题目附于英文文章之后，与文章的英文题目不完全一致。

这篇文章与上一篇文章不同，它主要是从历史的角度，追溯了西方汉学界一百多年来关于《诗经》与口头文学的研究，特别对葛兰言和王靖献两位汉学家的观点做了追根溯源的梳理。夏含夷指出，西方汉学界关于《诗经》是口头文学的论断，其主要参照系是西方学者对《荷马史诗》《新约》、马达加斯加口头文学、南斯拉夫民谣、古代英语诗歌的研究。法国汉学家葛兰言1919年出版的《古代中国的节庆与歌谣》，是20世纪第一部从民间口头文学的角度研究《诗经》的著作。众所周知，葛兰言深受法国社会学家涂尔干（Émile Durkheim，1858—1917）的影响，但是，夏含夷指出，葛兰言也深受法国学者包兰（Jean Paulhan，1884—1968）的影响——此人正是20世纪第一位大力推崇口头文学研究的学者，对马达加斯加口头文学的研究，在西方学界影响深远。法国学者茹斯（Marcel Jousse，1886—1961）就受到启发，并在巴黎开设相关讲座，进一步推动了口头文学的研究。在茹斯讲座的听众中，就有美国学者帕里。帕里后来采集南斯拉夫口传史诗的资料，用以对照研究《荷马史诗》的创作机制。帕里早逝，但他建立的口头诗学的分析方法，经过他学生洛德的推广和发展，在欧美学界造成了巨大影响。[①] 王靖献正是受到帕里一洛德口头理论的启发，才写出了《钟与鼓》，从口头诗歌套语创作的角度研究《诗经》的形成过程（详参本书第九章）。通过这种学术史的梳理，夏含夷最终指出，葛兰言和王靖献的论证存在着重大缺陷，他们过于依赖西方理论的定见，忽视了中国古文字学的证据。

这种系谱式的梳理，有助于我们认清西方汉学界讨论《诗经》口头性的背景和渊源。但是，指出帕里-洛德理论对于王靖献的启发，并不能完全说明美国近期重新兴起的关于《诗经》口头性的讨论。因为王靖献在帕里一洛德理论的影响之下，更侧重于《诗经》创作技巧中的口头性因素，比如套语等技巧；相比之下，柯马丁更侧重《诗经》经典在传播过程中的口头性和表演性实践。

---

① 夏含夷对西方学界口头文学研究的系谱式梳理，充分参考了苏源熙的最新著作《韵律的人种学研究：口头性及其技术》，参见 Haun Saussy，*The Ethnography of Rhythm: Orality and Its Technologies*，New York：Fordham University Press，2016.

柯马丁本人曾这样评价帕里—洛德理论和王靖献的研究："尽管这些关于口头诗歌套语的概念在1970年前后颇为流行，此后很少有学者遵循这一方法来解读中国诗歌。"他在说到"最近学术界展开了一场关于早期中国文本文化本来面目的公开辩论"时，特别提醒读者"请勿将其与20世纪70年代关于民间口头诗歌创作的论争相混淆"。①

帕里—洛德的口头诗学理论建立在古希腊史诗与南斯拉夫口头吟唱传统的类比之上，然而古希腊史诗的文学成就远远高于南斯拉夫口头文学，仅凭借口头创作机制难以解释古希腊史诗的艺术成就，因此，帕里-洛德的理论后来受到很多批评。

事实上，到了20世纪60年代之后，西方学者逐渐从一个更大的视角，即人类的交流与传播手段对于文类文明决定性影响的视角，来关注人类文明初期的口头传统问题。西方学者认识到，古希腊在公元前6世纪以前，是一个识字率很低的"口头社会"。从口头形式转向书写形式，不仅意味着传播方式的转变，还带来了思想意识的转变。文字与读写的出现，孕育了古希腊的个人主义。哈夫洛克（Eric A. Havelock）认为，到了柏拉图时代，书写文字逐渐取代口头传播，柏拉图哲学就是对读写形式革新的直接反应。古迪（Jack Goody）和瓦特（Ian Watt）则认为，文字与识字率是古希腊的民主制度、理性思维的基础。

西方学术界的关注点，慢慢从古希腊社会的口头性问题，扩展到整个人类文明的传播和交流手段问题。读写形式与口头形式如何影响人类文明的传播，日益成为西方学界近期关注的核心问题。受此影响，即使是研究口头诗歌与古希腊口头传统的学者，也与帕里、洛德不同，开始强调传播形式的问题。相比之下，帕里-洛德理论的核心只是围绕口头创作问题。

在这个新的学术潮流中，逐渐激发出一些新问题。学者开始重视口头与书写之间相互影响的关系，而不再坚持书写和口头之间的鸿沟，不再认为书

① ［美］柯马丁：《学术领域的界定——北美中国早期文学（先秦两汉）研究概况》，载张海惠：《北美中国学：研究概述与文献资源》，北京：中华书局，2010年，第573、584页。

写的出现扼杀了口头传统。英国学者罗莎琳德·托马斯（Rosalind Thomas）反对在书写和口头之间作出严格的区分，提出不应该孤立地考虑口头或书写的问题，而是要考虑二者的兼容性和互相影响。克兰西（Michael Clanchy）等人，则研究了口头传播、书面记录、记忆三者之间的互动关系。相比之下，传统口头诗学却认为，诗人歌手不需要借助记忆术，他们能依据套语程序，在特定场合中创作不同的诗句。

在此潮流的推动之下，学者开始从口头与书写的互动入手，重新思考文本的传播和文本的流动性问题。即使是书写的文本，也在不断的口头传播中被重新改写。这样，对于经典文本的研究，逐渐从创作问题转移到传播问题，并且转移到传播方式、物质形式对文本具体形态的影响等问题。有学者指出，在一个口头吟诵传统很普遍的时代，抄写者的头脑里充溢着很多史诗诗句，所以他们复制荷马史诗时，可能会很自然地加入一个多余的诗行，下一个进行复制的抄写者不会觉得异常。

通过比较可以发现，近期美国汉学界对于《诗经》口头性的重新关注，其核心问题是口头与书写的传播形式对早期中国文明的影响，这源自西方学界对于传播形式与文本流传互动关系的关注。很明显，这与帕里、洛德以口头创作为核心的理论并不相同。因此，柯马丁提醒读者勿将近期关于《诗经》口头性的讨论"与20世纪70年代关于民间口头诗歌创作的论争相混淆"，值得学者留意。

可以说，美国近期重新兴起的关于《诗经》口头性的讨论，其学术背景实为西方学者在人类交流传播手段研究，以及文本传播形式研究上的范式转变。西方学术语境的变化，激发了汉学界重新思考先秦文本生成与流动等问题。《诗经》出土文献和传播形态的研究，成为汉学研究融入西方学术主流的重要契机。[①]

① 对上述问题的分析，可参见张万民：《〈诗经〉早期书写与口头传播：近期欧美汉学界的论争及其背景》，《北京大学学报》2017年第6期，第80—93页。

第十四章　结　语

《诗经》在英语世界的翻译和研究历史，就是一段中西文化交流史，从中可以看出中国典籍在西方文化语境经历的种种历程。《诗经》在英语世界的翻译和研究历史，也可被看作一段中西学术碰撞史，中国本土学者的研究成果影响英美汉学家，汉学家依凭西方现代理论方法研究《诗经》的成果，也可以成为中国学者的参照和启发。

20 世纪以前英语世界的《诗经》传播，可从中西文化交流史之中寻找意义。早期的西方人，在《诗经》知识上比较片面、浅薄，甚至在相关论著中常常出现低级的错误。然而，从跨文化的角度来看，这段历史却能折射出非常有意义的话题。

在 17、18 世纪的欧洲，“那些对欧洲人具有最大现时意义和兴趣的观念总是最容易被接受和吸收”，从这个角度来说，“早期汉学家对中国的兴趣是为了适应欧洲自身的需要”。[①] 就在坦普尔寻找政治道德理想、韦伯寻找人类的原初语言、廷德尔寻求自然神论的依据、拉姆塞寻找不同宗教的同源性的过程中，《诗经》进入英国读者的视野。当时，欧洲对于中国文化的关注或崇拜，推动了《诗经》的传播。英国的《君子杂志》《卫报》《旁观者》《文学杂志》《蜜蜂报》《雾报》《评论月刊》都曾刊登大量与中国相关的文章，

① ［美］孟德卫：《奇异的国度：耶稣会适应政策及汉学的起源》，陈怡译，郑州：大象出版社，2010 年，导言第 3—4 页。

发达的报刊媒介成功地在英国大众心目中塑造了一个文明、富饶的中国形象。[①] 虽然此时欧洲人对于《诗经》的知识非常有限，甚至谬误百出，英国人根本分不清孔子和孟子，法国学者弗雷莱在巴黎碑文与美文学院做演讲，竟然把《玉娇梨》中的诗误认为是《诗经》作品，完整的《诗经》作品英译也没有几篇，但在这种文化语境中，《诗经》却引起了广泛的注意，对《诗经》的各种评论汇聚到文化发展的洪流之中。

到了19世纪，汉学研究和《诗经》研究逐渐摆脱之前的猎奇和浅薄，逐渐出现比较专业和准确的理解，但是中国的国力逐渐衰弱，西方世界摆脱了对中国的仰慕心态，《诗经》对英美国家文化发展的实际推动作用也在减弱。钱锺书曾说："自从马戛尔尼勋爵出使中国以来，汉学在英国就成为一种专门学科，而对专业化的惩罚就是，专业学生们对这门学科了解得越来越多，一般公众之关切也就越来越少。这个课题也就不再是人文文化关怀的一部分了。"[②]

到了20世纪，美国诗人庞德等人翻译中国诗歌，推动了英美诗坛的革新运动，庞德的《诗经》英译产生了广泛的影响。但是，20世纪毕竟是西方文化居于强势的时代，中国人对于英美作品的了解远远多于英美读者对于《诗经》等中国文学作品的了解。

20世纪是西方现代学科成熟发展的时代，英语世界对于《诗经》的研究成果，可以为中西学术碰撞带来启示。

这也是一个美国汉学逐渐超越欧洲传统汉学的时代。巴瑞特曾批评英国人对于中国的商业兴趣远远超过学术研究的兴趣，英国学者对于汉学研究表

---

① 参见 Fan Cunzhong, "Dr. Johnson and Chinese Culture", in *The Vision of China in the English Literature of the Seventeenth and Eighteenth Centuries*, ed. Adrian Hsia, Hong Kong: The Chinese University Press, 1998.

② Qian Zhongshu, "China in the English Literature of the Eighteenth Century", in *The Vision of China in the English Literature of the Seventeenth and Eighteenth Centuries*, ed. Adrian Hsia, Hong Kong: The Chinese University Press, 1998, p. 199.

现出一种“出奇的冷漠”。① 美国汉学界则在继承传统欧洲汉学的同时，逐渐发展出以西方现代人文社会科学理论为依托的新路径。于是，本来作为东方学分支的汉学，发展成了人文社会科学意义上的中国研究。各种现代理论方法深刻地改造了北美的中国研究，也改造了《诗经》研究。

中西比较文学影响了《诗经》文学研究的基本框架，现代语言学为《诗经》语言音韵研究提供了基本的方法论，甚至是传统的诗经学史研究也在现代理论方法的映照中焕发出新意。更不用说《诗经》的出土文献和早期文本历史研究，也在西方学术界的关注热点，如文本的流动性、文本的传播方式、书写文化与口传文化等问题之中，找到了新的学术契机，为中西学术对话提供了平台。汉学家们在参考中国学者的研究成果，同时，汉学家的问题意识也启发了很多中国学者的研究。

《诗经》是一部有着永恒魅力的世界文学经典。按照美国学者达姆罗什的定义，世界文学就是那些“超出它们的文化本源而流通的一切文学作品”，“只要一部作品超出自己本来的文化范围，积极地存在于另一个文学体系之中，它就具有了世界文学的真正的生命”。② 四百多年的《诗经》西传史，种类繁多、面貌各异的《诗经》作品英译，已经证明了《诗经》“积极地存在于另一个文学体系之中”，“具有了世界文学的真正的生命”。21 世纪的英语读者，必将迎来更多的《诗经》英译，必将流连忘返于那“宛在水中央”的《诗经》世界。

《诗经》也是一部中国的文化经典、语言宝库，英语世界汉学家对《诗经》的文化意义、语言材料的研究，已逐渐与西方主流学界形成互动关系，也与中国本土学者的研究汇聚成和而不同的学术盛宴。21 世纪的西方学界，必将在《诗经》研究中听到更多的“鸟鸣嘤嘤”之声。

---

① T. H. Barrett, *Singular Listlessness: A Short History of Chinese Books and British Scholars*, London: Wellsweep, 1989.

② David Damrosh, *What Is World Literature?*, Princeton: Princeton University Press, 2003, p. 4.

后　记

在我的写作计划中，此书并非最早动笔。然而，由于种种原因，另外两本更早构思的著作尚未面世，此书却即将付梓。冥冥之中，这可能是对夏传才先生最好的纪念吧。

此书源自夏传才先生的嘱托。夏先生最乐于提携后进，我在2008年第一次参加中国诗经学会的年会，初出茅庐，夏先生却对我的论文赏识有加，安排我做大会主题发言。他知道我在香港任教，接触海外汉学资料比较便利，就嘱托我搜集海外的诗经学著作，择重要者撰写提要。这几篇提要，后来收入夏先生主编的《诗经学大辞典》（河北教育出版社2014年版）。夏先生在2012年夏造访香港，与我深谈，说他愿在有生之年编一套海外汉学诗经学丛书，并让我负责其中的英语世界诗经学一卷。其后，香港中文大学钱穆图书馆的马辉洪先生，按照夏先生之嘱，调查了香港各图书馆所藏的诗经学著作，并编写了书目，供我参考。2013年暑期，我在美国哈佛大学访学期间，又搜集了一些香港不易见到的资料。

到了2014年初，我觉得资料搜集已比较齐全，于是正式动笔。最早的成果，是一篇关于早期英语世界《诗经》传播的文章，曾在当年的中国诗经学会年会上汇报。因上海博物馆陈才兄的引荐，我又在中国历史文献研究会年会上宣读此文，并结识黑龙江大学陈树千等同道友人，畅谈中国典籍英译问题。后来蒙《历史文献研究》编辑部吕振宇先生的抬爱，此文发表在该刊的第35辑。2015年秋季，为纪念理雅各诞生200周年，北京外国语大学海外汉学研究中心与香港浸会大学宗教系合作，举办“理雅各与中国典籍英译”国际会议，因顾钧、任增强等友人的邀请，我汇报了自己对于理雅各《诗经》散体译本和韵体译本的比较研究。香港浸会大学费乐仁教授对理雅各有深入的研究，青岛大学李玉良教授比较全面地考察过《诗经》的英译本，由于此次会议的机缘，我与他们成为朋友，并常参考他们的著作。

此后近两年时间，我没有再发表书稿中的任何内容。2016 年初完成书稿的初稿，并将部分初稿交予夏先生过目。2016 年夏至 2017 年初，我扩充、重写部分章节，期望能不负夏先生的重托，写出一本精益求精的著作。孰料，就在我向精益求精的目标前进之际，夏先生于 2017 年 2 月 7 日遽归道山，未及目睹此书的完成与出版，成为我心中永远的憾事！夏先生仙逝之后，河北师范大学的王长华教授和易卫华教授，曾多次关心本书的进展。斯人已逝，唯愿薪火不止！

2017 年夏季，我在香港城市大学中文及历史学系举办了一个研讨会，名为“中国文学研究新视野：文本的流传与阅读”。我觉得，普林斯顿大学柯马丁教授近期对《诗经》的研究，与会议主题有暗合之处，于是就将书稿中的相关内容抽出并改写，在会议上报告，供同道讨论。这篇会议论文，梳理了北美汉学界对《诗经》早期书写与口头传播的不同看法，以及这些看法背后潜在的西方学术脉络，修订后发表在《北京大学学报》2017 年第 6 期。学报编辑部的郑园女士，曾为拙文付出很多心血，在此谨致谢忱。这篇文章的主要材料，虽然取自本书的第十三章“20 世纪英语世界诗经学：出土文献与《诗经》研究”，但是文章经过较大的扩充与改写，面貌已与本书的章节大相径庭。因此，为保持本书线索的清晰，这篇文章将不收入本书。

在 2018 年至 2019 年期间，我又断断续续对此书进行了全面的修订。尤其是 2019 年下半年，我暂时放下手头的工作，将大部分精力投入此书。香港动荡时被困在家中，假期时陪家人外游，12 月底参加北大中文系的学术会议，时时刻刻，这部书稿都陪在我的身边，我尽量不放过任何一个能修改书稿的机会。修订完最后一页，正好迎来 2020 年元旦的钟声，我在微信朋友圈中转了一张陶侃运砖的图片，情不自禁地写道：“在工作中迎来新年，断续投入六年时间的书稿，终于完成，从预想的30万字变成了40万字。引陶侃语自勉：'大禹圣者，乃惜寸阴，至于众人，当惜分阴，岂可逸游荒醉，生无益于时，死无闻于后，是自弃也。'”现在想来，我的这段抒情有些托大，如果我一直珍惜分阴，应该能在夏先生生前呈上此书的定稿吧！

2016年至2019年的扩写与修订，幅度非常大，书稿字数增加了一倍。比如，发表在《历史文献研究》的那篇文章，是本书第二、三章的雏形，但是现在经过两次修改，篇幅已长达10万字。再如，本书的第十一章，原本只介绍那些以《诗经》为题的历史文化研究著作，修订时则拓展范围，所有曾引用《诗经》来探讨中国历史文化的重要著作，都尽量介绍。修订过程虽然漫长枯燥，但是常有新发现新体会，比如，注意到一个被长期忽视的《诗经》译者V. W. X.，考证出《诗经》译者詹宁斯是曾令我流连忘返的香港圣约翰堂的早期牧师，发现了张光直与何炳棣之间的龃龉是源自他们对《诗经》作品的不同解读。这些新发现新体会，或重要，或琐碎，它们带来的快乐能灌注到身体的每一个细胞，令人手舞足蹈，也令那些萤窗雪案的日子，都成为美好的记忆。

书稿在准备过程中受到很多师友的鼓励和帮助。美国普林斯顿大学的柯马丁教授，对我的帮助和启发最大。我最早写成的那几篇提要，就是2009年受柯教授之邀访美时，动笔于普林斯顿大学火石图书馆（Firestone Library）的落地窗前。柯教授是本书第十三章的研究对象，我曾呈上该章的初稿请他指正。我根据该章的资料，总结了自己的一些观察和思考，发表在《北京大学学报》，不过，柯教授对这篇文章有不同的看法，曾与我坦率地交换过意见，我十分尊重他的批评和建议。撰写本书第六章的金斯密一节时，我曾请教过瑞士苏黎世大学的毕鹗教授，他帮我联系到英国的Matthew Wenban-Smith先生，后者提供了金斯密的珍贵照片。撰写本书第七章的V. W. X.一节时，我曾请教过美国华盛顿大学的康达维教授，他告诉我他的老师卫德明说过V. W. X.就是庄延龄。本书的第十一、十三章，曾呈请美国芝加哥大学的夏含夷教授指正，后来他访问香港浸会大学时，约我长谈，对书稿内容甚为推许。北京大学的傅刚教授、程苏东教授，对我那篇发表在《北京大学学报》的文章颇多鼓励之词。北京大学的常森教授，是我的《诗经》启蒙老师，2019 年 12 月底在京重聚时，他就《诗经》出土文献与北美汉学等问题与我深谈，再赐教诲，席间还有中国人民大学国学院的张瀚墨教授、武汉大学的曹建国教授等友人，亦启我良多。

我的老师张隆溪教授，香港中文大学的张健教授、冯胜利教授，香港浸会大学的张宏生教授，岭南大学的汪春泓教授，在这几年间给我各种形式的帮助，帮我渡过各种难关。内子李凤琼、小儿张载阳、小女张载欣，陪我一起见证了此书形成过程中的各个阶段。中西文化交流史是本书的主题，我常引用书中的事例，向两个孩子说明文化碰撞中应该持有的开放视野与宽容态度。我觉得，这种视野与态度，在香港这个多元文化的都市，尤为重要。

我的学生庄梓琪，在本书的初期阶段，帮我将大部分资料输入电脑。我的学生任珂，在本书的收尾阶段，帮我校对全书的注脚。我的博士生韦祎，曾帮我译出理雅各、詹宁斯、阿连璧等人《诗经》译本的前言，本来计划放在本书的附录中，虽然后来因故未用，书中凡引用这些前言处都由我自己重新翻译，但是依然要感谢韦祎为此付出的时间和精力。香港大学的博士生张瑞，曾帮我在港大图书馆复印及下载资料。本书得以顺利成稿，多赖他们的相助。

最后，要感谢河北教育出版社的编辑。若不是由于他们的宽容，我无法完成两次全面的修订；若不是由于他们的细心，此书无法呈现出如今的模样。

美国学者吉瑞德研究理雅各中国典籍英译的专著，在推出中文版时，有一篇题为“翻译之道”的序言，引用《论语》作为开头：“子贡问曰：‘有一言而可以终身行之者乎？’子曰：‘其恕乎？己所不欲，勿施于人。’”不管吉瑞德本意为何，我觉得，“己所不欲，勿施于人”可以作为学术著作的原则，尤其是以海外汉学为考察对象的学术著作的原则。曾经看过一些著作，引文辗转沿袭、前后矛盾，欲按照注解查索原文的出处，又常常不知所踪，这是我作为读者时经历过的痛苦，现在作为作者，不愿将这样的痛苦施于我的读者身上。因此，本书力求所有研究都尽量源自一手资料，清楚注明资料来源，其间的引文，除了注明采自常见中译本之外，其余都是我自己从一手资料中译出。错漏难以避免，敬期读者指正。

2020 年 6 月于香港九龙